Robert Ono
大野ロベルト

紀貫之

文学と文化の底流を求めて

東京堂出版

紀貫之——文学と文化の底流を求めて◆目次

序章　現代に生きる私たちが貫之について考えるということ

つまり、空間は一種の詩的プロセスによって感情的な意味あい、あるいは合理的な意味あいをすらもつようになり、その結果として、空っぽで名付けようもないひろがりが我々にとって意味あるものに変ずるのである。

——エドワード・W・サイード(1)

父と子の四首

紀貫之《きのつらゆき》は、ごく若いうちに死別した父、望行《もちゆき》を、運命的な書物である『古今和歌集』の中で記念している。そこに一首しか採られなかった父の歌を、自らの三首で挟み込んだのである。

藤原高経朝臣《ふじわらのたかつねあそん》の身まかりてのまたの年の夏、郭公《ほととぎす》の鳴きけるを聞きてよめる

郭公今朝鳴く声におどろけば君を別れし時にぞありける

（貫之、古今、哀傷、八四九）

桜を植ゑてありけるに、やうやく花咲きぬべき時に、かの植ゑける人身まかりにければ、その花を見てよめる

花よりも人こそあだになりにけれいづれをさきに恋ひむとか見し

（望行、同、八五〇）

あるじ身まかりにける人の家の梅の花を見てよめる

色も香も昔の濃さに匂へども植ゑけむ人の影ぞ恋しき

（貫之、同、八五一）

河原の左大臣の身まかりてののち、かの家にまかりてありけるに、塩竈といふ所のさまをつくれりけるを見てよめる

君まさで煙絶えにし塩竈のうらさびしくも見えわたるかな

（同、八五二）

四首の詞書《ことばがき》を比較してみると、具体的な人名を含んでいるのは二首である。一首目に登場する藤原高経（八九三年歿）は、貫之にとっては父親の世代に属し、和歌が社会の中で隆盛しつつあった時期に、一定の役割を果たした歌人である。この人物の死を受けて詠んだ歌、という状況設定の中で詠者は、《郭公が鳴く声に驚いて目を覚ましたが、それはあなたが去ったまさにそのときだったのだ》と嘆く。死を象徴することもある郭公によって突如として告げられた先達の死を、驚き悲しむ歌である。

望行の歌はその次に配されている。詞書には、「桜が植えてあるが、それがようやく咲こうというときに、

桜を植えた当人はすでに亡くなっていた」とある。《花も儚いものだが、人のほうが、それよりも先に消えてしまった。いったいどちらを先に恋しく思えばよいのだろう》というこの歌のように、人間の命と自然の命との循環を重ね合わせることは、当代人の基本的な認識論と言えよう。ここでは、詠まれた桜を植えたのが他でもない故人であるということが、歌の悲愴感をなおさら深めている。

ところで死んでしまった人物とは誰だろうか。冷静に見れば、この歌が望行の作であると明記されている以上、それは望行以外の誰かということになる。だが、これが『古今集』で唯一の望行の歌であることや、その直前にある歌が、望行と同世代の人物の死を嘆く貫之の歌であることなどを考え合せると、これはむしろ撰者貫之による父への追悼ではないか、という印象を禁じ得ないのである。

三首目の歌に目を移してみると、この印象はさらに深まる。主人のいなくなった家の梅の花を見て詠んだ、とした上で、《色の美しさも、芳醇な香も、昔と何ら変わらない。ただこの梅を植えた人の姿が恋しいのだ》と歌う。

ここで、二首目では「桜」であったものが「梅」に変わっていることに注意したい。今日では日本の代表的な花として君臨する桜ではあるが、『万葉集』では四五〇〇首を超える歌に対して、用例は四二首に留まる。一方『古今集』では一一一首の歌に対して、「花」のような代替の名詞や、物名歌などにおける掛詞的な用例を差し引いても、同じく四二首の用例があり、この間に「桜」が詩的な記号として重要性を増しつつあったことがわかる。

『古今集』の桜の歌は、大部分がその儚さを題材としている。

今年より春知りそむる桜花散るといふことはならはざらなむ

（貫之、古今、春上、四九）

《今年から咲くようになったこの桜は、どうかほかの桜のように散らないでほしい》と願うこの貫之の歌は、まさに代表的なものと言えよう。一方、大陸でも盛んに詩に詠まれた梅は『万葉集』にも頻繁に登場するが、『古今集』では白梅の花びらを雪に見立てるなどの視覚的な表現に加えて、その芳醇な香を利用した表現も多く見られる。

人はいさ心も知らずふるさとは花ぞ昔の香ににほひける

（貫之、古今、春上、四二）

右の歌は「百人一首」にも入っており、貫之の代表作のように言われることも多い。この歌については繰り返し取り上げることになるが、その趣意は、余分なものを一切省けば、《人の心はともかくとして、花の匂いは変わらない》というほどのものであろう。つまり桜が呆気なく散ってゆくのに対して、梅はその香を通じて思い出を残す。香はいわば「形見」として、亡くなった人物のことを後々まで思い起こさせるのである。

そして最後の四首目の歌は、表面上、河原左大臣と呼ばれた源融《みなもとのとおる》（八二二—八九五）の死に際して、塩竈の浦という土地を模した庭を前に詠まれた歌である。歌意は、《主人が死んでからというもの、遺体を焼く煙も絶えた塩竈の浦は、まさにうら寂しく見えることだ》というほどのものであろう。源融が歿したとき、貫之は二十代であり、この権力者の死に対して哀傷歌を捧げることは、若い宮廷歌人として半ば当然のことであったと言える。しかしそれと同時に、詞書にもあるように、源融は陸奥《みちのく》の塩竈の風景を六条河原院の庭に再現した人物としても知られており、

陸奥はいづくはあれど塩竈の浦漕ぐ舟の綱手かなしも

（よみ人しらず、古今、東歌、一〇八八）

のような古歌にもすでに透けて見える「浦」の「うら寂しさ」を引き出すという技巧を再現するには、実に打ってつけの人物でもあるのだ。

以上を踏まえてみると、望行の歌を核とする四首は、ある人物の突然の死と、それを簡単に受け入れかね、喪失感に苛まれている詠者の心象風景として、一つのシリーズを形成しているものと捉えることができる。郭公が突然に告げた死は人の一生の儚さを意識させずにはおかないが、それでも死者の思い出は残され、そのためにかえって寂しさを漂わせる。そして四首をこのようにシリーズとして見た場合、それが父親の死を目の当たりにしての貫之の感情であった、と解釈してみることは、決して不自然ではない。

では、右のような解釈を可能にしているものは何であろうか。まず第一には伝記的事実がある。すなわち、紀貫之という歌人に、望行という父親がおり、貫之が早くにこの父親と死に別れている、という事実である。そして藤原高経という歌人が、貫之にとっては父親の世代にあたるという事実も、四首を貫之による父への

追悼として読み解くきっかけを与える重要な情報であろう。

だが和歌の解釈において伝記的事実が果たす役割は、実際には限られたものと言わざるを得ない。一千年以上前を生きた歌人たちについて私たちに与えられている情報は、そもそも決して多くないのである。本書の中心人物である紀貫之の生歿年にしても、知名度からすれば驚くべきことと言えるかもしれないが、確定していないのが現状である。優れた伝記的研究の一つである藤岡忠美『紀貫之』（一九八五）の説に同調するならば、八七一年（貞観十三）が生年、九四六年（天慶九）が歿年ということになるが、それは「おそらく」の年号でしかない。そして父の望行に至っては、そのような精度の高い推測すらが難しい。名前の表記でさえ「茂行」とされることもあり、一定しないほどである。

貫之の生家は貴族の家柄としては上等とは言えず、望行の出世も六位どまりであった。素性さえ不明な母親は、音楽や舞踊の教習を司る部署である内教坊の伎女あるいは倡女、つまり踊り子や歌い女であった可能性が高いとされる。要するに貫之はその出生の環境によって、最初から宮廷での栄達を望める立場にはなかった。そしてそのような人物は、公式の史書に明確に生歿年を記録すべき対象とはされなかったのである。したがって、貫之が七十歳を過ぎてついに従五位上にまで上りつめたことには、歌人としての業績が少なからず関係していると言えるだろう。しかし五位と言えば、芥川龍之介（一八九二―一九二七）の有名な短篇小説「芋粥」の風采の上がらない主人公ですら五位であった。少なくとも貴族としての貫之の存在感は、その程度のものであったかもしれないのだ。

ところで、藤岡は前掲書の中で本書と同じようにこの四首に着目し、「望行の歌が貫之の歌にかこまれたかたちで収まっているのも意味ありげ」と指摘しながらも、父の追悼とまでは踏み込まない（一六頁）。それはひとえに、そのような解釈を証拠立てる史料を欠くからである。とはいえ、物的な史料による論証が不可能であるという理由で、言葉の芸術に他ならない和歌の解釈を限定することだけが正しい方法であるならば、和歌研究の視野はきわめて狭いものにならざるを得ないだろう。

さらに言えば、望行の歌は『伊勢物語』にも採録されている。その一〇九段の本文は短く、歌の前に「むかし、をとこ、ともだちの人をうしなへるがもとに、やりける」、すなわち「妻を失った友人に、男が贈った歌」とあるのみである。喪失感を味わっているのが詠者からその「ともだち」に変更されているが、歌の意味合いとしては大きな変化はない。ただ『伊勢物語』では当然ながら望行の歌であることは触れられず、在原業平《ありわらのなりひら》（八二五―八八〇）を部分的なモデルとするらしい主人公「昔男」の歌という体裁になっている。

望行の歌のこのような利用のされ方について、藤岡はこう述べる。「望行の作歌が昔男の歌に転化したのは、それだけ望行の存在感が希薄で、貫之の父としてはほとんど名前が意識されていなかったことのあかしといえるかもしれない」（一六頁）。だが、実情はむしろ逆ではなかったか。『古今集』が正典として受容されてゆく過程に鑑みれば、唯一の「撰者の父」の歌がまったく意識されなかったとは考えにくい。それが『伊勢物語』に収められたのは、貫之との関係性を含むその歌の価値が認められてのこと、と考えることもできよう。しかも後にも見るように、貫之が業平という歌人を非常に高く評価し、また意識していたであろうことは、様々な角度から推測できるのである。(2)

和歌の解釈可能性

受容美学の提唱者として知られるヴォルフガング・イーザー（一九二六―二〇〇七）はその主著『行為と

しての読書』の中で、「文学作品に隠されている意味を明らかにするという目的をもった」解釈学は、学問は秩序的でなければならないという前提を揺るがすものとして、常に攻撃に晒されてきたと述べている（一九八二、二頁）。つまり、あらゆる文学作品は読まれるためにあるという明白な事実は、研究という立場からは永らく真剣に向き合われずにいたのである。確かに文学作品に刻まれた意味を探り出すことは容易ではない。何より「意味は美的作用であるために、いつまでもそのままの状態に留まっているというようなことはあり得ない」のである（三七頁）。だからこそ解釈学的な研究においては、意味を「確定」させることが目的となるのではなく、意味の「可能性」を探ることと、その可能性が読者に何をもたらすのかを考察することが主な目的となる。

この目的に寄り添う限りにおいては、貫之やその父親の実際について多くがわかっていないということは、致命的な障碍とはならない。解釈に必要な情報のうち重要なものは、いずれもテクストにすでに内在しているからである。先の四首の場合で言えば、読みを左右したものは何よりも「郭公」「桜」「梅」「塩竈の浦」などの歌ことばや歌枕であり、それらの記号に結びついた多層的な連想のネットワークであった。そして四首が、そのような形で並んでいるという条件によって、三十一文字《みそひともじ》という境界を突き破り、一つの物語を織りなす可能性を生じさせるところに、さらなる解釈の地平への入口がある。本書が逍遥しようとするのはまさにそのような地平であり、その意味においては、本書が追い求めるのは平安時代を生きた実在の歌人としての貫之の姿というよりも、言葉の中に転生した貫之の〈影〉である、と言うことができよう。

むろん和歌の配列を意識して解釈を試みること自体は、決して新しい挑戦ではない。『古今集』であれば、春歌上の巻にある梅の歌群などが、つとに歌群単位での分析の対象になっている。また一つの歌集や一人の歌人の特徴を、その歌の配列から読み解くという方法についても、すでにある程度の蓄積がある。

しかしこのような方法について、その限界を指摘する声があることも事実である。例えば貫之に関する研究も多い田中喜美春は、「歌集は読者の自由な享受を許すし、そういう姿勢からも新たな世界がもたらされることは否定できない」とその可能性を認めつつも、「だが、それは、歌の作者や撰者の思いとは無関係である」と釘を刺す（一九九五、四七頁）。田中にそう言わしめたのは、配列に注目する研究の多くが、古典テクストの諸本間にある異同を度外視したものである、という事情である。つまり、本文が確定されなければ、その本文に立脚した解釈の精度も、自ずから危ういものになりかねないというわけである。

だが、その「歌の作者や撰者の思い」を、「テクストの意図」という用語に置き換えてみればどうだろうか。「テクストの意図」とは、ウンベルト・エーコ（一九三二―二〇一六）が一九九〇年にリチャード・ローティ（一九三一―二〇〇七）やジョナサン・カラー（一九四四―）と合同で行った連続講義の中で提出した概念である（コリーニ〔編〕二〇一三）。二十世紀の半ばから、文学研究においては「作者」や「読者」といった基礎的な用語の定義と、それらがテクスト解釈に与える影響が繰り返し取り沙汰されてきた。しかし、ロラン・バルト（一九一五―一九八〇）の有名な「作者の死」（一九七九所収）を持ち出すまでもなく、「作者」の厳密な意図や感情を再現することは、たとえその作家が現に目前にいたとしても不可能であり、他方の「読者」についても、読者がテクストに参加する方法は（まさに田中の述べているように）あまりにも自由であるために、その定義の及ぶ範囲を足がかりにテクスト解釈の幅を限定することは困難である。

そこで「作者の意図」と「読者の意図」に支配されることのない、「テクストの意図」という第三の可能性が浮上してくる。テクストに内包される意味の解釈可能性を、そのテクストが意味を提示する形に沿って追求しようという発想は、ジャック・デリダ（一九三〇―二〇〇四）の「外テクストというものはない」という有名な言葉を想起させるものでもある。(3) それは無際限の自由ではなく、一定の範囲や境界の中で、慎重に進められるべき作業である。

和歌の解釈の場合、その範囲や境界を規定するのは、むろん先に挙げた伝記的事実を含む歴史的な視点でもあり得るが、それと同時に、和歌に付随する詞書や左注といったパラテクストでもあり、(4) また、言うまでもなく、解釈の中心的な対象である和歌そのものに含まれる言葉である。和歌の言葉を理解するためには、当然ながらその言葉が異なる和歌の中でどのように用いられているのかを知らなければならない。言い換えれば、複数の和歌の分析を通してしか、和歌の解釈をすることはできないのである。これは言葉がひたすら引用されることによって発展するものである以上、避けられないことではあるが、そもそも和歌がコミュニケーションの道具としての価値を帯びつつ隆盛したものであることからも、帰納的に結論できる。したがって和歌の解釈行為においては、配列を意識しないということのほうが、むしろ不可能ということになる。

そのような観点から和歌に向き合おうとする際にきわめて有益な理論的枠組みとなるのが、ツベタナ・クリステワが『涙の詩学』（二〇〇一）で提出した、和歌の意味生成過程における三つのレベルである。三つのレベルとはすなわち、ミメティック（現実模倣的／指示的）・レベル、ポエティック（詩的）・レベル、そしてメタ詩的レベルを指す。

桜の花の散りけるをよめる
ことならば咲かずやはあらぬ桜花見る我さへに静心《しづごころ》なし

「桜のごと、とく散る物はなし」と人の言ひければよめる
桜花とく散りぬともおもほえず人の心ぞ風も吹きあへぬ

（貫之、古今、春下、八二）

（同、八三）

例えば右の二首は、どちらも桜を主題としている。現実の桜が、歌の中でも桜として詠まれていると意識する限りにおいて、そこに作用しているのはミメティック・レベルの読みである。だがそれらの歌を、前者であれば《どうせ散ってしまうのなら、咲かずにいることはできないのだろうか。そんな桜を見ている私も、落ち着きを失ってしまう》、後者であれば《桜の花が、それほど早く散るとも思えない。人の心などは、風に吹かれる間もなく変わってしまうものだが》と、桜という景物に誘発される心情を、詩的言語を駆使して述べているものとして意識すれば、解釈の水準はポエティック・レベルに引き上げられることになる。

ところで興味深いことに、この同じ歌人による連続する二首の内容は、互いに矛盾しているようにも思われる。最初の歌で桜の花が散るのを見て《なぜそんなに早く散ってしまうのか》と慨嘆したはずの詠者は、次の歌では、第三者の「桜ほど早く散るものはない」という意見を耳にするが早いか、それに異を唱えているのである。

二首の矛盾を受け入れるためには、メタ詩的レベルでの考察が不可欠である。二首の意味内容に加え、補助的に、詠者が同一人物であること、それに詞書までを考慮に入れれば、導き出される解釈の選択肢はさほど多くない。二首にまたがる明らかなメッセージとして読み取れるのは、《桜はなるほど早く散るものであ

るが、それでも人の心ほどすぐに様変わりするものではない。人の心という花に比べてみれば、桜などは長く咲いている部類である》というものであろう。

このように、メタ詩的レベルを意識することで配列に組み込まれたメッセージの輪郭が明確になってゆくのは、歌を詠む上での方法論、あるいは約束事が、和歌を通して構築されているからに他ならない。和歌は「何か」を詠んだものであると同時に、「和歌そのもの」を詠んだものでもあるのだ。クリステワ自身の言葉を借りるならば、次のようにも言えるだろう。

このような詩化過程のもっとも代表的な特徴は、メタ詩的レベルでの意味作用にあると思われる。つまり、詩歌を中心とした文化においては、コードの打ち合わせも詩歌を通して行われるので、メタ言語的機能は、詩的機能から発生することになり、メタ詩的機能として特徴づけられる。（五八―五九頁）

当時の宮廷において和歌は中心的な文化活動であった。和歌はその初めから、しばしばある詠者ともう一人の詠者との間でやりとりされるものであり、『古今集』成立に至る数十年間には、歌合などを頻繁に行った歌人の共同体の中で発展を続けたものである。その間に、和歌は複数の詩的メッセージの往復、あるいは比較の中で連想のネットワークを拡充させ、三十一文字というごく短い詩型でありながら、かくも豊かな意味を発生させ得るだけの記号空間を鍛え上げたのである。

現代のように複雑化した文化においては、同一の文化に参加する人々のコードにもかなりの個人差があるため、少しでもその差異を補塡しようとすれば冗長とも思える説明が必要になる。極端な例を挙げれば、「淹れたてのコーヒーは火傷をするほど熱い」という事実はこの上なく単純なものに思われるが、コーヒーを買うすべての人間がその事実を共有していることの証明が困難になってしまえば、訴訟を避けるために「火傷に注意」という警告文が必要になるのである。その意味で『古今集』を準備した平安文化は、言葉による表現の点ではきわめて高度な発展を遂げていたが、文化の構造という点においては複雑とは程遠い状況にあった。いや、より正確に言えば、和歌が文化の総体の中できわめて重要な〈交差点〉の役割を果たしていたからこそ、和歌の複雑性とはすなわち文化の複雑性であり、和歌を読み解くことは、文化を読み解くということに他ならなかったのである。

例えば十世紀の末、清少納言によって書かれた『枕草子』には、次のような場面がある。

古今の草子を御前に置かせたまひて、歌どもの本をおほせられて、「これが末、いかに」と、問はせたまふに、すべて夜昼心にかかりておぼゆるもあるが、けぎよう申し出でられぬは、いかなるぞ。

（二〇段）

ここでは、清少納言の主人である中宮定子（九七七―一〇〇一）が、『古今集』から適宜選んだ歌の上の句を告げ、「下の句を続けなさい」と命ずるのだが、少納言をはじめとするその場に居合わせた人々は、すっかり頭にしみついているはずのその歌を、つい度忘れなどして思い出せず、悔しい思いをすることになる。

このような情景が書かれたのは、当然ながら、『古今集』の歌をしっかりと学ぶことが美徳とされていたからである。引用した場面のすぐあとには、一には、御手を習ひたまへ。次には、琴の御琴を、人より異に弾きまさらむとおぼせ。さては、古今の歌廿巻を皆うかべさせたまふを、御学問にはさせたまへ。

（二〇段）

という有名な一文が続く。これは藤原師尹《ふじわらのもろただ》（九二〇―九六九）が、入内を控えた娘の芳子に与える助言である。字を書くこと、琴を弾くこと、そして『古今集』の歌を諳んじることが、たとえ理想に過ぎないとしても、当時の教養の中心に置かれていたことがわかる。(5)

また、『枕草子』の少しあとに成立した紫式部の『源氏物語』にも、次のような場面がある。

嵯峨の帝の、古万葉集を選び書かせ給へる四巻、延喜の帝の、古今和歌集を、唐の浅縹《あさはなだ》の紙をつぎて、おなじ色の濃き小紋の綺の表紙、おなじき玉の軸、緂《たむ》の唐組の紐など、なまめかしくて、巻ごとに、御手の筋をかへつつ、いみじく書きつくさせ給へり。

（梅枝）

光源氏と桐壺帝の皇子である蛍宮は、『万葉集』と『古今集』の歌どもが、様々に趣向を凝らした紙の上にいくつもの字体で書きつけられた古い書物を代わる代わる手に取り、その美しさに感嘆するのである。『枕草子』と『源氏物語』という、言ってみれば平安時代の仮名文学の到達点である両者が、共に『古今集』

に触れ、それを一種の理想として掲げていることは、取りも直さず『古今集』が当時の貴族の教養の基礎であると同時に、彼らの美学形成にも大きな役割を果していたことの証左であろう。言い換えれば平安時代においては、和歌をめぐるあらゆる知識、すなわちどのように歌を詠み、どのように歌を読むのかということに関する文化的コードが、その文化の参加者たちの間で、かなりの精度で共有されていたのである。なお、和歌を「詠む」ことと「読む」ことが音のレベルで重なり合うことは、そのまま意味のレベルにおいても両者に重複があったことを思わせる。(6) 和歌には作者と読者がいたというよりも、ただ和歌というテクストに向き合う人々がいただけなのだ。

そのような事情を踏まえれば、『俊頼髄脳』や『近代秀歌』など重要な歌論書の多くが、解釈の方法というよりも、どちらかと言えば表現の視点から、それも用いるべき表現よりも用いざるべき表現を羅列する形で論を進めてゆくものであることも合点がゆくだろう。詠歌と解釈は分かちがたく結びついており、解釈行為はすでに詠歌行為の範疇に内包されているのである。だからこそ、「テクストの意図」について考えることはなおさら重要になる。和歌は発生と同時に歌人たちが共有する文化的なデータベースに蓄積され、新たな和歌の創造も、過去の和歌の解釈も、そのデータベースに則って遂行されることになるのだ。

要するに和歌においては、「間テクスト性」の概念を無視することは難しいのである。この概念は、重なる部分も多い「多声性」の用語を提出したミハイル・バフチン(一八九五―一九七五)の理論を、翻訳を通して西ヨーロッパ諸国に紹介したジュリア・クリステヴァ(一九四一―)が、バフチンのみならずフェルディナン・ド・ソシュール(一八五七―一九一三)やジークムント・フロイト(一八五六―一九三九)の研究を踏まえて提出したものだ。テクストを「引用のモザイク」と定義するクリステヴァ(一九八三)にとって、テクストとは複雑に反響する雑多な〈声〉の集合体であった。つまり「間テクスト性」という見方は、漠然とした形ではあれ、それまで命脈を保ってきた純然たる「オリジナリティ」の概念を消滅させ、あらゆるテクストを、その他のあらゆるテクストの間にある漂流物へと変貌させたのである。この理論はさらに、ジェラール・ジュネット（一九三〇―二〇一八）やジョナサン・カラーなどによって発展させられてゆくこととなる。

その意味で、『古今集』は単純に言って、一一一一首の和歌が漂流する言葉の海である。例えば先に取り上げた貫之の「桜花」の二首は、明らかに在原業平の傑作を意識したものであろう。

渚院にて桜を見てよめる
世の中に絶えて桜のなかりせば春の心はのどけからまし
（業平、古今、春上、五三）

《もしも世の中に桜というものがなければ、春を迎える心はもっとのどかだったろうか。こうして心が騒ぐのは、桜が今年も咲き誇るからだろうか》というこの歌が反実仮想の論理構造によって多層的な詩的世界を構築しているのに対して、貫之の歌はどこか突き放したように散文的、線条的である。だが貫之の歌は、業平のような歌を詠もうとしてそれに及ばなかったというのではなく、むしろ業平の歌の続編になっているとも考えられる。

業平の歌は春歌上の巻で、「渚院にて桜を見てよめる」という詞書をつけられている。つまり前提として桜は咲いており、その上で業平は花の儚さに懊悩する。それに対して貫之の歌は春歌下の巻にあり、詞書は「桜の花の散りけるをよめる」である。ここではもう桜は散ってしまっており、業平のように贅沢な悩みを歌うことはできない。貫之の歌は、「桜は必ず散る」という残酷な事実と共に、去りゆく春に取り残されている。したがって「もし桜がなければ」という反実仮想は無用なのだ。

このように和歌は、直接的な配列を飛び越えて、詠まれている景物や詞書の内容、あるいは歌人の名などによって、様々な位相で相互に「間テクスト性」を持ち、当時の読者はその海を思い思いに泳ぎながら、和歌の「詠みかた」と「読みかた」を学んでいたと考えられる。そうでなければ和歌の伝統が（かなり早い段階で文化を勢いづける装置としての役割を失い、形骸化してしまったにしても）二十一もの勅撰集に結実し、今日までこれほどの存在感を保つことは不可能であっただろう。

より明白な証拠は本歌取りである。鎌倉時代、『新古今和歌集』によって詠歌の中心的な手法の座を獲得することになる本歌取りも、このような前提を設定せずには説明できない。本歌取りと「間テクスト性」を絡めて論ずる渡邊守章と渡辺保は次のように述べる。

> ともあれ重要な点は、本歌がそれをもとにして歌を作る人々にも、またそれを鑑賞する人々にも共有されていて、本歌とその変形が共にテクスト空間に懸かっていることである。その意味では、「間―テク《マ》ス《マ》ト性」を問題にするのは、なによりも「受容」の観点からなのであり、「受容論」を開くためなのである。（渡邊、渡辺、浅田二〇〇二、一七七頁）

付言すれば、これは受容、あるいは受信と、発信との距離が、和歌においてはきわめて近いということである。

揺籃期にあった和歌の、いわば雑然とした「リスト」という傾向を少なからず持つ『万葉集』を経て、九世紀の後半には歌合に代表される歌人たちのネットワークの中で、和歌は相互作用によって詩化過程を洗練させることができた。その集大成であり、その後の和歌のありように絶大な影響を与えることになる『古今集』の構造は、もはやリストというには程遠く、むしろ「パッチワーク」と呼ぶにふさわしい。パッチワークは特定のルールに従って繰り返されるパターンからなるが、そこには逸脱も内包されている。例えば、壁紙などに見られる装飾模様について、ジル・ドゥルーズ（一九二五―一九九五）は『差異と反復』の中で次のように述べる。

彼は、そのひとつの図柄の複数のコピーを、並列しているのではない。彼は、一回一回、ひとつのコピーに含まれるひとつの要素を、続けて置かれるもうひとつのコピーの他の要素と組み合わせているのである。彼は、〔全体の〕構成の動的なプロセスのなかに、ひとつの不均衡、不安定、非対称、一種の開口《ペアンス》を導き入れており、それらは、〔制作物の〕全体的な結果《エフェ》のなかで、やっと祓いのけられるであろうようなものである。（二〇〇七、六六頁）

和歌集も然りである。潤沢な間テクスト性に裏打ちされた個々の和歌は、互いにある相似性を保ちながら羅列されるが、それぞれの和歌には当然ながら差異が存在する。歌枕、序詞、縁語など一定のコードに従うにしても組み合わせの可能性は膨大であり、ゆえに解釈の幅広さは、しばしば「作者」の意図するところ、「読者」の想像するところを易々と乗り越えてしまう。

解釈の前提となるべき伝記的事実の過不足や、諸本によって異なる歌や詞書の形が、特定の解釈を躊躇させることは、一方では頷ける。しかし詩的言語においては、そもそも意味は常に流動的であり、歌は唯一の意味を伝えるために創られているのではない。その意味の振り幅の大きさに比べれば、史料の不在や諸本の異同によって生じる解釈の振り幅は、実に小さなものと言わざるを得ないのではないだろうか。

正典の構築と解体

本書の中心が紀貫之であることは、解釈可能性の点からもきわめて重要である。貫之は『古今集』の中心的な撰者であった。しかも貫之は、ほかのどの歌人よりも多い一〇二首の歌を『古今集』に入れている。つまり『古今集』の「テクストの意図」を考える上で、貫之は明らかにどの歌人にも増して注意を払うべき存在である、ということになろう。

だが歌の数だけではない。貫之は歌論書の嚆矢となる「仮名序」の執筆者でもある。このことは取りも直さず、貫之が後続の和歌集に圧倒的な存在感を放つモデルを提供したのみならず、後続の歌論書に対してもそれをしたということになる。序文を持つ和歌集とは、言ってみれば理論と実践を融合させた詩集である。そうであるならば、貫之が行ったことは和歌におけるカノン（正典）作りである、と言ってもよい。

聖書に淵源を持つカノンという概念は、すでに先行研究においても日本の古典文学と結びつけられている。とくに『古今集』について、オカダ（Okada 1991）は次のようにまとめている。

爾後数世紀にわたって編まれてゆくことになる勅撰集の嚆矢である『古今集』は詩的インスピレーションの基礎的な貯蔵庫として、季節や雰囲気、それぞれの機会に適した主題、換喩、節回しなどを決定するための資料となった。（八六頁、引用者訳）

『古今集』に対するこのような見方は、近年ますます一般化しつつあるようだ。例えば前田雅之はこう指摘する。

だが、和歌が詠み継がれ、和歌的共同体を構築しえたのは、仮名序を含めた『古今集』やそれ以後二十代に及ぶ勅撰和歌集の力によるものだけではない。むしろ、それ以上に、始原としての『古今集』を中核とする王朝和歌が、「人の心」を表現する際の形式・美意識を整備・固定すると共に、和歌的共同規範の貯蔵庫となり、それらが共同の記憶となって定着・拡大し、実作や社交の場で常に再現前されたことによるだろう。（二〇一一、五四頁）

オカダと前田が、どちらも「貯蔵庫（repository）」という言葉を選んでいることは興味深い。そしてそのような貯蔵庫を構築する上での立役者こそ、他ならぬ貫之であった。貫之へのそのような評価が同時代および後世の歌人によっても共有されていたことは、平安時代の様々な和歌集において、貫之が最も多くの和歌を記録された歌人であるという単純な事実によっても証言されている。『古今集』『後撰集』『拾遺集』の三代集のみならず、最初の類題和歌集、すなわち和歌のアーカイブとも言える『古今和歌六帖』、そして漢詩と和歌を並置することで和歌の重要性を改めて裏書きする『和漢朗詠集』という二つの重要な私撰集においても、やはり最も多くの和歌を入集させているのは貫之なのである。

ところが、それほどまでに絶大であったはずの貫之の和歌に対する貢献は、現代においては意外なほど意識されていない。それは、鎌倉時代に貫之に代わって和歌の世界の頂点に立った藤原俊成《ふじわらのしゅんぜい》（一一一四―一二〇四）やその息子である藤原定家《ふじわらのていか》（一一六二―一二四一）が、その後の和歌と、和歌の詠まれる環境、さらには和歌の社会的な位置づけにまで決定的な影響を与えたことと無関係ではないだろう。だが、それ以上に貫之と和歌の結びつきを見えにくくしているのは、他ならぬ貫之自身である。

それはつまり、貫之が現代ではほとんど決定的に、『土佐日記』というテクストの作者として歴史に刻印されていることに起因している。ただし、その傾向はすでに平安時代から萌していた。詳細は第九章に譲るが、貫之は、和歌の偉大なる先達として歌道において権威化されるのと並行して、まさに在原業平が『伊勢物語』の「昔男」と重ね合わされるようにして、『土佐日記』の作者として、中古・中世・近世の説話集や謡曲、さらには読本など、数多のテクストに登場しているのである。しかも業平とは異なり、貫之は『土佐日記』の明白な作者であり、なおかつ（括弧つきの）登場人物でもあるため、貫之像への『土佐日記』の影響には、さらに複雑かつ強烈なものがある。

それでは、その『土佐日記』をめぐる現代の評価とはどのようなものか。『土佐日記』は女性に仮託された男性作者によるテクストである。さらにあけすけな言い方をすれば、男性作家が女性の言葉遣いを不完全に再現したテクストである。――と、このような書き手のジェンダー的な逸脱をめぐる指摘が目を引く。(7) 市場においては、この逸脱がなおさらに強調される傾向があり、周期的に訪れる古典ブームの中で漫画やゲームといったサブカルチャー（現代においては、サブカルチャーであることが文化の本流に位置している証であるが）に登場する貫之は、トランスジェンダー／クィアの文脈で描かれることが一つの約束事になっているほどである[8]。要するに貫之の「代表作」である『土佐日記』は、当初の「テクストの意図」とは相当に隔たりのある形で、貫之の評価を決定してしまっているように思われるのだ。

他方、貫之のもう一つの側面、すなわち歌聖（この言葉は、そもそも貫之が柿本人麿《かきのもとのひとまろ》を評して用いたものである）としての貫之の権威もまた、中世・近世を通じて解体され続けた。一例を挙げれば、藤原定家が『近代秀歌』の中で貫之を「姿おもしろきさまを好みて、余情妖艶の躰を詠まず」と評したことは、貫之が文学を牽引する役割を担った時代が終わり、新時代の歌人たちに批評される側にまわったことを象徴しているだろう。

だが、明治時代に入って貫之に投げかけられた「下手な歌詠み」という言葉は、さらに徹底的に、貫之の権威を清算してしまったように思われる。その言葉の主とは言うまでもなく正岡子規（一八六七―一九〇二）である。子規は一八九九年（明治三十二）、『日本』紙に十回にわたって「歌よみに与ふる書」を連載した。貫之に烙印を押した有名な一文は、連載第二回にあたる「再び歌よみに与ふる書」の書き出しにある。

貫之は下手な歌よみにて『古今集』はくだらぬ集に有之候。

衝撃的な宣言である。だが子規は、なぜこのような檄を飛ばしたのか。冷静に読み解いてみれば、子規の真意が必ずしも貫之の批判にはなかったことが窺える。

まず子規は、自らも数年前まで貫之と『古今集』の熱烈な崇拝者であったことを認めている。しかしあるときを境に意識が一変し、くだらぬものと考えるようになった。その最たる理由は、『古今集』時代の歌の多くが、掛詞に頼った、言ってみれば駄洒落であり、むやみと理屈をこねくりまわすその表現も冗長に過ぎる、という点に気づいたことである。

この論法が乱暴であることは言うまでもない。自らも俳人、歌人であった子規が、掛詞という日本語の特性を生かした表現を本心から駄洒落と切り捨てるとは思えないし、文学者である子規が、理屈を好まないはずもない。(9) むしろ子規が本当に憎んでいたのは、『古今集』の歌風を無批判に継承し、明治の世になっても代わり映えのしない歌を詠み続けていた保守的な歌人たちであったと思われる。連載から「六たび歌よみに与ふる書」を拾ってみよう。

昔は風帆船が早かつた時代もありしかど、蒸気船を知りてをる眼より見れば、風帆船は遅しと申すが至当の理に有之、貫之は貫之時代の歌の上手とするも、前後の歌よみを比較して貫之より上手の者外に沢山有之と思はば、貫之を下手と評することまた至当に候。歴史的に貫之を褒めるならば生も強ち反対には無之候へども、只今の論は歴史的にその人物を評するにあらず、文学的にその歌を評するが目的に有之候。

このように、子規が攻撃しているのは貫之当人というよりも、『古今集』から千年が経とうとする明治の世に、相も変わらず貫之を最高の歌人として盲目的に称揚し、変化を望まない保守派の姿勢なのである。

子規は俳人、歌人であると共にジャーナリストでもあった。そして、子規の生きたのは近代化の真っ只中であり、スピードの時代である。『土佐日記』の一行が土佐から京へ帰るまでには五十五日を要しているが、子規の親友であった夏目漱石（一八六七―一九一六）が留学のためロンドンへ渡った際には、途中のパリ滞在を含めても、横浜から五十日しかかかっていない。そのような時代に、文学の上でもより近代にふさわしい表現を模索する子規の態度は、詩人として当然のものであった。

子規の句をいくつか挙げてみる。

山吹も菜の花も咲く小庭哉
風呂敷をほどけば柿のころげけり
鶏頭の十四五本もありぬべし

いずれも単純明快な言葉のうちに眼前の風物を織り込んでいる。ヨーロッパを十九世紀に席巻した自然主義文学の流れを汲む、「写生」と呼ばれる子規の表現様式は、速力を以て現実をありのままに言葉にすることで真実に迫ろうとする。そのためには、古から連綿と蓄積されてきた詠歌の方法を、無理にでもいったん清算する必要があったのではないか。

そこで矢面に立たされたのが貫之であった。したがって、子規が貫之を批判したという事実は、逆説的に貫之の重要性を証拠立てていることになる。過去との絶ち難い絆にがんじがらめになりながら、それでも「新しい」ものを創ることに憧れる芸術家の宿命を負った子規は、貫之を仮想敵に措定した。それは取りも直さず子規にとって貫之が、日本文学において根元的な存在であったことを意味しているだろう。

また、子規の「仮想敵」は貫之だけではなかった。例えば「芭蕉雑談」では、「俳聖」と呼ばれ高く評価されていた松尾芭蕉（一六四四―一六九四）に対しても、厳しい言葉を浴びせかけている。

> 芭蕉の俳句は、過半悪句・駄句を以て埋められ、上乗と称すべき者《ママ》は、その何十分の一たる少数に過ぎず。否、僅かに可なる者を求むるも、寥々晨星の如しと。

そしてこのような批判の矛先は、やはり無批判に芭蕉を絶賛する後世の俳人たちの態度へと向けられているのである。「芭蕉雑談」が『日本新聞』に連載され始めた一八九三年（明治二十六）は芭蕉の歿後二百年目にあたり、世間では芭蕉礼賛の気風が高まっていた（青木二〇〇八）。だからこそ子規は、その徒らな信仰を批判したのである。

> 然るに俳諧宗の信者は、句々神聖にして妄りに思議すべからずとなすを以て、終始一言一句の悪口非難を発したる者あらざるなり。

要するに子規は、閉塞する同時代の文学的状況を打ち破ろうという意図のもと、過去の文学の代表者たちを十把一からげに攻撃したと言っても大過ないわけである。しかし、子規の真意がどうあろうと、「貫之は下手な歌よみ」という一文の影響力はあまりにも大きかった。それは新世代から旧世代の、あるいは急進派から保守派の文学者に対する、より全体的な否定の気風を増幅させたようにも思われる。

そもそも明治という時代は、軍国主義の色濃い時代でもあった。近世に設定された二項対立の枠組みを借用するならば、求められたのは「たをやめぶり」の中古文学よりも「ますらをぶり」の古代文学である。[10] 一例を挙げれば、いまでこそ古典文学最大の傑作として、ときに過剰なほどの権威をまとっている『源氏物語』ではあるが、当時の指導者にとっては、心の機微の探求と恋愛に明け暮れるその世界は軟弱であり、見方によっては不埒なものでさえあったのである。[11]

子規もまた、中古よりも古代を好む。彼が『古今集』ではなく『万葉集』に軍配を上げるのは、傾向として万葉歌には技巧に凝ったところがなく、雄々しい自然への飾り気のない賛美が素直に表出しているからである。[12] それは言うまでもなく、子規自身の句法に通じるものでもある。つまり子規は、時代性というよりも、自らの理想とする表現との距離感を以て、古典に優劣をつけていると考えるべきであろう。[13]

そして、皮肉なことにと言うべきか、その子規も今日、かつての貫之と同じように権威化されているという見方も成り立つのである。子規の時代から百年後を生きているにもかかわらず、子規が作ったのとまったく同じような句を作る人々は存在する。[14] これは、社会における詩の立ち位置が子規の時代と現在とでかなり異なっていることを思うと、なおさら奇妙ではないだろうか。事実として、もはや現代人は一般に短歌や俳句を詠まず、それについて論ずることも不得手になっている。もちろん平安時代においても和歌を詠んだのは貴族であり、明治時代に俳句を革新しようとしたのも、主に知識階級に属する人々であった。その意味では、詩は常に少数者の側にあった。しかし現代が決定的に異なるのは、もはやそれらの短詩形が、社会において大きな役割を担うということが起きにくい点である。[15]

子規の発言がさしたる議論を呼ぶでもなく、いまや当たり前のように貫之の名前と結びついてしまっていることには、このような実際的な条件も絡んでいると思われる。そもそも和歌は、共同体を形成する楔としての機能は近世に至るまで持ち続けていたものの、詩的表現としては鎌倉時代には衰退を始めていた。『新古今集』を見ても、本歌取りや体言止めといった技巧的な工夫の隆盛は、すでに平安時代の和歌の手法を継承、維持することが困難になっていたことを端的に示しているだろう。

次いで連歌が行われるようになり、そこからはやがて俳諧が発生した。近世においては、和歌はむしろ狂歌というパロディ的な読み替えの対象としてその命脈を保っていたと言ってもよい。そして俳人であった子規は、「写生」の概念によって、近代文学の一端としての俳句の確立に苦心した人物である。このような歴史的背景を踏まえれば、そもそも子規にとって和歌が決して身近な形式ではなかったことが推測できる。そうであってみれば、「写生」に支えられた子規の俳句は『古今集』の和歌との違いなどよりも、むしろ同時代の小説との関連で論じられるべきでもあろう。明治はすでに小説の時代であった。

世界の中の日本古典文学

二十世紀のロシアの作曲家、イーゴリ・ストラヴィンスキー（一八八二―一九七一）に、「三つの日本の抒情詩」と題する作品（一九一二―一九一三年）がある。この小曲は、以下の詞を伴った三つの部分からなっている。

庭へ降りてきてください、白い花をお見せしたいのです
雪が降っています……一面に広がっているのは花でしょうか
それとも白い雪なのでしょうか

四月が来ました。氷の表面が割れ、
泡立つ小川の流れを、うれしそうに跳ねてゆきます
喜ばしい春のはじめに咲く、白い花になりたいのでしょう

遠くに見えるあのかくも白いものは何でしょう
まるで丘のあいだであちらこちらに漂う雲のようなもの
ついに訪れた春を祝う、満開の桜なのです[16]

これらの詞は、いずれも和歌を翻訳したものである。元のテクストを示せば、以下の通りとなる。

我が背子に見せむと思ひし梅の花それとも見えず雪の降れれば　（赤人、万葉、巻八、一四二六）

谷風にとくる氷のひまごとにうち出づる波や春の初花

桜花咲きにけらしなあしひきの山の峡《かひ》より見ゆる白雲

（当純、古今、春上、一二）

（貫之、同、五九）

三首は、いずれも早春の歌というばかりでなく、雪と花、波と花、雲と花という、見立ての手法でも共通している。人称が明確になっている点、原文にない擬人化が用いられている点など、西洋の詩法に則った改変はあるものの、歌のエッセンスは見事に表現されていると言ってよい。

ストラヴィンスキーがこの詞を手に取るまでには、いくつかの段階があった。まず一九一一年に、ドイツの詩人ハンス・ベートゲ（一八七六―一九四六）が、*Japanischer Frühling. Nachdichtungen japanischer Lyrik*（『日本の春――日本の抒情詩の響き』）という題で、『万葉集』や『古今集』の和歌を集めた書物を出版した。ベートゲは、翻訳者というよりも編集者として、すでに翻訳されていた東洋の詩歌を推敲し、再構成した上で出版するという手法を採っている。その著作は広く読まれ、中でも唐の漢詩を紹介した『中国の笛』（一九〇七年）はグスタフ・マーラー（一八六〇―一九一一）の交響曲「大地の歌」（一九〇八年）の詞となったことで高い知名度を獲得している。

『日本の春』も好評だったようで、一九一二年には『日本の抒情詩』として、アレクサンドル・ブラントによるロシア語版が出版されている。この詩集をストラヴィンスキーに紹介したのは、あるいは友人であったフランス人作曲家、モーリス・ドラージュ（一八七九―一九六一）であろう。ドラージュは裕福な商人の家に生まれたこともあり、幼少期からインドや中国、日本に滞在しており、その後も頻繁に東洋を旅している。完成した「三つの日本の抒情詩」の楽譜にはドラージュ宛ての献辞がある。また、ロシア語で書かれた詞にはフランス語の詞も添えられているが、これもおそらく、ドラージュがドイツ語版『日本の春』から訳したものであろう。

さて二十世紀に入ると、このような重層的な翻訳の過程を経て、日本の古典文学が西洋にも広く知られるようになる。有名な例としてはアーサー・ウェイリー（一八八九―一九六六）による『源氏物語』の英訳（一九二五―一九三三年）が挙げられよう。一九一〇年代には大陸の漢詩を美しい英語に置き換えることに心血を注いでいたウェイリーだが、一九二〇年代に入るとその関心は日本の謡曲に移り[17]、ついには『源氏物語』へと及んだのである。ウェイリー訳の『源氏物語』は、ウェイリーと交流のあった英国の若手芸術家の集いであるブルームズベリー・グループでも愛読され、その創立メンバーであったヴァージニア・ウルフ（一八八二―一九四一）にも強い影響を与えた（平川二〇〇八）[18]。つまり、平安のサロンの果実ともいうべき作品が、およそ千年後に、今度は英国のサロンに衝撃を与えたというわけである。ウェイリー訳は英訳『源氏物語』の一つのスタンダードとなり、その後も広く読まれた。著名な日本文学研究者であるドナルド・キーン（一九二二―二〇一九）も、「古典を楽しむ　私の日本文学」と題した文章の中で、そもそも日本文学への関心をもたらしたのはニューヨークの書店で手に取ったウェイリー訳『源氏物語』であったと述べている（二〇〇一所収）。

ところで、このような海外への日本文化の進出を、一八七〇年代に最高潮を迎えたジャポニズムと呼ばれる現象に紐づけることは容易い。しかし、曖昧な理想郷としての東洋に対する異国趣味、とでも言うべきものが作用していたにしても、重要なことは実際に日本人の生み出した表現が、西洋のその後の芸術の発展に寄与したという事実である。貴族の時代が終わり、工業化が進む中で、西洋の文化にある種の閉塞感がもたらされていたであろうことは想像に難くない。その状況を打破するための、広い意味でのモダニズムを招来するためには、異文化という起爆剤が必要だったのである。ちょうど、仮名の発生と和歌の躍進に大陸の影響が不可欠であったように、モデルニスモ、アール・ヌーヴォー、ゼツェシオン、ポスト印象派、耽美主義などの運動は、いずれも何らかの形で日本の芸術を取り込んでいる。

貫之らの和歌から曲を生み出したストラヴィンスキー自身の言葉を見てみよう。

《祭典》のオーケストレーションの最後の仕事をしながら、私は自分の心に非常に密着した別の曲の作曲に忙しかった。私はその年（一九一二）の夏、日本の抒情詩の小さな詩集——昔の詩人の作品から選ばれた、それぞれ数行からなる短い詩の詩集を読んだ。その詩集から受けた感銘は、日本の絵画や版画から受けたものとまさに同じものであった。私は、それらの芸術の示す遠近法と空間の諸問題の見事な解決に刺激されて、音楽においても類似のものを発見しようとした。（音楽之友社［編］一九九五、二〇〇頁）

ここでも、「詩」が「絵画」や「版画」と併置されていることは無視できないだろう。そして芸術を享受する方法として、これが非常に素直な形であることも言うまでもないことである。私たちは和歌を前にすると、まるでそれが唯一の表現媒体でもあるかのように、その解釈を和歌の枠組みの中だけで行いがちである。だが実際には、例えば歌合においては室内の調度装飾、音楽の演奏、居並ぶ歌人の服装などがいずれも重要な意味を持ったのであり、和歌はそのような総合芸術の主軸ではあったが、全体であったわけではない。そして歌合と共に、大陸風の「曲水の宴」であるとか、貝合や根合であるとか、様々な歌合のヴァリエーションも催され、さらに時代が下れば源氏香図を用いた香合や、作庭、茶湯、生花などもその対話的な表現の〈場〉に仲間入りをすることになる。

このように複雑な記号の網目の中へ分け入って、和歌を裸にしてみせることは不可能である。和歌は文化の核心に深くその根を下ろしている。だからこそ、現代を生きる私たちが和歌を見るときには、たとえ日本人であっても、外国人であるのと同じような注意が必要になる。ブラウアーとマイナーは、『日本の宮廷詩』(Brower and Miner 1961) の序文で次のように述べている。

まず、いくつかの前提を設けておかなければならない。どの詩歌にも、その国の歴史や性質、またそれぞれの国民の精神が複雑に表出しているのだということ。そしてあとに続くそれぞれの世代は、それぞれの歴史的視野に立って、自国や外国の詩的伝統を評価し、詩歌の価値や限界を決定しているのだということ。(三頁、引用者訳)

つまり私たちもまた、現代を生きる人間として、もはや自国の詩歌とも思えぬほど遠く感じられることもある和歌を、改めて読み解いてみるべきなのである。そして、その際に注目すべきは、歌とその言葉がどのようにして生まれ、いつ誰によって伝えられたのか、ということであると同時に、その言葉が歌の中でどのような意味を持ち、その意味がどのように受容され、変化していったのか、ということでもあろう。

ところで、ドナルド・キーンは『声の残り』の中で、三島由紀夫（一九二五―一九七〇）に関する次のような思い出を述懐している。

その晩、神社の離れの部屋で寝ていると、遠くのほうで物音がした。「あれはなんの音？」と隣室の三島が襖ごしに訊いた。「蛙の声でしょう」と私は答えた。しばらくあって、今度は犬の吠え声が聞こえた。そこで私は「これは犬ですよ」と言った。すると三島は、笑いながら「そのくらいは知ってますよ」と言ったものだ。作品中では自然の風物を表現するすばらしい才能を持っているのに、実生活の三島は、最もありきたりな動植物についても、驚くほど無知だったのだ。徹頭徹尾、彼は都会っ子だったのである。（キーン二〇一二、五八五頁）

これは笑い話のような挿話ではあるが、詩的言語の本質を案外と鋭く突いてはいないだろうか。引用した箇所の直前では、三島が松の木を識別できなかったことが語られている。だが、現実の松の木を知らなくとも、三島は松を詠んだ歌をいくつか挙げることができただろうし、「待つ」を誘発する歌ことばとしての松の約束事も、当然ながら熟知していただろう。歌人は居ながらにして名所を知る、という諺もある。私たちにとって重要なのは、一口に言葉と言っても、むろん詩的言語としてのそれに他ならない。

だが、それではあまりにも野放図な、手前勝手な歌の解釈に、本書が終始してしまうことになるという惧れもあろう。そこで本書には、論証性を担保するための主人公が必要になるのであり、その主人公こそ、貫之なのである。

哲学としての和歌

和歌という詩の一形態、つまり芸術表現が、哲学のメディアとなることは可能だろうか。詩と哲学の関係は、儒学の文脈ではしばしば考察の対象になるものの、和歌に関してはさほど重要視されてこなかった。平安時代における主要な表現手段であった和歌は「コミュニケーションの一般的手段」であったと共に、「哲学的議論のメディアでもあった」と明言するクリステワや（二〇一一、四二頁）、「比喩」の概念の普遍性に着目し、古代ギリシャ哲学と同様、言葉によって世界を認識するという行為が、中国や日本の詩歌にも根づいていると主張する川本皓嗣（二〇〇七）、そして「話される」言語ではなく「書かれる」言語としての日本語の側面を取り上げ、平安時代の和歌が、仮名という新たな文字に潜在する表現力を引き出すために発展した可能性を論じる小松英雄（一九九八）などの先行研究は例外的と言えよう。だが、それこそ古代ギリシャに目を向ければ、これは充分に検討する価値のある問題であることがわかる。西洋哲学が修辞学と密接な関係にある以上、哲学には言葉の学としての一面が確かに存在するからである。

よく知られているように、プラトンは『国家』の中で、彼が理想とする国家から、詩人を駆逐しようと試みている。だがそのプラトン自身が、いかに詩に親しみ、それをよく理解していたかということは、他ならぬ本文から明らかになるのである。プラトンは大詩人ホメロスを愛し、彼から多くを学んだ。プラトンの哲学は、常に詩と紙一重のところにあったと言ってよい（Murray 1996）。一方、アリストテレスは、詩、ひいては言葉というものに、プラトンよりも積極的に意味を見出そうとしている。それがよくわかるのが『詩学』

であろう。アリストテレスは、詩を生むのは人間の本性であると断言している。再現、あるいは模倣することは人間に具わった自然の傾向であり、これが人間を動物と峻別する。

また、『詩学』は非常に実践的であり、実際の言葉の用い方についても詳しい説明がなされる。語法は字母、音節、接続語、分節語、名づけ言葉、述べ言葉、語の屈折、文という八つの構成要素からなり、これらを比喩や変形語などの手法で展開してゆく術が説かれているのである。このような規範を守って作られた詩は、決して誤らない。荒唐無稽なものについて書かれた詩も、きちんとした方法に則っていれば詩としては正しい、とアリストテレスは言う。要するに『詩学』は、ある意味で日本の歌論書に近い性質を持っていると言えるだろう。『古今集』仮名序にも、『詩学』のような、修辞学の基礎としての一面があることは疑いを容れない。そして『国家』の場合とは対照的に、貫之は理想の実現のためにいかに和歌が必要かという点を、躊躇うことなく淡々と説いている。プラトンが警戒した言葉の曖昧さや危険性は、和歌にとってはまさに歓迎すべきものであった。

貫之は『古今集』の中心的な撰者として、和歌の役割を知悉していた。その役割の一つには、哲学的な対話のための〈場〉を提供する、ということも含まれる。その意味で貫之は、当時の日本の重要な哲学者でもあったのである。だが貫之のみが一人、重要なのではない。すでに述べたように、和歌は絶え間ない「作者」と「読者」の交換と応答関係の中で意味生成を蓄積し、かつ発展させてゆく表現である。多くの歌人の存在なくしては、和歌は成立しない。[19]

二十世紀の日本の哲学者であった森有正（一九一一―一九七六）は、哲学と言語の関係に大きな関心を持っていた。森は『経験と思想』の中で、日本人の「思想」や「経験」は日本語と不可分であることを強調している。偉大な思想体系に結びついた言語であるギリシャ語、ラテン語、漢文、サンスクリット語なども、それぞれの土地の人々にとっては日常の言語であった。あるいはカントの哲学にしても、それは一人のドイツ人の、ドイツ語による自らの経験の表現であった。ところが、とくに明治の近代化以降、日本人は西洋的な枠組みの中で「思想」の行為に邁進してきた。しかも、この「思想」という語がすでに、大陸から輸入された漢字の組み合わせである。しかし、それにもかかわらず、日本には確かに独自の思想や経験が存在する。

以上を踏まえて、森は次のように述べる。

例えば歌道にしても、能にしても、武道にしても、花道や茶道、庭園術にしても、それらが「思想」の究明に、貴重な、時には本質的な貢献をすることがありうることを私は決して否定するつもりはない。いなそれどころか、こういう特殊な文芸が、その根底に深い「経験」と一つの「思想」を蔵することは確実である。ただ問題は、現代の二十世紀に生き、欧米の思想に内部から滲透されている我々にとって、真の課題は、そういうことの直接の究明とはおのずから次元を異にするということである。我々がおかれ、我々の「経験」そのものである全体の視野の中で、それらの研究が触れ、意味をもって来る点が明らかになって来なければならぬ。(一九七七、六〇頁)

本書もまた、貫之の手になるものをはじめとして、様々なテクストの分析を通して、当代の文学がどのように日本の文化と思想の礎を形成しているかということについて考えると共に、現代において、そのことがどのような意味を持ち得るかという問題を提起したいのである。なぜなら現代の日本においては、哲学に関心を持つ者とはすなわち西洋の思想を学ぶ者であり、反対に古典を学ぶ者は、西洋の思想とは遠く離れたところにいるということが普通だからである。だが、西洋に対する東洋という図式がとうに崩れ、むしろ西洋の思想家が東洋の哲学に答えを求めているような現状にあっては、まずは古典に最も触れやすい立場にある者が、もっと日本語で考えることに目を向けるべきではないだろうか。[20]

先行研究と課題

貫之は子規によってその思惑以上に貶められはしたが、それ以降も文学者の研究対象ではあり続けた。『古今集』における貫之の役割は、本書の立場からすれば充分に評価されているとは言い難いものの、少なくとも『古今集』は最初の勅撰和歌集であるという点において今日まで重要視されている。それは間接的に、貫之の思想が現代にも受け継がれていることを意味するだろう。また個人としての貫之により明白に結びついている『土佐日記』は、日記文学や紀行文学の嚆矢としての存在感も手伝って、近世から現代まで、頻繁に研究対象となっている。とくに池田亀鑑の『古典の批判的処置に関する研究』（一九四一）は国文学における本文批判、すなわち文献学的アプローチを体系的に論ずるものとして戦後の文学研究に大きな影響を与えているが、同書がその事例として徹底的に解剖を試みたのも『土佐日記』に他ならない。だがここでは、テクストと併行して紀貫之という歌人に焦点を絞った研究のみを、先行研究として取り上げることにしよう。

現代の貫之研究に先鞭をつけた一人は、右に挙げた池田の弟子でもある萩谷朴であろう。萩谷の『新訂土佐日記』（一九六九）は事実上の貫之全集とでも言うべきもので、『土佐日記』の本文と注釈、解説を主軸としながらも、貫之の生涯や時代背景についても紙幅を割き、さらには『貫之集』所収歌のほかに歌合や勅撰集に入ったものを合わせて一〇〇〇首ほどにもなる和歌、そして『古今集』や『大堰川行幸和歌』の序文など、貫之の手になると考えられるテクストの大方を収録している。

これより古いものとしては、例えば尾上柴舟の『歴代歌人研究　紀貫之』(一九三八)が挙げられる。尾上は貫之を徹底して技巧派と捉えており、その意味では、後の貫之像の形成にも一役買っていると考えることができる。しかし、次々に歌を挙げては批評を加えてゆくこの書には、国文学者というだけでなく歌人でもあった尾上ならではの視点が少なからず滲み出ており、あたかも同業者の仕事を評価しているように見えるきらいもある。また、一首一首の和歌の範疇を脱しての考察はほとんどなされないため、貫之に関する包括的な研究とは言い難い。

次に、いわゆる人物研究の側面が強いのが以下の文献である。差別化を図るために副題なども含めて列挙すると、目崎徳衛『人物叢書　紀貫之』(初版一九六一、新装版一九八五)、村瀬敏夫『紀貫之伝の研究』(一九八一)および『宮廷歌人　紀貫之』(一九八七)、藤岡忠美『紀貫之』(一九八五)がある。これらの研究においては、基本的に貫之の生涯をたどるのがその構成の主軸であり、折に触れて時代的、文化的背景を説き、またいくつかの和歌を取り上げて、それが貫之という一個人による歌であることを念頭に置きながら解釈を加える、というのが共通した論法である。この四冊が出版されて以降は同様の書物の出版もなく、一般的にはこれらが貫之の関連書で中心的な位置を占めると言ってよいだろう。中でも本書が最も頻繁に参照する藤岡著は、後に講談社学術文庫にも入っており、相当数の読者に親しまれていることがわかる。

人物よりもテクストを焦点化した研究としては、まず菊地靖彦の『『古今集』以後における貫之』(一九八〇)が挙げられよう。ここでは『古今集』において理想を体現したかに見える貫之が、その後は屏風歌の作り手として『古今集』時代の観念の解消を企図しつつもそれを果たすには至らなかったこと、そしてその膠着状態が『新撰和歌』や『土佐日記』など新たなテクストの誕生に繋がったことが論じられている。これに続く長谷川政春の『紀貫之論』（一九八四）は、屏風歌を多く遺した歌人としての貫之像から出発し、言語やイメージといった概念を駆使しながら、虚構や諧謔、散文の問題を理論的に追求している。

より近年に上梓されたものとしては、神田龍身『紀貫之』（二〇〇九）がある。『古今集』仮名序の分析を通しての当代人の和歌観の考察や、『貫之集』所収のものを中心的な素材として、和歌という表現の本質に迫ろうとする論旨と、必要に応じて文学理論の用語を導入してその主張に観念的な肉づけを施そうとする姿勢は、先行研究の中で最も本書と親和性の高いものである。しかしながら、「フィクション」「パロール」「エクリチュール」など、いくつかの射程の広い概念を主軸に展開される同書の理論構造は、当然ながら本書のそれとは異なる。

次に、いわゆる学界の外からの発言としては、詩人で評論家の大岡信による『紀貫之』（一九七一）がある。大岡は書中で「自分は専門家ではない」と何度も謙遜するが、文学に対する広範な知識と詩人としての実践的な視点は鋭く、かえって当時の文学の本質に光を当てることに成功していると思われる部分も少なくない。発行は萩谷著に次いで古く、後続の貫之研究の出現を促した意味でも重要な文献と言えよう。

さらには田中登『紀貫之』（二〇一二）のように、貫之の和歌をずらりと並べて鑑賞することを目的とした書籍もある。ただし、これは「コレクション日本歌人選」と銘打たれたシリーズの一冊であり、紙数にかなりの制限もあるため、それぞれの歌に付された解説は簡潔とならざるを得ない。

以上、貫之関連の先行研究を、まずは単行本のみ挙げた。ここからは、貫之に注目する論文の中から、本書とって道標となり得るものをいくつか列挙しよう。

田中喜美春は、「貫之の和歌民業論」（一九九六）で『古今集』仮名序に表れた貫之の理想を拾い上げ、その理想を体現するものとしての句題和歌や、日本語に潜在する力を引き出すテクストとしての『土佐日記』に着目している。これらの主題はいずれも、本書にとって重要なものである。また、同じく田中は、すでに挙げた「歌の配列」（一九九五）の中で、文学研究の一つの実践例として和歌の配列に注目する手法を紹介しているが、歌集における和歌の配列によって実現する意味生成過程の重要性は、本書が何度も立ち返ることになる問題である。

次に、小町谷照彦には「〈歌人論〉紀貫之を例として」（一九九四）と題した記事がある。ここで小町谷は、持論を展開するというよりも歌人研究の一つの規範を示しているのだが、『拾遺集』の四季の歌から『貫之集』の屏風歌と重複するものを選び出し、そこから貫之の歌人としての資質や特徴を導き出すという手法は示唆に富んでいる。

最後に鈴木宏子は、「〈型〉を創る力——紀貫之における歌集編纂と作歌」（二〇一一）の中で、和歌集の編纂、屏風歌の詠作、『土佐日記』の執筆など、様々に異なる原理を持つテクストに携わった貫之を、常に「型」を意識しつつ、そこに新たな地平を切り拓こうとした人物として評している。この見方は、本書の貫之観と一致したものと言える。

以上の特筆すべき論考を含め、貫之研究の土壌は決して不毛とは言い難く、同時代から現代に至るまで、貫之をめぐる思索は間断を挟みつつも、連綿と受け継がれてきた。だが、それでも貫之に関する文献が、例えば紫式部と『源氏物語』、あるいは清少納言と『枕草子』の関連文献と比較して、目に見えて少ないことも事実である。しかも、先に単行本として挙げた文献の半数は、すでに新刊としては入手できない。文献の数が総じて少ないことは、何を意味するのだろうか。ある文学史上の人物の価値を数値化することがいかに無意味であるにしても、もしそれを試みるとするならば、文献の多寡はやはり一つの指標になるだろう。そして、その指標に従う限りにおいては、貫之の価値は決して高くはないということにならざるを得ないのである。このことは、ひとえに貫之という人物とその業績が、そしてそれ以上に、それらが体現している当代の文学のあり方が、充分に評価されていないことを意味しているように思われる。和歌と和歌をとりまくテクストから貫之の像と思想とを抽出し、既存の評価に何らかの追加を行うことが、本書に課せられた第一の課題ということになろう。

本書の構成

本書はこの序章のあとに、全九章を設ける。

第一章では、貫之の生い立ちと、文学を中心に据えた時代背景を整理する。貫之の生涯を詳細に把握することは、和歌に表れた思想を主な考察の対象とする本書にとって、さほど重要なことではない。しかし貫之の和歌が、まさに貫之の時代に持ち得た意味を尊重するためには、歴史主義的な見地から遊離してしまうこともまた避けなければならないだろう。ここでは、和歌の隆盛をもたらした歌人たちの共同体や、その実践としての歌合のあり方に言及しておくことも重要になる。

第二章では、歌学者としての貫之に焦点を当てる。和歌についての最初の重要な理論書と言うべき『古今集』仮名序は、真名序と対比されることによってなおはっきりと、表現手段としての和歌の性質と、貫之の和歌にかけた理想とを明らかにする。また、仮名序の思想が『新古今集』に至る後世の勅撰集に付せられた序文に、どのように反映されているのかを検討することで、貫之の受容についても考察しつつ、仮名序と同じく貫之によって書かれた「大堰川行幸和歌序」と「新撰和歌序」についても取り上げ、貫之の生涯を貫いた和歌観を探る。

第三章では、『古今集』の本文、すなわち和歌についての詳察を行う。和歌の本質や、和歌の意図的な配列によりメタ詩的レベルでの議論を誘発する和歌集の特徴を可能な限り明らかにすることを試みるこの章が、本書の中心的な章と言える。季節の推移に重なる心の推移、言葉の音や意味の響き合い、そこからもたらされる連想に導かれての多層的な表現こそ、当代人の詩的な思考体系を読み解くための最良の地図と言えよう。

第四章では、第二の勅撰集である『後撰和歌集』を取り上げる。貫之の死後に編まれたこの和歌集に、『古今集』に見られた貫之の和歌に対する姿勢がどのように受け継がれ、あるいは発展したのかを考察することが主な目的である。またその過程では、『後撰集』が『古今集』ではあまり目立たなかった歌ことばを積極的に取り上げたり、『古今集』にあるものと似通った歌群を、あえて別の季節に配置したりするなどの手法を通して、『古今集』を補完するような傾向があることや、貫之を生身の歌人として、あたかも歌物語の主人公のように演出する意図が窺われることが確認される。

第五章では、第三の勅撰集である『拾遺和歌集』を取り上げる。第四章と同様、ここでも『古今集』との関連から『拾遺集』を読み解くことが中心的な目的となる。『拾遺集』の特徴としては、『古今集』と『後撰集』の双方の特徴を盛り込んだアンソロジー的性格が強く見られることや、貫之については多くの屛風歌を採用することで、第一線の歌人としての貫之像を演出する傾向があることを確認する。また、『拾遺集』には人麿の歌が非常に多く採られているが、それは『古今集』仮名序にある人麿の評価をなぞった方針であり、その意味ではこれも貫之の権威を補強する手段であったことを主張したい。

第六章では、平安時代の詩的言語のカノン形成において、貫之の果たした役割を再検討する。『古今集』『後撰集』『拾遺集』の三代集を通して、貫之が好んで用いたと思われる歌ことばをめぐる表現がどのように変化したのかを考察しつつ、章の後半では同時代の重要な私撰集である『古今和歌六帖』ならびに『和漢朗詠集』を取り上げ、三代集で最多入集歌人として圧倒的な存在感を誇った貫之が、これらの歌集でも最も多くの歌を詠んでいることを確認する。

第七章では『土佐日記』を論ずる。日記とも、紀行文とも、歌論書とも呼ばれるこの多面的なテクストを、ここではとくに歌論書として読み解くことに注力したい。和歌を考察の対象にしているからこそ『土佐日記』は仮名で書かれなければならなかったのであり、この実践的な歌論書により、貫之は和歌という枠組みの外にまで、言葉の力を越境させることに成功したのではないか。また、『土佐日記』が『伊勢物語』を強く意識していたと思われることや、それが「もののあはれ」の初出テクストであることにも言及し、『土佐日記』の可能性を多角的に洗い直すことがここでの課題である。

第八章では『貫之集』を取り上げる。『貫之集』は九〇〇首ほどからなる貫之の家集だが、貫之の歿後に、他者によって編まれたものと考えられている。そのためか、『貫之集』には日記文学であるはずの『土佐日記』以上に、生身の人間としての貫之の姿が焼き付けられており、あたかも貫之の伝記としての受容を促すようである。和歌を通して貫之の像を更新するという意味では、『貫之集』には『後撰集』や『拾遺集』とも重なる部分があるが、無名の「女」との贈答歌などを通して、貫之の和歌に対する姿勢が表現されている箇所もあり、一歌人の家集と言っても、『貫之集』には相当の多層性が認められる。

最後に、第九章では、その歿後から明治初期にかけて、貫之という人物がどのように受容されてきたのかを概観する。ここでは歌論書はもちろん、説話、能、小説、狂歌などをも逍遥し、今日に至る貫之の歌人像が形成されてきた過程を探る。本章では、貫之が歌論においては名人として揺るぎない評価を受けることが多かった一方で、その姿がそれぞれの論者の主張に合わせる形で柔軟に更新され、ときには戯画化とも言うべき扱いを受けていることや、とくに歌論書以外のテクストにおいては貫之が「蟻通」の挿話の主人公として、また『土佐日記』の作者（および登場人物）として取り上げられることが非常に多く、今日の貫之像の下地が、中世から近世にかけてすでに萌していたことを確認する。

凡例

一、本書は言うまでもなく古典日本文学を主な分析対象としているが、本書の目的の一つは紀貫之の手になるものをはじめとする古典テクストをより巨視的な文脈に位置づけることであり、読者に関しても、領域にとらわれず、広い層を想定している。このような事情から、年号は原則として西暦で示し、元号は必要に応じて掲げるに留める。

二、本書で引用する主要なテクストは、それぞれ次の版に依拠している。

『古今和歌集』——新編日本古典文学全集（小学館）

『後撰和歌集』——新日本古典文学大系（岩波書店）
『拾遺和歌集』——新日本古典文学大系（岩波書店）
『古今和歌六帖』——図書寮叢刊（養徳社）
『和漢朗詠集』——新編日本古典文学全集（小学館）
『土佐日記』——新日本古典文学大系（岩波書店）
『貫之集』——和歌文学大系（明治書院）

ただし、必要に応じて他の版も参照した。また和歌については、角川書店の『新編　国歌大観』も参照している。なお、和歌の表記は基本的に右記に準じたが、読者の便宜を図る意味で、漢字を仮名に開いたり、送り仮名を補うなどした場合がある。

注

（1）サイード『オリエンタリズム』上巻（今沢紀子訳、平凡社ライブラリー、一九九三）、一三一頁。
（2）なお、本書では判断を下さないが、『伊勢物語』が複数の作者による合作であり、貫之がその中で一定の役割を果たしたとする見方は少なからずある。もしそのような観点に立つならば、これは貫之が『伊勢物語』に関わっていたことを証明する一つの手がかりと見なせるかもしれない。
（3）この言葉の訳として定着しているのは「テクスト外というものはない」であるが、ここではガヤトリ・C・スピヴァクの英訳になる『グラマトロジーについて』（Derrida 1997: 158）に従い、「テクストの外には何もない」という、デリダの趣旨とはややずれた意味に取られかねない訳よりも、「読者の前に現れているのはただそのテクストのみである」という意味を強調する「外テクストというものはない」（there is no outside-text）という訳を試みた。

（4）ジュネット（二〇〇一）が頻繁に用いる概念である「パラテクスト」とは、作品の本文ではなく題名や著者名、書物の装丁、まえがきやあとがき、さらには書評や著者インタビューなど、本文とそれぞれに異なる距離で結びつくあらゆる周縁的なテクストを指す。

（5）和歌を諳んじることと、その過程やその後の実践で必要になる書く技術が、どちらも教養の要として挙げられていることは、当時和歌に与えられていた驚くほどの重要性を（『枕草子』が文学作品であり、当然ながら文学を重要視する価値観の下に書かれていることを差引いても）示唆している。なお、あえて付言すれば、「琴」を「異」に弾きこなす、という表現には「こと」の音を利用した遊戯性を見出だすことができるが、このような表現がすでに『古今集』の和歌によって鍛えられた日本語の特性に基づいていることは無視できないだろう。

（6）このように歌を作ることと受容することがどちらも「よむ」、すなわち元をたどれば同じ語によって表現されていることは、和歌の本質を探る上で興味深い問題である。二つの「よむ」が交換可能な言葉として意識されていたことは、和歌に添えられた「詠み人知らず」という記号が、しばしば「読み人知らず」と書かれていることからもわかる。それはテクストのメッセージが、発信者と受信者の双方の存在によって初めて可能になるというヤーコブソン以来の二十世紀的な理解に、当代人がすでに実践的な手段でたどり着いていたことを意味する。なおヤーコブソンの理論については、例えば土田他（一九九六）や、エーコ（一九八〇）を参照。また、「詠む」と「読む」の関係については、例えば新編日本古典文学全集『歌論集』（橋本他〔校注・訳〕二〇〇二）の月報所収、松平盟子「〈読む〉と〈詠む〉の織りなす果て」を参照。

（7）例えば東原伸明（東原、ウォーレン〔編〕二〇一三）は、『土佐日記』の手法は「書き手＝語り手が女性であるにも拘わらず、不用意に『漢詩』、『漢語』の知識を披瀝してしまうなど徹底さを欠いていることから、失敗の誹りを免れない」と述べる（一二頁）。

（8）例えば、英語に翻訳された日本の文学作品の紹介を通して日本文学を見つめ直そうとするＮＨＫの番組「Ｊブンガク」（二〇〇九年—二〇一二年放送、出演ロバート・キャンベル他）でも『土佐日記』が取り上げられているが、この番組をもとにしてＪＲ東日本の車内で放送された「トレインチャンネルver.」では、アニメーションで再現された貫之は厚化粧をまとい、いわゆる「オカマ」のステレオタイプに符合する姿に描かれている。このような貫之像は現代では決して偏ったものではなく、インターネット上のスラングで「実際は男性だが、ネット上のチャットなどでは女性のふりをする者」を指す「ネカマ」という言葉も、貫之に結びつけられることが少なくない。

さらに文学研究の領域においても、貫之に対する同様の発想が見られる。例えばクィア理論を研究する永田麻詠（二〇一〇）は、性的マイノリティが用いる言葉を国語教育に盛り込むことの有益性を議論しながら、『土佐日記』もその教材としてふさわしいと述べている。

以上のような、貫之のテクストにおける性の転覆という特徴は、確かに貫之ならびに同時代の文学を論じる上で的外れな着眼点ではない。ただし、漢字という正統からの逸脱としての仮名、という視点や、その仮名の特性を最大限に生かした芸術形式としての和歌、という理解に立脚した上でなければ、ジェンダーの越境者というような貫之のイメージは表層的な、空疎なものに終始してしまうだろう。

(9) 一つの例として、子規の雅号が挙げられる。子規とは言うまでもなくホトトギスの意であるが、ホトトギスは、俗に血を吐くまで鳴くと言われる鳥である。子規は結核を病み吐血を繰り返す自身をこの鳥に重ねていた。これは言うまでもなく「理屈」であろう。しかも子規は執筆の時期や状況によって、実に五十以上の雅号を使い分けていたのである。

(10) この有名な二項対立を設定し、同時に「ますらをぶり」を優位に置いたのは、歌人で国学者の賀茂真淵であった。これに疑問を呈し、むしろ「たをやめぶり」にこそ真実が宿っている、と主張したのが本居宣長である。

(11) 例えばハルオ・シラネ（シラネ、鈴木〔編〕一九九九）は、明治大正期の学校教科書では『源氏物語』はわずかしか取り上げられておらず、戦時期には『源氏物語』への言及は「厳格に避けられ」ていたと指摘する（四三〇頁）。またジョシュア・モストウ（二〇〇九）によれば、江戸時代には山崎闇斎、山鹿素行、貝原益軒などの儒学者が、道徳的な理由から女性には『源氏物語』を読ませるべきではないと説いていた。

(12) とはいえ、「再び歌よみに与ふる書」で子規が真っ先に「実に呆れ返つた無趣味の歌に有之候」「しやれにもならぬつまらぬ歌に候」とこき下ろしている在原元方の「年のうちに春は来にけりひととせを去年とやいはむ今年とやいはむ」（古今、春歌上、一）は、歌風としては『古今集』よりも『万葉集』に近いとも言えるのである。第三章参照。

(13) したがって『万葉集』の歌が技巧的でない、というのはあくまで『古今集』と比較してのことに過ぎない。『万葉集』の歌も詩である以上、技巧と無縁であるということはあり得ない。そして巻一のとくに古い時代の歌と、巻二十の大伴家持の歌ではその性質は大きく異なっており、そもそも「万葉歌」と一括りにしてしまうことすら危険である。

(14) このような避けがたい芸術家の権威化とその連鎖という構造は、本書の副次的な主題の一つと言えるだろう。それは文学と社会との関係性を考える上で必要不可欠な視点である。

(15) これはむろん詩に限ったことではない。現代には文学以外の選択肢があまりに多いのである。そしてまた現代では、以前にも増して文学はその内容よりも話題性によって価値を測られるようになっている。ある日本人作家がノーベル賞を受賞するかもしれない、という可能性が示唆されたとたん、文学はにわかに注目を浴びるが、それは皮相な、一過性の関心に過ぎない。だが一方で、二〇一三年四月には、ドイツの作家ギュンター・グラスが新聞に発表した詩「言わなければならないこと」が大きな物議をかもすという出来事があった（小林宏晨二〇一三）。それは詩の政治性によるところが大きいのだが、それでも、現代でも詩人の言葉が社会に衝撃を与え得ること、詩人が社会の中で大きな〈声〉を持ち得ることを証明しているのかもしれない。

(16) 以上はモーリス・ドラージュの手になるらしいフランス語詞を、引用者が和訳したものである。原文は次の通り。

Descendons au jardin je voulais te montrer
les fleurs blanches. La neige tombe...
Tout est-il fleurs ici, ou neige blanche?

Avril parait. Brisant la glace de leur écorce,
bondissent joyeux dans le ruisselet des flots écumeux:
Ils veulent être les premières fleurs blanches du joyeux Printemps.

Qu'aperçoit-on si blanc au loin?
On dirait partout des nuages entre les collines:
les cerisiers épanouis fêtent enfin l'arrivée du Printemps.

(17) その成果としてはWaley（1921）が挙げられよう。

(18)『源氏物語』が海外でも高く評価されるようになったのは、あるいは先にも取り上げた、『源氏物語』のある種の「不道徳さ」によるのかもしれない。平川は、『源氏物語』はそれを読んだウルフら英国の女性芸術家たちを、ヴィクトリア時代の抑圧的な道徳観から解放したのではないかと推測している。

(19) ギリシャにおいて哲学の根幹が対話にあり、ソクラテスがそれを産婆術と呼んだことを思い起こしてみれば、ここにも和歌と哲学の共通点がある。

（20）独特な日本文化論である『表徴の帝国』（一九九六）を著したロラン・バルトはもちろん、ロジェ・カイヨワやジャック・ラカンなど、日本に強い関心を示した西洋の現代思想家は少なくない。だが彼らは日本語を解しないという決定的な制限によって、充分に日本文化を探求することはできなかった。現代の日本の思想家こそ、彼らの望みを叶えることのできる立場にあるはずなのだが、残念なことに現代思想を学ぶ日本人の多くは意識を海外へと向けており、自国の文化について充分な知識を持たない。このような矛盾の解決を目指すことも、今後の研究・教育の大きな使命ではないだろうか。

第一章　貫之の時代

一、貫之と和歌のコミュニティ

紀氏の系譜

貫之を輩出した紀氏とはどのような一族であったのか。以下、藤岡（一九八五）、村瀬（一九八七）、目崎（一九八五）など、貫之に特化した先行研究の記述も参考にしつつ、簡単にまとめてみたい。

伝承によれば、紀氏の祖は武内宿禰《たけのうちのすくね》である。景行から仁徳まで五代の天皇に仕えたといわれる宿禰は、記紀を信用すれば三百年ほども生きたことになる、半ば神格化された存在であり、当然ながら実在した政治家とは考えにくい。実際には、紀氏は大和西南部の豪族であったと思われる。『日本書紀』や『雄略紀』を見ると、貫之の像とは大きく異なり、明らかな軍閥の家系である。しかしながら、葛城氏や蘇我氏ほどに大成して中央の権力を掌握することはなかったため、かえって没落を免れた。

はっきりと存在を特定できる貫之の祖先は、壬申の乱（六七二年）のあとに御史大夫（後の大納言にあたる地位）に任ぜられた紀大人《きのうし》である。その子や孫にあたる麿、麻路、飯麻呂などもそれぞれに大納言、中納言、参議を務めたが、その後は公卿を輩出しなくなった。風向きが変わったきっかけは称徳天皇の崩御（七七〇年）

である。これを機に皇統が天智天皇系に変わったため、後に光仁天皇となる白壁王が擁立されると、紀氏は一気に栄達を極める。白壁王の母というのが他ならぬ紀諸人《きのもろひと》の娘、橡姫《とちひめ》であったので、紀氏は天皇の外戚となったわけである。

しかし、盛者必衰という言葉の例にもれず、この栄光も長くは続かなかった。参議や大納言を相次いで輩出するようになった紀氏だったが、文化に重きを置く漢風主義の時代となり、蝦夷征伐などの軍事的な事業が終焉を迎えると、武門の紀氏には活躍の場がなくなってゆく。八一九年に紀広浜、八三六年に紀百継が歿して以来、紀氏はまたしても公家を出さなくなる。一方、その間に外戚としての地位を固めた藤原氏は、もはや太刀打ちできないほどの権力を握っていた。貫之にとって曾祖父の兄弟にあたる紀名虎《きのなとら》（八四七年歿）はそれでも野心を持ち続け、娘たちを次々と天皇の後宮に入内させた。文徳天皇に嫁した静子は惟喬親王《これたか》（八四四―八九七）を産んだが、政情により立太子は叶わなかった。ここへ来て紀氏の政治的な没落は、いよいよ決定的になる。

だが、ここまで追ってきた貫之の系譜は、実は紀氏の中では傍流に属している。本家の紀氏は学問の世界に転じることで、ある程度まで地位の回復を実現しているのだ。紀長谷雄《きのはせお》（八四五―九一二）は文章博士や大学頭を歴任し、菅原道真（八四五―九〇三）と共に最後の遣唐使にも選ばれている。(1) 息子の淑望《よしもち》（九一九年歿）は、他ならぬ『古今集』真名序の筆記者であり、本書にとっても重要な存在である。『古今集』の序文の意義については次章で詳察することになるが、実際には真名序についても、そこに貫之の思想が反映されていることは疑いようがなく、そもそも淑望は撰者ではないのだから、真名序に貫之の名を記してもよかったはずである。それが淑望の名になっているのは、勅撰集という公的な書物の、漢文で書かれる序文の記者には、漢文の領域に生きた学者の署名があるほうが似つかわしいという実務的な判断によるのだろう。ともあれ貫之は真名序ではなく仮名序の作者として記憶されることを望んだのであり、ここにすでに、漢文の領域よりも仮名の領域を選んだ貫之の決意のほどが透けて見えるのである。

以上をまとめると、貫之の生まれた頃の紀氏は長い伝統を持つ名家ではあったが、武門を必要としなくなった時代の要請に応じきれなかったために栄光から辷《すべ》り落ち、天皇周辺との縁戚関係を保つことでどうにか永らえている、という状況にあったことがわかる。また、とくに本家の人々は、武人の道を捨てて文人となることで、政治の中枢に食い込もうと努力していた様子も窺える。このような状況は、もし貴族の存在意義が宮廷での出世にのみあるのだとすれば、決して歓迎されるべきものではなかったかもしれない。しかし、貫之が和歌に関心を持ち、その新時代を切り拓いてゆくためには、この出自も明らかに重要な要素であったと言えるのである。

さて、貫之は十三歳になると、学令が定める通り大学寮で学ぶ資格を獲得した。そこで貫之は、文章道と呼ばれた学問を奉じ、『文選《もんぜん》』『爾雅《じが》』『史記』『漢書』『後漢書』などを読んでいたものと思われる。そこでもし式部省の試験を受けて合格すれば、文章生となることが許され、学者への道が拓ける。しかし、貫之が文章生になった記録はない。それを、貫之には漢学の才能がなかったゆえと見る向きもあるが、『古今集』成立の頃には御書所預という、漢籍の素養を求められる職に就いていた貫之が、その方面でとくに人後に落ちるとは考えにくい。むしろ本書としては、このとき貫之の心が、すでに激しく和歌という仮名の世界に傾いていたのだと想像したい。

貫之の少年時代、すなわち宇多天皇（八六七―九三一、在位八八七―八九七）の治世の末期には、一堂に会した貴族による歌合も頻繁であった。そこでは『古今集』の編纂にあたることになる歌人たちよりも一世代前の歌人たち、後に貫之自身の命名によって「六歌仙」と呼ばれることになる世代の歌人たちが活躍し、まさに和歌の前衛でその表現の可能性を切り拓いていた。貫之がとくに憧れていたであろう在原業平もその一人である。

今日でも歌人として貫之以上の知名度を誇ると思われる業平は、平城天皇の皇子と桓武天皇の皇女の間に生まれ、高貴な血筋を誇りながらも、政治的な理由によって宮廷の中枢から距離を置かざるを得なかった。このような宿命を負った業平の関心が文学に向かったことは必然であったのかもしれないが、その表現力の豊かさに加え、歌中のみならず実生活でも多くの恋に身を投じたらしい業平の存在は、貫之の青年時代にはすでに伝説的なものになっていたと推察される。しかも業平の妻は紀有常女であったから、業平もまた紀氏に連なっているのである。

貫之が業平を高く評価していたことは、『古今集』仮名序にはっきりと見て取れる。貫之が選ぶ「近き世」の優れた歌人たち、すなわち六歌仙の中に、業平も名を連ねているからだ。

在原業平は、その心余りて、詞たらず。しぼめる花の色なくて匂ひ残れるがごとし。

ただしその評価は、右に引いたように決して手放しの礼讃ではない。業平の歌の圧倒的な迫力は、かえって言葉の運びをもどかしく感じさせると貫之は考えたのだろうか。あるいは技巧にこだわりのある自分であれば、業平の描こうとしたものをさらに安定した調和の中で表現できるという自信を持っていたのだろうか。

いずれにせよ、貫之が業平の歌の「残れる匂ひ」に、強く胸を打たれたことは疑いを容れないと思われる。(2)

ところで、この業平と共に和歌を詠んだ仲間のうちに、貫之の年長の従兄でやはり『古今集』の撰者を務めることになる紀友則《きのとものり》（八四五—九〇七）がいた。成長するにつれて貫之自身も自然とそのようなサロン的な場に出入りするようになったことが推測されるが、そこで貫之はおそらく、和歌を隆盛させた世代の歌人たちの残り香を嗅ぎ、歌の道に生涯を捧げようと決心したのだろう。

だが、若い貫之を迎え入れた和歌のサロン的な環境とは、そもそもどのように隆盛したのだろうか。

和歌共同体の発生

『古今集』が公的に見ても和歌の時代の到来を宣言する書であるのは、それが勅撰集という、天皇の命で編纂された歌集であるからに他ならない。『古今集』以前の勅撰集は、いずれも漢詩集であった。『凌雲集《りょううんしゅう》』（八一四年）、『文華秀麗集《ぶんかしゅうれいしゅう》』（八一八年）、『経国集《けいこくしゅう》』（八二七年）がそれである。

漢詩の役割とは何だろうか。もちろん漢詩は、大陸の詩や思想に学んだ成果を、日本国内での文学的営為として定着させたものであり、漢詩に携わることは、文学的な挑戦でもあっただろう。しかしそれは、やはり常に大陸を意識したものではなかったか。六〇〇年に始まった遣隋使は、六三〇年には遣唐使と名前を変え、大陸との交流を続けていた。これにより、先進的な随や唐の文化や仏教などが漸進的に日本にもたらされたことは周知の通りである。同時に日本としては、自分たちの記した文書が、大陸の人間の目に触れるということも当然ながら念頭に置いていたはずである。

しかし、唐はいつまでも絶対的なモデル文化として君臨し続けたわけではない。八世紀半ば以降、度重なる内乱によって唐は疲弊し、以前のような偉容を誇ることはなくなっていた。そのように弱体化したかつての帝国に、遭難の危険を負ってまで優秀な人材を派遣することの意味が見えにくくなっていたのである。日本はすでに、右に挙げたような漢詩集や、国の歴史を通覧するという意味ではさらに重要な『古事記』（七一二年）や『日本書紀』（七二〇年）を達成している。つまり漢文、あるいは漢文をややアレンジした独自の表記で大陸の史書と比肩し得るものを作り、詩という実践の蓄積も始まっている以上、もはや大陸から学ぶことは多くないと考えられたのである。(3) 律令制に代表される社会制度も、唐にその萌芽を与えられはしたものの、国内で主体的に創造された部分も多く、すでに国家意識を持っていた日本は、自らを百済や唐と対等であると考えるようになっていた。(4)

このことは同時に、日本が唐のコピーのような国として力を蓄えることを望んだのではなく、唐とは異なる文化の発展を模索し始めたことを示唆している。クリステワが記号学者ユーリー・ロトマンの主張を援用して指摘するように、モデルとしての大陸文化は「日本文化の自力発展のメカニズムに刺激を与え、発動させた」のである（二〇一一、四六頁）。

このような背景を受けて八九四年（寛平六）に遣唐使の廃止に乗り出したのが、当時遣唐大使に任命されていた菅原道真である（副使は紀長谷雄であった）。今日では学問の神様としても知られる道真は、政治家であり、学者であり、漢詩人でもあった。右に述べたような唐から自立した日本の姿を、道真は強く胸に抱いていただろう。その道真の判断も手伝って、日本と唐との関係性は以前よりも希薄になった。嵯峨天皇の治世から隆盛していた「唐風文化」は鳴りをひそめ、いよいよ「国風文化」と呼ばれる日本風の文化の形成が勢いを増したのである。(5)

宇多天皇の治世に急激に花開いたこの日本風の文化は、言い換えれば「サロン文化」でもあった。もちろん、千年以上まえの日本の貴族の集いを、十七世紀頃の西洋で盛んになったそれと安易に結びつけてしまうことは危険である。しかし不思議なことに、日本語にはこの「サロン」に該当する言葉が存在しない。(6)それはこれらの集いが自然発生的なものであり、名づける必要がないほど当たり前のものであったことを示しているのかもしれない。(7)

さて、「日本におけるサロン文化」を明確な観点として研究を重ねている目加田さくを（二〇〇三）によれば、日本の初期のサロンの中でも活発なものは、自らも漢詩や和歌をよくし、多くの歌合を催した宇多天皇の周辺に存在したものである。宇多天皇の治世は唐風文化から国風文化への過渡期にあたっているが、当時は依然として場の公私を問わず、唐文化の影響が至るところに残っていたことは間違いない。そもそもサロン的な環境というものに限ってみても、それは大陸に「公主サロン」という形で古くから存在しており、日本の「サロン」はその延長線上にあるという見方もできるのである。公主とは皇帝の娘の意であり、この高貴な女性たちが中心となってサロンを開く風習は、唐の中宗（在位六八三―六八四、七〇五―七一〇）の治世に全盛を迎えたと言われている。太平公主、長寧公主、安楽公主、定安公主、金城公主などは、豪壮な私邸に天子を招き、贅沢な宴のさなかに宮廷詩人たちに詩を作らせ興じた。その背景には、中宗に至る歴代の太宗、高宗、則天武后といった皇帝たちが詩人を厚遇し、文化政策を進めてきた事情がある。

ただし、ここで注意しなければならないのは、公主サロンで詩を詠んだのはもっぱら専業の詩人たちであり、公主たち自身が詩作に積極的であったわけではないという点である。(8)それに対して日本の「サロン」では、帝であれ内親王であれ、中心にいた権力者も必ずと言っていいほど歌を詠んでいる。

そのようなサロンの一例として、藤原高子（八四二―九一〇）の場合を取り上げてみよう。高子は事実上天皇以上の権力を掌握することになる関白、藤原基経《ふじわらのもとつね》（八三六―八九一）の妹である。東宮時代の清和天皇に入内し、女御となると、後の陽成天皇を産み、この子が二歳で立太子を迎えると、「東宮御息所」と呼ばれるようになる。

萩谷朴が編纂した『平安朝歌合大成』（一九九五―一九九六）などの資料によれば、高子が関係した歌合はかなりの数に上る。例えば、「仁和三年八月廿六日以前中将御息所歌合」「仁和四年―寛平三年秋内裏菊合」「寛平五年九月以前秋是貞親王歌合」「寛平五年九月以前皇太夫人班子女王歌合」などである。試みに、これらのいずれかに参加した歌人で、高子のもとに出入りしていた人物を列挙してみると、紀貫之、紀友則、壬生《みぶの》忠岑《ただみね》（八六〇頃―九二〇頃）、凡河内躬恒《おおしこうちのみつね》（八五九頃―九二五頃）、大江千里《おおえのちさと》、藤原興風《ふじわらのおきかぜ》、在原棟梁《ありわらのむねやな》、在原《ありわらの》元方《もとかた》、源 宗于《みなもとのむねゆき》、紀有岑《きのありみね》、伊勢、藤原敏行《ふじわらのとしゆき》と、まさに錚々たる顔ぶれが並ぶ。また、以上の歌人たちに加えて、文屋康秀《ふんやのやすひで》、素性《そせい》、在原業平は古くから高子と親交を結び、このような場では自ら歌を詠むだけでなく、指導的な役割をも果していたものと思われる。

もちろん、高子はこれらの歌合の主催者というわけではなく、その意味では主要な参加者の一人に過ぎない。一例を挙げれば、上記の「皇太夫人班子女王歌合」の主催者は題にある通り宇多天皇の母后である班子《はんし》であり、その周りにも清原深養父《きよはらのふかやぶ》、平 貞文《たいらのさだふみ》、藤原勝臣《ふじわらのかちおん》などの歌人が出入りしていたと思われる。また、歌人たちは特定のサロンに専属していたわけではなく、自由な交流を許されていた。したがって、藤原高子のサロンのみがこの時代に圧倒的な存在感を誇っていたわけではないが、それでも高子がその身分の高さと和歌への関心から、多くの歌人の注目を浴びた人物であることは疑いを容れないだろう。

その高子のサロンの花形の一人が、貫之にとっても偉大な先達であった在原業平である。業平と高子との間に繰り広げられた恋愛も、業平の生涯を彩る伝説の一つとなっている。六国史の最後を飾る『日本三代実録』（九〇一年）に「体貌閑麗、放縦不拘、略無才学、善作倭歌」と記されたほどの業平の色好みについてはいまさら付け足すまでもないが、高子自身も、決して大人しい女性ではなかったことが窺われる。宇多天皇を継いだ醍醐天皇（八八五―九三〇、在位八九七―九三〇）も高子には親愛の情を抱いていたし、晩年には東光寺の僧、善祐との関係がもとで皇太后の地位を失っているほどである。このように活発で情熱的な性質を持つ高子だったからこそ、大規模なサロンの中心に居座ることができたのだろう。

すでに述べたように、業平は平城天皇の孫であり、血筋としては恵まれていながら、官人としては永らく五位下に留まっていた。何が彼を出世の道から遠ざけたのか、はっきりしたことはわからないが、父である阿保親王がなりゆきとはいえ謀反に加担し、自殺ともおぼしい死に追いやられたことと無関係ではないだろう。このような事情に加え、やはり藤原氏の勢力に押されていた紀氏の有常女を妻としたことによって、業平と藤原氏の溝はますます深まった。しかし、高子と親交を深めるようになると、事情は変わってくる。死の前年に蔵人頭に抜擢されたことにも、高子の後押しがあったと考えられるのである。

このことを見ても、平安貴族の共同体には様々な側面があったことがわかる。なるほど、歌は当代人にとって究極のコミュニケーションの道具であり、それは恋愛や悲哀、怨恨など、強い感情を伴うときにこそ効果を発揮する表現であった。しかし、ひとたびサロン的な場で歌が共有されれば、それは個人の想いを離れて批評の対象としての言語芸術となり、教養の大きな構成要素ともなった。そして、歌人として身分の高い人物の歓心を買い、寵愛を得ることができれば、宮廷での役人としての生活にもよい影響が出る可能性があったのである。

つひにゆく道とはかねて聞きしかど昨日今日とは思はざりしを

（業平、古今、哀傷、八六一）

この業平の辞世の一首には、右の事情がよく表れている。《誰もが通ることになる道とは知っていたが、まさかこんなに早くそのときが来るとは思わなかった》と死への不安を率直に吐露するこの歌には、せっかく栄達の道が開けたのに、いままここで死ぬのは口惜しい、という想いが込められていると考えられる。風流の世界に生き、後には六歌仙の一人として讃えられることになる業平にも、社会で成功したいという人間らしい欲望はあった。

とはいえ、歌人たちがそのような政治的野心を剝き出しにしてサロンに出入りしたと考えるのは危険であろう。むしろ、歌は詠む人の心を何よりも雄弁に物語るので、優れた歌人は人間性の面でも周囲から高く評価され、だからこそ出世を望むこともできた、と見るほうが自然ではないだろうか。まして当時は、生まれ落ちた家柄によって望むことのできる社会的地位はだいたい見当がついた。業平も天皇の孫という血筋がなければ、いくら高子の肝煎りがあっても蔵人頭にまでのぼりつめることは不可能であった。

和歌の復権

藤原高子のような高位の貴族を中心に形成された共同体は確かに大規模なものではあったが、それ以前から、歌人たちが小さなグループを個別に形成することはあった。例えば、業平は政治的に不遇だった青年時代、兄の行平《ゆきひら》（八一八―八九三）と共に、摂津の領地で仲間たちと歌を詠むことで憂さを晴らし、将来に望みを繋いでいた。また桓武天皇の孫である良岑宗貞《よしみねのむねさだ》は六歌仙の一人、遍昭《へんじょう》（八一六―八九〇）であるが、遍照は仁明天皇の崩御に際して寵臣として出家し、同じく出家した息子の素性や、仁明天皇第七皇子の常康親王らと雲林院に集まり歌を詠んでいた（高木他〔編〕一九六七）。このような小グループが政治的条件も相俟って中央に寄り集まり、高子らの周囲に合流したことで、共同体はより大規模なものとなったのである。

初の勅撰和歌集である『古今集』の編纂にあたって中心的な活躍をすることになる貫之は、業平などよりも下の世代に属している。貫之の場合、物心ついたときにはすでに高子らのサロンが隆盛しており、機会を得てそこに参加した形である。したがって、業平と高子の関係はもちろん、以下に記すような時代の空気も、貫之にとっては近くて遠い過去であったと想像できる。

高子のサロンが開かれた時期は、ちょうど和歌の復興期とも重なっている。大伴家持《おおとものやかもち》（七一八―七八五）の死をきっかけとするように大伴氏は藤原氏の勢力に圧倒され、歴史の表舞台から消え去った。そして家持が中心となった『万葉集』も、大伴氏と運命を共にしたのである。確かにその後も、歌を詠むという習慣は生き残った。律令制のてこ入れを図った桓武天皇も私生活では風流を愛し、即興で歌を詠むことも多かったという。それでも唐風文化の絶世期という時代にあって、嵯峨天皇、淳和天皇、仁明天皇の治世では、和歌は詠まれることはあっても、記録されるということはなかった（秋山他〔編〕一九六七）。

だがそれは、歌が顧みられなかったことを意味するのではない。漢文による公式の文書が社会的に重きを置かれ、文学的な事業は漢詩集に限られていたが、それでも日本人にとって日本語の歌は身近であったし、必要であった。歌は私的な場面、とくに恋愛において、欠くべからざるコミュニケーションの手段であったのである。しかし、それは和歌の地位向上を望む若い世代の歌人たちから見れば、諸刃の剣とも言うべき状況であった。

『古今集』仮名序で、貫之は和歌の歴史を振り返りながら以下のように言う。

今の世の中、色につき、人の心、花になりにけるより、あだなる歌、はかなき言のみいでくれば、色好みの家に埋れ木の、人知れぬこととなりて、まめなる所には、花薄《はなすすき》穂に出すべきことにもあらずなりにたり。

この慨嘆は、まさにこの時期を指していると考えられる。「昨今では人の心も派手好みとなり、その場限りの歌が徒らに詠まれるばかりである。歌は色好みの人種にばかり愛好され、表立った場所では居場所を失ってしまっている」という大意になろうが、恋愛の道具としての歌の機能が先走り（それは結局のところ、歌の根幹にある機能には変わりないのだが）、その場限りの感情を詠むことに終始した結果、和歌は知的な表現としての地位を失ってしまった、というわけだ。むろん、これは『古今集』に大きな重要性を与えるための恣意的な記述でもあるので、実際に過去の歌が文学として劣っているという主張として受け取ることは危険である。しかし、和歌があまりに私的な領域に属していたために、表現として充分に発展できなかったという可能性は無視できない。

ところが、仁明天皇が八五〇年に歿したあたりで、文化は転換期を迎える。仁明天皇の女御、順子は藤《ふじ》

原 良房《わらのよしふさ》（八〇四―八七二）の妹であったから、良房はなおさらその死を悼んだ。しかし、順子の産んだ文徳天皇が即位すると、良房は新帝と自分の娘である明子の間に生まれた惟仁親王を皇太子に立てた。図らずも、良房の手中には俄かに莫大な権力が握られたわけである。それは、後世『栄花物語』や『大鏡』が讃えることになる藤原 道長《ふじわらのみちなが》（九六六―一〇二八）の栄達を予見させるものであった。

　このようにして藤原家による摂政・関白の執政が始まったわけだが、良房はかなりの和歌愛好家でもあった。そして、和歌が取り沙汰されることが増えれば、当然ながら周辺の生活の様々な部分にも変化が生じてくる。例えば調度品にしても、屏風に描かれるのが唐絵から大和絵に変わり、そこに屏風歌が添えられるようになる。このような変化の蓄積として、後宮そのものの繁栄が促された。国風文化が公の場を巻き込んで本格化するのは十世紀に入ってからだが、それは人々の私生活の場面で、すでに胎動を見せていたのである。良房の娘で文徳天皇の后となった明子も、発展を遂げた後宮でサロンを開いている。そして、次代の清和天皇の后となった高子は藤原 長良《ふじわらのながら》（八〇二―八五六）の娘であるから、良房から見れば姪にあたる。これだけの権力を後ろ盾に持つ高子のサロンが華やかなものになるのは、思えば当然のことと言えるだろう。

　高子を中心とする集いへの参加者をもう一度振り返ってみると、そこには貫之をはじめ紀友則、壬生忠岑、凡河内躬恒という『古今集』の四人の撰者をはじめ、同集に多くの歌が採用された素性、在原業平、伊勢、藤原敏行、藤原興風、在原元方、大江千里らが入っている。『古今集』は高子のサロンの一つの成果である、と言っても決して言い過ぎではないだろう。それほど活発な文学の共同体が実現したのは、沈滞から回帰した和歌に寄せる期待と、獲得して日の浅い仮名文字の可能性を追求しようという探究心が相乗的に組み合わさったゆえとも考えられる。仮名文字によって和歌の記録は容易になり、かつまた、それまで用いられていた万葉仮名での表記では難しかった表現も可能になった。和歌が文学的営為の中心に躍り出たことで、漢文の世界からは遠ざけられていた女性も「書く」という行為に参加できるようになり、文学はより多くの参加者を獲得したのである。

二、和歌による「饗宴」

歌合と日常的な詠歌

階級社会において、官位の低い者がいきなりサロンに参加するのは、やはり簡単ではなかったと思われる。例えば貫之の場合には、従兄である紀友則と、それ以上の有力者である藤原敏行の紹介があったことが想像される（村瀬一九八七）。また、その敏行や業平が貫之と姻戚関係にあったことも、扉が開かれた理由の一つには違いないだろう。舞台が貴族社会である以上、権力の構図をまったく無視することはできない。しかしひとたび参加を許され、評価を得ることができれば、卑官の者でも皇后や天皇と友情にも似た関係を結ぶことができたということが、サロンが文学の発展に大きく寄与した一因であろう[9]。先に高子が関わった歌合として紹介したもののうち、「是貞親王歌合」と「皇太夫人班子女王歌合」は、まだ二十代前半であったと思われる貫之のデビューの場でもあった。後者の歌合で詠まれた貫之作の七首のうち四首は、『古今集』にも再録されている[10]。

このとき、歌合はまだ新しい風習であった。上記の歌合が開催されたと考えられる寛平五年からさかのぼること六年、八八七年（仁和三）の夏以前に催されたとされる「在民部卿家歌合」が、記録に残っている最古の歌合である。これは民部卿を務めていた当時の在原行平が、自邸で主催したものであるらしい。また、すでに歌の題と呼応する形で席を飾りつける洲浜が用いられたこともわかっており、簡易なものとはいえ仮名日記や判詞も残っているので、実際にはこれ以前にも歌合が行われていたことが推測される（泉一九九五）。少なくとも、歌合はこの頃にはある程度まで定型化され、記録に残す価値のあるものと捉えられるようになっていた、と考えることができるのである。

歌合は、単に参加者が右方と左方に分かれて歌の優劣を競うだけのものではない。隣接する歌には詠物による連想があり、歌合の全体を通じての季節の推移など、時間的な展開が見出せることは、夙に指摘されている通りである。そして、このような歌合の特徴は『古今集』にも引き継がれている。ただ、これも『古今集』がその嚆矢というわけではなく、勅撰ではない『新撰万葉集』においてすでに行われている（上巻の成立は八九三年、下巻は九一三年とされる）[11]。『新撰万葉集』の場合、下敷きとなっているのはやはり上巻成立の直前に開催された「是貞親王歌合」と「皇太夫人班子女王歌合」であり、貫之のデビューの場でもあったこれらの歌合のほうが、行平の主催した歌合よりも大きな注目を集めたことが窺える。

それでは、ここで「亭子院歌合」を例にとり、歌合の意義を確認しておきたい。「亭子院歌合」は、九一三年（延喜十三）三月に宇多法皇により主催された歌合で、後世の同様の試みに大きな影響を与えただけでなく、すでに成立していた『古今集』にもここから歌が追補されるなど、高く評価されていた。歌は四〇番八〇首、題は「二月」「三月」「四月」「恋」で、勝敗の判定を行ったのは宇多法皇、歌を詠んだのは法皇のほか貫之、躬恒、興風、是則、伊勢、兼覧王などである。なお、最も歌が多いのは躬恒の二〇首で、貫之にも引けをとらない歌人として評価されていた躬恒の歌風を伝えるよすがともなっている（西山二〇〇五）。

歌合の冒頭には、伊勢によって書かれたとされる記録が付されている。この種の記録は仮名日記と呼ばれ、やがて貫之が書くことになる『土佐日記』の淵源となっていることを思えば、その存在自体が重要であることは言うまでもない。しかしここではその内容にのみ目を向けることにしよう。

帝の御装束、檜皮《ひはだ》色の御衣《おほんぞ》に、承和《じようわ》色の御袴《おほんはかま》。男女、左は赤色に桜襲《さくらがさね》、右は青色に柳襲。左は歌よみ、員刺《かずさし》の童《わらは》、例の赤色に薄蘇芳《うすすはう》綾の表袴《うへのはかま》、右には青色に萌黄の綾の表袴。方々の親王、青色、赤色みな奉れり。

と、伊勢は法皇はじめ列席者の装束を細かく記録している。これは、会場にしつらえられた洲浜などの調度品や、演奏された音楽などの記録と相俟って、歌合がいわば総合芸術の場であったことを生き生きと伝えている。

さらに歌合の本質をよく伝えているのは、終わりに近い次の部分である。

右は勝ちたれども、内の御歌ふたつを勝にておきたれば、右ひとつ負けたり。されど、楽《がく》はもろともにぞしける。

これはどういうことかといえば、この日は右方の勝ちになりはしたものの、実は法皇の二首の勝ちがあったので、本当は左が勝った、と述べているのである。つまり、勝敗はうやむやになったのであって、本来であれば左方が勝てば唐楽、右方が勝てば高麗楽を奏する、という決まりがあるところ、どちらも演奏された。その後、列席者は和歌を記した色紙を、洲浜のふさわしい部分に飾りつけるなどしてから、帝から祝儀の装束を賜って、宴を楽しんだのである。

このことは、歌合が厳密な競技としてではなく、和歌を楽しみながら、その表現の彩を観賞し、議論する場として機能していたことを示唆しているだろう。以下、実際の和歌をいくつか例にとってみる。

左　　伊勢

青柳の枝にかかれる春雨は糸もてぬける玉かとぞ見る

右　　是則

浅緑そめて乱れる青柳の糸をばはるの風や縒《よ》るらむ

右の二首は、歌合の最初を飾るものである。どちらの歌も、春の柳の姿を、春雨や風といった景物を利用して巧みに描写している。勝敗はどうなったのか。法皇の判断は「持」、すなわち引き分けであった。その理由は「これもかれもよし」、つまりどちらも優れているからである。

この歌合には「持」が少なくない。すぐあとに続く二首でも同様である。

左　　躬恒

咲かざらむものならなくに桜花面影にのみまだき見ゆらむ

右　　　　貫之

山桜咲きぬるときはつねよりも峰の白雲たちまさりけり

躬恒の歌は、桜の儚さから、まだ咲きもしない桜を眼前に見ようとしてしまう詠者の心を表現し、貫之の歌は、白雲と一つになって空を覆うような桜の雄大さを詠じている。

この二首が「持」になった理由は、先程とは違い、どちらにも欠点が指摘されたからである。まず躬恒の歌には、「らむ」という語が二度登場しており冗長である。そして貫之の歌は、「山桜」と「峰」という語にどちらも「山」が入っており、これも重複である。[12]したがって、どちらも無駄のある両者の歌は引き分けということになる。

貫之と躬恒の歌が合わされたのはこの一度だけではない。七番では、貫之の歌が勝利を収めている。

左勝　　　　貫之

桜散る木の下風は寒からで空に知られぬ雪ぞ降りける

右　　　　躬恒

わが心春の山べにあくがれてながながし日を今日も暮らしつ

『拾遺集』にも入っている貫之の歌はよく知られている。《散りゆく桜の花びらは吹き抜けてゆく風を目に見えるようにしてくれるが、その花の風は寒さを感じさせない。そして空を見れば、空から降るのとは違う花の雪が舞っている》というのである。

一方、躬恒の歌は、春に心を躍らせた人物が山中で長い時間を過ごして日を送るさまを詠んでいるが、「ながながし」という表現は「百人一首」にもある人麿の歌、

あしひきの山鳥の尾のしだり尾のながながし夜をひとりかも寝む

（人麿、拾遺、恋三、七七八）

を想起させる。法皇はこの表現も、さらには歌が声に出して詠まれたときの響きも気に入らなかったらしく、「ながながしといふことにくし。首すくめて肩据ゑたるやうにつぶやけり」と評し、貫之の歌を勝ちとしている。

このように勝敗を明確にすることもある一方で、やはり歌合が原則として歌の優劣を競うことを目的としているわけではないことは、例えば次の八番の二首を見てもわかる。

左持　躬恒

桜花いかでか人の折りてみぬのちこそまさる色もいでこめ

右　　　　　　　　　　　　　　　　　　　　　　　躬恒

うたた寝の夢にやあるらむ桜花はかなく見てぞやみぬべらなる

《桜の花は手折ってこそなお美しい色が出てくるのだから、それをしない法があるだろうか》という一首目と、桜の儚さをうたた寝のさなかに見る一瞬の夢に喩えた二首目は、引き分けと判定されている。そして何より注目すべきは、この二首がどちらも躬恒によるものということである。もし歌合が歌人同士の、そして右方と左方の、形式的とはいえ真剣な勝負事と認識されていたのであれば、このような組み合わせはあり得ないだろう。歌合の眼目が歌の観賞、あるいは表現についての議論にあったからこそ、このような形での歌の提出が行われたと考えるべきではないだろうか[13]。

もっとも、このような歌合は宮中行事であったため、法皇以外の参加者が和歌についてどのような感想を持っていたのかは、私たちには知る由もない。私たちにできるのは、ただ行間から歌合の実際の姿を想像することだけである。ただし、発言の残っている法皇についてはさらに多くを忖度することができる。例えば、法皇は歌の優劣を決定する権利を持っていただけではなく、自身の歌については、無条件にそれを勝ちとする特権をも持っていたのである。

左勝　　　　　　　　　　　　　　　　　　　　　　御

春風の吹かぬ世にだにあらませば心のどかに花は見てまし

右

散りぬともありとたのまむ桜花春は過ぎぬとわれに聞かすな

この二首は、どちらも桜が散らない状況を仮定することで、春が過ぎ去ることを惜しむ内容になっている。しかし、右方の匿名の歌に勝ったのは、左方の法皇の歌である。その理由は単純で、「左は内の御歌なり。まさに負けむやは」、つまり、法皇の歌が負けになることがあろうか、というのである。

三月の部の九番でも、同じことが起こっている。ここで法皇に無条件降伏を迫られたのは貫之である。

左　貫之

さくら花散りぬる風のなごりには水なき空に波ぞ立ちける

右勝　御製

水底に春や来るらむみ吉野の吉野の川に蛙鳴くなり

『古今集』にもあとから補入されている貫之の歌は、先に挙げた「桜散る木の下風は～」の歌と同工異曲とも言うべきもので、貫之らしい見立ての技法が用いられている。法皇の歌は、桜を想起させる「み吉野」の川で蛙が鳴く声に春の喜びを託すものだが、貫之の歌に比して特段に優れたところがあるようにも思われない。しかし、法皇は自らの勝ちを宣言する。「内の御歌いかでかは負けむ」、つまり、「私の歌がどうして負けるだろうか」と。

このような法皇の態度はしかし、傲慢な権力者という像には結びつかない。むしろ主催者である法皇の気まぐれを楽しみながら、詠者たちは勝敗を度外視して、調度や音楽との調和を含めた美的空間の中で、和歌の表現の検討や共有を行っていたと考えるべきではないだろうか[14]。

曲水の宴

歌人たちが歌を持ち寄る〈場〉は、必ずしも歌合の形をとるわけではなかった。例えば「曲水の宴」と呼ばれる催しがある。

ここで取り上げる『紀師匠曲水宴和歌』は、道真の左遷から、『古今集』が成立するまでの期間に成立したものと考えられている。曲水の宴とは、三月三日に内裏の庭園などで行われた、水の上流から酒杯を流し、それが自分の前に流れてくるまでに即興的に歌を詠む、という行事である。むろん、歌を詠んだら眼前の杯を干すことになるから、歌合と比べると、やや男性的な、遊戯性の強い行事と言えるかもしれない。

多くの宮廷行事と同様、曲水の宴の紀元も中国に求めることができる。四世紀に王羲之が揮毫し、書道の規範の一つとなった「蘭亭序」は、曲水の宴の席で、酒に酔った状態で書かれたと言われている。このような伝統がある以上、日本での曲水の宴も、最初は漢詩を作る行事として取り入れられたのだろう。しかし、和歌が発展を見せた『万葉集』の頃から、曲水の宴は徐々に公式の宮廷行事から貴族の私的な行事へと変わってゆき、和歌を詠む〈場〉として成立したようだ。事実、大伴家持も曲水の宴を主催しており、

漢人《からひと》も筏浮かべて遊ぶといふ今日ぞ我が背子花かづらせな

（大伴家持、万葉、巻一九、四一五三）

という歌を残している。《唐の人たちも今日は筏を浮べて遊ぶといいます。さあ友よ、花のかづらをまとってください》というこの歌は、庭園に作った川のまわりで詠歌に興じるうち、頭に桜の花びらが降りかかって「かづら」（髪飾り）のようになった、という楽しげな様子を伝えている。(15)

貫之が主催したとされる『紀師匠曲水宴和歌』も、言うまでもなく和歌のための行事であった。参加者は貫之のほか、凡河内躬恒、藤原伊衡《ふじわらのこれひら》、紀友則、藤原興風、大江千里、坂上是則、壬生忠岑の八人である。撰者の全員が入っていることはもちろんだが、興風は一七首、千里は一〇首、是則は八首と、残る三人も『古今集』に多くの歌を採られた歌人であることは注目に値する。唯一の例外は伊衡で、伊衡の歌が勅撰集に入るのは『後撰集』からである。『古今集』に歌のない理由は不明だが、あるいは撰者の中で最年少の貫之よりさらに五歳ほども若いので、さすがに未熟であると判断されたのかもしれない。

さて、この曲水の宴では、八人の参加者が各々三つの題に合わせて三首、計二四首を詠出している。最初に登場する躬恒を例にとってみると、

花浮春水

やみがくれ岩間を分けて行く水の声さへ花の香にぞしみける

燈懸水際明
水底のかげもうかべるかがり火のあまたにみゆる春のよひ哉

月入花灘暗
とくも入る月にもある哉山のはのしげきに影の隠るとやいはむ

ということがわかる。

という形である。三つの題はそれぞれ「花、春の水に浮かぶ」「燈火、水際に懸かりて明るし」「月、花の瀬に入り暗し」とでも訓ずべきもので、三首が漢詩文の一句をよすがに和歌を詠む、典型的な句題和歌である

一首目は、《暗い岩間を隠れながら流れてゆく水は、その音を聞くだけでも、花の香がしみこんでいるようだ》という感覚的な歌である。これは第三章で取り上げる、貫之と躬恒が『古今集』で交わす色や香についての議論を想起させる。岩の間に入ってしまうと、水の流れは一時的に見えなくなる。だが、散り積もってゆく桜の花が、そこで水と共に流れていることは想像できる。いや、想像できるどころか、水が流れる音からそれを察して、香まで感じることができる、と言っているのである。当代人の五感の柔軟性を雄弁に語る一首と言える。

二首目では、《水底の影を映すような篝火が、いくつにも重なって見える、春の宵である》と幻想的な光景を歌っている。花の散る春の世界は、それでなくても幻惑的である。貫之も『古今集』で、同じように春

の山道に迷う人物をシリーズで描いているが（春下、一一五以降）、ここではさらに水の映像、それも火という実体のないものを映し出す水面が焦点化されている。それは春の夜に、「思ひ」の「火」を涙の底で揺らめかせている詠者の姿と見ることもできるだろう。なお、この歌は『新拾遺和歌集』（春下、一七二）にも入っている。

三首目は、《山の端が多ければ、月の光も隠れてしまうので、今夜の月もすでに隠れてしまったのでしょう》と述べ、あたりのすっかり暗くなったさまを歌っている。前の二首を受けているので、読者は暗くなった夜の庭にも、水のせせらぎや花の香を感じることができる。

以上の三首は、いずれも「暗い」という状況を作り出すことで、そこからかえって鮮やかに浮かび上がってくる色や音、香という感覚を歌っている。実際に宴が開かれたのが日中であるのか、夜間であるのかということはここでは重要ではない。おそらくは満開の桜の下、酒杯を干しながらの言語遊戯が、自ずから幻想的な雰囲気を作り上げたのだろう。「闇」や「影」という事象は、風景を見えにくくすることで、「花」や「火」をいっそう力強く輝かせる。

一方、貫之の三首は全体の末尾に配されている。題は先ほどと共通である。これらの三首は、いずれも勅撰集や『貫之集』には入っていない。

春なれば梅に桜をこきまぜて流すみなせの河の香ぞする
かがり火の上下わかぬ春の夜は水ならぬ身もさやけかりけり
入りぬれば小倉の山のをちにこそ月なき花の瀬ともなりぬれ

一首目は、《春だからだろう、梅と桜をいっしょくたにして流しているような、水のない川の香がする》で、やや謎めいている。「こきまぜる」という豪快な語は、厳密には「色のついたもの（主として赤系の）を細かにちぎってまぜること」（『日本国語大辞典』）であるので、梅と桜にふさわしい。「みなせの河」は水無瀬川であろう。これは、摂津の国に実在する川でもあるが、普通名詞としては、地下を流れて表面は枯れている川の意であるから、「表に出ない想い」などを表す言葉として歌に詠まれてきた。

しかし、ここでは音のレベルに注目したい。「みなせの」と「の」を入れて切っていることから、この点は貫之によっても意識されていたと思われるが、そこには「みなす」が重なっている。つまり、実際はそうではないが、そう見える、という見立てであることが告白されているのである。

以上を整理すると、歌のメッセージは次のようになるだろう。《せっかくの春だから、散っては積もる梅や桜の花びらを、水ではない花の川に見立てよう。かぐわしい香のする川が現れてくるはずだから》と。梅や桜の歌を詠み続ける歌人には、言葉によって花の川を出現させることができるのである。やや力技とも言える大胆さも、遊興の席に似つかわしい。

二首目の歌は《篝火が上もなく下もなく夜を照らしているので、水ではない私自身も明るく光っている》というほどの歌意だが、さらに技巧的である。まず、世界が水平線によって上下に分けられるという前提があることに注目したい。この歌においては、世界は地上と水中とに二分されている。そこを篝火が照らしているので、地上にある火は水中の世界をも照らし出し、なおさら両者の区別を難しくしている。そのような状況だから、「わが身」も「水」であるかのように眩しく光り輝いている、というのである。「身」と「水」

とが「み」の音で繋がっていることは言うまでもない。さらに「水」には「見つ」と「見ず」の二つの読みの可能性が含まれている。[16] 篝火のおかげで、暗中でも「見えない」はずのものが「見える」ようになる、という状況が示唆されていると思われるのである。

さらに深読みを試みることもできる。というのも、「上下」は風景の上方、下方だけを意味するのではなく、身分の高低を指している可能性も充分にあるからだ。これを前提に据えてみれば、歌のメッセージは次のように変化する。《篝火は身分の上下に関係なく光を注ぐので、私のような身分の者にも、この春の夜に、眩しい光が降りかかっている》と。それは思わぬ出世を遂げた官人の感激とも、年長の歌人たちに仲間入りを果たした若い貫之の喜びの声とも、いかようにも解釈できる。

三首目の歌は一首目に似た趣向であるが、夜の静けさに包まれている。《月が小倉山の向こうに隠れてしまったので、月のない中で花は瀬のように見える》と歌っている。「をち」は「遠く」だが、「落つ」とも響き合っている。そのようにして月のない空間が出来上がると、やはり「落つ」ことによって散り敷いた花が、浅い川のように流れているというわけだ。実際に川を眼前にしているとすれば、川面にびっしりと花びらが浮かんでいるのだろう。「暗い」を連想させる「小倉山」の名を利用することで、篝火に照らされた二首目とは対照的な光景を作り上げている。

このように貫之の三首は、躬恒や他の歌人と同様の句題に従いながらも、貫之らしい技巧を用いた歌を提出し得ている。とはいえ、この「曲水の宴」の主役はあくまでも躬恒であったのかもしれない。冒頭に歌があることもそうだが、いまでは散逸した序文も、躬恒によるものである。類聚本には、その一部を含む次のような一文が残っている。

躬恒が序にいへること。されもこよひあらざらむ人は、歌の道をも知らでまどひつつ、天の下に知りがほするなめりと、かきたるもことはり。まことにめでたき歌よみどもかな。この世にむまれて、この人々の居なみて歌よみしけむを見ましかば、なにごこちせましとおもうふも、すきたる心なり。

もしこの一文を信ずるならば、躬恒は『紀師匠曲水宴和歌』の序文で、「この催しに参加しなかった歌詠みは、本当は歌道に疎いというのに、したり顔で和歌について語っているのだ」というような意味のことを述べているらしい。筆写者もそれに同調し、これほどの歌人たちが歌を詠む場に居合わせたらどんな心地がしただろうか、と和歌を愛する気持を表明している。

だが貫之より年長で、しかもこの時点では貫之より有名な歌人であったと思われる躬恒をはじめ、ほかの歌人をさしおいて、この曲水の宴に貫之を指す「紀師匠」という語が冠せられているのはなぜだろうか。本文を見る限り躬恒が中心人物であるように思えるのだから、なおさら疑問である。一説には、この曲水の宴が開かれたのが貫之の邸であったので、いわば返礼として、貫之の名がつけられたという。だが、この題名が成立したのも、おそらくは後世のことであっただろう。つまり、そのときにはすでに貫之の名声が抜きん出ていた、という事情のために「紀師匠」とされたのである（藤岡一九八五）。

いずれにせよ、『紀師匠曲水宴和歌』には不明な点も多く、先行の貫之研究のうちで曲水の宴を詳しく取り上げている萩谷（一九六九）も、そもそもこれが偽書である可能性を指摘している。確かに、ここに登場する和歌は同時代の勅撰集にも登場せず、また貫之の歌を見ても、偽書と思われる節がなくもない。例えば二首目の「かがり火の」の歌は、水面を境界に設定した世界観といい、身分を指すともとれる「上下」の語といい、あたかも『土佐日記』の内容を思わせるものであり、まだ『古今集』の編纂にも携わっていない貫之の作にしては先進的すぎるきらいもある。だが、貫之は歌人としては初志貫徹型と言うべきで、その和歌観は一生を通してさほど変化していないと考えられるので、若い貫之の作が後半生のそれを先取りすることはあり得ることである。本書では結論を出すことは控えたい。

共同体と書くということ

歌人たちの共同体がなければ、これまでに見たような歌合をはじめとする詠歌の催しごとは不可能である。そして、これらの催しごとの性質が、後の歌集の編纂に大きな影響を与えたことは疑いを容れない。和歌は何よりもコミュニケーションに依存する芸術であり、複数の人々の参加がなければ発展することがない。これは、より日常的な場面においてもまったく同様である。最小単位である贈答歌は、ある詠者から別のある詠者に宛てて贈られるものである。和歌はメッセージを帯びている。たとえ返歌がなくとも、「詠まれ」た歌は「読まれ」なければ意味を成さない。要するに、共同体なくして和歌はあり得ないのであるから、和歌の復興期にあたってサロン的な環境が隆盛を見るのはきわめて自然なことなのである。

初期の歌合から『古今集』の成立までには、歌合や個人間の贈答以外にも様々な歌を詠む状況が存在した。花に歌を添えて競う菊合や女郎花合（宇多天皇によって八八九年頃に「内裏菊合」が、譲位後の八九八年に「女郎花合」が催された）や、身分の高い人物の加年を祝う宴での屏風歌の献上（例えば貫之は、仁明天皇の第五皇子、本康親王の七十賀に歌を詠進している）など、社会的な意味を持つ集いもあれば、曲水の宴のように、歌人たちの私的な、より遊戯的な集いもあった。これらすべての蓄積が、『古今集』には活かされている。いわば『古今集』の編纂は、先行する様々な形の文学の〈場〉を、一つの歌集に収斂する好機であったとも言えるだろう。その『古今集』が勅撰集として世に出たことは、和歌だけではなく、歌を詠むという行為、そしてその行為を可能にしているサロン的な環境そのものが、文化の表舞台への進出を認められたことの証左である。

前田雅之は、「和歌は文芸以上に公私に亙る社交に不可欠な媒体」であり、その「和歌を媒体にして王朝的（＝古典的）公共圏」が形成されていた、と指摘する（二〇一一、五一頁）。つまり『古今集』が準備された貫之の少年時代は、まさに近世まで続く共同体の一つのモデルが構築された時代であるとも言えよう。ところで、「亭子院歌合」のように記録が明白に残っている歌合を見てみると、和歌という表現形式が少なからず「書かれたもの」として意識されていたことがわかる。例えば、

山桜咲きぬるときはつねよりも峰の白雲たちまさりけり

という貫之の歌は、先に見た通り躬恒の歌と引き分けの判断を下されているが、それは「山桜」の「山」と「峰」にどちらも「山」があり、重複と見なされたからであった。「ヤマ」と「ミネ」は確かに相似したイメージを喚起する言葉ではあるが、音を聞くだけでは「山」の重複には思い至らない。もし和歌が原則として謡われるものとして認識されていたのであれば、このような文字レベルでの重複はそこまで問題視されないはずなのである。

また、「亭子院歌合」は四〇番八〇首だが、実際に合わされたのは三五番七〇首のみである。しかし、「恋」部の最後の一〇首は、歌合の中にきちんと記録されている。これは、書きつけられた和歌が歌合の開始前までに提出され、受理されていたことを意味するだろう。実際に和歌を声に出し、取り沙汰せずとも、「書かれたもの」としての存在感を和歌は持っている。歌合の参加者たちは、議論に熱中するあまり、八〇首すべてについて意見交換を行うことができなかったのかもしれない。しかし、歌合の記録の中にそれらの歌も残しておくことで、後日そこに立ち戻って議論を再開することは可能であったはずだ。

このように、『古今集』の成立と前後して、和歌が「書かれたもの」としての性質を強く持ち始めることは重要である。日本人は、いつから歌を詠んでいたのだろうか。神代から、と古今歌人や近世の国学者ならば主張するかもしれない。だが、そのような主張が文字化されるようになったのはせいぜい七世紀くらいになってからのことであって、歌も同様である。

古来、歌は歌うもの、つまり謡うものであった。その起源は人類と同程度までさかのぼるだろう。しかし本書にとって、歌はやはり文字化されていなければならない。なぜなら文字化されているということは、それを確実に読む人間がいたということであり、その歌をコミュニケーションの産物と見なすことが容易くなるからである。そしてそれ以上に、平安時代の和歌を考える上では、文字のレベルを無視することは不可能である。

本章では、共同体の視点を手掛かりに、貫之を受け入れ育んだ、文学的な環境の有様を検討した。その過程で、九世紀末に発展した歌人たちのネットワークが、いかに『古今集』の誕生を後押しし、その後も和歌の発展を牽引したかということが明らかになった。しかし、そのような環境は、少なくとも部分的に、『万葉集』成立の背後にもある。[17] そして『古今集』の直前には、『新撰万葉集』も存在する。いったいこれらの歌集は、『古今集』とどのように異なるのだろうか。その答えこそ、文字である。

『万葉集』は、よく知られているように、万葉仮名という独自の表記体系で組み立てられている。それは漢字の姿をしているが、漢語として読むものではない。それは音を表すこともあるが、明らかに平仮名ではない。対して『新撰万葉集』の和歌の部分は、すでに平仮名を体得している。しかし、菅原道真によって編纂されたと言われるこの歌集は、厳密には歌集と呼べないかもしれない。それぞれの和歌が、漢詩と組み合わされているからだ。つまりこの「バイリンガル」の詩集は、漢詩から和歌へという当時の関心の遷移を如実に表してはいるが、文字の変遷についてはあまり多くを教えてくれないのである。

そして登場するのが『古今集』である。先の二つのいずれとも違う、一〇〇〇首あまりの和歌からなるこの集は、おそらく日本人が初めて、何の気兼ねもなく自らの思うところを披歴し、しかも、そこに自然の姿や自らの世界観を反映させることで、言語や思想体系にまで働きかけた瞬間を記録しているのである。そして、これを可能にしたものこそ、仮名に他ならない。次章ではこの仮名の問題にも配慮しつつ、歌学者としての貫之の思想に肉薄することを試みたい。

注

（1）信の置ける説ではないが、紀長谷雄は最古の作り物語と言われる『竹取物語』の作者候補にも挙げられている。このことからも、いかに長谷雄が文学に造詣の深い人物と捉えられていたかがわかる。

（2）なおこの評価が、序章で紹介した定家による貫之への評価「姿おもしろきさまを好みて、余情妖艶の躰を詠まず」と鏡写しのような関係にあることは面白い。業平の歌を用いての本歌取りを多く行うなど、業平を高く評価していた定家だけに、業平を「心余りて」と言ってのけた貫之に対しては、「余情」が足りない、という評価を突きつけずにはいられなかったのだろうか。

（3）遣唐使廃止の時点で、『日本書紀』に端を発する国史は、すでに『続日本紀』（七九七年）、『日本後紀』（八四〇年）、『続日本後紀』（八六九年）、『日本文徳天皇実録』（八七九年）までが刊行されている。なお、廃止後に刊行された『日本三代実録』（九〇一年）が、日本最後の国史である。その編者の一人が、他ならぬ遣唐使廃止を実行した菅原道真であったことは偶然ではない。

（4）東アジア地域文化の中心としての中国とその周辺諸国との関係、さらには日本の国家意識などについては、例えば川勝守他（二〇〇二）や、川勝守（二〇〇八）を参照。

（5）ただし、この「国風文化」が決して恒久的なものではなかったことは強調しておく必要があるだろう。四つ目の勅撰集である『後拾遺和歌集』（一〇八六年）では、三代集とは異なり多くの僧侶が和歌を詠んでいる。『源氏物語』などの物語においても仏教思想は色濃く、また物語の内容や枠組みに関しても、『源氏物語』が白居易の『長恨歌』などを吸収していることは無視できない。さらに近世になると、いわゆる「知の体系」は儒学に根ざしたものとなり、徳川幕府そのものが大陸の思想を一つの範として運営された。したがって本書で扱う和歌の隆盛期や、それに伴う言語・文化・思想の発展を促した「国風文化」は、厳密には大陸の影響が鳴りをひそめていた十世紀のほぼ百年間という、全体から見ればきわめて短い期間にのみわたっていたと言うべきなのである。

（6）一つの可能性として、後述の「共同体」とは別に、社会学的な用語である「社会的結合」という日本語を充てることもできるだろう。この語とその範疇については、二宮宏之（編、一九九五）を参照。

（7）近年では、日本の和歌とそれをとりまく環境を「共同体」と呼ぶものも目立つ。例えばシラネ、兼築、田渕、陣野（編、二〇一二）を参照。

（8）このような構造は、むしろ西洋のサロンに近い。西洋のサロンでも、貴婦人のまわりには常に詩人などの芸術家が集まったが、女主人が必ずしも芸術に手を染めていたわけではない。西洋のサロンについては、例えば川田靖子（一九九〇）を参照。

（9）渡部泰明（二〇〇九）は和歌に敬語がないことを指摘し、そこに和歌の本質的な虚構性を見ているが、虚構性の問題はひとまず措くにしてもこの指摘は興味深い。話者間の立場の違いに最も敏感な言語の一つである日本語が、いざ詩的な表現をするとなると敬語を放逐してしまうということは、サロン的な環境で交わされる詩的言語が一種の「無礼講」を出現させることを示唆すると共に、和歌が特定の人物間のコミュニケーションを定着させることではなく、より普遍的なコミュニケーションを言葉に置き換えることをその目的としていたことを強調するように思われる。

(10) 前者は「是貞親王家歌合」、後者は「寛平御時后宮歌合」とも呼ばれる。

(11) ただし『古今集』と比較した場合、『新撰万葉集』における季節の推移や配列による連想はきわめて鷹揚なものであり、『古今集』が単に『新撰万葉集』のひそみに倣ったとは言い難いものがある。

(12) 同じ字句や音節の連続を避ける、という作歌作法は、遵守されたかどうかということとは別に、確かに連綿と受け継がれている。例えば、だいぶ下って源俊頼の『俊頼髄脳』(一一一三年)には、そのような禁止事項が事細かに規定されている。

(13) 歌合のこのようなあり方が、後世の「自歌合」の出現を促したことは間違いないだろう。有名なものとしては、西行の歌を藤原俊成が判じた『御裳濯河歌合』(一一八七年頃)がある。

(14) なお和歌の重要な庇護者であった宇多帝と醍醐帝は、臣籍から皇族に復帰したという他に例のない経歴の持ち主である。政治に翻弄され続けた二人の帝が、心を文化に傾けたことは当然であろう。

(15) ところで、いわゆる「国風暗黒時代」に先行する『万葉集』の時代、日本語による歌が追求されていたこの時代を代表する歌人である家持が、たとえ『古今集』仮名序や『土佐日記』における貫之ほどではないにしろ、唐の文化をあくまでも外国のものとして捉え、「自分たちは自分たちのやり方で楽しもう」という趣旨の歌を残していることは興味深い。

(16)「見つ」と「見ず」の対照関係はクリステワ(二〇一一)に拠る。貫之の和歌を読み解くに当たってとくに重要であると思われる「水」の要素については、三代集の和歌を論じる際に再び取り上げることになるだろう。

(17) 例えば大伴旅人と家持がそれぞれ赴任先の太宰府で形づくった「筑紫歌壇」「越中歌壇」と呼ばれる共同体は、『万葉集』の後半部分が形成されるためには不可欠であった。このあたりの歴史的背景や文学事情については、小川靖彦(二〇一〇)、橋本(二〇一〇)、高木、竹内(編、一九六七)などを参照。

第二章　貫之の歌学

一、仮名の意義

仮名の発生から書記体系としての定着までの過程には、まだ明らかになっていないことが多い。要因としては、即座に二つが思い浮かぶ。第一に、仮名はあるとき突然その姿を現し、一朝一夕にして書記体系としての地位を獲得したわけではなく、きわめて緩慢に、段階的に使用されるようになったと考えられること。そして第二に、その経過を伝える一次資料が、ごくわずかしか残存していないことである。

『古今集』は最初の仮名による和歌集であり、万葉仮名という独特かつ流動的な書記体系で書かれた『万葉集』とは明らかに一線を画している。そして仮名は、今日でも日本人にとって最も身近なアルファベットであり、真に日本的な文字として一般に認知されている。そうであってみれば、仮名というものが登場した必然性や、仮名が可能にしたものが何であったかについて考えてみることは、本書にとっても有益であるように思われる。

とはいえ、仮名の来歴について本格的に論ずることはあまりに大きな課題であり、また本書の主旨と必ずしも合致しない。大野晋の言葉を借りれば、「『古今集』の時代には実用を主とする女手は完成して流通していた」からである（二〇〇二、三三五頁）。つまり貫之の業績は、仮名という書記体系を完成に導いたことではなく、その新しい文字の可能性を十全に引き出したというところに関わってくる。したがって、本節では仮名の誕生という出来事に至るいくつかの段階を振り返りながら、仮名の誕生が日本語に与えた影響を概観するに留めたい。

書家であり書の研究者でもある石川九楊（二〇一一）は、『万葉集』の歌を時代ごとに取り上げ、同じ万葉仮名であっても、その文字としての機能には時期によって変化があることを指摘している。例えば古い時代の歌であれば、一つの文字に対して複数の音声が結びつき、漢字そのものの意味も重要性を持つのに対して、大伴家持のものなど、比較的新しい歌になると、万葉仮名は基本的に一字に対して一音が結びつくようになる。つまり、『万葉集』に入った歌が詠まれた百年あまりの間に、万葉仮名は欧米のアルファベットに近いものになった。

理論上は、万葉仮名の発展がここで止まり、文学のための文字として使用され続けても不思議ではなかった。もしそうなっていれば、公的な場で使われる漢文が衰退し、すべての表記が万葉仮名で行われるというような状況が出現したかもしれない。だが、そうはならなかった。その最大の原因は、音節言語でありながらきわめて音節が少ない、という日本語独特の制約である。結果として日本語には同音異義語が多くなったので、もしこれをすべて万葉仮名で表記すれば、文脈から一つ一つについて判断する手間がかかってしまう。このような日本語の性質を考えた場合、すでに漢文での訓練を通して身近になっていた漢字を、まったく遠ざけてしまうというのも選択肢としては現実味を欠く。事実『万葉集』には、音としての文字と、意味を担い、日本語として読むことのできる漢字とを組み合わせた表記も多いのだ。要するに、漢字にまとわりつく意味のレベルから距離を置きつつもその利便性は保存され、なおかつ音のレベルへの依存を強めることで、より効率的な表記が志向されるようになったのである。

ここまで来れば、『古今集』時代の仮名の成立はもう目前である。しかし『古今集』直前の段階において、仮名による表記がある到達点を迎えたとは言っても、そこで仮名が固定された体系として確立されたと考えるのは誤っている。

平仮名は確かに万葉仮名よりも書きやすく、文字同士の結合が可能であるなどの性質も手伝って、思考をより滑らかに表現できるようになっている。しかし、それは必ずしも効率性の向上だけを目指したものではない。もしそうであるなら、一つの音については常に一つの文字を充てればよい。(1)だが実際には、一つの音に対して異なる字母を持つ様々な文字の使用が可能であり、そうである以上、特定の文字を使用することには何らかの目的があったと考えるべきである。(2)

そうだとすれば、『万葉集』の歌がその初期では漢字の意味からくる視覚イメージを活かした表現を行い、後期では徐々に漢字の音に重きを置くようになった、という石川の主張には間違いがないにしても、漢字の視覚イメージ、あるいは連想を利用した意味生成の方法は、『古今集』時代になっても生き残っていたということになるだろう。したがって、『古今集』に先駆けて仮名が「成立」した、という捉え方は危険である。その仮名、あるいは女手には、今日で言う「変体仮名」も含まれていたのであり、また定着した一部の言葉については和語化された漢字でも表記されていた。万葉仮名と同じように、仮名も多様なのである。要するに、女手を、単純に現代の平仮名の古い形と定義することはできない。

ところで、このような文字の出現が、日本語に与えたインパクトとは何であろうか。石川九楊が(書家としては当然ながら）文字に強い関心を払うのに対して、川田順造は（文化人類学者としてはやはり当然ながら）声に強い関心を払う。川田は、仮名文字の発明によって漢字が表意記号としての役割をもっぱら担うようになった、とした上で、そのことがかえって日本独自の言葉の発展を阻み、ついに音節の少なさというハンディキャップは克服されることがなかった、と述べている。

漢字の表意力に頼ったために、やまとことば自体の成熟、深化、発展が、少なくとも平安時代以後、著しく阻害されたと思うのだ。（二〇〇三、五八頁）

確かに、そのハンディキャップは「なくす」という形での克服こそされなかったものの、「活かす」という形ではこれ以上ない克服を達成している。掛詞はもちろんのこと、多層的な連想を生む歌ことばや歌枕、そして曖昧性を逆手に取った助詞や助動詞を巧みに利用した表現は紛れもなく日本独自の達成であり、それをかなりの部分で支えていたのは仮名の特性である。また、仮にこのことを度外視したところで、漢字の表意力を利用し、表音のための文字を作ることで足りない部分を補うというやり方が、日本の文化を借り物の、深みのないものにするとも思われない。

本書としては、仮名の登場はあくまで日本語に潜在する力を解放したものと考えたい。平仮名を手に入れたことによって、日本語はある意味で原始的な姿に立ち返り、古代以前の呪術的な力を取り戻したと言えないだろうか。

『万葉集』に収録された和歌が、たとえかつては声に出して謡われたものであったにしても（小川靖彦二〇一〇)、読み方さえ定かでない万葉仮名で表記されれば、それを謡うことにある種の困難がつきまとうことは目に見えている。だが仮名で書けば、発音を間違えるということはあり得ない。そして発音が正しければ、その言葉の淵源や、他の言葉との関わりも、一気に明瞭になる。

すでに述べたように、日本語には同音異義語が多いが、それは音節の不足から仕方なく起こってきた事情というだけではなく、言葉が原始的なものからより生活の必要に即したものに進化する過程で、必然的に起こってきたものでもあるはずだ。例えば中西進(二〇〇八)は人間の顔を構成する部分を挙げ、目は「芽」、鼻は「花」、耳は「実」、歯は「葉」と共通する音を持っていることを確認した上で、植物の成長過程をそれぞれに示すこれらの語が、世界を受容する器官であると共に生命の源でもある顔の各部分と同じ音を持っていることは、決して偶然ではないと主張する。

また森朝男は、どの文化においても詩は散文に先行するが、それは原初の言語が詩の諸性格に近いものを有しているからであると指摘した上で、原初の言語は「例えば擬声語・擬態語や同音異語の派生など音をバネと」して発展したのであり、それゆえに「多義的であったり、解読を越える謎を含んだり」、また「異様な呪縛力を聞く者に及ぼし、超日常の驚異的な意味を喚起」したのだと述べている(一九九八、二頁)。

和歌を彩る「やまとことば」の語源を一つ一つ探ってゆくことは本書の目的ではないが、少なくとも古代において言葉が今日よりも広い意味の世界へと開かれていたことは念頭に置く必要があるだろう。そして、言葉と言葉の意味を関連させる上でヒントになるのは、やはり音なのである。この音を確かに認識するためには、歌は仮名で書かれていなければならない。

したがって和歌は、単にそれまでに発展してきた言葉を駆使して風景や心を表現するものではなく、音を確実に記すという仮名の特性を最大限に活かして、それまで漢字や万葉仮名の下で抑圧されていた日本語本来の力を甦らせる芸術でもあったはずなのである。

二、仮名の哲学――『古今集』仮名序

それでは、仮名の芸術としての和歌を牽引し、そこに生涯を捧げた貫之自身は、和歌についてどのような意識を持っていたのだろうか。それを知るためには、まず『古今集』仮名序を検討してみなければならない。漢字のみによる日本語表記という大きな制限を抱えた『万葉集』から約一世紀半を経て、『古今集』は四人の撰者によって編纂され、世に問われた。それは初の仮名による和歌集、しかも天皇の勅命による公式の集として、その後の日本文学の道筋を大きく左右することになる。

『古今集』には、真名序と仮名序という二つの序文がある。果たしてそれらは、ただ書物の来歴を明らかにし、その過程において時々の支配者を、つまりこの場合であれば醍醐天皇を礼讃するというような、大陸の伝統に則ったものに過ぎないのだろうか。だがそのような発想では、なぜ二つの序文が片や仮名、片や漢文という明確な差異をもって書かれているのかということも、それぞれの序文がどのような機能を果たしているのかも、充分に検討することはできないと思われる。

序文というものを対象とした研究は多くないが、近代の序文について考察する文献に、ジェラール・ジュネットの『スイユ』（二〇〇一）がある。ジュネットによれば、序文の定義は「自筆か否かを問わず、後続もしくは先行するテクストに関して生産された言説からなるあらゆる種類の巻頭もしくは巻末のテクスト」

である（一八九頁）。序文はテクストの作者のみならず、テクストの登場人物によって、架空のものとして書かれる場合もある。また、書物によっては序文は各章の冒頭に配されるなどして、より頻繁に登場することもあり、あるいは翻訳や再版に際して事後的に付け加えられることもある。だがここでは、作者、あるいは複数の作者が、自分たちで自著に序文をつける場合に限定して考えてみよう。テクストが批評にさらされることを考えれば、作者は野放図に序文を書き散らすわけにはゆかない。序文は「テクストを価値化することを目的としながら、その一方でテクストの作者をあまり無遠慮に、というかあまり露骨に価値化することによって読者の反感を買ってはならない」のである（二三二頁）。そして、批評家ならずともすべての読者にとって、序文は「その作品の起源、執筆状況、生成の諸段階に関する情報を提供する」ものである（二四五頁）。また、それは巻頭に位置しているという性質上、「読者にとっては未知のテクストに関する注釈を、読者に対し先行的に提供」することになる（二七五頁）。

以上、ジュネットの理論を通して整理した序文の特徴は、近代の印刷術や流通経路に拠らずに作られた『古今集』序文にも、ある程度まで当てはまるように思われる。だが、『古今集』の序文を論ずるにあたっては、当時の日本の文脈に沿い、『古今集』以前の序文についても取り上げておく必要があるだろう。

『古今集』以前の序文

言うまでもなく序文は中国文化の伝統に属しており、律令制などの制度の一環として流入したものだろう。当時の日本の政治的場面でしばしば論拠として言及された『史記』や、公的な文学である漢詩に模範を提供した『詩経』などは、いずれも序文を持つ。それらの序文はテクストの来歴を正当化すると共に、時の為政者にも敬意を払い、必要に応じて書き換えられたり、付け足されたりしたものと推察される。少なくとも中国の文化圏において、序文にはその当初から、読者への内容の予告や注釈という役割のほかに、政治的な側面もあった。

『古今集』以前に三つの勅撰漢詩集が出ていることは、すでに第一章で述べた通りである。『凌雲集』『文華秀麗集』『経国集』がそれで、また私撰集としては、さらに古い『懐風藻《かいふうそう》』(七五一年)がある。これらの詩集はいずれも序文を持つので、その意味でも『古今集』の先例と捉えることができる。

だが一読してわかるのは、これらの序文が『古今集』両序と比べてあまりに寡黙で、あまりに形式的である、ということである。中国南北朝時代の詩文集『文選』の序によるところが大きいとされる『懐風藻』の序は、基本的に、神武天皇が開いた日本の国に、中国から朝鮮半島を経由して彼地の文学が輸入され、やがて日本の人々も広く漢詩を作るようになった、という歴史を説いているに過ぎない。そして、天智天皇の時代から最近までの歌を収録した旨が記され、「将に先哲の遺風を忘れずあらむが為」に、この集は編まれたのであると説く(引用は訓み下し文。日本古典文学大系による)。ここでは日本の漢詩が完全に中国のそれに端を発するものと定義され、「日本人もここまで漢詩を作るようになったのだ」とでも言うように、律令制社会の枠の中でいかに日本の文化が成熟し得たかを主張する意図こそ見えるものの、そこに日本独自の詩法の萌芽を認めるそぶりはなく、すでに編まれつつあった『万葉集』と同時代のテクストでありながら、和歌への言及も一切ない。

次の『凌雲集』は『懐風藻』とは異なり勅撰集であるので、少しは日本独自の漢詩に対する意識が序文に滲み出ていたとしてもまったく不思議はない。だが、事実はむしろ逆で、『凌雲集』の序は簡潔きわまりないのである。編者の一人である小野岑守《おののみねもり》（七七八—八三〇）によるそれは、冒頭で文帝（曹丕《そうひ》。魏王朝初代皇帝。在位二二〇—二二六）が自ら撰じた『論典論文』から「文章者経国之大業。不朽之盛事」（文学の研究や管理は帝王の事業である。決して廃れることはない）という言葉を引き、それが勅撰集の本質であることを明瞭化した上で、「撰集近代以来篇什」（近年の漢詩を集めた）という単純な編集方針を述べるだけの、実に短いものである。当時公的には和歌よりもはるかに重要視されていた漢詩の集でありながら、詩を作ることの意義や詩人の知的興奮が語られることもなく、あくまで文化的事業の一端として淡々とこなされている印象である。

そして、『文華秀麗集』と『経国集』についても事情は大差ない。いずれも前代の勅撰集に言及し、「その前の集に入らなかった歌などを集めた」という意味の言葉によって勅撰漢詩集としての伝統を継承してはいるが、撰者の名前と官位、役職、作者や収録した詩の数を述べるのがせいぜいで、非常に事務的な、官僚的な序文である。『経国集』の題名は『凌雲集』の序にあった「経国之大業」という言葉を地で行くものであって、二〇の部立に整頓された漢詩の数もそれまでの勅撰集より多く、言ってみれば国産漢詩の到達点を示す集であるにもかかわらず、やはり序文はその達成に感慨を抱いてはいない。結局、勅撰集ではない『懐風藻』の序だけが、控えめとはいえ、漢詩の歴史や意義に素直な文学的関心を払い、日本人による漢詩の発展を誇っているように思われる。

要するに、ここまでに挙げた四つの漢詩集を見る限り、あとの三つの序文は、まさに勅撰集であるという理由のために、形式的な、何ごとをも主張しない体のものとなっているようだ。これらの序文はその伝統的な役割にふさわしく、最低限のテクストの説明と、依頼主であり審判者である天皇への政治的儀礼だけを果たす、半ば空洞化したものに過ぎない。

このような序文が書かれた背景には、それぞれの漢詩集の編者たちの心情が、無意識にではあれ反映されているのかもしれない。漢詩はいくら発展したところで、結局は中国文化からの借り物であり、政治や教養といった社会的命題と切り離しがたい表現であった。漢詩は受け継ぐべきもの、守るべきものであった。詩人たちに求められたのは伝統的なシステムの知悉であり、表現に改革をもたらすことではなかった。詩を作るということが、『史記』や『漢書』を諳んじることよりも重要視されることはおそらくなかったのである（大隈一九九八）。

それに対して、『古今集』序文の執筆動機はまったく異なっている。それは初めての公式の和歌集を正当化するための序文である。そもそも和歌を論ずるということ自体が、それまでほとんど前例のない試みであった。

やまとうたの定義

仮名の芸術である和歌について論ずるためには、そのための文章も和歌と同じ仮名で書かれなければならない。結論から言えば、これが『古今集』両序で仮名序のほうにより重要性があると考えられる根拠であり、真名序が伝統的な序文の役割を果たす傍らで、仮名序が事実上、初の歌論書として大きな存在感を放ち、いわば日本における哲学書の濫觴とも言える価値を内包していると思われる所以である。しかし、このような主張を裏づけるためには、常に仮名序と真名序との差異を念頭に置きつつ、仮名序ならではの成果をあぶり出す必要があるだろう。

すでに多数の先行研究によって整理されている通り、仮名序と真名序の文の多くは意味の側面で共通している。しかし、意味内容を同じくしているとされる文でも、表現が大きく異なることは少なくない。また、仮名序にしかない文、真名序にしかない文を比較検討することも、それぞれの序文の性質を見極めるためには重要である。

広く流布している定家本を含めて、仮名序の多くの古写本には「仮名序」の題字はなく、紀貫之によるものであることが定説とはなっているものの、記者の署名もない。一方の真名序は逆で、多くの場合「古今和歌集序」の題と、紀淑望の名が記されている。つまり、真名序が序文の伝統に則した書式を守っているのに対して、仮名序はまるで「よみ人しらず」の長歌とでもいうべき体裁なのである。

さて、有名な第一文は、仮名序と真名序でわずかに異なっており、それぞれの特徴がよく表れている。

やまとうたは、人の心を種として、万の言の葉とぞなれりける。（仮名序）

夫れ和歌は、其の根を心地に託け、其の花を詞林に発くものなり。（真名序、訓み下し文）

確かにこの二つの文は、基本的に同じことを言っている。和歌は人間の心から出発し、言葉として花開くものであるという、人と心と言葉とを結ぶ、植物的な比喩による宣言である。しかし、両者の「言い方」がかなり異なることは重要であろう。

「やまとうた」という言葉はこの仮名序が初出とされるが、その後あまり定着しなかった。日本の歌という意味を当然含んでいる「和歌」をさらに日本風に読み替えた、二重の日本語化とも言えるこの語は、漢詩たる「唐歌」に対抗する姿勢を強調するものだろう。まして、序文の最初にそれを掲げることは、この歌集が徹底して日本独自のものであることを読者に認めさせたいという意図の表れではないだろうか。

一方の「和歌」は、この時代にはまだ「倭歌」とも書かれていた。「倭」も当然日本を指すが、それはそもそも中国文化圏から見た日本を指す言葉であり、日本も受動的にそれを名乗っていたに過ぎない。ところが八世紀の初めから、日本は「日本」になる。『古今集』が準備された時代には、宇多天皇に取り立てられた菅原道真が遣唐使派遣を廃止し、中国から輸入された律令制も、あくまで国内の制度として守られてゆくことになった。もちろん漢詩、漢文とその背景にある中国文化は以降も重要視されたが、それは現に西方にある国家としての中国ではなく、一つの模範としての中国、古典のよりどころとしての中国文化であったろう。つまり、真名序における「和歌」からは、中国文化の影響下にある日本という国の歌、という意味合いが、わずかではあれ嗅ぎ取れるのである。だからこそ仮名序は、「やまとうた」という少々突飛な表現を持ち出してまでこれに対抗したのではないか。

次の句に移ると、仮名序では「人の心を種として」、真名序では「其の根を心地に託け」という表現が用いられている。これはほとんど同じことだが、仮名序における「種」という語は「心」にかかっており、真名序における和歌の「根」が「心地」にあるという表現よりもいっそう身体的であり、「心」の重要性をさらに高めている。また、「心地」が心を大地に例えた仏教語であることを考えると、ここでも仮名序では日本独自の表現が追求されていると思われる。

最後の句についても同様のことが言える。仮名序の「万の言の葉とぞなれりける」では「言の葉」すなわち言葉そのものが植物として「種」である「人の心」に直結しているのに対して、真名序の「其の花を詞林に発くものなり」における「花」はあくまで抽象的である。また、その「花」が到達する「詞林」は、明らかに中国文化の範疇にある。詞林とは詩文集であり、七世紀に唐で成立した勅撰漢詩文集『文館詞林』に代表されるように、本来は漢詩集を意味する。

ところで、この「言の葉」という用語は重要である。それは「やまとうた」同様に新しい言葉であり、言葉のみならず、その組み合わせによって生まれる和歌そのものをも指し、現代的な言い方をすれば詩的言語の存在を規定するものである。葉のように生い茂り、折り重なる言葉としての詩的言語を意味する「言の葉」は、まさに日本文学の根底にある概念と言える。(3)

このように、書き出しからして仮名序と真名序の表現には根本的とも言える差異があることがわかるが、その違いは言葉が紡がれるにしたがってさらに拡大するように思われる。

冒頭の文に続いて、仮名序は次のように述べる。

世の中にある人、ことわざ繁きものなれば、心に思ふことを、見るもの聞くものにつけて、言ひ出せるなり。花に鳴く鶯、水に住む蛙の声を聞けば、生きとし生けるもの、いづれか歌をよまざりける。力をも入れずして天地を動かし、目に見えぬ鬼神をもあはれと思はせ、男女の中をも和らげ、猛き武士の心をも慰むるは歌なり。

後世の勅撰集である『千載和歌集』などでも仮名序を踏まえて使用されていると思われるこの「ことわざ」という語には、「言の技」すなわち言葉を用いる技術という側面が前面に出ているように思われる節もあるが、ここでの「ことわざ」は、「見るもの聞くものにつけて、言ひ出せる」という表現にもあるように、より根源的な現象を指していると想像できる。それは、自然の一部として存在する人間が、見るもの、聞くものに促されて心を表現するために解放する、言葉の力とでも言うべきものであろう。例えば、中西（二〇〇八）はこの「ことわざ」を、言葉の霊力を表す語として、「言霊」や「言挙げ」の系譜に結びつけている。[4]

だが、そのように力のある言葉を用いて和歌を作ることは、何も特別なことではない。それは人間のみならず、自然と共にあるあらゆる生命にとって当たり前の行為なのである。強いて言えば、和歌はそれを人間の言葉で表現したもの、ということになるだろう。和歌はそれだけ力を帯びているからこそ、逆に自然に対して働きかけたり、人の心に作用したりするだけの、神秘的な力を持つと考えられたのである。

いま引いた仮名序の一節は、真名序にもある。文の順序は前後するが、第一文は、

人の世に在るや、無為なることを能はず。思慮遷り易く、哀楽相変ず。感は志に生り、詠は言に形はる。

に当たる。次いで第二文は、

春の鶯の花の中に囀り、秋の蟬の樹の上に吟ふがごときは、曲折なしといへども、各歌謡を発す。物皆これあるは、自然の理なり。

に当たり、最後の第三文は、

天地を動かし、鬼神を感ぜしめ、人倫を化し、夫婦を和ぐること、和歌より宜しきはなし。

に相当する。真名序のこれらの文章は、いずれも『詩経』大序や『毛詩正義』序を下敷きにして、巧みに言い換えられたものである。

このような例を見れば、すでに定説となりつつあるように、『古今集』の序文のうち、先に書かれたのが真名序であることはおそらく間違いがないだろう。しかし、仮名序の文をこれらとつぶさに比較してみると、仮名序の文は、真名序が大陸の詩論を日本の風土に合わせて言い換えたものに、もう一段階の翻訳を施すことで、日本的な発想をさらに明確に言語化しつつ、日本語に潜在する可能性をより巧みに表現することに心を砕いていると思われるのである。

まず、真名序の「人の世に在るや」の一文は、人間にとって何もしない状態というものが不可能であり、感情の変化が、やがて意志を伴って歌の形をとる、と説いており、自然発生的な歌の姿を強調する仮名序とは異なっている。

次に、「春の鶯」の一文では、鶯や蟬の歌を「曲折なし」として、自然界における人間の優位を暗に示しているが、これは仮名序にはない発想である。

そして、「天地」の一文では、「和歌より宜しきはなし」となっているが、仮名序では和歌に比較の対象はなく、ただ純粋に和歌の機能が取り沙汰されている。このことは、仮名序のほうがさらに詩の力を強調していることを意味しているだろう。同時に真名序の書き方には、和歌によってしかじかの効果がもたらされることが望ましいことである、つまり和歌が人間を正しい方向へ導くのだというニュアンスが読み取れるが、仮名序の場合には、和歌にすでにそのような効果が内在しているという考えのほうに比重が置かれているように思われる。

以上のように、やまとうたを規定する書き出しの部分を比較するだけでも、両序が異なる志向性を持つことは明らかであろう。真名序は、日本独自の文学たる和歌を称揚しながらも、それを中国文化を参考に組み立てられた公的な文学のシステム、つまり漢字漢文に支えられた古典的教養のシステムに結びつけながら論を進めている。それも当然のことで、仮名の文学である和歌に特化した初めての勅撰集の序文にはそれくらいの慎重さがなければならず、そもそも序文を付し、来歴を明記することである権威を発生させようという行為そのものが、律令制にふさわしい、中国的な発想なのである。それに対して仮名序は、日本語の可能性を活かした仮名で日本独自の文学論を展開し、中国経由の古典教養の魅力的な部分は吸収しつつも、可能な限り自国らしさを優先し、仮名で書かれた勅撰集にふさわしい序文を付そうという決意に溢れている。(5)

和歌の歴史

和歌の歴史を論ずる部分こそ、両序の特徴を最も簡明に示す箇所であると言えるだろう。歌の歴史やその意義についての考察は、仮名序と真名序でほとんど一致している。しかし内容が近いだけに、両者の語り口の違いがより対照的に表れていることも事実である。

両序で説かれている和歌の歴史は、次のようなものである。いまでこそ人々は表面的な美しさに囚われ、中身のない歌を詠んでいるが、かつてはそうではなかった。代々の天皇はことあるごとに歌を詠ませ、歌人たちはその時々の自然の風景に心情を反映させる素晴らしい歌を作った。とくに柿本人麿と山部赤人は抜きん出た名人であった。しかしそれから百余年、歌は衰微した。過去の優れた歌を研究し、自身も立派な歌を詠むような者は数えるほどしかいない。僧正遍照、在原業平、文屋康秀、喜撰法師、小野小町、大友黒主らは、いずれも優れた歌人ではあるが、短所もある。それでも、数えきれないほどいる歌人の中で、彼らのように歌の何たるかを理解している者はほとんどいない。

これが両序の述べる歌の歴史であるが、その手厳しさはかなり挑発的であると共に、『古今集』を以て和歌を再興せしめようという強い意志の表れでもあるだろう。『万葉集』で高みに達した和歌は衰えたが、数人の歌人によってその神髄は何とか後世にも伝わった。ここで名前の挙がっている六人が、すなわち六歌仙である。そしていま『古今集』で、自分たちはもう一度和歌の芸術を花開かせようと欲するのである、というのがこの箇所の言わんとするところだろう。

それでは仮名序と真名序の差異を見てみよう。まず六歌仙の紹介に先立ち、近頃では立派な歌人がいないと嘆く部分だが、仮名序では、

いまのことをいふに、官位高き人をばたやすきやうなれば入れず。

とし、尊い身分にあった歌人には触れないと述べている。ここにはある種の皮肉が感じられはしないか。確

かに六歌仙の面々は、天皇の孫である業平や遍照のように血筋は優れていても、政治的には大成を見ていない。しかし、彼らこそ優れた歌詠みであり、そのためにこそ、高位の貴族よりも高く評価されているのである。

上記の一文に対応する真名序の一文は、『古今集』の編纂過程について語る部分に入ってから登場するのだが、議論の都合上ここに挙げることにしよう。

風流は野宰相の如く、雅情は在納言の如しといへども、皆他才を以ちて聞え、斯の道を以ちて顕はれず。

野宰相は小野篁《おののたかむら》（八〇二―八五三）、在納言は業平の兄である在原行平で、前者は従三位、後者は正三位までのぼりつめ、共に公卿であった。まさに「官位高き人」なのだが、その両者に対して、真名序は「皆他才を以ちて聞え、斯の道を以ちて顕はれず」と言い放っている。彼らはまず政治家であり、漢詩人であって、和歌の腕前で有名になったわけではない、ということである。これは真名序が漢文で書かれていること、つまり表面上は律令制に則ったものであることを考えると興味深い矛盾ではないだろうか。

真名序と仮名序に共通する高官へのこの一種冷笑的な態度は、撰者たちの立場と深い関係があるだろう。紀貫之、紀友則、凡河内躬恒、壬生忠岑の四人は、いずれも政治的には低い身分に甘んじた。しかし、彼らは寛平・昌泰・延喜という比較的平和な時代に、宇多・醍醐という文学愛好家の天皇のすぐ近くで、身分を越えて歌の腕を磨いてきたのである。政治的には無名であっても、古来の知恵を活かし、優れた和歌を残すことこそ尊い使命である。そのような撰者の意識が、この部分には色濃く表れていると思われる。

さらに和歌の歴史を論ずるこの箇所には、仮名序にしかない次の一文がある。

しかあるのみにあらず、さざれ石にたとへ、筑波山にかけて君を願ひ、よろこび身に過ぎ、たのしび心に余り、富士の煙によそへて人を恋ひ、松虫の音に友をしのび、高砂・住の江の松も相生のやうに覚え、男山の昔を思ひ出でて、女郎花のひとときをくねるにも、歌をいひてぞ慰めける。また、春の朝に花の散るを見、秋の夕暮に木の葉の落つるを聞き、あるは、年ごとに鏡の影に見ゆる雪と波とを歎き、草の露、水の泡を見てわが身を驚き、あるは、昨日は栄えおごりて、時を失ひ、世にわび、親しかりしも疎くなり、あるは、松山の波をかけ、野中の水を汲み、秋萩の下葉をながめ、暁の鴫の羽掻きを数へ、あるは、呉竹の憂き節を人にいひ、吉野河をひきて世の中を恨みきつるに、今は富士の山も煙立たずなり、長柄の橋もつくるなりと聞く人は、歌にのみぞ心を慰めける。

仮名序の全体を通じて最も美しいものの一つであるこの一文は、人々がいかに感情や風景を歌に表現し心を慰めたかという説明であるが、そこには何かにつけ歌を詠んだという過去の人々ばかりではなく、彼らの意志を継いだ「現代」の歌人たちも含まれているのだろう。

もう一つ注目すべきは、「筑波山」などの歌枕、「富士」や「松」など豊富な歌ことばを盛り込んだこの一文に紹介されている表現が、いずれも『古今集』の中に実際に見出すことができるものだという点である。つまり、この箇所は予告、あるいは本編のダイジェストとでもいうべき機能を有していることになり、和歌が隆盛した時代に比肩し得る豊かな詩情がこの集には収められているのだ、という高らかな宣言ともなっている。また、「たとへ」「かけて」「よそへて」「覚え」「思ひ出でて」などの言葉は、このような状況や気持はこのような情景に結びつけて詠むものだ、という技術的な解説としての要素をも併せ持っており、その意味でこの一文はきわめて無駄のない、実践的な歌論なのである。このような試みは当然、和歌と同じ仮名で書かれた仮名序でなければ不可能であろう。

『古今集』の編纂

両序が最後の部分で扱う『古今集』の編纂過程には、当然、大きな隔たりはない。前項で取り上げた和歌の歴史の箇所以上に『古今集』の実体に関わるだけに、さすがにここでそれぞれの序が気ままに振る舞うことは許されないだろう。しかし、それでも若干の差異はあるので、比較は無意味ではない。大まかな内容は以下の通りである。

今上天皇、つまり編纂の勅命を下した醍醐天皇の治世に入って九年が経った。忙しい政務の合間にも、天皇は和歌の大切さを忘れず、古い歌と現代の歌、その両方を収めた歌集を作るよう命じた。編纂の任にあたったのは、紀友則、紀貫之、凡河内躬恒、壬生忠岑である。四人は過去の歌や自分たちの歌を集め、二〇巻に分類した。この和歌集の編纂に関われたことは幸いである。人麿はすでに歿したが、その和歌はまだ残っているのだ。

以上が両序に共通する内容だが、やはりここでも、真名序にはどちらかと言うと政治的な傾向があり、仮名序には『古今集』そのものの重要性を示唆する傾向がある。

まず真名序では、編纂には二段階あったことになっており、最初は『続万葉集』という和歌集が編まれた

が、そこで「重ねて詔ありて」、二〇巻への分類を行い、最終的に『古今和歌集』が成ったとする。この箇所の冒頭には、

昔、平城天子、侍臣に詔して万葉集を撰ばしむ

とあり、『万葉集』は平城天皇の勅命で編まれた勅撰集である、という認識を示している。これは明確な根拠のある説ではないが、その直後に『続万葉集』という書名を登場させることによって、『古今集』はすでに存在する勅撰集の伝統に根ざしたものである、という主張を裏づけるものとして利用されている。対する仮名序のほうでは、柿本人麿と山部赤人のような名人の歌を収録した集として『万葉集』の書名が出ているが、それは過去の集として若干の距離を持って登場しており、真名序の場合ほど『古今集』に直結してはいない。

真名序にのみ『続万葉集』という書名が登場することについては、以下のような事情が想像できる。撰者たちは様々な歌を集め、これをいったん『続万葉集』と名づけた。それは『万葉集』に倣い、大量の歌を二〇巻に振り分けただけのものであったと考えられる（菊地一九九四）。しかし寛平期にはすでに『新撰万葉集』があり、そこでは四季や恋の部立が用いられている。それを取り入れるべきではないか。撰者たちや藤原《ふじわらの》時平《ときひら》（八七一―九〇九）、そしておそらく天皇も交えて、方向転換を図るべきという結論に達したのだろう。またその頃、撰者たちの中で最も位が高く、年長者でもあった紀友則が、病に臥せったという事実も無関係ではあるまい。従兄に代わって撰者の中心人物となった貫之が、より大胆かつ斬新な歌集を目指して、第二

次の編纂作業を主導したのではないだろうか。

さて、このようにして編纂された『古今集』だが、前項でも見たような集の内容を説明するための一文が、ここでも仮名序にのみ掲載されていることは指摘しておくべきだろう。

それがなかに、梅を挿頭《かざ》すよりはじめて、郭公を聞き、紅葉を折り、雪を見るにいたるまで、また、鶴亀につけて君を思いひ、人をも祝ひ、秋萩・夏草を見てつまを恋ひ、逢坂山にいたりて手向を祈り、あるは、春夏秋冬にも入らぬくさぐさの歌をなむ撰ばせたまひける。

先に引いた「しかあるのみにあらず、さざれ石にたとへ、筑波山にかけて君を願ひ……」が純粋に歌の常套表現を説明していたのに対し、こちらは実際の部立を予告するものとなっている。「梅」「郭公」以下が春・夏・秋・冬、「鶴亀」以下が賀、「秋萩・夏萩」以下が恋、「逢坂山」以下が別離、「くさぐさの歌」が雑、という具合で、それぞれの部立を逐一説明しているわけではないが、大部分の構成を示唆するものである。

これに次ぐ一文で、貫之は『古今集』完成の喜びをこう表現している。

かくこのたび集め撰ばれて、山下水の絶えず、浜の真砂の数多く積もりぬれば、今は、明日香河の瀬になる恨みも消えず、さざれ石の巌となる喜びのみぞあるべき。

つまり、これだけたくさんの歌が集まったのだから、今後は歌が衰えるなどということはなく、いつまでも栄えてゆくであろうことが喜ばしい、という内容だが、ここでも「浜の真砂」や「明日香河の瀬」など、和歌の表現が巧みに利用されている。真名序でも以下の文がこれに対応するとされるが、同様の表現を含んではいるものの、趣はかなり違っている。

淵変じて瀬となる声は、寂々として口を閉ぢ、砂長じて巌と為るの頌は、洋々として耳に満てり。

これは、歌に対する時代の姿勢というよりも、醍醐天皇の治世そのものへの評価である。不安を託つ声がやみ、天皇の繁栄を祈る声が多く聞かれるようになった。いわゆる「延喜の治」の賛美である。そのような平和な世にあって醍醐天皇は伝統の再興を望み、『古今集』の編纂を命じた、ということになる。仮名序では逆に、『古今集』に多くの秀歌が集められた結果として今後の和歌の繁栄が期待されているので、仮名序のほうが『古今集』という事業に対してあからさまな矜持を抱いているということになる。そもそも仮名序では歌、真名序では政治と、主題も異なるが、このような傾向は仮名序と真名序の随所に見られるものである。

二つの序という必然

以上、『古今集』両序を比較することで仮名序の特徴に光を当てようと試みてきたが、その過程で、一見同様の内容を持つ両序に、看過できない差異が少なからずあることがわかった。

まず第一に、仮名序は仮名で、真名序は漢文で書かれていること。これは言うまでもないことだが、最も重要な差異である。第二に、真名序は和歌について語るのと同時に『古今集』が編まれることになった政治的背景にも注意を向ける傾向があるのに対し、仮名序は徹頭徹尾、和歌の問題を中心に添えていること。そして第三に、真名序が伝統にある程度の権威を認める傾向があるのに対し、仮名序は伝統を尊重しつつも、それを土台とする変化を恐れていないことである。もちろん第二と第三の差異は、明記した通り「傾向」であり、両序が両極端に位置しているというわけではない。だが、それでも明らかに差異はあり、いずれの場合も第一の差異、つまり仮名と漢文の差異に収斂されていると言うことができるだろう。

では、三つの差異を念頭に置きながら、『古今集』は二つの序を設けることで仮名の重要性を強調しようとしている、という仮説に立って、いま少し考察を続けよう。まずは、新編日本古典文学全集版『歌論集』の校注者の意見を引く。

このような差異は、仮名序のほうにより撰者たちの意識が明確に表れていることを意味しているといえる。仮名序は、一方で万葉時代から古今時代への和歌史の実態をふまえようとしているが、一方では忠実な実態認識にとどまらず、古今集的風雅詩の応詔侍宴性ないし考試的性格を強調して、万葉歌の性格がすでにそうであったと強弁するのであって、その前提には、律令貴族社会における「からうた」と同様の意識を獲得しようとする意図がある。（橋本他〔校注・訳〕二〇〇二、五九〇—五九一頁）

むろん『万葉集』と『古今集』の時代では歌の詠み方にも変化が生じており、『万葉集』の歌を万葉仮名から仮名に改めればいわゆる古今歌風になるというものではない。田中喜美春（一九九四）がいくつかの例を挙げて詳細に検討しているように、二つの時代では人々の季節の感じ方（とその表現方法）にも違いが見られるし、仮に『万葉集』が平城天皇の在位中に編まれたとして、歌合など公的な集いで和歌が詠まれ、その表現に磨きがかかると共に、和歌がより社会の中心へと食い込んでゆくのは、さらに半世紀ほどあとのことである。仮名序を引く。

今の世の中、色につき、人の心、花になりにけるより、あだなる歌、はかなき言のみいれでくれば、色好みの家に埋れ木の、人知れぬこととなりて、まめなる所には、花薄穂に出すべくことにもあらずなりにたり。

いまでは歌が表面的になり、好色な者がその場限りの歌を詠むばかりで、公的な場からは締め出された状態である、と嘆くこの一文にある主張は、したがって事実とは異なっている。その場限りの歌だけではなく、よく研究された、後世に残すべき歌が詠まれ、それが公的な場にも出ていたからこそ『古今集』の編纂が実現したのであって、もし「今の世の中」が本当に延喜年間を指しているのなら、そもそも『古今集』は誕生しなかったはずである。つまりこの箇所は、あくまでも和歌という表現が歴史の上で二度の隆盛を迎えたことを強調し、一度目のピークを『万葉集』に、二度目のピークを『古今集』に設定するための、かなり作為的な記述と考えられるのである。

この点を見ても、やはり仮名序のほうが和歌と『古今集』の弁護に積極的であることは間違いないだろう。しかし、仮名序こそ「倭歌」ならぬ「和歌」、もっと言えば「やまとうた」の集の誕生を記念するにふさわしい序文であるとは言っても、その性質を際立たせるためにはやはり真名序が必要なのである。仮名序と真名序は、どちらもあくまで和歌の隆盛を決定づけるための序文であって、相反するものではない。

例えば、真名序においてのみ明確な二項対立として現れている実と花の比喩（「其の実皆落ちて、その花孤り栄ゆ」）は、後の歌論書はもちろん、本居宣長などによっても研究対象とされている。仮名序と真名序は歌論の出発点でもあるがゆえに、前例のない和歌のための序だけではなく、漢詩や漢文の文化のほうに親しんでいる読者のための序をも必要としたのであろう。撰者たちにとって、たとえ和歌が漢詩に優るものであっても、漢詩のほうにより強い興味を持っている読者を排除するのではなく、彼らに親しみやすい切り口からも和歌を紹介することが、長い目で見れば和歌の繁栄に有利に働くことを、撰者たちは見抜いていたのではないか。

また反対に、『古今集』の読者には漢文を充分に解しない人々もいたはずである。巧みに歌を詠む宮廷の女性たちも、皆が後の清少納言や紫式部のように漢文の知識を持っていたわけではない。女性たちには『古今集』が準備される時代において、ようやく仮名という読み書きの手段が与えられたばかりである。当時の宮廷女性のうちどの程度が仮名序で展開される理論を理解できたかは不明だが、それが女性にも開かれた仮名で書かれていたことは非常に重要であろう。

以上、見てきたように、『古今集』の序文、とくに仮名序は、序文という大陸的な公文書に、新たな性格を与えるものとなっている。神田龍身も指摘するように「政教主義的意味性が希薄なテクスト」であるこれらの序文は、政治的な文脈から文学を規定しようとするものではない（二〇〇九、一五頁）。むしろそこに明確に表れているのは、それまでの漢詩漢文の文化に対する仮名の文化の称揚であり、仮名という日本の文字が、それまでの漢詩では不可能であった「言の葉」による「心」の表現を、いかに可能にするかという宣言である。浅田徹の表現を借りれば、仮名序が提示するのは『心』の肉化したものとしての和歌観」であり、これこそ仮名序が日本独自の歌論として大陸の思想から枝分かれするための拠り所ともいうべき観点であった（シラネ他〔編〕、二〇一二、一二八頁）。

以上のような存在意義を有していたからこそ、仮名序はただの序文としての形式的な役割以上に、歌論の嚆矢としての側面を色濃く持ち、その後、数世紀にわたる文学のあり方を規定するほどの影響力を持ち得たのである。そして、当代の文学的な営みが取りも直さず哲学的な思惟行為を内包するのだとすれば、仮名序は日本語による哲学書の嚆矢として捉え直されなければならないだろう。

ここで、あえて真名序の表現を引くならば、貫之たちにとって和歌はまさに「民業」であった。和歌は日本の民が、誰であれ謳歌すべき営みなのである。そして、貫之たちにとって和歌とは、田中喜美春が指摘するように、「呪力をもつ日本語が密接な関係を結んで歌い出されるもので、漢家の字によっては実現できぬ日本人の文芸」であった（一九九六、二七頁）。だからこそなおさら、真名序に加えて、それを仮名で論ずる序文が書かれなければならなかったのである。それは大陸由来の修辞学を和歌を通して日本独自のものに生まれ変わらせるために、何としても必要な手続きであった[6]。

三、序文をたどる——後続の勅撰集から

三代集から『後拾遺和歌集』へ

和歌における意味生成過程の有様や、歌の配列を通しての詩的議論は、当代人の世界観を言葉の上に定着させる哲学的メディアとしての和歌を可能にした。したがって、勅撰集の中心が和歌であることは言うまでもないことである。だが、『古今集』に序文があり、それが看過できない重要性を孕んだテクストであることはいま見た通りである。そして、もし貫之の和歌に対する姿勢と理想が『古今集』序文に如実に表れているのなら、後続の勅撰和歌集の序文を概観してみることで、貫之の思想の受容について考察することができるだろう。

貫之の生前に撰ばれた集は『古今集』のみである。だが、後続の各章でも見るように、貫之が続く『後撰集』(九五三年頃)および『拾遺集』(一〇〇六年頃)でも最重要の歌人であり続けたことは注目に値する。そして、三代集と呼ばれるこれら三つの勅撰集は、平安という時代の詩的カノンを形成するに至る。『古今集』を補強し、「古今歌風」の正典化を行うとも言えるこの三つの歌集では、後続の二集が『古今集』の意図と形式を踏襲する形をとっていると言えるのである。したがって、『後撰集』にも『拾遺集』にも序文がないことは驚くにはあたらない。基本的に前例に倣う集であるがゆえに、新たに付け加えるべき言葉はないのである。

この二集の意義は、題名にすでに表れている。『後撰集』は、『大鏡』にも「古今に入らぬ歌を、昔のも今

のも撰ぜさせたまひて、後に撰ずとて後撰集という名をつけさせたまひて」とあるように、まさに「後から撰んだ」集である。『拾遺集』も同様で、先行する二集に漏れた、「遺された」歌を「拾う」の意であり、新たな部立が導入されるなどの試みもないではないが、貫之の歌が多く入集しているほか、『古今集』の撰者たちが讃えた柿本人麿の歌も多く採られ、『万葉集』を継ぐものとしての勅撰和歌集のあり方がさらに強調される集となっている。

だが次の『後拾遺和歌集』(一〇八六年)となると、事情は少し異なる。なるほど、題名こそ「拾遺和歌集の後継の集」であり、それまでの流れに沿っているが、この集には序がある。ただし、仮名で書かれた一つの序である。その序文を見ると、そこにはもはや和歌という表現そのものを議論するような気負いはない。和歌はすでに文学の中心的な形、当たり前の姿になっている。撰者の藤原通俊《ふじわらのみちとし》(一〇四七—一〇九九)が気を配るのは、むしろどのような姿勢でこの集を編纂したか、という問題に関してである。本文を見てみよう。

拾遺集に入らざる中ごろのをかしき言の葉、藻汐草かき集むべきよしをなむありける。

この「中ごろ」というのが重要で、この集ではあまり古い歌は採録しないという方針が明確に打ち出されている。それは『拾遺集』までの歌集がその役目を果たしているからであると同時に、先達の作品を足がかりにせずとも、近年の歌だけでも充分に秀歌を集めた集として通用するはずだという自負でもあろう。その少しあとの、おほよそ、古今・後撰二つの集に歌入りたるともがらの家の集をば、世もあがり、人もかしこくて、難波江のあしよし定めむこともはばかりあれば、これに除きたり。

という一文には、過去の高名な歌人の作品を評価するのは恐れ多い、という伝統への配慮と、過去は過去として距離を置き、より近年の歌を優先的に収録し、和歌芸術の発展を見定めようとする「現代人」としての探究心が、綯い交ぜになっているように思われる。『古今集』では真名序が主に行った伝統への配慮と、仮名序が主に行った現代的な主張とが、『後拾遺集』では一つの序文に同居しているのである。そして、和歌の存在そのものはすでに公式の文学の場に根を下ろしているので、序文が一つであるなら仮名で書けば事足りる。

『後拾遺集』に多くの歌を入集させているのは、和泉式部、相模、赤染衛門《あかぞめえもん》、能因、伊勢大輔《いせのたいふ》など、一条天皇（九八〇―一〇一一、在位九八六―一〇一一）の治世の前後に活躍した歌人たちで、女性歌人も目立つ。しかし、歌人や歌の傾向に変化が見られるとはいえ、それでも『後拾遺集』が先行する勅撰和歌集の伝統に進んで自らを組み込もうとしていることは言うまでもない。序文では、やはり勅撰和歌集の系譜の源流として『万葉集』が挙げられ、『古今集』から『拾遺集』までの概要が説かれている。それらの集は「ことばぬものごとくにて、心、海よりも深し」、すなわち、言葉の緻密な刺繡（ぬもの）のような集であり、海にもまさる深みを持つのである。

だが、通俊が言及する伝統はそのように公式なものばかりではない。面白いことにそのあとには『三十六人撰』『十五番歌合』『和漢朗詠集』『和歌九品』『深窓秘抄』『金玉集』と、いくつもの私撰集や歌論書の存在に光が当てられ、「かしこきもいやしきも、知れるも知らざるも、玉くしげあけくれの心をやるなかだちとせずといふことなし」と、それらが万人の心の慰めになっていることを主張する。そして、これらのテクストに収録された歌も、『後拾遺集』には掲載しないと述べる。

言を撰ぶ道、すべらぎのかしこきしわざとてもさらず、誉れをとる時、山がつのいやしき言とても捨つることなし。

結局、通俊の編集方針は、この一文に尽きている。彼が撰ぶのは歌人ではなく歌であり、これまでの和歌の歴史を彩ってきた秀歌のうち、まだ勅撰和歌集の形でまとめられていないものを、ただし広く読まれた私撰集に掲載されたものは除外して、取り上げると言うのだ。つまり網羅的な、近代までの和歌を総括するような事業として、『後拾遺集』の編纂は位置づけられている。

通俊は、飾り気のない純粋な芸術として和歌を捉えている。政治的な思想は排され、『古今集』両序があれだけ慎重な距離感で取り扱った漢詩も、『和漢朗詠集』に言及した部分に「やまともろこしのをかしきこと」とあるように、片や日本の文学、片や中国の文学として、率直に区別されている。当然のように序文が仮名で書かれたものだけであるのも、この点に鑑みれば納得できる。もはや和歌集に、漢文の序文は必要ないのである。

『後拾遺集』には格調がないとして、同時代人には批判する向きもあったという。しかし、藤原通俊がとにかく『後拾遺集』を以て平安の世の歌をすっかりまとめてしまおうと考えたのには、その時代がもはや終わりつつあったことも関係しているだろう。歴史物語による歴史の記録を完遂させようとした『水鏡』や、女房たちによる文学批評の書である『無名草子』のように、十一世紀末から十三世紀初頭という時代の変革期には、過ぎ去ろうとする時代の遺産を書き漏らすまいとする様々な試みがあったことを忘れてはならない(7)。

『千載和歌集』

『金葉和歌集』(一一二六年)は何度かの却下と編集のやり直しを経て成立したが、この一〇巻の小さな歌集では『後拾遺集』における和歌に対する一種の気楽さがさらに推し進められ、新しい歌風が取り入れられた。『詞花和歌集』(一一五一年)もやはり一〇巻で、多様な歌風を許容する点も似ているが、登場する歌人には少し前の『後拾遺集』時代の歌人が多い。この二つの勅撰集には序はない。なお、その後『続詩花和歌集』も途中まで編纂されたが、勅を出した二条天皇(一一四三—一一六五、在位一一五八—一一六五)の崩御によって頓挫し、以降の勅撰集に素材を提供することとなった。

次の『千載和歌集』(一一八八年)は後白河院(一一二七—一一九二、在位一一五五—一一五八)の宣により藤原俊成の手で撰進された。まさに平安から鎌倉へと時代が移り変わろうとするときに世に出た、この二〇巻からなる集には序文がある。そこでは冒頭からこれまでの歌集が議論されているが、『後拾遺集』の次に登場するのが『堀河院御時百首和歌』であるなど、勅撰集だけにこだわるわけではない。『古今集』の序に倣うところも当然ながら多くあり、歌については以下のように述べている。

おほよそこのことわざ我が世の風俗として、これをこのみもてあそべば名を世々にのこし、これを学びたづさはらざるは面を垣にしてたてらんがごとし。かかりければ、この世に生れと生れ、我が国に来たりと来たる人は、高きも下れるも、この歌をよまざるは少なし。

「ことわざ」とはすなわち「言の技」であり、それを用いて戯れることができれば世に名を残すことができ、たとえそうでなくとも、歌は誰でも詠むものだ、と述べている。この「汎歌論」とでも言うべき、至るところに当たり前のように存在する歌、という概念は明らかに『古今集』の「生きとし生けるもの、いづれか歌をよまざりける」に端を発しているだろう。だが俊成は、当然すべての歌を高く評価しているわけではない。

ただ仮名の四十あまり七文字のうちをいでずして、心に思ふ事を言葉にまかせ言ひつらぬるならひなるがゆへに、三十文字あまり一文字をだによみつらねつるものは、出雲八雲のそこをしのぎ、敷島山と御言のさかゐに入りすぎにたりとのみ思へるなるべし。しかはあれども、まことには鑽《き》ればいよいよ堅く、仰げばいよいよ高きものはこの大和歌の道になむありける。

四十七の仮名の中から文字を選んで三十一文字で歌を作ること自体は難しくないので、俊成の目に和歌は「唐国」の文学よりも簡単な印象を与えるものと映った。しかし、だからこそ和歌を極めることは難しく、「山の中の古木なをからざる事おほく、難波江の蘆をかしき節あることはかたくなむあり」、すなわち、優れた内容や趣向の歌はなかなかないものである。その中で「見るによろしく聞くにさかえざる」歌、つまり見苦しくもなく、耳障りでもない歌を集めたものが『千載集』なのである。

こうしてみると、俊成は歌の善し悪しに対してかなり厳格な基準を設けているようだ。それのみならず、歌集の形式にもこだわりがある。例えば勅撰集の『詩花集』と『金葉集』に関しては、それが各一〇巻と、ほかの勅撰集とは異なり小ぶりな集であることに異論があるのか、「勅撰になずらへて撰べる」と、あたかもそれが勅撰集ではないかのような書き方をしている。もっともそれ以上に、多彩な歌風を許容し、諧謔傾向の強い歌が多く入集していることも、俊成の審美眼に適わなかった理由の一つだろう。

俊成は言うまでもなく歌人であったが、それ以上に歌学者であり、斯道の指導者でもあった。その思想は歌論書『古来風躰抄』（一二〇一年）に最も顕著に表れている。この中でも先の二つの集に対して俊成は、秀歌もあると認める一方、そうでないものは「ざれをかしくぞ見えたるべき」として切り捨てている。なお、自身が編纂した『千載集』については、

ただ我が愚かなる心ひとつに、よろしと見ゆるをば、その人はいくらといふ事もなく記しつけて侍りし程に、いみじく会釈なく、人すげなかるべき集にて侍るなり。

と述べ、自分の感覚だけを頼りに、優れていると判断した歌を数にこだわらず載せた、としている。俊成の言う秀歌がどのようなものかは詳らかにしないが、要するに彼の重要視した「幽玄」や「艶」という概念に似つかわしい歌や、本歌取りを巧みに用いた歌がそれに当たる。ちなみに最多入集は、源俊頼《みなもとのとしより》（一〇五五―一一二九）だが、二番手は他ならぬ俊成自身である。

ここで、俊成が『古今集』の歌を任意に抹消し、墨滅歌を発生させた人物であることを思い出しておかな

ければならない。『古今集』を理想とする俊成ではあるが、それでも自分の眼鏡に適わない歌は遠慮なく削除するという硬骨なところもあった。また、稲田利徳（一九九一）が『六百番歌合』での判例を挙げて示しているように、俊成は詩的想像力に恵まれていると同時に、詩的な表現にも合理性を求める、保守的なところのある人物であった。

この保守的な部分は、俊成がときおり幽かに見せる漢文への劣等感とも関係しているように思われる。和歌が漢詩よりも簡単に作れるものだという認識は、すでに『千載集』序にも書かれているが、これは『古来風躰抄』でも繰り返されている。

漢家の詩など申すものは、その躰限りありて、五言七言といひ、韻を置き、声を避る所々限りある上に、上下の句に対し、あるいは絶句、あるいは四韻・六韻・八韻・十韻とも皆定まれる故に、なかなか善し悪しあらはに見えて、流石におして人もえ侮らぬものなり。しかるに、この倭歌は、ただ仮名の四十七字のうちより出でて、五七五七七の句、三十一字とだに知りぬれば、易きやうなりによりて、口惜しく人に侮らるる方の侍るなり。

漢詩では従うべき規範が明確であり、それさえ守ることができればそれなりの詩が作れるので、善し悪しを判断するのは簡単である。それに対して和歌は、三十一文字の自由な組み合わせであるために、容易に作ることができ、善し悪しの判断も難しいので、漢詩よりも低級なものと思われてしまう向きもある。俊成はこのように述べており、「口惜しく」とあるように和歌の側に立ってはいるのだが、『古今集』によって和歌が表舞台に飛び出してから三百年近くを経ているのに、まだ心のどこかで和歌の存在意義を信じ切れていないように見えるのは不可解である。いや、あるいは和歌が漢詩の伝統から遊離した状態で永らく発展を続けたからこそ、俊成の中で漢文の世界への揺り戻しのようなものが起こっていたのかもしれない。『千載集』序にも相変わらず漢籍からの引用が目立つように、序文そのものも、それによって説明される勅撰和歌集も、公式の歌集という性質上、完全に漢文の世界から自由になるということはない。俊成はそのことも知っていただろう。加えて、西行（一一一八―一一九〇）に憧れ若いうちから出家を望んだという俊成は、経典を含めてかなり漢文学に親しんでいたと思われる。だからこそ、俊成の中には「唐歌」に対する「やまとうた」という葛藤が、未だ色濃く残っていたのではないだろうか。

『新古今和歌集』

八代集の最後の勅撰集である『新古今和歌集』（一二〇四年）の撰者には、その俊成の息子である藤原定家もいた。撰者にはほかに源通具《みなもとのみちとも》（一一七一―一二二七）、六条有家《ろくじょうのありいえ》（一一五五―一二一六）、藤原家隆《ふじわらのいえたか》（一一五八―一二三七）、飛鳥井雅経《あすかいまさつね》（一一七〇―一二二一）、寂蓮《じゃくれん》（一一三九頃―一二〇二）もおり、複数の撰者による編纂という点でも、集の題名が示す通り、『古今集』を強く意識したものとなっている。さらに重要なことに、『新古今集』は仮名序と真名序の二つを持つ二番目の勅撰集なのである。

仮名序と真名序の全体の流れもまた、『古今集』によく似ている。しかし両者の差異に関しては、仮名序が歌ことばを駆使した、いかにも歌集の序にふさわしい文であり、真名序が大陸の古典を下敷きにした、いかにも漢文らしい表現の連なりであるという不可避の一点を除けば、さほど注目すべきところはない。仮名序が真名序の、真名序が仮名序の翻訳と言っても大過ないのである。仮名序にしか存在しない箇所を挙げるとすれば、次の部分くらいであろう。

春霞立田の山に初恋をしのぶより、夏は妻恋ひする神南備のほととぎす、秋は風に散る葛城の紅葉、冬は白妙の富士の高嶺に雪積る年の暮まで、皆折に触れたるなさけなるべし。

この一文から始まる箇所は、歌ならではの表現を積み重ねて綴られた文章であると同時に、集に収められた歌のダイジェストとしての機能も有しており、まさに『古今集』仮名序の「しかあるのみにあらず、さざれ石にたとへ……」で始まる箇所を彷彿とさせる。このような箇所が本質的に仮名序にしか存在し得ないことは、すでに見た通りである。

しかし『新古今集』の両序が『古今集』のそれと決定的に違うのは、当然ながら、『古今集』が初の勅撰和歌集であるのに対し、『新古今集』はそれへの回帰を目指す八番目の集である、という事実が強く意識されている点である。『新古今集』の編集方針について、仮名序は「万葉集に入れる歌はこれを除かず、古今よりこのかた、七代の集に入れる歌をばこれを載することなし」と述べている。これ自体は、『万葉集』を勅撰集の祖とする点でも、過去の勅撰集に漏れた歌を採用するという点でも、とくに新機軸を打ち出しているとは言えない。だが、過去の勅撰集と批評的な距離をとっている点で、この集に優るものはないだろう。仮名序は次のように言う。

延喜の聖の御代には、四人に勅して古今集をえらばしめ、天暦の賢き帝は、五人に仰せて後撰集を集めしめたまへり。そののち、拾遺、後拾遺、金葉、詩花、千載などの集は、皆一人これをうけたまはれるゆゑに、聞き漏らし、見及ばざるところもあるべし。よりて、古今、後撰の跡を改めず、五人のともがらを定めて、しるし奉らしむるなり。

要するに、一人の撰者による撰進ではどうしても偏りが出るので、初期の集に倣って複数の人間に編纂させることにした、ということである。このような過去の歌集への批判は先の『千載集』にも見られたが、事実、『新古今集』の成立は『千載集』から二十年も経っておらず、『新古今集』の撰者たちは俊成の影響を大なり小なり受けた人々であった。今回はその『千載集』も批判の対象となっているわけだが、この集が自身の独断で編まれていることは俊成自身も認めているところである。

ところで、「五人のともがらを定めて」という言い方でもわかるように、『新古今集』の序には勅命を下した後鳥羽上皇（一一八〇—一二三九、在位一一八三—一一九八）が明確な形で登場しており、これもそれまでの勅撰集の序とは異なる点として注目に値するだろう。仮名序の作者は九条良経《くじょうよしつね》（一一六九—一二〇六）、真名序の作者は藤原親経《ふじわらのちかつね》（一一五一—一二一〇）とされるが、両序は上皇の心情を代弁する形で書かれている。もとより勅撰集は天皇や上皇の事業として世に出るものではあるが、過去の集の序が撰者により奏呈されるという形をとっているのに対して、『新古今集』ではあたかも上皇自身が序の語り手となっている。例えば、仮名序の以下の箇所では、それが最も明確に示されていよう。

その上、みづから定め、手づからみがけることは、遠くもろこしの文の道を尋ぬれば、浜千鳥跡ありといへども、わが国、やまと言の葉始まりてのち、呉竹の世々にかかるためしなんなかりける。このうち、みづからの歌を載せたること、古きたぐひはあれど、十首には過ぎざるべし。しかるを、今、かれこれえらべるところ、三十首に余れり。

つまり、収録する歌の選定にこれほど帝が関わった例は、中国にはあっても日本の和歌では初めてのことであり、収録される帝の歌も、せいぜい一〇首未満であったのが、今回は三〇首を超えた、と述べているのである。この部分は、もはや完全に上皇の一人称とも言える書き方になっている。実際に上皇は『新古今集』の編纂に情熱を燃やしており、集がいったん成立したあとも、幾度も彫琢を加え、三十年あまりを経た後には約四〇〇首を取り除いたいわゆる『隠岐本新古今和歌集』を完成させている。こちらには上皇自ら序をつけていることも、周知の通りである。

もっとも、この集の編纂にかける意気込みは撰者たちや他の歌人たちも同様で、切継の作業は成立後も長く続けられた。鎌倉幕府が樹立され、いよいよ平安の朝廷が終焉を迎えようとしていた時代、歌人たちは「最後の勅撰和歌集」の完成を以て、一つの区切りをつけようとしたのかもしれない。

以上、見てきたように、『古今集』の序文に表れている和歌の理想や、和歌との距離感とでも言うべきものは、後続の勅撰集の序文にも継承され、模索が繰り返されてきた。また、『古今集』仮名序は歌論書の嚆矢でもあったため、当然その影響は後世の歌論書にも広く及んでいる。このように、伝統が蓄積されればされるほど、淵源としての『古今集』の価値は高まってゆく。だが、貫之が残した序文は、実は『古今集』仮名序だけではないのである。

四、壮年と晩年――もう二つの序文

本書にとって最重要の歌論書と言える『古今集』仮名序以外にも、貫之は二つの序文を書いたとされている。「大堰川行幸和歌序」と「新撰和歌序」がそれである。この両者には決定的な違いがあるのだが、その違いに目を向けることで、さらに貫之の思想を理解する手がかりが摑めるかもしれない。そこで本章の最後に、これらの序文を取り上げることにする。

大堰川行幸和歌序

「大堰川行幸和歌序」は、文字通り『大堰川行幸和歌』のための序文である。九〇七年（延喜七）、宇多法皇は歌人たちを伴い、大堰川に行幸した。参加したのは貫之、躬恒、忠岑、伊衡、是則、大中臣頼基《おおなかとみのよりもと》の六人である。伊衡は藤原敏行の子で、紀長谷雄の『亭子院賜飲記』によれば無類の酒豪であった。頼基は三十六歌仙の一人で、後に「梨壺の五人」として『後撰集』を編纂することになる能宣の父親である。

さて、この六人の歌人が、合わせて六三首の歌を詠んだものが『大堰川行幸和歌』であると言われている。しかし和歌の本文は散逸してしまい、いまでは『古今著聞集』（一二五四年頃）に収録された仮名序だけが残っているのである。

このとき詠まれた歌については、例えば『古今集』などでその断片を窺い知ることができる。

法皇西川におはしましたりける日、「鶴、洲に立てり」と
いふことを題にてよませ給ひける
葦鶴の立てる川辺を吹く風に寄せてかへらぬ波かとぞ見る

（貫之、古今、雑上、九一九）

川の中州に鶴が立っているところを見た法皇が、一つそれを題にして歌を詠んでみるよう歌人たちに命じたので、貫之が詠んだのがこの歌である。《鶴が沢山いる川辺に風が吹いているので、まるで寄せてきた波がそのまま返らずに残っているように見える》と、鶴の白さを利用した見立てである。

ここで確認しておくべきは、『古今集』は九〇五年にはいったん成立しているので、この大堰川行幸の際の和歌はあとから補入されたことになる、という点である。『古今集』最初の成立から二年後に実施された大堰川行幸が、撰者たちにとって重要な出来事と考えられていたことは明らかである。しかしその想いは、後世にまでは伝わらなかったのかもしれない。それらの和歌は、いまでは手に取ることができなくなっているからだ。それでも貫之による仮名の序文だけが散逸を免れたところに、貫之とその思想の重要性が広く認識されていた実情が透けて見えるのである。

さて、その序文はさほど長いものではない。書き出しはこうである。

あはれわが君の御代、長月の九日と昨日云ひて、残れる菊見給はむ、また暮れぬべき秋を惜しみ給はむ

とて、月の桂のこなた、春の梅津より、御船よそひて、渡し守りを召して、夕月夜小倉の山のほとり、行く水の大堰の川辺に行幸し給へば、久方の空には棚引ける雲もなく、行幸を候ひ、流るる水は、底に触れる塵なくて、御心にぞかなへる。

流麗と言うにふさわしいこの一文は、貫之たちが法皇に付き添い、大堰川へ出かけてゆく様子を描いている。そしてここに、早くも『古今集』仮名序との決定的な違いが表れている。いま醍醐天皇にまさに奏上しようという『古今集』に付された序文では、当然ながら和歌そのものが議論の対象となっていた。しかしここでは、法皇と歌人たちが現に大堰川へ足を運んだ、という行為に焦点が絞られている。つまり、仮名序が和歌「を」描いたものであるならば、こちらの序文は和歌「で」描いたもの、と言うことができるだろう。

和歌「で」描くとはどういうことか。例えば、ほぼすべての名詞に、何らかの序詞が附随していることに注目したい。「月の桂」という表現は、大堰川下流の桂川にある「桂の渡し」を指すが、もちろんそこに「月」を冠せるのは和歌の約束事である。同様に「春の梅津」も、「桂の渡し」からやや北上したところにある実際の地名であると共に、「春の梅」という和歌の主要な題目を挙げていることは言うまでもない。つまり、この一文は実際の道程を追いながら、それを歌ことばに託すことでそれが和歌のための道程であることを明らかにしているのである。この発想は、それから三十年近くあとに書かれることになる『土佐日記』の構造を、すでに先取りしているとも言えるのではないだろうか。

このような詩的な小旅行の果て、一行は夕月夜に、「暗い」状態になったことをよく現わす「小倉山」のほとりの、大堰川の淵にたどり着く。流れる水は塵もなく澄んでいて、法皇の御心に適う。

いま、勅《みことの》りして仰せ給ふことは、秋の水に泛かびては、流るる木の葉と誤たれ、秋の山を見れば、織るひまなき錦と思ほえ、紅葉の嵐に散りて、漏らぬ雨と聞こえ、菊の花の岸に残れるを、空なる星と驚き、霜の鶴川辺に立ちて、雲の下るかと疑はれ、夕べの猿山の峡に啼きて、人の涙を落とし、旅の雁雲路に惑ひて、玉章《たまづさ》と見え、遊ぶ鷗水にすみて、人に馴れたる、入江の松幾世経ぬらむといふことを、詠ませ給ふ。

右の一文では、法皇と歌人たちではなく、歌を詠むという行為そのものが問題になっている。水に船を浮べてみれば木の葉のように思われるし、山は紅葉した葉を織った錦の衣を身に纏っているように見える。岸に流れついた菊は星のようでもあるし、山で猿が鳴く声は切なく響く。雲の間を飛んでゆく雁は、大切な人からの手紙が届くという予感を運んでくる……。

これらは、秋という季節に歌人の心に働きかけ、歌を詠ませる光景や音の一覧である。春が花で溢れ、生命力を感じさせる季節であるのとは対照的に、秋は死へと向かう悲しみの季節としての一面を持っている。しかし、だからこそ、紅葉をその代表とする秋の季節は胸に迫るほどの美しさを以て当代人に感受されていた。実際、空気が澄んで乾燥する秋は、自然を観察するにはお誂え向きの季節であろう。月と言えば普通は秋の月を指した、ということからもわかるように、秋は月が最も素晴らしい季節でもあった。

そのような環境を十全に利用して歌を詠め、と法皇は命じたのである。「秋の水に泛かびて」などの言い方は句題を連想させ、そこに漢詩の教養もまた活かされていることを感じさせる。「雁」が登場する一節も、雁と手紙という、漢詩によって決定づけられた結びつきによって成り立っている。だが、ここに挙がっているその他の表現と同様、和歌はすでにあらゆる季節の表象を自家薬籠中のものとしている。もはや大陸の詩と日本の和歌という対立に、そこまで神経質になる必要はない。それは『古今集』成立後だからこそ、なおさら説得力を持つ姿勢であろう。

われ等短き心の、このもかのもに惑ひ、拙き言の葉、吹く風の空に乱れつつ、草の葉の露と共に、嬉しき涙落ち、岩根と共に喜ばしき心ぞたちかへる。この言の葉、世の末まで残り、今を昔に比べて、後の今日を聞かむ人、海人の栲縄《たくなわ》繰り返し、忍ぶ草の忍ばざらめや。

最後の一節は、まるで勅撰集の序文のような締めくくりである。未熟ながら、あちらこちらへと思いを致し、自然と心を一つにして、拙い言葉でそれを形にする。これらの歌は後世まで伝わり、後代の人々は、彼らの時代と私たちの時代とを比べながら、長く、長く、過去を偲ぶだろう。歌人たちを代表する貫之のこの願いは、一方では謙虚でありながら、また大きな自信に包まれたものでもある。

以上、三節からなる「大堰川行幸和歌序」は短いものであるが、そこには『古今集』仮名序を引き継ぐ貫之の和歌観がよく表れている。また、法皇主催の行事とはいえ私的な性質が強いので、参加者にとってはすでに常識となっているであろう和歌の歴史や位置づけについては触れず、ただ言葉と自然の感応の成果としての和歌の姿が前面に描き出されていることに注目したい。

この序文の全体、とくに第二節は、『新古今集』仮名序にあった一文と同じく、『古今集』仮名序の「しかあるのみならず、さざれ石にたとへ……」を想起させる。繰り返しになるが、仮名序のこの部分は、まるで長歌のような形で和歌について説明するという特徴と共に、『古今集』に入った和歌に実際に使われている表現方法を予告するという性質も併せ持っていた。そうだとすれば、「大堰川行幸和歌序」の第二節に登場する「秋の水に泛かびて」というような状況や、「紅葉の嵐」「雁」「鶴」などの風物も、そこに入れられた和歌の内容に対応しているのかもしれない。本文が散逸している以上は推測の域を出ないが、充分にあり得ることであろう。(8)

いずれにせよ、『古今集』仮名序よりも肩肘の力が抜けたこの「大堰川行幸和歌序」は、『古今集』を世に問うた歌人たちならではの余裕を反映したものであり、かつまた『古今集』で示した理想を実践として積み重ねようという決意を感じさせる文章である。

新撰和歌序

その一方で、きわめて若い時分から歌合に参加し、ついに『古今集』編纂という大事業を成し遂げ、仮名による言葉の芸術である和歌の第一人者としての生涯を全うしたかに見える貫之の姿を追い続ける私たちを、はっとさせるような一文が存在する。それが『新撰和歌』に付された「新撰和歌序」である。あろうことか、それは漢文で書かれている。

貫之が『新撰和歌』編纂の勅命を、醍醐天皇から藤原兼輔《ふじわらのかねすけ》（八七七—九三三）を経由して受けたのは、土佐へ赴任する前のことであった。『新撰和歌』の意図は、『古今集』から秀歌を選りすぐることである。『古今集』の成立以来、和歌の第一人者を以て自ら任じてきたであろう貫之にとって、醍醐天皇の命でその秀歌集を作るという事業は、自らの歌人人生の集大成と言えるようなものになってもおかしくなかった。

ところが、そうはならなかったのである。貫之の土佐在任中には、醍醐天皇、宇多上皇、藤原定方、藤原兼輔といった、貫之にとって最も身近で、かつ社会的な後ろ盾となっていた人々が、相次いで歿している。歌人として宮廷の寵児となっていた貫之にとって、都を離れることはただでさえ辛い選択であったろう。その上、都での生活と切っても切れない存在であった人々の大方が斃れてしまったとあっては、自分の帰る都はすでにない、というような大きな喪失感に襲われたはずである。

『新撰和歌』を完成させたところで、それを奏上する相手はもうこの世にない。しかし貫之はそれでも編纂を進め、結局は『古今集』以外の歌も盛り込み、四巻三六〇首からなる『新撰和歌』が形になった。九四〇年（天慶三）に書かれたという「新撰和歌序」は『本朝文粋』にも収録され、貫之が手ずから著した漢文としてはおそらく唯一、現在にまで伝わっている。以下、訓み下し文で適宜抜き出してみる。

昔、延喜の御宇、（中略）万葉の外、古今の和歌一千篇を撰進せしめ、更に勅命を降して、その勝れたるを抽かしむ。（中略）勅を奉ずる者は草莽の臣、紀貫之なり。貫之未だ抽撰に及ばずして、憂ひを分つて任に赴き、政務の余景漸く以つて撰定す。

まず語られるのは、『新撰和歌』編纂の次第である。醍醐天皇の命で『古今集』は編まれたが、さらにそこから、優れたものを抜き出せとのご命令である。その役目は臣下である紀貫之が務める。だが、まだその役目を果たさぬうちに、任務で都を離れることになってしまった。彼の地での政務の合間に、暇を見つけては作業を進め、ようやく選定が終わった、というのがその大意である。いかにも公的な雰囲気の書き出しで、和歌そのものの価値はここでは触れられない。冒頭にある「玄蕃頭従五位上紀朝臣貫之上」という署名と相俟って、かなり窮屈な印象を与えている。

故に、弘仁より始めて延長に至る詞人の作を抽く。花実相兼ぬるのみ。今の撰ぶ所は玄のまた玄也。ただに春の霞・秋の月の艶流を言の泉に漸し、花の色・鳥の声の浮藻を詞の露に鮮かにするのみにあらず。皆是を持つて、天地を動かし、神祇を感ぜしめ、人倫を厚うし、孝敬を成さしむ。上は風を以つて下を化し。下は諷を以つて上を刺す。

この箇所では、貫之は『新撰和歌』が玄の玄、すなわち弘仁から延長までの本当に優れた和歌だけを集めたことを述べている。優れた和歌とは花と実を兼ねているということである。つまり、言葉として調和しているだけではなく、心を深く感じ入らせるだけの意味をも伴っていなければならない。したがって、優れた和歌はただ春の霞や秋の月を美しい詞で讃えたり、花の色や鳥の声を鮮やかに表現するだけではなく、それによって天地をも動かし、神をも感動させ、人々の道徳や孝心を高めるものでなければならない。また、優れた和歌によって上に立つ者は民を教育し、民は必要に応じて君主を諌めるのである。

いくつか見覚えのある表現が入り込んでいる。「天地を動かし」云々は、『古今集』仮名序にもかなり近い一文があるものの、やはり真名序のものにさらに近いだろう。「上は風を持つて」云々も、同じく真名序に登場する六義のうち、一つ目の「風」を説明したものである。しかもそれは「毛詩序」の該当箇所を、そのまま引き写したものに過ぎない。つまりこの箇所は真名序と、その真名序に大きな影響を与えている「毛詩序」のつぎはぎによって書かれていると言っても過言ではないのである。政教主義の欠如を特徴とし、和歌の表現や効能に紙数の大半を割いている仮名序とは大きな違いであろう。

最後の第三節は、すべて引用してみる。

貫之、秩罷んで帰るの日、将に以つて上献せむとするに、橋山の晩松、愁雲の影已に結び、湘浜の秋竹、悲風の声忽幽かなり。勅を伝ふるの納言も亦、已に薨逝す。空しく妙辞を箱中に貯へて、独り落涙を襟上に屑ぐ。若し、貫之逝去せば、歌も亦散逸せむ。恨むらくは、絶艶の草をして、復び鄙野の篇に混ぜしめむことを。故に聊か本源を記して、以つて、末代に伝ふと爾云ふ。

『新撰和歌』の編纂後を語るこの箇所は、第一節よりもさらに個人的である。土佐守の任が解けて、京へ帰ったらその日にでも献上しようと張り切っていたところ、帝が崩御したという悲しい知らせが届いた。しかも、勅命を伝えた兼輔も歿してしまった。貫之は献上する相手のいなくなった和歌を箱に入れて、涙を流しながら空しく都へ帰ってきた。だが、もし自分が死んでしまえば、せっかく集めた和歌も散逸してしまう。せっかく選び抜いた和歌が、価値のない歌とごちゃまぜになってしまってはあまりに残念である。そこで、少しばかり由来を記して、これらの和歌を末代まで伝えたいと思ったのである。

大意は右のようなものである。帝の死を「橋山の」云々と表現しているのは『史記』に由来する。このことからも明らかなように、やはりこの序文に見られるのは、漢詩の発想に頼った表現である。むろん漢詩の表現を和歌にふさわしい形に作り直すことが和歌の発展を支えた重要な作業であったのだから、その前衛にいた貫之が使う漢詩の表現は正鵠を射ているし、貫之の心をある程度まで代弁し得ているだろう。だが、多くの歌で「涙」について詠んでいる貫之が、ここでは「独り落涙を襟上に屑ぐ」としか言わないことには物足りなさを禁じ得ない。

このように、『新撰和歌』の序文に関する最大の疑問点は、やはりなぜそれが漢文で書かれなければならなかったのか、というところであろう。もしこれが勅撰集であれば、貫之がそこに漢文の序をつけたことは納得できる。『古今集』では、そこへさらに仮名序が付されたが、『新撰和歌』は規模も大きくはなく、二つの序文では大仰である。あくまで体裁を守るための漢文の序文、という程度のものになるはずだ。

しかし『新撰和歌』は献上されることのない歌集になってしまった。勅命を出した天皇も、それを伝えた兼輔もすでにこの世になく、歌集は宙ぶらりんになっている。だとすれば、これは完全に私的な歌集と見なされかねないのだから、形式的な序文など必要ないはずだ。それに、形式的な序文と呼ぶには、この序文には貫之の個人的な心情があまりに色濃く表れてはいないだろうか。

以上を踏まえると、次のようなことが言えるのではないか。まず貫之は、『新撰和歌』完成の喜びを分ち合いたいと思う人々をすべて亡くしていたので、その喜びを仮名序によって、つまり歌人として表現する必要性を認めなかった。貫之が歌人であり、また議論の対象が和歌である以上、貫之がもしこの歌集の意義を十全に説く必要を感じていたのであれば、序文は間違いなく仮名になっただろう。『古今集』仮名序を書き、『土佐日記』を完成させた貫之にとって、もはや仮名の使用を躊躇したり、それを正当化したりする必要はまるでない。つまり、歌人としての自分にはもう伝えたいことがない、という落胆が、仮名序の欠落という形で表現されているわけである。

同じことは、序文の内容の薄さによっても言える。この序文は、結局のところ『古今集』真名序と「毛詩序」の抜き書きに過ぎず、何一つ和歌について新しいことを付け加えていない。確かに貫之は、若い頃から晩年まで、和歌に対して終始一貫した姿勢を保っていたように思われるので、そのこと自体に問題はない。むしろ気にかかるのは、なぜ貫之ほどテクストの内容や構造に強いこだわりを持っていた人物が、このように退屈な序文を書いたか、ということである。

とはいえ、序文に対する右のような印象は、最後の第三節で大きく揺さぶられることになる。そこには貫之個人の心情が、赤裸々とも言えるほど明確に記されているからだ。虚構性によって交換可能な立場にある和歌の詠者や、女性の日記に仮託された『土佐日記』の登場人物とは違い、ここでは「玄蕃頭従五位上紀朝臣貫之上」という一人の官人が、自らの気持を率直に吐露している[9]。

このような特異性が見られる以上、やはりこの第三節にこそ序文の真意があると考えるべきだろう。そして中でも最も重要なのは、実は貫之の悲しみでも孤独でもなく、「若し、貫之逝去せば、歌も亦散逸せむ」という一文であろうと思われる。きちんと献上することができなければ、『新撰和歌』は一歌人の編纂になる個人的な集として、貫之の死後には巻間を漂流することになる。むろん貫之ほどの歌人の残した書であれば、蔑ろにはされないだろう。しかし、テクストを「所有」するという概念の薄い当時にあっては、それが貫之の望んだままの姿で伝えられてゆく保証はまったくないのである。

だが、漢文の序文をつければどうなるか。献上は叶わなかったとはいえ、依頼者は醍醐天皇、仲立ちは藤原兼輔である。それだけ権威ある出自を持つテクストならば、公的なものとして認められる性格を充分に有していることは明らかであろう。あとは貫之が、歌詠みとしてではなく、「玄蕃頭従五位上紀朝臣貫之上」として序文を書けば、『新撰和歌』は公文書としての資格を獲得する。そうなれば、『新撰和歌』が貫之の撰んだままの形で末永く保存される可能性はずっと高くなるのである。

要するに『新撰和歌』の序文には、消極的な理由づけと積極的な理由づけが可能なのである。確かに貫之は、勅命を受けたときほどの情熱を以て、『新撰和歌』を完成させたわけではないだろう。孤独も感じていただろうし、いまさら仮名の序文をつけてさらに歌集を意義深いものに演出するだけの気力もなかったかもしれない。第一、貫之もすでに老年であり、和歌について語りたいことの大方は語り尽くしてしまったという自負もあっただろう。しかし、だからと言ってこの集を散逸させてもよいと思うほど、貫之は無気力になっていたのではない。自らが指揮をとって編んだ『古今集』を、さらに精選した歌集である。たとえ正式な献上が不可能でも、宮中に残さなければならない。それには、官人として漢文の序文を付すのが最も単純で確実な方法ではないだろうか。歌人として駆け出しの頃から、歌合や屏風歌という形式の権威を巧みに利用してきた貫之が、このことに思い至らないはずがないのである。こうして貫之は、先帝の信頼篤い忠臣、和歌という文化的活動の牽引者という公的な自己像を演出するために、このような序文を書き上げたのではないだろうか。

「新撰和歌序」を一読すると、私たちはそこに、年を取り、孤独で、やや投げやりになっている貫之の姿を見るかもしれない。だが同時に、そこには宮廷の覚えめでたい歌人として数十年を過ごしてきた老歌人の、したたかな表情が見え隠れしているのである。そして、貫之の思惑通りにこの序文が後世まで伝わったからだろう、現在でこそ『古今集』や『土佐日記』の陰に隠れて注目を浴びることもない「新撰和歌序」は、貫之に続く歌人や歌学者たちに少なからぬ影響力を持っていたと思われる。[10] とくにこの序文で『古今集』真名序を引き継ぐかのように示される「花実相兼」という概念は、後々まで作歌法の重要な主題になっている。[11] それには、この序文が漢文で書かれていることも関係しているだろう。漢文という公的な学問を象徴する書記体系で書かれたことで、漢文の勢力が盛り返してきた平安後期以降、この序文にはさらなる権威が与えられた。そうだとすれば、日本語について日本語で考え、日本語で表現する、という貫之が生涯をかけた事業が、やがて再び漢文と大陸の思想との融合に至ったことには、他ならぬ貫之自身も間接的に寄与しているということになるのかもしれない。

以上、本章では『古今集』仮名序を中心に、貫之の和歌観と、そこに滲み出ている当代の思想を取り上げながら、後世における受容についても考察した。しかしながら、貫之はまず第一に歌人であり、貫之の思想も、何よりも和歌において実践され、真価を発揮すべきものである。次章からは、議論の中心を和歌に移すことにしよう。

注

(1) 中国の簡体字は、漢字しか持たない文化にふさわしく、ひたすら効率性を志向する文字の一例と言えるだろう。また近年の中国語圏、とくに香港と台湾では日本語の「の」に近い助詞である「的」の字の簡体字として、日本語の「の」をそのまま輸入し、使用することも多い。

(2) 例えば「と」なら、「止」に由来する、今日でも使われている文字のほかに、「東」を使う場合もあった。「む」なら「武」や「無」が、「は」なら「波」や「八」が使われた。これらの文字は、どのような条件の下で使い分けられたのだろうか。歌の主題と、漢字に残る意味のイメージとの関係性によるのだろうか。あるいは助詞など品詞の問題とも関連するのだろうか。ここにはまだ大きな研究の余地が残されている。

（3）中西進（二〇〇八）は「言の葉」の「葉」を「端」とも解釈している。「言」は「もの」から「事」を創り出す力を持っており、その一部、すなわち「かけら」が、「言の葉」＝「言の端」というわけである。

（4）同じく中西（二〇〇八）によれば、現代的な意味での「ことわざ＝諺」も、この語に端を発するものである。昔から受け継がれてきた先人の知恵を内包するのが諺であるが、そのような言葉にも、当然ながら日常語にはない力が宿っているのである。

（5）ところで藤原浜成（七二四―七九〇）の手になる『歌経標式』は、すでに漢詩のための詩論を巧みに利用しながら和歌を論じた書であるという点において、『古今集』両序にある程度の影響を与えたとも考えられる。この問題については、岡田喜久男（一九七三）を参照。

（6）本節は拙稿（二〇一三）に拠るところが多い。拙稿では仮名序と真名序のさらに詳細な比較を行い、とくに「六義」と「歌のさま」の問題について論じている。

（7）『無名草子』のこのような性質については、拙稿（二〇一一）も参照。

（8）一条天皇も後に大堰川行幸を行っているが、このときにも供をした歌人たちが和歌を詠んでいる。そこには『拾遺抄』を撰んだ有力歌人の藤原公任と、その息子で、やはり中古三十六歌仙に数えられる藤原定頼も参加していた。そのとき定頼が詠んだとされるのが、「水もなく見え渡るかな大堰川峰の紅葉は雨と降れども」である。これは貫之たちの『大堰川行幸和歌』で詠まれていたかもしれない「紅葉の嵐」という表現を彷彿とさせるものであろう。少なくとも『大堰川行幸和歌』が後代の大堰川行幸のモデルになっていたことは、おそらく間違いがないと思われる。なお、定頼の歌に関する挿話は、蓮阿がまとめた『西行上人談抄』にも紹介されている。

（9）神田は『紀貫之』（二〇〇九）の終章を「新撰和歌序」に割いている。漢文による序文が、読者の参加により分節化してゆく和歌や物語などの仮名のテクストとは異なり、貫之個人の「本音」を明示しているという、いわば「逆転現象」が、神田の注目するところである。

（10）「新撰和歌序」が「貫之髄脳」とも呼ばれていたことは、これを端的に示している。例えば江戸中期の国学者、富士谷御杖にとって、「貫之髄脳」は聖書にも等しい座右の書であった。御杖独自の歌論である「言霊化論」も、この貫之による漢文の序を基礎としている。なお富士谷御杖については第九章でも取り上げる。

（11）真名序のいわゆる「花実論」は、和歌の衰えを嘆く箇所にある「其の実皆落ちて、其の花孤り栄ゆ」の一文に現れている。つまり言葉ばかりが華美に走り、内容の伴わない歌が増えた、というわけである。後段の、僧正遍昭についての評価を見ると、遍昭もその傾向から完全には免れていないようだ。そこには「花山の僧正は尤も歌の体を得たれども、然も、其の言葉花にして実少し。図画の好女の徒らに人の情を動かすがごとし」とある。

第三章　貫之の企図──『古今和歌集』

古典の文章を見ますと、同じ言葉が幾度も幾度も繰り返されて使つてありますが、自然の必要から、それらの言葉が場合々々で或る独特なひろがりを持ち、一つ〳〵に月の暈のような蔭が出来、裏が出来てゐます。

──谷崎潤一郎(1)

序・郭公の声──模索と実験

紀貫之は『古今和歌集』の中心的な撰者であった。醍醐天皇の勅を受けてその撰進に乗り出したのは、御書所預の紀貫之、その従兄で大内記の紀友則、右衛門府生《えもんのふしょう》であった壬生忠岑、そして甲斐少目《かいしょうさかん》であった凡河内躬恒である。四人の中では官位が高く、最年長でもあった紀友則は、本来なら集の編纂を取りまとめる立場にあったものかもしれないが、九〇五年（延喜五）の奏上を待たずに倒れ、九〇七年までの間に歿したと考えられている。四人が揃っていた段階から、集の編纂にかける熱意の点で貫之が抜きん出ていたことはまず間違いないと推測されるが、ともあれ友則の離脱により、貫之は名実共に『古今集』の「編集長」と言える存在になったのである。

すでに歌合などの場で頻繁に顔を合わせていた四人は親しくもあり、和歌についての問題意識なども共有していたものと思われる。実際、醍醐天皇の住居である清涼殿にほど近い承香殿の東廂にあった内御書所、いわば天皇の私的な書庫において集の編纂に熱中する撰者たちの姿は、次のような歌に詠まれてもいる。

延喜御時、和歌知れる人を召して、むかしいまの人の歌奉らせたまひしに、承香殿の東なる所にて歌えらせたまふ。夜のふくるまでとかういふほどに、仁寿殿のもとの桜の木にほととぎすの鳴くを聞しめして、四月六日の夜なりければめぢらしがりをかしがらせ給ひて、召し出てよませたまふに奉る

こと夏はいかが鳴きけん郭公こよひばかりはあらじとぞ聞く

（貫之集、七九五）

これは他ならぬ貫之自身によって詠まれた歌なので、そこには当事者の感想として尊重すべき部分と、まさに同じ理由によって警戒すべき部分とがあるだろう。少し詳しく見てみることにする。

醍醐天皇は、和歌に詳しい人間を集めて、承香殿で古今の優歌を撰ぶ作業に従事させていた。侃々諤々の議論は夜更けまで続いていたのであるが、ふと仁寿殿の前に生えている桜の木から郭公の声がする。四月六

日だと思うと珍しくもあり、さっそく歌に詠ませることにした。

こうして命じられるままに詠んだのが貫之の歌ということになる。まず前提を整理しておくと、郭公（時鳥、霍公鳥などとも書く）は『古今集』に四二例（長歌を除く）も登場する重要なモチーフで、本来は夏の鳥である。現に夏歌の巻に入っている貫之の三首は、すべて郭公を詠んだものである。

夏の夜の臥すかとすれば郭公鳴くひと声にあくるしののめ　（貫之、古今、夏、一五六）

五月雨の空もとどろに郭公なにを憂しとか夜ただなくらむ　（同、一六〇）

郭公人待つ山に鳴くなれば我うちつけに恋ひまさりけり　（同、一六二）

これらの歌にもよく現れているように、郭公はしばしば闇夜に響き渡るその鳴き声で聞く者の心を動揺させるのであるが、三首目にあるようにあくまで山を本拠とし、里に降りてくるのはわずかな間と考えられていた。したがって「こと夏は」の歌の詞書は、毎年初夏の同じ時期に正確に飛来するはずの郭公が、四月六日という早い段階で都で鳴いているという事態の珍しさが、歌を詠む発端となったことを物語っている(2)。

では郭公はどのように鳴くのか。結論から言えば、郭公は一六〇の歌にあるように「憂し」と言いたげに鳴く場合が多く、それが恋や別れに傷ついた思いを増幅させるのである(3)。しかしそれだけではない。郭公は

「死出の田長」という異名を持つが、これは郭公が田植えの時期に日本に渡ってくるという特徴とも関係しつつ、「死出の山」の向こうからやって来る、幽明の境にある存在として郭公を捉えるきっかけとなっており、そのことから男女関係の儚さをことさらに強調する機能をこの鳥に付加することとなった(4)。

このことをよく示しているのが、『伊勢物語』四三段において男女の間で交わされる次のような贈答歌である。

郭公汝が鳴く里のあまたあればなほうとまれぬ思ふものから

名のみ立つ死出の田長は今朝ぞなく庵あまたとうとまれぬれば

庵多きしでの田長はなほたのむわがすむ里に声し絶えずは

『古今集』にも入っている（よみ人しらず、夏、一四七）一首目で、女の浮気をなじる男は、あちらこちらの里で鳴く郭公のような女を「うとまれぬ」と責めている。この「うとまれぬ」は、動詞「うとむ」の未然形を打ち消したものとも、連用形の完了した状態ともとれよう。このように正反対の意味が同時に表現される現象を「文法の対照性」と呼ぶクリステワは、『心づくしの日本語』（二〇一一）の中でまったく同じ「うとまれぬ」を含む『源氏物語』の歌、

袖濡るる露のゆかりと思ふにもなほうとまれぬやまと撫子

（紅葉賀）

をはじめとする分析を通して、あえてどちらかの解釈に読みを限定する二者択一の姿勢に疑問を呈している。(5)

この歌の場合も、「疎ましく思う」「疎ましく思わない」の双方の意味が盛り込まれているのは明らかである。そもそも、ただ疎ましいとのみ思う相手に、歌を贈る人間がいるだろうか。したがって歌の解釈は次のようになる。

《郭公のようにいろいろな場所を飛び回って恋をしているあなたを疎ましく思うが、それでもやはり想いを捨て去ることはできない》

それに対する女の返事は弱気なものである。「郭公」の名は「死出の田長」という、より儚い異名に変わり、男の発した「うとまれぬ」のネガティブな意味だけを背負い込んでいる。

《悪い評判ばかりが先に立っている郭公である私は、住処がたくさんあることを疎んじられたので、今朝は悲しみの涙にくれています》

この謙虚な姿勢が功を奏したのか、男は女以上に弱気になったような返歌を贈る。

《そんなあなたでも、もし私の住む場所を必ず訪れてくれるのなら、望みを捨てずにいましょう》

ところで、なぜ郭公にはこれほどまでに浮気者というイメージがつきまとっているのだろうか。その一端には、当代人の鋭い自然観察が活かされていると言えよう。というのも、郭公は文字通りカッコウの仲間で、托卵の習性があるからである。郭公は卵を他種の鳥の巣に産みつけ、その巣の主に雛を育ててもらう。とくに鶯の巣を利用することが多かったので、『万葉集』には「鶯の卵の中に郭公ひとり生れて己が父に似ては鳴かず己が母に似ては鳴かず（後略）」（虫麿、巻九、一七五五）と詠まれているほどである。このように、いろいろなところで巣に入り込み、卵を産む姿が「浮気者」のイメージを形成することには何の不思議もない。『伊勢物語』四三段は、登場人物を「賀陽の親王」と「女」と設定した上で、ほぼ贈答歌のみで占められている。つまりこの段は、相手の定まらない恋や、その苦しみを拡大するかのような鳴き声といった、詩的表現における郭公にまつわる約束事を確認するための段であると言えるのである。

では、このことを踏まえて、『貫之集』の歌に戻ろう。和歌文学大系や萩谷朴の『新訂　土佐日記』（一九六九）を見ると、この歌の解釈は次のようになっている。

《去年までの夏、郭公はどのように鳴いていたのだろうか。今夜ほどすばらしい鳴き声ではなかったように思う》

つまり「あらじ」とは「ない」であり、この夜のような鳴き声は聞いたことがない、という意味に捉えられている。だが、それが「素晴らしい」鳴き声であるとか、風情のある鳴き声であるというのは、注釈者の意見であって、歌からそれを明確に判断することはできない。むしろ本書では、「こと夏はいかが鳴きけん郭公」という問いかけに、「あらじ」が対応していると捉えたい。つまり、言ってみれば郭公が「あらじ」と鳴いているのである。「あらじ」というのは何とも奇妙な鳴き方かもしれないが、「憂し」と鳴き、「死出の田長」と鳴くのだから、「あらじ」と鳴いてもおかしくはない。問題はその鳴声の意味である。

「あらじ」が否定、不在の意味であるとすれば、郭公は仁寿殿の桜の木で鳴いていながらも、「自分はここにいない」と宣言していることになる。なぜかと言えば、「時鳥」とも表記されるように、郭公は時を告げる鳥でもあるからだ（先に挙げた一五六の歌もその好例である）。撰者たちが議論に熱中する間に夜明が近づき、郭公が鳴き出してしまった。夜が明ければいったん作業を中断しなければならず、そうすれば集の完成も延びてしまう。要するに郭公に鳴いてほしくないわけなので、その鳴き声を「あらじとぞ聞く」、というのである。歌の終わりが「鳴く」ではなく「聞く」というのも、鳴き声を聞く側の意志が強く反映されている証拠と見なし得る。

さらに、「あらじ」を「あらし」と捉えることで、もう一つの解釈も浮かび上がってくる。当時は文字に濁点はつかないので、「あらし」も「あらじ」も文字のレベルでは区別がなかった。「あらし」は「荒らし」、つまり「勢いが激しい」、「荒々しい」という意味であり、「嵐」をも連想させる。当然ながら意味のレベルでは、「あらし」としても「あらじ」の場合と矛盾しない。激しい勢いとはすなわち撰者たちの仕事に対する情熱を表しており、それは嵐のように吹き荒れている。

以上を踏まえて、改めて全体を見渡してみると、歌の解釈は次のようになるだろう。

《いつもの夏、郭公がどのように鳴いていたかは思い出せないが、今夜はどうか、「鳴いていないよ」というふうに鳴いてほしい。郭公が鳴けば朝が来てしまうが、私たちは和歌集を作ることへの情熱を嵐のように感じているので、もっと仕事を続けたいのだ》

本章でこれから『古今集』における貫之の試みを展望するに当たって、この歌は二通りの意味で有益である。一つは、貫之をはじめとする撰者たちが非常な熱意を持って『古今集』の編纂にあたっていたことが、他ならぬ貫之自身の目から語られているということ。そしてもう一つは、この歌がすでに、貫之の和歌に対する姿勢を如実に物語っているということである。

和歌は、とくに仮名によって表記されるという段階に達してからは、まだ日の浅い芸術であった。そこには、すでに見たように和歌ならではの言葉の連想があり、文法の対照性がある。さらには掛詞があり、歌枕があり、詞書がある。(6) そして和歌がしばしば歌集の形をとる以上、配列にも少なからぬ意味が出てくる。『古今集』はこれら多種多様な要素を、完成形として世に問うたものではない。『古今集』は模索の場であり、実験場であった。そしてこれから見るように、貫之が『古今集』の中心にいたことは疑いを容れない以上、その貫之の歌を中心に検討することは、『古今集』の可能性を読み解く上で非常に有効な手段であると言えるだろう。(7)

一、数量的に考える

圧倒的な歌数

藤原定家による『古今集』嘉禄二年四月九日書写本には、墨滅歌を含めて一一一一首の歌がある。墨滅歌とは藤原俊成によって集の本体から切り離され、いわゆる「見せ消ち」の状態になっていたものだが、これらを巻末にまとめて収録したのは俊成の息子、定家である。本書の目的は、歌人としてのみならず撰者としての貫之の狙いを探ることにあるので、この後世の変更は反映させず、元来そこにあったと思われる位置に歌を戻して扱うことにする。(8) 例えば、墨滅歌の筆頭は「ひぐらし」という題を持つ貫之の歌（一一〇一）だが、これは巻第十の物名で、四二三の歌の次にあったと考えられているので、その箇所にあるものとして論を運ぶ。なお、道家本や亀山切などのいわゆる「異本」に所収されている歌については、その信憑性に不明瞭な部分も多く、採用することは控えた。

さて一一一首のうち、貫之の手になるとされる歌は一〇二首ある。仮名序に「『万葉集』に入らぬ古き歌、みづからのをも奉らしめ給ひてなむ」とある以上、撰者たちの歌が入集することは当然だが、それにしても一割近くが貫之の歌であることは、それだけで貫之という歌人の重要性を証拠立てている。(9)

では次に、二〇巻それぞれの構成と、各巻における貫之歌の数、そしてその割合を見てみよう。次頁の表を参照されたい。(10)一瞥して目を惹くのは、春歌下に占める一九・七%、恋歌二に占める二一・八八%という高い割合である。単純に言って、この二巻では五首に一首の割合で貫之の歌が入っていることになる。この数字を春歌上から冬歌、恋歌一から恋歌五に敷衍して、「四季」と「恋」といういわゆる二大部立の場合で見ても、貫之の歌の割合はそれぞれ一二・五七%、六・八三%と依然として高い。また、それぞれ一巻からなる賀歌、離別歌、羇旅歌、物名、哀傷歌をとっても貫之の歌が占める割合はやはり高く、『古今集』にまんべんなく散りばめられていることがわかる。

やや例外的な箇所として注目すべきは最後の二巻、雑躰歌と巻第二十であろう。まず雑躰歌は、五音と七音の繰り返しからなる長歌、五七七・五七七の六句からなる旋頭歌、そして滑稽味のある誹諧歌という三種からなっている。貫之の作は長歌と旋頭歌が一首ずつで、あまり積極的な参加は見られない。このことは、貫之が典型的な短歌以外の形式にはさほど強い関心を持たなかったことを示唆しているのかもしれない。短歌でなければ、むしろ貫之の興味は『古今集』仮名序や、後の『土佐日記』といった散文に向いていたのだろう。次に巻第二十は、巻に特定の名前がないことからも明らかなように、宮廷の儀式や神事において雅楽の伴奏を伴って謡われる歌を集めたものである。ほとんどが『古今集』より古い時代の歌であるから、貫之

表１　『古今集』各巻における貫之歌の数と巻中に占める割合

巻名	歌数	貫之歌	割合（％）
春歌上	68	11	16.18
春歌下	66	13	19.70
夏歌	34	3	8.82
秋歌上	80	3	3.75
秋歌下	65	9	13.85
冬歌	29	4	13.79
賀歌	22	2	9.09
離別歌	41	7	17.07
羇旅歌	16	1	6.25
物名	52	8	15.38
恋歌一	85	4	4.71
恋歌二	64	14	21.88
恋歌三	63	1	1.59
恋歌四	72	5	6.94
恋歌五	82	1	1.22
哀傷歌	34	6	17.65
雑歌上	70	7	10.00
雑歌下	68	1	1.47
雑躰歌	68	2	2.94
巻第二十	32	0	0.00
合計	1111	102	9.18

の歌がないのは当然と言ってよい。

以上の点を考慮すると、『古今集』全体に占める貫之の歌の割合である九・一八％が、若干の偏りがあるとはいえ、そこそこ均等に各巻に割り振られていることがわかる。撰者である紀貫之がいずれかの巻に対して無関心であったはずはもとよりないが、それでも歌人として自らの作品をこれほど集の随所に挿入していることは注目に値するだろう。

ただし注意を要するのは、『古今集』には勅撰集で最も多い四五八首にものぼる「よみ人しらず」の歌があるということである。表に掲げた貫之歌の割合は純粋に歌の総数で見た場合の数字であり、もし「よみ人しらず」の歌を除外し、歌人が明らかにされている歌のみで計算し直せば、数字はさらに高いものになる。しかもあとで見るように、「よみ人しらず」の歌の配列にも貫之の意思は少なからず反映されていると考えられるので、この表から推測し得る貫之の存在感は実に最低限のものに過ぎないのである。

歌の位置

貫之の歌の多さはいま見た通りだが、それでは貫之歌は各巻のどのあたりに収録されているのだろうか。それらの位置を根拠に、貫之歌の重要性を主張することは可能だろうか。

まず言えるのは、貫之歌は各巻の冒頭や末尾にあることが基本的になく、冒頭から数首目、末尾から数首目というような場所に登場することが多いということである。例えば、春歌上の巻では冒頭の歌が在原元方、二首目が貫之である。ほかの巻を見ても、冒頭は在原業平や小野小町など一時代前の有名歌人か、あるいは「よみ人しらず」である場合がほとんどで、貫之歌から始まる巻は一つもない。(11) 一方、各巻の末尾を見てみると、春歌上では最後の二首が躬恒と伊勢の歌であるが、躬恒の歌は春歌下、夏歌、秋歌下の各巻でも最後の一首となっており、ここに撰者の役割の一端を感じずにはいられない。なお、冬歌では貫之歌が巻の末尾を飾っているが、これは『古今集』で唯一の例である。

以上の簡単な観察から何が導き出せるだろうか。推測できるのは、貫之歌の役割は各巻で最初の主題を提示することではなく、その主題をどのように展開させてゆくかという方向づけを行うことなのではないか、ということである。それは各巻が終わろうとするときも同様で、貫之歌は末尾にあって結論を出すことよりも、ある議論や物語を収束に向かわせるという機能を担っているのではないだろうか。

撰者が自らの歌や身近な歌人の歌をどのように配置しているのかという問題に一考の価値があることは、例えば『金葉和歌集』(一一二六年頃)の場合を見てもわかる。この五つ目の勅撰集では、各巻の末尾や歌群の末尾といった重要な箇所に、主として撰者の源俊頼や、俊頼にゆかりの歌人の歌が配されている。(12) ちなみに入集歌数が最も多いのも俊頼で、次席は父の 源 経信《みなもとのつねのぶ》(一〇一六—一〇九七)である。経信が政治的な要因から直前の勅撰集である『後拾遺和歌集』の撰者になり損ねていることを考え合せると、俊頼の編集工程にはかなり個人的な意識が反映されていると言えそうである。

とはいえ『古今集』の各巻は、たとえそのような読みが可能であるにしても、一つの巻で一つの主題のみを扱うわけではない。各巻の内部には数首から数十首単位で相似する問題を扱う歌群がいくつも内包されている。このような歌群の中で貫之歌がどのような位置を占めているかを探ることは、『古今集』の本質を知ろうとする上で、各巻の冒頭と末尾の近くに貫之歌があることを確認するよりもさらに重要であろう。ただし、この問題は単純な「位置」に関する考察で扱うには複雑に過ぎ、何より歌の配列の問題とも深く関わっているので、後段で折に触れて詳しく検討することにする。

歌人の顔ぶれ

『古今集』に紀氏ゆかりの歌人が多く入集していることは、夙に指摘されている。まず貫之、友則がおり、二人の父である望行と有朋がいる。そして有常、有常女、静子（三条の町）、秋岑、利貞、淑人、真名序に署名のある淑望、惟岳、紀乳母がこれに加わり、さらに紀種子の子である常康親王（雲林院親王）、静子の子である惟喬親王とその子の兼覧王がいる。最後に有常女を妻とした在原業平とその子孫の棟梁、滋春、元方、そして紀名虎の孫で、もう一人の有常女を妻とした藤原敏行までをも含めると、人数は相当なものになる。目崎徳衛（一九八五）は、この多数の紀氏の存在を『古今集』における「紀氏山脈」と呼んでいるが、彼らの詠んだ歌を合わせると二五〇首を超え、全体の二割以上に達してしまうことを思えば、これは決して誇張ではないだろう。

しかし、撰者のうち二人が紀氏に属しているからといって、この人選がいわば「えこひいき」の結果であると考えるのは早計であろう。そもそも和歌はコミュニケーションの手段であるので、人間同士の結合があって初めて発展する表現媒体である。『古今集』が勅撰和歌集、すなわち国家の正式な集として編まれるほどに和歌が盛り上がりを見せたのは、貴族歌人たちの共同体の隆盛を背景にしてのことであった。その隆盛が頂点にたどり着いたのは、『古今集』編纂を命じた醍醐天皇の先代、宇多天皇の時代であったと考えられる。仁和・寛平年間にはかなりの数の歌合が催され、歌人たちは毎回の題に沿って歌を詠み、評論をし合うことで歌の技術を磨いていた。歌の表現における約束事は、まさにこのような〈場〉で構築されたのである。それは個人として愛人や友人に私的に歌を贈る際にも活かされ、その経験が、また歌合での詠歌に反映されてくる。

第一章で取り上げた、関白藤原基経の妹である高子は、こうした「サロン」的な環境の中心にいたきわめて身分の高い女性の一人であった。ここで彼女が関係した歌合に参加した歌人を再び列挙してみると、紀貫之、紀友則、壬生忠岑、凡河内躬恒、大江千里、藤原興風、在原棟梁、在原元方、源宗于、紀有岑、伊勢、藤原敏行、文屋康秀、在原業平、素性などの名が見える。

一方、『古今集』に一〇首以上の歌が入集している歌人を、歌の多い順に並べてみると、次のようになる。

紀貫之	一〇二
凡河内躬恒	六〇
紀友則	四六

壬生忠岑　三六
素性　三六
在原業平　三〇
伊勢　二二
藤原敏行　一九
小野小町　一八
僧正遍昭　一七
藤原興風　一七
清原深養父　一七
在原元方　一四
大江千里　一〇

一瞥してわかるように、入集の多い歌人のほとんどが、和歌の勃興を支えたサロンの常連であったのである。『古今集』には二百人以上の歌人が登場するが、歌の多さで十四位につけている大江千里でさえすでにわずか一〇首であり、ほとんどの歌人は一首からせいぜい三、四首の歌しか採られていない。右に挙げた十四人は、明らかに「代表的な歌人」の地位にあると言ってよいだろう。そして『古今集』を可能にしたのは、編纂に至る数十年の間に蓄積された、彼らのような歌人たちの成果である。したがって『古今集』は、それを最大限に活かして編纂されていると考えるべきであろう。

もちろん貫之の個人的な立場も、この判断と矛盾しない。貫之が多少なりとも公的な場で初めて歌人として評価されたのも、八九三年（寛平五）に催された「是貞親王歌合」ならびに「皇太夫人班子女王歌合」という二つの歌合の場であった。まだ二十代前半だった貫之がこのような場に参加できたのには、従兄の友則の口利きもあっただろう。また村瀬敏夫（一九八七）は、姻戚関係にあった藤原敏行が推薦してくれたのではないかとも推測している。間もなく蔵人頭にのぼりつめようという敏行は、歌人たちの中では位も高く、そのような人物との親交は政治的に見ても重要である。

要するに貫之をはじめとする撰者たちにとっては、これら紀氏の出身者を多く含む、歌合の隆盛に一役買った歌人たちこそ、他ならぬ歌の世界を構築している歌人たちであったのである。ましてや、若い時分からそこにどっぷり浸かってきた貫之には、あえて彼らを避け、別の方面に歌の可能性を見出すなどという選択肢はまずもってあり得なかっただろう。

集に盛り込む歌人たちが撰者にとって身近であるということは、さらに実際的な利点をもたらす。一つは、『古今集』を編むための重要な素材である各歌人の私的な集、つまり家集が手に入りやすいという点である。また、整然とした集の形をとっていない場合でも、歌を書きつけた断簡などは身辺に残り、和歌に関心のある家門であれば当人の死後も保存されていただろう。そうなれば、歌人の子や孫を通じての取材が可能である。そしてもう一つの利点は、歌人たちと気脈が通じていれば、必要に応じて歌に手を加えることが容易くなるという点である。もちろん現代と違って、言葉の流動性に裏打ちされた芸術である和歌はそれ自体が流動的なものであったので、最初の「作者」が誰であるかということはさほど重要ではなかっただろう。歌は公私を問わず人づてに姿を変え、意味を増してゆく性質のものである以上、現代の「著作権」のようなものを主張する歌人がいたとは思われない。あとで見るように、『古今集』では詞書や配列にも大きな重要性があるので、元の詠歌状況とまるで異なる詞書が付加されるされることもあっただろう。また、ほかの歌との響き合いを優先し、句の一部が改変されることもあったと思われる。そのような作業に従事する際、やはりその歌を詠んだ人物が身近であったほうが撰者たちも自由に作業をすることができただろうし、改変するにしても、その歌人の人となりを現実に知っているのといないのとでは、仕上がりに大きな違いが出たはずである。

以上、『古今集』に登場する歌や歌人を数量的な側面から考察した。なるほど具体的なデータによって、『古今集』における貫之の立場をある程度まで明らかにすることは可能である。しかしそれは、根拠にはなっても、説明としては不充分であろう。貫之を通して『古今集』や和歌そのものについて考えるのなら、実際の和歌を分析するに如くはないのである。だがその前に、いわば助走として、しばしば和歌の読みを左右する詞書にも注目しておきたい。

二、詞書——和歌の道標

歌の意味を明かす／隠す

詞書とは何かということを一言で述べるなら、それは歌が詠まれた状況を説明する言葉だということになるだろう。例えば、『古今集』では業平の歌に、とくに長く詳細な詞書が多い。有名な「かきつばた」の歌には、次のような詞書がある。

東の方へ、友とする人ひとりふたりいざなひていきけり。三河国八橋といふ所にいたれるけるに、その川のほとりに、杜若いとおもしろく咲けりけるを見て、木のかげにおりゐて、「かきつばた」といふ五文字の句のかしらにすゑて、旅の心をよまむとてよめる

唐衣きつつなれにしつましあればはるばるきぬる旅をしぞ思ふ

（業平、古今、羇旅、四一〇）

《着慣れた衣のような妻を残してきているので、はるばる旅に出れば想いも募る》というこの歌には、各句の頭文字に「かきつばた」の〈名〉が織り込まれており、「折句」の代表的な作品ともされる。(13) 衣が「なれ」る、つまりくたくたになるまで着た衣のように「慣れ」た妻を置いて旅に出た男は、自分がはるばる「来ぬ」ことを思うと、妻の「衣＝絹」を思い出し、旅愁に浸る。

なぜそこに「かきつばた」なのか。詞書を見ると、詠者は旅の途中、川のほとりに咲き誇る杜若の美しさに目を奪われ、それをきっかけに旅情に襲われたのである。つまりここでは、「かきつばた」という〈名〉が歌の意味を補強するというよりも、歌のほうが「かきつばた」という〈名〉に新しい意味を与えていることになる。この歌に親しんだ読者には、杜若は旅先での孤独や、都の懐かしさを際立たせる植物として記憶されることになるだろう。

その直後にあるのもやはり業平の歌だが、その詞書はさらに長い。

武蔵国と下総国との中にある、隅田河のほとりにいたりて、都のいと恋しうおぼえければ、しばし川のほとりにおりゐて、「思ひやれば、かぎりなく遠くも来にけるかな」と思ひわびてながめをるに、渡守、「はや舟に乗れ。日暮れぬ」と言ひければ、舟に乗りて渡らむとするに、みな人のものわびしくて、京に思うなくしもあらず、さる折に、白き鳥の嘴と足と赤き、川のほとりに遊びけり。京には見えぬ鳥なりければ、みな人見知らず。渡守に「これは何鳥ぞ」と問ひければ、「これなむ都鳥」言ひけるを聞きてよめる

名にしおはばいざ言問はむ都鳥わが思ふ人はありやなしやと　（同、四一一）

この歌の主人公は、隅田川のほとりで郷愁に駆られていた。そして川を渡るために舟に乗ると、いっそう京に残してきた人のことが思い出されるのだが、そこに見慣れない鳥が飛んできたので、あれは何という鳥かと尋ねると、「都鳥」という答えだった。そこで詠んだのがこの歌、という説明である。歌は「都鳥」と

いう〈名〉を重要な主題としたもので、都鳥に次のように語りかける内容になっている。《都という名を持つ鳥ならば尋ねてみよう、都のあの人はまだ私を待っているのか、いないのかと》

ここでも、長い詞書が歌の内容と線条的な繋がりを見せている。仮に詞書がなくても歌の解釈が大きく変わることはないが、詞書によって細かな状況が明かされることによって、歌に込められた感情が伝わりやすくなるのである。

なお四一〇と四一一の詞書と歌は、あまり変わらない形で『伊勢物語』の九段を形成している。『伊勢物語』は平安初期の歌物語であるということ以外、その成立については決定的な説を欠くが、ここに登場する「昔男」のモデルが在原業平と考えられていることは周知の通りである。したがって、『古今集』の業平歌に付された長い詞書は、さらに物語として開かれ、『伊勢物語』のような歌物語に結実したと考えられる。

詳細は明らかになっていないが、『古今集』の業平歌の詞書は、すでに物語のような体裁を持っていた業平の家集を下敷きにしているとも言われる。だが撰者たちは、少なくともそれをそのまま引き写すようなことはしていないはずだ。ここで行われているのは在原業平という伝説的な過去の歌人を、あたかも物語の登場人物のように描き出すという意識的な演出である。したがって、このような詞書は、歌が内包する意味によって完成される、一つの物語の下地を作るためのものである、と言ってよいだろう。

しかし詞書は、すべてが歌の意味生成を素直に導くものではない。詞書はときに遠回りを誘うのである。例えば四季の歌では、詞書はしばしば季節の推移を感じさせる景物の名を挙げるものであるので、詞書を見ただけでは、どの歌も単純に季節折々の景物を詠み込んだものに過ぎないかのような印象を受けてしまう。だが実際には、そこに恋愛など異なる状況が重ね合わされていることがほとんどであるし、さらに、あとで見るように、詩的言語そのものに関する考察が行われていることもしばしばである。したがって詞書には、常に相反する二つの指示の可能性を考慮して向き合わなければならない。一つは「これが歌の題である」であり、もう一つは「歌の題はこれだけではない。考えてみよ」である。

とくに漠然とした詞書からは、後者の指示が色濃く感じ取られる。例えば次の貫之の歌の場合。

冬の歌とてよめる

雪降れば冬こもりせる草も木も春に知られぬ花ぞ咲きける

（貫之、古今、冬、三二三）

もしこの歌が実際に冬を詠んだだけの歌であるなら、そのような歌はいくらでもあるのだから、わざわざ断る必然性はない。歌の解釈にしても、《雪が降り積もって、草も木も冬ごもりをしているが、そこには春には見られない花が咲いているのだ》という表面的なものだけでは物足りないだろう。そこには当然、恋の要素が含まれているはずである。例えば、花を女性と見ればどうなるか。寒さ厳しく、雪に降りこめられて人足がまばらになる冬、邸に籠っている女性たちの中には、春に出会う機会のなかった女性もいるだろう。また、すでに関係があっても、雪の中で引き籠っているその女性に新たな魅力を見出すことも考えられる。いずれにせよ、この歌がただ雪の降りしきる風景の表現であるとは考えにくい。

だが一方で、同じく単純な詞書を持つ歌でも、それが歌の新たな解釈を指示するというよりも、ほかの詞書との比較を促していると思われるような場合もある。例えば、次の貫之歌の詞書はわずか一文字、「冬」

である。

冬

白雪の降りしく時はみよしのの山下風に花ぞ散りける　（貫之、古今、賀歌、三六三）

《吉野山に白雪が降り積もるときには、麓を吹く風に花が舞う》というこの歌は、貫之らしい華美な見立てが目を惹くが、そこに詠者の感情などが重ね合わされているという印象はとくに受けない。つまり、この歌はまさに「冬」の景色を詠んだ歌、ということになりそうだが、この歌の詞書の強調された線条性には何か意味があるのだろうか。

そこで賀歌の巻を見返してみると、次の二首が目につく。

夏

めづらしき声ならなくに郭公ここらの年を飽かずもあるかな　（友則、古今、賀歌、三五九）

秋

住の江の松を秋風吹くからに声うちそふる沖つ白波

（躬恒、同、三六〇）

まず通釈を掲げると、友則の歌は《珍しくもない郭公の声が聞えるが、毎年飽きもせずによく鳴くものだ》、躬恒の歌は《住江の松を秋風が吹き抜けると、沖の白波が伴奏するように音を立てる》というほどの意味である。なお、これらは賀歌であるので、四季の移ろいを歌いながら、そこに帝の治世などを言祝ぐメッセージが込められていると考えるのが自然である。郭公の鳴き声が物憂い気持を想起させることはすでに見た通りだが、友則の歌では、それでも毎年鳴く郭公に末永く続く治世のめでたさを重ねており、躬恒の歌では、松風や波の音が帝を讃えていると読むことができる。しかし、「夏」「秋」の連続する二首と、そこから二首あけて登場する「冬」の歌のおもしろさはそれだけではない。

友則の歌は、郭公が登場する点はいかにも夏らしい。しかし、「飽かずもあるかな」に「秋」が含まれていることは無視できないだろう。そこにはすでに秋の気配がある。

次いで躬恒の歌は、「秋風」によって秋の歌であることが強調されているものの、「住の江」という複雑な歌枕が多彩な意味生成を喚起している。なぜ複雑かというと、「住の江」は「住吉」という別の歌枕と明確には区別されない、やや曖昧さの残る歌枕であり、この歌にあるように「松」と「白波」の双方にかかるのみならず、「波」からの連想で「寄る」や、さらには「白波」が「知らぬ身」と響き合っている関係からか、「忘れ草」という言葉とも関係が深いのである。そして「松」に「待つ」の意が込められ、「波」から「涙」が想起される可能性も、言うまでもないことである。

貫之の「冬」の歌を開く「白雪」も、躬恒の歌の「白波」と響き合っているので、この三首は明らかに一つの円環をなしていると考えられる。そこで貫之の歌を再び見てみると、降りしきる白雪を咲き乱れる花に見立てる表現には確かに賀歌にふさわしい一面があるものの、言葉のレベルでは「雪」と「花」は等価値であり、歌には冬だけでなく春も詠み込まれていると捉えることができる。要するに「夏」「秋」「冬」の歌は、詞書を見れば三つの独立した季節を指示しているものの、三首を横断してみると一年を通しての季節の推移が詠み込まれているのである。その三首が「季節を示す一字の詞書」という共通項によって結びつけられていることで、そのような読みはさらに説得力を増す。

この三首の存在意義は四季を通じて帝を嘉することにあるのだ、というような、賀歌の巻にふさわしい政教的解釈も可能ではあろう。だが、それだけではやはり不充分である。もし帝の治世を礼讃するような素直な歌を詠もうと思うなら、《物憂い郭公の声が今年も聞える。よく飽きずに鳴くものだ》と攻撃しているようにもとれる友則の歌や、《住の江の松に秋風が吹くように、あなたを待っていた私の心にも飽きが襲ってきた。それと同時に立つ沖の波は、あなたの気持がわからなくなってしまった私の涙のようだ》という失恋の歌とも解釈できる躬恒の歌は、必ずしも適当ではない。そして貫之の歌は、冬と春との風景を織り込んだ壮大な見立てであることは事実だとしても、別にそれが帝に向けられた賛辞であるという証拠はどこにもないのである。

このように『古今集』においては、形式的には賀歌という政治的な建前を持つ歌であっても、そこにまったく趣の異なる意味を盛り込むことが行われていたのであり、当の帝や高位の貴族たちにも、それをよしとする風潮があったと考えられる。それは言葉と意味の重奏を旨とする和歌という表現の宿命とも言えるので、「一つの読み方しかできない和歌」はそもそも望まれていなかったであろう。単純この上ない詞書を利用して四季を一巡する三首の歌を、他ならぬ『古今集』の撰者が作り競っていることは、その何よりの証左ではないだろうか。

権威化する詞書――「歌たてまつれ」

歌との関係性、あるいは他の詞書との関係性から様々な読みの地平を切り拓くことに加えて、詞書の機能としていま一つ重要と思われるのが、その「権威化」の効果である。

先にも述べたように、『古今集』で最も長く詳細な詞書を多く伴っているのは業平の歌である。そのような詞書は、歌の意味生成を助成すると共に、ときとして歌人に物語の登場人物としての魅力を与えさえする。したがって詞書の豊かさを根拠に、業平が重要歌人の一人と目されていたと主張することも可能であろう。そしてその意味では、貫之にも同様のことが言える。『古今集』劈頭の春歌上の巻には貫之の歌が一一首あるが、そのすべてに詞書がついていることは無視できない。しかもその詞書の中には、あからさまに貫之の威光を強調するものも含まれているのである。

春日野の若菜摘みにや白妙の袖ふりはへて人のゆくらむ　（紀貫之、古今、春上、二二）

わがせこが衣はるさめ降るごとに野辺のみどりぞ色まさりける　（同、二五）

桜花咲きにけらしなあしひきの山の峡《かひ》より見ゆる白雲

この三首の詞書は共通している。すなわち、

「歌たてまつれ」とおほせられし時、よみてたてまつれる　（同、五九）

である。この場合、歌を詠むよう命じたのは醍醐天皇ということになるので、「貫之は帝から直接に詠歌を依頼されるほどの歌人である」という主張が盛り込まれていることは明らかであろう。だが、この詞書の真価について結論を出す前に、まずは三首の歌に分析を加えてみることにする。

第一に「春日野の」の歌。

新編日本古典文学全集を見ると、《春日野の若菜を摘みにいくためだろうか、若い女性たちが白い袖を降りながら、遠路を厭わずわざわざ出かけてゆく》というほどの歌意とされる。衣・袖・雪など白いものにかかる枕詞である「白妙」は、ここでは文字通り白い袖を意味しているが、その袖を振る「振り」に、「わざわざ」を意味する「ふりはへて」が掛けられているので、「袖振り、振りはへて」の縮約表現が実現している。と、これも同書の解説である。

しかし辞典を見ると、「振り延う」には「ことさらにする」という意味もあり、このほうが歌の内容に沿っていると言えるのではないだろうか。つまり、若菜摘みに行く娘たち（若菜摘みは普通、娘が行うものであった）がその若さにふさわしく、必要以上に元気に袖を振って歩く、そんな姿が歌われているのである。も

し若菜摘みで集められた春の野草が新年の膳にのぼるのであれば、確かに若菜摘みは労働ということになるが、春の野に出て行く娘たちはむしろ遊興に臨むような気持であったろう。そのほうが遥かに春の歌としてふさわしい。

また「白妙」という枕詞についても、それをただ「白い布を指す」と片付けてしまうのはいかがなものか。「白妙」は、その白さから雲や波にも掛かり、また織物という特性から、帯などにも掛かる。この場合、色は必ずしも白である必要はない。要するに「白妙」には、茫洋として摑みどころのないものを表現する詩的機能があったと考えられるのである。

この歌では、詠者は明らかに人＝娘たちを遠望している。「人のゆくらむ」の「らむ」は推量の助動詞であり、「若菜摘みにゆくのだろうか」という疑問にかかっていると考えるのが至当だろうが、その疑問が解決されない限り、連なって歩いてゆくのが娘たちであるという判断も確実なものとはならない。詠者の目に映っているのは、雲や波のように漂いながら移動してゆく白い群れに過ぎないのである。つまりこの歌には、「若菜摘みにゆく娘たち」という見慣れたはずの光景を見慣れないものにする、いわゆる「異化」の効果があると言えるのである。(14)

第二に「わがせこが」の歌。

大意は、《夫の衣を張る季節になった。春雨が降るたびに、野辺の草木が次第に色濃くなってゆくようだ》である。ここでは「張る」と「春」が掛詞になっており、「わがせこが衣張る、春雨ふるごとに」という表現の縮約になっている。

さらに「衣」は「袖」の縁語であり、「降る」は「振る」を連想させる。そうなると、先ほどの「春日野の」

の歌に登場した若菜と袖と同様に、草木と衣という緑と白のコントラストが強調されていることがわかる。[15]だが、この歌の衣は常に白いわけではない。叙任の季節である春に、春雨が草木を染めるように、衣も「色まさる」と詠み込むことで、夫の順調な出世を願う気持が込められているのである。

第三に「桜花」の歌。

この歌は、かなり単純なものと言っていい。見事に咲いた桜を、山の間から見える白雲に見立てたもので、いま問題にしている三首の中では最も潜在的な意味の少ない歌と言えるだろう。その意味ではやや退屈な印象を禁じ得ないが、帝に献上する歌であると考えた場合には、そのほうが穏当なのではないかという気もしてくる。つまり、新しい年の始まりであり、命の萌え出る春の歌を集めた「春歌」の巻の中で、帝から「詠め」と命じられた歌であるならば、当然その歌は優れていなければならないと同時に、純粋に春の喜びを歌うようなものでなければならないのではないか、と思われるのである。

そうした前提に立ってもう一度、三首を振り返ってみよう。「春日野の」の歌は、どれほど幻想的な雰囲気を持つとはいえ、やはり春の象徴とも言える若菜と、はつらつとした娘たちの姿を歌っているので、問題はないだろう。「わがせこが」の歌も、色を増してゆく緑に、より濃い色へと変わってゆく衣を重ね、帝からの信任の表れでもある出世を願っているのであるから、ふさわしいと言える。そこへ来て「桜花」の清々しい単純さである。なるほど、この三首であれば、作歌を命じた帝も満足したのではないか、と無理なく推測することができる。

ところが、ここで一つ気になることがある。実は春歌上の巻にはもう一首、同じ詞書を持つ可能性のある貫之歌が存在するのである。

青柳の糸よりかくる春しもぞ乱れて花のほころびにける

（貫之、古今、春上、二六）

この歌は、もし単純に柳の姿を表現したものと読むならば、《細い糸を縒り合わせてあるような青柳に風が吹くと、青柳が乱れると共に、花もほころんで咲き乱れているのが見える》となるだろう。そうであれば、春を喜ぶ歌として帝に献上されても問題はないように思われる。だがそれだけでは、「糸」「より」「乱れて」「ほころび」と衣に縁する語を重ねている技巧が充分には活きないのだ。

そもそも「青柳」は植物の名であると共に襲《かさね》の色目の一つでもあり、春に着用する濃い青色の組み合わせを指すので、ここでは「青柳」自体が「衣」の意であるともとれる。また、「もつれあう」を意味する「よりかくる」を見てみると、「よる」には「心が惹かれる」という意味もあると共に、「夜」も連想される。そして「かくる」は「隠る」でもあるだろう。

このように捉えてみると、《心惹かれ合う男女は春の夜にもつれあい、衣と心とを乱して、隠されていた想いを露わにする》というような、きわめて情熱的な歌の姿が浮かび上がるのである。いくら柳が春の風物であるとはいえ、これほど男女の情愛を匂わせる歌が、帝に献上するにふさわしいものと言えるのだろうか。(16)だがそもそも、この歌にも同様の詞書があるという考え方は、二五の歌にその詞書があるのを、次の貫之歌にも適用されるものとして捉えるところから来ている。つまり、実際に二六の歌のまえに同じ詞書が繰り返されているわけではないので、「青柳の」の歌に関してはこれを除外することは可能であるし、内容を考えれば、そのほうが自然であるとさえ言えるだろう。

とはいえ、先に「夏」「秋」「冬」の詞書がついた歌を取り上げた際に見たように、和歌の読みの可能性の豊かさはすでに周知のことであったので、たとえ生々しい恋の歌としての一面があったところで、それを帝が「けしからぬ」と一蹴したとも考えにくい。いずれにせよ、「青柳の」の歌が帝に捧げられたものであったかどうかに関して、明確な答えを出すことは難しいと言わざるを得ないだろう。そして明確な答えと言うならば、そもそも先の三首も、本当に帝の希望によって詠まれたものかどうか、厳密には知りようがない。極論すれば、勅撰集である『古今集』の歌は、すべてが醍醐天皇に捧げられたものである。したがってあえて付されたこの詞書の目的は、あくまで撰者の筆頭たる貫之の正統性を示すところにあるので、貫之が適当と思われる歌にその詞書を伏し、帝がこれを了承した、という過程があったことも充分に考えられよう。

例えば、春歌下の巻には「寛平《かんぴょう》御時《おんとき》后《きさい》の宮の歌合の歌」という詞書を持つ貫之歌が二首あるが、これにしたところで、多くの有力者が参加し、『古今集』の礎ともなった歌合においてすでに活躍していた歌人としての貫之の身元を保証するという意味では、「歌たてまつれ」の場合と同じなのである。

なお、春歌上の巻以外にも、同様の詞書を持つ歌が一首だけある。もちろん、これも貫之の歌である。

「歌奉れ」とおほせられし時に、よみて奉れる

行く年の惜しくもあるかな真澄鏡見る影さへにくれぬと思へば

（貫之、古今、冬、三四二）

これは一年の推移に沿った四季の歌の最後を飾る歌でもあり、冬というより、純粋に一年の最後を歌っているとも言える。また、「真澄鏡」とは「増鏡」であり、思い出が「増す」ことを象徴するものである（クリステワ二〇〇一）。したがって歌意は、《去ってゆく年は惜しいもの。その年の様々な思い出が去ってゆくのを惜しむと同時に、これまでの思い出が甦り、重みを増してゆく。すると真澄鏡に映る私の影も、年が暮れるのと同じように暗くなるようだ》というようなものになる。

四季の部立で貫之の歌が巻末にくるのも、これが唯一の例である。恋の部立と並んで重要な四季の部立を締めくくるのに貫之が自らの歌を投じていることは無視できない。そこへきてこの詞書である。『古今集』を通じて、この直接話法の詞書を持つのは先の三首（四首）とこの一首のみなので、貫之だけが、その栄に浴しているということになる。[17]

以上、本節ではいくつかの視点から詞書を考察した。詠む／読む者の立場や状況によって、歌の意味は変わり続ける。詞書はその解釈に一つの方向性を与えると同時に、それを奪う機能をも併せ持っている。また、詞書はときに歌の内容からはみ出し、物語のような場面設定を通して歌人の人となりを強調したり、権威を与えたりもする。

そして、詞書について忘れてはならないのは、たとえすでにまとめられた家集などからの引用が混入している可能性があるにしたところで、それらが最終的な形をとったのは『古今集』が編まれる段になってからだという点である。仮に歌人がその歌を詠んだときの状況が伝聞で知られていることがあるにしても、歌人が歌を詠む最初の瞬間に、すでに詞書が付されているというわけではない。詞書は編集作業の一環として追加・改変されるものでもあり、創作の余地をいくらでも有している。

だからこそ、ある歌にふさわしい詞書をつけるにはその歌を知悉している必要がある。貫之ら撰者たちはすべての歌をじっくりと検分し、なおかつ自分の歌につける詞書についてはとくにゆっくりと思案することができたのだから、『古今集』を繙く際にはそれを踏まえて、詞書にも相当の注意を払う必要があるだろう。

三、和歌集をいかに読み解くか

こぼれる「袖の涙」

本節から、いよいよ『古今集』の内容に踏み込むことにする。まずは最初に登場する貫之の歌を見てみよう。

春歌上は劈頭の巻という点で、ある種の重要性を誇示している。むろん『古今集』は三十一文字の和歌を集めたテクストであり、二〇巻からなるという構造上、必ずしも巻第一から読まれる必要はない。しかし、和歌が人間の心と自然とを対象にしており、『古今集』各巻が基本的にその推移に沿って配列されている以上、春歌上の巻が特別な位置にあることは間違いないだろう。

さて貫之の歌は、その巻の二首目に早くも登場する。

　　春立ちける日よめる

袖ひちてむすびし水のこほれるを春立つけふの風やとくらむ　（貫之、古今、春上、二）

歌意の一般的な解釈は、次のようなものである。

《袖を濡らすようにして手で掬ったあの水は、冬の間は凍っていたが、きょう立春の風がそれを溶かしていることであろう》

なるほど、水を掬った際に濡れた袖が凍っていたと言うことで冬の寒さが際立ち、それを溶かすような暖かい風が吹いているという描写は、「春立ちける日」という詞書の舞台設定とも相俟って、見事に春のうららかさを伝える歌となっている。だが、それだけなのだろうか。

まず、すでに多くの注釈で指摘されているように、下の句は『礼記《らいき》』月令篇の「東風解凍」に由来している。そして右に挙げた解釈では、上の句によって状況が補足されてはいるものの、下の句で歌われている事実を補完する以上のことは起こっていないのである。上の句をさらに踏み込んで解釈しなければ、歌全体の意味は見えてこないだろう。

上の句にある「袖」は、和歌の文脈において日本独自の発展を遂げた言葉である。袖は、「袖を継ぐ」「袖を交わす」などの表現で男女関係を表すようにもなったが、その根元にあるのはより呪術的な機能である。衣と袖には魂が宿ると考えられ、神への捧げものである幣と同じような機能を与えられた。その結果として、「袖を振る」「袖を引く」「袖を裏返す」などの表現が生まれることになったのである。さらに袖は、露が草に置くように、「涙」の置く場所でもある。平安時代の日本では、「涙」は漢詩に登場する表現として継承される一方で、和語化によって初めて可能になる様々な連想を経て、その潜在能力を発揮するに至った(18)。

この両者が一体となった「袖の涙」という表現は、数百年にわたって、数多くの和歌によって議論されている。それらの分析を通じて歌ことばの詩化過程を追求し、王朝文化を特徴づける概念を導き出そうとしたのが、クリステワの『涙の詩学』(二〇〇一)である。同書によれば、『古今集』では約一〇三首が「袖の涙」と関連づけられるが、この貫之の歌もその一首である。確かにこの歌には「涙」が直接登場するわけではない。しかし貫之は「袖の涙」に関わる多くの歌を詠んでいるので、この歌が「涙」と無関係であるとも思われない。重要なのは、「〈袖ひつ〉が『涙』に言及しているかどうかではなく、このような連想がいかに歌の意味作用において働いているのかということ」なのである(八二頁)。

この「袖の涙」を分析の前提として組み込んでみると、歌の意味の可能性は拡大されずにはいない。まず、それまで山の清水などから掬って飲んだものと解釈されていた「水」は、直接には言及されない「涙」としての意味をも担うことになる。つまり春になって溶けたのは自然界の水だけではなく、流したままに凍っていた、袖の涙ということになるのだ。

この連想をさらに裏打ちするのが、「こほれる」という言葉である。この言葉が持つ意味を明らかにするために、「文法の対照性」に続いて、同じくクリステワの『心づくしの日本語』(二〇一一)から「同字異義語」の概念を援用したい。

日本語は音節言語でありながら、その音節はかなり限られている。「ん」以外では子音のあとに必ず母音が続く、という条件もある。[19] つまり、語彙が増えれば、どうしても同音異義語が多くなってしまうのである。とはいえ、もし古代の日本人が本当にこの特性を不便と考え、より合理的にしようと望んだなら、おそらく中国との関係の中で日本語は大きく変化していただろう。しかし、永い時間の中でいくらか発音の変化を経験しつつも、「制約の多い音節言語」という日本語の根本は変わらなかった。[20] その原因は何か。一つは、イントネーションや語順、文脈からの判断によって、かなりの精度で判断がつくので、大きな支障はない、という実際的なものであろう（これは現代人である私たちにも、経験から言えることである。ましてや単語の数という点では、現代のほうが必然的に優っている）。そしてもう一つの、より重要な原因は、当代人が同音異義語に表現の温床を見出したということなのである。(21)

和歌は音の芸術であると共に文字の芸術であるので、「松」と詠まれた文字を「マツ」と読んで初めて、そこに「待つ」を発見することができる。つまり文字のレベルでは「松」と「待つ」は異なるが、音のレベルでは同じである。これが「同音異義語」である。一方「同字異義語」は、清音と濁音の区別を視野に入れることでさらに掛詞の可能性を広げる概念である。

いったん「同音異義語」の掛詞を表現に活かすようになると、言葉の響き合いを通じた意味生成の過程は加速を始め、やがて限界点に達してしまう。クリステワの言葉を借りれば、

やまと言葉には音声学的な制約が課されているので、同音異義語の数にも自ずと限界が生じる。そこで、古代びとが目を向けたのは、文字である。濁点のような符合をあえて使わなかったのは、そのためであろう。文字を通して掛詞のさらなる可能性が現れてきたわけである。声にすると、清音・濁音の差異があるので、こうしたケースは、同音異義語とは呼べない。（二〇一一、一六六頁）

ということになる。

本章の冒頭で引いた「こと夏は」の歌における「あらじ」と同様、「袖ひちて」の歌に登場する「こほれる」

も、まさにそうした同字異義語の一例であるように思われる。この言葉は「こぼれる」とも読めるからだ。なるほど下二段活用の規則に従えば、「こぼる」の連体形は「こぼるる」にならなくてはならないので、厳密には「こほれる」という文字列が二つの言葉を均等に表している、とは言えない。だが歌は詩であり、詩はしばしばルールからの逸脱によって成り立つ。[22] このような非文法性を受け入れることができなければ、和歌の連想はずっと貧相なものになってしまうだろう。それでなくとも、「こぼる」の活用は「こぼれ／こぼれ／こぼる／こぼるる／こぼるれ／こぼれよ」と、ラ行の中で行われる。これだけの近似性をまったく無視するほうが困難ではないだろうか。

さて「こぼる」は、現代語と同じ意味のほかに、「溢れ出る」という意味も持つ。溢れ出てこぼれるもの。それが涙でなくて何であろうか。その涙が凍りついた悲しみと、春になって溶けたときの喜びこそ、この歌が自然の移ろいと共に表現する心の姿である。具体的に言えば、ここで描かれているのは単に春になって氷が溶けるという自然現象だけではなく、そこに例えば春が来たことによって悲しみが癒えた喜びや、気持の行き違いなどから永く逢えずにいた人との和解、あるいは新たな恋の予感といった状況が重ね合わされていることが推測される。これらを踏まえて改めて解釈すると、歌意は次のようになる。

《掌で水を掬って飲んだときに濡れた袖。だが袖が濡れたのは、私の両眼から溢れ出た涙のせいでもある。冬の間その涙は凍っていた。だが今日、春の風が吹き、凍りついた涙を溶かすのならば、私も心を新たにしよう》

冒頭歌の意味するもの

以上、『古今集』に初登場する貫之の歌を分析した。端的に言って、貫之が本書の主人公であることを差し引いても、この歌は巻頭を飾る在原元方の歌よりも興味深いものであるように思われる。

ふる年に春立ちける日よめる
年のうちに春は来にけりひととせを去年《こぞ》とやいはむ今年とやいはむ

（在原元方、古今、春歌上、一）

《まだ暦の上では年が変わっていないので、春が来たように思われる現在を「去年」と呼ぶべきか「今年」と呼ぶべきかがわからない》というこの歌は、確かにユーモラスではある。また、暦の上で新年と立春がずれてしまっているという事実と、現に実感される季節とがあり、そのいずれに重点を置くべきかという問いは、和歌という営みにとって根元的なものでもある。

しかし新規性という基準においては、この歌は貫之のそれとは比較にならない。当時の歌人たちがどの程度『万葉集』に親しんでいたのかには不明瞭な点が多いが、この歌は明らかにその『万葉集』に見られるような、暦の上の新年と肌で感じられる季節との間にある違和感を表現した歌の延長線上にある。例えば、次のような歌がある。

月数《よ》めばいまだ冬なりしかすがに霞たなびく春立ちぬとか

（大伴家持、万葉、巻二〇、四四九二）

元方の歌は、『万葉集』の巻末に近い歌を想起させる点では、それに（部分的にではあれ）連なる和歌集としての『古今集』の冒頭にふさわしいと言える。だがそれは同時に、この歌はまだ充分に『古今集』らしい歌ではない、ということを意味してもいよう。そして、その直後に貫之の技巧的な歌が続くことは、一番と二番の歌を読み比べてみて初めて『古今集』が幕を開ける、という印象を深めているのである。

二首の詞書を比較しても同様のことが言える。一番の歌の詞書は「ふる年に春立ちける日よめる」であり、二番の歌の詞書はその前半を落とした形、「春立ちける日よめる」である。つまり一番の歌ではまだ暦の上で新年が訪れていないのに対して、二番の歌ではそのニュアンスはなくなっている。さらに言えば、一番の歌が春の訪れを感じながらもそれを高らかに宣言することに躊躇しているのに対して、二番の歌は強烈な春の風を感じながら、氷の季節――文字通りの意味であれ、涙の意味であれ――からの解放を歌い上げている。したがって厳密には、「春歌」が本当に春を歌い始めるのは二番の歌からなのである。まだ雪や氷が残る時期を主題とする歌はこのあとも続くが、「春立ちける日よめる」という詞書を持つのがこの一首のみであることも、この見方を支持している。

こうして見ると、元方の歌は次の貫之の歌の引き立て役をさせられている、という見方も成り立つ。もちろんそれは、元方の歌が『万葉集』を想起させるような伝統的な一首であるというだけのことで、元方が時代遅れな歌人であるということを意味するのではない。事実、以降に登場する元方の歌には、より典型的な「古今歌風」のものが多いのである。

ここまでの考察から見えてくる『古今集』の本質とは何だろうか。その中心にあるのは、間違いなく和歌ならではの表現の模索であろう。「春立つけふの風やとくらむ」という貫之歌の下の句は、確かに月令篇「孟春之月、東風解氷」の翻案である。しかし「袖ひちてむすびし水のこほれるを」という上の句は、単に「ひちて」「むすびし」「こほれる」という和語を含んでいるというだけではなく、そこに「袖の涙」という、当代人の連想のネットワークに結実した多層的な記号を含み、さらに「こほれる」と「こぼる」の響き合いによって、下の句にも新たな解釈の次元を拓いている。これにより、ただ季節を描写するのではなく、そこに心の有様を重ねる詩的表現が実現しているのである。

むろん、漢詩においても季節は人間の心を感応させる。だが、その仕組みは和歌と同じではない。大岡信（一九七一）は、冒頭の二首を比べた際に、貫之の歌のほうが『古今集』の性質をよく体現しているように思われる理由として、大陸と日本との季節感の違いを挙げている。

> 中国人が年間の季節をこまかに分類したとき、そこで主導的だった動機は、私の想像では、季節の推移そのものへの敏感な感情移入的反応という点よりは、むしろ、もろもろの儀式儀礼行事の整然たる配列の必要という点にあったのではなかろうか。（中略）日本の詩歌におけるような、肌に繊細にしみてくる季節感との感情移入的一体化の感じはあまりない。（一〇〇頁）

抽象的な物言いではあるが、これは元方の歌を見てもよくわかる。『万葉集』の時代から、日本人は暦の上での季節と実感としての季節の双方に気を配りつつも、やはり心と体とで感じられる季節の側に主眼を置いていた。他方、中国では、広大な国土を統制するという実際的な必要性もあり、古代より暦の作成に力が注がれた。そこには季節を完全にシステム化しようという意図が感じられる。例えば、日本でも広く知られている二十四節気は四季をそれぞれ六つに分けたものだが、古代中国ではそれらをさらに三つにわけた七十二候が作られている。[23]実は「袖ひちて」の歌の下の句のモデルとなった「東風解氷」は、この七十二候のうち一年で最初のものに与えられた名前でもあるのだ。したがって漢詩においては、立春の期間の三分の一、つまりわずか五日ほどの間に春が訪れ、氷が溶け出すという現象が、半ば儀式的な厳格さで規定されている。それを歌った漢詩には自然の雄大さと、新しい年を迎える感動が表現されることはあっても、涙にくれていた心の再生が盛り込まれることはない。

要するに、ここで和歌が行っているのは、大陸に由来する「涙」の表現に新たな意味生成過程をもたらすことに他ならない。[24]元方の万葉風の歌の直後に貫之の歌を配するところから『古今集』が幕を開けるのは、撰者たちのそのような意図を示すための演出であるとも解釈できるのである。

それでは中心的な撰者であった貫之は、『古今集』においてどのような言葉と表現に関心を払い、それらを用いてどのように和歌ならではの表現を実践したのか。それについて考察するには、まずは和歌のために作られた表現や概念が、そもそもどのようにして共有され、カノン化されるに至ったのか、という問題についても触れておかなければならないだろう。そしてそのためには、歌の配列に目を向ける必要がある。

配列を読む――色と香を「くらぶ」

心や自然といった主題を表現する和歌が哲学としての地位を獲得するには、その表現の過程に知的な議論が内在していなければならないだろう。そして『古今集』において議論の対象となっているのは、何を措いても歌の表現そのものなのである。ここでは視点を冒頭歌の「涙」から、「色」と「香」の議論へと移してみよう。

歌は流動的な表現であるので、配列を通して歌が議論される際にも、それはいきなり幕を開けるというよりは徐々に立ち起こってくるものと考えるべきであろう。その意味で、「色」と「香」の議論が始まるのは春上の巻の三二の歌からであると思われる。この梅の歌群は、「色」と「香」の優劣を議論するものとして、すでに広く認知されているものである（平沢二〇一五）。

題しらず
折りつれば袖こそにほへ梅の花ありとやここに鶯の鳴く
（よみ人しらず、古今、春上、三二）

《梅の枝を折ったので、袖に匂いが移っているのだが、そこに花もないのに鶯がやって来て鳴いている》と字義通りに解釈することもできるが、多くの歌と同じように恋の歌として考えてみれば、次のような解釈も成り立つ。

《あなたのそばにいたので、袖にあなたの匂いが移っている。あなたはいないが、私はその匂いを嗅いで、あなたを想って泣くのだ》

いずれにせよ問題になるのは「匂い」である。ここでは花の匂いは、色もなければ形もないという事実を補って余りある性質を持つものとして描かれている。このことは、同じく「よみ人しらず」の次の三首によってさらにはっきりする。

色よりも香こそあはれとおもほゆれ誰がそでふれし屋戸《やと》の梅ぞも　（よみ人しらず、古今、春上、三三）

屋戸ちかく梅の花うゑじあぢきなく待つ人の香にあやまたれけり　（同、三四）

梅の花立ちよるばかりありしより人のとがむる香にぞしみぬる　（同、三五）

三三では、三二とは逆に、袖のほうが花に匂いを移している。三四では、梅の香が想う相手の香と似ているので、《間違えることのないように梅は植えないようにしよう》と歌っているが、「うゑじ」は「うゑし」でもあるので、実はすでに植えてしまっており、思い違いを経験していることが仄めかされている。そして三五では、《少し梅の木に近づいただけなのにもう香が移ってしまい、人にそれを咎められてしまった》と言い、暗に浮気が露見したことを歌っている。

以上のように、三二からの四首は、いくつかの異なる視点から「色よりも」「あはれ」な「香」を主題としている。「香」は花から人に、人から花に、そしてもちろん、人から人に移るものであり、その匂いは相手の姿や、相手への想いをまざまざと思い起こさせるのである。[25]

ここで、三二の歌に「題しらず」の詞書があったことを思い出しておくべきだろう。この詞書は、特定の事象を指す詞書以上に、題について考えることを読者に促す効果があると考えられる（クリステワ二〇〇一）。ここまでの考察をまとめれば、このシリーズの題は「香は色にまさるもの」であると仮定してみることもできるだろう。しかし「題しらず」である以上、正解が一つである必要はない。例えばこの四首は、内容のレベルでもシリーズとして捉えることが充分に可能である。「あなたの香が袖に移ってしまった」（三二）と言えば「私の家の梅にはあなたの香が移っている」（三三）と応え、「その香をあなたと間違えてしまうので、もう梅は植えないことにします」（三四）と言えば「だがその梅の木のあるあなたのもとを訪れたら、残り香に気づいた人に咎められてしまった」（三五）と応える。こうして梅の木は、二人の香を共に吸い込んだ恋の象徴になる。もしこのように、歌から物語を再構築することに重きを置くならば、伏せられた題は「梅の香をめぐる恋」とでもなろうか。

だがいずれにせよ、いま取り上げた四首がさらに価値を発揮するには、直後に展開されるシリーズをも考慮に入れる必要がある。やや毛色の違う三六の歌を挟んで、三七には再びあの詞書がつく[26]。

題しらず
よそにのみあはれとぞ見し梅の花あかぬ色香は折りてなりけり
（素性、古今、春上、三七）

《遠くから見て美しいと思っていた梅の色や香だが、手元に折り取ってみて初めてその飽きの来ない魅力がわかるのだ》ということの歌では、「色」と「香」がイコールのものとして提出されていることに注目したい。先ほどまで行われていた「香こそ重要である」という議論は、間に一首を挟み、再び「題しらず」の詞書を持つ歌が登場したことによって、あたかも振り出しに戻ってしまったかのようである。

次の歌も、この状況を補強するものだ。

君ならで誰にか見せむ梅の花色をも香をも知る人ぞ知る

（紀友則、古今、春上、三八）

《色も香も知る人ぞ知るものなのだから、あなたでなければ誰にこの梅の花を見せたらよいのだろうか》と、ここでも「色」と「香」はどちらも重要なものとして均質に扱われている。

もし読者が先の四首で「香」の優勢に同意、あるいは反対を表明していたとすれば、その直後にこの二首が現れるのは拍子抜けだろう。結局はどちらも同じものだと言われてしまえば、議論は行き詰まらざるを得ない。したがって、この閉塞感は打破されなければならないのだが、そこで登場するのはやはり貫之なのである。

くらぶ山にてよめる

梅の花にほふ春べはくらぶ山闇にこゆれどしるくぞありける

（貫之、古今、春上、三九）

《闇の濃いくらぶ山を越えたのだが、春先の梅の匂いはそこにはっきりと梅が咲いていることを教えてくれる》

「くらぶ山」は鞍馬山のことと言われるが、歌語としてはほとんど「くらぶ山」とのみ詠まれている。それが「暗い」を連想させることは言うまでもないが、

わが恋にくらぶの山の桜花まなく散るとも数はまさらじ

（坂上是則、古今、恋一、五九〇）

のように、「比ぶ」を掛けて詠むことが多かったことも無視できない。貫之の歌にも「比ぶ」の要素があって然るべきだからである。

まず比較されるべきは、暗さと明るさであろう。「闇」に包まれた山道に、匂いを通じて浮かび上がった梅は「しるし」ものである。この「はっきりしている」という意味の「しるし」は、明らかに「白し」とも響き合っている。このように考えれば、闇夜の黒に、「しるし＝印」のように現れる白梅の姿がまざまざと浮かぶのである。なぜ白梅かといえば、「白し」が示唆されていることもそうだが、白梅のほうが紅梅よりも遥かに香が強いことも、当然関係があるだろう。

梅の登場により、ここで第二の、さらに重要な比較が開始される。言うまでもなく「色」と「香」である。暗闇に梅が咲いていることを気づかせたのはその香であるから、やはり「香」のほうが優勢ということにな

るだろうか。しかし、その嗅覚への刺激から喚起されたのは、「白し」梅の姿、つまり「色」のほうである。

整理してみよう。最初の四首のシリーズで比較されていたのは、ある意味単純な、現代にも通じる「色」と「香」であった。前者は視覚、後者は嗅覚に属し、別個の感覚として意識される。そこでは、「香」のほうが興味深い感覚として認識されていた。だが第二のシリーズでは、再び「色」と「香」が等価値に設定されている。どちらも花の美しさとは切っても切れない関係にあるという事実が再確認されるのである。

そこへ、今度は「くらぶ」という詞書を持つ貫之の歌が登場する。この歌では、暗闇でもその存在を気取らせる梅の「香」のほうに比重が置かれているように見えるが、その「香」が見せてくれるのは梅の「色」でもある。要するにここで出来するのは、「色」と「香」の明確な区別は無意味である、という状況である。

このことを裏づけるのが、「にほふ」という言葉であろう。三二の歌に「にほへ」が登場して以来、これまでの歌ではすべて「香」が使われていたが、この歌では「にほふ」になっている。現代と違い、「にほひ」という言葉には「色が美しく照り映えること」、「つややかな美しさ」などの意味が、「香」の意味と併存している。つまり、当代人には嗅覚と視覚を厳密に区別しない、という認識論もあり得たのであり、この歌はその感覚の大切さを思い起こさせるものとなっている。(27)

以上のようなメッセージを含めて再解釈すると、三九の歌意は次のようなものになるだろう。

《闇夜のくらぶ山で梅の存在に気づいたので、私は比べてみる気持になった。梅に気づいたのは香のおかげだろうか、だが白く浮かび上がるその色のせいでもある。どちらも「にほふ」ものだけれど、色と香はどちらが大切なのだろう》

したがって、あとに続く二首も、この問いに答えるものとして読むことができる。

月夜にはそれとも見えず梅の花香を尋ねてぞ知るべかりける

（躬恒、古今、春上、四〇）

春の夜の闇はあやなし梅の花色こそ見えね香やはかくるる

（同、四一）

「月夜には」の歌は、どちらかと言えば「香」の優位を主張しているようだ。その理由がおもしろい。月の光の白さが梅の白さと似ているから、「色」では見分けがつかないというのである。

一方、「春の夜の」の歌も香に重きを置いてはいるが、事情はさらに複雑である。《春の夜の闇は理屈に合わない。花の色は見えないが、その隠れようもない香でその咲いている場所がわかるのだから》

「色」は見えないが、「香」で場所がわかる。これは現代人から見れば完全に理屈に合っているように思える。それを「あやなし」と感じるのが当代人の感覚である。つまり嗅覚が視覚を内包するような性質のものであるために、「色」によっては見えないのに、「香」によっては見えてしまうということ、嗅覚への刺激によって視覚イメージが形成されてしまうことが、ここでは驚きをもたらしている。さらに「理屈に合わない」の「あやなし」の中に、「文《あや》＝模様」があることにも注目したい。文はないはずなのに、闇夜を漂う梅の香はそこに文を浮かび上がらせている。この現象もまた「あやなし」である。(28)

二首は貫之歌の問いかけと連動しているので、当然ながら夜が舞台となっている。視覚が制限されれば嗅覚はなおさら鋭敏になり、それが思いもよらぬ視覚的効果をもたらすこともある。これらの歌はもちろん、非常に詩的なものであるが、闇夜での梅の「色」と「香」はあくまでも実景である。つまり、歌を詠んだ環境そのものが（実際にそこで歌を詠んだかどうかは別として）非日常的であったために、ここではミメティックとポエティックのレベルが一つに溶け合っているのである。

以上、「くらぶ」の題でくることのできる五首を検討した。もちろん、シリーズの構成は普遍的なものではない。貫之の歌から始まる三首はとくに高い関連性を持っており、この二人の撰者の応酬を一つのシリーズとして区別することもできる。また反対に、五首に加えて先の四首を含めて一つの連なりと捉えれば、「色」に対する「香」の優位を主張した上で、それを改めて議論し直す試みとも見なし得る。要するに、和歌は開かれた意味の円環からなっているので、読者はきわめて柔軟に歌同士に有機的な連絡をつけ、様々な意味生成のパターンを試みることができるのである。これらの歌は、「色」と「香」についてのいくつかの場面を描いた歌でありながら、ある種の物語として再構築することもでき、また、メタ詩的レベルでは、歌において「色」と「香」をどのように扱うべきか、という命題をも背負い込んでいる。移り香として単一的に描かれていた「香」は、やがて「色」との甲乙つけがたい比較の対象となり、ついには嗅覚と視覚を超えた「にほひ」という感覚に昇華されていった。つまり、一連の歌は当代人の五感の有様を描くロードマップのような役割を果たしており、すなわち彼らの世界観を示唆するものとなっている。(29)

「人の家」と「人の心」――詞書を頼りに

いま見たシリーズが、貫之や友則、そして躬恒といった撰者たち自身によって牽引されていたことは、ぜひとも指摘しておくべきだろう。さらに、最後に挙げた躬恒の四一の歌に続くのは、貫之のあの有名な歌である。

初瀬にまうづるごとに宿りける人の家に、久しく宿らで、ほどへてのちにいたれりければ、かの家のあるじ、「かくさだかになむやどりはある」と、言ひいだして侍りければ、そこにたてりける梅の花を折りてよめる

人はいさ心も知らずふるさとは花ぞ昔の香ににほひける

（貫之、古今、春上、四二）

ここでも「香」が問題になっているので、この歌を直前までのシリーズの一部と見なすことは当然可能である。しかし、複数の和歌から詩的な議論を引き出す際には、必ずしも歌が連続している必要はないと思われる。そこで以下では、今度は詞書を頼りとしながら、貫之歌における「色」と「香」の議論を追いかけてみたい。

四二の歌は「百人一首」にも入っているので、貫之の代表作と見なされることも多い。だがここで注目すべきは、むしろ「百人一首」では省略されている詞書のほうである。この歌に添えられた詞書は、春歌上の巻で最も長い。

まず大意を見てみよう。長谷寺へ参詣するたびに泊まっていた家から永らく遠ざかっていたのだが、久し

ぶりに訪ねてみると、そこの主人が「確かに宿はここにありますよ」と言う。そこで詠者はそこに植えられた梅の花を手折り、《人の心が変わったかどうかはわからないが、馴染みのこの家では昔の通りに梅が匂っている》と詠むのである。この場合に見えてくるのは、宿の主人の皮肉と、それをやりこめる詠者の機知である。

では、詞書を除いてみるとどうなるか。歌は一気に漠然とするように見える。「ふるさと」は、当時の第一義である「古都」、つまり奈良の意味ではもはや通りにくいので、やはり第二義の、「安心できる昔馴染みの場所」と捉えるべきだろう（村尾二〇〇六）。だが「人」とは誰か。宿の主人であるという示唆はどこにもない。そして「花」は、「昔の香」と合わさったとき、やはり過去の恋愛を連想させるように思われる。そうなると歌意は大きく変わり、《人の心はわからないものだ。しかしこの場所に来てみると、かつてのあなたへの恋がまざまざと甦る》などと読むことも可能になる。

二つの読みの正当性に関して結論を出す前に、貫之の次の歌を取り上げてみることにしよう。ここで連続性を生んでいるのは、詞書にある「家」である。

家にありける梅の花の散りけるをよめる
暮ると明くと目かれぬものを梅の花いつの人まに移ろひぬらむ

（貫之、古今、春上、四五）

先の四二の歌ではまだ咲き誇っていた梅だが、それはすぐに散り始め、この歌では完全に散ってしまっている。と、このことから示唆されるように、この歌は四二の続編、あるいは変奏として解釈できるようになっている。

詞書を見ると、それが建物の傍らにある梅を題にしているという点で、すぐに先ほどの歌が思い起こされる。こちらの「家」は一般的には宿ではなく「わが家」、つまり詠者自身の家と解釈されるが、断言できる証拠もなく、二首の歌が近い位置に置かれているという事実を無効化するほどのものではない。

歌の表面的な内容は、《夜も朝も目を離さずにいた梅の花が、少し油断した隙に散ってしまった》ということであるが、もちろんそれだけではないだろう。日が暮れるときも夜が明けるときも見ていたその対象は、梅ではなく恋人であったとも考えられる。ここでとくに重要になるのは「いつの人まに」という表現である。「人間《ひとま》」という言葉には「人の見ていない間」という意味もあるが、それは同時に「人の訪れの間があくこと」をも意味している。つまり、足繁く通っていた女のもとから遠ざかった（離《か》れた＝枯れた）わずかの間に、恋も枯れ、それを象徴するかのように梅も枯れて（散って）しまった、というわけである。

したがってこの歌は、四二で「人はいさ心も知らず」という疑問を述べた詠者に一つの回答を与えているわけである。人の心とは、ときに花よりも儚く、移ろいやすいものなのだ。もちろん、四五の歌のような出来事があったので、四二の歌にあるような諦念に囚われた、という前後関係の入れ替えも可能であろう。

このように二首の歌によって、あたかも主人公を同じくする小さな物語が形成されつつあるのだが、それはまだ終わらない。次は四九の歌である。

人の家に植ゑたりける桜の、

花咲きはじめたりけるを見てよめる
今年より春知りそむる桜花散るといふことはならはざらなむ

（貫之、古今、春上、四九）

《今年から咲くようになったこの桜は、どうかほかの桜のように散らないでほしい》というこの歌でも、詞書が「家」を含んでいることに注目したい。この歌を先の二首の続編と考えた場合、どのような解釈が可能になるか。

梅は散り、桜が咲いている。それは新しい恋である。「初めて知る」を意味する「知りそむ」は「染む」を想起させる。春に新たな恋に出会い、心が染まってゆく。これは、ただ桜が開花する様子を擬人化しているのではなく、人の心が重ね合わされているのである。「人はいさ」の歌で人の心の不確かさを語り、「暮ると明くと」の歌でもその移ろいやすさを体験した詠者は、この「今年より」の歌で新たな恋をする。そして今度こそはそれが「散る」ことがないよう願うのである。(30)

春歌上の巻に登場する「家」にまつわる歌は以上三首だが、「人の家」というキーワードを念頭に置くことで、後段にもこのシリーズの続きと見なし得る歌を見つけることができる。

人の家なりける菊の花を移し植ゑたりけるをよめる
咲きそめし屋戸しかはれば菊の花色さへにこそ移ろひにけれ

（貫之、古今、秋下、二八〇）

《この菊は初めて咲いた家からここへ移ったので、色もまた移ったのだ》というこの歌の中心的な技巧は、「色」が移ろうことと「屋戸」が移ったことを掛けたところにある。

新編日本古典文学全集の解釈では、菊の色が移ろうとは、より紅色が強くなったということであり、この歌は人の家かもらってきた菊を讃美するもの、ということになっている。だが、場所と花の色という物理的な条件だけではなく、「色」の移ろいとはすなわち心の移ろいであることを考慮に入れないわけにはいかない。詞書に「家」が登場する先の三首がいずれも人の心を緻密に分析するものであったことを考えればなおさらである。そうであるならば、菊の花の色がむしろ悪くなり、枯れかけているという可能性も無視できなくなる。なぜなら、この菊は別の場所で「咲きそめ」たのであるから、それが愛情の芽生えを意味するとすれば、場所が変わったことによって心が移ろい(飽き)、相手の心を「聞く」(菊)はずのものがもはや「聞かない」状態になっているかもしれないからである。これが秋の歌であるという前提も忘れてはならない。

このような状態を恋愛に置き換えてみれば、その内容は次のようになるだろう。

《あなたは初めての恋をした相手と別れて私のところへ来てからというもの、目に見えて恋に飽き、すっかり私の言葉にも耳を貸さなくなってしまいましたね》

このように「人の家」の詞書をシリーズとして捉えた場合、詠者は人の心に関して決して楽観的とは言えないことがわかるのだが、シリーズは次の歌で一応の完結を見る。

あるじ身まかりにける人の家の梅の花を見てよめる

色も香も昔の濃さに匂へども植ゑけむ人の影ぞ恋しき

（貫之、古今、哀傷、八五一）

《梅の色も香も昔と変わらず優れているが、だからこそ梅を植えた人の面影が偲ばれる》というこの歌は哀傷歌であり、それにふさわしく、ここへ来て恋は終わる。それは一つの恋というよりも、恋を象徴するある女性の死、あるいは恋について懊悩した詠者の思考の停止とも捉えられる。

この歌では桜や菊に姿を変えた花が再び梅に戻っており、「色」と「香」の「匂い」が主題となっている点も四二と近い。ただし、「人はいさ」の歌からここまでの間には、心についての様々な考察が行われている。つまり出発点に戻ったのではなく、達観の境地に達したのだと考えてもよいだろう。そこで出されるのは次のような結論である。

《結局のところ、恋の想いはいつまでも変わらない。ただ変わるのは、その想う相手がいつかはいなくなってしまうということであり、そのことが悲しく、寂しいのだ》

以上、「家」ないし「人の家」を詞書に持つ貫之の歌をシリーズとして考察した。[31] むろん、これら五首は明確な輪郭を持った一つの物語を形成しているわけではない。だが同時に、まったく無関係の歌であるとも考えにくいのである。詞書の明確な相似に加え、いずれの歌も「場所」「花」「人の心」が主題になっているという有機的な繋がりは、自然の景物によそえつつ、人間の感情を分析しようという狙いのもとに、この五首が詠まれた蓋然性が高いことを示唆しているのではないだろうか。[32]

さらにこの五首を前項で取り上げた「色」と「香」のシリーズと突き合わせてみると、撰者たちが協力して組み立てた感覚的な構造が、今度は貫之一人の手によって実践されていることがわかる。抽象的な「色」と「香」は貫之によって「心」と結び合わされ、「恋」や「別れ」や「思い出」といった具体的な主題を表現することに役立てられているのである。

このように、和歌はたとえ連続的に配置されていない場合でも、詞書や主題を頼りにシリーズとして読み解くことが充分に可能である。むろん、シリーズの輪郭が流動的なものであることも言うを俟たない。現に序章では、八五一の歌を貫之による父への哀悼を示すシリーズの一首として解釈した。読者が視点を変えるたびに、歌は新たな解釈可能性を開示するのだ。そして、様々に角度を変えながらメタ詩的レベルでの議論に光を当てることで、初めて当代人が和歌に込めた言語への意識や、世界観や人生観といったものを充分に浮き彫りにすることができるように思われるのである。

それでは、本書が和歌集に対峙する手法の大方を明らかにしたところで、改めて貫之が強く意識していたと思われるいくつかの表現に焦点を絞ることとしたい。

四、貫之の表現――多く詠まれた歌ことば

見える／見えない空間を作り出す「霞」

貫之が少なからぬ関心を持っていたと考えられる歌ことばとして、まず挙げたいのは「霞」である。『古今集』には、二四例の「霞」の歌が登場するが、貫之歌は実にそのうちの六例を占める。このうち、一首は長歌であるので、ここではこれを除いた五首を挙げる。

霞たち木の芽もはるの雪降れば花なき里も花ぞ散りける　(貫之、古今、春上、九)

誰しかもとめて折りつる春霞立ちかくすらむ山のさくらを　(同、五八)

春霞なに隠すらむさくら花散るまをだにも見るべきものを　(同、春下、七九)

三輪山をしかも隠すか春霞人に知られぬ花や咲くらむ　(同、九四)

山ざくら霞の間よりほのかにも見てし人こそ恋しかりけれ　(同、恋一、四七九)

右の五首からも明かなように、霞は春と強く結びついた歌ことばである。『古今集』では、例外は以下の二首しかない。

草深き霞の谷に影かくし照る日のくれし今日にやはあらぬ　(文屋康秀、古今、哀傷、八四六)

かずかずに我を忘れぬものならば山の霞をあはれとは見よ

（閑院の五の御子、同、八五七）

この二首のテーマは死である。詞書を参照すると、康秀の歌は深草の帝、つまり仁明天皇の一周忌に際して捧げられた歌である。一方、次の歌の閑院の五の御子とは、宇多天皇の娘、均子内親王のことであると思われる。均子は異母兄の敦慶《あつよし》親王を夫としていたが、早くに亡くなってしまう。後日、妻の使っていた帳台の帳を夫が見ると、そこにこの歌を記した遺書が結びつけてあった。つまりこの二首はどちらも死を扱っているが、一つは死を悼む側の歌であり、もう一つは死にゆく側の辞世である。

康秀の歌の「草深き」は、天皇が葬られた「深草山」を暗示しているのだが、その草深い山に霞が立ち込めていることと、その霞の暗さを帝の死を象徴する日没に重ね合わせることは、詩的な表現と実景とが一つになった見事な例と言えるだろう。

五の御子の歌は、霞を火葬の煙に喩えるという伝統に則っている。康秀の歌同様、春という季節は直接には感じられないが、句頭の「かずかず」の中には「かすが」、つまり「春日」が隠れている。春の日にはしばしば霞が立つので、「春日《はるひ》の」という枕詞は地名の春日《かすが》に掛けられるようになった。藤原氏の氏神である春日神社があることからもわかるように、春日一帯（現在の奈良市）は藤原氏にとって重要な土地であり、歌に詠まれる場合、季節はどうしても春ということになる。これは文字のレベルのみならず、新しい命の芽吹く季節という春の観念から言っても自然なことであろう。

もちろん、霞の形はそれだけではない。現代でも「目が霞む」などと言うように、霞がかかるという現象を動詞で表すのが「霞む」である。そして、これが形容詞になれば「幽か」になる。つまり霞には、「ぼんやりとした」、「弱々しい」、「静かな」、「人目につかない」などの意味が含まれるのだ。そして、うららかな春の幻想的な自然現象は、現世と黄泉の国の境に立つ壁のように、死を象徴しもする。

霞がここまでの多様性を獲得したのは、平安時代になってからと言っていい。漢詩においては、霞は朝焼けや夕焼けの雲を意味するものであった。大気中の水分がもたらす視界不良という自然現象に結びついている漢字、すなわち「靄」、「煙」、そして「霧」などもある中で、なぜ「霞」が「かすみ」という和語に対応するようになったのかは判然としない（山本一九九七）。しかし『常陸国風土記』（七二一年）では、すでに霞に包まれた神秘的な土地として「香澄の里」が描かれている。また万葉集にも、

朝霞たなびく山を越えていなばわれは恋ひなむ逢はむ日までに

（万葉、巻一二、三一八八）

などの歌があり、別れゆく二人を完全に断絶させるものとしての霞の機能が現れている（近藤一九九二）。『古今集』の死をテーマにした二首は、この「別れ」の表現をさらに強調したものと言えるだろう。

なお、『万葉集』の歌に「朝霞」が登場することは、漢詩での霞の意味をある程度まで継承しているものと考えられるが、『古今集』には「朝霞」の歌はない。朝と結びつくのは霧であり、露である。このような歌ことばの「棲み分け」が進められたことも、平安時代の大きな成果の一つであろう。[33]

同様に『古今集』以降では、霞は春のもの、霧は秋のもの、という区分がかなりの厳格さで成立する。それを体現しているのが、一説に紀友則の作とも言われる次の歌である。

春霞かすみていにしかりがねは今ぞ鳴くなる秋霧のうへに

（よみ人しらず、古今、秋上、二一〇）

秋にやって来て春にいなくなる、という雁の典型的な行動パターンが、ここでは春霞と秋霧の区別に重ね合わされていることに注目されたい[34]。

ここまでの考察を踏まえて貫之の五首を検討する前に、在原行平の歌を一首だけ取り上げよう。行平は業平の兄で、二人は政治的に不遇だった青年時代、摂津の領地で和歌に熱中し、腕を磨いたと言われている（秋山他〔編〕、一九六七）。また八八七年（仁和三）に開かれた「在民部卿家歌合」は行平主宰で、記録の残っている歌合としては最古のものである（泉一九九五）。要するに、業平ほど伝説的な存在ではないものの、行平も和歌の勃興期を支えた優れた歌人の一人であり、貫之も行平には大きな敬意を抱いていたと考えることができる。

春のきる霞の衣ぬきをうすみ山風にこそ乱るべらなれ

（行平、古今、春上、二三）

この歌では、霞が春の着る衣に喩えられており、その衣は「ぬき」（横糸）が薄いので、山風によって乱れてしまうようだ、と歌われている。新編日本古典文学全集では、春が女神として擬人化されているという解釈だが、それはやや浪漫的に過ぎると言うべきで、一般的な女性という意味に捉えて差し支えない。また、「ぬき」は「脱ぎ」であり、「山風」は「嵐」、すなわち激しい心の象徴であるから、《あなたの着ている霞のように薄い衣は、私の激しい想いによって乱れ、脱げてしまうのだ》というような、かなり情熱的な表現が織り込まれていると考えられるのである。また、想う相手の衣はそれ自体が呪術的な力を持っていることも言うまでもない。それは、相手の体の形を残した文字通りの「形見」である。(35)

さて、貫之の五首のうち最初のもの、

霞たち木の芽もはるの雪降れば花なき里も花ぞ散りける

（貫之、古今、春上、九）

という歌では、視界を不明瞭にする舞台装置としての「霞」の機能が十全に活かされていると言えるだろう。「木の芽もはる」に「張る」と「春」が掛けられ、《霞が立ち込めるぼんやりとした風景に雪が降ったので、花が咲いていないにもかかわらず、一帯に花が散っているように見える》と見立てるこの一首は、技巧的にして視覚的であり、広く認知されている貫之という歌人の特徴をよく表しているように思われる。

だが次の三首では、「霞」はさらに複雑な意味生成を促してはいないだろうか。

誰しかもとめて折りつる春霞立ちかくすらむ山のさくらを

春霞なに隠すらむさくら花散るまをだにも見るべきものを　（貫之、古今、春上、五八）

三輪山をしかも隠すか春霞人に知られぬ花や咲くらむ　（同、春下、七九）

（同、九四）

この三首には、いずれも「隠す」という言葉が使われていることに注目すべきであろう。隠しているのはもちろん霞であり、隠されているのは花である。そして歌を見れば明らかなように、隠されているものはいずれも発見されるか、発見の予感に包まれているので、霞はただ「見えない」状況を作り出すのではなく、「見える／見えない」の境界線上の空間を現前させるのである。[36]むろん、隠されて見えなくなっている花とは、恋の相手、あるいは恋そのもののメタファーであると考えられる。

「誰しかも」の歌では、「誰しかも」の「も」を詠嘆、続く「とめて」を「尋ね当てる」を意味する「とむ」の終止形と解釈し、《立ち込める春霞が隠していた桜を、いったい誰が探して折ってきたのだろうか》というように読むのが一般的になっている。しかし、「尋ね当てる」とはつまり「求める」の意であり、一句と二句をまたいで「もとめて」が織り込まれているのが故意であることは間違いないだろう。また最後の「さくらを」は、「桜を」であると同時に「桜麻」を連想させる。現代と違い、『万葉集』などの「桜麻」は「さくらあさ」と読まれていたとされるが、「さくらを」という表記の例もあり、それほど厳格なルールがあったとは思われない。そして「桜麻」は、『万葉集』の時代より「下草」や「露」と共に詠まれている。[37]この事実と、先ほど行平の歌で取り上げた「霞」と「衣」の関係性を思い合わせてみると、この歌にはかなり直截な問いかけが盛り込まれていたとも考えられるのである。

次に「春霞」の歌では、《春霞はなぜ花を隠してしまうのか》という問いかけの中に、《すぐに散ってしまう、命の短い花》と、《やがて終わってしまう恋》、あるいは《老いてしまう恋人》という対象が含まれていると考えられる。花のように儚い恋であればこそ、詠者は可能な限り対象を凝視することを望み、衣のような霞に隠れて恋人が遠ざかることをよしとしない。

最後の「三輪山」の歌は、『万葉集』の次の歌から上二句を引用したものである。

三輪山をしかも隠すか雲だにも心あらなも隠さふべしや　（万葉、額田王、巻一、一八）

ここでは、霞ではなく雲が愛情の対象である山を隠す存在として描かれているが、雲は風に運ばれてやがて過ぎてゆくものであり、ここにはすでに「隠す」と「現す」の対照がある。貫之の詠んだ形では、雲が霞に、隠されているものが山そのものからその山に咲いている花へと変わり、まだ見ぬ花、あるいは恋、女性への憧れが歌われている。

以上のような解釈を重ねてみると、残る一首の「霞」の歌が恋の部に入っていることは当然のように思われる。今度は詞書も合わせて引用しよう。

人の花摘みしける所にまかりて、そこなりける人のもとに、
のちによみてつかはしける
山ざくら霞の間よりほのかにも見てし人こそ恋しかりけれ
（貫之、古今、恋一、四七九）

詞書を見ると、この歌は詠者が花摘みをしていた女性に偶然出会い、そのあとで彼女の家族に届けたものである。つまり、女性のもとに出入りしたいという願いを伝え、家族から了承を得ようという腹づもりがあると考えられる。《彼女のことは霞の間からほのかにしか見ることができなかった。だからこそ恋しく、もっとよく見たいと思う》というわけである。

『古今集』に「霞」の歌が少なくないことはすでに見た通りだが、そこに「隠す」という言葉を合わせたのは貫之の三首ともう二首、

山桜わが見にくれば春霞峰にも尾にも立ちかくしつつ
（よみ人しらず、古今、春上、五一）

山かくす春の霞ぞうらめしきいづれ都のさかひなるらむ
（乙、同、羇旅、四一三）

のみである。「隠す」、あるいは「隠る」などは、言葉の響き合いなどによる連想を抜きにしても『古今集』

全体で一三例ある。隠されるのは「花」や「山」だけではなく、「月」や「草」など多様であるが、「見える／見えない」の空間を強力に作り出すには、やはり「何が隠しているのか」ということが明らかになる必要がある。こうなると、「水」なども挙げられるものの、やはり「霞」以上に可視と不可視の対立を活かせるものはないと言えるだろう。

ちなみに、「霞」以外に「隠す」主体になり得るものと言えば、その秋の片割れである「霧」が最も普遍的である。例えば次の一首。

誰がための錦なればか秋霧の左保の山べを立ちかくすらむ

（友則、古今、秋下、二六五）

この歌では「錦」、つまり紅葉を想いが「色に出た」状態として捉え、《それが誰のための想いだからという理由で、霧が山を覆ってしまうのだろう》という問いかけがなされている。このように恋の要素もあり、技巧的な言葉の並びは貫之の歌にも近いが、この歌からは「霞」の歌の場合に見たような激しい情熱は感じられない。おそらくそれは春と秋という、両者が属している季節によるところが大きいだろう。

春は新しい年の始まりであり、期待や希望が生まれ、自然の生命力が隆盛をみる季節である。これを恋の推移に当てはめてみれば、春はすなわち新しい恋の季節であり、想いが日増しに募る時期である。対して秋は、自然の勢力が頂点を過ぎ、衰退し、冬へと向かう季節であり、心のほうも「飽き」の感覚に包まれ、後退を始める時期である。このように考えてみると、友則の歌に情熱が感じられないのは当然のことと言えよう。「見える／見えない」という期待感に包まれた二重の感情は、やはり春にこそふさわしい。このことを裏づけるかのように、貫之は『古今集』で「霧」の歌を一首も詠んでいない。(38)

また、貫之の「霞」への姿勢は、その唯一の長歌である一〇〇二の歌にも表れていると言える。冒頭部分から抜粋しよう。

ちはやぶる　神の御代より　呉竹の　よよにも絶えず　天彦の
音羽の山の　春霞　思ひ乱れて　五月雨の　空もとどろに
さ夜ふけて　山郭公　鳴くごとに　誰も寝覚めて　唐錦

（貫之、古今、雑体、一〇〇二）

ここでは「霞」は「春霞」として完全に春のものとされ、「音羽山」に立ち込めている。「音羽山」は想う相手との出会いと別れを象徴する「逢坂山」の隣にあり、数々の想いが「音」として聞えてくる歌枕である。そのような山に、霞が「見える／見えない」空間を作り出すので、心はいよいよ「思ひ乱れ」ることになる。なおこの長歌には「古歌奉りし時の目録のその長歌」と詞書があり、『古今集』編纂の材料として集めた古歌を醍醐天皇に献上した際の目録ということになっているが、目録がそのまま長歌になっているのがおもしろい。古歌と言っても、それはすなわち『古今集』で頻繁に見られる歌ことばや、それぞれから連想される表現のカタログとしても機能する。もちろん、貫之自身の歌にも当てはまる部分は多い。

自然と心が一新される春に立ち込める霞。その霞の出現によって実現する「見える／見えない」空間は、全貌の見えない対象への憧れを昂らせ、好奇心を刺激する。この感覚はまた詩的言語の領域にも及び、見えない意味を見えるようにしたいという願望を反映する。言葉の可能性を開くことで見えないものを見えるようにすることこそ和歌の本質であり、ひいては「テクストの快楽」そのものなのである。(39)そしてそのことは、和歌が詩的言語の本質である「見慣れたものを見慣れない形で表現する」という特徴を明確に反映していることを示している。貫之はそれを鋭く感じ取っていたからこそ、おそらく同時代の歌人の誰よりも、「霞」の表現に強い関心を持っていたのではないだろうか。

花、風、水、雪、月——幻想の遊戯

(一)花

前項では、貫之と「霞」という、これまであまり注目されることのなかった歌ことばについて考察した。ここからは逆に、すでに定着している貫之の評価に即した形で、いくつかの表現を取り上げてみよう。

まずは「花」である。花は言うまでもなくきわめて一般的な和歌の主題であり、『古今集』においても一九〇首の例がある。そして貫之は、そのうちの三〇首を詠んでいる。これは約一六%にあたり、貫之歌が『古今集』全体に占める約九%という割合と比較しても多いことがわかる。なお、三〇首のうち一九首は春歌の上下巻に集中しており、中でも春下の巻は、そのうちの一二首を擁している。

例えば次の四首も、春下の巻にある。貫之の歌が四首も連続するのは、『古今集』ではここだけである。

志賀の山越えに女の多くあへりけるによみてつかはしける

梓弓春の山辺を越えくれば道もさりあへず花ぞ散りける

（貫之、古今、春下、一一五）

《春の山道を越えにかかると、よけることもできないほどに花が散っている》

詞書に「女の多く」とあることで、よけきれないほど散っている「花」が群れなす女性の喩えであることが強調される。山越えの女たちにとっては花がたくさん散って足の踏み場もないような山道だが、詠者にとってはその女たちが花であり、避けて通るのが難しい山道である。

多くの女性がゆきかう幻想的な風景は次の歌にも引き継がれ、一つの連作になっている。

寛平御時后の宮の歌合の歌

春の野に若菜つまむと来しものを散りかふ花に道はまどひぬ

（貫之、古今、春下、一一六）

《春の野に若菜を摘もうとやって来たが、散る花に気をとられるうちに道に迷ってしまった》

若菜を摘みに来るのは若い女性が多いので、一つ前の歌からの流れもあり、花が女性たちであることがわかる。[40] 詠者は女性たちに見惚れたり、あるいは彼女たちの姿によって別の誰かの存在を思い出したりするうちに、道に迷ってしまう。

なお、この歌の上の句は万葉集の「春の野にすみれ摘みにと来し我れぞ野をなつかしみ一夜寝にける」（山部赤人、巻八、一四二四）に着想を得たものと考えられるが、その内容は次の歌とも無関係ではない。

山寺にまうでたりけるによめる

やどりして春の山辺に寝たる夜は夢のうちにも花ぞ散りける

（貫之、古今、春下、一一七）

《春の山で一夜を明かすことにすると、夢の中でまで花が散るのであった》

いま挙げた万葉歌のように、主人公は春の野で一夜を明かす。それは花が散り乱れ、女性の多くいる野山であったので、夢の中にまでそれらが登場する、その陶酔を歌っている。さらには「山路」と「夢路」の重なり合いも連想される。

寛平御時后の宮の歌合の歌

吹く風と谷の水としなかりせばみ山がくれの花を見ましや

（貫之、古今、春下、一一八）

《花を散らし運んでくる風と谷川の水がなければ、どうして深い山に隠れるように咲いている花を見ることができるだろうか》というこの歌には「霞」こそ登場しないが、ここでも山の奥に「隠れる」花のイメージがある。先の歌との繋がりで考えれば、詠者はすでに山を下りて、「み山がくれの花」を見てきたことを振り返っているのかもしれない。

詳しくは取り上げないが、次の一一九の遍昭の歌にも「志賀より帰りける女ども」が登場するので、やはり一連の歌の舞台は志賀の山で統一されていると考えるべきだろう。この志賀の山を桜と合わせて詠んだのは一一五の歌が最初の例とされるが、志賀の山自体は「さざなみの志賀」などと古くから詠まれ、「さざなみ」を起こす「風」とも縁が深く、また「袖かへる」の表現とも結びついている。この「袖かへる」を単に風に翻る袖ではなく、袖を裏返し、恋の相手を夢に見る、あるいは自分が相手の夢に向かって飛んでゆくという「袖を返す」の意と受け取れば、夢と花の幻想からなるこの連作は志賀の山という歌枕の中にうまく収まることになる。

このシリーズでとくに注目すべきは、志賀という歌枕を有効に使いながら貫之が歌い上げる幻想の美しさである。女性の群れを花に喩え、夢と現のあわいに落ち込み、眠りの中でもその光景と戯れる。音を伝える風や、姿を映す水、そして両者が合わさったような波の力を借りて、目覚めてなおそこに想いを馳せる。この幻想が詩的言語の力によって支えられていることはもちろんだが、何より表面に現れているのは視覚的な夢幻の境である。このように見立てを交えた華美な風景こそ、歌人としての貫之の一般的なイメージを作り上げているものに他ならない。

(二) 風

一一八の歌にも現れているような「風の歌人」としての貫之の面目は、次の歌でも躍如としている。

吉野河のほとりに山吹の咲けりけるをよめる

吉野河岸の山吹ふく風にそこの影さへ移ろひにけり

（貫之、古今、春下、一二四）

《吉野河で岸の山吹が風に吹かれて散ると、水底に映った山吹の影も散った》

「風」を強調することで、「山吹」という名にすでに含まれる風のイメージが際立っている。水に「映る」山吹が「移る＝散る」という儚い影のイメージは、この歌のみならず、言葉、心といったきわめて広い問題に関わってくる。

このように、「風」は単独で詠まれるよりも、「花」を散らせるもの、あるいはそれを「水」に映し出すものとして、それらの言葉と同時に詠まれることが多い。使い勝手のよい言葉、と言うこともでき、『古今集』では七三の例がある。貫之のものは一二首あり、「花」と同じく一六％を占める。

「風」の働きを見るために、ここでは以下の七首を取り上げたい。通底する主題は「散る花」であるので、これは「風」のシリーズであると同時に「花」のシリーズでもある。

「桜のごと、とく散る物はなし」と人の言ひければよめる

桜花とく散りぬともおもほえず人の心ぞ風も吹きあへぬ

（貫之、古今、春下、八三）

桜の花の散るをよめる

久方の光のどけき春の日に静心なく花の散るらむ　（友則、同、八四）

春宮の帯刀の陣にて桜の散るをよめる

春風は花のあたりをよきて吹け心づからやうつろふと見む　（藤原好風、同、八五）

桜の散るをよめる

雪とのみ降るだにあるをさくら花いかに散れとか風の吹くらむ　（躬恒、同、八六）

比叡にのぼりて、帰りまうできてよめる

山高み見つつわが来し桜花風は心にまかすべらなり　（貫之、同、八七）

題しらず

春雨の降るは涙かさくら花散るを惜しまぬ人しなければ　（大友黒主、同、八八）

亭子院歌合の歌

桜花散りぬる風のなごりには水なき空に波ぞ立ちける　（貫之、同、八九）

最初の「桜花」の歌では、詞書にある「桜ほど早く散るものはない」という意見に対し、《そうだろうか、人の心などは、風に吹かれる間もなく変わってしまうものだ》と答えている。

この歌はすぐに、四二の「人はいさ」の歌を思い起こさせるだろう。そこでは「心も知らず」という疑問形であったものが、この歌では完全に人の心を信頼しない態度に変わっている。だが、その冷笑の裏には、桜の儚さを惜しむ気持が滲み出ている。

「久方の」の歌は、序章で取り上げた業平の「世の中に絶えて桜のなかりせば春の心はのどけからまし」（古今、春上、五三）や、それを意識したとおぼしい貫之の「ことならば咲かずやはあらぬ桜花見る我さへに静心なし」（古今、春下、八二）と親和性の高いものである。春のうららかな光はのどかだが、散りゆく花は切なく、焦燥を煽る。ここには「風」という言葉は直接には登場しないが、直前の歌で巻き起こった風は、明らかにこの歌の中にも吹いている。

「春風は」の歌では、風に対して「花を避けて吹いてくれ」という注文がつけられている。それは《花が自らの意志で散るのかどうかを知りたい》からである。そこには明らかに《あなた自身の意志で心変わりすることもあるのか》という恋の問いかけが重ね合わされている。そしてそこに、「秩序が崩壊するとき、そこには何か外的な要因があるのか。あるいはそれがなくとも、諸行無常の宿命には抗えないのか」という疑問を読み取るなら、この歌はさらに広範な存在論の命題とも関わるのではないだろうか。

「雪をだに」の歌では、花と雪の典型的な見立てが導入される。花が雪のように散ってしまうことは避けられないのに、そこにさらに追い打ちをかけるように吹く風への恨みが述べられている。ここでも風は心を乱すものである。

「山高み」の歌でも風は自由である。《高い山の上の桜を自分は見ることしかできなかったが、風は思いのままにそれを吹き散らしている》と述べている。思うに任せない恋の嘆きとしても読める歌だが、そこに自分の手が届かない存在に易々と働きかける風への羨望を読み解くこともできる。

「春雨の」の歌になると、もはや風は吹いていない。ただ散ってしまった桜を惜しむかのように、春雨が降るばかりである。ここでは傲慢な風に代わって、悲しみを解する春雨が詠者に寄り添って涙を流してくれている。

しかし、風は忘れ去られたわけではない。最後の「桜花」の歌は、その風を「なごり」という形で再び喚び起こしている。風は桜の「名残」としての花びらを空に舞わせているが、それは同時に、水面に風が起こす「余波＝なごり」をも想起させる。その「波」は、直前の歌から引き継がれた「涙」の表現でもあろう。乱れた心は風となって花を散らしてしまう。再び心が凪いだとき、散った花の名残を前にして、詠者は涙を流すのである。

以上の一連の歌を見ると、「風」は否定的に詠まれることが少なくないと言える。だが、風は吹かずにはいないものであり、風が花を散らさなければ花の美しさも結局は半減してしまうことを、当代人は明らかに理解している。そして、この矛盾を孕んだ「風」というものは、他ならぬ「心」の有様とも合致する。

「風」と「心」の関係性をたどるこのシリーズで重要な役割を担っているのが、いずれも貫之歌であることは注目に値する。《心はときに風よりも気ままに吹き荒れる》ということを示唆する八三の歌は、シリーズ全体への問題提起である。そして心を乱す風の姿が幾度か描かれた後に、《それでも心はなかなか風ほどには自由を謳歌できない》と風に対する印象を覆すのも、やはり貫之の歌（八七）である。最後に、《心は花を散らしはするが、またそれを悔やみもし、次の春を心待ちにする》というメッセージを内包していると思われるシリーズの結論も、貫之の歌（八九）によって示される。[41]

（三）水

いま取り上げた最後の歌においても、「風」がその効果を発揮するには物の姿を映す「水」の存在が不可欠であった。この「水」も、貫之の歌には欠かせないものと考えられている。例えば大岡信（一九七一）は、水底に映る事物を詠むことを貫之の表現方法の根本に据え、貫之が月や花を直に見るのではなく、水を経由して見るということに歌の本質を見出そうとした、と述べている。また、神田龍身（二〇〇九）はこれを踏まえて、水に映る景物を詠むという行為が、実体を持たずにその対象を表現する言葉そのもののメタファーになっている、という論を展開している。

事実「水」に関しても、『古今集』全体の四三例のうち、貫之は五例を詠んでいる。しかしそのうちの三首はすでに取り上げた。「水」もまた「風」と同じく、ほかの言葉と結びつくことで対象の二重性を強調したり、技巧的な表現を促したりする機能があることがわかる。まだ取り上げていないのは、四七一と五八七の二首である。

吉野河岩波高く行く水のはやくぞ人を思ひそめてし　　（貫之、古今、恋一、四七一）

《吉野川の岩にあたって高く上がる波のように、私はあの人を想うようになってしまった》という主旨である。波が最も迫力を見せるのは、岩にぶつかる瞬間であろう。その力強さと速度を、人を愛し始めた瞬間に重ねている。ただし、波といってもそれは海ではなく、吉野という川である。吉野川は絶えることのない流れを象徴することが多かったが、平安時代からはこの歌にもあるように激流と恋愛感情の関係において詠まれるようになった。「流れる」ものである川が、心の「流れ」と結びついていることは言うまでもないだろう。川の流れが生む力強い「波」は、そのまま激しい「涙」の流れともなる。

さらに、「思ひそめてし」の「ひ」が「火」と響き合うことで、「水」との対比においてなおさら想いの強さを物語っている。そして、「そめ」は「染め」でもあり、心が急速に染まってゆく様を描いているのだろう。この歌では、まさに水面がものを映すように、あらゆる言葉に複数の意味が映し出され、重ねられているのである。

真菰《まこも》刈る淀の沢水雨降ればつねよりことにまさるわが恋

（貫之、古今、恋二、五八七）

《雨が降ると沢の嵩が増す。それに合わせて私の恋もいつも以上に高ぶるのだ》というこの歌は、『古今集』では珍しい体言止めになっている。

雨は涙と結びついているので、雨が降って沢の水嵩が増えれば、当然恋の気持も高ぶることになる。それはもちろん、《あなたを思って涙を流せば流すほど、私の想いは深まるのだ》ということを意味してもいる。

水の浅い／深いに、想いの浅い／深いを重ねるのは常套手段だが、ここでは川や瀬ではなく沢が焦点化されている。さらに淀川は、流れが複雑で淀んでいるように見えることからその名がついたので、底の見えない水に、恋の焦燥感が託されていることも間違いないだろう。

とても偶然とは思えないが、「みつ」という仮名の字母は「美川」である。そして、その「美しい川」である水面は、ただありのままを映し出すのではなく、映ったものを歪め、隠しもする。「吹く風と谷の水としなかりせばみ山がくれの花を見ましや」（一一八）にしても、「桜花散りぬる風のなごりには水なき空に波ぞ立ちける」（八九）にしても、水が映し出すものは実景というよりも、心を経由した対象の姿であり、だからこそ詠者は「水」に誘われて「涙」を流すことになるのだろう。(42)

（四）雪

「雪」は『古今集』全体では五一例あり、貫之のものは五首である。春歌上の巻にも溶け残った雪を扱う歌群があり、貫之はそれを締めくくる歌を詠んでいるが（九）、ここでは冬歌の巻に目を向け、貫之の二首を含む、次の七首を取り上げてみよう。

冬こもり思ひかけぬを木の間より花とみるまで雪ぞ降りける　（貫之、古今、冬、三三一）

あさぼらけ有明けの月と見るまでに吉野の里に降れる白雪　（是則、同、三三二）

消《け》ぬがうへにまたも降りしけ春霞立ちなばみ雪まれにこそ見め　（よみ人しらず、同、三三三）

梅の花それとも見えず久方の天霧《あまぎ》る雪のなべて降れれば　（同、三三四）

花の色は雪にまじりて見えずとも香をだににほへ人の知るべく　（小野篁、同、三三五）

梅の香の降りおける雪にまがひせば誰かことごとわきて折らまし　（貫之、同、三三六）

雪降れば木ごとに花ぞ咲きにけるいづれを梅とわきて折らまし　（友則、同、三三七）

「冬こもり」の歌は、《冬こもりの季節、思いがけないことに木の間に花が咲いている。と、そう見紛うほどに雪が降っている》と述べており、この歌群の直前にある貫之の歌、

雪降れば冬こもりせる草も木も春に知られぬ花ぞ咲きける　（貫之、古今、冬、三二三）

の変奏とも言える。もちろん表面にあるのは雪と花の視覚的な交錯であるが、いま少し詳細に見ると、「思

ひかけぬ」の一語によって恋の歌の側面が強調されていると思われる。「思ひかけぬ」と言ったのは当然、冬に花が咲いていることだが、相手に「思ひ」を「かける」ことでもある。冬の間は、恋も「冬こもり」をするはずだったのに、雪に誘われて目覚めてしまった。この意味で「雪」は、強い想いを惹起する「露」ともゆかりの深い語であると考えられるだろう。さらに、「思ひ」は「火」を想起させ、寒い雪の野と好対照をなしている。「雪」に「露」が内包されているとすれば、「火」と「水」もまた対照的であることは言うまでもない。

「あさぼらけ」の歌は、昇りそめる太陽の日差しに白く光る雪を月光に重ねて表現しているが、先の歌から恋歌の要素を引き継いでいるものとすれば、後朝《きぬぎぬ》の歌ともとれるだろう。雪を露と捉えてみるならばなおさらである。さらに降る雪は、別れを惜しむ涙とも考えられる。

「消ぬがうへに」でも、露の連想は生きている。露もまた、必ず消えるさだめにあるものだからだ。この歌では、雪が消えることを惜しむ心が表現されている。詠者が恐れるのは、春の訪れと共に霞が立ち込め、雪景色もまた隠されてしまうことである。雪そのものにも幻惑的な作用があるところに、さらに霞を重ねているところが興味深い。

「梅の花」は、左注によれば柿本人麿の作ともされる。先ほどの霞に対して霧が登場し、その霧のような雪が降りしきっているために、梅の花が見えにくくなっていると歌う。この主題は、そのまま次の三首に受け継がれてゆく。

「花の色は」では、雪に埋もれた梅の花に、《それとわかるように、香を放ってくれ》と訴えている。雪と花では色は同じだが、花には香があるので、それで区別ができるというわけだ。

だが貫之の「梅の香の」は、それは不可能であると示唆している。なぜなら実は雪にも匂いがあるので、それが梅の匂いと紛れてしまうと、もう梅の花を区別して手折ることはできなくなるのである。(43)

最後の「雪降れば」という歌も先行の歌に同調するが、その理由がおもしろい。「木ごと」に咲く花とは、梅や様々な樹の枝に積もった雪を指すが、「木ごと」は「木」「毎」として組み合わせれば「梅」となるので、なおさら梅との区別が難しくなるというわけである。ユーモアのある技巧的な表現は撰者の友則の作としてふさわしいが、これはただの機知ではないだろう。このような表現は和歌において文字のレベルがいかに重要であるかを証拠立てているし、同時に和歌の文学性を誇示することで、先の貫之の「雪にも匂いがある」というような非日常的な表現の正当性を担保しているのである。

このシリーズが「色」と「香」を議論するという意味で、すでに取り上げた春上の巻の梅の歌群を彷彿とさせることは重要である。「雪」のシリーズから間もなく、冬歌の巻は終焉を迎える。『古今集』の構成上、賀歌がそのあとに続くが、季節という意味では再び春が訪れる。つまり四季の歌の冒頭と末尾において「色」と「香」の議論が繰り返されていることは、当代人にとって、なかんずく撰者たちにとって、そのような議論が一年を通じて重要な意味を持っていたことを意味するのではないか。それはつまり、和歌を詠むという営みが、自然という景物に心を寄せて表現する（ミメティック・レベル）ことからのみなるのではなく、詩的な表現の追求（ポエティック・レベル）によって支えられており、さらには複数の歌を突き合わせて詩的議論を発生させる（メタ詩的レベル）ことで発展を続けてゆくという、そのあり方そのものを示しているように思われる。

（五）月

最後に「月」を取り上げたい。『古今集』では、「月」の歌は五九首ある。(44) 貫之の手になるのはこのうちの七首で、やはり一割を超えている。

雑歌の上巻には、九首からなる月のシリーズがあるので、ここではそれを取り上げることにしよう。

題しらず

おそくいづる月にもあるかなあしひきの山のあなたも惜しむべらなり

（よみ人しらず、古今、雑上、八七七）

わが心慰めかねつ更級や姨捨山に照る月を見て

（同、八七八）

大方は月をもめでじこれぞこの積れば人の老いとなるもの

（業平、同、八七九）

「月おもしろし」とて、凡河内躬恒がまうできたりけるによめる

かつ見れどうとくもあるかな月影のいたらぬ里もあらじと思へば

池に月の見えけるをよめる
ふたつなきものと思ひしを水底に山の端ならでいづる月影
（貫之、同、八八〇）
（同、八八一）
題しらず
天の河雲の水脈《みを》にてはやければ光とどめず月ぞ流る（よみ人しらず、同、八八二）

飽かずして月の隠るる山もとはあなたおもてぞ恋しかりける
（同、八八三）

惟喬親王の狩しける供にまかりて、宿りに帰りて、夜一夜酒を飲み物語をしけるに、十一日の月も隠れなむとしける折に、親王酔ひて内へ入りなむとしければ、よみ侍りける
飽かなくにまだきも月の隠るるか山の端逃げて入れずもあらなむ
（業平、同、八八四）

田村の帝の御時に、斎院に侍りける慧子の皇女を、「母、あやまちあり」と言ひて斎院を代へられむとしけるを、そのことやみにければよめる

大空を照りゆく月し清ければ雲隠せども光消なくに

（尼敬信、同、八八五）

「題しらず」というシリーズの開始を期待させる詞書を持つ「おそくいづる」の歌は、月が出るのが遅いのを、《山の向こう側でも人々が月との別れを惜しんでいるからだろう》と説明することで、人々への月への愛着を明確化している。

しかし、月は常に人を楽しませるものではない。次の「わが心」の歌では、旅先の月を見ることでかえって物悲しさを覚える心情が吐露されている。[45] だからこそ、その次の「大方は」の歌では、月は愛でるべきものではないと判断されているのだろう。だが、たとえ月を見るにつけ自らが老いてゆく現実があるのだとしても、それでも月への愛着は捨てがたい。したがって、この「めでじ」は常に「めでし」と背中合わせなのである。

詞書が新しくなった次の「かつ見れど」の歌は、二人の撰者である貫之と躬恒の関係が垣間見えるものとなっている。《月を見て、一方では美しいと思うが、嫌な気持もする。その月の光が届かない里はないのだと思うと》と、躬恒を月に喩え、その光が届かぬ場所にいた自分の心情を詠むことで、躬恒の不在を責めているわけである。つまり、歌の表面的な内容とは裏腹に、月の光にも陰の部分があることがここで明らかに

なる。

次も貫之の歌である。《二つはないと思っていた月だが、山の端でもない水底から月が出ている》というこの歌の冒頭に「ふたつなき」という表現が使われているのは、それが音のレベルでも「月」を予告するからかもしれない。これにより歌の中にも「第一の月」が登場し、水の中の「第二の月」と対照をなすようになる。この月が一つしかないものと定義されることで、最後に登場する「月影」はより不可思議なものとなる。

再び「題しらず」の詞書を獲得した「天の河」の歌では、雲の流れを水の流れに重ね合わせ、捉えどころなく移ってゆく月の光を表現している。ここにも、先ほどの「水底の月」のイメージが活かされている。

次の「飽かずして」の歌は、まだ充分に眺めていない月が山の向こうに入ってしまい、恋しく思う気持を歌っているが、これはシリーズの最初の歌と鏡写しの内容になっている。つまり、月そのものが発露させる「鏡像」のイメージが、歌の配列によっても表現されていることになるわけである。

とはいえ、月の歌はまだ続く。次の「飽かなくに」では、すでに月の歌を詠んだ業平が、宴を去ろうとする惟喬親王を月に喩えて、山の端に向かって《逃げてくれ、月が隠れないように》と訴えている。この歌は貫之と躬恒の間で交わされた「かつ見れど」の歌とも親和性の高いものであり、貫之が業平を強く意識していたことの証拠とも見なし得る。

最後の「大空を」では、《月の光は清らかなので、雲が月を隠そうとしても光は消えない》ということが述べられる。こうしてシリーズの最後に、月の光の遍在性が再確認される。

また、最後の三首に「隠るる」という言葉が詠まれていることも注目に値するだろう。貫之がこの現象に強い関心を持っていたと思われることは、すでに述べた通りである。隠れる月は光を見えない状態にするが、それは同時に光の不在によって、かえって光の存在を強調するのである。(46)

「月」は最も多く和歌に詠まれた言葉である。『国歌大観』に収録された古代から近世までの歌を総合すれば、その数は六万首以上にものぼる。(47)月の歌に注目するクリステワによれば、「『月』はさまざまな思いを喚起するとともに、その思いを映し宿してもいるので、古代びとにとっては、『月』を詠むことは、世の中を詠むことであったと考えられる」のである（二〇一一、六七頁）。そして「月影」は月の光であると同時に、当代においては月そのもの、また水面などに映った月の姿（影）でもあった。この「月影」の多層性は、これまでの考察の手がかりともなった「文法の対照性」や「同字異義語」の概念と相俟って、いよいよ和歌における多様な意味生成の過程に光を当てるように思われる。歌人の関心が「月」よりも「月影」や水中の月という、より曖昧な対象へと移ってゆくのも、『古今集』以降のことである（渡辺一九九五）。

不易流行の心と言葉

以上、本節では、貫之が多く詠んだ歌ことばに焦点を当てた。また、『古今集』全体でも多く詠まれている歌ことばをシリーズの中に位置づけ、解釈を施しながら、そこで貫之の歌が果たしている役割についても考察を加えてきた。

花、風、水、雪、月という言葉の羅列は、一見、あまりに広範囲にわたるように思われる。花鳥風月、あるいは雪月花という言葉にあるように、それは東洋的ないし日本的な感覚の総体とも言えるかもしれない。だが実際のところ、いや、それだからこそ、これらの言葉はそれぞれ密接に関係している。花を散らすのは風である。その風が散らした花を映すのは水である。花はまた雪と見紛われる。月は雪を照らし、水の中に分身を作り出す。このように、これらの言葉が司る事象は、当代人が強く意識していた自然の大きな連鎖の中で、それぞれに重要な位置を占めている。その中で、いずれか一つが特別に重要である、というような結論が導き出されることはない。いずれの概念も、非常に曖昧な形で併存している。

このような複数の感覚の絶妙な均衡は、クリステワの言う「あいまいさの哲学」の一つの表れとして捉え得る。クリステワによれば、平安時代は「古代中国の哲学の受容とやまと歌の普及の結果、『あいまいさ』が存在論や世界観を特徴づけるように」なり、当時の知的営為の中心であった和歌は最も「あいまいさ」を重んじる表現形式となった（二〇一一、一〇六頁）。しかし、日本語そのものは決して曖昧というわけではない。中西進も指摘しているように、言葉が個々の現象と一対一の関係で結びつくものではなく、そこに連なる感覚や、様々な連想を内包している以上、曖昧さは「働きの幅の広さ」を意味するのである（二〇〇八、二〇四頁）。

こうした前提に立ってみれば、ここで取り上げた歌ことばに潜在する解釈の可能性が、非常に建設的な形で詩的議論を助成していることは明らかだろう。「花」は想いの対象であり、それは「色」や「香」によって様々に意味を変える、美や恋の大らかな象徴である。そこに働きかける「風」は、乱れる心の姿であると同時に、人間には禁じられた自由そのものでもある。それを認識させてくれるのが、対象を映し出し、人間の心を経由することでその真実の姿を示唆する「水」である。「水」は凍れば「雪」となり、雪の消えゆく儚さは「露」を想起させ、思いの丈に応じた「涙」を誘う。「月」は風景を照らし出し、美しい光で人間を魅了するが、光は常に「影」に変わる可能性を内包している。

貫之をはじめとする当時の歌人たちは、変わり続ける心の姿を、やはり流れ続ける自然の情景に託して表現した。したがってその表現は決して堅固な、明確に定着された言葉によっては実現しないのである。ここで、貫之がとくに好んだと思われる「霞」という歌ことばの特徴が生きてくる。あらゆる光景を包み込む「霞」は、「見える」と「見えない」のあわいにある空間を現前させる。空気中の水分に他ならない「霞」は、人々の心に働きかけて、ときに「涙」を誘いながら、その「涙」に「霞んだ」眼から「花」を隠し、同時に発見への期待を与えるのである。存在と不在、隠匿と発見の中間領域を創り出す「霞」は、『古今集』に通底する和歌の多層生を当代人の世界観に結びつける上で、限りなく重要な歌ことばであると思われる。

ところで、歌論にゆかりの深い言葉に「幽玄」がある。この言葉は『古今集』の真名序にもすでに登場しているが、そこでは「神秘的」というほどの意味であり、この言葉が「美しく情趣あるさま」というような意味を獲得するのは、藤原俊成や定家の歌論を経てからのことである。定家の『近代秀歌』にある「姿おもしろきさまを好みて、余情妖艶の躰を詠まず」という貫之への評価を思い出してみれば、『古今集』よりも一時代前、六歌仙の歌ぶりを理想として導き出された中世独特の概念としての「幽玄」は、貫之には似つかわしくないということになるだろうか(48)。

だが、そもそも「幽玄」は、大陸においてはどのような概念として提出されたのだろうか。『老子』に、「玄之又玄」という言葉がある。その背景にあるのは、「森羅万象、すべての事物は、同じところから生じている。無と有、陰と陽、白と黒なども、元を正せば同じものである」という思想である。このような多層性、曖昧さのために、「幽玄」は「死後の境地」とも言われるような神秘性を獲得するに至ったと思われる。言うまでもなく、このような思想は本章で述べてきた当代人の世界観にもきわめて近い。牽強付会を承知で言うならば、幽玄の「幽」は「幽《かす》む」とも訓む。つまり「霞」をはじめとする歌ことばの詩的議論を牽引することによって「玄之又玄」の思想を再現した貫之は、和歌を通して大陸の思想を見事に日本化したのであり、その意味では、日本的な「幽玄」の歌人の先駆けとも言える存在なのである。

結・再び郭公の声――流れ続ける和歌

『古今集』編纂の使命に燃える貫之と撰者たちの心情を表現したと思われる郭公の歌は、貫之の死から百七十年ほどを経た、一一一五年以降に成立した『大鏡』にも、別の形で登場している。

こと夏はいかが鳴きけむほととぎすこの宵ばかりあやしきぞなき

『貫之集』のものも再掲しよう。

こと夏はいかが鳴きけん時鳥今宵ばかりはあらじとぞ聞く

この微妙な変化は何を意味しているのだろうか。『大鏡』は、二人の二百歳近い老人が、記憶としての歴史を物語るという、いわゆる「歴史物語」に新たな展開をもたらしたテクストである。(49) 貫之の歌に続く地の文を見ると、この歌が詠まれたとされる状況は、『貫之集』のものと大差ない。

延喜の御時に、古今抄せられし折、貫之はさらなり、忠岑や躬恒などは、御書所に召されてさぶらひけるほどに、四月二日なりしかば、まだ忍音の頃にて、いみじく興じおはします。貫之召し出でて、歌つかうまつらしめたまへり。

「忍び音」とは郭公が鳴き始める声であり、小さな声でなければならないが、それが山でもない御所で、大きな声で鳴くので、珍しいということになる。だから「あやしき」と感じるのであろう。二首の差異に着目する場合、比較すべきはこの「あやしきぞなき」と「あらじとぞ聞く」である。「あやしき」は「理解しがたい、不思議である」という形容詞であるから、季節外れの郭公の鳴き声の迫力を表現しているのだろう。「なき」の部分は、「このようなことはかつてなかった」という意味の「なき」と、郭公の「鳴き」を反復するための技巧が重ね合わされていると考えられる。だから全体としては、《いつもの夏、郭公がどのように鳴いていたかは覚えていないが、今年のように早くから鳴くというような不思議なことはなかった。今年はよほど特別な年なのだろう》となり、『古今集』編纂への意気込みを表現していると考えられる。

その意味では、内容面でも『貫之集』のものと変化はないのだが、問題はなぜ歌がわずかに変わっているか、ということである。むろん、著名な歌人であった貫之の歌が様々な方面に伝わり、そのうちに半ば自然とヴァリアントが生じたという可能性も大いにある。しかし興味を惹かれるのは、新しい形には元のものにあった「あらし／あらじ」のような複雑な技巧がなくなり、ある意味で単純化されているという事実である。

それは、十二世紀の読者が歌に対して貫之たちとはやや異なる姿勢を持っていたという可能性を示唆しているし、また「あらし／あらじ」のような表現が、以前よりも伝わりにくくなっていた、ということを意味しているのかもしれない。

いずれにせよ『大鏡』では、この直後に躬恒の歌にまつわるエピソードが紹介され、醍醐天皇がいかに貫之や躬恒の才能を買っていたか、という結論が与えられている。つまりこの箇所の目的は、『古今集』の撰者たち（友則の名がないことも注目に値する）がいかに優れていたかを示すこと以外にはないだろう。『大鏡』は、仮名で歴史を記すというまだ新しい試みを実践するテクストである。したがって『大鏡』にとっては、仮名による表現を怒濤のように切り拓いた『古今集』とその撰者たちは、言うまでもなく重要な存在ということになる。

右の例でも明らかなように、和歌は定着するものではなく、流れ続けるものである。もちろん、『大鏡』のように『古今集』から百年以上を隔てている必要はない。詠まれた和歌を『古今集』に発見し、それを読む瞬間から、意味の流動はすでに始まっている。その和歌は何を表現しているのか。どのように表現しているのか。それは和歌における表現方法をどこへ導こうとしているのか。その和歌はどこに置かれているのか。誰によって書かれたことになっているのか。「よみ人しらず」なのか。詞書はどのような内容か。それともわざわざ「題しらず」と書いてあるのか……。このような諸条件はすぐさま歌の意味生成を左右する。しかも、それぞれの条件は均等な重みを持つのではなく、時と場合によってあるものが優先されたり、目立ったりする性質のものなので、それらが意味に影響を与える上での組み合わせは膨大である。それでいて、それぞれの条件は決して相互に排他的ではない。本章でも、表現について考察するとしながら配列の問題に言及せざるを得ない場合が少なくなかったが、それはまさにこうした事情によるのである。

また、読者は常に同じ状態で歌に触れるわけではないので、もちろん初めて読んだときと二回目とではやはり意味に差異が生じる可能性がある。さらに言えば、『古今集』を読む作業は孤独なものではなかった。筆写されるという性質上、その数にも限りがあり、読者はちょうど『古今集』を作り上げた歌人たちがサロン的な環境の中で歌を発展させたように、複数の読者がいる場で『古今集』を展げ、様々な読みの可能性について議論していたものだろう。それはそのまま『後撰集』以降の勅撰集や、歌人たちの家集の礎となったのである。そして、人口に膾炙するに従って『古今集』はさらに筆写されたが、そのときどきの読者の理解を反映した故意の改変や、誤写があったことも否めない。その歌が、あるいは類歌とされる後世の歌の正体である場合も少なくないだろう。

このように徹底して「開かれた」テクストである『古今集』だが、それでもそこに貫之ら撰者たちによる意図が少なからず盛り込まれていることは言うまでもない[50]。『万葉集』や「よみ人しらず」時代の古歌から学び、さらに幅広い連想を呼び覚まそうとする技巧。歌ことばに新しい意味を与えるための和歌を通しての議論や、それを可能にする様々な配列。さらに詞書を駆使しての、優れた先達の歴史化と、他ならぬ撰者たち自身の権威化。これらはいずれも、読みの自由を担保しながらも、ある程度まで意味生成を方向づけ、読者の和歌をめぐる思惟を、撰者たちの望む形に近づけるための演出でもある。そして何より『古今集』は、和歌というまだ新しい芸術の実験場であった。四人の撰者に、徒らに優劣をつけることは避けるべきかもしれない。しかし、やはり貫之の存在は抜きん出ており、現在ある『古今集』の状態は、撰者の中でもとくに貫之の企図したものに最も近いのではないかと思われるのである。

注

(1) 谷崎潤一郎「文章読本」『普及版　谷崎潤一郎全集』第二十一巻(中央公論社、一九七四)、一〇三頁。

(2) 村瀬敏夫(一九八七)は、この四月六日は延喜四年であると推測している。その年は三月に閏月があったため、四月六日は現在の五月二十八日に当たる。もし事実であれば、郭公は「正しい」時期にやってきたことになるので、帝や貫之がその鳴き声を興がったのは本当にそれが珍しいと感じたからではなく、それがその年の暦の上ではまだ四月であるという条件を利用して、あえて驚き興じたということになる。あるいは、もしこれが延喜五年のことであるなら、奏上までもはや数日という時期にあたり、完成間近の『古今集』を前に、いよいよ気持を昂らせている撰者たちの姿が思い浮かぶ。

(3) このような歌ことばや歌枕の歴史および用例について本書が最も頻繁に参照したのは、片桐洋一『歌枕歌ことば辞典　増訂版』(笠間書院、一九九九)である。

(4) 平安時代において郭公が持ち得た意味の範囲については、小林祥次郎(二〇〇九)も参考になる。なお、西洋においては、駒鳥(ロビン)がよく似た詩的機能を担わされている。胸の羽毛の鮮やかな赤さからキリストの犠牲と結びつけられ、幽明の境を飛ぶ鳥とされる。

(5) むろん、このような読みの可能性を認めない論者もいる。例えば藤井貞和(二〇一三)は、助動詞の「ぬ」は「機能語」であるため意味を持たず、「完了」と「打消し」という異なる機能が重複することはあり得ない、と述べる。しかし、もし当代人が助動詞に一つの機能しか与えないことを目指したのであれば、現実に相互排他的な助動詞が多く作られ、厳密に使用されたのではないだろうか。

(6) このように複雑な意味生成の過程が、歌合のように和歌を声に出す場においても他者へと伝達され得たのは、和歌が音読される際の緩やかな調子と無関係ではないと思われる。川本皓嗣(一九九一)は、西洋の詩の韻律で重要な役割を果たす強弱のアクセントの差も少なく、中国語のように四声も持たない日本語の特徴を整理した上で、日本の詩歌が二音を一拍とする四拍子のリズムで構成される傾向について論じている。この四拍子のリズムには休止があるが、その休止こそ、聴く者が連想や意味の揺らぎについて思いを馳せるための時間なのではないだろうか。その意味で、和歌は間違いなく「いま・ここ」で生起する詩的表現なのである。なお、「いま・ここ」の問題についてはバンヴェニスト(一九八三)や、その理論を歴史物語の記述方法の分析に援用した拙稿(二〇一二)を参照。

(7) 蛇足ではあるが、郭公という鳥がこのような重要性を持っていることは、本書にとって別の側面からも興味深い。すでに見たように、『古今集』

が展開する和歌のあり方やその牽引者であった貫之を批判した正岡子規の雅号も、紛れもなく「ホトトギス」だからである。

（8）定家によるこの「痕跡」を残した「抹消」は、まさにこのような手続きを誘惑するものである。それはデリダの『グラマトロジーについて』における「抹消」の態度とも重なるだろう。スピヴァクが同署の英訳版に付した序文（二〇〇五）の第一節には、この問題に関する興味深い考察がある。

（9）なお『万葉集』には中心的な編者と目される大伴家持の歌が、短歌・短歌を合わせて四七三首あり、全体の一割を超えている。貫之はこの事実をどこまで意識していただろうか。

（10）鈴木宏子（二〇一一）も同趣の表を作成しているが、墨滅歌を各巻に盛り込むことはしていない。

（11）もちろん、『古今集』の巻頭を飾ったということが、業平や小町をいよいよ有名歌人に押し上げたという事情もあるだろう。

（12）このことは新日本文学大系版『金葉和歌集　詞花和歌集』の解説の中で、注釈者の川村晃生と柏木由夫によっても指摘されている。

（13）「折句」や「物名」巻の一連の歌を前にして思い出されるのは、フェルディナン・ド・ソシュールが一時期没頭し、やがて放棄したアナグラム研究である。ソシュールは、ギリシャ語やラテン語の詩に、多くのアナグラムが隠されているという確信を抱いていた。それは、それぞれの詩にふさわしい「テーマ語」が設定されており、各行の語の一部に、その「テーマ語」を構成する音節が仕込まれている、というものである。このような発想は、一方で、シニフィエとシニフィアンの一対一の絶対的関係を突き崩す読みを促すという点では有意義ではあるが、また他方で、テクストを解釈者の恣意的な目的の下に解剖するプラグマティズムに陥る危険性を孕んでもいる。ソシュールが研究を放棄したのも、結局は「詩人によって意図的に隠されたアナグラム」というものが妄想に過ぎなかったからである。だが、そのソシュールが折句を見たら何と言っただろうか。なお、ソシュールのアナグラム研究については、立川建二（一九八六）を参照。

（14）この「異化」、あるいは「非日常化」は、いわゆるロシアのフォルマリストたち、わけてもヴィクトル・シクロフスキーが提出した概念である。シクロフスキーは代表作とも言える論考「方法としての芸術」（一九七一所収）の中で、芸術の本質的な方法論とは「日常的に見慣れた事物を奇異なものとして表現する《非日常化》のそれであると述べている（一五頁）。また、芸術を構成する様々なイメージの目的とは、「その意味をわれわれによりよく理解させることではなくて、対象の独特な知覚を創造すること、つまり、対象を《知ること》ではなくして、《見ること》を創造すること」なのである（二七頁）。

（15）なお、この白と緑のコントラストは、雪と新芽という形で、この二首の直前に登場する貫之歌「霞たち木の芽もはるの雪降れば花なき里も花ぞ散りける」(春上、九)にも現れている。

(16)兼好法師が『徒然草』の中でこの歌を「古今集の中の歌くず」と呼んだことは有名であるが、その理由については判然としない。ただ後世の歌論では、例えば東常縁の『新古今和歌集聞書』のように、貫之歌を擁護するものもある。この問題については大坪(一九九五)などを参照。

(17)片桐洋一(一九九八a)は、他の歌人が帝に歌を献上した際の詞書は、いずれも間接話法の「歌たてまつれと仰せられければ」になっていることを指摘している。

(18)袖がこれほど膨大な意味のプラットフォームとして機能しているのは日本だけだろう。だが、西洋思想では袖はどのように捉えられるのだろうか。すくなくともロラン・バルトは『テクストの快楽』(一九七七)の中で、袖のように「衣服が口を開けている所」は、「身体の中で最もエロティック」であると考えている。袖の奥には肌が覗いている。「誘惑的なのはこのちらちら見えることそれ自体である。更にいいかえれば、出現―消滅の演出である」(一八頁)。後に見るように、「出現―消滅の演出」は、和歌の本質とも深く関わっている。

(19)だから、例えば英米で発展したポップ/ロック音楽の旋律には、日本語は調和しにくい。その音楽を構成するスケールと日本語との相性が悪いのである。いまでは商業的な要求に押し切られてこの問題はうやむやになってしまっているが、一九六〇年代末の日本のポップ/ロック黎明期のミュージシャンたちは、なんとか日本語の特徴を活かせる楽曲を摸索していた。他方、新しい音楽ジャンルの中でも演歌は日本語との相性がよいが、これは日本語の特徴を吟味した上で、伝統的な音階を西洋の平均律に置き換えたペンタトニック・スケールが用いられているためである。

(20)それぞれの時代の人々がどのように言葉を発音していたかについては、様々な研究がなされているものの、実際にそれを耳にすることが不可能である以上、完全な再現が行われることはないだろう。ただ、例えば十六世紀の後奈良天皇が残した「なぞなぞ」の書、『後奈良天皇御撰名曾』に登場する有名な謎掛け「母には二度会ひたれど父には一度も会はず」などが、ヒントを与えてくれるのは事実である。この謎かけの答えは、「母」と発音する時には二度触れ合い、「父」と発音しても触れ合わないもの、つまり「唇」であるので、当時はハ行がファ行で発音されていたことが推測される。

(21)このことが最も如実に現れているのが掛詞である。「松」に「待つ」を掛ける、という比較的単純なものもあれば、おなじ「待つ」でも「松虫」を掛けることでその「鳴き声」から「泣き」を連想させ、さらに「秋」の季節に漂う「飽き」の雰囲気を表現する、という多層的なものまで、掛詞は和歌の基本であると同時に本質的な文彩である。また、やはり和歌に頻出する歌枕も、例えば「近江」に「逢ふ身」という言葉を重ね合わせている点では掛詞と変わらない。

(22)詩人や作家が、望ましい効果を生み出すために通念上の文法や用法からあえて逸脱することを、英語でpoetic license（詩的自由）を行使する、と言う。

(23)七十二候は、唐の皇帝・玄宗の命によって作られた大衍暦の一部として、遣唐使の吉備真備によって日本に伝えられている。だが一年を細分化し整理するこのシステムが日本に根付いたとは言い難い。その内容が日本の気候により即したものに書き換えられたのは、学問の範として再び中国に目が向いた近世になってからのことである。

(24)「涙」の表現を和歌にふさわしいものに作り替えたものとして、例えばクリステワ（二〇〇一）は「雁の涙」という表現に注目している。漢詩には雁は多く登場するが、「雁の涙」という表現は存在しない。そしてこの表現には、クリステワによれば、「仮」という言葉を連想させることで歌ことばの働きそのものを議論する性質があるのである。

(25)マルセル・プルースト（一八七一―一九二二）の膨大な小説『失われた時を求めて』では、主人公が紅茶に浸したマドレーヌの味や香から記憶を呼び覚まされることがすべての発端となっている。このことから、嗅覚への刺激による記憶の喚起は「プルースト効果」とも呼ばれ、永らく研究対象となってきた。嗅覚から入った情報は視覚や聴覚の場合とは異なり、直接「大脳辺縁系」と呼ばれる部分に送られる。ここは記憶や感情に関係の深い、海馬や扁桃体のある部分であることから、嗅覚は記憶や感情に最も直結した感覚であると言える。さらに付け足せば、例えば視覚は赤、青、黄、グレースケールをそれぞれ判定する四つのセンサーで情報を処理しているのに対し、嗅覚には千以上のセンサーがあることがわかっている。理屈はどうあれ、ここでも当代人が自然と人間を見つめることにいかに長けていたかがわかるだろう。

(26)三六の歌は、「梅の花を折りてよめる」という詞書を持つ、「鶯の笠にぬふといふ梅の花折りてかざさむ老いかくるやと」（東三条左大臣）である。この歌を配列の解釈に活かすなら、そこに老いらくの恋にさえ効果を発揮する梅の花の力を読み取ることができよう。

(27)なお、「にほひ」に宛てられる漢字「匂」も、注目に値する。小松英雄（一九九八）によれば、国字であるこの文字は万葉時代に用いられた「薫」や「香」に取って代わるようになった。つまり、そこに視覚的な側面が追加されたことが示唆されているのだが、「匂」の元になった字は「韵」であり、そこから聴覚的な要素である音偏を除くことで「縹渺と漂う」というほどの意味を表すようになったと思われる。

(28)三島由紀夫の短篇「中世に於ける一殺人常習者の遺せる哲学的日記の抜萃」の以下の一文は、おそらくこの歌に触発されたものだろう。

距離とは世にも玄妙なものである。梅の香はあやない闇のなかにひろがる。薫こそは距離なのである。しづかな昼を熟れてゆく果実は距

離である。なぜなら熟れるとは距離だから。(一九七五、四一二～四一三頁)

(29)色と香の比較からメタ詩的レベルでの議論を引き出すシリーズは、冬歌の巻にも登場する。三三四から三三七まで続くと考えられるそのシリーズは本章の後段で取り上げるが、そこでは春を待つ梅の花に降りかかった雪を舞台に、色と香の考察が展開されている。

(30)契沖の説では、この歌には学問を始めたばかりの少年に対するエールの意味が込められているという。いかにも学者らしい解釈だが、それは果して「テクストの意図」と言えるだろうか。

(31)この五首のほかに「家」の詞書を持つ貫之歌は序章でも取り上げた「君まさで煙絶えにし塩竈のうらさびしくも見えわたるかな」(哀傷、八五二)のみである。しかしこの歌は「河原の左大臣」、つまり源融に捧げられた歌であり、詞書の「かの家」もこの人物の邸を指していることが明らかなので、シリーズに含む必然性はない。

(32)大岡信はやはり「人はいさ」の歌から出発し、それを他の歌と合わせてシリーズ化する読みを試みている。そこで対象となる歌も、選定の根拠も、本書とは必ずしも一致しないが、「古今集のようにまことに整然と四季の順を追って分類され、自然と人間との二つの相が分かちがたくないまぜられながら、全体としてある渾然一体の耽美的世界を形づくっている集を読む場合には、この渾然一体を逆にばらばらにしてみることはなかなか面白いこと」である、という大岡の主張は正しい(一九七一、三七頁)。そして撰者たちも、もちろんそのことは心得ていたのである。

(33)大陸の漢詩における「霞」が『万葉集』の時代を経由していかに『古今集』の「霞」へと変遷を遂げてきたかについては、拙稿(二〇一五)でも論じている。

(34)それでは、この区別をもたらしたものは何か。これについて確たる説はない。しかし本書としては、先に論じた「春日」との音の響き合いが、少なからぬ影響をもたらしたものと考えたい。

(35)『源氏物語』の有名な「空蟬」の挿話も、このような発想の延長線上にあるだろう。

(36)むろん、これをより古典文学らしい形で表すなら、「見えて/見えで」ということになる。これは「文法の対照性」の代表的な例としてクリステワが挙げているものでもある。もちろん、それはただの言葉遊びの類ではなく、当代人の思想の濃密な反映なのである。

たとえば、「見えで」であれば、必ずといってもよいほど、「見えて」も可能であるはずだ。なぜなら、どの「見えで」も「見えて」の対照としてのみ成立するからだ。言い換えれば、何かの「存在」を意識しなければ、その「不在」にも気づくことはないだろう。(二〇一一、

二二五頁）

(37) 典型的な例としては、「桜麻の麻生の下草露しあれば明かしてい行け母は知るとも」（巻一一、二六八七）が挙げられる。

(38) この事実は、次の勅撰集である『後撰和歌集』に入った貫之歌を考える際に、大きな意味を持つことになるだろう。「霧」の歌については次章で取り上げる。

(39) 「引用の織物」であるテクストから多層的な意味の可能性を引き出す「戯れ」の「快楽」については、バルトの『テクストの快楽』（一九七七）に加え『物語の構造分析』（一九七九）も参照。

(40) これにきわめてよく似た状況は、すでに紹介した「春日野の若菜摘みにや白妙の袖ふりはへて人のゆくらむ」（紀貫之、春上、二二）にも表現されている。

(41) なおこの歌は、第一章で取り上げた「亭子院歌合」（延喜十三年）の歌であるので、『古今集』には後から補入されたものと思われる。ひとまず完結した「風」の配列に「なごり」としてこの歌を追加した編集の妙には驚きを禁じ得ない。

(42) なお、余談になるが、「つら」という言葉は「そば、ほとり」という意味であると供に、「面」を「おも」と読めば水面の意味にもなる。そうであってみれば、貫之が自らの名前と水面というものの間に何らかの連関を見ていた可能性もなくはないだろう。

(43) 雪が「降りおく」ということ、「ことごと」に折るという言い方は、「あはれてふ言の葉ごとに置く露は昔を恋ふる涙なりけり」（よみ人しらず、雑歌下、九四〇）という、「露」の詩的機能を説く歌を想起させ、ますます雪と露との関連性に読者の目を向けさせる。

(44) ここでは「神な月」や「五月雨」など、直接的な「月」以外を詠んだ歌も数に入れている。

(45) なお、姨捨山の月を歌ったのはこの歌が最初であり、これが後の『大和物語』などに見られる説話の原型になったとも考えられる。

(46) 月という詩的言語をめぐるこのような意味生成過程が『土佐日記』を読み解く上で重要になることは、第七章で明らかになるだろう。なお『土佐日記』と『古今集』の関連については菊地（一九六八）などを参照。

(47) ちなみに、二番目に多いのは「風」である。

(48) 中世以降の「幽玄」に関しては、総論としては福田（二〇〇七）を、個別の論としては松岡（一九七八）や武田（一九九〇）などを参照。

(49) 『大鏡』をはじめとする歴史物語の発展については、拙稿（二〇一二）で論じている。

(50) 「開かれた」テクストとはエーコの『開かれた作品』（二〇〇二）に由来する用語である。もはや文学を論じる上で基本的とも言えるこの概念は、そのテクストがメッセージの成立のために（書物の場合には）読者の参加を促すことを意味している。したがって、あらゆるテクストは「開かれて」いるのだが、メタ詩的レベルでの読みを実践することで初めて本質に肉薄することが可能になる『古今集』のようなテクストでは、とくにこのことを意識する必要がある。

第四章　貫之の物語――『後撰和歌集』

一、歴史化される貫之

撰者の不在

『後撰和歌集』（九五三年頃）は、ある意味で『古今集』以上に厳密な体制で編纂されたと言える。大中臣《おおなかとみの》能宣《よしのぶ》（九二一―九九一）、源　順《みなもとのしたごう》（九一一―九八三）、清原元輔《きよはらのもとすけ》（九〇八―九九〇）、坂上望城《さかのうえのもちき》（九八〇年歿）、紀時文《きのときぶみ》（九二二頃―九九六頃）の五人は、村上天皇（九二六―九六七、在位九四六―九六七）の命で昭陽舎に置かれた和歌所に詰め、その任にあたった。この昭陽舎の庭に梨が植えられていたことから、昭陽舎は梨壺とも呼び慣らわされ、撰者たちは「梨壺の五人」として今日まで知られることとなった。『本朝文粋』を見ると、彼らの作業が滞ることがないよう、梨壺への濫りな侵入を禁じる命令が出されていたことも記録に残っている。

『古今集』の撰者たち同様、梨壺の五人も官位は高くなかった。しかし、とくに能宣、順、元輔は歌や漢詩の名手として知られ、この一大事業にふさわしい面々であったことが窺える。なお、元輔は言うまでもなく清少納言の父である。撰者たちのうち、ある意味で浮いてしまっているのが紀時文であろう。時文は貫之の息子である。貫之の妻や子のうち、素性がはっきりしているのは時文だけであるから、確かにその存在感は大きい。しかしながら、歴代の勅撰集に五首しか歌を採られず、家集も伝わっていない時文は、歌人として見れば梨壺の五人に入る資格はないと言わざるを得ない。彼の活躍がしばしば「親の七光り」と言われる所以である。だが、貫之の息子であるということは、時文は貫之の断簡や自撰の『貫之集』を所有していた蓋然性が最も高い人物であると言うこともできる。『後撰集』の編纂が始まるとき、すでに貫之が書中で重要な位置を占めることになるのは明らかであった。そうであるならば、貫之の遺したものに容易に手が届き、なおかつ貫之の人となりや、場合によっては作歌状況などについても証言できる時文の存在は、大いに有益であると考えられただろう。

ところで、『後撰集』の大きな特徴と言えるのが、撰者である梨壺の五人の歌が一首も入っていないことである。これは撰者の歌だけで二割を占めた『古今集』の場合とはまるで異なる。ここから『古今集』と『後撰集』の本質的な差異を導き出すこともできるだろう。つまり、『古今集』は和歌の復興を目指し、撰者たち自らが先頭に立つ実践の集であったのに対し、『後撰集』はそのようにして盛り立てられた和歌を、外部からある程度の距離を保ちながら研究・整理する集、ということである。(1)

だが、そのような差異があるにしても、『後撰集』はその名の通り『古今集』の「後に撰ばれた」ものであり、多くの側面で前例に倣っている。部立が二〇巻からなる点も同じである。ただし、その並びはやや異なる。春歌は上中下に分かれ、夏歌は単独。秋歌も上中下に別れ、冬歌は単独である。次いで恋歌は一から六まであり、雑歌も一から四まである。最後は離別歌と羈旅歌が一つになった巻と、賀歌と哀傷歌が一つになった巻で締めくくられている。つまり、『古今集』ですでに二大部立として圧倒的な存在感を誇っていた四季と恋の歌により多くの紙数が割かれ、その他の歌はそれぞれ大部の雑歌や、あるいは主題がふさわしければ最後の二巻に、割り振られているのである。

また『後撰集』には、『古今集』に若干見られたような旋頭歌や長歌の類がなく、すべてが短歌である。これにはいくつかの理由が考えられる。まず、古代の伝統の継承でもあったそれらの形式が、『古今集』やその周辺のテクストによって促進される和歌の隆盛によって人々の注目を集めにくくなり、廃れつつあったのではないかということ。そして、これらの形式があるいは宗教的であり、あるいは庶民的でもあったことから、貴族歌人の私的な歌を多く収め、しばしば「褻の歌集」と称される『後撰集』の方向性と相容れないと考えられたのではないか、ということである。(2)

以上が『後撰集』の全体的な特徴だが、そこに貫之の歌は八二首ある。これは『古今集』の一〇二首に比べてもさほど遜色がなく、一歌人の歌として最も多い。この点だけを見ても、死後八年ほどが経過した貫之が、まだまだ重要視されていたことがわかる。ただし、集全体の歌が一四二五首と多いため、割合にすると五・七五%となり、『古今集』よりもだいぶ下がる。それでも恋歌の五巻および六巻、雑歌の一巻以外の巻にはいずれも貫之歌があり、『後撰集』でもまんべんなく採られていることがわかる。

権力者との友情

『後撰集』における貫之についてまず注目すべきは、春歌の上中下巻であろう。ここで行われているのは、紛れもなく貫之の歴史化である。

延喜御時、歌めしけるに、たてまつりける
春霞たなびきにけり久方の月の桂も花やさくらん
（貫之、後撰、春上、一八）

これが貫之最初の歌である。『古今集』の分析で注目した「霞」の表現がさっそく登場することは興味深い。この歌には表面的には「隠す」の要素は見られないが、春の霞が月の姿を不明瞭なものにしていたからこそ、《月に生える桂も花を咲かせているだろう》という想像が成立する。(3) また、歌と同じく詞書も注目に値する。延喜年間に帝に請われて献じた歌、という詞書は、さっそく貫之に権威を与えるものである。(4)
次に取り上げるのは、春上の巻の最後の一首である。

兼輔朝臣のねやの前に、紅梅を植へて侍けるを、三年ばかりののち花咲きなどしけるを、女どもその枝を折りて、簾の内より「これは、いかが」と言ひいだして侍ければ
春ごとに咲きまさるべき花なれば今年をもまたあかずとぞ見る
はじめて宰相になりて侍ける年になん
（貫之、後撰、春上、四六）

藤原兼輔の妻がいる建物の前に梅を植えたが、それが花を咲かせた。女房たちがそれを見せ、感想を求め

たのに対し、貫之が詠んだ歌であることが詞書に説明されている。《きっと春ごとに素晴らしさを増してゆく花でしょうから、今年も飽きることのないその美しさに見とれています》というその歌は、紛れもなく藤原兼輔の将来を祝福するものである。紫式部の曾祖父にあたる兼輔は歌人であると共に天皇の側近であり、従兄弟である藤原定方と共に、『古今集』を撰進したあとの貫之に活躍の場を与えた強力な後援者である。その兼輔が九二一年(延喜二十一)、参議となった春に、貫之はこの歌を詠んだ。それは左注にある通りである。

もちろん、詞書や左注を取り払えば、この歌は恋の歌ともなる。《あなたは春ごとに美しくなってゆくでしょうから、私は飽きることなくその美しさに見とれています》というように。しかし、貫之の歴史化を行う『後撰集』は、まるでそのような読みを封じ込めようとするかのように、具体的な詞書に左注まで添え、貫之が兼輔という有力者と親しい関係であったことを強調する。

ここで春中の巻にある次の歌を見てみよう。

壬生忠岑が左近の番長にて、文をこせて侍けるついでに、
身をうらみて侍ける返事に

ふりぬとていたくなわびそ春雨のただに止むべき物ならなくに

(貫之、後撰、春中、八〇)

《年をとってしまったことを嘆くことはない、春雨はそのまま止むものではないのだから》というこの歌は、

『古今集』にも見られる「降る」「古」「経る」の響き合いを利用した歌である。(5)

壬生忠岑が出世できない我が身を嘆いている、という詞書のコンテクストがなければ、意味が汲みにくい歌であるかもしれない。出世できないまま時を経て、古い人間になってしまった自分を、ただいつまでも降り続ける春雨のように考えてはいけない、と詠者は諭している。では、なぜ春雨は「ただに止むべき物」ではないのか。その答えは『古今集』に歌われている。「わがせこが衣はるさめ降るごとに野辺のみどりぞ色まさりける」(貫之、春歌上、二五)。つまり春雨は春が来るごとに出世してゆく、という希望を想起させるものなので、希望を捨ててはならない、という意味になる。

『古今集』の撰者である忠岑がこのように登場することからは、「和歌の歴史」における貫之の描写をさらに具体的なものにしようという意図を汲み取ることもできる。もちろん、撰者同士の関係を想像させるような歌は『古今集』にもあった。よく知られているのは前章でも取り上げた、「かつ見れどうとくもあるかな月影のいたらぬ里もあらじと思へば」という、躬恒の不在を責める貫之の歌(雑上、八八〇)であろう。

しかし『後撰集』になると、やはり貫之その人の実像を想起させるような詞書を持つ歌がずっと多くなり、しかも詞書はしばしば長く、具体的である。中でも『後撰集』を通じて目立つのが、兼輔との歌のやりとりである。

例えば次に挙げる六首は、貫之と兼輔、そして定方の三人による応酬である。

やよひの下の十日ばかりに、三条右大臣、兼輔の朝臣の家にまかりて侍けるに、藤の花咲ける遣水のほとりにて、

かれこれおほみきたうべけるついでに

限りなき名におふふぢの花なればそこゐもしらぬ色の深さか

（三条右大臣、後撰、春下、一二五）

色深くにほひし事は藤浪の立ちもかへらで君とまれとか

（兼輔、同、一二六）

棹させど深さも知らぬふちなれば色をば人も知らじとぞ思ふ

（貫之、同、一二七）

まずは右の三首を見てみよう。三月の終わり頃、三条右大臣、つまり藤原定方（八七三―九三二）は兼輔のもとを訪れた。そこにはいろいろな人が来合わせており、皆で酒を飲んだ。庭に作った水の流れのそばに藤の花が咲いていたので、歌を詠み始めた。これが詞書にある状況である。

最初は定方が歌を詠む。《この上ない名前を持つ藤の花だけに、その色の深さは底が知れない》という歌意だが、「限りなき名」とは何か。それは「ふぢ」即ち「藤原」であり、最高の家門としての藤原氏と同じ名前なので、藤の花の深みにも限度がない、と讃えているのである。そして、「ふぢ」は「ふち」でもある。「淵」も言うまでもなく深さを指す言葉であると同時に、人や物が多く集まる場所でもある。藤原家が素晴らしい家であるからこそ、こうして多くの人間が集まってくるのだ、という讃美が、ここには合わせて詠み込まれていることになる。政治的な文脈を持つ歌ではあるが、そこには〈名〉による連想と「同字異義語」という、高度な言語遊戯が盛り込まれている。

これに対して、次は兼輔が答えている。《藤がそれだけ美しいのは、あなたに泊まっていってほしいと思っているからなのだ》と。「藤浪」は、藤が風になびくさまが波に似ていることから作られた語とも言われるが、ここでは定方の歌の「淵」を受けて、水面に映った藤の姿を波に喩えているのだろう。そして波からの連想で「立ち返る」を導き出し、《帰らないで泊まってゆけ》と述べているのである。もちろん、それは定方からの賞讃に対する感謝の表明である。

最後は貫之である。《棹を差しても深さのわからない淵なので、そこに咲く藤の花の色の深さもわからないのでしょう》というその歌は、当然ながら定方と兼輔の歌に調子を合わせたものである。しかし三首の中で、独立した歌として詠んだときに最も違和感がないのもこの歌ではないだろうか。例えば次のような解釈が可能であろう。

《私の想いの深さは棹を差しても測れないほど深い淵も同じなので、そこに咲いている藤の花の色の深さがわからないように、想いがどんなに色に出てもその深さは伝わらないのです》

つまり貫之の歌は、定方と兼輔の個人的な、政治的な要素の強い歌のやりとりを、より普遍的な歌によって開き、その意味生成について読者の注意を喚起する役割を担っていると思われる。貫之の歌を経由することで、最初の二首についても異なる読みが容易になるだろう。例えば詞書を変更して、藤の花にゆかりのある女性を登場させておけば、二首を男女間の贈答歌に仕立て直すこともできる。

では後半の三首はどうだろうか。

琴笛などしてあそび、物語などし侍けるほどに、夜ふけ

にければ、まかりとまりて

昨日見し花の顔とて今朝見れば寝てこそさらに色まさりけれ

（三条右大臣、後撰、春下、一二八）

一夜のみ寝てし帰らば藤の花心とけたる色見せんやは

（兼輔、同、一二九）

朝ぼらけ下ゆく水は浅けれど深くぞ花の色は見えける

（貫之、同、一三〇）

兼輔邸での集いは続き、琴や笛を演奏したり、物語をしたりするうちに、結局泊まることになった。翌朝に詠まれたのがこの三首である。

歌を詠む順は同じで、まずは定方。《昨日すでに見た花ではあったが、一夜寝てあらためて見ればさらに色が深まっている》というこの歌は、明らかに男女の後朝の歌として読める。一夜を過ごしたことで兼輔がさらに身近になり、その象徴たる藤の色も深みを増した、というのが詞書に沿った読みだが、共に寝て美しさを増すという発想は明らかに恋のそれである。

これを受ける兼輔の歌も、男の想いに答える女の歌として読めることは言うまでもない。《たった一晩過ごしただけで、藤の花が心を開いて、本当の色を見せるでしょうか。見せないでしょう》と言い、もっと滞在するように呼びかけている。

そこへ貫之が付け足すのは、《藤の花の下を流れる水は浅いが、花の色は何とも深く見えた》という歌であり、先の二首を踏まえれば、《一晩で帰らなければならないのは物足りないようだが、それでも心の深さはよく伝わりました》という意味になるだろう。つまり後半の三首では、前半の三首を締めくくった貫之の歌のあとを受けて、詞書にある状況というよりも普遍的な恋のやりとりを思わせる男性たちの友情の歌が交わされていると考えられる。そして、六首全体を締めくくるのがやはり貫之の歌であることも看過できない。

いずれにせよこの六首は、貫之が時の有力者と親しい間柄にあったことを証言するのみならず、「ふぢ」を利用した巧みな言葉の組み立てに見られるように、彼らが共に和歌の名手であり、和歌を通じて友情で結ばれていたことを示唆しているのである。

貫之の「死」

このように幸福な時代を送った貫之ではあるが、同じ春下の巻の中で、貫之は着実に老い、死へと向かってゆく。

やよひに閏月ある年、司召しの頃、申し文にそへて、
　左大臣の家につかはしける
あまりさへありてゆくべき年だにも春にかならずあふよしも哉
（貫之、後撰、春下、一三五）

《余りの月のある今年だからこそ、必ず春には会いたいものだ》という歌意は、やはり詞書の束縛を受け

やすいものである。

「やよひに閏月ある年」を九四二年（天慶五）、「左大臣」を藤原実頼（九〇〇―九七〇）とすると、これは貫之晩年の歌ということになる。閏年ゆえに春はいつもより長いのだから、人生の春にも必ず出会いたい、という言葉には、晩年に至ってもなお出世や栄光を求める貫之の気持が滲んでいる。同じ「やよひ」でも、定方や兼輔との集いを楽しんでいた頃とは大きな違いである。

なお、この歌には左大臣からの返歌がついている。


常よりものどけかるべき春なれば光に人の遇はざらめやは

（左大臣、後撰、春下、一三六）


《閏月のおかげでいつもより長く、のどかであるはずの春なのだから、光に包まれるような栄に浴さないはずがあるでしょうか》ということの歌は、落ち込みがちな老年の貫之を慰めるものになっている。実頼は絶大な権勢を誇った藤原忠平（八八〇―九四九）の長男であり、右大臣となった弟の師輔《もろすけ》（九〇九―九六〇）と共に朝廷を支えた人物である。和歌に強い関心を持っていただけではなく、有職故実（礼儀作法全般・儀式・装束などに関する決まりごとを取りまとめ、研究すること）の一流派である小野宮流の創始者でもある。つまりこの歌は暗い色調ながら、一方ではまたしても貫之の華やかな交友関係を証言するものとなっているのである。

これは次に挙げる四首の贈答歌にも当てはまる。

常にまうで来かよひける所に、障る事侍りて、ひさしくまで来逢はずして年かへりにけり。あくる春、やよひのつごもりにつかはしける

君来ずて年は暮れにき立ちかへり春さへ今日になりにける哉　（雅正、後撰、春下、一三七）

ともにこそ花をも見めと待つ人の来ぬ物ゆへに惜しき春かな　（同、一三八）

返し

君にだにとはれでふれば藤の花たそがれ時も知らずぞ有りける　（貫之、同、一三九）

八重《やへ》葎《むぐら》心の内に深ければ花見にゆかむいでたちもせず　（同、一四〇）

ここでは、藤原雅正《ふじわらのまさただ》（九六一年歿）の歌が二首、貫之の歌が二首並んでいるが、一三九が一三七への返歌、一四〇が一三八への返歌という変則的な配列になっている。雅正は他でもない兼輔の長男であり、しかも定方の娘を正室に迎えた人物である。貫之とは父の代からの付き合いということになる。

詞書を見ると、その二人の間の行き来がしばらく途絶えてしまい、とうとう年が変わり、その翌年の春も

終わりという日になってしまったので、歌を贈った、と説明されている。その内容は直接的と言ってよく、《あなたが来ないうちに年は暮れ、新しい年も春が今日で終わりというところまで来てしまった》とある。

それに対する貫之の返歌は、《あなたとさえお会いできずに過ごしていたので、藤の花を見ながらこの日の黄昏を迎えてしまいました》となっている。「藤の花」は雅正の歌にある「立ちかへり」から「藤浪」を経由しての連想であると共に、藤原家との関係をも指すのだろう。もちろん永らく逢えずにいる二人の歌としてこの贈答歌に普遍性を与えることは可能だが、もし一宮廷人としての貫之の立場に限定するならば、この歌には《誰よりも親しいあなたとさえお会いできずにいますが、それでも私の心はいつでも藤原家と共にあるのです。しかし私の人生も、もはや黄昏にさしかかってしまいました》というメッセージが込められていると解釈できる。

続く一組も、このやりとりを反復している。雅正は、《共に花を見ようと思う人が来ないまま、春が去ってゆくのは惜しい》と言い、あなたもそう思うなら出向いてくればどうかと促す。しかし貫之は、《門や庭だけではなく、心にまで草が生い茂ってしまっているので、とても花を見に出かけることもできません》と断る。老いて野心も失いつつある貫之は、もはや社交の世界から遠のいているのである。

そして貫之の状態は、そのまま最期まで変わることがない。

やよひのつごもり
行く先になりもやするとたのしみを春の限りは今日にぞ有りける

（貫之、後撰、春下、一四三）

《まだまだ先のことなのではないかと安心していた春の終わりは、他でもない今日だったのだ》ということの歌は、いよいよ「歴史的な貫之」が最期の時を迎えようとしていることを示唆する。詞書には「やよひのつごもり」とある。暦の上では春が今日で終わる、という事実が、自分の公的な生活と、人間としての一生が、もはや終わるところに来ているという実感を煽るのである。

そして次の歌で、貫之は一度「死ぬ」ことになる。

やよひのつごもりの日、ひさしうまうで来ぬよし言ひて侍る文の奥に書きつけ侍りける
又も来む時ぞと思へどたのまれぬわが身にしあれば惜しき春哉
つらゆき、かくて同じ年になん身まかりにける
（貫之、後撰、春下、一四六）

この歌は、同じく三月の末日に設定されている。その日、貫之は手紙を出す。そこには、「なぜ尋ねて来てくれないのか」ということが恨みがましく記されている。そして手紙の末尾に、《そろそろまた来てくれる時期とは思いますが、体も当てになりませんので、去ってゆく春がなおさら惜しまれます》という歌が添えられているのである。さらに左注を見ると、貫之の不安は的中し、その年のうちに死んでしまったという。

なお、これは春歌下巻の最後の歌である。

「公人」としての貫之

かくして春歌の上中下巻によって、貫之のいわば伝記が構築されていることは無視できない事実である。まるで『古今集』における在原業平のように、具体的な詞書によって貫之その人の言行が描かれることは以前にはなかった。だがこれは貫之が『後撰集』の成立当時すでに故人であったことを思えば、ことさら驚くにはあたらないだろう。死によって彼は過去の人となった。ただし当代一の歌人として、歴史に残すべきと見なされるような過去の人である。

春歌の上中下巻では、貫之は時の有力者と交流し、彼らと共に歌を詠んだ一流の歌人として描かれている。その春歌が貫之の死を以て終わることは、貫之の死によって和歌の春、すなわち最初の素晴らしい時代が終わってしまったことが暗示されているようにも思われる。また春歌に、政治的な側面が色濃く浮かび上がっていることも無視できないだろう。定方と兼輔との巧みな歌のやりとりを見れば、もちろん和歌そのものの芸術性が中心に据えられていることは間違いないが、それだけではこれほどまでに貫之と有力者との親しさを繰り返し主張しなければならない理由がわからない。

ここで、『古今集』の春歌の巻にも「歌たてまつれ」の詞書を持った歌があったことを思い起こしてみたい。新しい年の人事に一喜一憂する季節でもあった春は、最も華やかな季節であると共に、最も政治的な季節でもあったと考えられるのである。だがこのように政治性が前面に出てきてしまうのも、ひとえに貫之への評価が高かったからに他ならない。例えば、同じく『古今集』の撰者で貫之とも親しかったと思われる躬恒は、やはり春歌に多く登場している。具体的な状況を示す詞書を伴ったものも少なくなく、躬恒もまた重要な歌人と目されていたことは間違いないだろう。しかし権力者との関係など、政治を臭わせるものはほとんど見当たらない。

春という一つの季節に『古今集』撰進後の貫之の後半生を閉じ込めた『後撰集』の春歌は、構造的にも興味深い。このような時間と季節の歪曲は、当代人の季節感が厳密でありながらもきわめて柔軟であったことを示していると言えるだろう。そして、その春に閉じ込められた貫之は、どちらかと言えば「公人」としての貫之であるとも考えられる。だが、そうだとすれば、夏歌以降の貫之は「私人」としての貫之なのだろうか。実は、そうとも言い切れないのである。その後も、『後撰集』にはまだまだ貫之の社会性に言及する詞書が登場する。いくつか例を挙げながら整理しておこう。

夏歌には貫之の歌は二首あるが、それはまたしても兼輔と雅正との関連で詠まれたものである。一六八では、清原深養父が弾く琴の音を、兼輔と共に賛美している。そして二一一の歌は、雅正との一三七―一四〇でのやりとりを彷彿とさせるもので、相手を訪ねることのできない辛さを訴える貫之に対し、雅正は返歌で寂しさを詠んでいる。

秋上の巻には、やはり兼輔との贈答歌がある。主題は七夕の翌朝で、後朝の恋の歌とも解釈できるやりとりである。秋中の巻では、「延喜御時に秋歌召しければ、たてまつりける」(二七一)、「延喜御時、歌召しければ」(三〇六)、「延喜御時、秋歌召しければ、奉りける」(三三七)というように、ただ秋の歌を詠んだのではなく、天皇に所望されて詠んだという旨の詞書が目立つ。これはすぐさま『古今集』春歌の巻を想起させ、一度「死」を迎えたはずの貫之が、再び若い歌人として延喜の世で活躍している姿が演出されている。なお、同様の詞書は秋下の巻にも一首ある(四三四)。

そして四季の部を締めくくる冬歌の巻に移ると、ここでも貫之は死を意識する老人として描かれている。

冬歌の二首は、またしても兼輔との贈答歌であり、二組からなるシリーズとなっている。

　雪の朝、老ひを嘆きて
降りそめて友待つ雪はむばたまの我が黒髪の変るなりけり　（貫之、後撰、冬、四七一）

返し
黒髪の色ふりかふる白雪の待ちいづる友はうとくぞ有りける　（兼輔、同、四七二）

又
黒髪と雪との中のうき見れば友鏡をもつらしとぞ思ふ　（貫之、同、四七三）

返し
年ごとに白髪の数をます鏡見るにぞ雪の友は知りける　（兼輔、同、四七四）

雪の降る朝、貫之は自らの老いを実感して、兼輔に歌を贈る。《先に降った雪があとから降ってくる雪を待つように、先に黒髪が白くなってしまった私もあなたを待っている》というその歌は、自らが先に老いてしまうことを嘆いているだけではなく、すでに兼輔や雅正との間で何度も交わされたような、相手の訪れを待つ意味も込められている。したがって、《私のほうが年上なのだから、早く訪ねてくれないとどんどん年をとってしまいますよ》というメッセージも読み解くことができるだろう。

これに対する兼輔の返答は軽妙な戯れの形をとっている。《黒髪を白く染めてしまう雪が降るのを待っている友の雪は、そう簡単にはやって来ませんよ。私はまだ若いので、白髪にはなりませんよ》と兼輔は開き直り、自分はそう簡単には訪ねてゆけないが、それでも自分はあなたにとって必要な友であるはずだ、と述べているのであろう。それと同時に、《あなたは白髪になってしまうかもしれないが、私はまだ大丈夫だ》と言い放つのである。(6) また例のごとく、雪の「降り」に「経り」と「古り」が響き合っていることも技巧性を強調している。

貫之はさらに歌を贈る。《黒髪と雪との関係を想っているうちに、友鏡というものも辛いものに思えてきた》と。この「友鏡」という言葉は一考を要するだろう。それはただ「合わせ鏡」を意味するのではないし、「二つのものを照らし合わせる」と解釈してもまだ不充分である。ここでは鏡を「影見」という古い形で捉えるべきだろう。「影」は、普段は目に見えない魂と考えてよい。鏡にそういったものを映し出す呪術的な力があると考えられていたことは、鏡が古来貴重品として取り扱われてきたことからも明らかである。(7) つまりここで問題となっているのは、《年若い友が訪ねてくれない間に自分ばかりが年をとっているので、「友鏡」に映る二人の魂が離れていくように思えて、それが辛い》という苦悩なのである。

兼輔はその苦悩を受け止め、「友鏡」に対して「増鏡」という言葉を返す。《毎年白髪の数が増えると思いながら増鏡をのぞけば、共に白髪になる私との友情が増すのもわかるでしょう》と。

この「増鏡」の意味については、『古今集』の冬歌を締めくくる貫之の歌（三四二）との関連で述べた通りである。「思い出が増してゆく」という発想と強く結びついた増鏡は、やはり年の瀬にふさわしいと言える。そして貫之のこの歌では、いろいろな「思い出」が重ね合わされている。まず、白髪になるまで生きたこれまでの人生の思い出があり、その人生の少なからぬ期間を親しく過ごした友人である兼輔との思い出がある。さらに四季の配列で考えれば、冬歌の末尾に近い位置にあるこの歌は一年の思い出を示唆してもいるし、また『後撰集』が貫之の伝記としての側面を併せ持っているとするならば、それを貫之という宮廷歌人の、いわば公的な思い出としても捉えることができる。

その貫之の伝記は、これらの歌を以て、冬歌の巻で終わることになる。四季の部立だけで貫之の歌は全体の半数以上が登場するのだが、この事実も、四季の歌で貫之を演出することに重きが置かれていた一つの証拠と見なすことができるだろう。

恋歌以降、貫之と兼輔など高位の貴族との交友関係が前面に出る機会はぐっと減り、ほとんど目につかなくなるが、例外は最後の巻である慶賀・哀傷歌である。この巻は、位のある貴族の祝いの席や、その死にまつわる歌を多く含むという性質上、貫之の社会性が表に出るのは避けられず、ここに来て伝記的な性質が再び熱を帯びるのは当然と言えるだろう。

まず前半の慶賀歌の部分では、醍醐天皇の皇子章明の元服を祝う歌を、兼輔の求めで詠んでいる（一三七二）。次に左大臣であった藤原実頼の男君と女君の成人の祝い（一三七三）と、詳細は不明だが、とある貴族の子弟の成人の祝いに関する歌（一三八五）が続く。この三首に関しては、貫之のいわゆる「専門歌人」としての面目躍如といったところだろう。

一方、貫之のより個人的な側面と、兼輔との関係が前面に出ているのは、後半の哀傷歌の部分に入っている二首である。

兼輔朝臣なくなりてのち、土佐の国よりまかりのぼりて、
かの粟田の家にて
引き植へし二葉の松は有りながら君が千歳のなきぞ悲しき
（貫之、後撰、慶賀・哀傷、一四一一）

ここで歌われている「二葉の松」は、子《ね》の日に長寿を祈って松を植える「小松引き」の行事であると思われる。しかし「小松引き」には遊びの要素もあり、貫之が何度か歌にも詠んでいる「若菜摘み」と同時に行い、新年の宴の余興としたようだ。このような明るい気分を象徴する松がまだ残っているのに、当の兼輔は死んでしまった。「子」は「根」、「音」、「寝」などに通じるから、「なきぞ」が「泣き」でもあることと考え合せると、次のような悲しみの歌となる。[8]

《まだ芽を出したばかりの若々しい松を楽しく植えかえ、あなたの長寿を祝ったというのに、あなたはもうこの世にいない。松の根はまだしっかりしているのに、あなたは異界である根の国へ旅立ってしまった。私は悲しみの音を泣いている》

こうして兼輔は死ぬが、それでも『後撰集』最後の二首は、やはり兼輔と貫之の贈答歌となっている。

妻の身まかりての年のしはすのつごもりの日、ふるごと

言ひ侍りけるに

亡き人のともにし帰る年ならば暮れゆく今日はうれしからまし

（兼輔、後撰、慶賀・哀傷、一四二四）

返し

恋ふる間に年の暮れなば亡き人の別れやいとど遠くなりなん

（貫之、同、一四二五）

妻を失った年の末、兼輔は貫之と昔話などするうちに妻への恋しさを募らせ、歌を贈る。《年が立ちかえり、新しい年が来るのと一緒に、亡くなった人も帰ってくるのだとすれば、この年の末も喜ばしいものだろうに》と。

藤浪の歌（一二六）でも見たように、人や想いが波のように「立ちかへる」という表現は、兼輔の好んだものであるようだ。末尾の「うれしからまし」という反実仮想には、そのような希望は虚しいものに過ぎないという諦念が滲んでいる。

それに対する貫之の返歌は、当代人の死生観を反映していて興味深い。《恋しい恋しいと思ううちに年が暮れてしまったら、亡くなった人もなおさらこの世が去り難くなってしまうでしょう》

当時は、死者はその死から一周忌までは完全に成仏しないと考えられていたので、その成仏を遅らせるようなことがあってはならない、と助言しつつ慰めているのである。

『後撰集』における貫之

以上で、『後撰集』の全体を通して、主に詞書に信を置く形で、貫之がどのように位置づけられていたのかを一通り追うことができた。以下、問題点を整理してみる。

まず貫之の歌についてだが、その内容には老いた人間の気持を歌ったものが目立つ。詠者はしばしば老いを託ち、孤独を託ち、友人の訪れを待つ寂しい人物として設定されている。もちろん、詠者すなわち貫之であると決めつけることは歌の解釈を狭めてしまう意味で危険だが、詞書や、それが兼輔らとの贈答歌として収録されているという事実が、このような読みを誘っていることには疑いの余地がない。

ここで『古今集』の貫之歌を思い返してみると、その差は歴然としている。むろん、歌の意味生成は多層的であるから、そこに悠久の時の流れを見出すことは難しくないし、逆に若い歌人だからといって若さを謳歌するような歌を詠むかといえばそうではない。しかし、『古今集』の貫之歌において具体的な老いを主題とする歌は、やはり少ないのである。すぐに目に付くところでは、

うばたまのわが黒髪やかはるらむ鏡の影に降れる白雪　（貫之、古今、物名、四六〇）

くらいのものであろう。この歌は、『後撰集』での兼輔との贈答歌の一つ、四七三でも使われた「鏡」「老い」「白髪」「雪」をモチーフとしている。しかしこの歌は物名歌であり、「かみやがは＝紙屋川」を詠み込んであることも興味の一つである。紙屋川に含まれる「紙」は「髪」と音の面で重なっているだけではなく、墨

によって白くも黒くもなる、という点でも通じている。したがって、貫之が青年時代に詠んだこの歌はかなり遊戯性の強い一首であって、身に迫る老いを詠んだ歌という印象はあまりない。

そうなると、やはり『後撰集』ではかなり意識して、貫之が老いを詠んだ歌を撰び、貫之自身の老いを強調するような編集が行われたと考えざるを得ない。何と言っても、『後撰集』は『古今集』の続編として位置づけられているからである。

このことは、とくに両者の春歌を比較してみるとわかりやすい。『古今集』では、春歌の上下巻、計一三四首の内、二割近くにのぼる二四首が貫之歌となっている。これらの歌にはすべて詞書がついており、様々な状況や連想に基づいての解釈が促されているのみならず、「歌たてまつれ」や「亭子院歌合の歌」といったような、貫之という歌人の社会的重要性を証拠立てる詞書も集中しているのである。また前章で見たように、貫之が好んで用いた表現や、歌人としての姿勢も、春歌だけでかなりの部分が明らかになるような構成になっている。つまり、専門歌人という意味での「公人」貫之と、一芸術家としての「私人」貫之が、『古今集』の春歌ではどちらも前面に押し出されていると言える。

一方、『後撰集』の春歌は、それほど網羅的なものではないと思われる。上中下巻に分かれた春歌には一六首の貫之歌があるが、これは全体の一四六首から見れば一割ほどに過ぎない。むろん、これもかなりの多さであることには違いないが、『古今集』ほど圧倒的ではない。また内容を見ても、そこに言葉の意味や音を通じた豊かな表現が成立していることは否定のしようがないものの、約半数の歌が兼輔や雅正とのやりとりであることを考えると、「公人」貫之の側面が強調されているという実感は禁じ得ないのである。さらに、それらの歌の多くが老いや衰えを主題としており、歌を詠んだのが『古今集』成立後の、後半生の貫之であるという印象をいよいよ強めている。貫之の「死」を以て終わる春歌が伝記的要素の濃いものであることは、すでに再三述べている通りである。

さらにこの傾向は、『後撰集』全体にもある程度まで当てはまる。貫之の「伝記」は春歌で終わったともとれるが、夏歌以降にも続き、再び「死」の影が色濃くなる冬歌の巻でいまいちど閉じられる、とも考えられる。ここでも、要となっているのは兼輔らとの贈答歌である。そして最後の二十巻では、哀傷歌という形式を裏切ることなく、その兼輔の死が扱われている。つまり『後撰集』では全体にわたって、いわば固執低音的に貫之の後半生と死が顔を出し、集に伝記的な性質を与えているのである。

『古今集』で中心的な役割を果たした青年貫之が、『後撰集』では壮年、老年の姿で描かれている。この事実はそのまま、貫之が『後撰集』でも中心的な立場を与えられている何よりの証拠と見なすことができる。ほかの『古今集』撰者や歌人では躬恒、忠岑や業平が『後撰集』でもそれなりに多くの歌を入集させているものの、このような歴史的視座からの演出はほとんど見られないのである。もちろん和歌は開かれた表現であり、自由な配列によってさらにその性質を強めるものであるから、そのような伝記的構造もまた有機的であり、はっきりと線を引いて区切れるようなものではない。しかし巻末の哀傷歌から春歌へと戻ってみた場合、そこに死と再生という大きなうねりがあり、四季さながらの命の循環が見て取れることは注目に値するだろう。

『後撰集』における貫之は、社会的地位が高いだけではなく、和歌にも大きな関心を払った藤原定方や藤原兼輔、そしてその息子の藤原雅正らとの交流を持った一流の歌人――すでに若くはなく、老いや死をも意識している歌人――として描かれている。しかし、いくらこのような貫之の捉え方が「公人」としての貫之を強調する側面を持つにしても、和歌集というものが前提として「歌人」を読者に想定しているものである以上、そこには常に当代人の人生観や死生観といったテーマが表現されずにはいない。結局のところ、和歌というテクストは必ずしも伝記として読まれることを意図しているわけではないのである。

したがって、『古今集』において提出された貫之の様々な表現の可能性や、その連想の範囲といったものが、『後撰集』においてどのように受容され、また変容を遂げたかという問題にさらに踏み込むためには、ここまでの考察を踏まえた上で、一度その前提を取り払う必要があるだろう。

二、『後撰集』に引き継がれる貫之の表現と思想

虫たちが織りなす秋のテクスト

本節でまず注目したいのは秋上の巻である。最初に登場する貫之の歌は、まるで驚くに値しないことだが、兼輔との贈答歌になっている。

七月八日の朝

たなばたの帰る朝の天の河舟もかよはぬ浪も立たなん

（兼輔、後撰、秋上、二四八）

おなじ心を

朝門《あさと》あけてながめやすらんたなばたはあかぬ別れの空に恋ひつつ

（貫之、同、二四九）

この二首は、七夕の夜を共に過ごした牽牛と織女の、後朝の歌に仕立てられている。《朝になってもあなたが帰れないように、舟を出せないほどの浪が立てばよいのに》という兼輔の歌は織女の立場から詠まれている。牽牛と織女も、ここでは平安の男女になっているので、牽牛が織女のもとに通っているわけである。そして、牽牛に去ってほしくない織女は、船出を阻むほどの浪を期待しながら、自身も相手を引き留める大量の涙を流している。

次の貫之の歌も、牽牛の立場というよりは、「おなじ心を」とあるように、どちらかと言えば織女の心をさらに歌っているようだ。《朝起きて戸を開けた織女は、夜が空けて二人に別れを強いたあの空を、恋しい思いで眺めているのだろうか》というこの歌は、兼輔のものよりさらに技巧的である。まず、「あけて」と「あかぬ」の対比には、夜が「空けて」戸を「開ける」という行為と、相手への「飽かぬ」想いを重ね合わせる効果がある。そして、「ながめ」という言葉にはもちろん「長雨」との響き合いがあるので、そこに兼輔の歌から引き継がれた涙のイメージが反復されていることも確かであろう。牽牛と織女は七月七日に雨が降れば会うことができないとされているので、七夕の歌に涙のイメージが盛り込まれることは当然である。[9]

こうして秋上の巻も、まるで牽牛と織女のように親密な貫之と兼輔の関係を演出する贈答歌を以て貫之を初登場させるのだが、同じ秋上の巻ではこのあと、実に八首連続で貫之歌が登場する。これは貫之歌の連続としては最も長いものである。

ひぐらしの声聞く山の近ければ鳴きつるなへに入り日さすらん　(貫之、後撰、秋上、二五四)

ひぐらしの声聞くからに松虫の名にのみ人を思ふころ哉　(同、二五五)

心有りて鳴きもしつるかひぐらしのいづれも物のあきてうければ　(同、二五六)

秋風の吹きくる宵はきりぎりす草の根ごとに声乱れけり　(同、二五七)

わがごとく物やかなしききりぎりす草のやどりに声絶えず鳴く　(同、二五八)

来むといひし程や過ぎぬる秋の野に誰松虫ぞ声のかなしき　(同、二五九)

秋の野に来宿る人も思ほえず誰を松虫ここら鳴くらん　(同、二六〇)

秋風のやや吹きしけば野を寒みわびしき声に松虫ぞ鳴く　(同、二六一)

これらの歌には詞書が一切ないということに、まず言及しておくべきだろう。それは歌合に提出されたものとも、かしこきあたりに召されたものとも規定されておらず、また何かしらの景物を詠んだという題さえ持たない歌の連続である。『後撰集』の巻頭以来、しばしばそれらの前提に縛られがちであった貫之の歌は、ここに来てようやく読者と直接の対峙を迎えたと言えるのかもしれない。

歌のモチーフは、「ひぐらし」が二首、「ひぐらし＋松虫」が一首、「きりぎりす」が二首、「松虫」が三首で、いずれも秋を体現する小さな虫たちである。以下、それぞれの歌を簡単に分析してみる。

二五四の歌では、《あのひぐらしが鳴いている山は近いのだろうか、鳴き声を聞くなり日が暮れ始めた》という実景の表現に、涙と共に暗さを帯びる心が重ね合わされている。ひぐらしは文字通り「日暮し」であり、その鳴き声で日を暮らせる虫である。秋の日の短さと、「飽き」の心に襲われがちな秋を、ひぐらしはその身に負っている。

二五五の歌は、ほとんど間断なく二五四の内容と繫がっている。《ひぐらしの声を聞いてしまったばかりに、想う相手を待つ、という気持を抱きながら、今度は松虫の音が聞えてくる》となるだろうか。ここに登場する「名」は、松虫の名に「待つ」が入っていることのみならず、二五四の歌で見たようなひぐらしの「名」につきまとう印象をも想起させる。「聞く」も同様で、ひぐらしの声だけではなく、松虫の声をも指しているだろう。

二五六では、ひぐらしそのものが考察の対象になっている。《やはりひぐらしにも心があるのだろうか。いったい何が疎ましくて、何に飽きて、鳴いているのだろう》という問いかけには、当代人の世界観がよく表れている。ひぐらしの鳴き声によってそれを聞く人間の心に物憂さが訪れる、というだけではなく、ひぐらしも何かを物憂く思っているので、その声を聞く人間の心が感応するのである。「いづれも」という言葉には、ひぐらしと人とを対等に意識するまなざしが反映されているように思われる。

二五七からはきりぎりすが登場する。《秋風の吹く夜は、草という草の根にきりぎりすが乱れ鳴いている》という歌は比較的単純に思われるが、きりぎりすの鳴き声が意味するところを端的に表している。秋風は「飽き」の心を運んでくる風であり、その風に吹かれたきりぎりすは闇の中で鳴き続ける。それは心の乱れを訴える鳴き声である。つまり、このきりぎりすの姿が伝えようとするメッセージは、《あなたを想う心にさえ、秋風が飽きを運んできた。そのことに私の心は乱れ、ひたすら泣いているのだ》とでもなろう。

二五八の歌はこの読みを補強すると共に、二五六で見たような、虫と人との親和性も提出されている。《きりぎりすも私のように物悲しく思っているのだろう。きりぎりすが草の根で鳴き続けているように、私も自分の草の庵で泣き続けているのだ》と、二五七に続いて激しい涙が流れている。

二五九からは、再び松虫が登場する。《来ると言っていた時期も過ぎたいま、松虫は悲しい声で誰を待っているのか》というこの歌の舞台は秋の野である。「飽き」の心に囚われた恋の相手は、なかなか訪ねて来てくれないのだ。

続く二六〇の歌でも、この「秋の野」がそのまま利用されている。《飽きの心を形にしたようなこの秋の野には誰も訪ねて来るはずがないのに、そこかしこの松虫は誰を待って鳴いているのだろう》と言うとき、当然そこには詠者の涙が反映されている。

最後の二六一も、同様のイメージを反復している。《秋風がときおり強くなると野はいちだんと寒くなり、松虫もなおさら侘しそうに鳴く》という内容で、すでに物悲しい状態に追い込まれている「秋の野」は、深まる秋と共に深刻になる「飽き」の心によってさらに寒さを増し、凍えるような寂しい心からはいっそう多くの涙が溢れるのである。
以上、連続する八首の貫之歌を一通り分析した。最初の三首、次の二首、そして最後の三首で、とくに意味生成過程の緊密な連絡が見られるが、八首を全体として見た場合にも、それを一つのシリーズとして捉えることが可能である。シリーズの主題は虫たちを通して見る秋の心であり、虫たちはその鳴き声を通して、秋の悲しさに涙を流す人間の姿を演出している。「秋」と「飽き」、「松虫」と「待つ」、「鳴き」と「泣き」のように、登場する掛詞はいずれも王道とも言うべきものであるが、それらはそれぞれの歌で少しずつ違う形で反復されることによって、様々な変奏の可能性を示している。また強調されるのは、虫たちがただ生物としてそこにいるのではなく、人間と同じように秋の物憂さに泣く姿であり、そこには当時の自然観が明確に表れていると言えるだろう。
なおこのシリーズは、さらに拡大する可能性を秘めてもいる。というのは、続く二六二と二六三の歌にも虫が登場するからである。ここでは前者のみを取り上げることにするが、それは以下のような歌である。

秋来れば野もせに虫の織り乱る声の綾をば誰か着るらん

（元善、後撰、秋上、二六二）

《秋が来ると、野いっぱいに、所狭しと虫たちが集まり、乱れんばかりに鳴き声を上げる。その鳴き声で編んだ衣を、いったい誰が着るのだろうか》
貫之の八首を見てきた私たちには、この歌はなおさら豊かな響きを持つ。「飽き」の心が充満する「秋の野」

では、様々な虫たちがそれぞれの悲しみを背負って鳴いている。それを聞く人間も心を乱している。そして、乱れ鳴く虫たちの声は無数の糸のように飛び交い、一枚の衣を織り上げるのである。それは誰が着る衣であろうか。候補としては、織女が挙げられるだろう。

実は、先に挙げた兼輔と貫之の贈答歌は、七夕を主題とするこれらの歌の殿《しんがり》に位置している。秋上の巻には七夕の歌が多く、その最初は二二五の歌である。

源昇朝臣時々まかりかよひける時に、文月の四五日ばかりの
七日の日の料に装束調じてと言ひつかはして侍りければ
あふことは織女《たなばたつめ》に等しくて断ち縫ふわざはあえずぞありける

（閑院、後撰、秋上、二二五）

ここでは詞書に従って読んでみることにする。宇多天皇の側近である源昇《みなもとののぼる》（八四八―九一六）は、七夕の日に催される乞巧奠《きこうでん》で着るための装束を準備してくれるよう、妻の閑院に依頼する。乞巧奠とは、織女に向けて機織や裁縫の上達を願う儀式である。それに対して閑院は、滅多に自分を訪れて来ない夫への怨みを歌に託す。

《夫に会える頻度は織女と同じである私ですが、装束を縫う技術では、とても織女に敵いません》

これはすでに秋の歌であるので、閑院もまた夫の「飽き」を感じ取っている。彼女は夫になかなか会うことができない（＝あえず）のに、布と布を縫う（＝あわせる）ことを頼まれている。そんな状況への不満が、

彼女にこのような歌を詠ませ（織らせ）たのである。「断ち縫ふ」という言葉には、出会い別れてゆく男女の姿も反映されていると思われる。

ここで織女という存在について、中国の起源に遡って整理しておくことも無駄ではないだろう。梁の宗懍《そうりん》によって六世紀に書かれた『荊楚《けいそ》歳時記』などを見ると、その時にはすでに織女に関する物語が定着していたことがわかる。織女は、天の川の東側で、ひたすら孤独に機を織っていた。天帝はそれを憐れみ、西側の牽牛との結婚を許すが、織女は幸せのあまり仕事を怠けるようになった。そこで天帝は二人を引き離し、一年に一度しか逢瀬を認めないことにした。

このような織女と牽牛の関係には当然、地上の恋人たちの姿が反映されることになる。『万葉集』には一三〇首を超える七夕の歌があるが、中でも次のようなものは興味深い。

霞立つ天の川原に君待つとい行き帰るに裳の裾濡れぬ

（山上憶良、万葉、巻八、一五二八）

《天の川原で霞の向こうからあなたが訪れるのを待ちながら行ったり来たりするうちに、衣の裾がすっかり濡れてしまいました》

彼女の裾を本当に濡らしたのが涙であることは言うまでもないだろう。そして平安時代ならば、濡れるのは裾というよりも袖ということになる。いずれにせよ、その濡れた裾や袖を織ったのは、他ならぬ織女であろう。

織女における「織る」イメージは、兼輔と貫之の贈答歌の直前にある、躬恒の歌によっても強調されている。

秋の夜のあかぬ別れをたなばたは経緯《たてぬき》にこそ思ふべらなれ

（躬恒、後撰、秋上、二四七）

《飽きることがない恋の相手と過ごしていた夜は、空けることがなければよいと思っていたのに、やはり空けてしまった。織女はその辛さを、織物をしながら思い続けることだろう》

ここでも兼輔と貫之のやりとり同様、「飽く」と「空く」が重ね合わされている。そして、それ以上に注目したいのが「経緯」という表現である。縦糸と横糸からなる織物を織ることに、織女は悲しみを託す。織られているのは彼女の涙を受け止める袖であろう。そのような悲しみは、また言葉という糸によって、多くの歌を織ることになるのだ。(10)

ここで二六二の藤原元善の歌に立ち戻ると、何が見えてくるだろうか。七夕のシリーズが終わり、次の二五〇の歌からは貫之を中心とする秋と虫のシリーズが幕を開ける。その終盤で再び「虫の鳴き声による織物」という表現が登場することは、秋上の巻が全体として、一つの有機的な物語を作り上げていることを示唆している。「飽きる」ことを強制する秋の訪れは、織女と牽牛を引き離す。だがそれは天上だけの出来事ではない。地上でも、恋人たちは「飽き」の物悲しさに教われ、虫たちの声に思いを託す。その虫たちの鳴き声で織った衣は、恋に苦悩する地上の人々から、天の織女へと捧げられた贈り物なのである。

最後に付け加えるならば、こうして巨視的に秋上の巻を見た場合には、貫之が兼輔と贈答歌を交わしたというような歴史的な文脈化に、ほとんど意味がないことがわかる。むしろ貫之の歌は、七夕のシリーズと秋の虫のシリーズを区切る位置にあり、なおかつ後者のシリーズでは中心に陣取っている。この配列における重要性にこそ注目すべきであり、それは『後撰集』においても貫之が並みいる歌人中の白眉と見なされていたこと、また『後撰集』の撰者たちが貫之の歌の表現を充分に理解し、それを活かすような配列を組み立てる能力を有していたことを、二つながらに証明しているのである。

『古今集』の霞、『後撰集』の霧

『後撰集』には「霞」の歌は一九首ある。しかし、『古今集』であれほど目立っていた貫之による「霞」の歌は一首しかない。それはすでに紹介した、最初に登場する貫之歌である一八の歌である。一方「霧」の歌は全部で一五首と、決して多くはないが、そのうちの四首が貫之によるものである。これは、『古今集』において「霧」を詠んだ貫之歌が一首もなかったことを考えれば看過できない変化であり、そこに『古今集』では検討されることのなかった貫之の「霧」の歌を議論の場に提出しようとする『後撰集』の意図が見え隠れしているように思われる。

見え隠れと言えば、前章で分析した通り「霞」には「見える／見えない」空間を造り出す機能があり、そこには「隠す／現わす」の往還があった。発見の期待に裏打ちされた消失は、幻想的な自然の景物や心許ない恋の展開を体現するのみならず、言葉のレベルでも意味のレベルでも常に二項対立からの逸脱を繰り返すという和歌の特徴への自己言及でもあった。

生命感の溢れる情熱の季節である春の「霞」に対して、「飽き」の心に包まれて冬へと向かう退行の季節である秋の「霧」には、そのような明白な多層生は認められないように思われる。しかし、「霧」にも「霞」にない特徴はあるだろう。それを考察するにあたって、まずは貫之による四首を取り上げてみよう。

秋霧の立ちぬる時はくらぶ山おぼつかなくぞ見え渡りける　（貫之、後撰、秋中、二七一）

花見にと出でにし物を秋の野の霧に迷ひて今日は暮らしつ　（同、二七二）

秋風に霧飛び分けて来る雁の千世に変らぬ声聞こゆなり　（同、秋下、三五七）

秋霧の立ちし隠せばもみぢ葉はおぼつかなくて散りぬべらなり　（同、三九二）

最初の二首は、秋中の巻を開くものとなっている。

二七一の歌には「延喜御時に秋歌召しければ、たてまつりける」と権威化の詞書があるが、ここでは意識しない。表面的な歌意は、《秋霧の立ち込める頃は、「暗い」という名を持つくらぶ山が、その名の通りぼんやりと覚束なく見える》であるが、このような実景的な解釈だけでは、この歌のおもしろさは理解できない。秋霧が立つ、とはすなわち「飽き」の感情が急激に立ち起こり、その人を包んでしまうということではないか。そうなってしまえば、相手を想う心も「おぼつかなく」なり、くらぶ山のように薄暗い空気に包まれてしまうのである。さらに、メタ詩的レベルで考えてみるならば、『古今集』の春歌の巻に「くらぶ山」を利用して「色」と「香」の比較を行うシリーズがあったことを思い出すべきである。つまり、「くらぶ」には「比べる」の意味も含まれるので、ここで詠者は《秋霧の中でおぼつかない姿になっているくらぶ山》という実景と、《飽きの心に包まれておぼつかなくなった心》を「比べて」いることになる。

二七二の歌でも同様の比較が見られる。より実景的な解釈では、《花見をしようと出かけてみたが、秋の野に霧が立ち込めたので迷ってしまい、花を見ることができなかった》となる。それは老年のために引き籠りがちになってゆく貫之という、『後撰集』における貫之の伝記的な描写とも一致しているように思われる。しかし、「花見」を恋の相手との逢瀬と捉えることで、この歌はより普遍的になる。《逢いにゆこうと出かけてみたが、「飽き」の気持がにわかに立ち起こり、迷いが生じた。そして結局、逢うこともなく帰ってしまった》と。

「題知らず」の詞書を持つ三五七の歌は、秋下の巻に登場する雁をモチーフとしたシリーズの一首である。《秋風の中を霧を分けるように飛んでくる雁は、いつもと変らない声で鳴いている》というこの歌には、どのような解釈の可能性があるだろうか。雁は有名な雁信の故事にあるように、消息の意であると考えられる。秋の訪れと共にやって来る雁のように、相手からの手紙が届く。しかし季節は秋である。「飽き」の気持を前面に出してみると、帝の治世や長寿を祝う言葉であるはずの「千世」も、あまり縁起のよい言葉ではないように思われてくる。《文が届いたが、私は霧のように広がる「飽き」の気持の只中にいるので、それが千世も変らない、相変わらずの内容であるようにしか思われない》というような、無感動を歌っているとも考えられるのである。相手は想いのたけを、涙を流しながら（鳴き）訴えているが、それは凡庸なものとしか響かず、「雁」と重なる「仮初め」の恋であったように思われてしまう。

三九二に含まれる「隠す」の語は、すぐさま「霞」についての考察を思い起こさせて興味深いが、歌としては二七一の同工異曲と言える。《秋の霧が立ち込めて隠してしまうので、紅葉はよく見えず、おぼつかないまま散ってしまうのだろう》という実景に重ねられているのは、《私は「飽き」の気持に包まれている状態なので、果たして紅葉のようにあなたへの想いが色に出ているのかもおぼつかないままに、この恋も去ってゆくように思われる》というメッセージである。

以上の四首を見る限り、やはり「霧」と「霞」には根本的な相違があるように思われる。「霞」の歌に認められた「発見の予感」が、「霧」の歌では感じられないからである。「霞」が歌の対象を隠し、何を隠しているかを明確に描き出すことで、いわば不在によって存在に迫るという意味生成過程を創出したのとは異なり、「霧」が隠すのは詠者の心である。それも、隠すというよりは包むのであり、何で包むのかと言えば、「飽き」の気持で包むということになる。秋を過ぎれば季節は冬に向かう。それはなおさら寒く、死をもたらす季節である。「霧」もまたこの流れに従っているので、それは晴れるという前提のもとに立ち込めるのではなく、「飽き」の気持で心を覆い、どこまでも孤独を深めていくようなものとして描かれているように思われる。

貫之以外の歌人によって詠まれた「霧」の歌でとくに注目すべきは、先に紹介した貫之の二首の直後にある歌である。

浦近く立つ秋霧は藻塩《もしほ》焼く煙とのみぞ見えわたりける

（よみ人しらず、後撰、秋中、二七三）

《浦の近くに立ち込める秋霧は、まるで海人が焼く藻塩の煙かと見えるほどだ》という実景的な解釈だけでは、この歌の意味はほとんど見えてこない。「藻塩」は「藻塩草」と呼ばれる海藻を焼くことで精製される塩のことであるが、それが「掻き集める＝書き集める」ものであることから、和歌集の序文に使われたり、「書く」という言葉に掛けられたりしたほか、焼くものであるという連想で、故人や過去の恋人の書き遺した歌や文を焼くことをも意味するようになった。(11) つまり、「飽き」の気持に包まれた詠者はかつての恋の相手との想いが染み込んだ手紙などを焼く（あるいは焼くも同然の決別をする）ことで、「飽き」の霧をさらに濃厚なものにしているのである。その霧が立つ「浦」は「恨み」をも想起させる。

もっとも、『後撰集』のすべての「霧」の歌に希望がないわけではない。例えば、すでに言及した七夕のシリーズには、次のような歌がある。

秋来れば河霧渡る天の河川上見つつ恋ふる日の多き

（よみ人しらず、後撰、秋上、二四四）

《秋の河霧が天の河を渡るように覆っているのに、想う相手は渡ってこない。私は川上を見ながら恋しく想っている》というこの歌では、男女はまだ逢っていない。したがって、霧の向こうから恋の相手がやって来る可能性はまだ残されているのである。その希望は当然、この歌が牽牛と織女との関係に重ね合わされているところから来る。しかし、この歌には不安も詠み込まれているだろう。七夕はまだ秋の初めである。これから秋が深まれば、「飽き」の気持もどんどん強くなり、霧となって身を包む。そして先に見た通り、牽牛と織女には離れ離れになる運命がつきまとうのだ。

以上、貫之の歌を中心に『後撰集』における「霧」を考察した。[12]『古今集』では「見える／見えない」空間を作り出すためにもっぱら春の「霞」が用いられたが、『後撰集』では秋の「霧」が強調されているように思われる。そして、「霧」は「霞」のように艶やかに「見えない」ものの正体を明らかにするのではなく、むしろそれを隠し続け、人の心を自らの孤独な内奥へと導くものである。貫之の「霧」の歌は四首採られ、意味生成過程の調整に大きく貢献しているが、それはやはり老い、衰退しつつある貫之という、『後撰集』に描写されている姿にふさわしいものと思われるのである。ちなみに、『拾遺集』には貫之の「霞」と「霧」の歌は各一首しかないが、このことは『古今集』における「霞」の重要性と『後撰集』における「霧」の重要性という一種の対応関係が、『拾遺集』の撰者にも理解されていたことを示唆してはいないだろうか。要するに『拾遺集』には、貫之歌を利用して「霞」や「霧」について付け足すべきことがとくになかったのである。

「暁の恋」のメタ詩的解釈

『後撰集』の恋の部立は六巻から成り、『古今集』の五巻よりも多い。集全体がより大規模であることも手伝って、恋歌の数は『古今集』が三六六首であるのに対して、『後撰集』では五六八首である。ところが、このうち貫之歌はというと、『古今集』では二五首であったのが、『後撰集』では一四首に留まっている。恋一の巻が一首、二の巻が七首、三の巻が四首、四の巻が二首で、五の巻と六の巻には採られていない。恋歌の巻には「よみ人しらず」の歌が比較的多いとはいえ、『古今集』で見られるような膨大な連続はないので、『後撰集』の恋歌のほうが幅広い歌人の作を採っているということになる。

しかし、そのような数量的事実以上に目を引くのは、詞書によって強調される歌の物語性である。それは、少なくとも虚構の枠組みの中で、強い現実感をもたらすかに見える。以下、貫之の歌を例に挙げてみる。

しのびたりける人に物語し侍りけるを、人の騒がしく侍りければ、まかり帰りてつかはしける

暁と何か言ひけむ別るれば夜ゐもいとこそわびしかりけれ

(貫之、後撰、恋一、五〇八)

逢瀬の最中、家の中が騒がしくなったので、男は夜のうちに家を出てきてしまった。そのような詞書があることで、あたかもこの歌は貫之本人の実体験であるかのように思われてくる。少なくともそれは、詞書によって中年から老年にかけての貫之に肉付けを行う『後撰集』の方法と矛盾しないのである。男が貫之か否かという問題は措くにしても、この詞書によってある種の物語空間が形成され、『後撰集』をして『伊勢物語』を彷彿とさせるテクストたらしめているのは間違いないだろう。それは『古今集』と『後撰集』の間に『伊勢物語』と『大和物語』という歌物語の隆盛があったことを考えれば、半ば当然の結果ではある。とはいえ、

詞書は歌を補いこそすれ、その意味生成過程を担保するものではない。この歌は、単体でも充分にその意味を発揮できるからである。

《暁の別れは辛いというが、夜の間に別れてしまうことはもっと辛いではないか》というこの歌では、「あかつき」の中に「あかづ」が織り込まれていると考えてみることもできる。そのように解釈することにより、飽きることのない想いが強調されると共に、それが満たされない悲しさが引き立つのである。この場合、連想は「いと=糸」が「夜」の縁語であることによってさらに拡大される。夜に一人取り残された詠者は、心細さを象徴する糸を「よりかくる」ように、心情を言葉に掛けて発露させるのである。

言ひかはしける女のもとより、「なおざりに言ふにこそあんめれ」と言へりければ

色ならば移るばかりも染めてまし思ふ心をえやは見せける

(貫之、後撰、恋二、六三一)

この歌も、『古今集』にはなかった具体的な詞書を伴う恋歌である。逢瀬や文のやりとりを重ねている女から「そんなことを言っても、好い加減な気持なのではないですか」と責められた男は、《もし私の想いが色であったなら、それがあなたに移って染まることで証明できるのに、そうではないこの想う心を、どうやって見せることができるでしょうか》と返している。

この歌にも、詞書と作者の名前から貫之の体験であると仮定して読む方法と、一般的な男性の反論として

読む方法と、二通りの愉しみ方がある。だが、「貫之」という作者の名を意識した場合、それは配列の中でさらに別のおもしろさを発揮する。恋二の巻では、「女のもとにつかはしける」「男につかはしける」というように、性別を限定した詞書が目立つが、貫之歌に先立つ二首は、構造の点でもよく似ている。

男侍る女をいと切に言はせ侍りけるを、女「いとわりなし」と言はせければ

わりなしと言ふこそかつはうれしけれをろかならずと見えぬと思へば

（元良親王、後撰、恋二、六二九）

女のもとより、「心ざしのほどをなんえ知らぬ」と言へりければ

我が恋を知らんと思はば田子の浦に立つらん浪の数を数へよ

（興風、同、六三〇）

元良親王の歌は、女房などを使って「あなたには分別がありません」と言ってきた女に対し、《分別がないと言ってもらえるのも案外うれしいものです。少なくとも好い加減な気持ではないということはわかって下さっているのでしょうから》と返している。

次の興風の歌では、「あなたがどれほど想って下さっているのか、私にはわかりません」と言う女に対し、《私の恋の激しさを知りたいのなら、田子の浦へ行ってひっきりなしに打ち寄せる波の数を数えてごらんなさい》

と返している。田子の浦という歌枕は、『古今集』の「駿河なる田子の浦波たたぬ日はあれども恋ひぬ日ぞなき」（よみ人しらず、恋一、四八九）などによってもわかるように、波と恋を重ね合わせる効果を持っているので、詠者の想いをより強調するものとなっている。「波」は「涙」と、「浦」は「恨み」と結びつくのである。

この次に来るのが先の貫之歌である。つまりこの三首は、こちらの想いの真剣さを疑う女に対しての、男の反論という共通点を持っている。そして元良親王、興風、貫之という歌人の名前を三つ並べて見た場合、それは誰が最も機知に富んだ切り返しをしているか、という比較に対しても開かれている。

ところで、これまでに見た歌は、いずれも恋の相手への一方的な歌であった。コミュニケーションの究極の形とも言える恋の歌は、贈答歌の形になって初めて完全になると言ってよいだろう。それが片方しか扱われないのは、その歌に対する返歌や、あるいはその歌にきっかけを与えることになったであろう一首を想像することが、当時の読者にとって大きな愉しみであったことを物語っているようにも思われる。しかし、あえて贈答歌の形で掲載することで、甲の歌人と乙の歌人の技巧を比較に供したり、二首が揃うことでより明確になる意味生成過程を読解に供す、という方法もあることは言うまでもない。例えば以下の二首である。

返し

人のもとより帰りてつかはしける
暁のなからましかば白露のをきてわびしき別れせましや

（貫之、後撰、恋四、八六二）

をきて行く人の心を白露の我こそまづは思ひ消えぬれ

（よみ人しらず、同、八六三）

この二首は、貫之が女性と交わした贈答歌という設定になっているが、実はこのようなものはきわめて珍しい。『古今集』には貫之の贈答歌は二組しかなく、その相手は兼覧王と藤原忠房であった。そして『後撰集』でも、すでに見た通り、贈答歌の相手はもっぱら兼輔などの男性有力者である。

八六二の貫之歌は、先に挙げた五〇八の歌とよく似た状況を詠んでいるが、言葉に込められた意味はやや異なっている。ここでも「暁」からは「飽かづ」が読みとれるが、さらに本来的な意味が強調されていると見てよい。すなわち、「あかつき」とは「あかとき」であり、夜が明けて空が白んでくる時刻である。だからこそ草に置いた白露の存在が明らかになるのだが、それは同時に、夜が明ける前の出来事を反映しているようにも思われる。つまり、白露が男女の逢瀬や涙といった事物に深く結びついているのならば、白露を照らしていたのは夜の世界の月でもある、ということである。「あかつき」からは「明るい月」の連想も可能であろう。したがって、この歌のメッセージを広い範囲で受け止めようとするならば、《昨夜は私たちの恋の結晶である白露を月が照らしていましたが、いまではそれも朝の光に照らされ、すぐにも消えそうな儚い白露になってしまいました。暁さえ訪れなければ、と侘しく思いながら、私は起きて去ってゆきます》となるだろう。

それに対して、女の返歌はこうである。《起きて行ってしまうあなたの心を確かには知らないので、あなたは私の心に一滴の白露を置いては行ったものの、私の想いの火は草に置いた白露よりも先に消えてしまうでしょう》と。ここでの「白露」は何より「知らず」との掛詞として機能している。つまり、男の歌にあった「白露」の重層的な解釈は、「知らず」というもう一つの解釈が存在することによって再び儚さを取り戻し、その水分によって想う心の「火」を消してしまうのである。

この贈答歌は、恋のやりとりという形をとりながら、実際には「白露」という言葉の表現の可能性を探る、メタ詩的レベルでの読みを強く誘うものであると言えるだろう。白露は『古今集』においても、とくに涙との関係において、熱心な議論の対象となっている。(13) このような重要な観念を再び取り扱うに際しては、別個の歌として並べて配置することも一つの方法ではあるが、このように贈答歌の形をとることで、なおさら読者の注意を惹くことができる。さらに、返歌が「よみ人しらず」であることも重要であろう。『後撰集』の恋の歌の詞書には具体的なものが多いのだから、虚構という前提で実在の女性歌人の歌を使用してもよいはずである。それをあえて「よみ人しらず」に設定することで、貫之の実体験という解釈にいったん保留がかかり、より綿密な読みが促される。

このような贈答歌によって、メタ詩的レベルでの解釈の可能性を絶えず読者に思い起こさせることは、和歌集に潜在する広範な読みを引き出してもらうための重要な手続きであると言える。例えば、右の贈答歌を充分に検討した読者のほうが、次の歌をより深く味わうことができるだろう。

涙にも思ひの消ゆる物ならばいとかく胸はこがさざらまし　(貫之、後撰、恋二、六四四)

詞書を持たないこの恋歌も、先の「よみ人しらず」の歌のように「思ひ」と「火」を重ね合わせている。《もし涙を流すことで想いの火が消えるものなら、こんなにも胸を焦がして苦しむこともないのに》という内容は、涙がむしろ想いを強めるものであることを示唆しているが、それは『古今集』にある貫之歌、

君恋ふる涙しなくは唐衣胸のあたりは色もえなまし

（貫之、古今、恋二、五七二）

とは一見反対である。こちらでは、涙は想いの火を消して、心を浄化してくれるものとして歌われているからだ。

しかし、本当に両者は対極に位置し、白と黒との関係にあるのだろうか。もちろん否である。なぜなら、この二首はどちらも助動詞「まし」で締められており、それはつまりこの歌に描かれた情景が仮定されたもの、願望されたものであることを示している。したがって、そこには《胸を焦がしてしまう》という反対の状況が見透かされるのである。要するに、どちらの歌も交換可能な意味を持っていることになる。涙は恋に苦しむ心を癒すかもしれないが、かえって追い込んでしまうかもしれない。想いの炎は消えるかもしれないが、燃え上がるかもしれない。心の問いに唯一の正解はないのである。

六四四の歌は、その表現上の特性によって意味の反復を繰り返す和歌の本質を描くために、『古今集』五七二の歌と比較されることを望んでいるようにも思われる。内容の近い和歌や句の一部を改変した和歌、あるいはまったく同じ歌が別の集に登場するとき、そこには比較の要請があると考えて然るべきだろう。『新

古今集』時代に隆盛する本歌取も、その延長線上にあると言える。
最後に、貫之の歌から始まる次の四首に注目しよう。

題しらず

いかで我人にも問はむ暁のあかぬ別れやなにに似たりと　（貫之、後撰、恋三、七一九）

恋しきに消えかへりつつ朝露の今朝はおきゐむ心地こそせね　（行平、同、七二〇）

しののめにあかで別れした本をぞ露や分けしと人はとがむる　（よみ人しらず、同、七二一）

恋しきも思ひこめつつある物を人に知らるる涙なになり　（中興、同、七二二）

「題しらず」の詞書を指標と捉えた場合、七二三の兼輔の歌が再び詞書を持つようになる前のこの四首は、一つのシリーズを形成していると考えられる。

まず貫之の歌が、再び「暁」をテーマにしていることに注目したい。五〇八、八六二と合わせて三首目であり、貫之が「暁」を詠んだ歌は『後撰集』を通じてこの三首のみである。

《まだ夜が開け切らない暁の、満たされないままの別れは何に似ているのでしょうか。ぜひあなたに問いたいものです》という歌は、やはり「暁」という言葉からの連想を縦横に駆使した、詩的レベルのみならずメタ詩的レベルでの問いかけになっている。「暁」は「あかづ」であり、詠者はまだ「飽き」に襲われていない。夜は明けきっていない(あかぬ)ので、「つき」もまだ残っており、「あかぬ」気持はなおさら強調される。このように、ここで問題になっているのは言葉そのものなので、「なにに似たり」という問いへの答えは、まさに《暁という言葉は、あけぬ夜のあかぬ想いに似ている》ということになるだろう。

「あく」ことと「あかぬ」ことの狭間で生まれた煩悶は、次の行平の歌にも引き継がれている。これから家路につかなければならない主人公は、眼前に朝露に濡れた草を見る。《あの朝露がすっかり消えてしまうように私の想いも儚く消えざるを得ないような感慨にとらわれて、起きて座っているのもおっくうに感じられる》という苦悩は、やはり言葉によって強調された反復の中に閉じ込められている。「消えかへり」という表現は、ただ完全に消えてしまうことではなく、まさに波が「立ちかへる」のと同じように、消えてはまた出現するという繰り返しを示唆している。それは、別れてもまたすぐに募る想いに重ねられ、さらに何度も流すことになる涙の象徴でもあるだろう。だからこの主人公は、露が「おく」のを目にしながらも、自分が「おき」て家路につくのを躊躇する。露がすぐに消えてしまうように、自分もいつまでも「ゐむ」、すなわち坐っていられないことを知っているからである。

だが、次の「よみ人しらず」の歌を見ると、それでも主人公は出発したようだ。《東の空が白む頃、飽かぬ気持のまま別れた私の袂が濡れているのを、露が置いた草木を分けて帰ってきたのだろうかと人は怪しむだろう》と彼は考える。もちろん袂が濡れている本当の理由は、飽かぬ気持のまま別れたことで涙を流しているからである。「た本」は「袂」だが、その元の形が「手もと」であることを考えれば、「もと」から「根」

を連想することもできる。露の置く草木の「根」を分けて家に帰る彼は、共に「寝」た相手を恋しく想い、悲しみの「音」を泣き涙を流す。それは文字通り心の「根元」から流れる涙である。

このように涙を軸に置いた、連想に頼った読みが徒らな深読みでないことは、最後の一首が「涙」の主題を前面に出していることからもわかる。《恋しさは心の底にしまいこんでいるはずなのに、それでも想いが外に出て人に知られてしまうのは涙のせいだ。この涙とはいったい何なのか》という問いは、先の歌で、流した涙を人に見とがめられたことと直接に結びついている。「涙とは何か」とは当代人にとって永遠の課題であり、答えの出ない謎であるからこそ、それは詩的表現の中心的な主題になりおおせたのである。[14] したがって、この歌にも正解を与えることはできないが、それがどんなに隠そうとしても結局は露見してしまうのは、やはり涙が心の「根元」から溢れ出るものであるからに他ならない。

以上、恋の部から例を採りながら、具体的な詞書によって意味生成をより豊かにする配列や、贈答歌の形をとることでメタ詩的レベルでの読みを促す歌、さらには「露」や「涙」といった究極的な和歌の主題についての議論を取り上げた。

ここでも貫之の歌が重要な位置を占めている例が少なからずあったが、とくに「暁」という言葉は注目に値するだろう。それは、秋歌の巻で深められた「秋」と「飽き」に関する一連の歌の成果を引き継ぎながら、さらに「別れ」と「涙」の問題へと議論を展開させる言葉である。なお、恋の部には「暁」を詠んだ貫之の三首が集中しているが、貫之は『古今集』では「暁」の歌を一首も詠んでいないのである。[15]

『後撰集』の主人公としての貫之

ここまで、いくつかの角度から『後撰集』おける貫之の歌と、それらに見える表現との相関性を軸に、ほかの歌人たちの歌も参照しながら考察を重ねてきた。前章の冒頭と末尾では、『古今集』を編纂しているときに貫之のそばで鳴いた郭公の歌を紹介したが、『後撰集』にも郭公は登場する。しかし、その姿はかつてのものとは程遠く、まさに『後撰集』で強調される貫之の姿を反映していると言える。

月ごろ、わづらふことありて、まかりありきもせで、
まで来ぬよし言ひて、文の奥に
花も散り郭公さへいぬるまで君にもゆかずなりにける哉
（貫之、後撰、夏、二一一）

《春の花が散り、夏の郭公も去ったこの頃まで、あなたのところへ行けずにいるのです》という この歌は、貫之の患いがちな後半生を連想させるものになっている。もはや郭公は貫之の情熱に感化されて激しく鳴くこともなく、床に臥す貫之を尻目に、無言のまま飛び去ってゆく。

だが『後撰集』においては、このような「歴史的」貫之とは完全に遊離した、純粋な歌人としての貫之も共存していることを忘れてはならない。詞書がどのような演出を施そうとも、『後撰集』の中心は歌でなくてはならない。『古今集』同様、『後撰集』でも貫之は最も入集の多い歌人である。それだけに、両者の貫之歌を比較することで何らかの傾向を導き出すことは、ほかの歌人の場合よりも容易である。そして、『後撰集』

があえて『古今集』で貫之が詠んでいない主題の歌を多く採っていたり、同じ主題であっても、『古今集』で詠んだのとは異なる解釈を含んだ歌を採用したりしていることは、やはり撰者たちに貫之像の補完を行おうとする意図があったことを物語っているように思われる。さらに、それらの歌が多くの巻の配列の中で重要な位置を占めており、いくつものシリーズの構造を決定しているという事実は、そのまま『後撰集』における貫之の重要性の証明となるだろう。

左大臣の書かせ侍りける草子の奥に書きつけ侍りける
ははそ山峰の嵐の風をいたみふる言の葉をかきぞあつむる

(貫之、後撰、雑四、一二八九)

これは左大臣である藤原実頼の依頼で、草子の奥書に貫之が書いたとされる歌である。この詠歌事情からは、例によって貫之の有力者との繋がりが見て取れるが、さらに多くのことが示唆されている。まずは貫之の能書ぶりである。単に一流の歌人であるばかりでなく、書くことも上手かった貫之は、このように代書を依頼されることも多かったようだ[16]。そして歌を見ると、「ふる言の葉をかきぞあつむる」とある。それは「古い言の葉をあつめる」、つまり歌集を編纂することでもあり、「書きあつめる」、つまり撰者が改めて書くことでそれぞれの歌を追認する作業でもある。そのような行為が「降る」葉を掻き集めることと重ね合わされていることも無視できない。「藻塩草」や「水茎の跡」という表現を見れば明らかなように、当代人にとって「書くという行為」と「書かれたもの」とは本質的に同じものであり、それは「人の心を種として、万の言の葉」となった歌に集約されるのである。したがって、『後撰集』の末尾に近い箇所にこの歌があることは、問題になっているのがこの歌に登場する何らかの歌集ではなく、むしろ『後撰集』そのものであることを示しているとも考えられる。そのようにして編まれた『後撰集』の背後には、「撰者の祖」としての貫之の姿がちらつくのである。

最後に挙げる次の二首は、いずれも『土佐日記』に言及している。[17]

土左よりまかりのぼりける舟の内にて見侍りけるに、山の端ならで、月の浪の中より出づるやうに見えければ、昔、阿倍の仲麿が、唐にて、「ふりさけ見れば」といへることを思やりて

宮こにて山の端に見し月なれど海より出でて海にこそ入れ

(貫之、後撰、離別・羇旅、一三五五)

土左より、任果てて上り侍りけるに、舟の内にて、月を見て

照る月の流るる見れば天の河出づるみなとは海にぞ有りける

(貫之、同、一三六三)

《都では山の端に出たり沈んだりしていた月だが、舟の上から見ると、月は海から昇って海に沈んでゆくのだな》という一三五五の歌は、『土佐日記』一月廿日の記事からの引用である。『土佐日記』では「波より

出でて波にこそ入れ」となっているが、状況は同じである。なお、言及されている阿倍仲麿の歌は『土佐日記』では「青海原ふりさけ見れば春日なる三笠の山にいでし月かも」であるが、これは海を舞台にするための改変で、『古今集』（羇旅、四〇六）では初句は「天の原」となっている。いずれにせよこの歌には、『古今集』『土佐日記』『後撰集』の密接な関係が明らかに表れているのである。

次の一三六三も、同じく海上から月を観察した歌で、《照る月がこうして海の上を流れてゆくのを見ると、やはり大空の天の河も、河口は海にあるのだな》という内容である。これは『土佐日記』の一月八日の記事に、末句を「海にざりけり」と音便化した形で登場する。なお、この歌を詠むきっかけとして言及されているのは業平の「飽かなくにまだきも月の隠るるか山の端逃げて入れずもあらなむ」だが、『土佐日記』の語り手は、もしこの歌が海で詠まれたものなら、下の句は「波立ち障へて入れずもあらなむ」とでもなっただろう、と述べる。

この業平の歌は、《まだ見足りないのに、月はもう山の端に隠れようとしている。山の端が逃げだして、月の入るところがなくなればよいのに》というほどの意味であるが、『古今集』（雑上、八八四）では席を立った惟喬親王を引き留める歌となっている。これは同様の状況で『伊勢物語』八二段にも登場するので、この歌にもまた、『後撰集』を周囲の多くのテクストに力強く結びつける効果がある。(18)

以上を踏まえると、『後撰集』における貫之の存在意義にはさらに次の点をつけ加えることができそうだ。つまり貫之は、自身の歌によって、『後撰集』と過去のテクストの連絡を担保する歌人でもある、ということである。これは実際には夙に歿しているにもかかわらず、どこか『後撰集』の撰者であるかのような印象さえ受ける貫之の存在感を、さらに補強するものであろう。

だがまた、もう一つの見方も成り立つ。それは貫之が、和歌集でありながら『土佐日記』や『伊勢物語』とも親和性のある、歌物語のような側面を持つ『後撰集』において、あたかも主人公のような役割を担っている、というものである。それは様々な手法で理想化された歌人としての貫之の実像に肉薄しようとする『後撰集』の在り方を、最も簡便に説明する方法かもしれない。

さて、『古今集』と『後撰集』に示された貫之の表現は、第三の勅撰集である『拾遺集』ではどのように受容され、どのように発展を遂げるのだろうか。また、これまでに描かれてきた貫之像には、どのような変化が加えられるのだろうか。これについては次章で検討することとしよう。

注

(1)『後撰集』には序文がない。したがって梨壺の五人の正体は、周辺の文書や後世の写本の勘物によって明らかになる過ぎない。つまり梨壺の五人はただ単に編集者というだけではなく、いわば「姿の見えない編集者」なのである。このことは、『古今集』の仮名序に貫之の署名がなかったことと考え合わせてみると、作者不詳、あるいは「よみ人しらず」であることによってテクストの普遍性が高まる、という古典文学の特性を示唆しているようにも思われる。

(2)ただし、柳田國男によって近代になってから提出された「晴と褻」のモデルを、あたかも前提であるかのように『古今集』と『後撰集』に当てはめようとする傾向は憂慮すべきである。勅撰集であるという性質上、「晴」の要素を払拭することは不可能であるし、同時に、和歌という浮遊するテクストにおいては、公的な場における歌であるとか、私的な歌であるというような区別は、あまり有益ではない。そしてまた、仮名という文字がすでに公的な場からの逸脱を意味している以上、和歌には常に「褻」の要素がつきまとうのである。

(3)「月」「雨」「天」などにかかる枕詞である「久方の」は、古今集の「久方の中に生ひたる里なれば光をのみぞ頼むべらなる」(伊勢、雑下、九六八)でのように「月」の代名詞ともなり、結果的に月を「隠す」ことがあったことは指摘しておくべきだろう。

（4）なお、このように『後撰集』では貫之のようないわゆる「専門歌人」が「晴」の歌を引き受けているので、権門貴族が安心して私的な、「褻」の歌を詠むことができた、というのが『後撰集』につきものの評価であるが、そのような評価の危うさもすでに指摘されている。例えば「晴と褻」のモデルに専門歌人と貴族の素人歌人の問題を絡めたのは片桐洋一（新日本古典文学大系『後撰和歌集』「解説」）らであるが、工藤重矩（一九九四）は「晴と褻」が和歌の評価にどのように結びつけられてきたかを整理しつつ、モデルの限界を指摘している。

（5）同様の技巧を用い、おそらく一つのモデルとなっていたと思われるのが、小野小町の「花の色は移りにけりないたづらにわが身世にふるながめせしまに」（古今、春下、一一三）である。

（6）なお兼輔は八七七年（元慶元）の生まれであり、実は貫之とそれほど年が離れているわけではない。しかも、あとで見るように、兼輔は九三三年に、貫之より十年以上早く歿してしまうのである。このような実情と考え合せると、これは兼輔の強がりともとれるが、また貫之と兼輔のように親しい間柄に交わされた歌でも、実情よりも詩的表現としての面白みが優先されている、とも考えられる。

（7）久野昭（一九八五）によれば、万葉集には「可我見」という表記もあり、このことは鏡と自己認識の問題に光を投げかけているという。同書には古今東西の様々な文化における鏡の位置づけや機能が紹介されている。

（8）土佐から帰った貫之が庭の小松を見て亡くなった人を悼む、という構図が、『土佐日記』の終幕と完全に重なり合うことには注目してよい。

（9）七夕に降る雨は牽牛と織女が流す涙とも言われており、これは「催涙雨」、「酒涙雨」などと呼ばれる。

（10）「テクスト」という概念が織物に由来することは言うまでもない（textileという語を想起されたい）。平安人の感覚が言葉による織物としての和歌という認識をすでに示唆していることは、現代の文学理論を意識しながら往時のテクストに向き合う本書にとっては預言的と言うほかない。

（11）この「書かれたもの」であると同時に「書く」行為そのものでもある「藻塩草」の概念は、西洋の理論における「エクリチュール」と不思議なほど重なり合う。

（12）本書ではこれ以上の追求はしないが、例えば秋の寂しさを体現する虫である「きりぎりす」や、男女の結びつきを現わす「契り」などにも、音を通しての「霧」の連想が作用している可能性はある。このように音のレベルをも視野に入れることで、ある言葉を詠み込んだ歌の数は文字レベルで特定される数の何倍にも膨れ上がる。

（13）これについては、クリステワの『涙の詩学』（二〇〇一）に詳しい。『古今集』に限らず、「涙」とゆかりの深い「露」にまつわる表現は、同書の中心的な分析の対象である。

(14)『無名草子』のある女房は、涙を以下のように説明している。「色ならぬ心のうちあらはすものは、涙にはべり。いみじくまめだち、あはれなるよしをすれど、少しも思はぬことには仮にもこぼれぬことにはべるに、はかなきことなれどうち涙ぐみなどするは、心に染みて思ふらむほど推し量られて、あはれに心深くこそ思ひ知られはべれ。」

(15)なお、『古今集』で「暁」を詠んだ歌は三首あり、いずれも恋歌である。『後撰集』では「暁」の歌は一〇首と、大幅に増えている。

(16)貫之が実際にどれほどの字を書いたのかは、自筆が残存しない以上、もはや確かめることはできない。しかし、本当にそれほどの能書ぶりだったのだろうか。それは歌の名手である小野小町が絶世の美女と評されるに至ったことと、どこか似通ってはいないだろうか。

(17)したがってこの二首については、第七章でも再び取り上げることになる。

(18)なお『伊勢物語』八二段にはあの「世の中にたえて桜のなかりせば」の歌も登場しており、『伊勢物語』の中でもとくに「業平」という人物が強調されている段と言えるだろう。

第五章　貫之の権威──『拾遺和歌集』

一、専門歌人としての貫之と屏風歌

『拾遺集』と『拾遺抄』

先行する二つの勅撰集と共に三代集を形成する『拾遺和歌集』（一〇〇六年頃）ではあるが、その成立事情は特異であると言ってよい。まず、それが花山院（九六八─一〇〇八、在位九八四─九八六）の親撰によるということ。そして、藤原公任《ふじわらのきんとう》（九六六─一〇四一）の『拾遺抄』という、いわゆる「種本」が存在するということである。

花山院は東宮時代から歌合などを催し、自身も積極的に歌人として参加している。このことは『後撰集』にも見られたような、権門貴族である歌人の増加と専門歌人の後退という傾向をいよいよ強めることになった。花山天皇は政治の波に呑まれ、わずか二年で退位しているが、その後も歌壇は続き、その中で中心的な立場にいたのが藤原公任であった。

藤原公任は小野宮流の嫡男で、将来は藤原摂関家を牽引すべき立場にあった。しかし、花山を含む歴代の帝に嫁がせた娘たちは子を産まず、権力の座は藤原師輔、兼家、道長らの九条流に奪われることとなった。

とはいえ漢詩、和歌、管弦のすべてに秀でていたと言われる公任は多くの業績を残している。有職故実の書『北山抄』や仏教書『大般若経字抄』に加え、和歌に関する著作も多い。私撰集『如意宝集』、『金玉集』、『深窓秘抄』、秀歌撰『前十五番歌合』、『後十五番歌合』、『三十人撰』、『三十六人撰』、そして歌論書『新撰髄脳』、『和歌九品』などである。

公任が高く評価した歌人には躬恒や伊勢、兼盛、中務などがいるが、とくに重要視されたのは貫之と人麿である。右に挙げた『如意宝集』を発展させ、九九七年（長徳三）頃に成立したと思われるのが五八〇首ほどからなる『拾遺抄』であるが、ここでも同じ歌人たちが多く採られている。しかし貫之歌が五四首であるのに対し、人麿歌は九首に過ぎない。

このバランスは、花山院が『拾遺抄』を元に撰び直したと思われる『拾遺集』でもさほど変らないが、一つ大きな変化がある。まず一〇首以上が入集している歌人を挙げてみると、以下のようになる。なお、全体の歌数は一三五一首である。

紀貫之	一〇七
柿本人麿	一〇四
能宣	五九
元輔	四六
兼盛	三八
輔相	三七

躬恒	三四
順	二七
伊勢	二五
恵慶	一九
村上天皇	一六
公任	一五
忠見	一四
中務	一四
源重之	一三
忠岑	一二

見ての通り、人麿の歌は一気に一〇四首となっており、最多の貫之とほとんど同数である。『拾遺集』に見られる人麿と、その背景にある『万葉集』への関心は、『後撰集』時代以降の一つの研究成果が前面に出てきたものとも考えられる。というのも、『古今集』が『万葉集』の権威を尊重しながらも新たな和歌の時代を切り拓こうとしたのに対し、後世では『万葉集』の訓読や解釈も重要な事業に位置づけられてきたからである。『後撰集』を撰進した「梨壺の五人」のもう一つの仕事が、他でもない『万葉集』の研究であったことは無視できない事実であろう。

その「梨壺の五人」は、『後撰集』では歌人としての姿を前面に出さずにいたが、能宜と元輔は『拾遺集』

ではそれぞれ三番目と四番目に多くの歌を入集させており、ここからも両者には勅撰集として連絡がつけられていることが窺える。源順も、二七首が入集している。また、躬恒と忠岑という二人の『古今集』撰者や、『後撰集』で貫之に次ぐ位置にいた伊勢も、相変わらず歌が多い。集全体の傾向としては幅広い歌人が採られているということがあり、『拾遺抄』には登場しない和泉式部、源兼澄、源為憲などの当代歌人の歌が『拾遺集』には見出される。また、花山院本人の歌が入っていないことも、院が「梨壺の五人」同様、撰者の立場に徹した証拠と捉えられて興味深い。

ところで、二〇巻からなる『拾遺集』は四季・賀・別離・物名・雑という部立のあとに、神楽・恋・雑春・雑秋・雑賀・雑恋・哀傷と続く、やや奇妙な構成を持っている。これは、一〇巻であった『拾遺抄』を二〇巻に拡大したために生じた歪みともされるが、このような体裁のために、『拾遺集』は花山院の趣味的な集であるとか、稚拙な集であるというような評価を受けてきた。歌論書『古来風体抄』では『拾遺集』から秀歌を抜き出し、体裁を整えたものが『拾遺抄』であるとされ、これが永らく定説となっていたため、『拾遺抄』こそ第三の勅撰集であるというような権威化までが行われていたのである。だが実際には、『拾遺抄』という素材を活かし、それを勅撰集の系譜に結びつけたものが『拾遺集』なのであり、本書でも、あくまでも『拾遺集』を通して貫之の面影を追ってゆくこととしたい。

屏風歌の権威としての貫之

『古今集』の中心的な撰者となった時点で、貫之は専門歌人と呼ばれるような地位にのぼった。専門歌人の主な責務は、高位の貴族の祝い事などに際して制作される屏風に、歌を添えることである。それは、卑官である貫之が目上の貴族を直接に祝うというよりも、高位の貴族に対してその身内や友人が贈り物をするにあたって、和歌の職人として依頼を受けたものである。

この屏風に添えた歌が屏風歌と呼ばれるものであるが、その成立や位置づけについては不明な点も多い。ただ『古今集』を見る限りでは、当時はまだ屏風歌という明確な名称はなかったと考えられる。むしろ、『古今集』に屏風歌がわずかに登場したことで知名度が一気に上がり、隆盛したと考えるのが自然であろう。つまり、それまでにも歌合などで印象に残った歌を屏風に書き留めておくようなことがあったのが、いつの頃からか大和絵屏風に歌を添え、一つの美術品として観賞するようになった、という流れである。いずれにせよ、『古今集』を実現させたサロン的環境が、屏風歌の背後にもあったことは間違いない。(1)

その屏風歌が一気に版図を広げるのが、この『拾遺集』および『拾遺抄』なのである。屏風歌の詞書は、やはり何よりもまず詠者の歌人としての地位を保証するものであると思われる。『古今集』では「歌奉れ」や歌合関連の詞書が、そして『後撰集』では有力者との贈答歌が主にその役割を担っていたが、『拾遺集』ではここに大量の屏風歌が加わることになった。

屏風歌である旨の詞書が歌人の地位を担保するものであることは、貫之のみならず躬恒や忠岑にも同様の歌があることからも明らかである。しかし例によって、貫之の屏風歌は群を抜いて多い。屏風歌が多いということは、それだけ和歌の上手として宮廷で評価されていたことの証であると共に、歌人の交流の広さ、そして様々な画題に応じて歌を詠み分ける器用さにも長けているという評価の表れなのである。その屏風歌の権威としての地位に貫之があるということは、やはり『拾遺集』においても貫之が第一級の歌人として礼讃されていたことを端的に証拠立てている。

それでは詞書を参照しながら、『拾遺集』における貫之の姿を概観してみよう。

まず、春歌の巻には九首の貫之歌があるが、その詞書はいずれも権威化を促進するものである。以下、羅列すると、「延喜御時、宣旨にて奉れる歌の中に」（一三）、「桃園に住み侍ける前斎院屛風に」（一七）、「恒佐右大臣の家の屛風に」（一九）、「延喜御時、御屛風に、水のほとりに梅花見たる所」（二五）、「宰相中将敦忠朝臣家の屛風に」（四八）、「北の宮の裳着の屛風に」（六三）、「亭子院歌合」（六四）、「延喜御時、春宮御屛風に」（七六）、「同じ御時、月次御屛風に」（七七）である。

ここから窺い知れる貫之の経歴は、次のようなものになる。延喜の頃、天皇から求められて歌を奉るほどの歌人であった貫之は、前斎院や、左大臣藤原良世《よしよ》の子で右大臣に就任した藤原恒佐《つねすけ》、中将藤原敦忠、醍醐天皇第十四皇女の康子内親王などの祝いの席には屛風歌を詠んで花を添えた。そして、亭子院歌合のような重要な場にも参加し、なおかつ、内裏で毎月制作される月次《つきなみ》屛風に添える歌も詠んでいた――。『貫之集』や『日本略記』などの記録と照らし合わせると、ここに挙げた歌が詠まれたのは延喜から天慶年間にわたってのことである。これは、『古今集』が世に出てから貫之の死の直前までの期間に他ならない。要するに、春歌の巻だけでも、貫之がほとんど生涯を通じて、宮廷において重要な歌人として遇されたことが強調されていることになる。

そしてこの傾向は、『拾遺集』の全体を通して維持されるのである。例外としては別、物名、恋、哀傷の各巻が挙げられるが、これはそれぞれの巻の性質を考えれば当然と言える。過去の勅撰集では離別歌と呼ばれた別歌は別れの歌であるから、別れの状況などを想起させる詞書を付すのが定石である。物名は句題の〈名〉を織り込むところに興味があるので、余計な詞書は邪魔になる。恋歌は、歌という表現のエッセンスをとくに発動させる巻であると思われるので、やはり詞書は無用である。そして哀傷歌は、別歌と同じように、具体的な状況の説明が優先される。つまり言い換えれば、『拾遺集』では可能な限りあらゆる箇所に、屏風歌をはじめとする権威化の詞書が付されていると言えるのである。

屏風歌の献上によって貫之が繋がっている人物を試みに列挙してみると、次のようになる。藤原実頼（一一五）、源清蔭（一五〇）、陽成院第一皇子の元良親王（一六五）、藤原穏子（二〇六）、藤原満子（二一五）、藤原定国（二五三）、藤原清貫（六一八）、宇多法皇（一〇六七）、そして藤原定方（一一七一）。むろん、これで全員ではないし、一人に対して複数の屏風歌を制作している場合も少なくない。ともあれ、以上によって言えるのは、『拾遺集』において貫之が同時代の様々な有力貴族と信頼関係にあった一流の歌人として描かれている、ということであり、その意味では、兼輔など一部の人々との交流を偏って強調していた『後撰集』よりも、貫之の権威が明確に主張されているということである。『後撰集』において貫之が「歴史化」されていたのに対して『拾遺集』では「権威化」されている、と本書が述べる理由はここにある。

むろん、詠まれた時期をかなり正確に特定することのできる屏風歌が、同時に史料としての機能を併せ持っていることは無視できない。けれども、『後撰集』が詠歌状況を物語的に記述した詞書で貫之その人の姿をありありと描いていたのに対して、屏風歌が詠まれたということだけを述べる『拾遺集』の「歴史化」は、かなり無味乾燥なものであろう。やはり重要な点は、屏風歌というものがにわかに重要視され始め、貫之がその代表選手として挙げられている、ということに尽きると思われる。

だが、屏風歌とはそもそも何なのだろうか。貫之のような有名歌人と、彼を評価する宮廷人とのコミュニケーションの結果として詠まれた歌であるという以外に、屏風歌にはどれほどの意味があるのだろうか。それは和歌の本質を探る上で、何か有益な示唆を与えてくれるものなのだろうか。以下、若干の考察を加えてみることにする。

屏風歌の価値を問う

第八章で扱う『貫之集』を見ると、全九巻、八八九首のうち、実に最初の四巻、五三二首はすべて屏風歌である。つまり優に半数以上の歌が屏風歌ということになり、この数字だけを見るならば、屏風歌の重要性は疑うべくもない。

しかし、それは屏風歌でない歌よりも重要なのだろうか。むろんそのようなことはあってはならないだろう。言葉の芸術である以上、和歌はあらゆる条件下で、少なくとも潜在的には等しい価値を持つ。だが、屏風歌に関する様々な意見の中には、屏風歌の重要性を強調しようとするあまり、このことが閑却されている感のあるものも少なくない。

例えば『貫之集』の校注者である田中喜美春は次のように述べている。

> 唐絵に代わって大和絵が発達し、絵と歌が相互に関連して新たな世界が形象化され、それが日本語を表記する文字を開発して書き留められた。そういう意味で屏風は国風の枠であった。そこに描かれた絵も、書かれた歌も日本人によって発見された世界であった。とりわけ歌は、詩論を意識しつつ、漢字を用いる言葉では実現できぬ、日本語によってのみ可能な、言霊を内在させた言葉によって新たな世界を形象化してみせ、日本人にとって歌が民業たるべきことを示してみせたのであった。（和歌文学大系、三三一頁）

後半にある歌の定義は本書にとっても重要な指摘で、同意することに何ら躊躇するものではない。問題は前半の部分をどう読むか、である。大和絵の発達が、大きな意味での後宮文化の隆盛を体現しており、そのような環境の中から和歌が時代の表舞台に進出してきたのは、すでに第一章で述べた通りである。ここで田中が指摘しているのは、大和絵が大和絵として発展を遂げるためには、歌によって磨かれつつあった日本人ならではの感性が必要不可欠であった、ということであろう。そして大和絵がある程度まで高みに至れば、今度はその絵画世界に表現された日本ならではの景物と、そこから立ち起こってくる日本人の自然観や思想といったものを写し取るために、やはり日本語の、日本語による、日本語のための言語芸術である和歌が必要になる、ということでもあろう。それが「絵と歌が相互に関連して新たな世界が形象化され」たということの意味ではないだろうか。

しかし、本書では言葉の力をさらに強調しておきたい。確かに『古今集』の分析で再三扱ったように、貫之も視覚的な見立て、あるいは重層的な表現を好んで用いている。雪と花、花と波、風と波というような視覚イメージの積み重ねを、絵画的と呼ぶことは容易い。だが、それを当代人が看取したのは、大和絵によって養われた観察眼のためではなく、あくまで感覚と直結した肉眼による観察と、そこに反映される心の動きとによるはずである。大和絵を目の当たりにした当代人がそのような歌を屏風歌として詠むことがあったとしても、それは実際の自然や感情を前に培われた感覚によって可能になっているのであって、大和絵がもたらす視覚的な刺激に端を発するのではないだろう。つまり、絵と歌とが相乗効果によって表現に一定の方向性を与えたり、互いの意味生成過程を助成することが往々にしてあったにしても、歌が絵に束縛される、という状況はないはずなのである。さもなければ、ある内容を表現しながらもメタ詩的レベルで議論を展開するという和歌の特質は、ずっと目立たないものになってしまっただろう。

和歌はその黎明期から、様々な表現と「共演」している。花に歌を添えて優劣を競う女郎花合、端午の節句に菖蒲の根の長さを競いながら歌を詠む根合、貝殻の美しさに歌を添えて競う貝合など、その種類は豊富である。また、いわゆる通常の歌合においても、そこには花鳥木石を象った洲浜と呼ばれる飾物が置かれ、音楽も奏されていた。また曲水の宴のように、庭園を流れる川に盃を流し、その盃が自分の眼前に来るまでに即興で歌を詠み、酒を飲み干すといった遊戯的な催しもあった。しかしいずれの場合においても、勅撰集などによって後世に伝わるのは歌の部分である。歌合や物合は少なからぬ数が開催されているにもかかわらず、散逸せずに残っている記録はわずかであり、勝敗の行方や歌と共に提出された花などについての情報は消えてゆく。そして、ただ歌だけが残るのだが、その場合も「歌合の歌」という詞書を伴うことで、何とかその来歴を伝えるだけである。

屏風歌もこれと同じことではないか。もし、屏風に描かれた絵が歌と同等の重要性を持っていると考えられていたなら、『拾遺集』や『貫之集』には、絵に関するより詳細な詞書が付されていたはずである。しかし実際に盛り込まれているのは、その歌が屏風歌であった、という簡潔な情報に過ぎない。それはつまり、屏風の一部として提出されたときにその歌が絵と合わさって発揮した意味生成の過程は、それがいかに興味深いものであるにしてもその場限りのものであり、和歌集の内部でまでそれを再現するには当たらない、という判断が下されたことを意味しているのではないだろうか。

詞書には歌に様々な文脈を与える性質があり、それがしばしば視覚的な形をとることは、すでに『古今集』

の分析で見た通りである。例えばあの業平の歌、

世の中に絶えて桜のなかりせば春の心はのどけからまし

（業平、古今、春上、五三）

を再び取り上げるならば、そこに「渚院にて桜を見てよめる」という詞書がついていることは、業平が渚院でこの歌を詠んだ、という「歴史化」の作用をもたらすと共に、現に咲いている桜を前にこの歌を詠む詠者という視覚的な前提条件を提示するが、必要以上にこの詞書に囚われれば歌の解釈はかえって阻害されてしまうことになる。なぜならば《もしも世の中に桜というものがなければ、春を迎える心はもっとのどかだったろうか。こうして心が騒ぐのは、桜が今年も咲き誇るからだろうか》というこの歌のメッセージの要は、桜と、桜に対峙する心の存在／不在の往還にあるので、桜を確かに眼前に存在するものとして規定する詞書は、ある意味では邪魔になっているのである。

このように考えるならば、屏風歌の場合にしても、そこに絵についての過剰な視覚的情報を付与することは、歌の読み解きをかえって妨害するという理由で、やはり避けるべきという判断が下されたとしても何ら不思議はない。右の業平の歌では、業平という人物を「歴史化」する必要性もあり、また詞書が短いものであるため、それを利用して歌を読んだ場合と無視して読んだ場合の差異を楽しむ余地が、読者には残されていると言える。ところが屏風の絵を説明するとなれば、どうしても詞書は不必要に長いものにならざるを得ない。しかも屏風歌を、誰の、何の記念のために詠んだという情報はすでに詞書に含まれているので、「権

威化」の機能は現状でも充分に果たされているのである。

以上の考察を踏まえて、本書ではやはり『拾遺集』における屏風歌の詞書は、ほとんどの場合、純粋に歌人の権威化に利用されているものと考えたい。(2) とくに貫之歌においては、あまりに屏風歌の数が多いため、かえって、それ以上の意味があるとは考えにくいのである。もし別の狙いがあったのなら、それぞれの歌に特化した何らかの工夫がなされていただろう。それに、貫之の権威化という以外にも大きな目的があったならば、たとえ「捏造」であっても、貫之に次いで歌の多い人麿の歌にも、それが屏風歌である旨の詞書を付すことは可能であったと思われる。だが、そのようなことは起こらなかった。むしろ屏風歌の詞書は、屏風歌が存在しない時代の「歌の聖《ひじり》」である人麿と、屏風歌が隆盛した時代の代表的歌人である貫之を、遜色なく並べるための手段であったのかもしれない。

二、貫之を追認する『拾遺集』

『古今集』を再現する

まず、『拾遺集』に初登場する貫之の歌を見てみる。

延喜御時、宣旨にて奉れる歌の中に

梅が枝に降りかかりてぞ白雪の花のたよりに折らるべらなる

（貫之、拾遺、春、一三）

《梅の枝に降りかかった白雪は、花と一緒に折り取られてしまうだろう》というこの歌は、雪を梅の花に見立てる、すでにおなじみの手法を用いている。同様の歌は、三首と貫之歌の少ない『後撰集』の春上の巻にも入っている（四五。「降る雪はかつも消なななん梅花散るにまどはず折てかざさむ」）。一方、その詞書は『後撰集』に初登場する貫之の歌に添えられたもの（「延喜御時、歌めしけるに、たてまつりける」）ときわめて近い。「権威化」の詞書では屏風歌であることを示すそれが圧倒的に多いことは先に述べた通りだが、ここではまるで『後撰集』に合わせるかのように、「歌奉る」が使用されている。

しかし、春歌の巻を全体で見ると、九首と貫之歌の多いこの巻は、むしろ『古今集』に近い構成を持っているように思われる。このことを念頭に置きながら、いくつか例を挙げてみよう。

桃園に住み侍りける前斎院屏風に

白妙の妹が衣に梅の花色をも香をも分きぞかねつる　（貫之、拾遺、春、一七）

恒佐右大臣の家の屏風に

野辺見れば若菜摘みけりむべしこそ垣根の草も春めきにけれ　（同、一九）

宰相中将敦忠朝臣家の屏風に

あだなれど桜のみこそ旧里《ふるさと》の昔ながらの物には有りけれ

亭子院歌合

桜散る木の下風は寒からで空に知られぬ雪ぞ降りける　（同、四八）

同じ御時、月次御屏風に

花もみな散りぬる宿は行く春のふる里とこそなりぬべらなれ　（同、六四）

（同、七七）

一七と一九の二首は、いずれも『古今集』の次の歌を想起させる。

春日野の若菜摘みにや白妙の袖ふりはへて人のゆくらむ　（貫之、古今、春上、二二）

この歌では、春の野に若菜摘みに出る娘たちの白い袖の幻想的な美しさが主題になっているが、『拾遺集』では一七と一九それぞれに、その意味の一端が引き継がれているように思われる。一七では、新春に開いた梅の花のそばを妻が歩く場面なのだろう、梅の匂いと白さが、妻の袖の匂いと白さと溶け合い、区別できなくなったと歌っている。そして一九では、遠景の野辺で若菜摘みをしている娘たちの姿を見て、自邸の垣根の草木が春めいてくるのも当然だ、と納得してみせるのである。

次いで、四八と、一首おいて七七の歌は、やはり次の歌を思い起こさせる。

人はいさ心も知らずふるさとは花ぞ昔の香ににほひける

(貫之、古今、春上、四二)

この歌は、人の心は変わっても花の香は変わらない、ということから、無常を慰めるという主題の歌でもあり、また恋の歌として読んだ場合には、過去の恋への郷愁ともとれる。『拾遺集』四八と七七の二首には、やはりこれらの意味が引き継がれていよう。四八は、《花は徒なものとはいっても、ふるさとで桜だけは昔のままに残っている》と歌っているが、これは例えば、関係の終わった恋人の家に昔と同じように桜が咲いている、と解釈することもできるだろう。一方の七七は、《花がみな散ってしまったこの家は、捨て去られたふるさとのようだ》と歌っており、恋の歌としてもより悲観的である。しかし、このような諦念の断片も、やはり「人はいさ」の歌には認められるのである。

最後に、六四は、桜を空の景物に見立てるという意味では、次の歌を彷彿とさせる。

桜花咲きにけらしなあしひきの山の峡より見ゆる白雲

(貫之、古今、春上、五九)

しかし、これだけでは不充分であろう。「桜」という対象は一致しているが、見立てに至るまでの描写にはかなりの差がある。だが、次の歌も合わせて見ればどうなるか。

雪降れば冬こもりせる草も木も春に知られぬ花ぞ咲きける

（貫之、古今、冬、三二三）

『拾遺集』では《空に散る桜が、見知らぬ雪のようだ》と言っているのに対し、『古今集』では《草木に降る雪が、見知らぬ花のようだ》と言っており、見事な対照となっている。

このように『拾遺集』の春歌の巻は、どこか『古今集』春上の巻をなぞるような展開を見せる。『後撰集』では貫之に春の歌が比較的少なく、秋、冬に至って老年を託つ歌が増えるが、『拾遺集』ではそのような現象も見られない。屏風歌の詞書によって『古今集』以上の執拗な権威化が行われているように見える一方で、『拾遺集』の貫之は年齢を持たない歌人であり、『古今集』に入らなかった様々な歌のヴァリエーションを披露している。もし、三代集をソナタ形式の音楽に喩えるならば、『古今集』が提示した和歌の諸主題は『後撰集』で展開され、この『拾遺集』で再現（recapitulate）されている、ということになるだろうか。[3]

むろん、それは単体の和歌同士が『古今集』と『拾遺集』で親和性を持っている、という表層に限った話ではない。『拾遺集』の春歌の巻は、メタ詩的レベルの議論においても、『古今集』の春上の巻を再現しているように思われるからだ。

これについて考えるためには、すでに挙げた一七の歌を再び取り上げる必要がある。ここに表れている「色」と「香」の比較は、『古今集』で「くらぶ山」という主題と共に提出されたシリーズの再現であると言えよう。

「題しらず」という詞書を手がかりに、仮にシリーズが一二の歌から始まるものとして、以下に抜き出してみる。

題しらず

梅の花それとも見えず久方の天ぎる雪のなべて降れれば　（人麿、拾遺、春、一二）

延喜御時、宣旨にて奉れる歌の中に

梅が枝に降りかかりてぞ白雪の花のたよりに折らるべらなる　（貫之、同、一三）

同じ御時、御屏風に

降る雪に色はまがひぬ梅の花香にこそ似たる物なかりけれ　（躬恒、同、一四）

冷泉院御屏風の絵に、梅花ある家に客人来たる所

我が宿の梅の立ち枝や見えつらん思ひの外に君が来ませる　（兼盛、同、一五）

斎院御屏風に

香をとめて誰折らざらん梅の花あやなし霞立ちな隠しそ　（躬恒、同、一六）

桃園に住み侍ける前斎院屏風に
白妙の妹が衣に梅の花色をも香をも分きぞかねつる

（貫之、同、一七）

『古今集』の冬歌の巻にも登場する人麿の歌は、《空が霧で曇り、雪も降っているので、梅の花は見分けることができない》と述べている。この提示をきっかけに、貫之は《梅の枝に降りかかった白雪は、花と一緒に折り取られてしまうだろう》と歌い、さらに躬恒はそこに「香」の要素を加える。《確かに雪の色は花の色と同じで、紛れてしまって区別がつかない。しかし梅の花の香に似た物などないのだから、それで区別がつく》というこの歌によって、「色」と「香」の対立が発動する。

次の兼盛の歌には香は登場しないが、それは配列によって充分に補うことができる。《私の邸の梅の枝が遠くから見えたのだろうか、思いがけずあなたが訪れた》と詠者は訝るが、それは梅の枝が見えたからではなく、梅の香に惹かれたのではないか、と読者は想像することができるのである。続く躬恒の歌は、その想像をさらに補強してくれる。《香を頼りに、きっと誰もが梅の枝を折るだろう。だから霞が枝の姿を隠すのは無意味なことだ》と。

そして議論は貫之の歌に繋がる。《妻の白い袖は、色も梅と同じならば、香も梅と同じで、まるで区別することができない》というこの歌は、香によって梅を区別することができる、というそれまでの議論の展開を混ぜ返してしまう。それは「色」と「香」に、その両者が合わさったものとも言える「想い」の要素が加えられたからである。「色」に出るその恋の「匂い」は、ただ現実としてそこにあるだけの「色」や「香」

よりも力強いものなのである。

さて、『古今集』の「くらぶ山」のシリーズでも貫之と躬恒は議論に参加しているが、『拾遺集』では兼盛と人麿が新たに加わっている。とくに注目すべきは、「題しらず」の詞書を伴う歌でシリーズを開始させた人麿であろう。

人麿の歌が『拾遺集』に多い重出歌であり、それが『古今集』では冬の歌であることはすでに述べた。『古今集』では、それは第三章で「雪」の表現について考察した際に取り上げた、あの梅と雪の「香」を論じたシリーズを構成しているのである。

『古今集』には人麿の歌とされるものが七首ある。しかしそれらはいずれも「よみ人しらず」であり、すべて左注の形で、例えば「この歌、ある人のいはく、柿本人麿が歌なり」とされている。つまり『古今集』成立当初には、それらの歌は人麿の歌とは明記されずにいたと考えるのが至当であろう。表向きには、『古今集』に人麿歌は存在しないのである。もちろん、それは撰者たちが歌の出所を知らなかった、ということを意味するのではなく、あえて「よみ人しらず」とした可能性も充分にある。

ともあれ、ここで重要なのは『拾遺集』の撰者である花山院にとって、これが人麿の歌であった、ということである。花山院は藤原公任の『拾遺抄』を素材に『拾遺集』を編んだとき、そこに大量の人麿歌を補入した。なぜ花山院はそれほどまでに人麿を重要視したのか。おそらく、『古今集』仮名序の人麿に対する評価を尊重してのことだと考えるのが、最も自然ではないだろうか。仮名序の、和歌の歴史を論ずる箇所で、貫之は人麿と赤人を奈良時代の二大歌人として挙げ、とくに人麿については「正三位柿本人麿なむ歌の聖」と別格の扱いをしているのである。

すでに見たように、『拾遺集』の春歌の巻は『古今集』の春上の巻をかなり意識して作られている。花山院が『古今集』を愛読し、またその撰者である紀貫之を高く評価していることは、貫之の歌を最も多く採っていることからもわかる。つまり、『拾遺集』の根底には『古今集』を再現するという目的があったが、花山院はそこへさらに人麿の歌を加えることで、『拾遺集』を勅撰集の名に恥じないものにしようとした。『拾遺集』が、過去の集が「遺した」ものを「拾う」集と名づけられているのは意味のないことではない。重複歌が多いことは一見「拾遺」という題名と矛盾するが、これまで集に入っていない女流歌人など、より幅広い歌人の歌を集めた『拾遺集』のアンソロジー的性格は無視できないのである。そしてそのアンソロジーに、貫之以前の、貫之が「歌の聖」と呼んだ人麿の歌を盛り込もうというのは、半ば当然の判断と言えるのではないだろうか。何しろこれまでの勅撰集では、人麿が正面から取り扱われたことはないのである。『古今集』で人麿歌が重要な役割を演じている「雪」のシリーズを見た花山院は、人麿を高く評価するという目的に合わせて、『拾遺集』で再びその歌を使ったシリーズを構築することを思い立ったものと想像できる。

同じ春の巻でも、例えば先に挙げた一九の貫之歌の直前には、

題しらず

明日からは若菜摘まむと片岡の朝の原は今日ぞ焼くめる　（人麿、拾遺、春、一八）

という人麿の歌があり、次の貫之歌を引き出す役目を果たしている。ここにもまた、貫之と人麿をほとんど

同等の重要性を持つ歌人として押し出そうというテクストの意図が見て取れるのである。しかもその意図が、『古今集』仮名序にあった貫之の意見を尊重したものであるとするならば、花山院はやはり貫之に絶対的な信を置いていたと考えられる。

ところでこの人麿の歌は、《明日から若菜を摘もうというので、今日は野焼きをしているのだろう》という鷹揚なものだが、「朝＝あした」が「今日」と響き合っている点など、技巧的な側面も認められる。なるほど、『万葉集』にも音のレベルでの響き合いを利用した表現は存在するに違いないが、やはりそこに後世の歌人の手が入っている可能性は否めないだろう。(4) この考えをさらに支持するのが「若菜」という言葉である。『万葉集』には若菜を摘むという表現が五首で見られるが、それらはいずれも「春菜」であり、「若菜」という言葉は別の文脈で一首に詠まれているのみである。

したがってこの歌も、多くの古歌、あるいはよみ人しらずの歌同様、人口に膾炙するにつれて少しずつ形を変えてきたものと思われる。つまり厳密に言えば、『拾遺集』の人麿歌も、その百年前の『古今集』に左注つきで掲載された人麿歌も、「偽作」であるという可能性は常に意識しなければならない。

むろん、当代人もこのことは充分に理解していたと考えるべきだろう。その上でなお、人麿は重要視された。貫之がなぜ人麿を「歌の聖」としたのか、正確な理由はわからない。(5) しかし『拾遺集』によって再び脚光を浴びたことで人麿の評価はいよいよ固定され、後世においても永く「歌の聖」の座に君臨することになった。(6) 今日においても、「実像がつかみにくい」という理由もあって人麿の伝説化は続いており、研究書の類も多く出回っている。

ともあれ一つ言えるのは、人麿が『拾遺集』にとって紛れもなく最重要の歌人の一人であるということであり、それは『古今集』の再現という目的を持つ『拾遺集』にとっては、貫之の人麿に対する高い評価を取り上げ、これを増幅するという意味で、その目的の一端を形成していたものと考えられるのである。

『後撰集』に寄り添う秋歌

一方で『拾遺集』には、『古今集』よりも『後撰集』に近い部分もある。それは例えば、四季では秋の部に貫之歌が最も多い、ということである。春の巻が強調された『古今集』では、一四五首ある秋歌のうち、貫之歌は一二首に過ぎない。対して『後撰集』では、二二六首と秋歌自体が大幅に増えており、そのうち三二首が貫之歌である。そして『拾遺集』では、四季の巻が各一巻と小さいため、秋歌は七八首に留まるが、そのうち貫之歌は一二首であり、割合としては三代集で最も多い。

では、その秋歌の巻を概観してみよう。まず注目すべきは、『後撰集』でも興味深い展開を見せた七夕の歌群である。『拾遺集』のそれは、躬恒の歌から始まる。詞書を省き、一連の歌だけを引く。

彦星の妻待つ宵の秋風に我さへあやな人ぞ恋しき　（躬恒、拾遺、秋、一四二）

秋風に夜の更けゆけば天の河河瀬に浪の立ち居こそ待て　（貫之、同、一四三）

天の河遠き渡りにあらねども君が船出は年にこそ待て　（人麿、同、一四四）

天の河去年の渡りのうつろへば浅瀬踏む間に夜ぞ更けにける　　（同、一四五）

さ夜更けて天の河をぞ出でて見る思ふさまなる雲や渡ると　　（よみ人しらず、同、一四六）

彦星の思ひますらん事よりも見る我苦し夜の更けゆけば　　（湯原王、同、一四七）

年に有りて一夜妹に逢ふ彦星も我にまさりて思ふらんやぞ　　（人麿、同、一四八）

たなばたに脱ぎてかしつる唐衣いとど涙に袖や濡るらん　　（貫之、同、一四九）

一年に一夜と思へどたなばたの逢ひ見む秋の限りなき哉　　（同、一五〇）

シリーズはまだ続くが、ここまでにしておこう。

《彦星が妻を待つ夜に吹く秋風を感じて、私もまた人が恋しくなっている》という躬恒の歌は、「暁の別れ」と対をなす概念である「待つ宵」によって恋しい想いを増幅させているが、「秋風」が内包する「飽き」が孤独を託つ想いにも言及し、複雑な気持を表現している。

これを受ける貫之の歌が「天の河」を取り上げることで、シリーズには一気に「水」のイメージが流れ込む。《秋風の吹く中で夜が更けて、私は立ったり座ったりしながらあなたを待っている》という歌は、「秋風」が天の河に「浪」を立たせることで「涙」を発動させ、「飽き」の想いを恐れながら恋人を待つ気持を表現する。

一方、人麿の歌は、《天の河はそんなに遠い渡し場ではないが、あなたの船出は一年に一度の機会を待たなければならない》とし、時間的な概念を持ち込む。さらに、やはり人麿による次の歌が《天の河の渡し場は去年と変わってしまったので、その場所を探すうちに夜が更けてしまった》と続けることで、時間的な要素に地理的な条件が加わり、恋人と逢瀬を交わすことの難しさが強調される。

次の「よみ人しらず」の歌は、その逢瀬の難しさに苦悩し、雲の形で吉凶を占うことで希望を繋ごうとする姿を表現している。《夜が更けてきたので、天の河まで出かけて、思い通りの姿をした雲が出ていないか様子を見てみる》と。

湯原王の歌は《夜が更けて彦星の想いが増してゆくのを見る私も、どんどん苦しくなってくる》とし、詠者の恋と自らの恋の重なりを再確認している。続く人麿の歌はこれと対をなしていて、《一年に一度だけ妻に逢う彦星は、私以上に物思いにふけるのだろうか》と、恋の主体を天上の二人から自分の身へと引き戻している。

一四四の人麿歌からここまでは『万葉集』などに典拠を持つ古歌であり、景物に寄り添いながら、織姫や彦星の想いに自らの心情を重ねるという手法が採られている。このようにして積み重ねられたイメージは、次の貫之歌によって一つの結論に集約される。

貫之の歌は、《織女に脱いで貸した彦星の唐衣は、いよいよ涙に袖を濡らすことだろう》というものである。

募りに募った物思いの涙は、すでに彦星の袖を存分に濡らしている。逢瀬の最中、この衣は織女の手に渡ったのだが、翌朝になって二人が別れれば、袖は今度は織女の涙でさらに濡れることになる。さらに、衣という呪術的な装置を経由しているこの涙は、離れた場所で織女を恋しく思っている彦星の涙が天の河を越えて伝わった結果でもあるだろう。

ここまでのシリーズの流れを確認すると次のようになる。躬恒と貫之という古今歌人によって、七夕はすぐさま「涙」の意味作用に結びつけられた。それを説得力のある実景と心情の表現によってさらに身に迫るものにしたのは、古代の歌人たちによる率直な歌である。そしてシリーズは再び貫之の手に委ねられ、「袖の涙」という象徴的な句に収斂されることで、『古今集』以降の時代にふさわしい詠み口に連結するのである。

さらに貫之は歌を続ける。《一年に一夜だけの逢瀬だが、織女と牽牛が出会う秋は永遠に続くのだ》と。この歌は源清蔭のための屏風歌でもあり、「永遠に続く秋」とはそのために盛り込まれた賀意でもある。しかし純粋に言葉を見れば、これはそれほど楽観的な歌でもないだろう。「秋」に「飽き」が盛り込まれていることは疑いを容れないから、つまりこの歌には、《一年に一度の逢瀬だからこそ》想いは永遠に続いてゆく、というメッセージも含まれているのであり、それはすなわち、「飽き」の気持を抱かずに想いを持ち続けることの難しさや、逢瀬の間は想いが永遠に続くように思っているが、いざ別れてしまえばそれもあやふやになる、という恋の性質を指しているようにも思われるのである。よって、この歌もまた「現代的」な、恋やその想い、恋の歌それ自体を議論の対象とする、『古今集』時代らしい和歌と言えよう。

このシリーズでも、人麿の歌が貫之の歌に連ねられるような形で採用されていることは興味深い。人麿の歌は、その時代にふさわしく、ミメティック・レベルをポエティック・レベルに引き上げることを主な機能とする歌であると言える。そこに貫之の、より「現代的」な、仮名によって鍛えられた自己言及性を活かしたメタ詩的レベルの議論を促す歌を合わせて配列することで、人麿の歌にも付加的な意味を与えることができるのである。『古今集』時代の代表的な歌人である貫之と、その貫之が「歌の聖」と呼んだ人麿は、こうして『拾遺集』において建設的な共演を果たすことになった。

だが、もちろん『拾遺集』における貫之は、常に人麿との関係性において存在感を発揮するわけではない。秋歌の巻で貫之歌は、複数のシリーズにおいて重要な位置を占めているのだが、中には次のような有名な歌もある。

延喜御時月次御屛風に

相坂《あふさか》の関の清水に影見えて今や引くらん望月の駒

(貫之、拾遺、秋、一七〇)

まずは表面的に意味をとれば、《逢坂の関に湧く清水に影を映しながら、いま頃、望月の駒が牽かれてゆくことだろう》というほどのものである。「駒」は馬、「望月」は信濃国にあった名馬の産地である。つまりこの歌で詠まれているのは、「駒迎え」の儀式であるということになる。毎年八月になると、諸国の牧場から帝に馬が献上される。これを帝が紫宸殿で見届けるのが「駒引き」の儀式である。それに先駆けて、帝の馬寮の使いは逢坂の関まで出向き、献上の馬を迎える。これが「駒迎え」である。

一見その儀式を美しく描写しただけにも思われるこの歌には、元になった万葉歌がある。

かはづ鳴く神奈備川に影見えて今か咲くらむ山吹の花

（厚見王、万葉、巻八、一四三五）

後に竜田川と同一視されることになる「神奈備川」に、《いま頃、山吹の花がその影を映して咲いているだろうか》と推測するこの歌は、描写される風景や土地への懐かしさに満ちている。水に映る影という手法と共に、この主題も貫之の歌には踏襲されていると見るべきだろう。

当代の歌人にとって、逢坂の関は都とそこに住む恋の相手との別れを確定させる場所であると共に、再会を予感させる場所でもある。いずれの場合にしても、想いを増幅させる舞台装置であることに変わりはない。したがってこの歌では、馬方によって半ば意思とは無関係に逢坂の関に差しかかる駒の姿に、詠者の心が重ね合わされていることになる。

そう考えれば、「清水」には相手を想って流す涙が重なることになる。その涙によって作られた鏡に、馬の影が映るのである。また、「望月」という言葉によって「月の影」というイメージが喚起されることも無視できない。月は常に空にあって、離れた場所にいる二人が同時に見ることのできるものであるが、それだけに、離れているために一緒に月を見ることのできない現実を強調しもする。そして最後に注目すべきは、「らん」という見えない場所での出来事について推量する助動詞である。それは詠者がその場にいないことを示唆している。したがってこの歌は、八月十五日の望月を見上げた詠者が、毎年その日に行われる「駒迎え」の様子に心を仮託した歌であると考えるのが至当であろう。

以上を踏まえて歌のメッセージを再解釈すると、次のようになる。《望月の下、いま頃、駒が逢坂の関に差しかかっているだろう。その馬の影を映す清水は、ちょうど逢坂の関を越える旅人のようにあなたを想う私の涙なのだ。清水には月も映っている。しかしその見事な月を、私とあなたが共に見ることはない》と。大岡（一九七一）は、貫之が助動詞「らん」を好んで用いた歌人であることを指摘している。それはまさしく、貫之が体験的な実景に囚われることなく、言葉の連想を通して、想像の赴くままに自らの心を表現し得た歌人であることを意味しているだろう。

この貫之歌の手法は、続く二首によってすぐさま反復されている。

屏風に、八月十五夜池ある家に人あそびしたる所
水の面に照る月浪をかぞふれば今宵ぞ秋の最中なりける
（順、拾遺、秋、一七一）

水に月のやどりて侍りけるを
秋の月浪の底にぞ出でにける待つらん山のかひやなからん
（能宣、同、一七二）

順の歌は、《水に映る月の浪を数えてみると、今日は八月十五日であった》という、幻想的ながらもユーモラスな歌である。「月浪」とは「月次」、つまり月の移り変わりであるが、屏風歌の多い『拾遺集』においては、月ごとの風景を描いた「月次屏風」を想起させる語でもある。水に映る月が水面に立てる浪を観察す

ることで実際の日付を理解することができる、という詠者の発想は、いかに月が当代人にとって身近であり、かつ重要な天体であったかということを如実に示している。また、直接に月を見るのではなく、水面の月を見るという方法も、実景を歌に表現するに際して心を経由させるという和歌の方法論がよく表れている。

《秋の月が浪の底から出てしまった。これでは、月の出を待っていた山の峡も甲斐がないだろう》という能宣の歌はさらにユーモラスだが、やはり同様の趣向である。実際には、月は山の向こうから出るものであるが、それが詩的言語として表されるとき、月はしばしば水面でその効果を発揮する。したがって、月は水面から出るもののようにも捉え得るので、てっきり自分の元から月が昇ってゆくと思っていた山は呆気に取られてしまう、というわけである。順の歌から「月浪」を引き継ぎ、さらに「かひ」に「峡」と「甲斐」を掛けたこの歌は、明らかに過去の歌における月の詠まれようを意識したメタ詩的レベルに立脚している。

ここでさらに注目すべきは、順と能宣が、共に『後撰集』を編纂した「梨壺の五人」の一員であるという事実である。『古今集』の中心人物であった貫之の歌は、『後撰集』の撰者たちによって深く理解され、さらなる表現の模索に利用された。この伝統の継承を配列によって明らかにするのが、ここでの『拾遺集』の役割である。したがってこの箇所の目的は、単に歌によって詩的な議論を展開することだけではなく、勅撰集によって歌の表現が継承されてゆくことの確認でもある。人麿の歌を多く採り、貫之の歌の近くに配列することでその価値に光を当てようとすることも、この目的をさらに『万葉集』の時代にまで遡って遂行しようという意図の表れであろう。

以上、秋歌の巻を概観したが、春歌の巻と合わせていよいよ明らかになるのは、『拾遺集』のアンソロジー的性格である。

アンソロジーとしての『拾遺集』

『万葉集』以来、大規模な歌集が少なからずアンソロジー的性格を併せ持っていることは言うまでもない。しかし、『万葉集』と若干の距離を置き、和歌集として新たな方向性を切り拓くという使命を帯びていた『古今集』は、第一の勅撰和歌集であるというまさにその理由によって、アンソロジー的性格も前面には出ていない。『後撰集』も、『古今集』の範に倣いながら、可能な部分では先行する和歌集を補完しようとする傾向があるために、やはりアンソロジー的であるとは言いがたい部分がある。要するに三つ目の『拾遺集』に至って初めて、アンソロジーとしての立場をとる余裕が生まれているように思われるのである。

具体的に言えば、これまでに見てきたように、春歌の巻では『拾遺集』は『古今集』にも引けをとらないような、工夫に富んだ構成を持っているのと同時に、秋歌の巻についても、やはり秋歌を強調していた『後撰集』に比して遜色のない内容になっている。もちろん、それは『古今集』の秋歌や『後撰集』の春歌が見劣りのするものであることを意味するのではないが、『古今集』では春歌が、『後撰集』では秋歌が強調されているのはおそらく間違いのないことであり、これは前者が「晴」の歌集、後者が「褻」の歌集であるという見方とも一致する。本書の立場に即して、貫之歌の数で比較してみても同様である。『古今集』では、貫之には春の歌が二四首あったのに対し、秋の歌は半分の一二首に過ぎない。『後撰集』では反対に、春の歌は一六首だが、秋の歌は倍の三二首である。ところが、『拾遺集』では春の歌は九首、秋の歌は一二首で、ほぼ拮抗している。『拾遺集』の独特な部立を考慮に入れて、雑春と雑秋の部を見てみても、それぞれ八首と一〇首で、やはり近しい数である。

貫之歌に限らず、巻ごとの歌の全体数を列挙してみると、『拾遺集』のアンソロジー的性格はさらに明らかになる。春と秋の巻は、それぞれ七八首で同数である。夏と冬の巻は、それぞれ五八首と四八首で、やはり均衡が取れている。恋の巻は五巻あるが、最も少ないもので七二首、最も多いもので七九首と、振り幅は狭い。一三五一首の和歌が、二〇巻に収められているわけだから、平均は六七首から六八首ということになるが、実際、各巻の歌数はこの数字に近いことが多いのである。これは『古今集』にも『後撰集』にも見られない特徴である。

もちろん和歌集の根本的な使命は、優れた和歌の選出と、計算された配列によってそれらの和歌の可能性をさらに引き出すことである。したがって、歌集がそれぞれの巻において偏りのない構成を持っているということが、必ずしも和歌集にとって有利に働くとは限らない。むしろ、各巻の分量を均等にするという目的に囚われれば、かえって和歌の意味生成も窮屈さの中で自由を失ってしまうだろう。しかし、そのような事態に陥っている様子もない。

『古今集』と『後撰集』という優れた先例があるおかげで、『拾遺集』の編纂は以前ほどの重労働ではなくなっていたと思われる節もある。だからこそ藤原公任は『拾遺抄』を、花山院はそれを元に『拾遺集』を、（協力者があったにしても）ほとんど一人で撰ぶことができたのである。つまりどのような立場で、どのような方法で撰ぶか、という問題に、より多くの時間を割くことができるようになった、とも言えるだろう。

だからこそ『拾遺集』は、『古今集』の春歌の巻や『後撰集』の秋歌の巻から興味あるシリーズを適宜盛り込み、メタ詩的レベルでの議論をさらに追求しながら、人麿という『万葉集』時代の歌人にも活躍の場を与えることで、これまでの和歌の発展の歩みを凝縮するかのような構成を選んだのだろう。すでに『後撰集』の成立からは五十年、『古今集』の成立からは一世紀ほどが経過している。したがって、それらの集はもはや補完の対象ではなく、再現および再編集の対象になっているのである。

『後撰集』に見られたような、貫之を老いつつある歌人として描くような方法が採られなかったことも、このことを裏書きしていると思われる。もはや貫之であれ、ほかの歌人であれ、『拾遺集』では屏風歌などの詞書によってその歌人の重要性を担保するほかは、純粋な歌人として、ただ歌を以て表象するに留めている。これまで勅撰集に盛り込まれることのなかった多くの歌人、とくに女性の歌人が、たとえ一首ずつであれ多く登場していることは、なおさら『拾遺集』のアンソロジー的性格を強めている。さらに、貫之歌は『古今集』と一〇首、『後撰集』と七首重複しているが、これも秀歌として再解釈の対象になったのだと考えれば、上述の『拾遺集』の性格と矛盾しない。アンソロジーという言葉は「詞華集」などと訳されるが、語源に遡れば「花を集める」ことを意味する。『拾遺集』はまさに、それまでの詠歌の営みによって耕された肥沃な土に咲いた花々を、惜しげもなく摘んで作った花束のような集とも言えるのである。

以上、本章では『拾遺集』の特徴と、そこに収められた貫之歌の分析を通して、貫之の受容について考察した。第三章から本章までで、いわゆる三代集をすべて取り上げたことになる。この三代集は、和歌の表現において最重要のカノンとなっているから、三代集における貫之の位置を確認することは、そのまま和歌のカノン形成に貫之が果たした役割を考察することでもある。そこで次章では、『土佐日記』や『貫之集』を取り上げる前に、このカノン形成という視点から、貫之の業績を再び検討してみることにしよう。

注

（1）屏風歌の総合的な論としては、例えば『和歌文学論集』編集委員会（編）『屏風歌と歌合』（和歌文学論集5、風間書房、一九九五）を参照。とくに藤岡忠美「屏風歌の本質」、吉川栄治「『古今集』以前の屏風歌」が示唆に富んでいる。

（2）これは、『貫之集』についてもある程度、同じことが言えるのではないだろうか。歌人の業績を一冊にまとめて後世に残すという行為には、多かれ少なかれ公的な性質がつきまとう。そう考えれば、高位の貴族たちからの信頼の証である屏風歌を巻頭に持ってくるのは、半ば当然とも思われるのである。また『貫之集』に収録されている屏風歌には、これも当然ではあるが、『古今集』から採られた歌は一首しかない。『古今集』における貫之歌にこそ貫之が思い描いた文学のエッセンスが最も明確に反映されているという立場をとる本書からすれば、それだけで、屏風歌の重要性には限界が設けられてしまう。この問題については、第八章で再び取り上げよう。

（3）この比喩をさらに敷衍するなら、『古今集』の仮名序は文字通り「序奏」ということになるだろう。ただし、和歌の議論に終着点はあり得ないので、次の勅撰集『後拾遺集』が結尾部である、と言うことはさすがにできない。

（4）これが文字レベルの遊戯性を持つ歌であれば、その時点で人麿の歌という可能性はほとんどなくなってしまう。仮名のない時代に歌を詠んだ人麿には、仮名文字の特性を利用した表現は不可能だからである。このことはまた、『万葉集』時代の歌の特徴を説明する上でも有意義である。『万葉集』の歌は雄々しく伸びやかである、という意見はすっかり定着しているが、実のところ、文法の対照性や同字異義語の表現が難しい万葉仮名では、三十一文字の中に『古今集』のような技巧を盛り込むことはできない。そして、そのような技巧が広く行われないということは、そのような技巧が対象とするような多層的な発想も、当時の歌人たちの間にはさほど共有されていなかった、ということにもなるだろう。確かに万葉仮名も、漢字につきまとう複数の意味やその視覚的な連想作用によって多層的な表現を可能にしてはくれるのだが、その精巧さは仮名の比ではない。

（5）考えられる理由としては、作者の名前のない歌が多い中で『万葉集』に八〇以上もの歌を遺していること、その中に複数の長歌があり、言葉同士の結びつきや連想について実践的な規範を提供していること、などがあるが、この問題をこれ以上追求することはしない。

（6）人麿の肖像を祀って歌会を行う「影供」は中世の流行の一つであった。つまりここでは、人麿は歌人の神のような存在になっているのである。人麿へのこのような「信仰」については、渡部泰明（二〇〇九）を参照。

第六章　貫之の正典化

序章でも触れたように、『古今集』をはじめとする三代集は、その後の和歌のあり方を規定する「貯蔵庫」としてカノン（正典）化され、一種絶対的な権威を帯びるようになった。平安時代の和歌に比して「中世和歌と言えば、誰もが似たような表現でひたすら同じテーマを詠むだけの退屈な文学」とまで言われてしまうのは、小川剛生の見方に従えば、和歌が「古今・後撰・拾遺の三代集によって選び取られた素材と詠法を基盤とし、その枠内で見出した少量の美を、やはり王朝時代の雅語によって表現するもの」と規定されるに至ったことの裏返しである（二〇一六、二〇頁）。

ハルオ・シラネが述べるように、カノン形成は流動的なプロセスであり、そこでは「作品の直接の生産者」に加えて「テクストの価値を生産ないし『再』生産し、またその価値を認識し手にいれたがるような消費者や聴衆を作り出す、関係者や制度・機関」などが重要な役割を果たしている（シラネ、鈴木［編］一九九九、一六頁）。『古今集』は、和歌の価値をかつてない高みにまで引き上げようと企図した選者たち、なかんずく貫之によっても当然ながら権威化されたが、それが周辺の歌人たち、すなわち帝を頂点とする朝廷の貴族たちに受容され、その共同体の中で歌合の開催や屏風歌の制作、そして『後撰集』や『拾遺集』の編纂などを通しての価値の再生産が繰り返されて初めて、確固とした基盤を持つカノンとなりおおせたのである。

本章では第四章と第五章を補強する形で、三代集を通じて貫之の表現がどのように受容され、かつ発展したかという点を再検討しつつ、『古今和歌六帖』と『和漢朗詠集』という、三代集のカノン化を強力に補助したと思われる二つの私撰集でも貫之が圧倒的な存在感を放っていたことを確認し、平安時代において貫之という歌人が正典の生産者として権威化される過程を、断片的にではあれ、考察してみることとしたい。

一、三代集を通して見るカノン形成

「霞」の変遷

第四章と第五章では『後撰集』と『拾遺集』それぞれの特徴を整理しながら、二つの勅撰集が共に『古今集』を意識しつつ、ときには先行の集を補うような構成を盛り込み、またときには先行の集とあえて違う方面に関心を示すという状況を確認してきた。以下ではこれまでの議論の流れを踏まえつつ、貫之が強い関心を持っていた表現として取り上げた霞、花、風、水、雪、月の六つを軸に、『後撰集』と『拾遺集』がどのように三代集というカノンの形成に寄与しているのかを考察したい。

まずは、右の表現に関わる歌数の変遷を一覧にした表を参照されたい。母数となる集全体の歌の数が違うことは注意を要するが、全体としては次のような傾向を導き出すことができる。「霞」の歌は『後撰集』で減り、『拾遺集』で増えるが、貫之歌は極端に少なくなっている。「花」は全体数、貫之歌ともに減り続けている。「風」は、全体数は『後撰集』で増え、『拾遺集』では減るのに対して、貫之歌は逆に『後撰集』で減り、『拾遺集』で増えている。「水」の歌は三代集を通して増え続けるが、貫之歌は横ばいである。「雪」は反対に、全体ではやや減るが、貫之歌はやはり横ばいである。最後に「月」は全体で増え続け、貫之歌は『後

表２　三代集における頻出表現の推移とそこに占める貫之歌の割合

	霞	花	風	水	雪	月
古今集	24	190	73	43	51	59
貫之歌	6	30	12	5	5	7
割合（%）	25	15.8	16.4	11.6	9.8	11.9
後撰集	16	177	83	47	43	77
貫之歌	1	15	5	3	4	7
割合（%）	6.3	8.5	6	6.4	9.3	9.1
拾遺集	29	169	69	59	42	95
貫之歌	1	12	12	5	5	11
割合（%）	3.4	7.1	17.4	8.5	11.9	11.6

撰集』微減、『拾遺集』で微増となっている。

まずどうしても目に付くのは、『古今集』の「霞」の歌に関して中心的な役割を占めていた貫之の作が、その後はほとんど登場しないということである。ただ、『後撰集』で唯一の貫之の「霞」の歌、

延喜御時、歌めしけるに、たてまつりける
春霞たなびきにけり久方の月の桂も花やさくらん
（貫之、後撰、春上、一八）

が、『後撰集』で初めて登場する貫之歌であることには注目すべきであろう。しかもこの歌には「たてまつりける」という権威化の詞書がある。このことは、「霞」によって作り出された幻想的な空間の中で、《あの月でもいま頃、桂の木に花が咲いて、春の訪れを喜んでいるだろうか》という壮大な発想を詠んだこの歌が、いかにも貫之らしいものとして当代人に共有されていたことを示唆するように思われる。

『後撰集』では、「霞」よりもむしろ貫之の「霧」の歌に関心が払われていたことはすでに指摘した通りだが、「霞」を詠んだ歌その

ものは、決して大きく減ってはいない。例えば次のシリーズを見てみよう。

女ども、花見むとて、野辺に出でて

春来れば花見にと思ふ心こそ野辺の霞とともにたちけれ

(藤原因香、後撰、春下、一一二)

あひ知れりける人のひさしうとはざりければ、

花ざかりにつかはしける

我をこそとふにうからめ春霞花につけても立ち寄らぬ哉

(よみ人しらず、同、一一三)

返し

立ち寄らぬ春の霞をたのまれよ花のあたりと見ればなるらん

(源清蔭、同、一一四)

「春来れば」の歌は、「霞」が「立つ」ことに、花見をしようと心が「立つ」ことを重ねている。春の到来を告げる事象としての「霞」という発想は、先の貫之歌にも通じるものだろう。

「我をこそ」の歌でもこの「立つ」が利用され、今度は「立ち寄る」が導き出される。詞書を参照すれば、これはなかなか訪れてくれない人に宛てた歌だから、《私を訪ねることなどは疎ましく思うでしょうが、せめて春霞の中、花を見るついでに立ち寄って下さい》と訴えているわけである。

「立ち寄らぬ」は先の歌への返しとなっている。ここで詠者は、《相手のもとに立ち寄らないのは、自分が霞のように、存在はしてもそばには寄ることのないような人間だからである》と弁解し、さらに《霞が花を隠してしまうように、あなたを隠したくはないのだ》と述べている。

以上の三首からもわかるように、「霞」は『後撰集』でも、存在と不在の中間という摑みどころのなさを存分に発揮していると言える。また前面には出ていないが、『古今集』で繰り返し示された「霞」の「隠す」という性質が、ここでも前提として機能している。さらに、「立つ」を巧みに利用した表現は『後撰集』の新たな試みであるが、「立つ」「寄る」という言葉は、水と関わりの深い「霞」と合わさることで、「涙」を連想させるものであるだろう。

次の『拾遺集』でも、貫之の「霞」の歌は一首のみである。しかし、その一首が『拾遺集』で最も大きな「霞」のシリーズに含まれていることは無視できない。ここでは詞書を割愛して紹介する。

おぼつかな鞍馬の山の道知らで霞の中にまどろふ今日哉　（安法、拾遺、雑春、一〇一六）

思ふ事ありてこそ行け春霞道さまたげに立ちな隠しそ　（貫之、同、一〇一七）

田子の浦に霞の深く見ゆる哉藻塩の煙立ちや添ふらん

思ふ事言はで止みなん春霞山地も近し立ちもこそ聞け　（能宣、同、一〇一八）

（よみ人しらず、同、一〇一九）

「おぼつかな」の歌は、「鞍馬」に「暗い」を掛け、道に迷うさまを詠んでいる。迷うという状況を強調するのは、「おぼつかない」空間を作り出す霞である。

次の貫之の歌は、道に迷わせる霞を牽制している。詞書には、この歌が山寺に入ろうとする人物を描いた屏風に添えられていたとあるので、仏道に入ろうとしている人物が、「霞」によって心にも「迷い」を生じていることがわかる。

次の能宣の歌は、すでに取り上げた「田子の浦」や「藻塩」という歌ことばの効果を巧みに利用している。「田子の浦」という歌枕は恋と涙の関わりを強調するものであった。海人が焼く「藻塩」は、かつての恋人の手紙などを焼くことを連想させるので、ここでは破れた恋の形見を焼く煙が、「霞」と相俟って孤独を強調しているのである。

最後の「よみ人しらず」の歌も、終わってしまった恋を嘆く歌として詠める。山地では思うことをすべて口にすることはできない。なぜなら霞が「立って」、「立ち聞き」をするかもしれないからである。

以上のように、『拾遺集』でも「霞」の歌ことばが促す意味生成は『古今集』と大きくは変わらない。ただし、『古今集』の「霞」がより幻想的な空間の中で、どちらかと言えば恋の発見の予感をもたらしていたのに対し、『拾遺集』の霞は人を迷わせたり、失敗に終わった恋を嘆くという場面で多く詠まれていると言える。

この「霞」をはじめ、貫之が『古今集』で注目した歌ことばや、それらを通して組み立てられたメタ詩的レベルの議論の成果は、明らかに『後撰集』や『拾遺集』にも受け継がれていると思われる。ここからは個々の歌ことばを取り上げる代わりに、主に「月影」という概念に注目することで、和歌における表現の変遷を総体的に考察してみることにしたい。

月影の歌

『後撰集』には一一首からなる大きな月の歌群があるが、ここでは三首だけを抜粋してみる。

月影はおなじ光の秋の夜をわきて見ゆるは心なりけり　（よみ人しらず、後撰、秋中、三二六）

空遠み秋やよくらん久方の月の桂の色も変らぬ　（淑望、同、三二七）

衣手は寒くもあらねど月影をたまらぬ秋の雪とこそ見れ　（貫之、同、三二八）

「月影は」の歌は「月」の性質をよく表現している。秋の月の光に特別な情感を覚えるのは、心が作用しているからだというのである。月の光は、人の心によってその強さを増し、ときには影ともなる。

「空遠み」では、「秋＝飽き」という季節が、遠くの月までは届かないと歌っている。秋にならないので、桂の葉は紅葉しない。つまり「飽き」によって色が移るということが起こらないのである。

「衣手は」という貫之の歌の出だしは、月とは違って秋が訪れてしまった地上の悲しみに、詠者が涙を流していることを示唆しているようにも思われる。その涙は実際には存在しない「雪」となって積もるのだが、その雪を発生させているのも詠者の心を反映する月の光である。

だが、貫之を中心に据える本書にとっては、『拾遺集』における月のほうがさらに重要である。なぜなら『拾遺集』には貫之の辞世の句として有名な歌があり、その主題こそ「月」だからである。

世中心細くおぼえて、常ならぬ心地し侍りければ、公忠朝臣のもとに詠みて遣はしける、この間病重くなりにけり

手に結ぶ水に宿れる月影のあるかなきかの世にこそありけれ

この歌詠み侍りて、ほどなく亡くなりにける、となん、家の集に書きて侍る

（貫之、拾遺、哀傷、一三二二）

この歌は、『拾遺集』に登場する最後の貫之歌である。そして、哀傷の巻に四首ある貫之歌のうち、以前の勅撰集と重複していないのはこの一首のみである。

何だかいつもと様子が違うように感じ、心細さに苛まれた貫之は、源公忠《みなもとのきんただ》（八八九―九四八）にこの歌を贈る。そうする間にも病は重くなり、ついに死んでしまった。《こうして見ると、この世の中というものは、手に掬った水に映る月のように、そこにあるような、またないようなものであったのだ》というこの歌には、

当代人の人生観の一端が集約されていると共に、貫之の和歌に対する考えもまた凝縮されているように思われる。存在／不在の間を「光」と「影」とに姿を変えながら揺らぐ月は、充足／孤独、近い／遠い、あるいは生／死といった根元的なものを含めて、様々な二項対立を膨張させながらも解消するのだ。

月やあらぬ春や昔の春ならぬわが身ひとつはもとの身にして　（業平、古今、恋五、二八七）

貫之が偉大な先達として意識していたとおぼしい業平のこの有名な歌も、まさにそのような月の特徴を説明するための歌としての側面を持つ。この歌のメッセージを現代語に置き換えようとすれば、《月よ、おまえはそこにあるのか、それともないのか。この春は昔のままの春なのか、それとも違った季節なのか。ただ私の身だけはいままでと変わらない、もとの身であるように思われる。だがそれも――》というような、散文詩的な表現を選ぶしかないだろう。

一方、『拾遺集』の貫之歌には、次のようなものもある。

題知らず
照る月も影水底にうつりけり似たる物なき恋もするかな　（貫之、拾遺、恋三、七九一）

《空にある月の影は、水底に映っている。だが私の恋は、いったいどこにその似姿を求めればよいのだろう》とでも訳すべきこの歌は、おぼろげなものである月でさえ水底には影ができるのに、自分の恋にはそれすらなく、ほかに喩えようのないものである、と主張している。だがこの恋への不安は、水底に月の影が映るからこそ拡大されていることを忘れてはならない。つまり、水底に映る月の「影」はひどく頼りなく、いまにも消えてしまいそうなものである。ところが自分の恋にはそのような「影」さえないので、詠者の心は自らの心の「影」の部分へと追い込まれてゆく。もし恋を映すものがあるとすれば、それは他でもない、恋しい相手の心である。だが、心は月の影よりもさらに曖昧で、捉えどころがない。そのことを詠者はよく知っているので、水底ならぬ涙の底に、悲しい恋を映し出すのである。

貫之には、過去にもこれに近い発想の歌があった。「ふたつなきものと思ひしを水底に山の端ならでいづる月影」（古今、雑上、八八一）である。ここでは実体としての月が、「水底」を経由して曖昧さを獲得するさまが主題になっている。『拾遺集』の歌は、そこにさらに心の曖昧さを盛り込むことで、いっそう深みを増した議論が実現しているのである。

貫之の「月影」においては、とくに水という鏡のような空間が重要な役割を担っていることも無視できない。振り返ってみれば、掌に水を掬う、あるいは水に影を見るという構図は、貫之の歌道を貫く手法であるとも言える。

袖ひちてむすびし水のこほれるを春立つけふの風やとくらむ　（貫之、古今、春上、二）

相坂の関の清水に影見えて今や引くらん望月の駒
（貫之、拾遺、秋、一七〇）

掬《むす》ぶ手のしづくに濁る山の井の飽かでも人に別れぬる哉
（貫之、古今、離別、四〇四）
（貫之、拾遺、雑恋、一二二八）

最初の二首についてはすでに述べた。三首目の歌は、『拾遺集』では「志賀の山越えにて、女の山の井に手洗ひ掬びて飲むを見て」という詞書がついているが、『古今集』では「志賀の山越えにて、石井のもとにてものいひける人の別れける折によめる」という詞書を伴って離別歌に入っている。《掌で掬った水がしたたるだけで濁ってしまう山の井の水のように、物足りない思いのままあなたと別れることになった》というこの歌は、『古今集』最初の貫之歌である「袖ひちて」をすぐさま思い起こさせるものである。

「志賀の山」が「風」や「袖を返す」といった表現と結びついていることは、すでに指摘した。それは『古今集』春下の巻にある「志賀の山」を舞台としたシリーズの固執低音ともなっている。

この歌ではまた「山の井」も重要である。『古今集』仮名序に登場する采女の「あさか山影さへ見ゆる山の井の浅くは人を思ふものかは」という歌は、「山の井」の水を浅いものと定義している。貫之歌では舞台が「志賀の山越え」の途次に移っているが、「山の井」という言葉の機能は変わらない(1)。水を飲むために結んだ手からこぼれた水は、山の井の水を濁らせてしまう。浅く、水が少ないからである。しかし濁りは、当然詠者の心にも生じている。したがってこの歌のメッセージは、次のようなものになるだろう。《こぼれた水は、袖を伝って流れるだろう。それは涙になる。まだ浅い出会いで、満足はできない。涙に濡れた袖を返せば、また会うことができるだろうか。それとも志賀の山の風が、袖を乾かしてくれるのだろうか》

『拾遺集』ではこの歌の直後にも貫之の歌が続き、意味生成過程をさらに深めている。

三条の尚侍、方違へにわたりて帰るあしたに、しづくに濁るばかりの歌、今はえ詠まじと侍りければ、車に乗らんとしけるほどに

家ながら別るる時は山の井の濁りしよりもわびしかりけり

（貫之、拾遺、雑恋、一二二九）

《家にいながらにして別れなければならないときは、山の井の水が濁っているときよりもわびしい気持になる》とこの歌は嘆いている。その背後には、やはり当代人の世界観、わけても和歌という表現に期待されていた効果を読み解くことができる。自然界には、山の井のように、涙を仮託する対象が多く存在する。それらは悲しみを増幅させもするが、それによって一種の浄化作用をもたらしもする。ところが家に閉じこもっていては、ただ自分で涙を流すしかなく、感情のカタルシスは訪れないというわけである。つまり和歌は、感情を強調・拡大しながらも、言葉の持つ多層性や自己言及性という特性によって、その感情をあるいは裏

返し、あるいは無化する、という機能を持っているのであり、和歌のそのような呪術的な力は、やはり自然の中で最も顕著に発揮されるということになるのである。

一方でこの歌は、明らかに直前の歌との関連性においておもしろさを発揮するように配置されている。詞書を見ると、これは貫之が三条の尚侍（藤原満子か）に贈った歌、ということになっている。尚侍は、貫之の邸に方違えに来たが、朝になったので帰らなければならない。尚侍は当然、別れを惜しむ歌を期待するのだが、あの「掬ぶ手のしづくに濁る～」ほどの歌は詠めないでしょう、とからかい半分に言った。そこで貫之が詠んだ歌がこれなのである。

したがってこの歌には、《いまは家にいるので山の井を舞台にした歌は詠めないが、そこから言葉を引用することであの歌の良さを再現することはできる》というメタ詩的レベルのメッセージも成立することになる。要するにこの歌は、単に貴族同士の機知に富んだやりとりというのではなく、特定の意味内容に結びついた表現を蓄積し、それを引用することで意味生成を複雑化させてゆく和歌の性質に光を当てるものであり、かつまた、後世いよいよ盛んになる本歌取りの存在意義を証明する歌でもあるのだ。

またこの二首では、詠者が貫之である、という事実も読み解きに重要な役目を果たしている。少なくとも、一二二八と一二二九は、同じ歌人によるものであるという前提がおもしろさの鍵となっている。「掬ぶ手のしづくに濁る～」は、後に藤原俊成が『古来風体抄』で絶賛することでさらに有名になるが、『拾遺集』の時点ですでに傑作と目されていたことは注目に値する。

以上の二首にも、再現と再解釈という『拾遺集』の特徴がよく表れているように思われる。『後撰集』においても詠者の名前を変更するなどの演出は見られるのだが、『拾遺集』には過去の集と重複する歌が多いという特徴があるため、なおさら再利用の仕組みが明らかであり、和歌の組み合わせを変更することで深まってゆく詩的議論を目の当たりにすることができる。

さて、三首の歌に話を戻そう。

貫之歌の中でも比較的知名度の高いこの三首は、多くの点で共通している。わけても重要なのは、三首がいずれも「水」によって意味を増幅させている点である。とくに一首目と三首目は、結んだ手に水を掬っているという動作においても、貫之の辞世とされる「手に結ぶ」の歌と密接な関係を持っている。

手に掬いとった水は、詠者の顔と共に、山や月といった景色をも映し出すだろう。そしてそのどちらにも、詠者の心が反映されている。だからこそ「袖ひちて」では涙が袖を濡らし、「結ぶ手の」ではしずくが濁ることになる。涙は感情を拡大し、詠者の神経を結んだ手に集中させる。組んでいる手を放せば、水は涙もろとも流れ去ってしまうだろう。しかし、掬いとった水を見た瞬間に認識された心情は、もはや根を張ってしまう。

「相坂の関」の清水も、涙と結びついた自然の鏡であり、そこには月が映っている。それは、想う相手と「離れている」事実を強調することで、心を相手に「近づける」ものである。このように、いずれの歌にも涙の痕跡、あるいは予感があることは、景物としての水が、涙のいわゆる「誘い水」になっていることを意味しているのだろう。

このような歌との関係性において、「手に結ぶ」の歌の意味はいよいよ明らかになる。梅や桜の枝を「手折って」和歌を詠んできた当代人にとって、手は世界との架け橋である。その手を組み、水を掬うことで完成する即席の鏡は、世界を覗き込むための鏡である。その「影見」に映る「月の影」は、月をはじめとする、世界を構成する景物の曖昧さと儚さを如実に物語る。そこに自らの心の曖昧さを映し出し、可能な限り世界を認識しようとすることこそ、歌人の営みに他ならない。そこに映るものは、確かに「あるかなきかの」ものかもしれない。しかし、その不確定の世界こそ、当代人が言葉と心の探求を通して、美で満たそうと欲する世界なのである。したがって、この歌は貫之のみならず、あらゆる歌人の根底的な世界観と人生観、さらには使命感をも表現したものであり、その意味で、三代集に登場する貫之歌の最後のものにふさわしい。

二、『古今和歌六帖』と『和漢朗詠集』――補強されるカノン

本節では『古今和歌六帖』と『和漢朗詠集』を概観し、それが三代集によって形成された詩的言語のカノンをどのように補強しているかについて、簡単な考察を加えてみたい。

『古今和歌六帖』は完全な本文が見出しがたいこともあって、その研究は三代集ほどには進んでいない。それは『六帖』が私撰集であって、勅撰集ほどに重要視されずにきたという事情とも無関係ではないだろう。しかし『六帖』は、『夫木和歌抄』や『歌枕名寄』のような、後の私撰集や歌論書の出典ともなっており、当代においてはかなりの影響力を持ち得ていたものと思われる。

『六帖』の成立時期や編者について、詳しいことはわかっていない。ただ、これまでの研究を総合すれば、おそらく『後撰集』の成立後から『拾遺集』の成立までの間に絞ることはできるのである（平井一九六四）。その最大の特徴は、およそ四五〇〇首の歌が、二五の項目、五一七の題に分けられていることであろう。このような分類の発想は、『和漢朗詠集』にもあるような、漢詩漢文の文化に端を発するものであるのかもし

れない。しかし『和漢朗詠集』の場合とは違い、『六帖』に登場するのは和歌のみである。つまり『六帖』は、先に取り上げた『拾遺集』よりも更に、アンソロジーとしての性質を前面に出した和歌集であるとも言えるのである。(2)

『六帖』には、『万葉集』『古今集』『後撰集』という有力な歌集はもちろん、『貫之集』や『素性集』など、個々の歌人の歌集などからも歌が採られている。(3) 本文が確定されていないこと、歌の異同が多いことなどから正確な数字を挙げるのは難しいが、このうち『万葉集』から採られているのは、およそ五六〇首であると思われる(福田二〇一三)。しかし、より注目すべきは『古今集』から採られた歌の数であろう。『六帖』には『古今集』の一一一一首から、少なくとも七二九首が入集しているのである(平井一九六四)。これは『古今集』の歌の優に六割以上であり、『六帖』全体から見ても、二割近くにのぼる。『六帖』の編纂が行われた時期に、いかに『古今集』が重要視されていたかが明確に知られる数字であろう。

そしてまた、その『古今集』時代の歌人の中でも、『六帖』で圧倒的な存在感を放っているのが貫之であることを、指摘しないわけにはゆかない。『六帖』には、一八五首もの貫之歌が採られているのである。

和歌の表現史

それでは、実際に貫之の歌の扱いについて、いくつか例をとってみよう。まず巻頭に目を向けてみると、「歳時部」と銘打たれた第一帖の最初の項目は「春」であり、その最初の題は「はるたつ日」である。

年のうちに春はきにけり一とせをこぞとやいはんことしとやいはん

袖ひちてむすびし水のこほれるを春たつけふの風やとくらん

（元方、一）

（貫之、二）

この巻頭の二首が、『古今集』春歌上の巻の完全な再現であることは言うまでもない。先に分析したように、この二首ではまず元方が暦の季節と実感される季節とのあわいを万葉的な雰囲気の中で歌い、続く貫之の歌が疑いようのない春の到来を告げていると思われるが、『万葉集』の歌も多く含んでいる『六帖』では、建前では『万葉集』の歌を撰ばないと述べている『古今集』の場合以上に、新しい季節の訪れを表現する配列としてうまく機能しているように見える。

もちろん『六帖』においても、すべての歌が初出の歌集の場合と同様の文脈に並んでいるわけではない。例えば同じ「春」の「のこりゆき」の題では、

かすみたちこのめも春の雪ふれば花なき里も花そちりける

（貫之、一九）

という歌に、

春たちて猶ふる雪は梅の花さくほどもなくちるかとぞ思ふ

（躬恒、二〇）

という躬恒の歌が合わされている。貫之の歌は『古今集』、躬恒の歌は『拾遺抄』『拾遺集』および『躬恒集』に見られるが、ここに並べて配されることで、雪を花に見立てる『古今集』の撰者二人の競演が実現する。

ところで、この歌にさっそく「霞」が詠まれていることには注目してよいだろう。この直後にも、

春霞たちよらねばやみよしのの山に今さえ雪のふるらん　（貫之、二二）

という歌が登場し、「霞」を好んだ歌人としての貫之の面目躍如である。《霞が立ち寄らないので、いまもみ吉野の山には春が訪れず、雪が降っているのだろうか》と、霞の幻惑性を利用し、み吉野という地名によって桜を連想させることで間接的に雪と桜の見立てをも盛り込んでいるこの歌は、『貫之集』から採られたものである。

さらに一首おいたところには、

春の日に霞たなびきうらがなしこのゆふかげに鶯なくも　（家持、二四）

と『万葉集』から採られた家持の霞の歌が挙げられている。歌を一読すればわかるように、ここでの霞は夕

暮れの物悲しさを演出する自然現象として登場しており、『古今集』以降で貫之らが詠んだ霞とは一線を画している。『六帖』ではこのように、共通する歌ことばを古今のテクストから横断的に拾い上げて配列することで、いわば和歌の「表現史」とでも呼ぶべきものが展開されているように思われるのだ。

勅撰集の尊重と補完

ところで、貫之のほかに『六帖』で入集の多い歌人を見てみると、興味深い傾向が目につく。まず『古今集』の撰者たちの場合では、躬恒が九三首と最も多く、次いで忠岑が三八首、友則が三二首である。また、『後撰集』で貫之に次いで多くが入集していた伊勢は、『六帖』でも一〇八首もの歌を採られている。以上のことから、『六帖』には勅撰集である『古今集』および『後撰集』が示した歌人たちへの評価が、そのまま反映されていると見ることができるだろう。

しかし、『六帖』は二つの勅撰集と違い、『万葉集』にも目を向けていることを忘れてはならない。『万葉集』後半で中心的な位置にいた家持の歌は四二首入っている。そして人麿はというと、九三首で、伊勢に次いで全体の三番目の数である。これらのことを考え合せると、勅撰集では『拾遺集』において初めて前面に出てくる人麿への高い評価が、『六帖』においてすでに固まっていたことが窺える。

『六帖』の編者として名が挙がることが多いのは源順である。これは、集において『万葉集』が尊重されていることとも大いに関係しているだろう。順は『後撰集』を編纂した「梨壺の五人」の一人であり、勅撰集を作ることのほかに彼らに与えられていた任務が『万葉集』の研究であったことは、すでに述べた通りである。

だが本書にとって何より重要なのは、細かに設定された項目によって和歌の「辞典」とも言えるテクストを現前させる『六帖』において、貫之がまたしても中心的な立場に置かれていることである。『六帖』の研究に先鞭をつけたと言われる契沖（一六四〇―一七〇一）は、『和歌拾遺六帖』の中で『六帖』の撰者に二人の候補を挙げているが、一人は貫之女、そしてもう一人は中務である。このことも、『六帖』における貫之の重要性を帰納的に証拠立てている。実在も危ぶまれる貫之の娘が挙がったのは、紛れもなく『六帖』の中心にいるのが貫之であるという認識ゆえだろう。一方、伊勢の娘である中務が候補となったのは、単に伊勢の歌が多いという事実のためかもしれないが、『貫之集』を扱う第八章で見るように、中務は貫之と親しい関係にあった可能性が充分にあるのである。むろんそれが集内での演出に過ぎず、事実を伴わないものであるにしても、二人の関係が一つの可能性として受容されていたのであれば、『六帖』の撰者に中務の名が挙がることは、貫之の位置づけとも無関係ではないだろう。

さらに言えば、現在では真剣に取り上げる価値を持たないにしても、『六帖』の撰者は貫之その人である、あるいは貫之の母である、というような説までが歌論書の類には見られるのである。また、果たしてその書名が『六帖』を指すのか否か、という根本的な疑問があるものの、『六帖』が『紀氏六帖』あるいは『紀家六帖』として伝わった記録さえ残っている（平井一九六四）。ここまでくれば、『六帖』の中心的な歌人として目されていたのが貫之であることは、もはや疑いようがないと思われる。いずれにせよ、『後撰集』と『拾遺集』の間に存在する『六帖』が、この期間に歌人貫之の権威をさらに高めたことは間違いないだろう。

歌人の代表としての貫之

本節で言及したいもう一つの歌集『和漢朗詠集』は、『六帖』よりも高い知名度を誇っており、研究にもある程度の蓄積があるが、本書でこれを取り上げるべき理由の一端は、それが他ならぬ藤原公任の撰になる、という点による。その成立は一〇一七年（寛仁元）から一〇二一年（治安元）頃と言われるが、これは『拾遺集』の約十年後である。つまり、公任の視点に立てば、自分の撰んだ『拾遺抄』に基づいて『拾遺集』が編まれたあとに、再び自らが撰んだ歌集、ということになる。

だが、『和漢朗詠集』を指して歌集と呼ぶことには語弊があるかもしれない。周知の通り、『和漢朗詠集』は和歌と漢詩を織り交ぜて並置した書物だからである。集には二一六の和歌と、五八八の漢詩が含まれる。和歌と漢詩の共存と言えば本書でもすでに取り上げた『新撰万葉集』が想起されるが、その規模にしても、完成度にしても、『和漢朗詠集』のほうが勝っている。とくに興味深いのは、漢詩については大陸の詩人の作を多く載せていることであろう。

最も多くの漢詩を採られているのは白居易（七七二―八四六）である。全七五巻からなる『白氏文集』を完成させた翌年に歿したこの多作な中唐の詩人は、存命中から日本にも愛読者を持った稀有な文学者であった。その名は『枕草子』にも見えるほか、長編詩「長恨歌」が『源氏物語』の成立に大きな影響を与えていると言われることからも、白居易が日本文学に与えた衝撃はかなりのものがあると言える。[4] したがって、『和漢朗詠集』に一三六もの白居易の詩が収められていることは、当時すでに揺がしがたくなっていたであろう詩人への評価を思えば当然であろう。白居易こそ、漢詩人の代表格だったのである。

そして、対する歌人の代表格はと言えば、やはり貫之ということになりそうである。貫之歌は、少なくとも二〇首あり、伝貫之のものを含めれば、二二首ほどを詠んでいる。これは歌人として最多である。以下、その内容や配列について、いくつか特徴を挙げてみたい。

『和漢朗詠集』に初めて登場する貫之歌は、もはや驚くに値しないが、次のものである。

袖ひちてむすびし水のこほれるを春立つけふの風やとくらむ　（立春、七）

そして、この歌の少し前には、

年のうちに春は来にけりひとゝせを去年とやいはむ今年とやいはむ　（元方、立春、三）

が入っている。『六帖』同様、ここではまたしても、『古今集』の春歌の巻があたかも再現されているのだが、これは決して偶然ではないだろう。さらに立春の題の初め、すなわち歌集全体の劈頭には、紀淑望による漢詩が挙げられている。淑望が『古今集』真名序に署名をした人物であることを思うと、ますます『古今集』への意識の強さが感じられる。

なお、貫之の歌に続くのは、

春立つといふばかりにやみ吉野の山もかすみて今日はみゆらむ　（忠岑、立春、八）

である。壬生忠岑が『古今集』の撰者であったことは言うまでもない。しかも立春の題にある和歌は、ここで挙げた三首のみである。

このように『和漢朗詠集』では、その幕開けから撰者公任の『古今集』への傾倒が推察されるが、公任がその成立に大きく貢献した『拾遺集』に似通った配列の工夫も見られる。貫之歌の場合、それは人麿との関係性という点によく表れているだろう。

ほととぎす鳴くや五月の短か夜もひとりし寝れば明かしかねつも　（人麿、夏夜、一五四）

夏の夜の臥すかとすればほととぎす鳴くひと声にあくるしののめ　（貫之、夏夜、一五五）

一首目の人麿の歌は、他ならぬ『拾遺集』の種本となった『拾遺抄』にも、伝人麿という形で登場している。しかしこの歌は、『古今集』恋歌の巻にある「郭公鳴くや五月のあやめぐさあやめも知らぬ恋もするかな」（よみ人しらず、四六九）の類歌でもあり、また『万葉集』にも同様の句を持つ歌は少なくないことから、例によって必ずしも人麿の歌とは断言できないものである。一方の貫之の歌は、『古今集』の夏の歌としてすでに挙がっている（一五六）。なお、『和漢朗詠集』夏の部で「ほととぎす」を詠み込んでいるのは、夏の夜の短さに独り寝の寂しさを託つこの二首のみである。

貫之と人麿の共演はこれだけではない。秋の部を見ると、以下の三首が目につく。

天の川とほき渡りにあらねども君が船出は年にこそ待て　（人麿、七夕、二一八）

ひととせに一夜と思へど七夕のあひ見む秋の限りなきかな　（貫之、七夕、二一九）

年ごとに逢ふとはすれど七夕の寝る夜の数ぞすくなかりける　（躬恒、七夕、二二〇）

このうち人麿と貫之の二首が、『拾遺集』の七夕のシリーズに含まれていることは前章で見た通りである。しかし『拾遺集』では、この二首は連続していなかった。ここでは、さらに『古今集』撰者であった躬恒の歌が合わされることで、また異なる解釈が促されている。なお躬恒の歌は、『古今集』にも入っている（秋上、一七九）。

右の三首は、「七夕」の題目を締めくくるものである。その前には六つの漢詩が並んでいるので、七夕を扱った和歌はこの三首のみということになる。これとまったく同じ構造を持つ題目に、巻下の「無常」があるが、そこでも貫之歌は三首のうち真ん中に配されている。

世の中を何にたとへむあさぼらけ漕ぎゆく船のあとのしらなみ
（満誓、無常、七九五）

手にむすぶ水にやどれる月影のあるかなきかの世にこそありけれ
（貫之、無常、七九六）

すゑの露もとのしづくや世の中のおくれさけ立つためしなるらむ
（良僧正、無常、七九七）

最初の満誓の歌は、《世の中を何に喩えようか。それは朝早くに漕ぎ出してゆく船のあとに立つ白波のようなものだ》と述べている。「白波」の儚さは、ここでは「朝ぼらけ」という時間設定によって「露」のそれと重なり合っている。

これに接続されるのが、すでに検討した貫之辞世の歌である。この二首は『拾遺抄』にも入っており、公任のこれらの歌に対する思い入れを物語っている。さらに両者は、『六帖』にも見出される。

最後の良僧正の歌も『六帖』にあるが、《葉先の露と根元の雫が、わずかな差で消えてゆく。後に死ぬ人もいれば、先立つ人もいるということなのだろうか》というメッセージは、先行する二首の主題をさらに深めている。なお良僧正とは、遍照の通称である。

「無常」の題目を締めくくる三首は、いずれも世の儚さをそれぞれに言語化したものであるが、これが人生を見つめるまざなしの表出とも言える和歌にとって重要な主題であることは言うまでもない。したがって、そのような主題を持つ歌も少なくないが、貫之の歌はそれを代表する三首のうちの一首としてそこにある。また、貫之以外の二首を詠んだのが僧侶であることにも注目してよいだろう。無常の問題を常の人よりも深く見つめたであろう僧たちに混じって、貫之は世の儚さを知り尽くした人物として演出されているのである。

なお、この「無常」に続く最後の「白」の題目は、『和漢朗詠集』に個性的な特徴を与えるやや特殊な巻である（鈴木一九七二）。「無常」のさらに先にある「空」とでも言うべき境地を表現するために、ここには五つの漢詩と一首の和歌が並んでいる。その意味では「無常」最後の三首は、『和漢朗詠集』全体を終幕へと向かわせるきわめて重要な三首であると言えるだろう。

また、貫之歌が題目の最後を飾っている例も少なくない。「若菜」「三月尽」「藤」「夏夜」「秋晩」「落葉」「鹿」「擣衣」「冬夜」「歳暮」「暁」「隣家」の題目では、いずれも貫之歌が最後にある。この事実だけをとっても、公任が貫之を、様々な題目について決定的な和歌を詠んだ歌人と捉えていたことは間違いないだろう。

以上、『和漢朗詠集』と集中での貫之の扱いについて概観した。『和漢朗詠集』は、『拾遺抄』によって『拾遺集』の出現を促した藤原公任が、『万葉集』『古今集』『後撰集』を踏まえて和歌の歴史を凝縮しつつ、そこに和歌の発展に不可欠であった漢詩をも組み合わせて、平安朝の文芸そのものを網羅しようとした歌集であると言うことができるだろう。

むろん『和漢朗詠集』で脚光を浴びるのは貫之だけではない。一三六もの漢詩を入集させた白居易は絶大な存在感を放っている。道真も三八の漢詩を採られている。『後撰集』の撰者であった源順は、三〇の漢詩に加えて、和歌も三首詠んでいる。しかし、和歌のみを二〇首以上採られているのは貫之のみであり、しかもそれは集全体にまんべんなく散らばっている。そもそも和歌は全体でも二〇〇首余りに過ぎず、相当の精選を経て採られているはずである。その中にあって貫之が占める比重を思えば、それはやはり『和漢朗詠集』において、貫之が代表的な歌人の位置にあったことを意味するだろう。

『古今和歌帖』も『和漢朗詠集』も勅撰集ではない。しかし、それは有意義な歌集として当代の歌人たちに珍重され、かつ後世の文学の発展においても軽視すべからざる道標となった。言うなればこれらの集は、勅撰集によってその基礎を築かれた詩的言語のカノンを、さらに補強する役割を持っていたのである。それは取りも直さず、和歌における詩的言語のカノン作りに、貫之が深く関係していたことを意味する。

ところで、三代集に続く勅撰集である『後拾遺和歌集』『金葉和歌集』『詞花和歌集』『千載和歌集』では打って変わって、貫之の歌は一首も登場しない。[5] このことは逆説的に、三代集がカノン化され、歌の表現方法と内容とを見事なまでに規定してしまったことが、かえって和歌という手法に閉塞感をもたらしたことを意味するだろう。貫之の歌が再び見出されるのは第八の勅撰集である『新古今集』においてである。それは中世の新たな和歌の伝統を打ち立てるために、貫之の時代のカノンの解体を始める集でもあった。

注

(1) 仮名序にある歌は、「歌の父母のやうにて」といわれるほどに有名な(権威化された)歌であり、後には『大和物語』にも登場するが、その原形は『万葉集』の「あさか山影さへ見ゆる山の井の浅き心を我がおもはなくに」(采女、巻一六、三八〇七)であると思われる。なお、貫之の歌は後世において采女の歌に劣らず権威化されたので、『和歌初学抄』『五大集歌枕』『八雲御抄』などの歌論書では、「山の井」は山城国の歌枕として説明されている。

(2) 『拾遺集』の成立は『六帖』よりも後だろうから、むしろ『拾遺集』のアンソロジー的性格は、『六帖』に惹かれてのものだとも考えられる。

（3）もちろん、出典不明の歌、すなわち未詳歌も少なくない。これについては田坂憲二（二〇〇八）や、古今和歌六帖輪読会による『古今和歌六帖全注釈　第一帖』（お茶の水女子大学付嘱図書館、二〇一二）などを参照。

（4）『源氏物語』に影響を与えた白詩はむろん「長恨歌」だけではない。例えば丹羽博之（二〇一四）は、「感旧」と題された詩が桐壺巻に与えた影響について考察している。

（5）さらに言えば、躬恒や忠岑の歌も同様なのである（目崎一九八五）。このように『古今集』の撰者たちは、確かに物理的には後続の歌集から揃って姿を消しているが、同時に彼らの表現は詩的カノンに深く根付いており、次代の和歌からもその痕跡が消えることはなかった。

第七章　貫之の実践――『土佐日記』

頭を逆さにしてみると、空と海が互いに入れ替わり、より本当らしい海の風景が現れる。

――クロード・レヴィ＝ストロース(1)

「空」と「海」は、際限なくどこまでも広がっていく眼差しにとって、切っても切れない存在である。一見すると、もっとも単純で、自由で、果てしのない一体性を持ったその広がり全体のなかで、思いのままに姿を変えている空と海。それでいて、自分自身にもっとも似ていて、同じ平穏と苦悩、混乱と透明の状態を取り戻すようにもっとも明白な強制を受けている空と海。

――ポール・ヴァレリー(2)

一、『土佐日記』の前提

歌論書としての『土佐日記』

貫之の最も有名な業績である『土佐日記』（九三五年頃）は日記文学の嚆矢と位置づけられてはいるが、それは字義通りの日記とはかけ離れたものである。[3]女性とおぼしい、しかも輪郭の不明瞭な語り手が紡ぐ五十五日間の旅の記録は、むしろ『古今集』やその仮名序とはまた違った方法で和歌を論じた書であるようにも思われる。

貫之は九三〇年（延長八）に土佐守として彼地に赴任し、四年後（承平四年）の暮に京への帰路についた。その翌年に成立したらしい『土佐日記』は、土佐から京への行程を同道した女性の目線から記録した、日本で最初の日記文学である。と、このように事典的な定義をすることは容易いが、この定義は何とも曖昧なものである。作者が貫之であることや、成立年代に関しては、ほぼ議論は決着していると言ってよい。ただ、『土佐日記』というテクストに関する様々な側面について、今日まで議論が続いていることも事実である。

大きな問題として、有名な書き出しの文である「男もすなる日記といふものを、女もしてみむ、とて、するなり」に見える、女性に仮託しての執筆というものがある。確かに語り手は、女性としての立場に立っているように思われる。しかし、「しかれども」「〜のごとし」というような漢文の訓読語の使用が多いなど、明らかに男性的と思われる文章も目につく。つまり、もし貫之が単に女性仮託を目論んで『土佐日記』を書いたのだとしたら、その試みは失敗しているということになってしまう。あるいは少なくとも、その女性は必ずしも女性らしい文章を書く女性ではなかった、ということになるだろう。

もう一つの問題は、日記としての不確実さである。日記とは、もともと官吏による公的な日々の記録、つまり実用日記を意味した。例えば「延喜十三年亭子院歌合」の伊勢による日記や、「延喜廿一年京極御息所《きょうごくのみやすどころ》歌合《うたあわせ》」の仮名日記は、いずれも女性の手になる仮名の日記という意味では『土佐日記』に先行するものだが、和歌という芸術を競う場についての日記であるにもかかわらず、「その日の記録」という意味では公的な漢文のそれと大差ないものであった。ところが『土佐日記』は、十二月二十一日から二月十六日までの五十五日間を一日も欠かさず記録している一方で、地名や人物に関する記録には曖昧な部分が目立ち、純粋に記録性を追求したものとは考えにくいのである。要するに『土佐日記』には言うまでもなく虚構性があり、そのために「日記」である以上に「文学」としての性格が強いテクストになっている。

以上の二点を含む様々な問題が、『土佐日記』の内容や性質を追求する上での障碍になっている。だが、この障碍は建設的なものであろう。容易には理解できない、言ってみれば謎の多いテクストであることが、『土佐日記』研究を盛んなものにしていることは間違いない。(4) 貫之その人に主眼を置いた研究よりも、『土佐日記』を主題とする研究のほうが多いのである。(5) それは、『土佐日記』が一般的に貫之の代表的な仕事と見なされている事実と矛盾しないが、それでも『土佐日記』というテクストには、未だ充分に掘り下げられていない部分が少なくない。

まずは出発点として、萩谷朴の『新訂　土佐日記』(一九六九)の議論をなぞりつつ論を進めよう。そこには『土佐日記』が多面的であるがゆえの興味深さと、同じ理由によって生じるある種の扱いにくさとが、共によく表れているからである。同書は貫之歌の大部分に加え、『古今集』仮名序など、貫之に帰すことのできるあらゆるテクストを集めた事実上の貫之全集であるが、その中心に据えられているのは、題名が示す通り『土佐日記』である。

萩谷は『土佐日記』の性質を四つの視点から捉えている。すなわち日記文学、紀行文学、戯曲、そして歌論書である。『土佐日記』を純粋に右のいずれかに分類することは難しい。だが、優位にあるのは歌論書としての特徴である。

土佐日記が日記文学の形態をとり、紀行文学としての素材を選び、戯曲創作としての構想をもった事も、究極すれば、すべてが歌論書としての主題を生かす為の方便でしかなかったという事は、次に示す事実によって決定的なものとなるであろう。（二一頁）

その根拠とは、『六帖』や『新千載集』などの後世の歌集に、『土佐日記』に登場する歌が貫之の歌として掲載されている、というものである。つまり、作中では「ある童」や「昔へ人の母」など複数の登場人物によって詠まれている歌が、実は貫之一人の作であるということは、要するに『土佐日記』が貫之による歌の指南書であることを意味している、ということになる。だがこの主張は、やや論点がずれているように思われる。『土佐日記』の中で「ある人」や「ある童」が詠んだとされている歌は、テクスト内に留まる限りにおいては「ある人」や「ある童」の歌と考えるべきであろう。それが実際に貫之一人の手になる歌であるか否かという問題は、『土佐日記』に歌論書としての性質があるか否かとは別問題である。

いずれにせよ、『土佐日記』に歌論書としての性質があるという右の主張は、本書における『土佐日記』

論の一つの出発点となるものであるが、ここにまた一つの問題が生じる。それは萩谷の言う歌論書が、主に年少の読者に向けられたものを指すからである。また後段で触れることになるが、例えば一月十八日や二月五日の記事で、和歌と三十一文字という初歩的な話題が挙がっていること、一月十七日の記事で、本来は禁忌であるにもかかわらず、本歌取りの本歌を紹介していることなどを理由に、萩谷は『土佐日記』を年少者に向けた技術教育の書と位置づけている。これでは、『土佐日記』の読みの可能性はきわめて狭いものにならざるを得ない。

もちろん萩谷は、『土佐日記』が徹頭徹尾、和歌の入門書であると述べているわけではない。萩谷はさらに、社会風刺と自己反照という二つの主題があることを指摘し、歌論と合わせて三つの主題の上に『土佐日記』は成り立つとする。『土佐日記』の理想的な読者層が権門の子弟であるとするなら、風刺の側面はその親に向けられたものである。貫之は風刺を通して社会への公憤を表明し、官吏としての自らの優秀さを、読者の親にアピールしようとする。さらに自己反照の部分では、亡くなった子を悼み、自らの老境を嘆くという、より個人的な執筆動機を満たしている。

このあまりに構造主義的な整理の仕方は、かえってテクストの自由な読みを阻害してしまうものであるように思われる。例えば、萩谷は『土佐日記』の書かれた時代について、

伝奇小説としての竹取物語がわずかに異彩を放ってはいるが、この時代の他のすべての文学作品が、和歌それ自体かまたは和歌からの延長分化に他ならないということは、前に述べたこの時代の政治的情勢と文化諸般の傾向とに照らし合わせて、見逃すことのできない特色である。（五頁）

と述べているのだが、確かに平安時代、文学の絶対的な中心は和歌であり、それは『土佐日記』においても例外ではない。したがって、これは本書にとっても有意義な指摘である。しかし、『土佐日記』を四つの視点と三つの主題という二重の基準で解剖し、さらに全体を若年の読者のための歌論書と定義してしまえば、『土佐日記』において和歌が中心にあることの意味は見えにくくならざるを得ないだろう。[6]

むろん『土佐日記』が和歌のための日記であることは、早くは池田亀鑑、後には菊地靖彦などによって繰り返し指摘されている。金井利浩はこのことを踏まえて、次のように述べる。

かくして土左日記には、上下幾多の人びとが、巧拙数多の歌うたが、「ことば」をとおして書きつけられることになった。その所以・事由を解さねば、ただひたすら雑多として難じるほかあるまいそれら、すなわち「ことば」による「光景」の中に登場する人びとの生起、躍動、そして詠歌こそ、土左日記の真骨頂である。(二〇〇七、三二頁)

また平沢竜介は次のように述べる。

『土佐日記』における和歌に関する記述は、作品全体にばらばらに配置され、他の亡児哀傷とか社会風刺などの記述と絡まり合って、作品全体に不統一な印象を与え、『土佐日記』がいい加減に書かれたような感じを抱かせる。しかし(中略)『土佐日記』における和歌に関する記述は、一見散漫になされて

いるかのように見えながら、実は論理的に整合性を持つ一つの大系を形作っている。(二〇〇九、三一七頁)

本章では、これらの点をさらに押し進めつつ、『土佐日記』が歌論書としての傾向をきわめて強く持つテクストであることを、改めて主張したい。ただしそれは、萩谷の言うような若年の読者のためのそれではなく、和歌を読み、かつ詠んだ、当時の読者一般に広く向けられたものである。『伊勢物語』のような歌物語としての要素や、日記という形式を取り入れつつ仮名で書くことを強調している点も、実践的な歌論書としての『土佐日記』を成立させる上で欠くことのできない特徴である。

男文字と女文字

『土佐日記』の書き出しは、広く人口に膾炙している。

男もすなる日記といふものを、女もしてみむ、とて、するなり。(十二月廿一日)

《男も書くと聞いている日記というものを、女の私も書いてみよう、と思って書くのである》というようなものが、いわゆる一般的な解釈である。それに加えて、「女もし」の部分に「女文字」が重ねられており、そこから「男もす」の部分には「男文字」が透けて見える、ということを熱心に主張したのは小松英雄（二〇〇六）であった。

「女もし」が女文字であることはわかるとしても、「男もす」が「男文字」であることには疑問が残るかもしれない。(7) しかし、「男がすると聞いている」であれば「男のすなる」でよいわけで、「も」を使っているのは男女を併置するため、という説明では物足りない。併置されているのは「女文字」と「男文字」である、と考えれば、確かに納得がゆくのである。

言葉で心を表現する営みの中で、当代人にとって音の響き合いがどれほど重要なものであったかは繰り返し述べてきた。また、音は完全に一致している必要はなく、特定の音を連想させるだけで充分にその機能を発揮するケースも少なくない。(8) したがって、ローマ字表記で見てみれば、**onnamoshi** を念頭に置いた上で **otokomos** という音素が連なった時点で、「男文字」は充分に連想され得たと言えるのである。

書き出しの文にこの解釈を盛り込んでみると、

《男も書くと聞いている（漢文の）日記というものを、女の私も（仮名文で）書いてみよう、と思って書くのである》

となる。こうしてみると、「男」と「女」の対立よりも、むしろ「男文字」と「女文字」の対立に重点が置かれているように思われる向きもあるだろう。ここでもう一度「も」について言及しておくと、「女」が主語になっているこの一文では後半が強調されることになるので、「男文字」と「女文字」はただ併置されているというだけではなく、どちらかと言えば「女文字」を尊重している、ということになる。より現代風に言い換えるなら、

《漢文の日記というものもあるらしいが、私は仮名で書く》

とでもなろうか。

さらに日記を「する」という動詞も注目に値する。ほかの動詞ではなく「する」を選んだのは、むろん「男文字」「女文字」を埋め込むための選択であったとも考えられる。しかし適応範囲が広く、また純粋な行動を示す「する」という動詞が使われていることは、『土佐日記』の書き手がこの日記を実験的な仮名文の試みとして意識していることの表れでもあったのではないだろうか。

なお、『土佐日記』の書き出しに「男文字」と「女文字」の対立を見出したのは小松が初めてではない。江戸時代後期の国学者、橘守部《たちばなもりべ》（一七八一―一八四九）も同様の指摘をしている。その『土佐日記』注釈書である『土佐日記舟の直路《ただじ》』の該当箇所は以下の通りである（宮内庁書陵部所蔵本）。

【昔ヨリ日記ト云ヘバ、皇日記、平仲日記ナドヤウニ漢文ノ】男もじしてすといふ日記といふものを【コタビハ仮名文ノ】女もじしてこころみんとてするなり。

定説には程遠いものの、複数の注釈者によってこのように『土佐日記』冒頭部分に書き手の文字に向けた意識が指摘されていることは意義深い。もし『土佐日記』が、これまで理解されてきた以上に和歌という営みそのものを論じようとするテクストであるならば、その意図がこのような形で書き出しに現れているということも充分に考えられるからである。

ところで、第四章で見た『後撰集』に引用された『土佐日記』の歌や、貫之の息子、時文と親交のあった恵慶《えぎょう》の『恵慶法師集』などの証言から、『土佐日記』は非常に早い段階で貫之の作品と認知されていたことがわかっている（新日本古典文学大系「解説」）。おそらく実際は書き上げられた段階から、貫之の作として流布したものだろう。『古今集』の成立以来、貫之は当代を代表する歌人となり、貴族たちからの依頼で多くの屛風歌を制作していた。『古今集』における和歌の配列が当時の人々の世界観を詩的言語によって体系化し、それが広く共有されることで文化一般に浅からぬ影響をもたらしたことは間違いない。その後も旺盛な活動を続けた貫之が、官吏としては周縁的な人物に過ぎなかったにしても、宮廷において圧倒的な存在感を保持していたこともまた疑いを容れないであろう。確かに貫之の土佐在任中には、醍醐天皇、宇多上皇、藤原定方、藤原兼輔などが相次いで歿し、貫之は権威的な後ろ盾と共に精神的な拠りどころを失った。時代の雰囲気も、延喜の世ほど牧歌的なものではなくなっている。巷では盗賊が跋扈し、寺院の焼失や、地方の貴族や豪族の叛乱も後を絶たなかった。しかしそれでも、あの貫之が前例のない「仮名の日記」を著したとなれば、貴族社会の耳目が集まらないわけがないのである。

そのように考えてみれば、貫之の手になることが明らかであった『土佐日記』の書き出しは、やはり「女性に仮託された男性の日記」である以上に、「あえて漢文ではなく仮名文で書かれた日記」としてのインパクトを強く発揮したものではないか[9]。初めての和歌の勅撰集である『古今集』にやはり初めてとなる仮名の序文を寄せた貫之である。その意味で、少なくとも一面的には、『土佐日記』は仮名序の続編とさえ言えるのではないだろうか。だからこそ『土佐日記』も、積極的に歌論として読み解いてみることに意義があると思われるのである。

二、言葉の船路

諧謔からの出発

それの年の十二月の二十日あまり一日の日の戌の刻に、門出す。そのよし、いささか物に書きつく。

（十二月廿一日）

都へ帰るために土佐から出発するというその日に、『土佐日記』は書かれ始める。目的はむろん、旅の様子を記録することであろう。しかし一行はなかなか出発しない。廿六日まで、送別の宴が続くのである。そのせいだろうか、この期間の記事には諧謔的な表現が目立つ。

上中下、酔ひ飽きて、いと怪しく、潮海のほとりにて、あざれあへり。

（十二月廿二日）

ここでは、身分の上下に関係なく、人々が大いに酔い、腐った（鯘《あざ》れた）魚のようにふざけ（戯《ざ》れ）まわっている様子が描写されている。場所は海辺で、水は塩分を含んでいるので、魚は腐らないはずだが、打ち上げられた魚のように砂浜をのたうちまわっている、というわけである。同時に、「怪しく」は「不思議」

であると共に「けしからぬ」でもあるので、「海辺で魚が腐っていることが不思議である」という表現と、「都の貴族が、身分を越えて雑多な人々と酔い乱れているのはけしからぬことだ」という表現が重ね合わされているのである。[10]

ここに見られる「身分の違い」という概念は、『土佐日記』を読み解く上で重要であり、全篇を通して頻出することになる。例えば、二日後の記事には以下のようにある。

ありとある上下、童まで酔ひ痴れて、一文字をだに知らぬもの、しが足は十文字に踏みてぞ遊ぶ。

（十二月廿四日）

身分の低い者は文字を書くことができない。「一」という字も知らない彼らだが、足では「十」を書くことができる、というわけである。さらに語の切れ目を変えると、「知らぬ物師が」とも読め、物師（職人、あるいは芸人）という身分の低い者が具体的に指示されているともとれる。[11]

ところでこの二つの箇所は、いずれもただの諧謔に過ぎないのだろうか。

廿二日の「いと怪しく、潮海のほとりにて、あざれあへり」という一文は、それぞれ完全に異なる二つの意味を伝えている。それでいて、海に打ち上げられた腐った魚と、身分を忘れて酔い乱れてしまう人々の姿には、どこか相通ずるものがある。このように、一組の記号表現（シニフィアン）から複数の記号内容（シニフィエ）を導き出させ、しかもそれらの記号内容の間に換喩（メトニミー）的な関係を成立させることは、他ならぬ和歌に特徴的な手法である。つまりこの箇所は、仮名日記の体裁をとることによって和歌の方法を散文に開く、という行為の実践であると共に、そうすることで和歌の表現手法をより日常的な地平で解説することを目的としているように思われるのである。

廿四日の記事についても、さらに考察を深めることができる。「酔ひ痴れて、一文字をだに知らぬもの、しが足は」と「し」の音の連続を強調していることも興味深いが、それよりも重要なのは、浜辺で千鳥足になって文字を書いている彼らが、まさに歌ことばの「浜千鳥」を体現しているということである。

忘られむ時偲べとぞ浜千鳥ゆくへも知らぬあとをとどむる

（よみ人しらず、古今、雑下、九九六）

《私を忘れるようなときが来ても、思い出してもらえるように、このどこへ飛び去ったのかもわからない浜千鳥の足跡のような文字で、私の想いを書きとどめておきます》という歌に描かれているように、浜辺で文字を書くと言えば、当代においては浜千鳥が代表的な表象であった。その背後には、中国の黄帝の時代、蒼頡《そうけつ》という人物が鳥の足跡を見て文字を発明した、という伝説も活かされていると思われるが、和歌の文脈においては、浜千鳥から想起されるのは文字の中でも手紙のそれであり、しかも多くの場合、別れを象徴する手紙なのである。例えば、

浜千鳥たのむを知れとふみそむる跡うち消つな我を越す浪

（貞文、後撰、恋二、六九五）

という歌は、相手を「たのむ」気持を込めた手紙を表す浜千鳥の足跡を「浪」が消してしまう情景を描くことで、やがてこの恋に「涙」の別れが訪れることを暗示している。また、浜千鳥が「踏みそめた」文字が「文《ふみ》」と重ね合わされていることは、『土佐日記』の本文にもさらなる解釈の余地を与える。つまり、あらゆる人々が砂浜に文字を「踏みてぞ遊ぶ」ことは、すでに別れの予感に包まれた「文」を連想させるのである。前国守は、「四年五年」という長い歳月を土佐で過ごした。都へ帰りたいという強い願望と共に、別れを惜しんでくれる周囲の人々への愛惜の情も深まっていることだろう。浜に文字を書く人々は、前国守のそのような想いを、浜千鳥を詠んだ歌を連想させることによって代弁しているのである。

このように、諧謔の豊富さばかりが評価されがちな『土佐日記』の冒頭部ではあるが、その実は歌論書としての『土佐日記』の導入部にふさわしく、すでに読者の意識を和歌へと向けつつあるのである。その助走の役割を担う諧謔表現は、むろん漢文では到底再現できない(12)。

別れの歌

出航前日の廿六日になって、『土佐日記』には初めて和歌が登場する。それは、新しくやって来た後任の国守と、これから都へ帰ってゆく前国守との贈答歌の体裁になっている。

都出でて君に逢はむと来しものを来しかひもなく別れぬるかな

白栲《しろたへ》の波路を遠く行き交ひて我に似べきは誰ならなくに

（十二月廿六日）

後任者が詠んだ一首目の歌は、かなり線条的なものと言ってよい。《都を出て、あなたに逢おうとやって来たのに、来た早々、もうあなたと別れることになった》と、「来し」を反復させてリズムよく歌っている。

これに対する前任者の応答は、より両義的である。《あの白い波を越えて遠い道のりをやって来たあなたなのだから、これからその道のりをなぞる私とはよく似ているはずなのに》とでもなるだろうか。白栲とは白妙であり、それはすでに取り上げた貫之歌では、若菜摘みに出る娘たちの袖を表す言葉であった（古今、春上、二二）。それはどこかつかみどころのない、しかし美しい光景を形容する表現である。そのような波を「遠く行き交う」のは、片や都から波を越えてやって来た後任者と、片や波を越えて都へ戻る前任者とが波路をすれ違ってゆくからである。同じ道のりを行き交う二人だから、本来なら似た境遇にある者としてわかり合えるはずなのだが、歌は暗に「似ているはずなのに、似ていない」と示唆している。それは、まだ都から着いたばかりの後任者に、土佐で四、五年を暮らし、その間に様々な体験や想いを重ね、複雑な胸中で都へ戻ってゆく自分の気持がわかるはずはない、という前任者の意地でもあるだろう。「白妙の波」を「白波」に凝縮し、そこから「知らぬ身」を連想することが許されるなら、この読みはなおさら悲しみにも似た感情で補強されることになる。

繰り返すが、右の二首は『土佐日記』が最初に取り上げた和歌である。これは、『土佐日記』を歌論書として読み解こうとする場合、無視できない事実であろう。日記が書かれ始めてからすでに六日である。これまでの記事には和歌の代わりに、和歌特有の表現に強く結びついた言語上の試みが、諧謔的な形で盛り込まれていた。和歌を扱うための準備運動はすでに済んでいたのである。そしていよいよ船出する前日に、満を持して和歌が登場する。それは翌日に迫っている出発、つまり土佐とその土地の人々との別れが、感情を昂らせ、和歌を詠むにふさわしい場面を提供するからであろう。また、最初に登場するのが新国守と前国守による贈答歌であることも、贈答歌が和歌の意味生成過程を存分に発揮させるものであるという認識と矛盾しない。心のすれ違いを詠んだ男女の歌ともとれるこのやりとりは、別れと共に本格的に幕を開ける『土佐日記』の和歌の世界にふさわしい出発点と言える。

歌以外の文面も、この見方を支持している。相変わらず続いている宴会の席では、和歌だけではなく、漢詩も言い交わされる。しかし『土佐日記』の書き手は、「漢詩は、これにえ書かず」として、漢詩の内容には触れようとしない。それはなぜか。もちろん表向きの理由は、書き手は前国守に仕えている女房などの女性とされているので、男のものである漢詩の内容には触れることができない、というものである。だが、書き手を女性と設定したことが貫之による虚構であることが明らかであり、なおかつ『土佐日記』の全体を歌論書として捉えるという本章の主旨に鑑みれば、真の理由は一つしかない。『土佐日記』は仮名によって和歌を論じることを最大の目的としているので、漢詩に言及する必要がないのである。『古今集』仮名序で「唐の歌にもかくぞあるべき」と言ってのけた貫之は、ここでも漢詩を敬して遠ざけ、軽妙な態度で封印してしまう。(13)

だが、和歌であればすべてが採用されるわけではない。先の二首の直後に、書き手はこう述べる。「他ひとびとのもありけれど、さかしきもなかるべし」と。つまり『土佐日記』で論じられる価値があるのは、一定の基準を満たした歌、和歌について考えるに際して有用と判断される歌のみなのである。

翌廿七日、一行はついに土佐を離れて海へと漕ぎ出してゆく。別れという主題は引き継がれており（それはある意味では『土佐日記』の固執低音である）、比較的長いこの日の記事には、さっそく四首の歌が紹介されている。

都へと思ふをものの悲しきは帰らぬ人のあればなりけり

あるものと忘れつつなほ亡き人をいづらと問ふぞ悲しかりける

（十二月廿七日）

右の二首が詠まれたのは、土佐を出発したことで、京で生まれ、任地で急死した、幼い娘の不在を思い出してしまったからである。《ようやく都へ帰れるというのに悲しいのは、一緒に帰ることのできない人がいるからだ》という一首目には、「帰らぬ人」に「亡くなった人」と「同行できなくなった人」という二つの意味が重ねられている。二首目は、《その人が死んでしまったことを忘れて、姿が見えないとつい「どこにいるの」と尋ねてしまうことが悲しい》と歌い、子供が「なきもの」であることを忘れているために「あるもの」と思い込み、姿が見えないので「どこにいるの」と尋ね、そして、死んで二度と帰らないことを思い出してもなお「どこにいるの」と尋ねずにはいられない、という幾重にも積もった悲しみが、実に器用に詠み込まれている。

ところで、この早世した「女子」が一行の誰を父とし、誰を母とするのかは必ずしも明確とは言えないが、前国守の娘と考えるのが一般的である。この娘の死は『土佐日記』の大きな主題の一つであり、「亡児追憶」は『土佐日記』研究における一つのキーワードにまでなっている。しかし、その娘が実際に死亡した貫之の娘をモデルにしている、とする説には疑問の余地も多く、例えば新日本古典文学大系で『土佐日記』を校訂した長谷川政春は、これを虚構と捉えている。(14) とはいえ、テクスト内部において、この幼女の死が持つ意味は大きい。それは「別れ」という大きな、かつ和歌に最適な主題を『土佐日記』の全体に与えているのみならず、海という、まさに茫漠とした「涙」の舞台を、和歌の実験場として提供するのである。

さて一行は鹿児の崎の港でいったん船を停め、別れを惜しむ土地の人々と再び別れの宴を催す。

惜しと思ふ人やとまると葦鴨のうち群れてこそ我は来にけれ

棹させど底ひも知らぬわたつみの深き心を君に見るかな

（十二月廿七日）

《行ってしまっては惜しいと思う人が、もしや留まってくれはしないかと思って、鴨のように群になってやって来ました》という人々の歌に対して、これをいたく気に入った「行く人」、つまり前国守は、《棹をさしても深さのわからない、海のように深いあなたの思いやりを感じています》と答える。それは同時に、《気持は嬉しいが、それでも私は海（わたつみ）を渡らなければならない身（わたつみ）なのだ》という宣言でもある。
この二首目の歌は、『後撰集』で貫之が兼輔と定方とのやりとりの中で詠んだ「棹させど深さも知らぬふちなれば色をば人も知らじとぞ思ふ」（春下、一二七）によく似ており、先行する歌の意味を深め、まとまりをつけるという役割にも相通ずるところがある。登場人物の中では前国守が現実の貫之に最も近い立場であるが、やはり前国守は一行の中で群を抜いて和歌に通じた人物として描かれているようである。
それに比べ、例えば船頭である楫取のような人物は歌を詠むことができない。それは楫取が「もののあはれ」を知らないからである。この場面に居合わせた楫取は、感動的な歌のやりとりになど目もくれず、「潮が満ちると風も出てくるから、早く船出しましょう」と杯を片手に急かすばかりである。

楫取、もののあはれも知らで、己し酒をくらひつれば、早く往なむ、とて、「潮満ちぬ。風も吹きぬべし」と騒げば、船に乗りなむとす。

（十二月廿七日）

本居宣長（一七三〇―一八〇一）がその定義を試み、さらに『源氏物語』こそ「もののあはれ」の極点である、と述べたことがあまりに広く受け入れられてしまったせいか、少々意外な気もするが、「もののあはれ」という言葉の初出は他でもない『土佐日記』である。それでは、「もののあはれ」とは何か。[15]
実は『後撰集』で、貫之は「あやしく物のあはれ知り顔なる翁かな」と評されている。

ある所に、簾の前に、かれこれ物語し侍りけるを聞きて、内より、女の声にて「あやしく物のあはれ知り顔なる翁かな」と言ふを聞きて

あはれてふ事にしるしは無けれども言はではえこそあらぬ物なれ

（貫之、後撰、雑四、一二七一）

《あはれというものは明らかに何かとはわからないし、あはれと言うことに何か効果があるわけでもないが、それでもあはれとしか言いようのないものなのだ》というのが大意であろう。つまり「もののあはれ」を知るということは、具体的に何かを得ることでもなく、何かを見分けることでもなく、ただ「あはれ」と言うべき場面でそれを言うことなのである。

『後撰集』の「物のあはれ知り顔なる翁」は『土佐日記』では「船の長しける翁」として、やはり「もののあはれ」を知っている。それは粗野で教養のない楫取には知ることのできないものである。そもそも和歌を理解できなければ、「もののあはれ」の真理に到達することも不可能であろう。

京へ向けて出航したことで本格的に動き出した『土佐日記』は、折に触れて和歌を登場させ、和歌を論じる書物としての自らの姿を強調する。亡くなった娘との別れ、慣れ親しんだ土地の人々との別れの悲しさが登場人物たちを包み込むが、その別れの辛さを噛みしめるには「もののあはれ」を理解する必要がある。これを解せず、ましてや和歌を詠むことのできない者は、人間の心の最も深い部分に触れることができないのである。

童心の歌

廿八日、一行は大湊を目指して出航する（大湊を追ふ）。この大湊と呼ばれているのが今日のどの場所にあたるのかについては、膨大な研究がある（品川一九八三）。それらを総合すると、いまのところ香美郡前浜村が有力であるというから、これは現在の高知県南国市ということになる。このように地理的な事実を洗い出すことも、『土佐日記』の「実像」に迫ろうとする一連の研究の中で重大な位置を占めているものの、本章にとってはむしろ、「おほみなと」を「おふ」という音の親和性のほうが重要である。特定の場所を「目指す」ことを意味する「追ふ」は『土佐日記』に頻出するが、この箇所が初出であり、そのときに組み合わされたのが音のレベルでの遊戯性を担保する地名であったことは必ずしも偶然とは思われない。

さて大湊には着いたものの、いつまでも白波が激しく立っているので、一行は一月七日になっても出発することができない。運んでもらった食事には若菜が入っていたので、一行はその日が若菜を摘んで食す、正月七日であったことを実感する。そこで誰かが次のような歌を読んだ。

浅茅生の野辺にしあれば水もなき池に摘みつる若菜なりけり　（一月七日）

《浅茅の生えている野辺にあって、これは水のない池で摘んできた若菜だ》という歌は、若菜を持って来てくれた人がそれを池（現在でも高知市にある）というところから運んできたことを歌った、諧謔的なものである。この歌には「いとをかしかし」という褒め言葉が添えられるが、それは機知に富んだ和歌と共に季節の食物を運んでくれた人物の好意に向けられており、さらには季節の折々にふさわしい風物に触れ、それを歌に詠む当代人の文化にも向けられていると思われる。

同じ七日には、破籠《わりご》の容器に入った食物を携えた人物もやって来る。この人物は自作の歌を披露したいという下心があってやって来たのだが、波が立つことの不安を歌った、と前置きして、次のような歌を提出する。(16)

行く先に立つ白波の声よりも遅れて泣かむ我や勝らむ

（一月七日）

《行く手に立つ白波の音に遅れて、あとに残る私はそれ以上の声を上げて泣くのです》という歌は、想う相手と離れ離れになり涙を流すさまを描写していると共に、荒れる波に行く手を阻まれている一行の状況をも言い表している。

そのような内容があまりに身につまされ、不吉な気配に包まれたからだろうか、一行は歌には感心しながらも、誰一人として返歌をしようとしない。こういう場面で歌を詠むべき人物である前国守も同様である。ところが夜になって、歌を詠んだ人物が立ち去ってしまうと、一人の童が、「返歌を作った」と言い出す。相手が帰ってこないので童もなかなか歌を披露しないが、本当に子供にそんな和歌が作れるのかと訝る大人たちにせっつかれて、ついに次の歌を提出する。

行く人もとまるも袖の涙川汀のみこそ濡れ勝りけれ

（一月七日）

《去ってゆく人も残る人も、川のように流れる涙ですっかり袖が濡れてしまって、その袖よりも濡れているものといえば汀くらいのものでしょう》というこの歌は、先の歌が泣く人の声に焦点を絞っていたのに対して涙に重点を移し、想う相手との距離を縮める呪術的な「袖」の効果を利用している。さらに一行の置かれている状況を思い起こしてみれば、足止めを食っている彼らは都への郷愁のためにも涙を流すだろうが、船が動けば動いたで、任地で縁のあった人々と別れなければならないのだから、「行く人もとまるも」にはなおさら多層的な意味合いがある。もちろん、「波」が「涙」と重なることは言うまでもない。

このような歌を子供が読みおおせたので、まわりの大人たちはすっかり呆気に取られてしまう。そして「子供の歌では仕方がない」と、やや気後れを感じながらも、大人の誰かが自分の歌として、代わりにそれに署名することを決める。

童の歌に対する大人たちの反応には興味深いものがある。まず第一に、他人の歌に自分の名を署名することに対する「悪しくもあれ」という意識である。これまで見てきたように、当時和歌に携わっていた人々は、和歌の内容や配列というコンテクストに沿って作者の名前を変更することに抵抗を感じてはいなかった。しかしこの場合のように、歌を詠んだ人物が目の前にいるときは、さすがに気が引けるということだろうか。いずれにせよ、「悪しくもあれ」とは言いながら、童の歌にはあっさりと大人の署名がついてしまうのである。

第二の、より重要な点は、「可愛らしい子供でもこんな歌を詠むものだろうか」という大人たちの感想である。確かに、別れ別れになる人々の心のあや、それも男女の別れともとれる情景を、年端もいかない子供が詠むことには不自然さもあるだろう。しかし『古今集』の仮名序に戻ってみれば、和歌の思想の根本にあるのは「生きとし生けるもの、いづれか歌をよまざりける」という発想であり、階級や性別、年齢によらず、人は本来的に和歌を詠むことができるという理想である。つまりこの箇所の眼目は、澄んだ目と心を持った童が、そのために景物や周囲の人々の心に自然と感応して、大人顔負けの歌を詠んだ、ということであり、これは歌を詠むためには何ら資格は必要ない、という仮名序の主張を象徴する挿話であるようにも思われるのである。

「亡児追憶」が『土佐日記』の主題の一つであることと無関係ではないだろうが、子供と歌の関係は随所に登場する。例えば、一月十一日の記事である。一行は、室津を目指す途中で、羽根という土地に着く。すると幼い子供が「まるで鳥の羽根のようだ」と頑是ないことを言い、大人たちの笑いを誘った。しかしある女の童は、次のような歌で空気を一変させてしまう。

まことにて名に聞く所羽根ならば飛ぶがごとくに都へもがな　（一月十一日）

《この場所がその名前の通り、本当に羽根であるなら、私たちも飛ぶように速く都へ帰れればいいのに》

という歌は、一日も早く都へ、と思う一行の心をかき乱す。

この歌には複雑な技巧はないが、それは貫之が好んで詠んだ、〈名〉の本質を利用した力強い表現である。(17)

そして、この童の歌を聞いて、任地で娘を亡くした母親は悲しみに囚われてしまう。するとまた誰かが、次のような歌を提出する。

世の中に思ひやれども子を恋ふる思ひにまさる思ひなきかな

（一月十一日）

《世の中のいろいろなことについて私たちは思いを抱くものですが、子を恋しく思う気持、これにまさる思いがあるでしょうか》というこの歌はかなり直接的なものだが、三つの「思ひ」は注目に値する。一首の歌に同じ語が三度も登場することは珍しく、それだけに「思ひ」の強さはいやが上にも強調され、音のレベルでも一首全体を包み込んでしまう。そして「思ひ」の「ひ」が「火」であることを思い起こしてみれば、三つもの「ひ」を含むこの歌は、恋しさのあまり激しく燃え上がっていることになる。それでも詠者が生きながらえているのは、大量の涙が火を抑えているからである。しかも詠者たちはいま海上にいるので、溢れる涙はまさに海のように膨大ということになる。

ここで再び問うてみたい。『土佐日記』に童の歌が複数回にわたって登場するのはなぜか。萩谷説に立ち戻るなら、それは『土佐日記』の読者として年少者が想定されているから、ということになる。しかし、年少の読者を惹きつけるために年少の歌人を登場させる必要はないし、その童に対して大人たちが「子供がこんな歌を詠むなんて」と驚いて見せるのも不自然である。それではやはり、歌を詠む童の姿が、亡くなった娘の姿に重なるからだろうか。それもあるだろう。しかし理由はより単純かつ、和歌にとって根源的なものではないか。

「羽根」の歌の根拠になったのは、幼い童の「鳥の羽根のようだ」という感想である。歌を詠んだ童は、この感想を歌の形に改めたに過ぎない。しかしその歌は決して幼稚なものではなく、むしろ歌のエッセンスとも言える〈名〉の力を引き出した鋭いものであった。子供の澄んだ心が和歌に向いている、ということの可能性については、先に仮名序と絡めて述べた通りである。そして、さらに仮名序に関して思い出されるのは、仁徳天皇が詠んだ歌と共に「歌の父母」と並び称される次の歌が、采女の「戯れ」で詠んだ歌という点である。


安積山かげさへ見ゆる山の井の浅くは人を思ふものかは

《山の澄んだ清水に安積山の影が移っています。その清水のように私の想いも浅いのだと、どうして言えるでしょうか》というこの歌は、「安積山」と「浅く」で「浅い」を反復しながら、自分の心が浅いと思うかどうかを相手に問いかけている。

采女は、天皇のそばに仕える女性であるだけに最低限の教養は身につけていたに違いないが、身分は高くない。しかもこの歌は「戯れ」の結果である。つまり、歌にとって重要なのは詠者の身分や詠歌の姿勢ではなく、詠者の才能と、何よりも心ということになる。

だからこそ『土佐日記』の童たちも、大人が驚くような歌を詠むことができるのである。しかも童の歌は、一人の母親に娘を亡くしたことを思い出させて一同の心を動かし、感情を高めるものであった。まさに童の歌には「力をも入れずして天地を動かし、目に見えぬ鬼神をもあはれと思はせ、男女の中をも和らげ、猛き武士の心をも慰むる」という、仮名序に謳われた通りの力が宿っているのである。したがって、『土佐日記』における童は、亡くなったという娘も含めて、感情を刺激し、詠歌を促し、歌の根源的な力を引き出す存在である、と言えるのではないだろうか。

海という実験場

日付は前後するが、一月八日、一行はまだ大湊で足止めを食っていた。その夜、彼らは月が海に入るのを見る。(18)「ある人」はその光景を前に、業平の次の歌を想起する。

飽かなくにまだきも月の隠るるか山の端逃げて入れずもあらなむ

（業平、古今、雑上、八八四）

この業平の歌は、《まだ見足りないのに、月はもう山の端に隠れようとしている。山の端が逃げだして、月の入るところがなくなればよいのに》というほどの意味であるが、『古今集』では、席を立った惟喬親王を月に喩え、引き留める歌となっている。これは似通った状況で『伊勢物語』八二段にも登場するので、比較的有名な歌であったと言えるだろう。

さて「ある人」は、もしこの歌が山のそばではなく、海のそばで読まれたのなら、下の句は「波立ち障《さ》へて入れずもあらなむ」になったであろうと想像する。山の端が動いて月から逃げるのではなく、波が高くなって月を沈ませない、というわけである。
『伊勢物語』ではこの歌を詠んだのは右馬頭であるが、これも業平のことと解釈するのが一般的である。そして惟喬親王は、こちらでは紀有常を代理に立てて返歌をしている。

おしなべて峰も平らになりななむ山の端なくば月も入らじを

（有常、伊勢物語、八二段）

《どの峰も平らになればいい、山の端がなければ月も入りようがないから》ということの歌に、「ある人」が提案する「波立ちて」ともうまく対応するように思われる。もしこの返歌が海で詠まれたなら、上の句を「おしなべて波も平らになりななむ」とすればよいからだ。
ともあれ、「ある人」は業平の歌について考えながら、月が海に入る景色を次のような歌に詠む。

照る月の流るる見れば天の川出づる港は海にざりける

（一月八日）

《照る月がこうして海の上を流れてゆくのを見ると、やはり大空の天の河も、河口は海にあるのだな》というこの歌は、壮大な自然のスケッチであると共に、「流るる」を「泣かるる」に重ねてみれば、そこに天の河が象徴する男女の出会いと別れに触れて涙を流している詠者の姿が見えてくるだろう。

ところで『万葉集』には、次のような人麿の歌がある。

我が背子にうら恋ひ居れば天の川夜舟漕ぐなる楫の音聞こゆ

（人麿、万葉、巻一〇、二〇一五）

大湊に足止めを食っている詠者の耳にも、目の前の海に繋がっている天の河を進んでゆく舟の、櫂の音が聞えたのだろうか。

以上のような当代人の壮大な自然観には、むろん、太古からの発想も強く結びついているだろう。中西進（二〇〇一）によれば、天と海とは根本的に同質のものであった。すぐ頭上にある「空」のさらに上にある「天」は、まさに「久方の」という枕詞にふさわしく、遠いものである。しかし、「天」はアメ／アマであり、それは「海」とまったく同じである。海で働く「海人＝アマ」は、「アマの人」が略されたものであり、「海」も本来はアメ／アマであった。そして、上のアメ／アマから下のアメ／アマに降り注ぐものも、やはり「雨＝アメ」なのである。

業平の歌の詠み換えに始まり、そこから触発されての詠歌という流れを持つ一月八日の記事は、『土佐日記』の肝の一つであると言えるだろう。実景を前にしての詠歌は歌の基本ではあるが、実際には言葉の芸術としての本質がそれに先行し、必ずしも実景としての解釈が重要ではないことは、これまでに繰り返し確認してきた通りである。業平の歌を詠み換えるという行為は、一方では実景に合わせて和歌に変更を加えるという、基本的な和歌の作法に則った遊戯であるが、また一方では、和歌は決して固定されたものではなく、臨機応変に想像力を働かせることで、いくらでも書き換えが可能になるのだという宣言とも取れる。(19) 実際、そのような想像力の成果として「ある人」は歌を完成させているのだから、この箇所はまさに歌論の提示と実践を同時に行っている、ということになるだろう。

そしてこの記事は、一月廿日のそれと多くの側面で対になっている。そこで描かれるのは、風雨のために長く足止めされていた室津の港での最後の晩であり、ここでも月の出入り口は山の端ではなく海である。

室津の海から昇ってくる月を見て語り手は、阿倍仲麻呂（六九八―七七〇）にまつわる挿話を思い出す。仲麻呂は留学先の唐を出発するというとき、現地の人々と別れを惜しみ、漢詩を交わしていた。そのうちに夜になり、海から月が出た。仲麻呂は感動し、次のような歌を詠む。

青海原振り放け見れば春日なる三笠の山に出でし月かも

（一月廿日）

仲麻呂は現地の人々がその歌の心を理解できるようにと、漢字で説明を試み、それを通訳の手に託した。こうして歌の心は唐の人々にも通じ、皆で感動を共有することができた。日本と唐では言葉こそ異なるが、同じ月を見て感じる心には重なる部分も多いのである。

そして、そのような歴史に思いを馳せながら、「ある人」も歌を詠む。

都にて山の端に見し月なれど波より出でて波にこそ入れ

このように廿日の記事も、海を舞台とする和歌の考察を行っている。しかし、八日の記事が業平の歌をそのまま引用してから変更の可能性を指摘していたのに対し、廿日の記事の仲麻呂の歌には最初から改変が施されている。この歌は『古今集』にもあるが、そこでは初句は「天の原」である。

（一月廿日）

天の原ふりさけ見れば春日なる三笠の山にいでし月かも

（仲麻呂、古今、羇旅、四〇六）

『古今集』の左注を見ると、これは仲麻呂が長年帰国できずにいたところ、後代の使者が唐で仲麻呂と合流し、一緒に帰国しようということになり、現地の人々が送別会を開いてくれた夜に、月が見事だったので詠んだ歌、ということになっている。むろん、真偽のほどは定かではないが、貫之の時代には半ば伝説として、そのように信じられていたものだろう。

仲麻呂は十代で唐に留学し、科挙に合格、玄宗帝に仕えた。李白や王維といった詩人との親交も篤く、後世においても、清の康熙帝の勅命で編まれた『全唐詩』（一七〇三年）に彼についての詩が収録されるなど、現地での存在感は大きなものであった。官人としても一流で、仲麻呂は順調に昇進する。在唐三十五年を迎えた頃、藤原清河《ふじわらのきよかわ》（七七八年歿）が遣唐使としてやって来ると、共に帰国を試みるが、嵐に遭い、再び唐の領内に流れついてしまう。結局、帰国は叶わぬまま、仲麻呂は唐で生涯を終えるのである。

仲麻呂の生涯における「懐かしい故郷に帰れない」という困難な状況が、一行が直面している状況に重ね合わされていることは言うまでもない。その上で改変が行われたのはなぜか。『古今集』にある形は、《大空を遥かに見渡すと、あの春日の三笠山から昇った月と同じような月が出ている》であり、大空の彼方にある故国を偲ぶ内容が際立っている。一方『土佐日記』では、重要なのは海である。主題は同じでも、舞台を海とし、なおかつ八日の記事との対照を明確化するためには、初句を「青海原」とする必要がある。それによって歌意は《大海原を遥かに見渡すと～》となり、眼前の海さえ制覇すれば都へ帰ることのできる一行の状況に、より合致したものとなる。

「ある人」の歌は、この生まれ変わった仲麻呂の歌に対応するものである。《都では山の端から出入りしていた月が、ここでは波から出入りしている》という直接的な歌には、奈良時代の人である仲麻呂が詠んだ歌と相性のよい、万葉風と言える側面もある。しかし、八日の記事から「山の端」を引き継ぎ、仲麻呂の歌にある「三笠の山に出でし月」という表現を「月」の一字に閉じ込めているのは充分に技巧的である。「波より出でて波にこそ入れ」という下の句は、音のレベルの反復によって波を表現しているのみならず、出でて／出でてという対立を想起させることで月に仮託された焦燥感をも表している。

また、仲麻呂が歌の意味を伝えるために漢字で説明を試みたという出来事の紹介や、言語が異なっても人の心には共通するところがあるという主張が展開されていることも、この場面では重要である。

まず前者については、「かの国人、聞き知るまじく思ほへたれども、言の心を、男文字に様を書き出だして、ここの言葉伝へたる人に言ひ知らせければ、心をや聞き得たりけむ、いと思ひの外になむ賞でける」とある。この部分に関して、「完璧な中国語を習得していた仲麻呂が、わざわざ歌を漢字に書き改め、しかも通訳の手を借りるなどするはずがない」というような指摘は少なくない。しかしこれもまた、仮名で書かれ、登場人物の誰一人して名前を持たない『土佐日記』に高い史実性を求めるという、そもそも無理のある前提に立脚した指摘であると言わざるを得ない。もとより、仲麻呂は仮名のない時代の人間であるから、「男文字」に書き改めるというのも奇妙なのである。むしろ、この箇所で注目すべきは「心と言葉」の問題であろう。

和歌は心と言葉を追求する芸術である。だから心と言葉を完全に切り離すことはできない。しかし仲麻呂（実在の仲麻呂というよりは、仲麻呂と呼ばれている人物、と言った方がよいだろう）は持てる能力を活かし、詠んだ歌に込めた心を漢字に置き換えようとする。そして、通訳の力を借りてそれをさらに説明することによって、ただ単純な翻訳ではなく、なぜそのような心を、そのような言葉で表現したのかということを、唐の人々に理解させることができたのである。

このように考えれば、後者の主張にも自然に接続することができる。すなわち、「唐土とこの国とは、言異なるものなれど、月の影は同じことなるべければ、人の心も同じことにやあらむ」である。言語は違っても、人間ならば同じ心を持っている。日本人も唐の人も、月を見れば心に感じるものがある。ただそれを表す術が違うだけなのだ、というわけである。[20]

一月八日と廿日の記事が共に『後撰集』に形を変えて収録されていることは、この二つの記事が『土佐日記』の中でもとくに重要視されていたことの直接的な証拠と見なし得る。そしてその理由は、過去の歌を例にとりながら、その場の状況に合わせて改変を加えることで意味を再構築するという詠歌の手法、そして心と言葉の関係性を常に意識し、それを人に伝えることの重要性の認識が、どちらも『土佐日記』において展開される歌論の要であったからに他ならない。

三、『土佐日記』の機構

螺旋的な構造

一月八日と廿日の記事の対照関係からも明らかなように、『土佐日記』では日記の表現や構成が多くの場面で相互に呼応している。それは、同様の趣旨が何度も繰り返し述べられている、ということでもある。現に『土佐日記』は二月十六日の項まであるが、少なくとも歌論という視点から見ると、主な議論はこれまでに出尽くしているとも言えるのである。

だがそれは、『土佐日記』が冗長なテクストであることを意味するのではない。和歌は積み重ねによって初めて表現を磨くことができるのであり、歌を詠み、交わし、歌合を試み、歌集を編む、という貫之をはじめとする当代の歌人たちの営みは、まさに一見よく似た行為の積み重ねで構成されている。『土佐日記』は、土佐から京へと少しずつ変化してゆく環境を表現や場面構成に活かしながらも、歌を詠み、歌について考えるという行為をひたすら繰り返すテクストなのであり、その意味では土佐から京を結ぶ直線で成り立つのではなく、和歌をめぐる螺旋によって成り立っているのである。

例えば一月九日の記事は、様々な詩の形や別れの主題、それに身分の問題を扱っている点で、十二月廿六、廿七日の記事と共通点が多い。

九日、一行はようやく大湊を出発し、奈半《なは》を目指す。いよいよ四国を離れて本土へ向かうことになるので、港に見送りに来ていた有志ともこれが当面の別れになる。そのとき、独り言のように詠まれた歌が以下である。

思ひやる心は海を渡れども文しなければ知らずやあるらむ

（一月九日）

《思う心は海を渡るほどのものだが、海の上から文を送るわけにもいかないし、海の上を歩いて渡ってゆくわけにもいかないから、私の想いも伝わらないだろうか》というこの歌では、「文」が「踏み」と響き合うことで、《歩いて海を渡ることはできない》という意味が生まれている。もし都であれば、国境を越えていった相手への歌には関所や山が障碍として登場することになるのだが、ここではそれが海になっているのも『土佐日記』にふさわしい。またこの歌が、十二月廿四日の「しが足は十文字に踏みてぞ遊ぶ」という諧謔によって提出された概念を反復していることは言うまでもない。

次には、宇多の松原というところを通る。樹齢数千年かと思われるような立派な松の根元に波が打ち寄せ、枝々には鶴が飛び交う。この見事な光景を見て詠んだ歌が以下である。

見渡せば松の末ごとに住む鶴は千代のどちとぞ思ふべらなる

（一月九日）

《見渡すと、松の枝先ごとに鶴がいるようだが、松と鶴は千年もつきあう親しい友人同士のように思える》

という、ずいぶんめでたい様子の歌であるが、興味深いことに歌のすぐあとには、「この歌は、所を見るに、えまさらず」という一文がある。つまり、風景の素晴らしさに比べると歌はまだまだ、ということであろう。

この歌は、『貫之集』にある屏風歌、

わが宿の松の木ずゑに住む鶴は千代のゆかりと思ふべらなり

（貫之集、五一）

の類歌であることから、屏風歌としての性質を強く持つ歌として議論されることが多い。しかし第五章でも述べたように、風景を絵画的に描写する歌がすなわち屏風歌的な歌である、という考え方には問題がある。ましてや「実景の美しさには及ばない」と定義されてしまった歌なのだから、それでは屏風歌の存在意義自体が危ぶまれかねない。

むしろ、鈴木知太郎が指摘するように、これは崩御した宇多法皇へのオマージュである、と考えたほうがしっくり来る（新日本古典文学大系「解説」）。縁起のよい松や鶴を詠むことは、それこそ屏風歌的な行為であり、貫之が宇多法皇にそのような歌を宛てることも自然である。そして宇多法皇はもうこの世の人ではないので、どんなに歌で讃えても、法皇の偉大さには敵わない、という意味合いがこの箇所には込められていると思われる。宇多という地名の詳細が明らかでないこと、青谿書屋本でこの「宇多」が唯一漢字で表記された地名であることなども、その証拠と見なし得る。

だがもちろん、そのような政治的意図を介さずとも、より『土佐日記』の趣旨に沿った読みも可能である。

『土佐日記』の主要な歌人である前国守は、あとで見るように、決して万能の歌人ではない。万能でないとは、必ずしも目の前の美しい風景と比して遜色のない歌を詠めるとは限らない、という意味においてである。しかしそれは、和歌を詠む上で欠かせない能力ではない。詠歌の眼目は実景を利用しながら心を表現し、言葉を磨くことにあるので、目で見た景色の美しさを再現することが第一の目的ではないのである。例えば、この歌も先の歌から「渡る」「思ふ」という語を引き継いでおり、何かを推測する点も同じである。だが、その内容は大きく異なっている。つまり同様の表現を用いながら、まるで異なる情景を描写するという技術的な実践が、ここには展開されているのである。

さて宇多を過ぎ、舟は進んでゆくが、船旅に慣れない一行はだんだん気分が悪くなってくる。女の一人に至っては船底に頭をぶつけ、「音をのみぞ泣く」と和歌の一節を文字通りに再現するほどである。だが舟に慣れきっている楫取は、もちろん顔色一つ変えずに歌など唄っている。それが以下である。

春の野にてぞ音をば泣く、若薄に手切る切る摘んだる菜を、親やまぼるらむ、姑や食ふらむ。帰らや。

昨夜《よんべ》のうなゐもがな、銭乞はむ、虚言をして、おぎのりわざをして、銭も持て来ず、おのれだに来ず。

（一月九日）

《春の野で泣く、薄で手を切りながら摘んだ菜を、舅や姑がいま頃、貪り食っているのだろう》

《うない髪にした娘に会って金をもらいたいものだ。口先だけで掛け売りをさせて、いつまで経っても金

を持ってこない》

義父母にこきつかわれる嫁や、年端のいかない娘に騙される商人を題材としたこれらのユーモラスな歌には、和歌に見られる表現が少なからず散りばめられている。いましがた登場した「音をのみぞ泣く」がさっそく活用されているし、菜を摘む様子や、「来ず、来ず」というような音の反復も、和歌を詠む者には親しみやすいものである。ただしその内容は当然ながら世俗的で、言語遊戯としても高尚というわけではない。だから語り手は「これならず多かれども、書かず」とすべてを記録することはしないが、それでも「心はすこし凪ぎぬ」と、楽しく感じたことを告白している。つまり『土佐日記』においては、まったく紹介されない漢詩よりも、このような庶民の歌のほうが、言葉と心の表現としての和歌に親和性を持つものとして描かれているのである。

このことは、『土佐日記』に少なくない諧謔についても同様だろう。諧謔を成り立たせているのは他ならぬ言葉の音や意味の重層性、あるいは規範からの逸脱である。これらが漢詩よりも遥かに和歌と相性のよい表現であることは言うまでもない。過激な諧謔は恋の相手に贈る歌にはなかなか盛り込むことができないが、『土佐日記』のような紀行文ならば、それを特定の登場人物の言動に帰すことで書き連ねることができる。

例えば一月十三日の記事では、海の神を恐れてあまり派手な着物も着ないでいた女性たちが、葦の物陰ならよいと思って沐浴をし、すっかり陰部を露出してしまった、という挿話が紹介されているが、「老海鼠のつまの貽鮨、鮨鮑」と、老海鼠を男性器に、鮨と鮑とを女性器に見立てている。このような際どい表現も、決して悪ふざけというわけではなく、言葉によって生起する感情をすべて受け入れようとする姿勢の表れであろうし、童の心の感性を信じるのと同じように、性的な事象に対する本能的な興味も、否定せずにユーモアとして表現に活かそうというのが、『土佐日記』の歌論書としての懐の深さではないだろうか。

空と海との一体感

ところで、十三日の記事にはそのような諧謔だけでなく、次のような重要な歌も隣り合わせに盛り込まれている。

雲もみな波とぞ見ゆる海人もがないづれか海と問ひて知るべく

（一月十三日）

《雲もすべて波に見えてしまうから、海人がいればよいのに。どらが海なのか尋ねて知ることができるだろうから》というこの歌は、一月八日や廿日の記事にあったような海と空の主題をまたしても提起している。

「みな」と「なみ」という反転された音節で波を表す効果を高めていることもおもしろいが、重要なのは「海人」という言葉であろう。すでに中西（二〇〇一）の説を引いて紹介したように、海人は海で働く人の意だが、海がアマであり、天もアマであるなら、どちらが海でどちらが空なのかをアマに尋ねても、おそらく答えは出ないのである。「海人もがな」「知るべく」という表現も、願望や推測であって、確実性を持つものではない。つまり詠者は、どちらが海でどちらが空か、という問題を本当に解決するつもりはなく、ただ両者の実体的な、あるいは言語的なあわいを漂っているのである。

次に、一月十七日は、室津港から一度出航するものの、天候が怪しくなったので室津に舞い戻る、という日である。

先ほどの歌とは違い、空には雲もあまりなく、「暁月夜」すなわち夜明けどきの月に照らされながら、一行は船出する。進んでゆく海の底も、空の上も、同じく月をたたえて見分けがつかないようである。昔ある詩人が「棹は穿つ波の上の月を、船は圧ふ海の中の空を」と言ったのもなるほどと頷ける。そこで「ある人」がこんな歌を詠んだ。

水底の月の上より漕ぐ船の棹にさはるは桂なるらし

（一月十七日）

そしてこの歌を受けて、またべつの「ある人」が、

影見れば波の底なるひさかたの空漕ぎ渡るわれぞわびしき

（一月十七日）

と詠む。そうこうするうちに朝になってくると、にわかに暗雲が立ち込めたので、楫取の判断で引き返すことになった。一行はわびしさに包まれ、降り出した雨に濡れる。

十七日の記事でまず注目すべきは、『土佐日記』で初めて、漢詩がはっきりと紹介されていることである。

語り手は例によって「聞き戯れに聞けるなり」と、真剣に聞いたわけではない、と言い訳をしているが、それでも漢詩をはっきりと記録した事実は揺らがない。そして漢詩が登場する理由は明らかである。それは、あとに続く和歌を引き出すための「誘い水」としてのテクストであると共に、『土佐日記』全体の主題とも大きく関わっている。

《船を漕ぐ棹は波の上にある月を突いているようだし、船は海の中にある空を押し分けて進んでゆくようだ》というその詩は、唐の賈島《かとう》という詩人のものである。(21) そこに海と空の一体感という、まさにいま問題としている主題が明確に現れていることには議論の余地がない。このように漢詩に共通の主題を見出し、その表現を活かしながらも、より日本語にふさわしい形に鍛え直すことが和歌を詠む上で重要な手段であったことは、これまでにも再三指摘した通りである。『土佐日記』は、ともすると中国の漢詩の伝統を遠ざけ、和歌にのみ焦点を当てようとしてきたが、それでも漢詩を完全に封印してしまえば歌論は現実感を欠いたものになってしまう。だからこそ、ここへきて、漢詩を引用するという行為が解禁されたのではないだろうか。

さて、その漢詩を受けて一人目の人物が読んだ歌は、

春霞たなびきにけり久方の月の桂も花やさくらん　(貫之、後撰、春上、一八)

ふたつなき物と思ひしを水底に山の端ならで出づる月影　(貫之、古今、雑上、八八一)

などの貫之歌を想起させるものである。《水底の月の上を舟で進んでいるのだから、櫂に触れるのは月に生える桂だろう》という歌は、確かに直前の賈島の詩とも密接に関係しているが、和歌によって培われた表現にもしっかりと依拠している。『後撰集』の歌で春霞が距離感を惑わし、遠く離れているはずの月をすぐ身近に感じさせたのと同じように、また『古今集』の歌で水という媒体が月の所在を異化してしまったのと同じように、雲のない空は海と一体化し、櫂で触れることのできる距離にまで月を引き寄せてしまう。この空間の縮小、あるいは歪曲のおかげで、月に生えているはずの樹に触れることさえ奇跡ではなくなるのである。また『古今集』の歌は、水面から月が出るという発想が、すでに都の周辺、つまり陸地でも具体化していたことを簡潔に証拠立てている。(22)『土佐日記』の舞台設定は、これをさらに補強し、想像力を掻き立てるためのものであろう。

一方、二人目の人物が詠んだ歌は、「影」の存在を中心に据えている点で、

照る月も影水底にうつりけり似たる物なき恋もするかな　（貫之、拾遺、恋三、七九一）

により近い。《空を渡っているように思えるが、月影を見るとその空は水の底にあることがわかって、私は侘しい気持になる》というこの歌は悲観的であり、十七日の記事の最後に一行が感じる侘しさを先取りしている。それは、渡らなければならない海が空と一体化することでなおさら茫洋とし、いつまでも渡りきることができないという絶望感を呼び覚ましたために、まるで海が涙のように思われ、月をたたえて美しいはず

の空も、その涙の底に沈んでしまうのである。このように考えれば、間もなく降り出す雨もまた涙に他ならない、ということになろう。つまり、歌と天候とが呪術的な力で結びついているのである。

このように一月十七日の記事は、初めて明確に漢詩を提出し、そこから題材をとって和歌を詠むという、いわゆる「句題和歌」になっている。歌集であれば漢詩と歌の羅列に終始する句題和歌だが、ここでは『土佐日記』の枠組みを活用することで、より物語的な展開が可能になっている。そして、漢詩よりも明らかに和歌に重きが置かれていることは、漢詩を素材として認めつつも、表現の可能性に関しては和歌を以てこれを追求する歌論書としての『土佐日記』の姿勢を、改めて明示していると言えるだろう。

船長の立場

翌十八日、一行はまだ同じ港にいる。退屈まぎれに男性陣はまた漢詩を詠み交わしているが、ここでは前日と違い、その内容は明かされない。その後、三首の和歌が紹介される。

磯ふりの寄する磯には年月をいつとも分かぬ雪のみぞ降る

（一月十八日）

「ある人」が詠んだ一首目の歌は、《荒波が打ち寄せる磯には、季節を知らないかのように雪が降り積もっている》というほどのものである。「磯ふり」「磯」というように同音を重ねるのは、波を主題とする歌の常套手段である。そのように絶え間なく打ち寄せる波が残す白い泡沫を、季節を問わず降り積もる雪に見立てている。

ところで、この歌の直後には「この歌は、常にせぬ人の言なり」と但し書きがある。それはつまり、この歌にはどこか常ならぬ表現や、典型を逸脱した箇所があるということであろう。

おそらく、問題は冒頭の「磯ふり」である。「磯に打ち寄せる荒波」の意であるとされるが、この音節を聞けばまず連想されるのは「石上布留《いそのかみふる》」という歌枕であろう。例えば、次のような歌がある。

石上布留の中道なかなかに見ずは恋しと思はましやは　（貫之、古今、恋四、六七九）

《石上布留の中道ではないが、なまじ逢うことがなければ、恋しいとは思わなかっただろう》というこの歌でまず目を惹くのは、「磯ふりの」の歌にも通じる「中道なかなかに」という音が作り出す軽快なリズムである。しかし、「石上布留の中道」という表現はそのためだけにあるのではない。石上布留は大和国の歌枕で、「布留」は「古」と同音であることから、古いものに思いを馳せる歌に多く詠まれている。その枕詞のように機能している「石上」も「そのかみ＝往時」を連想させるので、この二つが合わさると、過去への追憶や時間への意識が生じることになる。また、石上には有名な神宮や寺院もあったので、「神」とも無関係ではない。

解釈を続けよう。なかなかに（なまじ）逢ってしまった相手は、詠者にとっては古くからの仲なのであろう。その人とのこれまでの関係や想い、つまり二人が「ふる＝経た」時の記憶が沸き上がるので、恋しい気持が呼び覚まされる。「思ひ」が「火」を連想させることにはすでに何度も言及したが、「恋＝こひ」という言葉にもすでに「火」があることに注目したい。その「火」は、「見ず＝水」と対象をなしているので、「恋しいと思うことがあっただろうか、いや、ないだろう」という末句の反語的な問いを反復するものとなっている。火だけではなく水もあるので、恋しい気持は真直ぐなものではなく、躊躇いがちなものになっているのだ。このことは、「恋し」が「恋じ」と置き換えられ得る可能性をも示唆している。「恋しい」のかどうかわからないので、「恋じ」という選択肢も当然ながら必要になるのだ。そしてその問いを呼び起こすのは、布留の中道という「泥濘＝こひぢ」のような「恋路」なのである。

と、この歌はいかにも貫之らしい、技巧的かつ遊び心のある一首であり、当代人の恋愛観をメタ詩的レベルで論じている点でも重要な作品であると言える。それに比べると、『土佐日記』で「ある人」が詠んだ歌は、やはりどこかしら滑稽である。

まず「磯ふり」という、『古今集』にも一首も例のない語が用いられている。それはどうも「石上」と関係がありそうだが、歌の舞台はあくまでも「磯」である。この歌を目にした当時の読者は、例えば次の二首を思い出したかもしれない。

石上ふりにし恋の神さびてたたるに我は寝《い》ぞ寝かねつる　（よみ人しらず、古今、雑躰、一〇二二）

こよろぎの磯たちならし磯菜摘むめざし濡らすな沖にをれ波　（同、古今、東歌、一〇九四）

《古びた恋が神秘的な力を得てしまったのだろうか、寝ようとしても寝つけない》という一首目の歌では、「いそのかみ」と「いそねかねつる」と文字のレベルでの反復があり、波のようにしつこく押し寄せる恋心を表現している。

二首目は相模の地方歌謡である。《こよろぎの磯をあちこち跳びまわって磯菜を摘んでいるあの若い娘を濡らさぬように、波よ、沖のほうでおとなしくしていなさい》というこの歌はさらにユーモラスなものだが、ここには「磯」の繰り返しと明確な「波」の主題があり、『土佐日記』の歌とのさらなる関連性を感じさせる。それは、娘への関心を波のように昂ぶらせてしまっている自分自身を諌める歌でもあるのかもしれない。

これらのことを踏まえれば、「ある人」の歌についてもより深く理解することができるだろう。「ある人」は「石上ふり」という用法については知っていたが、おそらくは「石上」という言葉と縁の深い音声（文字）の反復という手法のためだろう、波のイメージを通して、「いそ」と「磯」を結びつけ、「磯ふり」というあまり前例のない言葉を歌に詠み込むに至ったのである。それは語り手が述べるように、「ある人」が歌を詠みつけないからでもあるが、このことは同時に、万葉歌、あるいは地方歌謡といった古い時代からの歌の蓄積が、絶えず和歌の表現に新たな可能性をもたらすことを示唆してもいる。

一月十八日の二首目の歌は、また別の「人」のものである。

風に寄る波の磯には鶯も春もえ知らぬ花のみぞ咲く

（一月十八日）

《凬に波が打ち当たって砕ける磯では、鶯も春も知らない花が咲いている》というこの歌では、「鶯」という言葉によって、白い波頭が見立てられているものが梅であることが察せられる。また、「春もえ知らぬ」の中に「萌え」を見出すことによって、「春には咲かない花」という表現が強調されることも無視できないであろう。

先行する歌と一組になることで、これらの歌では「波」と「雪」という花に見立てられることの多い二つの景物の舞台を、山に囲まれた都から海に移すという実験が試みられていることがよくわかる。事実、この二首を聞いた「船の長しける翁」、すなわち前国守は、それを「少しよろし」、つまり悪くはないと考え、次のような歌で応じる。

立つ波を雪か花かと吹く風ぞ寄せつつ人をはかるべらなる　（一月十八日）

《打ち寄せる波を雪のように見せたり、花のように見せたりする凬は、まるで私たちを騙しているようだ》という歌が、先の二首を踏まえているからこそ充分な意味生成をなし得ていることは言うまでもない。また、「寄せる」のは凬だけではなく、波でもあるのだが、そこに心を「寄せる」人々は、それが美しい雪でも花でもなく「波」であることを知り、「涙」を誘われる。なぜなら、彼らは雪や花をのんびりと楽しむことのできる都へ帰りたいと欲しながらも、激しい波凬に行く手を阻まれているからである。(23)

以上の三首では、先行する二首を踏まえながら、前国守の歌がさらにその連想を膨らませ、『土佐日記』の主題にふさわしいものへと発展を促している。それは前国守が、やはり一行の中で最たる和歌の名手であることと、歌論書としての『土佐日記』の中心人物であることを示しているのだろう。

このような前国守の歌の機能は、十二月廿七日の記事と同様、すぐさま『後撰集』で見られた定方、兼輔、そして貫之とのやりとりを思い起こさせるだろう。貫之の歌がそこで重要な位置にあったのと同じように、ここでは前国守の歌が、歌の配列に一定の秩序を与える役割を担っていると言えるのである。(24)

このように一月十八日の記事では、まるで都にいるかのように、その場の景物と心情を詠み込んだ歌が、複数の歌人の参加によって意味を膨らませながら成立してゆく過程が描かれているのだが、やはり海上で足止めを食っているという現実が介入するせいだろうか、この日の記事も諧謔によって閉じられることになる。というのも、このやりとりを見ていた第四の人物が、自分も詠歌に参加しようとするのだが、どういうわけか三十七文字と大幅に字余りの歌を作り、笑い者になってしまうのである。もっとも、この挿話はただの笑い話ではないだろう。この歌についての語り手の言葉が興味深い。

　真似べども、え真似ばず。書けりとも、え読み据ゑ難かるべし。今日だに言ひ難し。まして、後にはいかならむ。

（一月十八日）

後世、世阿弥（一三六三頃—一四四三頃）の『風姿花伝』がより明確に規定することになるように、「真似る」

とはすなわち「学ぶ」ことである。三十七文字にわたる歌は、真似をすることが難しいほど奇態なものなので、そこから学ぶことも無理である。書いておこうと思っても、定着させることが難しいので、すぐに忘れてしまって書くことができない、と語り手は言う。

むろん、これは誇張である。しかし、和歌が三十一文字であることは、それほど絶対的な前提であった。拍子が許容すれば、三十二、三文字は許容範囲であろう。[25] しかし三十七文字はあまりに多く、かつ中途半端な字数である。三人の歌人がこの日の記事で実践して見せたように、和歌は悠久の蓄積と定型を縦横無尽に利用しつつ、ときには即興性を以て作られるものである。文字数という基本的な条件が変動してしまえば、詠歌にあらゆる障碍が出てくることは言うまでもない。逆説的に言えば、三十一文字を絶対に守らなければならないという制限が、和歌の自由を保証しているのである。したがってこの場面は、諧謔としての表面的な愉しみを提供するのみならず、文字数と歌の関係という、いわば歌論の基礎を、さりげなく確認するための箇所でもある。[26]

記事の配列と歌への作用

むろん、複数の歌の提出によって深められた語句の連想の過程は、日をまたいで引き継がれるので、『土佐日記』を読み解くにあたっては、記事の配列が少なからぬ重要性を持っていることになる。これは言うまでもなく、『古今集』のような歌集において歌の配列が重要であることと同様である。

一月廿日の、阿倍仲麻呂の歌を軸にした記事にはすでに触れた。その翌日、廿一日の記事では、再び「波の白さ」に注目が集まっている。

この日は久しぶりに船を出すことができたのだが、その様子は、

これを見れば、春の海に秋の木の葉しも散れるやうにぞありける。

（一月廿一日）

と、上空から俯瞰するような優れた観察眼で描写され、出航の喜びを代弁している。一行は、ある童が唄う故郷への憧憬の歌などを聴きながら漕ぎ進んでゆくが、ある岩場で、黒い水鳥が大量に集まっているのを見る。その岩場には白い波が打ち寄せているのだが、楫取はそれを素直に口に出し、

黒鳥のもとに、白き波を寄す

（一月廿一日）

と言う。その言葉にあまりに詩情があったので、語り手も、風流の世界とは縁のないはずの楫取が、と驚いて聞き耳を立てる。

ここで起こっているのは、十九日とは逆の現象である。十九日には、ある人物、おそらく普段から和歌をたしなんでいる人物が、弘法も筆の誤りとでもいうべき失態で三十七文字の歌を詠んでしまった。その和歌は記録されることもなく、忘却の彼方に葬られている。一方、廿一日の場合には、楫取という、本来であれば優れた和歌を詠むことはできないと目されている人物が、少し手を加えれば立派な和歌として通用しそう

な、いわば歌の「種」を提出する。こちらは現状ではまだ和歌とは呼べないが、それでも語り手によって記録されるのである。

このエピソードは、二つのことを物語っているように思われる。一つは、字余りによって和歌の資格を失ったものよりも、将来的に和歌の礎となり得るような語句のほうが珍重されるということ。そしてもう一つは、和歌の世界においては出自や身分といった諸条件から完全に無縁で通すことは難しいが、それでも、誰であっても優れた和歌を詠む可能性を秘めている、という当代人の意識である。後者の点は、先に童が歌を詠む場面によっても証明されている通りだ。

そしてこの日の記事も、やはり船君こと前国守によって総括される。海賊が出没するという噂を思い出し、海路の恐ろしさを肌で感じた前国守は、次のような歌を詠む。

わが髪の雪と磯辺の白波といづれまされり沖つ島守

（一月廿一日）

《雪でも積もったような私の髪の白さと、磯に打ち寄せる波頭の白さと、どちらが優っているだろうか、沖の守護神よ》というこの歌は、心配のあまりに一行の髪が白くなってしまった、という地の文の誇張的な表現を踏まえているのだが、もちろん白髪を雪に見立てることは典型的な手法である。(27) また、「沖つ」といえば「白波」という連想があるので、三句の「白波」がここで反復され「知らぬ身」の意味を呼び起こすことで、不安におののく詠者の心を強調している。

恐怖心と、自然を観察する眼とがせめぎ合うこの歌を詠むことによって、再び前国守は『土佐日記』随一の歌詠みとしての面目を保つ。そして、これをさらに補強するためなのか、歌の直後に「楫取、言へ」と命令し、この日の記事を締めくくっているのである。それはもちろん、歌の投げかけている疑問に答えよ、という意味である。この命令は、一方では「もののあはれ」を知らないはずであるのに詩情豊かな言葉を吐いた楫取を試そうとする歌人の姿を表しているが、また一方では、読者に対する呼びかけでもあるだろう。

以上、十九日と廿一日の比較からも明らかなように、『土佐日記』は随所で歌の意味生成や主題といった諸要素を引き継ぎ、あるいは発展させており、しかもそれは和歌の単位と同時に、日ごとの記事というより大きな単位でも、配列として読み説くことのできる構造を持っているのである。そして、その配列に秩序を与えるのはしばしば前国守の役目であり、これは『古今集』において、貫之が歌の配列に采配を振るったことと同様である。

歌人の秩序とその崩壊

少し先を急ごう。二月一日になると、一行は和泉の灘を出発し、黒崎の松原というところを通りかかる。そこで語り手は、

所の名は黒く、松の色は青く、磯の波は雪のごとくに、貝の色は蘇芳に、五色にいま一色ぞ足らぬ。

（二月一日）

と色彩豊かな描写をしてみせるのだが、それはたとえ漢詩を読むというような文学的実践に女性が関心を向けない（ことを装っている）にしても、大陸の色彩感覚が日本にも広く普及し、表現の礎の一部となっていたことを示しているように思われる。五色とは言うまでもなく、中国で基本的な色と規定された青・黄・赤・白・黒を指す。

しかしこの日の記事でも、関心の中心はもちろん和歌である。一行は箱の浦というところへ着く。風がなく、水深も浅いのだろうか、陸地から水夫が綱手を引いて進んでゆく。そこで「ある人」が、

玉くしげ箱の浦波立たぬ日は海を鏡と誰か見ざらむ　（二月一日）

と歌う。《箱の浦に波が立たない日、海を鏡のようだと思わない人があるだろうか》というほどの意味だが、「箱」に対して「玉くしげ」という枕詞を使うのは新しい手法である。「くしげ」は櫛や化粧道具を納める箱であり、「鏡」の縁語でもある。こうして「櫛」「箱」「鏡」という軸ができあがり、いわば女性的な美意識が強調されると共に、装うという行為と、心の真のありようを探る自己反照という主題も生きてくるのである。

また、「立たぬ」に文法の対照性を見ることも重要であろう。波の「立たない」日には鏡のようになる海は、波の「立つ」日には鏡にならないのだろうか。海を鏡と見立てるのは『土佐日記』でもすでにおなじみの手法であり、これまで波の有無が大きな条件になることはなかった。波が立つ日にも、雲や月が水面に現れることはあったはずである。しかし波が立たないことで、その水面の静けさは詠者の内面に向かう。発見され

た苦悩は、「波」と響き合う「涙」をも呼び起こす。したがってこの歌には、《波の立たない日には、誰しもそこに自らの心を映し、涙を流すだろう》というメッセージも含まれていると考えるべきである。

なお、この日の記事では、二月に入っても旅が続いていることから募る焦燥感も問題になっているので、水面の鏡に映る顔は例外なく暗いものと言ってよい。この一行の心情は、次の前国主の歌によってさらに説明されている。

曳く船の綱手の長き春の日を四十日五十日《よそかいか》まで我は経にけり

（二月一日）

《この船を曳く綱のように、春になって一日が長くなってきた。そんな時期に、私は四十日も五十日も旅に過ごしている》という慨嘆は、綱と一日、そして旅程の長さとを巧みに絡めて表現することに成功しているが、同行者の評判は必ずしもよくない。「徒言《ただごと》」、つまりありのままの言い方であって、和歌としてはつまらないというような意見が出る。しかしこの意見は、船君がせっかく詠んだ歌だからという気遣いから、直接に伝えられることはない。

周囲の人間によるこのような批評は、前国守が歌人として重要な位置にあり、『土佐日記』における主題の展開や意味生成の方向性を支えているという事実を脅かすものではない。ただ、たとえ第一流の歌人の作ではあっても、参加者には自由に前国守の歌について議論し、場合によってはそれを批判する権利が保証されているのである。それは『土佐日記』で繰り返し強調される、和歌という芸術がいかに人間にとって自然なものであるか、という意識とも密接に結びついている。

二月五日の記事では、天候に恵まれ、前国守が楫取を急かす場面がある。そこで楫取は船の漕ぎ手たちに命令を下すのだが、その描写は非常に興味深い。

楫取、船子どもに言はく、「御船よりおふせ給ぶなり。朝北の出で来ぬ先に、綱手はや曳け」と言ふ。この言葉の歌のやうなるは、楫取のおのづからの言葉なり。楫取は、うつたへに、われ、歌のやうなること言ふとにもあらず。聞く人の、「あやしく歌めきても言ひつるかな」とて、書き出だせれば、げに三十文字あまりなりけり。

（二月五日）

《船主様がそういうのだから、朝の風が吹くより早く、風のように速く、綱を引いて進め》とでも読むべき楫取の言葉が、なんとも歌のように響くので、和歌を詠み慣れている者たちが試しに数えてみると、やはり三十一文字ちょうどであった。この小さなエピソードには滑稽味もあるが、歌論としての『土佐日記』の主張にも深く関わるものである。

第一に、歌を詠むという行為につきまとう、社会的・文化的なヒエラルキーの問題がある。和歌は自然を前にして培われてきた心と言葉の芸術であり、平安時代に躍進したこの表現形式は、貴族にとってなくてはならないコミュニケーションの手段であると共に、知的営為の中心的な媒体ともなっていた。『古今集』の撰者に抜擢されて以来、貫之にはその和歌の地位をいよいよ向上させると同時に、日本の言葉と文化に根ざしたその哲学を、さらに深化させようという使命感があったことは疑いを容れないであろう。だがそのことはまた、現実的に見れば、和歌が決して万人に向けて開かれたものではないことを意味してもいる。十二月廿七日の記事で確認したように、楫取のような職業にある者は、教養がなく、したがって「もののあはれ」を解さないので、本来であれば和歌を詠むことができない。現にここでも楫取は「うつたへに、われ、歌のやうなること言ふとにもあらず」、つまり、自分から歌を詠もうとして詠んだわけではない、ということが強調されているのである。しかし、一方では、楫取の言葉を聞いた側がそれを「歌めいている」と感じ、歌としてメッセージを受け取ってしまっている。

それは童の場合も同様である。京が近づいてくる嬉しさに、ある童は鷗の群を目の当たりにして次のような歌を詠む。

祈り来る風間と思ふをあやなくも鷗さへだに波と見ゆらむ

（二月五日）

《祈った甲斐があって風も絶えたと思ったのに、鷗の群が波のように見えるので、不思議と風のあるような気がしてしまう》と見立てを駆使したこの歌は、決して子供じみたものではない。一月七日の記事と同じく、ここでも童は大人に引けをとらない歌を詠んでいる。これもまた、童の年齢によっては不自然な記述ではある。しかし重要なのは、大人の歌人たちが童から歌のメッセージを受け取ることができる、という点なのである。

楫取にしろ、童にしろ、彼らが実際にどの程度まで意識的に歌を詠んでいるか、ということは問題ではない。肝心なことは、自然と心とが合わさり、言葉の形をとって表出するとき、それは歌になる、ということなのである。楫取の何気ない言葉が三十一文字になっていたことも、したがって偶然ではない。言葉は神秘であり、霊的な力の込められたものである。歌人にとって大切なのは、そのような言葉――つまり詩的言語とでも言うべき「言の葉」――が発せられたときに、それを見分け、メッセージを受け取り、意味を取り出す能力を養うことに他ならない。(28)

このように重要な主張を内包する二月五日の記事ではあるが、それは最終的には再び滑稽味を伴った場面に回収されることになる。朝は上天気だったのが、だんだん風が出て、船が進まないほどになる。すると楫取は、これは住吉明神が進物を欲しているのだ、と主張する。おもしろいことに一行はその言葉を鵜呑みにし、幣を奉るが、風波は強まるばかりである。幣では神が満足しないから、もっとよいものを、と楫取が迫ると、ついに一人が、一つしかない貴重な鏡を海に投げ入れる。すると海はたちどころに静まるのである。

この有様を見て、「ある人」は次のような歌を詠む。

ちはやぶる神の心の荒るる海に鏡を入れてかつ見つるかな

(二月五日)

《神の心のままに荒れている海に鏡を投げ入れて、そこに映る海と神の心とを見たのだ》というこの歌は呪術的である。「ちはやぶる」には元来「荒ぶる神」の意があるので、神の心と海の荒れた様子とが明確に重ね合わされている。そこに鏡が投入されることになるのだが、これまでの『土佐日記』の和歌でも何度も主題となっていたように、海という水面にはすでに鏡としての機能がある。したがって、海に鏡を投げ込むことで二重の鏡が形成されていることは注目に値するだろう。「水」と響き合う「見つ」という語も、これを裏書きしているように思われる。このような二重の鏡像によって、普段は目に見えない神の心も、実感を伴って立ち現れてくるのである。

ところがこのような儀式的な行為も、ここで発見される神の心が「欲張り」な心であるということによって、やはり笑い話としての位相を獲得してしまう。「楫取の心は、神の御心なり」という謎めいた句で、この日の記事は終わる。神の心を代弁し、進物を矢継早に求めた楫取をも欲張り者として罵っているのであろう。また、「鏡」から「楫取＝か字取り」で「か」を取ると「神」になる、という言葉遊びの可能性も指摘されている。[29] ここに登場する神は、聖と俗の領域を易々と往還するのである。

楫取を神に喩えることは、歌論書としての『土佐日記』にとっても、決して野放図なことではない。なぜならすでに見た通り、楫取にも和歌を詠むことはできるからである。楫取が意識せずとも、心の動きが自ずから和歌を誕生せしめてしまうのは、和歌を形成する言葉というものが神的な存在であるからに他ならない。楫取も、童も、あるいは『日本書紀』の思想に立ち戻るならば草も木も、この神的なものに触れられることによって和歌を発することが可能になるのである。[30]

『土佐日記』の中心人物でありながら、前国守が完全無欠の歌詠みとしてではなく、批判されるような歌を詠むこともある人物として描かれていることも、これと無関係ではない。社会的に見れば、和歌は確かに上流階級の営みであった。しかし、その和歌の本質を探求し続ければ、自ずから貴族社会の枠を飛び出して、下賤の者や子供、はたまた人間以外の存在にも目を向けることになる。つまり和歌を極めるということは、和歌が設定されているところの社会構造とでも言うべきものを、進んで解体することに他ならないのである。

業平の存在感

『土佐日記』が土佐から京への道程を描きながらも、主題や記事の構成の上では螺旋的な構造を持っていることはすでに述べた通りであるが、それは在原業平の扱いを通しても再確認することができる。一月八日の記事においては業平の歌を元にした読み換えが行われていたが、例えば一月十一日の、すでに紹介した童の歌、

まことにて名に聞く所羽根ならば飛ぶがごとくに都へもがな

（一月十一日）

にしても、その〈名〉という概念にしろ、羽根（鳥）という内容にしろ、また歌から推察される詠歌の状況にしろ、『古今集』にある業平の歌、

名にしおはばいざ言問はむ都鳥わが思ふ人はありやなしやと

（業平、古今、羇旅、四一一）

を下敷きにしていると思われる節がある。この歌はすでに第三章でも取り上げているが、その長い詞書も、ここで再び紹介することにしよう。

武蔵国と下総国との中にある、隅田河のほとりにいたりて、都のいと恋しうおぼえければ、しばし川のほとりにおりゐて、「思ひやれば、かぎりなく遠くも来にけるかな」と思ひわびてながめをるに、渡守、「はや舟に乗れ。日暮れぬ」と言ひければ、舟に乗りて渡らむとするに、みな人のものわびしくて、京に思うなくしもあらず、さる折に、白き鳥の嘴と足と赤き、川のほとりに遊びけり。京には見えぬ鳥なりければ、みな人見知らず。渡守に「これは何鳥ぞ」と問ひければ、「これなむ都鳥」言ひけるを聞きてよめる

ここに登場する、詠者の物思いをまるで理解せず、「日が暮れるから早く舟に乗りなさい」と命じる無粋な渡守は、『土佐日記』の楫取にそっくりである。しかも、詠者が興味を持った鳥の描写は「白き鳥の嘴と足と赤き」で、これもまた、一月廿一日の記事で波間を漂う鳥を見て口に出した「黒鳥のもとに、白き波を寄す」という台詞を彷彿とさせる。この業平の歌と詞書は、あるいは『土佐日記』全体の構想にも、大きな

ヒントを与えているのかもしれない。

さらに二月九日の記事でも、再び業平が中心に躍り出ている。

六日に難波に着いた一行は、この日もひたすら河を遡っている。京がすぐそこまで近づいているだけに、なおさらじれったい。そのとき、かつて文徳天皇の離宮として使用され、後に惟喬親王に譲られた渚の院が目に入る。院の周囲や庭には、松の木や梅が咲き、一行の歌心をくすぐるのだが、そこで誰とはなしに、「ここは惟喬親王のお供をした在原業平が、あの歌を詠んだ有名な場所ではないか」ということを言い出す。その歌とは言うまでもなく、

世の中に絶えて桜のなかりせば春の心はのどけからまし

（業平、古今、春上、五三）

である。この歌はさっそく創作への刺激となり、二人の者が相次いで歌を詠む。

千代経たる松にはあれど古への声の寒さは変はらざりけり

君恋ひて世を経る宿の梅の花昔の香にぞなほ匂ひける

（二月九日）

一首目の歌は、《千年も生えている松ではあるが、そこから吹いてくる松風には古から変わらぬ声が響いている》とでもいうものである。「寒さ」という語は、先に名前の出た惟喬親王の政治的な不遇を表すもの、ともされるが、いずれにせよ、その松の迫力が、業平の時代と同じように歌人をして歌を詠ましめる、というところに意義があると思われる。(31)

「時を経ても変化しないもの」という主題は、二首目でも引き継がれている。《あなたを恋しいと思いつつ永い時を過ごしてきた。家の梅の花もまた、あなたと出会った頃のままに匂っている》というメッセージは、より恋に特化したものである。

ここで注目すべきは、二首と業平歌との関係性である。三首に登場するのはそれぞれ桜、松、梅で、渚の院を通りかかった一行が目にした松と梅、そしてかつて業平が詠んだ桜がすべて網羅されることによって、歌を生み出す装置（トポス）として渚の院、とでも言うべきものが強調されている。(32)

業平の歌は、春が訪れるごとに当代人の心を捉える感慨を、文法の二重性を巧みに利用して表現した絶唱であるが、続く二首はそれを詠み換えるというのではなく、「時を経ても変わらないもの」という主題を選ぶことで、業平が残した歌と、その背後にある歌人の哲学を継承してゆくことを宣言していると考えるべきであろう。さらに梅の歌は、『古今集』の貫之の有名な歌、

人はいさ心も知らずふるさとは花ぞ昔の香ににほひける　（貫之、古今、春上、四二）

の類歌とも言うべきものである。『古今集』春上の巻では、「人はいさ」の歌と「世の中に」の歌はそれぞれ四二、五二と近い位置に並んでおり、配列の読み解きによっては同一のシリーズを構成するものとして受け取ることもできる。すなわちこの記事では、『古今集』春上の巻で展開された春の情景と歌人の心とが、渚の院という場所を通して再現されているとも言えるのであり、かつまた、業平という歌人の重要性の再確認が促されているのである。

もちろん、『伊勢物語』との関連も無視することはできない。「名にしおはば」の歌は、同じく有名な「かきつばた」の折句と共に、『伊勢物語』の第九段を構成している。ここで、業平の伝説化された姿とも見える昔男は、いわゆる「東下り」へと出発し、東国へ流離する。それは流刑地でもあった土佐という「西方」で年月を送り、いま「東上り」に望む前国守、そしてあえて言えば貫之の姿と、見事な一対をなしているのである。言ってみれば業平は――実在の歌人としてであれ、伝説化された人物としてであれ――『土佐日記』にとって欠かせない先達であると共に、そのテクストをそれまでの伝統に位置づけるための鎹なのである。

このように、『土佐日記』は執拗なほどに業平の重要性を強調するが、それは独り貫之の判断というのではなく、当時の歌人たちに少なからず共有されていた価値観でもあろう。ただ貫之の業平に対する判断と、それが反映された『古今集』の成立および伝播によって、そのような考え方がさらに広く市民権を獲得したであろうことは想像に難くない。

破られる『土佐日記』

『土佐日記』最後の記事は二月十六日である。一行はすでに陸路にあり、夜に至って京に入る。

そのとき、月が出て桂川を照らす。一行は、「この川は飛鳥川ではないから、深くなったり浅くなったりはしないだろう」と言いながら、次のような歌を詠む。

ひさかたの月に生ひたる桂川底なる影も変はらざりけり

（二月十六日）

「飛鳥川」云々というのは、『古今集』にある、

世の中はなにか常なるあすか河昨日の淵ぞ今日は瀬になる

（よみ人しらず、古今、雑下、九三三）

という有名な歌を指しているのだろう。《昨日は深い淵であった川が、今日は浅い瀬に変わっている。そんな世の中で、恒久不変のものなどあるものだろうか》と問いかけるこの歌では、「あすか河」に「明日」が織り込まれ、時の流れに重ね合わされた川の流れが、世の中と人の心の無常を象徴的に表現している。

飛鳥川は奈良の川だが、桂川は京都の川である。京都へ向かいながら、周辺の景色が変わらないことに感心していた一行だが、そこには、人の心も果たして変わらないものだろうか、という不安もつきまとっている(33)。だからこそ、この歌には「変わらないこと」への期待が込められている。《月に生える桂の名を持つ桂川では、水底に映った月の影も昔と変わらない》と。

こうして提出された桂川の主題は、さらに二首の出現を促す。

天雲の遥かなりつる桂川袖を漬てても渡りぬるかな

桂川わが心にも通はねど同じ深さに流るべらなり

（二月十六日）

一首目は、《空遥かに流れる桂川を、袖を濡らして渡ったのだ》という幻想的な歌だが、これはやはり貫之の代表的な作、

袖ひちてむすびし水のこほれるを春立つけふの風やとくらむ

（貫之、古今、春上、二）

を思い起こさせるものである。「京の嬉しきあまりに、歌もあまりぞ多かる」と地の文からもわかるように、袖を濡らしているのは桂川の水だけではなく、恋しい土地に帰り着いた喜びの涙でもある。桂川はまさに月ほどにも遠く、なかなかたどり着けない場所であったが、こうして無事に渡ることができた。桂川を月の高みにまで持ち上げているのも、この喜びに他ならないだろう。

二首目の歌も、この読みを補強する。《桂川は私の心を流れているわけでもないのに、想いが通い合うのか、

私の心と同じ深さで流れてゆくようだ》という解釈を成立させるためには、この歌にも「涙」を見出す必要がある。そこで、例えば伊勢の次の歌を見てみよう。

春ごとにながるる川を花と見て折られぬ水に袖やぬれなむ

（伊勢、古今、春上、四三）

《春が来るたびに、川の流れに映る花を本物と信じて腕を伸ばすのだが、水に映った花を折ることもできず、ただ袖が濡れるだけなのだ》ということの歌に、恋の苦悩を見出すことは容易い。恋のたびに、今度こそはと願いつつ、想いが本物ではなかったことに気づくとき、詠者が流す涙は川の水のように袖を濡らす。水はまた、花と「見て」いたものが本物の花ではなかった、つまり見ていなかったこと＝見ず（水）を思い起こさせる装置でもある。この残酷な川は詠者の涙をなぞるように流れているので、「流る」には「泣かる」が内包されていると見るべきであろう(34)。

以上の桂川を舞台にした三首は、『土佐日記』の文脈に添えば帰京の喜びを表現したもの、ということになるが、むろん恋の歌、あるいは人生観を表現する歌としてより広い視野で捉えることが可能である。また、三首の出発点がよみ人しらずの「世の中は」の歌であるとすれば、その意味ではこの日の記事も、業平や仲麻呂の歌を元にしたものと同様、歌の詠み換えを実践するものである。

ところで、この記事を包んでいた喜ばしい雰囲気は、すぐさま破綻してしまう。前国守はついに自邸に到着するのだが、地所の管理を頼んでおいた隣人の怠慢により、家も庭も荒れ果ててしまっていたのである。

一行は口々に「あはれ」と洩らすが、夜も遅いので、もう泣き寝入りして眠りにつくしかない。その一行の悲しみも歌に詠まれているが、そこには、この家で生まれて土佐で死んだ女児への哀悼が再び顔を覗かせている。

生まれしも帰らぬものをわが宿に小松のあるを見るが悲しき

見し人の松の千年に見ましかば遠く悲しき別れせましや

（二月十六日）

《この家で生まれながら帰らなかった者もいるのに、その死んだ子供のような姿をした小さな松を見るのは悲しい》という一首目、《あの松を見ていた人が、松のように千年も生きるのであれば、こうして遠く悲しい別れなどしないで済むというのに》という二首目は、共に亡児を主題としている。しかしながら、そこには数年にわたって離れ、帰って来た京が寂しい場所になってしまっていることへの慨嘆と、限られた命を持つ人間同士の、繰り返される別れの総体としての人生への諦念が溢れており、特定の人物よりも広い対象を表現している。

そして、こうして歌に託してみても、一行の心はまだ落ち着きを取り戻すことができない。『土佐日記』は、書き手の「とまれかうまれ、疾く破りてむ」という投げやりな言葉で、力づくの幕切れを迎えるのである。

『土佐日記』の可能性

前国守と共に土佐から京へたどり着いた語り手は、「早く破ってしまおう」と言い捨ててテクストに幕を引いてしまう。だが『土佐日記』は破られることなく読者のもとへ届けられた。語り手の消失はむしろ、テクストが終着点に達した以上、避けようのない事態である。テクストの目的は京までの道程を記すことであり、それ以上に、仮名による日記の作成であった。その目的はすでに十全に完遂されている。[35]

だが仮名による日記の作成とは、何を意味するのか。その意味するところは、やはり『土佐日記』を歌論書と意識してこそ納得されるものではないだろうか。仮名は和歌のために発展した文字である。『土佐日記』には、六〇首に余る歌が収録されている。その中には業平が過去に詠んだ歌や、楫取の歌う舟唄のように、厳密には和歌と呼べないものも含まれている。だがこれらはすべて、和歌を論ずるために必要な素材であり、その意味では、歌の主題や方向性を与えたり、内容を整理したり、性質を論じたりする地の文も同様である。

地の文の機能と、頻出する歌との関連性を思えば、もちろん『土佐日記』に先行するテクストとしての『伊勢物語』の存在は大きい。『伊勢物語』の執筆に紀貫之その人がどこまで関わっていたかは定かでないが、もし『伊勢物語』が複数の作者たちによって、サロン的な環境での共同作業とでも言うべき形で書かれたのだとしたら、貫之がその一部を執筆したという可能性は捨てきれない。少なくとも、貫之が『伊勢物語』の熱心な読者であったことは間違いないのである。[36]

しかし『伊勢物語』のような歌物語は、歌を中心に据えながら、地の文の配置や内容によって読みに方向性を与えるという意味では、実のところ『古今集』のような和歌集と選ぶところがない。『竹取物語』のような古い「作り物語」の存在は当然ながら認めなければならないが、和歌に添えられた詞書が次第に拡大されることによって歌物語が生まれ、さらには『源氏物語』のようなものにまで発展してゆくという経緯が、やはり古典文学史を貫く一つの流れとして存在していたと思われるのである。

だが『土佐日記』が『伊勢物語』のように物語としてではなく、歌論書としての存在感をより強く匂わせる原因は、随所に散見される仮名と和歌への固執である。語り手は仮名により記録を残す、という作業に従事することで女としての位相を手に入れ、それを口実に漢詩への言及を避ける。もし本当に漢詩に関心がないのであれば、ただ無視すればよいところを、あえて、あからさまに避ける。それは、『土佐日記』が和歌のためのテクストであることの念入りな確認作業である。そして実際、『土佐日記』に登場するおよそすべての場面は、和歌についての考察を深めるために存在していると言ってよい。例えば一見、和歌とは関係のない記事における滑稽味あるエピソードも、根本にあるのは言葉の遊戯性を確認しようという意図であろう。

いずれにせよ、大半の記事が和歌を中心に据えていることには議論の余地がない。とくに重要なのは、そのときどきの風景と旅人たちの心の有様を歌に作る、という作業であり、また、過去の和歌の積み重ねを意識し、それを詠み換えることでそこに新たな命を吹き込もうとする実践的な態度である。これは、和歌とはどのように詠まれるべきか、という歌論に他ならない。

しかし歌論は、実践的なものに限られるのではない。童のように、本来であれば一人前の歌を詠めないはずの者が大人顔負けの歌を詠んだり、貴族のようには「もののあはれ」を解さないはずの楫取が気の利いた言葉を発するのは、人間の営みの根幹に和歌の存在を規定しようとする歌学の現れであろう。

また、いま述べた「もののあはれ」を多角的に論じていることも、『土佐日記』の大きな価値の一つであろう。和歌は一方で、あらゆる生命に具わった根源的な魂の発露であると共に、一方では、洗練された感覚を必要とする美学的な営為でもある。さらに一月七日の記事にある、興味深い機知に対する「をかし」という表現も、『伊勢物語』にも例はあるものの、初期の用例と言ってよい。つまり『土佐日記』の中に、人生の様々な場面に立ち起こってくる感情の変化を追求した『源氏物語』と、機知ある言動や言葉の面白味に着目して日々の感想を綴った『枕草子』双方の原形を見出すことは、決してゆきすぎた態度ではないと思われるのである。

このように柔軟な読みが可能になるのも、『土佐日記』が紀行文としての体裁を持ちながら、歌物語としても展開され、なおかつその中で歌論が追求されるという、多層的な構造を有しているからに他ならない。その『土佐日記』を、紀貫之その人の分身である前国守の旅程を追った、史実をふんだんに含んだ日記としてのみ捉えることのほうが、よほど不自然であると言わざるを得ない。

なるほど、確かに『土佐日記』の作者が貫之である以上、その歌論は『古今集』の仮名序と突き合わせてみると、なおのこと主張が明確になるように思われるし、業平に対する態度も、いかにも貫之らしいと言えよう。それに何より、水という対象をひたすら取り上げる数々の和歌は、貫之ならではのものである。すでに、三代集の和歌に材をとりながら考察したように、「水」、中でも水面やそこに映り込む空の姿を利用した幻想的な表現は、まさに貫之の自家薬籠中のものである。したがって、『土佐日記』が海を主な舞台としているのは、貫之の特質を活かすための当然の選択であったとも言える。全体的に見ると、一行が陸にいるときは諧謔に主眼を置いた記事が多いのに対して、出航の予感に包まれたときや、実際に海を航行しているときに最も和歌が旺盛に詠まれていることも、この見方を支持している。また「水」という主題以外にも、「白波」や「若菜」といった、貫之が比較的好んで多く詠んだ対象が『土佐日記』に登場していることも注目に値する。

だが、だからと言って、前国守＝貫之であると断ずるのは早計であろう。前国守は確かに一行の中でも優れて和歌に造詣の深い人物として描かれているが、その人物に自身を重ね合わせることに貫之がどれほどの価値を見出したかは不明瞭である。前国守は満足のゆかない和歌を詠むこともあれば、周囲の人物との関係に戸惑うような様子が見られることもある。つまり前国守は、魅力的な登場人物ではあるが、貫之が『土佐日記』で言わんとすることを体言する人物ではない。貫之の主張は『土佐日記』の全体を通してなされているのであって、独り前国守がその役割を担っているわけではないのである。

前国守も含めて、『土佐日記』で和歌を詠む人がしばしば「ある人」と表記されていることも、これと無関係ではない。[37] それは歌集で言えば「よみ人しらず」であろう。「ある人」以外でも、それぞれの和歌を詠んだ人々は常に不明瞭であり、詠者の特定が重要視されていないことは明らかである。問題は、和歌を誰が詠んだか、ということではなく、特定の状況に対峙してどのような和歌が詠まれるべきなのか、ということなのである。それを理解することこそ、「もののあはれを知る」ということに他ならないのではないか。そして、これを裏書きするかのように、厳密に言えば『土佐日記』の語り手であるはずの「をむな」も、またきわめて曖昧な存在である。彼女は個人のようでもあり、かつ、全員の代弁者のようでもある。[38]

歌論という言葉を広く捉えるなら、勅撰集も実践的な歌論書には違いない。しかし勅撰集においては、和歌の配列から読者がメタ詩的レベルでの議論に参加し、その経過に物語を見出してゆくところに眼目がある。『土佐日記』では、基本的な物語の部分はすでに提供されている。読者はむしろ、ある状況がどのような和歌の生成を促すのか、という問題について考えたり、地の文に散りばめられた特定の言葉や、語り手が断続的に述べる和歌についての考察が、実践としてどのような形をとるのか、ということに注目したりしただろう。だから『土佐日記』は歌論書である、と言うとき、それは教育的な、一方通行のものではなく、歌人としての顔を併せ持った読者一般の参加を促す、双方向的なものを指すのである。

注

(1) レヴィ＝ストロース、クロード『悲しき熱帯』I巻(川田順造訳、中公クラシックス、二〇〇一)、一一一頁。
(2) ヴァレリー、ポール『ヴァレリー・セレクション』下巻(東宏治、松田浩則訳、平凡社ライブラリー、二〇〇五)、九頁。
(3) もちろん、それでは日記とは何か、という問いは、本書の範疇を遥かに超える大きな議論を提起する。筆者も一章を寄せている田中祐介(編)『近代日本の日記文化』(笠間書院、二〇一七)は、その問いに対峙する一つの試みである。
(4) このことがよく現れているのが、例えば佐藤省三『「土佐日記」を推理する』(新人物往来社、二〇〇七)などの文献の題名である。謎が多いからこそ、その実際を「推理」したいと思うのが人間であろう。これは第五章で言及したように、その伝記に不明なところの多い柿本人麿についても同様である。
(5) だからこそ、と言うべきだろうか、『土佐日記』の研究には、西野入篤男が述べるように、「紀貫之との関連で大きな成果を挙げている過去の研究に比べ、些か手薄であり、十分に意味付けされているとは言い難い」という印象が禁じ得ないことも事実である(二〇〇六、七〇頁)。
(6)『紫式部の蛇足　貫之の勇み足』(新潮選書、二〇〇〇)で整理されているように、萩谷は最終的に三十二もの主題に『土佐日記』を細分化してしまう。
(7) ちなみに「女文字」を抜き出すと、「女もしてみむ」は「女文字てみむ」になってしまうのだが、これを石川九楊の「掛字」の概念で補うことも可能である。その場合、「し」を二重の書記と見なすことで、「女文字してみむ」と読むことができるようになる。「掛字」については石川(二〇一一)を参照。

（8）例えば貫之の「袖ひちて」の歌には、「こほる」と「こぼるる」の（今日から見れば）やや強引とも見える重層性があると考えられる。また、小町の「花の色は」の歌では、「長雨」と「眺め」の響き合いがあるが、「長雨」はそもそも「ながめ」と発音されていたわけではなく、「ながあめ」であったものが、まさにこのような歌のために「ながめ」に定着したのであると考えられる。さらにnakamという音が「泣く」を想起させることも明らかであり、ここでは雨と涙の間にある「水」という身体的な共通項に加えて、音のレベルでの重なりがある。

（9）序章でも少し触れたように、『土佐日記』については、「女性に仮託されているように見えるが、その仕方が不充分であるために、書き手が男性であることが露見してしまっている」というような評価がつきまとう。だが、一流の歌人であった貫之が、テクストの中で完全な女性を演じようと思えばそれが不可能であったはずはない。そしてもしそのような演出を貫之が全うし、なおかつ匿名性を保つような手段で『土佐日記』を書いていたなら、『土佐日記』の作者が貫之であるということはついに判明しなかったかもしれないのである。

（10）この二つの表現のうち、既存の注釈書では前者にばかり注意が向けられていることを指摘し、後者の可能性について提案しているのが妹尾昌典の論考（二〇一一）である。

（11）品川和子（一九八三）は、この一文を「物師が」とのみ解釈している。「しが」という間投助詞と格助詞の組み合わせは、あまりに用例が少ないからである。

（12）渡辺久寿は諧謔の機能を、仮名日記において「書きたいことを〈自由〉に書くための文学空間を仮設してくる仕掛け」と見る（一九九一、五六―五七頁）。

（13）『古今集』仮名序、「そもそも、歌のさま、六つなり。唐の詩にもかくぞあるべき」。ここでも、「唐にもそのようなものがあるらしいが、歌には六つの様がある」と、漢詩の伝統を遠ざけるかのようにして、仮名による和歌の詩法に焦点が当てられる。第二章も参照。なお、書き出しの「男もすなる」も、先に述べたように《漢文の日記というものもあるらしいが、私は仮名で書く》と解釈するならば、同様の論法となる。

（14）しかし、老年の貫之が、家族や友人との別れを多く経験していることは疑いようのない事実である。『土佐日記』がそれらの別れの悲しみを昇華させた結果として生まれた作品であるという見方は、したがって、充分に正当なものであろう。

（15）『土佐日記』における「もののあはれ」と、本居宣長の説く「もののあはれ」の差異については、拙稿（二〇一六）でさらに詳しく検討している。

（16）「『波の立つなること』と憂へ言ひて、詠める歌」（一月七日）。これは詞書に他なるまい。

(17) 例えば、「雨により田蓑の島を今日ゆけど名には隠れぬものにぞありける」(古今、雑上、九一八) という貫之歌がある。詞書は、「難波へまかりける時、田蓑の島にて雨にあひてよめる」、つまり「難波へ出かけたとき、田蓑の島で雨に降られたときに詠んだ歌」である。ここで問題となる〈名〉は田蓑という島のそれで、「田蓑」には「蓑」が入っているので、雨の日にはちょうどよいと思って行ってみたが、やはり濡れてしまった、というわけである。しかも、「隠れぬ」は「文法の対照性」を持つので、隠れる／隠れないの双方が可能になる。したがってこの歌が言わんとするところは以下のようになる。《雨が降ったので田蓑の島へ行ってみたが、やはり濡れてしまった。田蓑という〈名〉には「蓑」が隠れているけども、その名ばかりの蓑に隠れても雨をしのぐことはできないようだ》

(18) 品川 (一九八三) は、実際に大湊のあった場所からは、季節に関係なく、月が海に入るようには見えないという専門家の意見を紹介している。このことは『土佐日記』の虚構性と、それを事実に還元することが時に的外れな結果を招くことを、二つながらに証明しているだろう。

(19) 萩谷朴もこの歌を、和歌の「即境性即ち写生主義」を教えるためのものである、と述べている。しかしその対象はやはり、あくまで和歌初学入門の年少男子であるという。なぜなら月が海に入るなどと言うのは、「しが足」や「あざれあへり」という諧謔同様、成人の観賞に堪えるものではなく、年少者に伝わりやすいように設定された「幼稚極まる」洒落だからである (二〇〇〇、二七頁)。以上のように、やはり萩谷は『土佐日記』に歌論書としての性質を見出だしはしたものの、その歌論の持つ役割については本書と見解を異にしている。

(20) もちろん、同じ言語を話す者たちにとっても、このような翻訳作業は用のないものではない。心を伝えることは詩の永遠のテーマであると共に、日常言語ならざる詩的言語にのみ許されることであろう。「言異なる」という表現はまさにこの事象を指しているのであり、それはすでに取り上げた「言」と「事」の重奏性とも無関係ではない。

(21) 「棹穿波底月、船圧水中天」。付け加えると、賈島は九世紀前半の詩人で、比較的貫之に近い時代を生きた。文章を何度も練り直すことを意味する「推敲」の語源となった故事の登場人物でもある賈島は、やはり時間をかけて和歌を作ると言われた貫之と似たところがあったのかもしれない (この点については第九章も参照)。出世が遅れたこともよく知られているが、これも貫之にとっては身につまされる話であっただろう。

(22) もちろん、月が昇るのは「山の端」と「水底」に限ったことではない。例えば、「常よりも照りまさる哉山の端の紅葉をわけて出づる月影」(紀貫之、拾遺、雑上、四三九) では一見「山の端」から昇っているように見える月だが、それは厳密には秋に色づくことでより強力な詩的エネルギーを獲得した「紅葉」のあいだから昇ってくるのである。

(23) さらに言えば、「風」や「波」に「心」のみならず「言葉」をも「寄せて」いるのだと解釈してみれば、これらの歌は和歌におけるメタ詩的レベルを論ずるものとして受取ることができるだろう。言語化することによって欲望は増幅されるが、必ずしもそれによって願望が実現するわけではないのである。

(24) 長谷川政春は貫之の歌が第三者的な立場でやりとりにまとまりをつける形を新日本古典文学大系の注釈の中で「幇間形式」と呼んでいるが、先行する歌の解釈をより深め、さらには普遍的な方向へと促す機能を有しているはずの歌に、「幇間」という侮蔑的な呼称を与えることには問題があるようにも思われる。しかし同じ長谷川の『紀貫之論』(一九八四)によれば、民俗学者の折口信夫が整理しているように、「幇間」とは神を代弁する天皇といったような、より神聖な「御言持ち」と原理的には同様の存在である。幇間は縦方向の構造を持った日本の権力の在り方において、上下の継ぎ目に存在する仲介者であり、中立的な存在として、仮象としての主体を持つという。それでも長谷川の「幇間」モデルは、そのような幇間としての立場にある歌が、メタ詩的レベルにおいてどのような機能を果たすのかについては踏み込んでいない。

(25) つまり、「三十一文字」とは言いながら、文字数が和歌としての体裁に納まるかどうかを規定するのは、むしろ音節の数であるようにも思われる。

(26) 以上のことから、やはりこの箇所に歌論としての価値を見出している萩谷(一九六九)の、「和歌が三十一文字であることを年少の読者に教えるため」という考察には、やや疑問が残る。「和歌は三十一文字」という事実は常識以前の常識であり、わざわざ記す価値のある情報ではないだろう。もしそれを伝えることだけが目的なら、このような方法は採らなかったのではないか。

(27) 例えば「むばたまのわが黒髪に年暮れて鏡の影に触れる白雪」(紀貫之、拾遺、雑秋、一一五八)がある。このような歌は、「あらたまの年のをはりになるごとに雪もわが身もふりまさりつつ」(在原元方、古今、冬、三三九)、あるいは「行く年の惜しくもあるかな真澄鏡見る影さへにくれぬと思へば」(紀貫之、古今、冬、三四二)などの歌と結びつくことで、老い、寂しさ、一年の終わり、人生の終わり、冬、といったような主題を提起する。

(28) ドイツの生物学者・哲学者であるユクスキュル(二〇〇五)は、「環世界」という概念を提出している。それは各々の生物にとって、世界がそれぞれの仕方で存在することを示唆するものである。例えば、蜘蛛の巣は人間の眼には見えるが、獲物となる昆虫の眼には遥かに見えにくい。それは蜘蛛の巣というものが、蜘蛛の捕食する生物の環世界に合わせて作られていることを意味する。この概念を敷衍すれば、和歌を読み説くには平安人の環世界を知らなければならない、ということになるだろうし、同時に、和歌を分析すれば、そこから「歌人から見た世界」の様相を導き出すことも可能、ということになるだろう。そして、『土佐日記』を読んでわかることは、ここに登場する楫取や童といった、言わば歌人にとっての「部外者」は、歌人たちの環世界に登場するままの姿で描かれている、ということである。したがってこれらの人物を、現代の私たちが思い浮べる現実的な社会構造の上に配置してみることには限界があるだろう。

(29) 臼田甚五郎(一九三八)。楫取が「鏡」と「神」を言葉のレベルで繋いでいることは、記事の内容とも軌を一にしており、これは神秘的なものと滑稽なものとを同時に表現するという、『土佐日記』の文学的な試みの一成果であるのかもしれない。

(30) 「葦原中国は、岩根、木の株、草の葉もよく物を言う。夜は穂火(火の子)のごとく騒がしく響き、昼はうるさい蠅のごとくに沸きあがる」(巻第二、神代下、宇治谷孟訳)。

(31) なお小松英雄(二〇〇六)は、松は千年、という俗語に従えば、ここに登場する松はすでに枯れかけていることになる、と指摘している。だがそのように衰えていても、松は歌の源泉としての力を失ってはいない。

(32) 渚の院で二首の歌が詠まれるに当たっては、「所に似たる歌詠めり」という説明が挿入されている。これは諸本では「ところ」だが、青谿書屋本では「こころ」となっている。渚の院という「所」で詠まれた和歌はそれにふさわしい「心」を伝えるのだから、どちらが正解とも言い難いように思われる。

(33) ここにもまた、「人はいさ」の歌との関連を見出だすことができるだろう。松に千年の時を見るように、当代人は自然の風物に対してはまだしも永遠を期待することができた。しかし人の心に対しては、常にそれほど篤い信頼を置いていたわけではなかったのである。

(34) この伊勢の歌の前にあるのは、貫之の「人はいさ」の歌である。再三匂わせられるこの貫之歌との密接な関係に加え、「袖ひちて」の歌を思い起こさせる要素も多い二月十六日の記事は、あるいは『古今集』春上の巻を再現しようという意図を持っているのかもしれない。それは若かりし貫之畢生の快進撃であった『古今集』の巻頭で、貫之自身が歌人として積極的に参加している一巻と、老年にさしかかり、孤独を身近に感じている貫之の遺言とも言える『土佐日記』の末尾とが、壮大な対照関係において対置されていることを示唆する。

(35) 『土佐日記』のテクストの突然の幕切れは、鎌倉時代初期に書かれることになる『無名草子』のそれを思い起こさせる。こちらのテクストも、一文の途中とも見える箇所で突然の終幕を迎えてしまうのだが、それは女性による文学論および女性の存在論という、このテクストの目的が達せられたからに他ならない。拙稿(二〇一一)を参照。また、このようなテクストの「目的」と「幕切れ」の関係については、エーコ(二〇〇三)も参照。

(36) 萩谷朴は、『伊勢物語』の作者は紀貫之である、という説を唱える一人である。その信念は晩年にいよいよ強まり、二つの論考(二〇〇三、二〇〇四）に結実している。

(37) 笹沼智史（二〇〇五）の調査によれば、『土佐日記』は「ある人」という語の用例の多さでは抜きん出たテクストである。『土佐日記』には、「ある人」が二四回も登場するが、これに対して、『大和物語』は八回、『伊勢物語』は六回、『栄花物語』は五回、『竹取物語』『宇津保物語』『蜻蛉日記』は四回、『源氏物語』『大鏡』『枕草子』『狭衣物語』は二回、『堤中納言物語』と『平中物語』は一回となっている。なお、『落窪物語』『紫式部日記』『和泉式部日記』『更級日記』『篁物語』『浜松中納言物語』『夜の寝覚』では用例がない。『土佐日記』が大きなくくりでは「日記文学の祖」とされていることを考えれば、『蜻蛉日記』以外の日記で「ある人」の用例がないことは興味深い事実と言えるだろう。

(38) 語り手のこの特徴を、「拡張された一人称」という問題意識から読み解く論考に、山下（二〇〇一）がある。

第八章　貫之の伝記――『貫之集』

一、『貫之集』概観

『貫之集』の伝記的性質

『貫之集』は『土佐日記』と比較して一般に広く認知されているとは言いがたいが、九〇〇首に近い貫之歌（および若干の贈答歌）を収める大部の家集である。貫之の死後、他者の手によって編まれたと思われるこのテクストは、個々の和歌やその配列によって、他ならぬ貫之その人の伝記を浮かび上がらせているとも解釈できる。『土佐日記』にも確かに自己反照というテーマが内在してはいたものの、『土佐日記』を貫之の日記として読み解くことには限界がある。(1) 他方、読者はむしろ『貫之集』という歌集のほうに、一人の人間としての貫之の姿を見出すことができるように思われるのである。つまり『土佐日記』と『貫之集』は、どちらもそれぞれの題名と枠組みが期待させる読みを裏切るという点において共通している。

生前はもちろん、死後も長きにわたって歌人として最高の評価を得ていた貫之であってみれば、当然、一歌人としての貫之の姿に興味を持つ読者は多いはずである。『土佐日記』を「土佐から京へ向かう貫之本人の日記」と捉える向きが少なくないことも、その証左であろう。また、貫之による和歌をそれぞれに分析する上でも、そこに貫之の伝記的事実や、詠歌の時点で貫之が置かれていた状況、あるいはそのような状況の中で貫之が抱いていた心情を読み説こうとする試みが、当たり前のように為されている。『貫之集』という歌集は、読者が宿命的に膨らませるそのような期待に、正面から応える書物であると言うことができよう。

『貫之集』は全九巻、八八九首からなる。貫之の家集はこれが唯一であるから、むろん重要なテクストであることは言うを俟たない。ただし、その成立については不明な点が多いことも事実である。何より問題なのは、現代に伝わる『貫之集』が他撰によるものであり、たとえその素材の多くを貫之自身がまとめた自撰本から得ているのだとしても、それぞれの歌の選択や詞書の設定、そして歌の配列という編集作業に関しては、これを貫之本人の意図したものと断定することは到底できないのである。

しかしこれは、本書にとって痛手ではない。三代集を見ても、貫之が自ら編纂したのは『古今集』だけであったが、それでも私たちは『後撰集』や『拾遺集』に多く入っている歌から、貫之が和歌について考え、実践しようとしたことが何であったのかを検討することができた。それは同時に、後代の歌人が貫之という人物をどのように捉え、その和歌をどのように利用したのか、ということについての考察でもあった。『貫之集』においても、まったく同じことが言えるだろう。

『貫之集』の構成は、ある意味で勅撰集以上に整然としたものである。以下、簡単に整理すると、第一巻から第四巻が屛風歌、第五巻が恋歌、第六巻が賀歌、第七巻が別歌、第八巻が哀傷歌、第九巻が雑歌、となっている。全八八九首のうち、実に五三二首が屛風歌である、という大きな特徴を除けば、それぞれの巻の主題は三代集を見てきた私たちには身近なものである。

しかし、ここに無視できない大きな事実がある。それは、第一巻から第四巻、そして第五巻以降ではそれぞれの巻が、歌を時系列順に並べているということである。これが最もよくわかるのが屏風歌の四巻であろう。祝い事や儀式に際して、権門からの依頼に応じて詠まれた和歌はもとより公的な性格が強く、記録に残りやすい。したがって和歌に添えられた詞書には、それが何年のどの季節に、あるいはどの月に、どのような場で詠まれたのか、ということがしばしば明示されている。概観してみると、第一巻は延喜五年、藤原定国の四十賀屏風に添えられた和歌から幕を開け、延喜十七年（九一七）、宇多天皇の皇子である敦慶《あつよし》親王のための屏風歌までを収めている。続いて第二巻は延喜十八年、同じく宇多天皇の皇女である勤子内親王に捧げられたものから、延長年間（九二三—九三一）に作られた藤原定方のための屏風歌までを収める。第三巻はいったん延喜年間に戻るが、醍醐天皇からの直接の依頼で調えられた屏風に添える和歌であるため、巻頭に置くことでその重要性が強調されているのだろうか。その後は再び延長に入り、承平七年（九三七）に右大臣・藤原恒佐《ふじわらのつねすけ》のための屏風歌までを収める。最後に第四巻では、天慶三年（九四〇。ただし、これは天慶二年の誤りであるとされる）の藤原実頼のための屏風歌から、天慶八年に朱雀天皇のために作られた御屏風に添えられた歌までを収めている。

天慶八年とはすなわち九四五年であり、これは貫之の歿する前年である。対する延喜五年、九〇五年とは他でもない『古今集』の成立した年であるので、この四巻には一流の歌人という評価を獲得してからの貫之の屏風歌が、少なくとも形式上は、余すところなく網羅されているということができる。基本的に、屏風歌を依頼した人物ごとに複数の歌がまとめられているため、配列は厳密とは言えないまでも、これらの歌はやはり明らかに時代順に並べられているのである。

この性質は、以降の各巻でも基本的には変わらない。屏風歌ほど詳細に時期が記されることはないにしても、多くの場合で詞書にはその歌に関係する人物の名が挙げられており、それらの人物の官位や称号から時期を割り出すことは難しくない。そして、導かれた年月を列記してみると、やはり大方は年代順となっている。

一方、例外と言うべきは第五巻と第九巻である。第五巻は恋歌で、三代集についても確認したように、ここでも恋歌はその性質上、詞書を持たない場合がほとんどなので、それぞれの歌の具体的背景を探ることはきわめて難しい。また第九巻は雑歌である。雑歌も特定の部立に編入されることのない、ある種の曖昧さを持つ歌によって構成されるものと言え、そのためにより広い解釈の可能性を獲得することがある一方で、詞書が人物や季節を明記している場合でも年月や状況の詳細が不明な場合が多く、年代順という断定を下すことはできない。

以上のように若干の例外はあるものの、やはり『貫之集』は全体的に見て、歌を大まかな年代順に並べたものと言ってよい。『貫之集』のこのような構造は、果たして何を意味するのか。この家集が試みているのは、おそらく、貫之の歌をおびただしく集めることでその作歌法を明らかにし、貫之が言葉に見出した表現の可能性を再現するということよりも、むしろ紀貫之という一人の有力歌人が、当時の実社会との関係の中で、どのような生涯を送ったか、という点を明らかにすることではないだろうか。

むろん『貫之集』に収められた大量の歌が、貫之の歌学をまるで説明しないということはあり得ない。しかし、表現としての和歌を優先するのであれば、和歌は勅撰集においてのように、何よりも主題、モチーフ、あるいは特定の語句、というように、言葉のレベルでの関連性を拠りどころとして配列されているべきである。さもなければ、これまで問題にしてきたようなメタ詩的レベルでの議論を、和歌によって実践することは難しくなってしまう。ところが『貫之集』で歌を結びつけているのは、時間の推移という異なる軸である。そのような『貫之集』を通読するとき、浮かび上がってくるのは何よりも貫之その人の姿ではないか。要するに『貫之集』には、一種の伝記としての性質がありはしないだろうか。

このことはまたしても、現行の『貫之集』が他撰によっている、という定説を裏書きするように思える。なぜなら、もし貫之自身が自らの歌を並べることによって歌人としての業績を世に残そうとしたのなら、歌を年代順に並べる必要性はまったくないからである。和歌の新時代を築くことに生涯を捧げた貫之は、当然ながら自身が和歌に投影した理想を、他ならぬ歌そのものと、それらの配列によって跡づけようとしただろう。自身がいつ、どこで、誰のためにその和歌を詠んだという情報を、それほどまでに重要視したとは考えにくいのである。仮に、記録性を担保するためにそのような情報を詞書に示すところまでが貫之の意思だったのだとすれば、年代順の構成はなおさら納得がいかない。作歌時期を明らかにした以上、その歌をどこに収めても構わないはずであるのに、さらに年代順に並べることは過剰であり、無意味とさえ思われるからである。(2) したがって『貫之集』の構造には、やはりそこに貫之の伝記資料としての価値を付与しようとした、後代の人間の思惑が働いていると考えたい。

では、伝記としての『貫之集』から浮かび上がってくる貫之像とはどのようなものだろうか。以下、巻を追って検討してみよう。

屏風歌

全体の六割を占める第一巻から第四巻の屏風歌を見れば、貫之の歌人としての高い評価が、彼をどのよう

な有力者と結びつけていたのかは一目瞭然である。例えば第一巻冒頭の二首に付された詞書、

延喜五年二月、泉の大将四十賀屛風の歌、仰せ言にてこれを奉る

とは、醍醐天皇の命により、藤原定国の四十歳を祝う宴に、屛風歌を提出したことを意味する。この宴の主催者は定国の同母妹、満子であり、醍醐天皇の母、胤子も同じく定国の同母妹である。つまりこの宴は、権力の中心たる皇室の祝い事であり、貫之はそのような重要な場にあって詠進を任される、まさに宮廷歌人の立場にあったことがわかる。

そのあとに続くのは、次の詞書である。

延喜六年、月次屛風八帖が料の歌四十五首、宣旨にてこれを奉る廿首

月次屛風とは、一年の折々の行事を描いた屛風に、和歌を添えたものである。貫之は醍醐天皇の命で四五首を献じたが、ここではそのうちの二〇首を紹介する、という意味になる。それぞれの歌の前には「小詞書」とでも言うべき、各屛風が象徴する行事を説明する短い詞書がついている。最初の「子の日遊ぶ家」とは正月最初の子の日に小松を引いたり、若菜を摘んだりして長寿を願う行事であり、最後の「十二月、仏名」とは、一年の終わりにその年の罪が消えるよう仏に祈る行事である。つまりここでも、歌はきちんと時系列に沿って並べられている。

最初の四巻に関しては、これ以上それぞれの詞書を追うことはやめておこう。基本的に、そこには変化がないからである。依頼主は必ずしも天皇ではないが、少なくともその周囲の人物であることが圧倒的に多く、例えば第三巻の、

延長六年、中宮の御屏風の歌四首、右近権中将うけ給りて

という詞書に続く四首（二四四―二四七）のように、天皇から命を受けた者（ここでは藤原実頼）が貫之に実際の詠歌を依頼する、という場合もある。ともかく明らかなのは、依頼者の全員が、天皇および周辺の権力者である、ということである。

貫之は醍醐天皇の治世に『古今集』を編纂し、歌人として第一線に躍り出た。しかし、醍醐の父である宇多上皇とも関係は深い。そして晩年に至って、以前ほど強力な後ろ盾を持たなくなった貫之ではあるが、それでも朱雀天皇のために屏風歌を詠むよう下命されるほどに歌人としての立場を守り得ていたことは、他ならぬ『貫之集』によって明示されている。

要するに、概観する限り、『貫之集』最初の四巻は、やはり貫之に公人としての身元保証を与えるものであり、また歌人としての権威を確実なものとすることを、その主たる目的としているように思われるのである。これらの巻を『貫之集』の最初に配したのは、まず何よりも貫之の歌人としての偉大さを根拠づけるための采配であろうし、同時に、歌の依頼主である天皇や有力貴族たちへの配慮でもあるだろう。このことは取りも直さず、貫之という当代きっての有名歌人の家集が、家集とは言いながら、少なからぬ公的価値を有

していたことの証拠であるとも捉え得る。

第一巻から第四巻までの歌は、ほぼ年代順に編まれている。これは、屏風歌がそもそも公式行事の一環として詠まれることを思えば、当然のことと言えるだろう。国家事業として編まれた史書である六国史《りっこくし》が、主に編年体で記されていることからもわかるように、時系列に沿った記述は、自然と記録性をまとう。そしてテクストにおいて、記録性はしばしば権威の発露であり、公共性の保証であろう。だが『貫之集』の屏風歌の場合、詞書の年号を追えば明らかなように、すべての年が網羅されているわけではない。貫之は、ここに収録されている以外にも多くの依頼を受け、多くの歌を詠んだであろう。その詳細を知ることは不可能に近いが、おそらく『貫之集』に載っている歌は、依頼者の位の高さを考慮して選別されたのではないだろうか。貫之は天皇や法皇、あるいはそれに継ぐ地位にある者から、これだけの詠歌を依頼された歌人であったのだ、という宣言が、ここにはあからさまなほどに響きわたっている。

しかし、歌それぞれの価値についてはどうだろうか。本書では『拾遺集』を扱った第五章ですでに屏風歌の性質についての考察を行ったが、『拾遺集』においては、屏風歌は『貫之集』でのように大量に並んでいるわけではない。屏風歌の重要性を強調し、それを貫之という歌人を理解するための要と捉える神田龍身（二〇〇九）は、屏風歌が『貫之集』の中で、勅撰集における四季の部立の代替物となっている可能性を指摘している。新潮日本古典集成で『貫之集』を校注した木村正中も同様の趣旨を述べており、これはある程度一般的な見方と言えるだろう。確かに、屏風に描かれていたであろう絵の主題は四季折々の風景である。とくに月次屏風に添えられた歌などによく現れているように、屏風歌は季節ごとに刷新され、季節の変化を強調するものでもあった。

ただし、疑問も残る。例えば『古今集』における四季の歌は、一つの巻を通じて、緩やかに季節の推移を追う。それは梅や桜というように、特定の時期に咲く花や、特定の時期に姿を見せる鳥などの景物ごとにシリーズとして巧みに配されることで、巻全体を流れる時間を作り出していた。この時間の流れこそ、『古今集』の時代と『万葉集』の時代とを隔てる分水嶺とも言えるのである。それは歌人たちが、ただ一首の中に自然と心を照応させる抒情を詠むことに満足せず、さらに配列に技巧を凝らした歌集を編み、一首から別の一首への推移という要素を盛り込むだけの知的余裕を獲得したことを意味している。本書が配列の読みにおける重要課題としているメタ詩的レベルでの議論も、この推移がなければ存在し得ないのである。

『貫之集』の屛風歌は、年代順の配列という前提条件を優先しており、その結果、やはり和歌から和歌への推移は、ただその歌が献上された時期に拠っているという以外に見出しがたい。むろん、多くの歌がその一首としての完結した世界の中で、巧みに自然を詠み、心を歌っていることは事実である。しかし、それぞれの屛風に閉じ込められた和歌が、配列されたことによって詩的議論を取り交わしているとは思えない。そしてこの点に拠る限り、『貫之集』の屛風歌は、『古今集』をはじめとする勅撰集の四季歌に該当するものとは言えないのである。それは四季を扱ってはいるが、明らかに別種の部立なのだ。

『貫之集』はその大半が屛風歌であるにもかかわらず、そのうち『古今集』から採られたのはわずかに一首、

白雪の降りしく時はみ吉野の山下風に花ぞ散ける　（貫之集二）

（古今、賀、三六三）

のみである。なるほど、雪を花に見立てたこの歌は冬、あるいは春の初めの歌として読んでも問題はないであろう。だが、それが『古今集』の賀歌から採られていることには、『貫之集』の頑な編集方針を感じずにはいられない。加えて、『古今集』から『貫之集』に入った四季の歌は、わずか四首に過ぎないのである。『貫之集』では、あくまでも実際に屛風歌として詠まれた歌だけを最初の四巻に収めているのであり、それが季節を扱う歌である以上、『古今集』にある「四季の歌だが、屛風歌ではない」歌については、原則としてこれを採用しない方針を採ったものと思われる。

『貫之集』屛風歌部分の成立についてこれ以上の考察を加えることは控えたい。しかし、とにかく明らかなのは、屛風歌という内容と、それが年代順に配列されているという性質が、『貫之集』を伝記として見る場合に、かえってある種の制約になるということである。確かに、貫之が国家の中心的な権力者たちに信頼された歌人であったことは、この四巻によっていやが上にも伝わってくる。だが、そこから貫之のより個人的な側面を垣間見ることは、まったくと言ってよいほど不可能であろう。

恋歌

恋歌にはほとんど詞書がない。それはこれまでにも考察してきたように、読者の目をただ歌そのものに向けさせ、歌の中で生まれてくる意味にのみ集中するよう促すための配慮であろう。この点において、『貫之集』の第五、恋歌の巻は、勅撰集のそれと同列に置いても問題がないように思われる。

ただし、『貫之集』に伝記的な性質を認めようと欲するなら、やはり詞書は重要である。歌だけでは、それがいつ、どのような状況で、誰との間に交わされた歌なのか、知る由がないからである。むろん、和歌自体の中に物語が息づいているため、歌人の置かれた状況を思い浮べることは難しくない。しかしそれは一般化された物語、交換可能な物語としての性質を強く帯びており、なおかつ広い解釈可能性を有しているために、貫之の経験として読むことには限界が生じてしまう。だからこそ、解釈をある程度まで限定し、部分的にではあれ読者を和歌の外の世界と接続してくれる詞書が必要になるのである。

恋歌の巻には、詞書のついた歌は三首しかない。まずは次の一首。

近隣なる人のときどきとかういふを、ほかにうつろふと
聞きて
近くてもあはぬ現に今宵より遠き夢みん我ぞわびしき
（六一八）

近所に住んでいたある女性が、引っ越してしまうと聞いたので詠んだ歌、として、《近くにいてもなかなか会えないという現実も辛いのに、これからは夢の中で遠くへと思いを馳せなければならないことの侘しさよ》と慨嘆している。「近く」と「遠く」、「夢」と「現」という、多くの和歌を誕生させた表裏一体の表現が二組も織り込まれ、まさに夢と現の境にあるような朦朧とした言葉の世界が作り出されている。詞書の「うつろふ」は物理的な移動を指すが、そこには当然ながら心が「うつろふ」可能性も内包されている。したがってこの歌には、《遠くへいっても、気持は移ろわないでほしいものです。しかし近くにいても、すでに心

はどこか別の場所にあったのでしょうか?》というような、もう一つの「近く」と「遠く」の問いかけも透けて見えている。

さて、この歌は恋歌の巻で初めて、具体的に歌の相手を挙げている。しかし、「近隣の女」とあるだけでは誰かわからない。そこでほかの巻も含めて探してみると、それが中務である可能性が見えてくる。

敦慶の式部卿の女、伊勢の御の腹にあるが、近う住む所ありけるに、折りて瓶にさしたる花をおくるとてよめる

久しかれあだに散るなと桜花かめにさせれどうつろひにけり　(八五六)

返し

千世ふべきかめなる花はさしながらとまらぬことは常にやはあらぬ　(八五七)

この二首は、『貫之集』の雑歌に相当する最終第九巻のものである。一首目の貫之の歌は、『後撰集』と『拾遺集』にも入っていることを指摘しておく必要があるだろう。『後撰集』では春下の巻(八二)にあるこの歌の詞書は、「桜の花の瓶にさせりけるが散りけるを見て、中務につかはしける」とあり、中務が近隣に住んでいることは述べられていない。それに対して『拾遺集』(雑春、一〇五四)では『貫之集』とほぼ同じで、「敦慶式部卿の親王の女、伊勢が腹に侍りけるが、近き所に侍に、瓶に挿したる花を贈るとて」となっている。

二首目の中務による返歌は、『後撰集』（八三）では「千世ふべき瓶に挿せれど桜花とまらむ事は常にやはあらぬ」となっており、わずかだが異同がある。一方、『拾遺集』には返歌は存在せず、ただ貫之が贈った歌のみが伝わっている。

貫之の歌は、《桜の花が末永く咲くように瓶に挿してみたのだが、やはり色が褪せ、散ってしまった》というほどの意であろう。そこには花を挿す「瓶」と、万年も生きるという「亀」を掛けた言葉遊びも含まれている。自然に咲いている花のほうが長く咲き続けるのは言うまでもないことだが、それでも手元の瓶に桜を移すという発想には、「手折る」という行為によって対象への想いを増幅させるという当代人の習慣がよく表れており、その対象が実際の桜だけではなく、女性への恋にまで及んでいることを示唆している。[3]

恋の表現として見ると、この歌は《想いがいつまでも続くようにと、あなたを手元に置くかのようにそば近くで過ごしてみたけれど、それでもあなたの心は移ろい、恋は終わってしまった》というメッセージとして読み説くこともできるだろう。[4]『貫之集』や『拾遺集』にある「近い所に住んでいた女性」という詞書は、なおさらこの読みを補強する。

また中務からの返歌も、そのようなメッセージを踏まえたものと考えたほうが意味がとりやすい。《瓶に挿せば千年も咲き続けるだろうと言ってそれが叶わないのは、いつものことではありませんか》という皮肉な歌は、あたかも先の歌の詠者が何度も同様の試みをしては失敗していることを詰《なじ》っているようでもある。《手元に手折ってきた桜がすぐに枯れてしまうように、新たな相手を見つけては、この人こそはと寄り添ってみても、なかなか添い遂げられないのが恋の常》というわけである。

だが、『貫之集』の文脈と突き合わせてみると、「うつろひ」は花や心の色合いばかりではなく、より物理的な意味をも匂わせるのである。というのも六一八の歌では、これまで近くに住んでいた女性が遠くへ移ってしまう、というところに歌を詠むきっかけがあったのであり、もしこの歌に登場する女性がやはり中務であると仮定するならば、八五六からの二首においても、中務が物理的に貫之のいる土地を離れる、という状況が詠まれていると推測できる。そうしてみると貫之からの歌には、《いつまでもそばにいてくれるものを思っていたのに、場所を移ってしまうのですね》という現実的なメッセージも読むことができるようになる。

さて、『貫之集』第五巻で詞書を持つ二首目の歌は、

人に、文やりける女の、いかがありけん、あまたたび返りごともせざりければ、「やりつる文をだに返せ」といひやりたりければ、文焼きたる灰をそれとておこせたりければ、見てやれる

君がため我こそ灰となりはてめ白玉梓《しらたまづさ》や焼けどかひなし　（六五〇）

である。詞書は、「文を贈り続けていた相手から、どういうわけかまるで返事が来ないので、贈った文を返してください、と言うと、いただいた文を焼いたものです、と言って灰が送られてきたので、詠んだ歌」とある。田中喜美春の注によれば、「灰」は蓮の古名である「はちすのはひ」を想起させるが、それは「泥（こひぢ）」の連想を通して、「恋路」の主題を強調する効果を持つ言葉である。焼かれた文は、拒絶の象徴とい

うよりも、まさに「思ひ」の「火」によって焼かれたものとして描写される。

一方、「玉梓」は文の美辞であるが、この歌の場合は返事のない、一方通行の文であったので、「白玉梓」となる。これは「白」が「白露」などを通して「知らず」と結びついてきたことを考え合せると、なおさら歌のメッセージを明白にしてくれる。すなわち、《私の想いをあなたに知らせることのできなかった文を焼いても、甲斐のないことです》となるのだが、「かひなし」では「火」が「なし」で、想いは燃え立たない。一方、詠み手は「思ひ」の「火」に包まれているので、《いっそのこと、恋路に苦しみ、想いの火を燃やす私のほうこそ、灰になってお見せしましょう》と述べているのである。

そして、詞書を持つ最後の恋歌は以下である。

あひ知りたる人のもとにしばし通はぬほどになりて、
なかたえて又思ひ返ていひやる
いそのかみふるの長道長ながに見ずは恋しと思はましやは
（六七五）

この歌は、前章で取り上げた『古今集』の歌（恋四、六七九）とほぼ同じである。だが、昔（そのかみ）から時を経た（ふる）状態から恋を振り返り、「思ひ」（火）の強さと相手を「見ず」（水）にいることの対立から、恋じ＝恋路の辛さに思いを馳せるこの技巧的な歌は、『貫之集』では「なかなか」を「長なが」と改められている。むろん、濁点を取り外す自由がある限り、この変化は実質的には無意味なのだが、「長」と表記することで「長道」を視覚的に反復できる上、辛い恋路の「長々しさ」をも表現することが可能になっている。

また最大の変更点は、詞書の追加である。『古今集』では詞書を持たない歌であったのが、今回は「夫婦の関係にあった相手のもとから足が遠のくうちに、すっかり縁が切れたようになってしまったので、以前のことを思い返して詠んだ歌」という意味の詞書がついている。この詞書によって、長く続いてきたであろう男女の関係が想像しやすくなり、「長なが」という表記がさらに説得力を持つ。

しかし、この詞書に登場する女性が誰なのかはわからない。それは六五〇の歌も同様である。読者にわかるのは、ただ貫之がいかにも当時の貴族らしく、恋にいそしんでいたということだけである。六一八のように、相手がはっきり中務とわかるような場合は例外中の例外と言わねばならず、これほど有名な歌人でありながら、貫之の周りには身元のはっきりした妻ないしは恋人の存在がほとんど特定されていない。『土佐日記』で見たように、亡くなったという娘も、実在した証拠はなく、伝説的な存在と見る向きもある。貫之の係累ではっきりしているのは、息子の時文ただ一人である。

したがって、『貫之集』を伝記的史料として読み解こうとする読者は、恋歌の巻に相当する第五巻から次のような印象を受けるだろう。貫之は先達の業平とは異なり、恋に血道をあげるような人物ではなかった。彼はむしろ作歌にふけり、和歌について考え抜くことに喜びを見出していた、と。

賀歌

第六巻の賀歌は、再び最初の四巻を思い起こさせる構成になっている。歌は高位の貴族の祝いの席に提出するために詠まれたものであり、それらは明確に年代順に並べられている。ただし賀歌とはいっても、屏風歌とは限らない。少なくとも、屏風歌と明記されていれば、それは最初の四巻に収めるべきものであるから、第六巻には屏風歌と書かれたものはない。祝いの席上で、紙に記して口頭で歌い上げたものや、歌合の席上で、装飾品である洲浜の一部として書いたもの（六八八―六九四など）などからなるようだ。

勅撰集においては、賀歌の巻といえば屏風歌の牙城であったが、『貫之集』では屏風歌は独立して『貫之集』の半分以上を占めている。したがって、ここにはそれ以外の祝いの歌が収められているわけだが、屏風に書かれたかどうか、ということを別にすれば、さほど内容に差異があるとは思われない。藤原定方や藤原実頼といった人々の賀の席上や、その子供たちの元服などに、貫之は祝いの歌を詠進している。

だが屏風歌とは違い、貫之がより個人的な姿で登場する詞書も、第六巻にはいくつか存在する。以下、三つほど例を挙げよう。

藤原兼輔の中将、宰相になりて、よろこびにいたりたるに、はじめて咲いたる紅梅を折りて、「今年なん咲きはじめたる」といひいだしたるに

春ごとに咲きまさるべき花なれば今年をもまだあかずとぞ見る　（六八七）

この歌は、藤原兼輔が宰相となり、慶び久しい場面で、ちょうど咲き始めの紅梅が目に入ったので、仕えている者がこれを折り、「この梅も今年になって咲き始めたのですね」と言ったのを受けて詠んだものである。

なお、『後撰集』にも登場するこの歌（春上、四六）については第四章でも取り上げたが、そこでは第四句は「まだ」ではなく「また」となっている。

《これから春が来るごとに、この花はいよいよ美しく咲き誇ることでしょう。ですから今年の咲き具合はまだまだと言ったところです》という歌には、兼輔に今後も順調に栄達してほしい、またそうなるであろう、という願いが込められている。しかし「飽かず」を「飽きずに」とすれば、その小さな花もやはり喜ばしい印には違いがないので、それを《飽きずにいつまでも眺めていたい》という気持も重ねられていると言えるだろう。貫之が兼輔の庇護を頼っていたことは、これまでにも見た通りである。その兼輔の栄達を願う貫之の心には、当然自身の安泰を望む気持も、少なからず織り込まれていただろう。(5)

次に取り上げるのは、土佐での滞在を経て帰京した貫之が、左大臣こと藤原忠平のお供をして、白河にある邸宅へ同行した際に、求められて詠んだ歌である。

延長八年土佐の国に下りて、承平五年に京に上りて、
左大臣殿白河殿におはしますに御共にまうでたるに、
歌つかうまつれとあればよめる

百草の花の影までうつしつつ音もかはらぬ白川の水　（六九五）

《百もの草花の影を映してきた白河の邸宅を流れる川の水は、以前のまま何一つ変わらず、これからも変

わらないでしょう》という歌には、先の兼輔への歌と同様、貫之自身の保身の願いも合わせて表現されていると思われる。「音」は水の流れであると共に、藤原家からの音信でもある。《いつまでも変わらず、私に声をかけてください》と貫之は念願しているわけである。

そして三つ目の例となる次の歌には、かなり長い詞書がついている。

天慶六年正月、藤大納言殿の御消息にて、「魚袋《ぎょたい》をつくろはせんとて賜はせりける、おそくいでくるに、日近くなりにしかば、大殿に此よしを聞こしめして、『わが昔しより用ずる』と仰られて、『あえものに今日ばかりつけよ』とて、使して賜はせたりしかば、よろこびかしこまりて、用じて、またの日松の枝につけて奉る。そのよろこびのよし、尚侍殿の御方にをわさしかふに聞こえんと思ふを、しのびてその心書き出でて」とあるに、奉る

吹く風に氷とけたる池の魚は千代まで松の陰にかくれん　（七〇〇）

この長い詞書には意味の通りにくいところも多いが、ひとまず次のように解したい。藤原師輔は、宮中の

儀式に用いる魚袋（魚形の装飾をつけた長方形の小箱で、腰に下げるもの）が壊れてしまったので、修繕に出したが、なかなか戻って来ないので、儀式に間に合わないのではないかと不安に思っていた。すると事情を察した父の忠平が、自分の物を使うようにと言って寄越した。師輔はいたく感動し、儀式が済んだあと、松の枝にくくりつけてこれを返上した。貫之の歌は、そのときに添える歌の代作である。

《風が吹き氷が溶けた池の魚である私は、いつまでも松の陰に憩うようにして、末永く栄華を極められるであろう父上の庇護を受けるでしょう》とでもいうのが歌の内容である。詞書には尚侍、つまり師輔の姉である貴子も登場するが、歌は明らかに父に宛てられたものであろう。「氷を溶かす風」は貫之の代表作とも言える「袖ひちて」の歌と同じく、『礼記』月令篇の「東風解凍」に由来する。儀式が元日のものであるとすれば、ここでも春の訪れと、父の篤い好意を受けたことの喜びが重ねられていると言える。また「とけたる魚」は壊れてしまった魚袋でもあり、師輔自身でもある。

以上の三首の詞書は、ただ貫之がある時期に、ある貴族のために詠進した歌という以上に、具体的な、もっと言えば物語的な状況を示している。これにより読者は、貫之という宮廷歌人の姿を、より実際的に感じ取ることができるのである。

兼輔や忠平の栄達を祝いつつ、先々までも変わらぬ庇護を求める一首目と二首目の歌は、状況面でも、内容面でも、『後撰集』にあった兼輔および定方とのやりとり（一二五―一三〇）を彷彿とさせるものである。永らく兼輔を頼りとしていた貫之だが、土佐在任中にその兼輔が歿すると、今度は忠平が頼みの綱となった。三首目では、貫之はその忠平と息子の師輔の絆を深めるために一役買って出ているわけだが、それは晩年の貫之が忠平のみならず、その息子たちの庇護をも頼りにしていたことを如実に物語っている。すでに貫之の作として有名であったに違いない「袖ひちて」と同じ表現を用いたことも、あるいは師輔を喜ばせたのではないだろうか。

このようにして『貫之集』を読むとき、貫之は、例えば『伊勢物語』で描かれる業平とおぼしい主人公の姿に近づいている。『伊勢物語』の主人公がもっぱら恋をしていたのに対し、貫之の奔走はより社会的、政治的なものではあるが、そこに生き生きとした歌人の像が浮かび上がっていることに変わりはない。

実際、後世のテクストを見れば、『貫之集』の読者がそのような印象を受け取っていたことがわかる。例えば三首目に取り上げた歌は、詠歌状況には若干の変更が見られるものの、『大鏡』にも収録されているのである。その「大臣列伝」と呼ばれる箇所の師輔篇では、忠平が自らの魚袋を、松の枝にくくりつけて師輔に手渡したことになっている。師輔は感謝の気持を歌で表現しようとしたが、せっかくならばと名人の貫之の家を自ら訪ねた。

いとをかしきことは、かくやむごとなくおはします殿の、貫之のぬしが家におはしましたりしこそ、なほ和歌はめざましき事なりかしと、おぼえ侍りしか。

『大鏡』に登場する歴史の語り部である大宅世継は右のように述べ、師輔のように身分の高い人物がわざわざ卑官の貫之のもとを訪れたのは、貫之が和歌の上手であったからに他ならないと強調している。それは取りも直さず、当代における和歌の重要性の証明であり、それを証明できる歌人は、やはり貫之なのである。

別歌

『古今集』の離別歌を多く含む第七巻では、貫之は様々な場面で旅立つ人へ向けた歌を詠んでいる。四一首のうち一〇首あまりで、歌は「人」という曖昧な対象に向けられているが、これは離別歌がただ特定の人物に向けた別れだけを表現するものではなく、普遍的な別れと、その別れに際しての詩的表現のあり方について論ずるという側面を持っていたことを示唆している。

詞書を見ると、貫之との関係性が強調されているのは、例によって藤原兼輔と忠平の眷属である。彼らの一人が任地へ赴くためなどに出立するとき、貫之は馳せ参じて別れを惜しみ、旅先での幸福を祈る。もちろん、歌人としての腕を買われての代作もしばしばである。また、詞書からは、別離の歌が詠まれた様々な状況を知ることもできる。別れの前の宴席で詠む、という一般的な状況のほかに、道中の安全を祈願して、神に供える幣と関連づけて詠まれる場合や、旅立つ人に贈られる装束や扇などに添えて詠まれることもあった。このようなそれぞれの状況が、歌の内容に直接的に影響を与えることは決して珍しくない。

例えば、藤原忠平の息子、師氏《もろうじ》（九一三—九七〇）は、旅立つ人に火打の道具や香を贈り、そこに貫之に詠ませた歌を添えている。

おなじ少将、ものへ行く人に火打ちの具して、これに

薫物を加へてやるに、よめる

をりをりに打ちてたく火の煙あらば心ざす香をしのべとぞ思ふ

（七一九）

《火打石で火を起こし、香を焚くたびに、私のこころざしを偲んでください》というこの歌では、実際に師氏が贈った品物が主題となっている。旅立ってゆく人は女性なのだろう、火打ち石が起こす火は師氏の「思ひ」の「火」であり、それが香をまとって愛する女性の身辺を漂うのである。「心ざす香」には「さすが」が詠み込まれているが、これは「遠く離れていてもさすがに（やはり）心にかけている」という意味であり、また同じく「かける」ものである鐙を連想させる言葉でもある。馬具である鐙は、旅には欠くべからざるものである。

なお、旅立つ人への贈り物では、衣も頻繁に登場する。例えば、次の歌。

　おなじ人のむまのはなむけに、橘助縄が装束おくるとて加へたる

　玉ぼこの道の山風寒からばかたみがてらに着なんとぞ思ふ　（七三〇）

「おなじ人」とは、前の歌の詞書を信ずれば平惟扶を指すと思われる。惟扶が陸奥守に任ぜられたので、忠平が主催して別れの宴を催したのである。

《これからの遠い道のりで山風に吹かれて肌寒いときは、私の形見と思ってこの衣を着てください》というこの歌には、当時における「衣」という物象の本質がよく表れている。衣は身を包むものであり、言って

みればそれを着る人の化身であるから、それはただ衣服として暖かいのではなく、その人を心配する気持によっても暖かいものなのである。むろん、男女の恋心が染み込んだ衣、という場合のほうが目立つが、このような友情の象徴としても衣は機能する。それは「形見」という言葉の淵源を思い起こさせてくれるものでもある。

また次の歌では、それを詠んだときの天候が内容を左右している。

あひ知れりける人の物へ行くに、むまのはなむけしける
あひだに雨降りてえいかずなりにければ、よめる
君惜しむ心の空に通へばや今日とまるべく雨の降るらん　（七二五）

《あなたとの別れを惜しむ私の心が空に通じたのでしょうか、今日の出立を留めるべく雨が降っているのは》
というほどの内容である。

「あひ知れりける」人というのは、夫婦とも言える関係にある女性を指すのだろう。その人が遠くへ行かねばならないというので、別れの席を設けはしたものの、雨が降ったので出発を延ばすことになった。それは自分の心が天に通じたからだと言っているのである。「遣らずの雨」という慣用句にも表れているような形で、ここには人間の心と自然との応答関係を認める当代人の発想が明らかである。

第七巻で最後に取り上げたいのは次の三首である。

尾張守藤原興方が下るに、幣、装束やるとて加へたる
裁つ幣の我思ひをば玉ぼこの道の辺ごとの浪も知るらん（七三四）
その人のとがにおぼゆる唐衣忘らるなとてぬげるなりけり（七三五）
人はいさ我は昔の忘れねばものへと聞きて哀れとぞ思ふ（七三六）

この三首は、尾張守を任じられた藤原興方《ふじわらのおきかた》（九六〇年歿）の出発に際して、貫之が自ら詠んだ歌である。田中喜美春も和歌文学大系の解説で詳しく取り上げているように、ここには貫之と興方との間に立ち起こった具体的な経緯が活かされているようだ。

一首目は《私が差し上げた幣には私の想いがこもっているので、道中であなたが目にする浪でさえ、それを感じることでしょう》と解することもできるが、そこに恋の要素を加えてみるとメッセージは一変するようだ。「裁つ」は「幣を裁断する」だけではなく、想いや関係を「断つ」ことにも繋がる。また「浪」は「涙」を擁している。そうしてみると、歌は《私は色々な想いを断ち切ってあなたを送り出すのです。道中で浪の音を聞くたびに、それを私の涙と思って、私の想いをわかってください》というような意味合いを帯びることになる。(6)

このような解釈の上に立たないと、二首目の意味をとることは難しいだろう。《あの罪を思い起こさせる衣は、忘れられることがあってはならないよ、と告げてから脱いだのです》という歌意なのだとすれば、「相手のことを忘れない」という意味が込められた衣を贈るというふうに解釈してみても、「とがにおぼゆる」の部分は謎として残ってしまう。ここでは、やはり二人の間に一人の女性の存在を措定してみる必要がある。

その女性とは、かつて貫之の妻であり、後に興方の妻となった女性である。そのような前提があることで、男女の想いの象徴ともなり化身ともなる衣は「罪の印」となる。《私を捨てるのだから、せめて興方に捨てられるようなことがあってはならないよ》と説いて、貫之と妻は衣を脱いだ。つまり夫婦関係を解消したのである。その複雑な気持がこもった衣こそ、いま旅立つあなたに与える衣だ、と言っているわけである。

ここで当然疑問に思われるのは、遠隔地へと旅立ってゆく大切な人を送り出すのが別歌の原則であるならば、このような恨み言にも似た歌を詠むことは果たして適当なのか、ということである。この疑問を解消するためには、歌の詠まれた時期を確認しなければならない。藤原興方が尾張守となって赴任したのは、九四三年（天慶六）のことである。貫之の最晩年であり、まさか最近になってこのような鞘当てを演じたとは到底考えられない。つまり、これは土佐赴任よりも遥かに以前の出来事を、半ば懐かしむようにして歌っているということになる。

三首目も、この推測を裏切らない。貫之の代表作である「人はいさ」を思い起こさせるこの歌は、《あなたはどうあれ、私は昔のことが忘れられないので、赴任すると聞いてたまらなくなったのです》というほどの意味である。ここで、前歌の「忘らるな」には新たな側面が加わると言えるだろう。つまり、《私は昔のことが忘れられない。あなたも忘れてくれるな》というメッセージが、二首に跨がって込められているのである。

この三首は、したがって、興方への恨みを込めたものというよりも、むしろ特別の哀惜を表現するものなのである。一人の女性をめぐって争ったほどの相手が、遠い地へ赴任しようとしている。しかも自分の年齢を考えれば、再会は難しいだろう。そこで貫之は、お互いを傷つけたに違いない出来事にあえて触れることで、かえって二人の浅からぬ縁故を記念し、興方と別れるにはどれほどの想いを「断つ」必要があるか、と訴えているわけである。

以上の三首は、『貫之集』第七巻の中で、最も個人的な貫之の姿を伝えるものであろう。しかし、もし実際に貫之と興方の間にここで歌われているような出来事があったのだとしても、和歌には当然ながら作品としての側面があることを認めないわけにはいかない。例えばこの三首が取り上げているテーマは、次の歌を思い起こさせるものである。

題しらず
唐衣たつ日はきかじ朝露の置きてしゆけば消ぬべきものを
（よみ人しらず、古今、離別、三七五）

しかもこの歌には、さらに興味深い左注がついている。

この歌は、ある人司を賜はりて、新しき妻につきて、

年経て住みける人を捨てて、ただ、「明日なむ立つ」とばかり言へりける時に、ともかうも言はで、よみてつかはしける

つまり、ある男が地方官の職を得たが、そのときはすでに新しい妻のほうに心惹かれており、永らく時を共にした前の妻には、ただ「明日出発する」とだけ伝えたのである。前の妻はとくに何とも言わず、ただ歌だけを寄越した。

その歌は、《いつ衣を裁てばいいのか、聞かずにおきましょう。置いていかれれば、どうせ朝露のように消えてしまうのですから》とでも訳すことができるが、さらに多層的である。「衣を裁つ」というのは、あるいは旅立つ夫に贈る衣を指すのでもあろうが、それは同時に、衣に象徴される、繋がっていたはずの二人の心を「断つ」ことをも意味する。そしてまた、衣は「露」の形をとる妻の涙を受け止めるものでもあるだろう。しかし妻は一人なので、二人が交わした愛でもある「露」が消えてしまえば、やはり「露」に重ねられるその命も失われてしまう、というわけである。

この歌に見られる表現と、左注にある詠歌状況とは、貫之が輿方に宛てた別れの歌と看過できない親和性を見せる。貫之がこの歌を念頭に置きながら、それを輿方と自らとの間に起きた出来事に合うように作り替えた、という可能性は充分にあるだろう。また輿方も、歌を受け取ってすぐにこの「よみ人しらず」の歌を想起したかもしれないのである。

哀傷歌

第八巻は哀傷歌である。哀傷歌には、特定の人物が歿したことに対する哀悼の歌のみならず、「あひ知れる人の亡せたるによめる」（七四三）や「世の中のはかなき事を見て」（七五一）のように、より抽象的、一般的な主題を持つものもあり、「題しらず」（七五五）の詞書を持つものもある。

この巻で印象的なのは、躬恒との贈答歌の体裁になっている以下の三首である。

素性亡せぬと聞て、躬恒がもとにおくる

いそのかみふるく住みこし君なくて山の霞は立ちゐわぶらん　（七四八）

返し　躬恒

君なくて布留の山辺の春霞いたづらにこそ立ちわたるらめ　（七四九）

とあるに、又

消えにきと身こそ聞えめ石上ふるき名失せぬ君にぞ有ける　（七五〇）

素性は六歌仙の一人である良岑宗貞こと遍昭の息子である。この親子は有力な僧侶であったと共に、管理にあたっていた雲林院では和歌や漢詩の集いを積極的に開くなどしており、貫之と躬恒にとっては尊敬すべき先達と言えるだろう。その素性の死に際して、二人が交わした歌がこれである。
「いそのかみふる」という言葉が「昔から」や「時を経る」といった表現を呼び起こすことは、すでに一再ならず指摘した通りである。ただ興味深いのは、素性が現実に長く暮らした良因寺が、まさに奈良の石上布留と呼ばれる地域の中心にあったということである。ここにある石上神宮は『日本書紀』にも登場する古い神域であり、『万葉集』でも複数の歌に詠まれている。その地に作られた良因寺もまた、「石上寺」とも呼ばれていたようだ。

遍昭と素性親子の「石上」との因縁は、『後撰集』でも確認できる。

いその神といふ寺にまうでて、日の暮れにければ、夜明けてまかり帰らむとて、とどまりて、「この寺に遍昭侍り」と人の告げ侍りければ、物言ひ心見むとて、言ひ侍りける

岩の上に旅寝をすればいと寒し苔の衣を我に貸さなん

（小町、後撰、雑三、一一九五）

返し

世をそむく苔の衣はただ一重貸さねば疎しいざ二人寝ん

（遍昭、同、一一九六）

小野小町は石上寺に参拝したあと、日が暮れたので一泊してゆこうと思った。そして、この寺に遍昭がいると聞いていたので、相手の反応を試すつもりで、次のように言った。《石上というくらいですから、岩の上に寝るのかもしれませんが、それでは寒いので、ぜひあなたの苔の衣を貸してください》と。苔の衣というのは、岩にむした苔であり、僧衣のことでもある。つまり小町は、僧侶である遍昭に誘いをかけて、相手の出方を窺っているわけである。

　これに対する遍昭の返答は驚くほど磊落である。《俗世に背を向けている僧侶の衣は一重なので、貸してしまえば私のものがなくなります。だからこの一枚の衣で、二人一緒に寝ることに致しましょう》というわけである。

　むろん、この贈答歌は半ば伝説化したものであろう。[7] 遍昭も小町も、『後撰集』の時代から見ればすでに一世紀も前の人々である。ただその伝説の中でも、遍昭が「石上」に明確な結びつきを持っていることは重要である。遍昭の息子素性も、もちろん同様であろう。つまり『貫之集』に話を戻せば、この貫之と躬恒の三首は、素性を彼自身に最も縁の深い歌枕と共に記憶し、偲ぼうという試みなのである。

　最初の貫之の歌は、素性の死を霞と結びつけている。《布留の石上寺に古くから住んでいたあなたがいないので、山の霞も立つに立ちかねているようです》というほどの内容である。「石上」が喚起する「布留」が、「古」と掛けられていることは言うまでもない。問題は霞という事象の処理である。

　貫之がとくに霞という表現に強い関心を持っていたであろうことは、繰り返し指摘してきた通りである。霞は春になると花を隠し、人を隠す、幻想的な装置であった。何かが霞に隠されるということは発見の予感に他ならない。そこに詩的考察の余地があった。ところが今回のように、人が亡くなってしまってはその文法は成立しない。したがって霞も、立とうとして立ちかねている。石上の主とでも言うべき素性が亡くなり、霞よりも早く「発って」しまった以上、この春、この山が美しいものに包まれることはないのである。

躬恒の歌は、この主題をそのまま引き継ぐものである。《あなたがいないまま時が流れるこの山辺では、霞はただ漫然と、意味もなく立ちのぼることでしょう》というほどの歌意としておこう。なるほど、素性がいなくとも、自然の流れは留まることがない。その後も山の風景は時を「経る」ことになる。霞にしても、春が訪れた以上、ときには立つこともあるだろう。しかし貫之が述べたように、素性亡きあとの山に霞がたつことは無意味に思われる。立ったとしても、霞はかつてのように幻想的な美の風景を作り出すことができない。だから霞は、「いたづらに」しか立つことができないのである。

最後に、貫之はこの歌を受けて、次のようにやりとりを収束させる。《確かに消えてしまった。だがそれは肉体だけのことだ。石上という古い言葉に結びついたあなたの名声は、決して失せることがないのである》という内容である。素性という重要な歌人が歿したことは大きな損失であり、それは霞という詩的表現の機能にさえ影響を与えるほどのものであるように思われた。しかし、自然の流れが留まることなく続いてゆくように、言葉もまた存在し続ける。「石上」という『万葉集』以来の「古い」歌枕はもちろんのこと、その歌枕に縁の深い素性の名声も、やはりいつまでも語り継がれ、永らえてゆくだろうと貫之は主張しているのである。

以上の三首は、素性をあたかも和歌における言葉と同列に扱うことによって、歌人にとってこれ以上ない追悼の意を表しているものと見ることができる。三首は「石上」につきものの「古」や「経る」という連想の約束事を確実に守りながらも、いわばその歌枕を体現する存在として素性を位置づけている。その素性が殁したことの衝撃は、「春になれば霞が立つ」という和歌の規則に例外が生じるほどの痛手として描写されている。だが歌人の肉体的な死は、結局は脈々と受け継がれてゆく和歌の営みの前では小さな出来事にすぎない。今後も「石上」は和歌に詠まれるであろうし、そのたびに素性の名声は喚び起こされることになるからだ。つまりここでは、ある個人の死という出来事を介して、言葉の芸術としての和歌の不死が強調されているのである。このような議論を貫之と躬恒という、『古今集』の二人の撰者が行っていることは、彼らが新しい世代の担い手として、いかに和歌を重要視し、かつその発展について明確な使命感と期待感とを持っていたかを証拠立てていると言えるだろう。

雑歌

『貫之集』の最終第九巻は雑歌である。これは明確に雑歌と定義された巻ではなく、ほかの巻に当てはまらないながら、家集に収録する価値ありと見なされた歌を集めた巻であり、それだけに内容は多彩である。一二〇首と、屏風歌と恋歌を除いた巻中では物量もある。

例えば、官人としての貫之の足跡を伝えるものとしては、次のような歌が挙げられる。

かうぶり給はりて、加賀介になりて、美濃介にうつらんと申すあひだに、内裏の仰せにて歌よませたまふ奥に書ける

降る雪や花と咲きてはたのめけんなどか我身のなりがてにする

（七七八）

《降る雪が花のように咲き乱れているので、私の将来も花ひらけばよいと思いますが、我身のことはなかなかうまくゆきそうもありません》というこの歌は、「身」と「実」を掛け、さらに「美濃」という希望の任地の名を織り込んだものである。

詞書を見ると、これは九一七年（延喜十七）、従五位下に叙せられ、さらには加賀介に任命された貫之が、美濃への転任を希望した際の歌であることがわかる。また「内裏の仰せにて歌よませたまふ奥に書ける」とはどういうことか。これは、第二巻冒頭に収録されている八首、「内裏の召ししに奉る」屏風歌を詠進した際に、共に提出された歌と見ることができるのである。つまり貫之は、帝の命令で祝いの席にふさわしい屏風歌を詠みながら、そのついでにこっそりと、より個人的な希望を記した歌を添えることで、帝に直訴を試みているわけである。そして、どこまでがこの歌の効力であったのかは不明だが、事実貫之は、美濃介に任ぜられている。

一方、第九巻には、より物語的な、宮廷の生活から隔たった状況での歌もある。『古今集』に収録され、貫之の代表作の一つに数えられている「人はいさ」も、やや異なる詞書と共に再録されているのである。

むかし初瀬に詣づとて、やどりしたりし人の、久しう寄らで行きたりければ、「たまさかになん人の家はある」といひいだしたりしかば、そこなりし梅の花を折りて入る

とて

人はいさ心も知らず故郷は花ぞむかしの香ににほひける　（七九〇）

歌意については繰り返さない。しかし「かの家のあるじ」が「やどりしたりし人」に、その人の言葉が「かくさだかになむやどりはある」から「たまさかになん人の家はある」に変わっていることは、この歌が初瀬、すなわち長谷寺の近くに暮らす女性に向けられているという印象を強めているように思われるのである。そして『古今集』にはなかった返歌があることも、この読みを支持するのではないか。

返し

花だにも同じ心に咲く物を植ゑたる人の心知らなん　（七九一）

貫之の歌の要点は、「花の香は変わっていないが、果たしてあなたの心はどうだろうか」というものであった。それに対してこの歌は、《その花にしても、やはり心に咲くのです。こうして現に咲いている花を見て、それを植えた私の心を知ってもらいたいですね》と返しているわけである。ますます男女間のやりとりとしてふさわしい形になっている。

また、この歌を成立させているのが、やはり当代人ならではの和歌観であることにも注目しておきたい。

花を咲かせるのは心である、とためらいもなく宣言するこの歌は、『古今集』真名序の「夫れ和歌は、其の根を心地に託け、其の花を詞林に発くものなり」という規定を見事になぞってはいないだろうか。心は言葉を経由して花ひらく。その舞台となるのは自然である。したがって心の結晶としての花と、自然の恵みとしての花は同一視してもよい。

むろん現実的に言えば、貴族の女性が手ずから庭作りをするとは考えにくい。ここで問題になっている花にしても、それは園丁の仕事になるものであろう。だがその花を、心の表象として認識したのは歌を詠んだ人物である。その意味において、梅の樹を植えたのは詠者ということになる。

次に、以下の三首は、第七巻の七三四から七三六の続編として扱うことができるだろう。

　　興風がもとにかきつばたにつけてやる

君が宿わが宿わけるかきつばたうつろはぬ時見む人もがな　（七九七）

　　返し

むつましみ一日へだてぬ杜若たがためにかはうつろひぬべき　（七九八）

　　とある返し、また

直路にて君かこひけん杜若ここをほかにてうつろひぬべし　（七九九）

このシリーズに着目している田中喜美春の推測を踏襲して、詞書にある「興風」は「興方」の誤りである、と考えてみることにしよう。仮名でわずか一文字の違いであり、興風のほうが遥かに著名であるから、可能性は充分にある。なおかつ、歌の内容は、明らかに第七巻で取り上げた三首と連絡があるように思われる。ここで扱われているのは、貫之の妻が興方の妻になったという事件と同じものであろう。(8)

一首目は、貫之から興方への歌である。《私とあなたの家の境にある杜若ですが、その色が移ろってゆくときに、それを見届ける人がいたらよいのにと思います》というのが、まず表面的な歌意として挙げられるだろう。

詞書にあるように、貫之はこの歌に杜若を添えたのだが、その杜若とは隣り合っていた貫之と興方の邸の境に生えているものなので、「かきつばた」は「垣」でもあったわけなのである。そして杜若は、平安時代にはそれほど歌の素材にならなかったものの、万葉時代にはしばしば女性の姿に関連づけられた花であった。そして、杜若と言えば、貫之にとって最も身近であったのはおそらく業平の次の歌であろう。

唐衣きつつなれにしつましあればはるばるきぬる旅をしぞ思ふ

(在原業平、古今、羇旅、四一〇)

この歌については繰り返しになるので詳らかにしない。だが、第七巻のシリーズにおいても「唐衣」が重要なモチーフであったことを思い起こしておくのは有意義であろう。先行のシリーズを「唐衣」の三首、このシリーズを「杜若」の三首と仮に呼んでみるなら、この二つのシリーズは全体で業平の歌を再創造しようとしているようにも思われるのである。

だから、杜若を女性として認識してみれば、「うつろふ」という動詞の意味も、すでに解釈した通り、別の意味合いを帯びてくる。これを踏まえれば、歌のメッセージは次のような側面を獲得するだろう。《あなたと私と、二人の間で揺れ動いているあの女性の心がどちらかに決まるとき、その瞬間を見届ける人がいればよいのに》と。「もがな」という願望の終助詞は、貫之が女性の心変わりの瞬間を見るつもりがないこと、あるいは見なかったことを示唆している。つまり、ここで恋の鞘当てに敗れたのは貫之なのである。

こうしてみると、二首目からはもはや恋愛の歌としての印象しか引き出せないように思われてくる。《あれほど親密に、毎晩通っていたのに、杜若の色が移ろうように、彼女は心変わりをした。そうすると、その責任はあなたにあるのではないですか》と、興方は勝者らしい態度である。

すると、貫之の責任とはどのようなものだったか。ここで、「へだてぬ」が重要になってくる。「隔つ」は下二段活用の動詞であるから、「ぬ」には打ち消しと完了、双方の可能性があることになる。この文法の対照性を適用してみると、《一日と隔てずに通った》という行動の裏には、《日を隔ててしまうこともあった》という事実が透けて見えるようになるのである。つまり貫之は、この女性をすっかり自分のものと思って慢心してしまったので、彼女との関係をないがしろにしていたところもあったらしいのだ。だから女性の心は「隔たって」しまったのであり、貫之と興方の間に、結果として「隔たり」を作ることになった。

貫之のさらなる返歌は、すでに諦めの境地にあり、自分の何がいけなかったのか、と反省する内容になっている。《簡単にあなたを囲いすぎてしまったのだろうか、だからあなたはここ以外の場所へと移ってゆこうとするのだろうか》という歌は、まだ答えの出ない煩悶を伝えている。「直路」とは「まっすぐにゆける道、近道」の意であるが、貫之はいわば直情径行にこの女性と関係を結び、あまり細かな気配りをしてこなかったのかもしれない。だから、杜若に擬せられた女性は別の場所へと移ってゆくことになる。貫之の邸の周りには、色あせた杜若の「囲い」だけが残るわけである。(9)

さて以上の三首は、第七巻にあった三首の前日譚ということになる。読者は、もし巻を追って読み進んだとすれば、まず興方とその妻として同行する女性に向けた貫之の別れの歌に触れたあとで、そのような歌を詠む原因となった事件のあらましを知ることになるわけである。

そしてこの巻で最後に注目したいのは、八〇六の歌である。

紀の国に下りて、帰り上りし道にて、にはかに馬の死ぬべくわづらふ所に、道行く人びと立ちどまりて云、「これはここにいますがる神のしたまふならん。年ごろ社もなく、しるしも見えねど、うたてある神なり。さきざきかかるには祈りをなんまうす」といふに、みてぐらもなければ、なにわざもせで、手洗ひて、「神おはしげもなしや。そもそもなにの神とか聞こえん」と問へば、「蟻通しの神」といふを聞きて、よみて奉りける、馬の心地やみにけり

かきくもりあやめも知らぬ大空にありとほしをば思ふべしやは　（八〇六）

貫之は紀州へ赴き、その帰り道にあった。突然、馬が苦しみだし、いまにも死にそうである。すると通りすがりの人々が、「これはここに祭られている神の仕業だ。この頃では社もないので気づかないが、こうしてときおり悪さをする。祈るのがよいでしょう」と言う。貫之は幣になるような布を持ち合わせないので、正式なやり方ではないが、とにかく手を洗い清めて「何という神なのですか」と訊くと、「蟻通しの神です」ということである。そこでこの歌を詠むと、馬は元通り元気になった。以上が、詞書のおおよその内容である。

歌は、《にわかに雲って、何も見分けられないほど真っ暗になってしまった大空で、星が見つかるものでしょうか》というほどの意味である。「あやめも知らぬ」という表現は、暗闇で匂いを頼りに梅の花の在処を求めていた貫之と躬恒のやりとり（古今、春上）を彷彿とさせるものであろう。そのような状態では、星があるのかどうかなどわからない。この「ありとほし」が、「蟻通し」の掛詞になっているので、《社もないこのような夜道で、蟻通しの神様を見つけられなかったのも仕方がないではありませんか》というメッセージが加わることになる。

さて、この歌の興味深いところは、貫之が神に対してへりくだることなく、主張すべきを主張したところ、神も怒るのではなく、鎮まってしまった、というその展開であろう。貫之は幣を持ち合わせなかったので、手を洗い清め、歌を詠んだ。歌では、蟻通しという神の名が、巧みに歌の中に織り込まれている。つまり、歌の中で〈名〉として神を認識したことで、貫之は物体としての社を見落とした埋め合わせをすることができたのである。それもすべて、和歌だからこそ可能になる。『古今集』仮名序に立ち戻るならば、「力をも入れずして天地を動かし、目に見えぬ鬼神をもあはれと思はせ」ることこそ、和歌の効用であった。貫之は言わば、自分で著した仮名序の内容を、自ら実践しているのである。

貫之が訪れていたのが紀の国である、という設定も面白い。言うまでもなく紀の国は、貫之の紀氏とゆかりのある土地であろう。この歌は、和歌における〈名〉の重要性を再確認するものであった。そして、紀貫之が紀の国へゆく、という現象は、それ自体が、貫之が自らの〈名〉へと回帰していることを意味する。つまり、ここで貫之が訪れたのは現実世界にある紀の国というよりも、何か神話的な〈名〉の世界である、と考えることもできるのである。その世界からの帰り道に、貫之は仮名序の著者にふさわしい歌を詠み、自らの歌人としての立場を明確にする。

長い詞書を持ち、物語性にも富んだこの歌は『貫之集』の中でも目を引く一首である。事実、この「蟻通し明神」の挿話は、後世における貫之のイメージの一端を決定づけることになる。これについては、また次章で述べることにしよう。

二、『貫之集』深察

詞書の機能と限界

以上、伝記としての受容という可能性を念頭に置きながら、『貫之集』九巻を概観した。その際、詞書というものが重要な判断材料になっていたことは確認するまでもないが、ここでもう一度整理しておきたい。『貫之集』の歌に添えられた詞書については、大まかに言って三つの性質が挙げられる。一つ目は、詠歌時期を明示するという性質である。屏風歌のように、歌が公式的な側面を強めれば強めるほど、この性質は重要になる。二つ目は、詠者を権威化するという性質である。その歌を詠んだ歌人が、時の帝や高位の貴族たちの寵愛を得ていたという事実は、彼らの名を直接に詞書に記したり、あるいは彼らの参加したことが確実な行事の名を挙げたりすることで明らかになる。そして三つ目は、詠歌の状況を説明するものである。それはどのような状況で、誰によって、何を詠んだ歌なのか。このような情報が、詞書によってもたらされることは少なくない。一つ目の性質や、二つ目の性質が、この三つ目の性質を兼ねることもしばしばである。しかし、いつ詠まれたのかもわからず、具体的な人名が一切明かされない詠歌の状況も、少なからずあったことを忘れてはならない。この種の詞書は幅が広く、しばしば「物語的」と形容したくなるようなものである。

詞書については、これまで勅撰集の歌を読む際にも大いに問題にしてきている。では、『貫之集』ならではの詞書の存在意義とは何なのだろうか。一つ言えるのは、『貫之集』が家集であり、そこに収められているのがすべて貫之の歌である、という前提が存在することである。例外はただ、贈答歌として、貫之とやりとりした第三者の歌が介入する、という場合であろう。したがって、詞書が詠歌時期を明らかにするときは、貫之の生涯における一時期が明らかになっているのである。同様に、詞書による権威化の対象は常に貫之であり、物語的な詞書は、貫之の生涯の一場面を豊かに演出するのである。

ただし危険なのは、『貫之集』の詞書と和歌を前にして、それが現実を生きた紀貫之その人の、実際に経験された出来事である、と思い込むことであろう。なるほど、史書にも記録の残るような屛風歌や、貫之を庇護した貴族たちとの付き合いについては、それを疑う必然性はない。だが、恋歌や別歌から推測される貫之の、より個人的な人間関係はどうだろうか。例えば貫之は本当に、ここに収録された歌を愛人に贈ったのだろうか。本当に、別れた妻が藤原興方と旅立ってゆくのを見送ったのだろうか。むろん、すべて作り事であるという主張をすることが本章の目的なのではない。ただ、それはむしろ半ば伝説化された貫之像であり、何より貫之の歌を用いた、想像／創造された物語と見るべきではないだろうか。

現に貫之は、当時の習慣に従って、多くの賀歌や別歌を代作しており、それらは『貫之集』にも収録されている。詞書がそれを明示している場合もあるが、いまでは事実がわからなくなっている歌も少なくないだろう。しかしそれらは、歌のレベルでは、貫之が自分のために詠んだ歌となんら区別されることなく併置されているのである。つまり『貫之集』においても、結局は和歌がすべてなのであり、そこで表現されている言葉と心が誰に帰されるのかという問題は、それほどの重要性を持たないのである。和歌は芸術として、現実から遊離した一面を、確かに併せ持っているからだ。

とはいえ、それでも読者が『貫之集』に現実の貫之の姿を見ていたことは否定できない。ある意味で『貫之集』は、『土佐日記』以上に、貫之の「日記」としての価値を持つように思われる。しかしそれが『土佐日記』同様、虚構性に包まれた日記であることは言うまでもないだろう。

メタ詩的レベルの可能性

現在残されている『貫之集』が他撰本、つまり他者による選定になるという事実も、『貫之集』の性質に大きな影響を与えていると考えられる。確かに貫之は『古今集』においても自らと高位の貴族の間に信頼関係があることを、詞書によって証明しようとした。常に立身出世を願うのが貴族の宿命である以上、和歌という「武器」の扱いに誰よりも長けていた貫之がそのような方針を採ることは至極自然である。ただし、すでに見たように、貫之を権威化しようという動きは『後撰集』や『拾遺集』においてのほうが、遥かに目立っている。もしこれらの勅撰集の撰者に貫之本人がいれば、読者はそこに貫之の行き過ぎた自意識を指摘せずにはいられないだろう。

『貫之集』の成立については、詳しいことはわからない。現行の『貫之集』の大元にある歌仙本は、和歌文学大系の解説によれば「基本的に貫之没後半世紀ぐらいの間に存在した本の姿を伝える」（三五〇頁）と考えられるから、『貫之集』は少なくとも『後撰集』のあとで成立したということになるだろう。つまりこのとき、言うまでもなく貫之はまだ最大の歌人としての位置に君臨していたのであり、『貫之集』はまず何を措いてもこの評価に与する必要があったと考えられる。冒頭、四季の巻を配置する代わりにこれを代替する屛風歌の巻を並べたことも、その方針の表れであったのだろう。

しかし、屛風歌が大半を占めるということが、和歌集としての『貫之集』の可能性を狭めてしまっているように見えることも事実である。勅撰集の四季歌では、和歌は季節ごとの主題を、何首かの単位で詠み継ぎ、連想を通して主題を発展させながら折り重なっている。つまり歌群ごと、巻ごとに広い意味での物語が構築されているのである。それに対して屛風歌は、年代順の配列という前提条件があるために、和歌の恣意的な配列は難しくなる。そして、月次屛風のようなものでは一首ごとにめまぐるしく季節が推移するため、メタ詩的レベルでの議論というようなものはかなり展開しづらくなってしまうのである。

もし貫之の「自撰集」が、現在のように疑問符つきの断簡ではなく、より完全な形で著され、残っていたならば、それはやはり計算された配列によってメタ詩的レベルをさらに豊かにした、より勅撰集に近いものになっていたのではないだろうか。屏風歌は年代順ではなく、歌の内容に応じてばらばらに配されただろう。そして、もし物語的な長い詞書が採用されていたならば、それらも加わることで、『貫之集』は和歌そのものの問題を追及しつつも、貫之の生涯の各場面を再現／再創造する歌物語として完成されたのではないだろうか。[10]

だが、いま私たちの前にある『貫之集』も、決して権威化一辺倒の、詩的な深まりに乏しい集ということはない。現に哀傷の巻で取り上げた躬恒との贈答歌や、別歌と雑歌にまたがる興方とのシリーズは、充分に詩的議論としても成立するものであろう。以下では、そのような例を新たに二つほど取り上げてみよう。

（一）恋と死の「題しらず」四首

勅撰集でシリーズの指標となり、さらにはメタ詩的レベルでの議論の開始を示唆する可能性を持つと考えられる「題しらず」という詞書は、『貫之集』とも無縁ではない。だがこれは、一方では詠歌の年代を重要視し、他方では貫之の生涯における具体的な場面に歌の源泉を結びつけようとするかに見える『貫之集』にとっては、不自然とも言える詞書ではないだろうか。そして、もし不自然であるにもかかわらず採用されたのだとすれば、それはやはり「題しらず」という指標が促すメタ詩的レベルへの超越を、撰者が読者に働きかけている証拠と見なせるのではないだろうか。

例えば第八巻には、次の四首からなるシリーズがある。

題しらず

時鳥今朝鳴く声におどろけば君にわかれし時にぞありける　（七六一）

夢のごと成りにし君を夢にだに今は見るだにかたくも有るかな　（七六二）

置く露を別れし君と思ひつつ朝な朝なに恋しかりけり　（七六三）

藤衣はつるる糸は君恋ふる涙の玉の緒とぞなりける　（七六四）

貫之の郭公の歌についてはすでに何度か言及している。それは序章で取り上げた貫之の父、望行の死を悼むシリーズの最初のものである。『貫之集』の第八巻は哀傷歌だが、この歌は『古今集』でも哀傷歌である。そこでの詞書は、「藤原高経朝臣の身まかりてのまたの年の夏、郭公の鳴きけるを聞きてよめる」であった。《郭公が鳴く声に驚いて目を覚ましたが、それはあなたが去ったまさにそのときだったのだ》というのが、表面的な歌意になろうか。郭公は物憂さと関連づけられる鳥であり、また「死出の田長」と呼ばれ、死そのものを象徴することもあった。その郭公の声に詠者が驚いた時刻こそ、まさにその人が死んだ時刻である、という表現は、したがって、感情的というよりも理知的であるように思われる。

しかし『貫之集』では、歌を見ただけでは、それが高経に宛てられたものであることは見当がつかない。それどころか、哀傷歌を集めた巻に収録されているという事実を意識しなければ、この歌は誰かの死を悼む歌とさえ見えないだろう。郭公には確かに死のイメージがある。しかし、人と別れた物憂さを郭公の声に仮託しているこの歌は、明らかに後朝の歌とも解釈できる。そして「題しらず」の詞書は、このように哀傷歌の枠組みから逸脱したもう一つの読みを後押しするのである。

二首目の歌は、《夢のような存在になってしまったあなたなのに、いまは夢に見ることとさえ難しくなってしまった》とでもいう内容である。夢に見ることが難しい、という主張は、相手が夢に現れてくれないことへの恨み言でもあろうし、もし実際に夢で逢ってしまえば、なおさら離れている現実の辛さが身に迫る、ということを意味してもいるだろう。そして、これを別れたばかりの恋人への歌と解するなら、まだ共に過ごした夜が明けたばかりなので、少なくとも夜が訪れて眠りに入るまで、夢でも逢うことはできない、という意味にもなる。夢のような存在とは、死を感じさせる表現でもあるが、恋の相手であっても、儚いことは夢と選ぶところがないのである。

三首目の歌は、《草に置く露をあなたと思えばこそ、朝ごとに恋しく思うのです》と嘆くものである。ここでも恋と死との二重性は明らかだ(11)。草に置いた露は朝ごとに消える。露の儚さは命そのものでもある。別れが夜までのものであるにしろ、永遠のものであるにしろ、露は詠者の流す涙へと姿を変える。夜が来れば再び露が置き、次の朝の涙を準備する。

最後の四首目の歌は最も象徴に富んでいる。《濡れてほつれた藤衣の糸は、あなたを恋しく想って流す涙を繋ぎ合わせる紐となったのです》というのが大まかな内容である。この場合、藤衣はまず喪服を指すと考えられる。ただより広義には、藤衣とは文字通り藤の外皮の繊維で織った布で作られた衣の意であるので、その肌理《きめ》は粗く、簡単にほつれてしまうのである。ましてや衣は涙で濡れている。だから藤衣からほつれた糸には涙が連なっていて、それが宝石を繋ぎ合わせた紐のように見えるのである。そしてもちろん、「玉の緒」には命という意味も含まれる。つまりこの歌は、三首目から涙と命の主題をそのまま引き継いでいる、ということにもなる。さらに「はつる」はほつれることを指すが、「はづる」と濁れば「離れる」「除外される」の意味になる。この二重性も、メッセージの深化に寄与するだろう。

ところで四首目にある「藤衣」は、藤を通して藤原家を示唆する、と考えることも可能である。つまり、一首目の歌が藤原高経のための哀傷歌である、という前提を保ったままでも、このシリーズを問題なく受け取ることはできる。ただそれ以上に重要なことは、郭公の声が突如として告げた別れによって苛まれる詠者が、夢、露、涙、命などの表徴を、連想によってそれこそ「玉の緒」のように繋げながら、死と恋の双方に共通する「別れ」という主題を論じていることである。ここには明らかにメタ詩的レベルにおける主題追求がある。

このことをさらに裏書きするのが、このシリーズに登場する歌の出典である。一首目はすでに述べた通り、『古今集』に藤原高経のための哀傷歌として収録されたもの。二首目は新出。三首目は、和歌の百科事典とも言える『六帖』の第一帖、「つゆ」の項に、「あさなあさなそ恋しかりけり」の形で収録されている。作者の名はないが、注などにより貫之の歌であることは確定的である。

と、ここまでは問題ないのだが、注目すべきは四首目である。というのも四首目の歌は、『古今集』で同じく哀傷歌とされているものの、その作者は壬生忠岑であるからだ。該当歌を掲げる。

父が思ひにてよめる

藤衣はつるる糸はわび人の涙の玉の緒とぞなりける

（忠岑、古今、哀傷、八四一）

詞書を見れば、これは忠岑が実の父親に宛てた哀傷歌であることがわかる。ちなみに先行する八四〇は、躬恒による母の喪に捧げた歌であるから、『古今集』の文脈においてこの歌はまるで別のシリーズを構成していたことになる。また、『貫之集』では「君恋ふる」であるところが「わび人の」となっている点は、この歌が純粋に「喪に服する人」の歌であることを示している。

あるいは『貫之集』の編者は、この哀傷歌に恋人との別れを嘆く歌としての解釈の可能性を見出したのだろう。衣、糸、涙の玉の緒と、条件は揃っている。そして、同じように死と恋の問題を重ね合わせて歌っていると思われる三首と合わせて、シリーズとして提示することを思いついた。「題しらず」という詞書でこの四首を隔離したのも、そのような意図を推測することを、読者に働きかけたかったゆえではないか。

その際、この歌が実は忠岑の歌であるということは、大した障碍とはならなかったと思われる。第一に、詩的議論のためにはこの改竄が必要だったからであり、第二に、読者もその改竄をさして問題視しないであろうことが予測できたからである。少なからぬ読者は、この歌が『古今集』では忠岑歌であったことに気づいただろう。そしてその改変の陰に、シリーズとして四首を提出した編者の意図を見出したはずである。もちろん、もし読者がこの歌の来歴に無知であっても、それはそれで一向に構わない。『貫之集』を経由したことでこの歌が貫之作として記憶されるようになれば、それはこの歌が生まれ変わったことを意味する。実際、この『貫之集』の振る舞いがどこまで影響したのかは定かではないが、『拾遺集』にも収録されたこの歌は、そこでは「よみ人しらず」とされているのである。

（二）「女」との応酬

次に挙げたいのが、第九巻、雑歌の巻にある、貫之と「女」との間でやりとりされる長い贈答である。

近隣なる所に、方違へに、ある女の渡れると聞きてあるほどに、ことにふれて見聞くに、歌よむべき人なりと聞きて、これがよむさまいかで心みんと、思ふといはんとの心なりければ、ふかくもいはぬに、かれも心みんとや思ひけん、萩の葉もみちたるにつけておこせたり、あはせて十首

女

秋萩の下葉につけて目に近くよそなる人の心をぞ見る　（八六〇）

返し

世の中の人の心をそめしかば草葉の露も見えじとぞ思ふ　（八六一）

女

下葉にはさらにうつらでひたすらに散りぬる花となりやしぬらん　（八六二）

返し

散りもせずうつろひもせず人を思ふ心のうちに花し咲かねば　（八六三）

女

花ならで花なる物はしかすがにあだなる人の心なりけり　（八六四）

返し

あだなりと名立てる人の言の葉に匂はぬ花も我は咲くかな　（八六五）

女

色も香もなくて咲けばや春秋もなくて心の散りかはるらん　（八六六）

返し

春秋はすぐす物から心には花も紅葉もなくこそ有りけれ　（八六七）

女

春秋にあへど匂ひはなき物をみ山がくれの朽木なるらん　（八六八）

返し

奥山の埋木に身をなすことは色にも出ぬ恋のため也　（八六九）

一〇首にものぼる貫之の贈答歌は勅撰集にも例がなく、もはや歌問答とでも呼ぶべき存在感を放っている。貫之の歌が前提となるはずの『貫之集』で、シリーズが「女」から問いかけをしているような構造を持っていることも興味深い。以下、全体の流れを見てみよう。

貫之の邸の近くに、ある女性が方違えのために滞在していた。どうも優れた歌を詠む女性であるらしいので、一つ腕試しをしてやろうというつもりもあって、恋の歌を贈ってみようと考えた。しかし貫之がまだ歌を贈る前に、どうやら女性のほうも同じ気持であったらしく、紅葉し始めた萩の葉に添えて、先に歌を贈って寄越した。そうしてやりとりしたのがこの一〇首である。

一首目は、《心変わりを意味する萩の下葉を前にして、私も、自分のそばにいながら他人行儀にふるまっているあなたの心変わりを感じていいます》というほどの意味になるだろう。色の移ろいつつある萩の葉に寄せて気持の移ろいを連想するのは常套手段だが、この女性と貫之の間にはまだ何も関係がないことを思うと、この歌は実際の気持を伝えるというよりも、この歌に対して貫之がどのような反応を示すかを知りたいという目的を持っているようだ。言うなれば、この贈答歌は男女間の実際の恋愛を通して詩的議論を発展させてゆくのではなく、最初から詩的議論を実践するところに眼目を置いているのである。詞書で相手の女性が「歌よむべき人」と定義されていることも、これを裏書きしている。目的を明らかにした上で贈答歌が開始されるという意味においては、「女もしてみむとてするなり」と書き出される『土佐日記』に近い姿勢さえ感じられるのである。

二首目で貫之は、《世の中の男性たちがあなたを想って、あなたの心を染めているのですから、草葉の露に過ぎない私ごときの想いは、あなたには見えないでしょう》と切り返している。ここで、一首目で示唆される「紅葉＝心変わり」という現象に、「露」という原因が結びつけられる。男性たちが恋のために流す涙や、想いそのものの象徴である露は、女の心そのものを染める。何人もの男性を相手に次々と心を染め変えているあなたの目には、私のように目立たぬ男の想いの露は「つゆほども」目に映らないでしょう、と反論しているわけである。(12) しかも「見えじ」を「見えし」とすれば、実際には貫之の想いが見えていることになるので、歌のメッセージには《私ごときの気持には、あなたは気づいていても気づかないふりをなさるのでしょう》という皮肉が加わることになる。

三首目の歌では、女は強気の返歌を受けてさらに攻撃的になっている。《下葉に色が移るということさえないでしょう、花がさっさと散るように、あなたはその前に私を捨ててしまうでしょうから》とでもいうほどの歌意である。萩には花が散ったあとに紅葉する性質があるため、女の歌はこれを利用して、《あなたはそもそも心変わりをする前に恋人を捨てるような人だ》と責めているわけである。

四首目の貫之も負けていない。《いや、あなたの心は散ることもなければ、心変わりすることもないでしょう。そもそも、花と呼べるほどの心で相手を想ってはいないのですから》と返す。最初の二首のやりとりの前提を女が崩したので、貫之も同様にこれまでの議論の蓄積を放棄し、心を花に喩えるという約束事そのものを無効化しようとしているのである。

五首目は、この新たな前提から出発する。《それなら、花でないようでやはり花なのは、浮気なあなたの心でしょう》と。花は女の心にあるのではなく、貫之の心にあり、しかもそれは浮気で、実を結ばない「徒花」なのである。こうして花は再び心と結びつけられるが、それは以前にも増して肯定的な比喩ではなくなっている。

六首目は、これに対して次のように反論する。《あの人は不誠実であるという評判を立てるような人の心には縁のない花が、私の心には咲いているのだ》とでもいう内容である。相手を責めるような「言の葉」を述べ立てる人間の心には、美しい花は存在し得ない。だが私の心にはしっかりと花が咲いている、と貫之は述べる。つまり、《そもそも私の心の花はあなたのためのものではない》と示唆しているのである。

七首目はこれを受けて、《なるほど色も香もないような花が心に咲くので、普通の花のように春と秋だけではなく、いつでも散ったり、色が移ったりするのでしょう》と述べる。六首目の「匂わぬ」は「映えない」「似つかわしくない」の意であったが、七首目ではこれを「色も香もない」と解釈している。貫之の表現を逆手にとっての攻撃である。

八首目は、相手の歌をさらに逆手にとる。《春も秋も過ぎてゆくものですが、それと違って私の心は、花咲くことも、紅葉することもなく、常に相手を想っているのです》とでもいう歌意で、「色も香もない花」を心に持っていることを、かえって誠実の証としている。

九首目は、女からの最後の歌である。《春も秋も匂いすら発しない花であるというなら、あなたの心は花ではなく、み山がくれの朽木、つまり花も咲かず、恋もしないというわけなのでしょう》という決別の辞である。ここにきて花は再びその存在を疑われ、枯れて腐った木であるという決めつけを受ける。

一〇首目は、貫之からの最後の歌であり、ここでも女の歌への反論がなされる。《私の心が埋もれ木のようなのは、思いを色に出さず、人に知られぬ恋をするためなのです》と。貫之は自らの心が朽木であることを否定するのではなく、そのまま正当化するという手法をとっている。

以上の長いやりとりを整理すると、以下のようになる。心変わりを疑う女に対して、貫之は、それはあなたには私の心が見えないからだ、と反論する。女は、あなたは心変わりをする前に相手を捨ててしまうような人だ、とやり返すが、貫之は、そもそもあなたに、恋を花に喩えるほどの心があるのか、と手厳しい。女は、そういうあなたの心に咲く花も、徒花ではないのかと詰る。貫之は飄然と、いいや、そのように相手を責める人間には縁のない花がきちんと咲いている、と答える。女は、そのように奇妙な花ならば、さぞ簡単に散り、色も移るだろう、と仕掛けるが、貫之は反対に、だからこそ常に相手を想うことができるのだと答える。女は最後に、それでは、あなたは本当には恋などできない身なのではないか、と嘲笑うが、貫之はこの攻撃をもかわし、自分はただ静かに相手を想うのが好きなのだ、と答える。

要するに、全体的な流れとしては、女がひたすらに貫之を責め、貫之がこれを巧みにかわすうちに、詩的議論が少しずつ推移してゆくのである。花の色が移ることと心変わりすることとの典型的な比喩関係は、心を花に喩えることの正当性の問題に切り替わり、また、その花とはどのような花なのか、という議論にまで及ぶ。実際にはほとんど面識のないはずの貫之と女の贈答歌であることを考えれば、これは二人の実際の想いとはほとんど無関係のやりとりであり、純粋に詩的議論を楽しむための応酬であることが窺える。

さらに前提を脱却するならば、これらの歌が実際に貫之と女性との間で交わされた贈答歌である、と考える必然性もないだろう。一つの詩的実験として、貫之が二役を演じているという可能性は充分に考えられる。現に、鎌倉時代に作られた九つ目の勅撰集である『新勅撰和歌集』では、八六四の女の歌が、貫之歌として収録されているのである。(13)

このようにシリーズを捉えてみれば、より柔軟な意図の考察も可能になる。例えば八六六の歌は、小町の「色見えでうつろふものは世の中の人の心の花にぞありける」(古今、恋五、七九七)を、八六八と八六九の歌は兼芸法師の「かたちこそ深山がくれの朽木なれ心は花になさばなりなむ」(古今、雑上、八七五)を踏まえているとも考えられ、すでに提出された主題を再構築するというシリーズの目的も示唆される。(14)

さらに一〇首目の貫之の歌は、『古今集』仮名序の一文と驚くほど相似しているのである。

今の世の中、色につき、人の心、花になりけるより、あだなる歌、はかなき言のみいでくれば、色好みの家に埋れ木の、人知れぬこととなりて、まめなる所には、花薄穂に出すべきことにもあらずなりにたり。

これは和歌の歴史を論ずる箇所の冒頭で、なぜ最近まで和歌は衰退していたのか、という理由を語る部分である。貫之は人の心が華美に走り、中身のない、移り気な歌ばかりを詠んでいた結果、和歌が恋愛にうつつを抜かすような輩にふさわしいものとなり、公的な場所でその意義を証明することが難しくなってしまった、と嘆く。

この仮名序の一文を横に並べてみると、貫之と女とのやりとりにはまた別の側面が見えてくる。女の側が、貫之の心が徒花であり、恋のできない朽木である、と責め立てたのに対し、貫之の側は、自分の心は色も香もない花、埋れ木で結構なのだ、と開き直っている。それはまさに、軽佻浮薄な歌やそれらを生み出す移り気な心を斥け、色に出ない、静かで永続的な恋を肯定する仮名序の態度と合致する。つまりこのシリーズは、過去の和歌を参照しながら心と花それぞれの変化を突き合わせてゆく詩的議論を行いながら、なおかつ和歌の理想像を確認する、という意図を持っていると思われるのである。

『貫之集』の多層性

本書がこれまでに取り上げた和歌が、勅撰集が、そして『土佐日記』が、いくつもの性質を併せ持つ多層的なテクストであったのと同じように、この『貫之集』もまた、いくつもの読みのアプローチを受け入れる柔軟性を持っている。

各巻の和歌が、勅撰集において確認されるほどの有機的な繋がりを持たないということは、なおさら詞書の重要性を高めていると思われる。なるほど詞書は付随的なものであり、必ずしも和歌そのものの価値に影響しないが、もし必要がないのであれば、そもそも詞書が付されることもない。

『貫之集』においてどうしても目につくのは、その詞書を利用した徹底的な貫之の権威化である。屏風歌として詠まれた歌は、ただ自然と心を表現した歌としてではなく、あくまでも特定の貴族のために詠まれた、宮廷人としての貫之が奉じた歌として記録されなければならない。現行『貫之集』の成立がいつであれ、そのときすでに、貫之は歌道の第一人者の地位にあった。ならばその歌を集める『貫之集』は、当然ながらこれを追認しなければならない。

だが一方で、和歌はそのような縦型の社会構造に縛られるにはあまりに自由かつ根元的な芸術である。したがって『貫之集』は当然ながら、和歌における言葉そのものの役割にも目を向けざるを得ないし、その言葉の使い手としての貫之を、あたかも『伊勢物語』が（括弧つきの）在原業平の姿を伝えるように、歌物語さながらの詞書を添えて演出するのである。

和歌がその真価を発揮するのは、その本来の用途においてである。つまり恋の仲立ちとなるときに、和歌は最も和歌らしくなる。だから『貫之集』に描かれる貫之は、勅撰集の歌どもの間から透けて見えていた貫之とは異なり、恋多き男になっている。中務とおぼしい女性をはじめ、複数の女性と恋の歌を交わし、あまつさえ別れた妻を新たな夫と共に送り出すというような劇的な場面は、勅撰集における貫之に関してはほとんど見ることができない。

だが、貫之は情熱的なばかりではない。第九巻における、とある女性との「議論のための議論」の一〇首にあるように、実質的には恋と遊離したやりとりも存在する。むしろこのようなやりとりこそ、私たちがすでに親しんでいる貫之の印象に近い。なぜなら勅撰集においては、各巻の全体が得てしてこのようなやりとりを構成するように編集されていたからであり、とくに『古今集』は、まさに貫之が中心に立って、自らの和歌観をはじめ、自然観、死生観といった哲学を織り込んでいたからである。

『貫之集』では、年代順の配列という条件が邪魔をしていることもあり、勅撰集でのような自由な配列は不可能になっている。それが必ずしもメタ詩的レベルでの議論を不可能にするわけでないことはすでに見た通りだが、配列が歌そのものとは無関係の条件によって規定されてしまっていることの意味は大きい。

むろん、これまでに取り上げたいくつものシリーズでのように、この損失が補塡されていることも事実である。そもそも、個人の家集であるにもかかわらず贈答歌が多く含まれていることも、紛れもなく詩的議論を深めるための方途であったろう。それに配列がどうあれ、読者には常に、意味を読み解く権利がある。ましてや『貫之集』の読者は、ほぼ例外なく、『古今集』をはじめとする勅撰集にも親しんでいたはずである。当代において、これらのテクストが相互に排他的ということはあり得ない。だからこそ読者は、勅撰集や歌物語によって培われた「読む技術」を駆使して、一見自由さを欠く配列からも詩的な発見をすることができたと思われるのである。

ただし、どれほど可能性を論じてみても、現実的に言って『貫之集』が、貫之と時々の帝、また兼輔などの有力者との関係を喧伝することに注力している事実は動かしようがない。このことは、おそらく貫之の歿後半世紀という早い時期に、すでに和歌を取り巻く人々の考え方に変化の兆しが見え始めていたことを意味するのではないか。つまり、公的な価値を担保することに一定の注意を払いながらも、あくまでも自然と心の照応を言語化することで世界への認識を深めることが和歌の目的であった時代はもはや酣となり、和歌によって有力者の歓心を買うこと、あるいは和歌に通暁することで自らの社会的地位を担保しようとするような気風が、それまで以上に高まりつつあったのではないだろうか。

注

（1）このことは、近代に入ってから日本文学において重要な地位を占めることになる私小説についても、有益な示唆を与えてくれる。私小説の文学的な重要性は、それが一方で「語り手＝作者」という前提を提示しながらも、その実テクストの内部で語り手の実像が韜晦されるという点にあるだろう。そうであるならば、私小説の祖として日記文学を捉えた場合、その嚆矢である『土佐日記』が、すでに貫之の自己を幾重にも分裂した形で読者に提示していることは興味深い。

（2）田中喜美春は、歌が年代順に並んでいるということが、他撰本『貫之集』が自撰本に基づいているという主張の裏付けとして利用される傾向を紹介しているが、同時に、充分な資料があれば、他者であっても年代順の再現は可能であろうと指摘している（和歌文学大系「解説」）。実際、すでに述べたように、『貫之集』における時系列は厳密なものではない。もしこれが本人による作業だと言うならば、時系列が完璧に再現されていないことについてはどのような説明が可能だろうか。

（3）テクストは物神（フェティッシュ）だ、とバルトは『テクストの快楽』（一九七七）で言う。フェティッシュとは、拡大された記号に他ならない。それは蓋しテクストが膨張を始めるきっかけであろう。あるいは、それはフォリマリストたちの言う「異化」の出発点でもある。映画の世界では、「クローズアップ」というより直接的な手法があるが、当代人はそれをさらに豊かに、そして包括的に、「手折る」と呼んでいた。

（4）踏み切るべきか、思いとどまるべきか、という問いかけは、しばしば歌に詠み込まれる。例えば『古今集』春歌上の巻、最後の五首は、六四と六五で「よみ人しらず」の歌が提出する同様の問いかけに、六六から六八の歌で紀有朋、凡河内躬恒、伊勢がそれぞれの答えを披露する、という構造を持ったシリーズとして読み解くことができる。

（5）春が来るごとの出世という表現に的を絞れば、この歌は『古今集』の「わがせこが衣はるさめ降るごとに野辺のみどりぞ色まさりける」（春上、二五）の同工異曲とも見なすことができる。また、その年から咲きはじめた花にいつまでも咲き誇ることを期待する、という姿勢は、同じく『古今集』の「今年より春知りそむる桜花散るといふことはならはざらなむ」（春上、四九）などに見出すことができる。

（6）なお、西本願寺本では詞書は「興方がめ」、つまり興方の妻になっているので、これらの歌はより直接的な呼びかけとなる。西本願寺本ではさらに、一首目の初句が「神もつなげん」になっていたり、七三二の前に「染め裁ちて祈れる幣の思ひをば手向の道の神や知るらむ」という歌が挿入されていたりと、異同が多い。しかしシリーズの主題は変わらないだろう。

（7）なおこのやりとりは、『大和物語』にも取り上げられている（一六八段）。ただしそこでは、遍昭は和歌を詠んだあとに逃げ出してしまうのである。

（8）ここで、およそ千年後の大正時代に、谷崎潤一郎と佐藤春夫の間に起こった、いわゆる「細君譲渡事件」を連想する読者もあるだろう。確かに、十世紀と二十世紀の日本では、結婚制度のあり方も、男女間の交渉に関する倫理観も、大きく異なっている。しかし人間が本能的に持っている恋愛感情や、それに伴って生起する様々な情動はいつの時代にも変わらないものだろうし、このような出来事に対する人々の関心も、とくに文化が発達していればしているほど、高いものであったと考えられる。

（9）このように、妻を奪われる人間と奪う人間の心を動きを表現するという深刻な内容であるにもかかわらず、「垣」や「囲い」と言った言葉遊びのレベルが同時に追求されていることは無視できない。もし貫之と興方と、二人が愛した女性についての六首が、本書の推測通り業平の「かきつばた」の折句の変奏曲であるとするならば、この言葉遊びも、折句という遊戯的な技法への当然の返礼であるということになるだろう。それにしても、落語の典型的な小噺である「垣根ができたんだってね」「へー、かっこいい」という「掛詞」は、この一連の歌と関係があるのだろうか。すくなくとも、邸の外周を囲み、外界との隔たりを作り出す装置である垣が、内的な世界と外界とのコミュニケーションの産物である和歌にとって、重要な表徴としての資格を獲得するに至ったことは不思議ではない。

（10）早くに萩谷（一九六九）が整理しているように、自撰本貫之集として伝えられる古切は複数存在する。中でも、現行の『貫之集』にない一六首（このうち八首は『古今集』に、八首は『後撰集』にある）を含む三二首を伝える伝行成筆貫之集は、最も自撰本貫之集に近いものではないかと考えられている。しかし本書では、この三二首の断簡から何らかの結論を導き出すことは控えたい。一つだけ述べることができるとすれば、この三二首の詞書には、屏風歌のような公的な性格を担わされたものは一首もない、ということである。

（11）このシリーズに現れているような恋と死の分かちがたい関係性は、男女の肉体的な交渉を示唆する「露」という記号を通して、私たちにバタイユ（二〇〇四）のエロティシズムの理論を想起させる。

（12）なお、詞書も含めた最初に二首は、やや異同があるものの、『拾遺集』の雑秋の巻にも収録されており、『拾遺集』では、二首目は「世の中の人の心を染めしかば草葉に色も見えじとぞ思ふ」（一一一七）となっている。「露」と明記しなくとも、心を染めるという表現がすでに露を示唆しているし、《たくさんの色に染まったあなたの心には、私の想いの色は見えないのでしょう》というこちらの言い回しの方が、あるいは貫之のメッセージをよく伝えているかもしれない。

(13)『新勅撰和歌集』においてこの歌が持つ意味合いと、『貫之集』におけるシリーズの関係性については、岩崎(一九八七)に詳しい。

(14)なお、兼芸法師の歌には異文があり、清輔本『古今集』では「心は色になさばなりなむ」となっている。

第九章　貫之の残響

以上で、紀貫之が歌人として、作者として、あるいは編者として参加したテクストを、ほぼ網羅的に取り上げることができた。むろん、本書ですべての和歌を検討することは不可能である。また和歌以外についても、例えば貫之が『新撰和歌』の序文をつける直前に開催されたと考えられる「天慶二年貫之家歌合」のように、完全な形では伝わらないものも多い（萩谷一九六九）。今後、これを含む未知の貫之作品が日の目をみる可能性も、決して零ではないだろう。しかし、本書で取り上げた材料だけでも、貫之の本質を論ずることは可能である。

歴代の勅撰集には四五〇ほども貫之の歌がある。これは三代集では言うまでもなく最多であり、二十一代集で見ても、藤原定家にはわずかに及ばないものの、間違いなくトップクラスである。さらに『貫之集』には、勅撰集との重複も多いが、九〇〇首に近い歌がある。つまり現在、貫之の作とされる歌は、優に一〇〇〇首以上が存在していることになる。だが数が多いということは、表面的な事実に過ぎない。貫之と同時代の歌人たちの作品、そして彼らがまとめた過去の歌人たちの遺産は、和歌というものを決定的に規定し、方向づけた。その後の和歌はもちろん、歌物語や作り物語、さらには日記文学、歴史物語、軍記物語と枝分かれしてゆく日本文学の全体が、貫之らの活躍なくしてはまるで違うものになっていた可能性がある。

むろん、文学だけではない。貫之の時代には、そもそも文学などという言葉も存在しないのだ。歌を中心とするテクストによって養われた当代人の感覚は、例えば後の能や歌舞伎といった芸能にも大きな影を落としている。つまり貫之らがその形成に寄与したのは、日本人の美的感覚そのものであると言えるだろう。そして美的感覚とは、還元すれば、和歌の本質である自然と言葉とに立ち戻る。平安の歌人たちが度重なる実践によって蓄積したのは、日本語によって世界に対峙したときに、心のうちに起こってくる様々な感覚を表現する方法であり、そこから遡及的に、世界のありようを見つめる術であった(1)。

貫之自身もそのような意識を持っていたことは、彼がただ歌を詠むだけでなく、『古今集』や『大堰川行幸和歌』に仮名序を寄せていることからも明らかである。歌について議論することは、ときには歌を詠むことと同じくらい重要であった。究極的には、和歌によって和歌の議論をすること、つまりメタ詩的レベルを喚起することが最も効果的である。しかしときには、より平易な形でそれを説くことも必要であろう。それも仮名序の一つの役割ではないだろうか。

そして、例えば『土佐日記』のような作品は、この役割をさらに十全に遂行することを目的の一つとして書かれたテクストだったのではないか。ここへ来て仮名は、言ってみれば運命共同体であった和歌から解放され、和歌の外側から、自由闊達に和歌の性質を語ることができるようになった。堅苦しさを伴う「序文」という形式と違い、ここでは思うさま、和歌の方法論を和歌以外の形式に敷衍することができる。そして、そのようにして書かれた文章は、かえって和歌の本質へと読者を導くことになるのである。

一方で貫之はまた、一人の官人として、歌人には庇護者が必要であることを理解しており、その庇護者の権威を利用することの価値を知っていた。貫之は自らが有力者の開催する歌合に参加したことや、権門の依頼によって祝いの席を彩る屏風を制作したことを、これ見よがしに強調した。そして『新撰和歌』序からもわかるように、自分の仕事に可能な限り公的な性格を付与することで、それを後代に伝えようとした。おそらく貫之は、自身が在原業平のような尊敬する歌人を権威化したように、自らもまた後世の人々によって権威化されることを予想しただろうし、それを望んでもいただろう。なぜなら己の思想を伝えるためには、それが一番の得策だからである。

あくまで貫之のテクストを対象とする本書としては、貫之個人の問題にあまり踏み込むことは賢明ではないかもしれない。しかし一つ言えるのは、貫之が生涯、和歌に寄り添っていたということである。貫之という耳慣れない名前が、『論語』里仁篇の「吾道一以貫之」、あるいは衛霊公篇「予一以貫之」に由来していることはすでに定説である。そして、貫之はまさにその名の通り、歌の道を生涯、貫いた。

けれども、私たちと貫之との間には千年以上の時空の開きがある。貫之の歿後、人々は貫之という人物とその業績をどのように捉えたのだろうか。それは、現代人が貫之について思い浮かべる像と、どこまで密接に結びついているのだろうか。そして現代を生きる私たちは、貫之をどのように位置づけ、また貫之の業績から、何を学ぶべきなのだろうか。序章でも提起したこれらの問いに、以下の考察は何がしかの手がかりを与えてくれるだろう。

一、歌論

まず取り上げるべきは、他ならぬ『古今集』仮名序を濫觴とし、その後も長きにわたって知的営為としての和歌の地位を証言し続けた歌論である。

歌論はあくまで和歌を素材とするが、議論はより広範な領域に及ぶ。和歌を分析し、評価するまなざしは、取りも直さず伝統一般の評価および受容の過程と分かち難く結びついている。したがって、蓄積された歌論とは体系化された思想でもあり、多くの芸術分野において必ず学ぶべきものとされていた。

そのように重要なものであればこそ、ときに歌論は論争の舞台ともなり、権力構造の縮図ともなった。片桐洋一が述べるように、「平安時代末期から鎌倉時代初期になると、『古今集』をはじめとする古典文学は、研究の対象となってしまい、権威ある学問の家の人が、それぞれの学問の成果を生かして権威ある証本を作り、一般人はその権威について古典を学び和歌を学ぶ」という状況になると（一九九八a、四四頁）、その「権威ある学問の家」同士の争いが歌論書の中身を決定する重要な事項の一つになるという、いわば本末転倒の事態さえ出来したのである。

とはいえ、歌論に各時代の歌人たちの思想が和歌に寄せて表現されていることは揺るぎようのない事実であり、貫之は多くの歌論において重要な先達であり続けた。言うまでもなく、歌論の主要な研究対象の一つは『古今集』であり、貫之はその『古今集』の中心にいたのだから、これは当然のことである。

伝統の交流

一一一一年（天永二）から一一一四年（永久二）にかけて成立したとされる『俊頼髄脳』の中で、当代の代表的な歌人である源俊頼は、和歌を詠む上で避けるべき行為と、逆に奨励されるべき行為とを、多数の具体例を交えて挙げている。終始一貫して主張されるのは、歌という表現そのものの重要性である。例えば能因法師が「天の川苗代水《なはしろみづ》にせきくだせあまくだります神ならばかみ」と詠み、雨乞いに成功したというような逸話は、歌には神をも虜にする力があることを示唆するものである。

そして何より、歌はコミュニケーションを成立させる上で欠くべからざるものである。複数の人間が和歌を交互に詠み重ねてゆく連歌は、まさに源俊頼の時代に隆盛を始めた形式であるが、それは「世の末にも、昔におとらず見ゆるもの」とされ、和歌と共に決して廃れることのない伝統になるであろうと目されていた。

右のような、歌の伝統を守ろうとする俊頼の意思は、生きる上でもあらゆる伝統を敬うべきであるという考え方と密接に結びついている。彼の提示する作歌における禁止行為は、いずれも伝統からの逸脱に繋がるものである。例えば歌枕については、

世に歌枕といひて、所の名書きたるものあり。それらが中に、さもありぬべからむ所の名を、とりて詠む常のことなり。それは、うちまかせて詠むべきにあらず。常に、人の詠みならはしたる所を、詠むべきなり。その所にむかひて、ほかの所を詠むは、あるまじきことなり。

と述べており、たとえ形式的な言葉の上であっても、真実を枉げようとするような態度を戒めている。しかしこうした禁忌はまた、当然ながら破られる運命にある。俊頼自身も過去の判例などを挙げ、ときには歌の意味を活かすために約束事を破る必要があることを消極的ながら認めているのである。

このように、禁止事項が微に入り細をうがって提出されることも歌論書一般にしばしば見られることではあるが、歌論書の基本的な役割は、やはり見習うべき秀歌を提示することにある。『俊頼髄脳』では、

おほかた、歌の良しといふは、心をさきとして、珍しき節をもとめ、詞をかざり詠むべきなり。心あれど、詞かざらねば、歌おもてめでたしとも聞えず。詞かざりたれど、させる節なければ、良しとも聞えず。めでたき節あれども、優なる心ことばなければ、また、わろし。

というのが、およそ普遍的な秀歌の定義である。すなわち人の心が、耳に新しくかつ心地よいリズムで、優れた言葉によって表現されていなければならず、そのいずれが欠けても秀歌とは言えないのである。

この定義に続いて、俊頼は数多くの証歌を挙げてゆく。そしてその中には、

袖ひちてむすびし水のこほれるを春立つけふの風やとくらむ
桜ちる木のした風はさむからで空にしられぬ雪ぞふりける
みるからにうとくもあるかな月かげのいたらぬ里もあらじと思へば

などの貫之歌も挙げられているのである。とくに右に挙げた三首は貫之歌の中でも有名な部類に入るが、『俊頼髄脳』のような有力な歌論書がそれを秀歌として推すことで、カノンとしての貫之歌の受容がさらに後押しされたことは想像に難くない。なお三首目の初句は、「かつ見れど」の誤認とされる。

ところで俊頼は、最も基本的な題材である花と月の歌をことに愛でたようである。とくに月については、「月は、あかく詠むを、めでたき事にすれば」と、月の明るさを讃える歌を推奨している。しかし、同じ字を繰り返すことを「同字病」と呼び批判している俊頼にしてみれば、さすがに『俊頼髄脳』成立の一世紀後に明

恵上人が詠んだ「あかあかやあかあかあかやあかあかやあかあかあかやあかあかや月」などの歌は、理解を超えたものと映ったのではないだろうか。

その明恵上人の時代を代表する歌論書と言えるのが、歌道において圧倒的な存在感を放つ藤原定家による『近代秀歌』（一二〇九年）である。この書は、歌人として名を馳せた定家が源実朝（一一九二—一二一九）の求めに応じ、歌の詠み方について書き記したという体裁をとっている。

定家の分析によれば、かつての時代を代表する歌人の一人である貫之は、「歌の心巧みに、たけ及び難く、詞強く」歌を作る一方で、「姿おもしろきさまを好みて、余情妖艶の躰を」詠まない歌人であった。つまり、感情は抑制されているものの、その感覚と技術は一流、という評価である。そして強い影響力を持つ貫之以後、このように技巧的な和歌が主流となったものの、貫之ほどの技量を持つ歌人は稀であり、和歌の表現は形骸化してしまったという。しかし一方で、この潮流をよしとしない人々が現れる。

然れども、大納言経信卿、俊頼朝臣、左京大夫顕輔卿・清輔卿朝臣、近くは亡夫卿、即ちこの道を習ひ侍りける基俊と申しける人、このともがら、末の世の賤しき姿を離れて、つねに古き歌をこひねがへり。

定家自身の父、俊成を含む一部の歌人は、常に古典を参照することを忘れなかった。在原業平や小野小町も、そのような姿勢を保ったからこそ尊いのだと定家は言う。昨今にもその志を継ぐ歌人はいるが、世間が彼らを王道から逸脱した者のように見なす風潮があることを定家は嘆く。

このように定家も、伝統を重んずることの重要性については俊頼と意見を同じくしている。とはいえ、定家がひたすら古典への回帰を促していたと言うことには語弊があるだろう。彼の歌の理想は「詞は古きを慕ひ、心は新しきを求め、及ばぬ高き姿をねがひて、寛平以往の歌にならはば、おのづからよろしきこともなどか侍らざらむ」であり、具体的には古い歌の優れた点を本歌取りなどの手段を通して現代に甦らせることを玉条としている。そして秀歌を詠むためには、俊成が遺した教訓「歌は広く見遠く聞く道にあらず。心より出でて自らさとるものなり」を肝に銘じておく必要があると説く。ここにも歌道と哲学が一体であった当時の精神が垣間見えるだろう。

以上、二つの歌論書から見えてくるのは、当時の人々にとって和歌が現代と伝統との交流から成り立つものであり、その習得のためには「詠む」ことと「読む」ことの両立が必要であるという信念である。二十一世紀の現代においても、歌人や俳人は互いの作品を客観的に分析し、批評し合うことを求められる。歌を詠むには、実作者であると同時に批評者でなければならないのである。古典日本文学において、「作者」は紛れもなく「読者」であった。

モデルとしての貫之

前項の文脈から歌論書での貫之の位置づけを考える際、まず思い浮かぶのは模範的な歌人としてのそれだろう。古今歌風に対する新古今歌風と言われるように、『新古今集』を編纂した藤原定家には、貫之に敬意を払いながらも、どこかで貫之を批判的に捉え、貫之への不満を自らの和歌の実践によって埋め合わせようとするかのような態度が感じられる。だがそうはいっても貫之は、やはり和歌について論じようとすれば避けられない偉大な先達と認識されていたようだ。

時代を遡れば、その認識は貫之の生前にもすでにある程度まで広まっていたものである。『古今集』撰者の一人である壬生忠岑は『和歌体十種』という漢文の歌論書を遺しているが、忠岑は自らの歌論を「夫和歌者、我朝之風俗也」と書き出し、次いで「先師土州刺吏叙古今歌」と述べている。先師土州刺吏とは「(土佐守を務めた)先人貫之」というほどの意味である。貫之が『古今集』編纂で中心的な働きを見せ、さらに仮名序において和歌を日本独自の芸術として位置づけたからこそ、忠岑も安心して和歌を「日本の風俗」と評価できるわけである。また、貫之の後ろ盾でもあった藤原実頼は、『類聚證』と題した歌論書で様々な歌を取り上げているが、そこで躬恒や忠岑よりも遥かに多く引用されているのは貫之の歌である。このように貫之への評価は、同時代の歌論においてすでにかなりの高まりを見せていたことがわかる。

しかし次世代の歌壇の中心人物で、『拾遺集』の種本とも言われる『拾遺抄』をまとめた藤原公任にとっては、貫之はすでに過去の歌人であった。そしてこの場合、過去の歌人は忘却ではなく崇拝の対象であったと言ってよい。

公任は自身の『新撰髄脳』の中で、次のように述べている。

凡そ歌は心ふかく姿きよげにて心にをかしきところをすぐれたりといふべし。

つまり歌には深みが必要なだけでなく、見た目や音の心地よさを併せ持ち、それによって関心を惹くようなものでなければならない。「本」の部分に歌枕を、「末」の部分に「思ふ心」を配するのが上等で、歌の最初から本意を述べるのはよろしくない。それこそが当世風の好みであった。そして公任に言わせると、この技に長けていたのは貫之と躬恒である。

貫之、躬恒は中比《なかごろ》の上手なり。今の人の好むはこれがさまなるべし。

つまり『万葉集』などの古い時代と、現在との「中比」に位置している名人たちの歌が、公任の世代には最も心地よいというわけである。

ところで、この貫之礼賛の文脈で公任が模範として挙げている歌がおもしろい。

風吹けば沖つ白波たつた山夜半にや君がひとり越ゆらむ

公任は、これを貫之歌としている。しかし『古今集』では、この歌は「よみ人しらず」となっており（雑下、九九四）、現在の私たちが知る限り貫之の歌ではない。歌には「題しらず」という詞書とかなり長い左注がついているが、そこにはこの歌の由来として、「自分は複数の女性と関係を持ちながらも妻の浮気を心配した男がこっそりと家に戻ってみると、妻が一人でこの歌を詠んで寝てしまったのを目にし、反省して妻への忠義を誓った」という物語が紹介されている。

よく知られているように、この挿話はそのまま『伊勢物語』の二三段、いわゆる「筒井筒」の段の一部とも重複している。その有名な歌の出典を、公任が知らなかったとは考えにくい。それでも公任があえてこの歌を貫之作としたのであれば、そこには貫之という歌人の存在をより劇的に演出し、あたかも歌物語の主人公のように描こうとする作為が働いていたことになるだろう。

また、歌論書において特定の歌人がいかに重要視されているかを判断する上で、簡易な材料となるのが証歌の多さである。証歌とは歌論書において主張の根拠となる歌であるから、そのまま模範的な歌と捉えて差し支えない。そして貫之はやはり、ほかの歌人に比して多くの証歌を採られている場合が少なくないのである。

例えば平安時代末期の歌人、藤原清輔（一一〇四―一一七七）の歌論書である『奥儀抄』には以下のような箇所がある。

ふるき歌のこころはよむまじきことなれ共、よくよみつればみなもちゐらる。
万葉　むすぶ手のいしまをせばみ　人丸
古今　むすぶ手のしづくににごる　貫之
拾遺　ふぢごろもはらへて　貫之
玄々　ふぢごろもながすなみだの　道綱母

これは「二十二　盗古歌証歌」と題された項の冒頭である。和歌においては、過去の歌の見よう見まねをするだけでは新しい優れた歌を詠むことはできない、というのが一般的な考え方であるが、古歌をうまく参考にする＝盗むことは有意義である、と説いている。そしてここでは人麿の、

むすぶ手のいしまをせばみ奥山のいはがき清水あかずもあるかな

という歌が、貫之の有名な「むすぶ手の」の歌の元になっていることが指摘され、続けて今度は貫之の、

藤衣はらへて捨つる涙川きしにもまさる水ぞ流るる

という歌が、

ふぢごろも流す涙の川水は岸にも増さるものにぞありける

という道綱母の歌に活かされている、というのである。

急いで付け加えておかなければならないが、実は最初の人麿の歌は『万葉集』にはなく、『古今和歌六帖』の二五七五の歌として残っているものである。同様に貫之の歌とされている「藤衣」の歌も、『拾遺集』では「よみ人しらず」となっている（哀傷、一二九一）。このように『奥儀抄』の記述には、現在共有されている知識と矛盾する点も少なくないが、先の『新撰髄脳』でも公任が「よみ人しらず」の歌を貫之歌としていたように、これは傍証として多くの和歌を引用する歌論書には珍しくないことである。重要なのは藤原清輔という歌学者にとって、貫之という歌人が歌の伝統を現代に繋ぐ重要な役割を持った存在であった、という点であろう。

さて、次の鎌倉時代に入っても、カノンを体現するような存在として貫之を評価する傾向は残っている。順徳天皇（一一九七―一二四二、在位一二一〇―一二二一）は『八雲御抄』において、六歌仙や『古今集』撰者たちは「まことに此道のひじりなり」と述べている。ここで貫之は、自らが『古今集』で讃えた六歌仙と、「歌の聖」と呼んだ人麿に、すでに比肩するような歌人と見られているのである。

そのような雰囲気にもかかわらず、藤原定家が貫之を手放しで賞讃することがなかったことはすでに述べた。だが、その息子の為家（一一九八―一二七五）にとっても、やはり『古今集』の撰者は特別な存在であった。為家は『八雲口伝』を、次のように書き出している。

和歌を詠ずる事かならずしも才学によらず、ただ心よりおこる事と申したれど、稽古なくては上手のおぼえ取りがたし。

つまり為家は慢心を戒めているわけだが、その例として挙がっているのは、技量を褒められたからといって自らを貫之や躬恒に引けをとらない歌人と見なす、というような態度である。逆から見れば、これは貫之や躬恒を利用すれば、歌人を簡単に権威化できる、ということでもあろう。貫之への評価が平安時代後期・鎌倉時代を通じて高かったことは疑う余地のないことである。そして貫之という歌人の評価が高まれば高まるほど、今度はその貫之になぞらえることで、後代の歌人に栄光を移植することができるのだ。

その好例は為家の息子である源承（一二二四年生）の『和歌口伝』であろう。そこでは、元久にあらためて、昔の三代集の跡うつされけるに、撰者五人の中に、前中納言定家、ひとり和歌所にとどまりて詞をあらためしるせり。是、古今集の撰者の中に、貫之ひとり御書どころにてえらび定めたてまつれるにおなじ。

と、定家が三代集を書写した際の様子を、『古今集』を撰ぶ貫之の姿に重ね合わせることで、定家の権威化が図られているのである。このように歴代の歌論書には、まず過去の特定の歌人を評価することで権威化を行い、そこに近代の歌人を重ね合わせることでその評価を高めようとするような構図が、明らかに見て取れる。

さらに下って近世に目を向けてみると、例えば松永貞徳（一五七一―一六五四）にとっては、定家は人麿・貫之に並ぶ歌聖であった。『戴恩記』には、次のようにある。

此の卿〔定家〕は聡明叡知にして多芸なり。其芸皆人にすぐれ給へり。物の本ばかり兵火の五百合やき失ひ給ひしが、今五百合叡山に預け置かれしと云へり。博学広才なる事、これにて知るべし。此の卿の眼と見給へる歌書は、古今集一部とせり。然者おほくの歌仙のなかにも貫之を師匠と定む。つらゆきは又人丸を師匠と定めらるると見えたり。人丸世に出で給はずは、いかでか八雲の神詠世におこらん。つらゆき古今をえらばれずは、いかでか世に人丸を独歩の才としらん。定家卿邪正を糺されずんば古今集も徒ならん。（中略）当流の秘伝には人丸、貫之、定家卿を和歌の三尊とあがめ奉る事なり。

本書からすれば、貫之が人麿を実際に高く評価し、その顰みに倣ったような形跡はとくに見られないのだが、ここでは人麿――貫之――定家という歌聖の系譜が作られており、しかも『古今集』の正当な評価も、定家がいなければ実現しなかったであろうという、かなり極端な感想までが述べられている。

もちろん、このような見方には反発も出た。例えば戸田茂睡《とだもすい》（一六二九―一七〇六）が『梨本集』（一六九八年）で披瀝する意見は、貞徳のそれと真っ向から対立する。

> 定家を人丸・業平・貫之に比して貴みいふ二条家の私事なるべし。一条禅閣兼良公などは定家卿をすぐれたる名人とも思召さぬことなり。後鳥羽院、順徳院も、歌の詠みようは好からぬやうに思召したる様子なり。新古今時代の名人たち皆死に果て、給ひし跡に、定家卿一人生き残り、人に用ゐられ、為家、為氏、為世と代々相続ゆゑ、定家卿のことを上古・中古にもこれなき名人堪能、読み給ふ歌は聞えぬことを無理にもことわりをつけ、斯様なるもの歌の一体と、皆秀逸の歌に言ひなしたることぞと思はれ侍るといふ人もあり。

ここでは、実際のところそれほどの歌詠みでもない定家が、権威ある歌道の家の主であったために、名人に祭り上げられた、とされている。むろん、茂睡の言い分もまた極端であることは否めない。しかし、中世・近世における定家に対する神聖視には、確かに口を挟みたくなるような側面もあったようだ。鎌倉時代の後期以降には、二条・冷泉・京極などの歌道家が覇権を争ったが、とくに室町時代末期まで斯道の中心にあった二条流は俊成・定家の正当な後継者をもって任じ、歴史意識の強い、古典主義的な歌論を展開した（福田二〇〇七)。その結果として、定家本はますます歌道研究において重要となり、いよいよ権威を帯びることになる。

歌論書の事実上の鼻祖である『古今集』仮名序が、純粋に和歌の擁護と発展を企図して展開したであろうその歌論が、やがて歌道の諸流派の権力争いに利用されたことは、見方によっては皮肉であろう。本来、和歌は漢詩漢文という公の場において権威化された言語体系からの逸脱を称揚するものであった。つまりその最も純粋な部分では、和歌は権力構造からの離脱によって成立するものであったはずである。しかし『後撰集』や『拾遺集』はもちろん、『古今集』においてさえ、特定の歌人や門閥の権威化が図られていたこともまた事実である。自らが天皇に奉じたとする歌を複数採用した貫之も、当然ながら無実ではない。権威から自由になることを求めて出発しながらも、正当性を担保するためには自らも権威に縋らなければならない。これは和歌が、ひいては芸術全般が、直面せざるを得ないジレンマではないだろうか。(2)

戯画化される貫之

一方で歌論書には、個人としての歌人にまつわる様々なイメージを展開し、生身の人間としての姿を浮かび上がらせようとする傾向もある。歴代の歌論書から見えてくる貫之の姿が、ときに三代集から見えてくるそれと大きく異なっていることには注目してよいだろう。

だが、歌聖と言われた貫之への遠慮もあってか、エピソードの数そのものは、あまり多いとは言えない。最も頻繁に見られるのは、貫之が一首の歌を詠むのに実に二十日ほどの時間をかけた、というものである。

されば貫之などは歌ひとつを十日二十日などにこそ詠みけれ。
（『俊頼髄脳』）

貫之は歌一首を二十日ばかりによみ出しけるといひ伝へたるは、心詞をよくよくえらびけるにこそありけめ。
（『近来風体』）

貫之は一首を廿日によみて中興の名人なり。
（『水無瀬の玉藻』）

このように、貫之と言えば時間をかけて歌を詠んだ歌人である、というイメージは、平安時代後期の『俊頼髄脳』から近世の『水無瀬の玉藻』に至るまで、脈々と受け継がれている。この像は、おそらく『近来風体』で二条良基（一三二〇―一三八八）が述べているような、貫之歌の高い技巧性に起因しているのだろう。

一方、名人としてしばしば貫之と並び称された躬恒は、即興で歌を詠むことがその特徴として述べられていることが多い。例えば似雲《じうん》（一六七三―一七五三）の『詞林拾葉』には、「初一念にて詠出されしよし」との評価がある。これには、貫之と好対照をなす性質を躬恒に付与しようという意図のほかに、『紀師匠曲水宴和歌』の、いまでは散逸した序文を書いたのが躬恒だと言われていることも無関係ではないだろう。杯が自分の前に流れつくまでに歌を詠むという「曲水の宴」で中心的な役割を演じていた躬恒が、当意即妙の名手と考えられていたとしても不思議ではない。

次に、貫之の死にまつわる以下のような逸話もある。

細川幽斎（一五三四―一六一〇）の『聞書全集』によれば、貫之は『後撰集』にも登場した次の歌（春下、一四六）、

又も来む時ぞと思へどたのまれぬわが身にしあれば惜しき春哉

を詠んだ年に歿した。これは『後撰集』の詞書にもすでにあることで、それだけではとりたてて注目する必要はないが、問題は次の一文である。

貫之此の歌を読みそんじて、其の年みまかりしとなむ。かやうの歌仙さへかくのごとし。いかにいはんや末代の人をや。

つまり幽斎によれば、この歌は失敗作なのである。しかもどうやらその死にも、歌を詠み損じたことが関係しているらしい。この歌がなぜ失敗作なのかは不明瞭なままだが、重要なのは「あの貫之でさえ歌の失敗をし、死期を早めたのだから、現代の凡人に過ぎない者は充分に注意しなければならない」という後半のメッセージであろう。いわば「弘法も筆の誤り」の諺と同じような文脈に貫之は置かれているのであり、その規範としての存在感が逆説的に強調されている。

最後に、変わり種のものとしては、藤原定家の『三五記』に、あたかも説話のような次のエピソードが紹介されている。

定家は、歌の奥義とは「辺、序、題、曲、流」という五つの「習い」を、それぞれの句に分けて当てはめることであると述べているのだが、貫之はあるとき宇佐宮に参って、歌の体について神にお伺いを立てたという。その夜の夢で、五人の歌仙が貫之の前に表れ、一首の歌を揃って詠んだ。その歌とは以下のようなものである。

あなくるしいとぞ苦しき青柳の我ゆく方はよりによられて

歌は初句から順に、人麿、赤人、猿丸、黒主、小町が詠んだものであり、いわば連歌のような体裁になっている。

初句は「辺」にあたり、歌の詠み始めを指す。第二句は「序」で、詠もうとするものをここでまず示唆する。第三句の「題」で、歌の題が明らかになる。第四句の「曲」は、定家は「やさしきことを興あるようにいふ」と定義しているが、つまり興味深い言い回しなどを用いて詩的効果を高めることを意味するのだろう。(3)そして末句は「流」で、流れるように最後まで詠み通すことを指す。和歌をあまりに細かく構造化したこの定家の説は奇妙と言うほかなく、貫之の歌に対する意識とも相容れないように思われるが、歌仙たちからのお告げを受ける貫之という像は明らかに貫之の神話化に一役買っているだろう。

以上のように歴代の歌論書では、歌そのものの問題をやや離れて、歌人としての貫之の姿を浮かび上がらせるような挿話も少なからず紹介されている。だが結局のところ、歌論書は歌を通して表現される思想の書であるので、歌と貫之とを切り離して考えることは難しい。したがってここからは、歌論書以外のテクストに見られる貫之像を追いかけてみることとしたい。様々な権威や論者の思想に縛られて息苦しいこともある歌道の外に出たほうが、かえって貫之の存在がいっそう生き生きと感じられることもあると思われるからである。

二、説話

『今昔物語集』

説話は神話、伝説、昔話だけでなく、世間話の類をも含むものであるが、本来的に口承文芸であったため、伝聞としての性質を強く持っている。貫之の影を追い求めて説話を逍遥することで、歌論や記紀にある例を探ることとはまた一味違った成果を得ることが期待できるだろう。

だが、説話における貫之の活躍は目覚しいとは言えない。歌論書での言及の多さに比べると、やや驚きを禁じ得ないほどである。平安時代末期に成立した代表的な説話集である『今昔物語集』を見ても、その名はほとんど登場しないのだが、その少ない例を挙げてみることにしよう。

まずは巻第二十四の、「延喜御屏風伊勢御息所読和歌語第三十一」である。掲題の通り、この挿話は『後撰集』に貫之に次いで多くの和歌を入集させた伊勢がいかに優れた歌人であったかを示すもので、貫之は直接には登場しない。ただ伊勢についての評価で、

和歌ヲ読ム事ハ其時の躬恒貫之ニモ不劣リケリ。

という一文にその名が見える。したがってここでは、先の歌論書の場合にも見たように、歌の名人の代表格としての貫之（と躬恒）の存在が確認できるのである。

しかもおもしろいことに、この説話で伊勢は貫之および躬恒の代理として詠作を請われるのである。醍醐天皇の命令で伊勢のもとを訪ねた藤原伊衡は、次のように説明する。

然レバ、其歌可読キ躬恒貫之召サスレバ、各物ニ行ニケリ。

つまり、本来なら貫之・躬恒に依頼すべきところ、両人が留守だったので、伊勢のところへ来たというのである。説話の前半にそのような説明はないから、これは伊衡が伊勢を説得するために使った方便ということになる。天下の名人の不在を埋められるのはあなただけである、という理屈で、こうまで言われては伊勢も断りかね、

兼テ仰セ有ラムニテソラ、躬恒貫之ガ読タラム様ニハ何デカ有ラム。

と、謙遜しながらも引き受けるのである。

この説話では、貫之は人物としては「不在」であり、その人となりは一切わからないが、それでも貫之の名人としての評価が揺るぎないものであることはわかる。

一方、次の説話では、貫之は中心にいる。それは同じく巻第二十四にある「土佐守紀貫之子死読和歌語第四十三」である。短いものだが、内容は以下の通りである。

紀貫之という歌人が、土佐守となって任国へ赴いた。そのとき貫之には七歳か八歳の男の子がおり、貫之も非常に可愛がっていたが、病で儚く死んでしまった。貫之は自身も病になるほど悲しんだ。やがて任期が終わり、貫之は京へ帰ることになった。自分を奮い立たせて旅立つことにしたが、どうしても息子の思い出が甦ってしまう。そこで出発前に、館の柱に次の歌を書いた。

ミヤコヘト思フ心ノワビシキハカヘラヌ人ノアレバナリケリ

その歌はいまも柱にはっきりと残っているとのことだ。

以上がこの説話の全容だが、第七章で『土佐日記』を検討した私たちにとっては、非常に興味深い内容であると言えるだろう。説話に登場する歌は、『土佐日記』十二月廿七日の、

都へと思ふをものの悲しきは帰らぬ人のあればなりけり

とほぼ重なっている。任地で亡くなった子供を悼んでの詠出であることも同様である。ただし、『土佐日記』で亡くなった子供が「女子」と明記されているのに対して、説話では「男子」となっている。そして『土佐日記』では、この歌が詠まれた時点で一行はすでに舟に乗り、海を渡っているが、説話では出発前のことと

なっている。

さらに、何よりも注目すべきは、説話が貫之本人の体験としてこれを記していることであろう。すでに論じたように、『土佐日記』は日記の体裁をとりながらも虚構に満ちた作品であり、歌論として読み解くことでその真価を発揮するようなテクストである。一行の中心にいる土佐守が貫之であるということは、読者の（誘導された結果としての）思い込みでしかない。一方で『今昔物語集』においては、貫之というかつて実在した歌人が、土佐守として息子の死を嘆く。

先ほどの説話では名人としての評価だけが際立っていた貫之だが、こちらではむしろ人間らしい姿が強調されていることになる。また、この説話集の読者の多くは、『土佐日記』の読者でもあっただろう。すると読者の中で両者が結びつき、女子であれ男子であれ、子供の死を嘆く歌人としての貫之の像が、より明確に定着することは大いにあり得ることではないだろうか。本書が冒頭から繰り返し述べているように、貫之はやはり何よりも『土佐日記』の作者としてのイメージが先行している人物である。そのイメージを構築した要素の一つに、このような説話も挙げておくべきであろう。

『今昔物語集』で最後に貫之の名が登場するのは、やはり同じ巻第二十四の、「於河原院歌読共来読和歌語第四十六」である。

ここでは、宇多上皇がかつて住んだ河原院で、上皇の死を悼む歌人たちがそれぞれに歌を詠んでいる。貫之はちょうど土佐から帰ったところであるが、上皇の旧居を訪れると悲嘆にくれ、次のような歌を詠む。


キミマサデ煙タエニシ塩ガマノウラサビシクモミエワタルカナ

河原院の庭は陸奥国の塩釜を模して造営されており、実際に塩釜から海水を運んで塩焼きを楽しむことができたとも言われている。貫之の歌はその文脈を用い、塩釜の「浦」に「うら寂しい」想いとを重ねて、上皇を哀悼しているわけである。

このように河原院の描写は正確であり、宇多上皇は実際に貫之が土佐に赴任している間に歿しているから、この説話はかなり歴史に忠実であるようにも思われる。だが、貫之の歌は『古今集』にすでにあり（哀傷、八五二）、それは詞書にあるように源融の死を悼むものであるから、ここにも先の説話と同様の操作の跡が見える。(4)

なお説話の後半では、河原院が寺に造り変えられたあとに詠まれた歌が紹介されている。それらを詠んだ歌人と貫之の間に直接の関連性はないが、融の曾孫である安法をはじめ、能因、大江嘉言《おおえのよしとき》、源 道済《みなもとのみちなり》はいずれも有力な歌人であり、しかもあとの三人は互いに交流があった。つまりこの説話は、河原院というトポスを舞台に、そこにゆかりのある歌人を列挙することで、和歌の歴史の一端を描くものとなっている。

以上が、『今昔物語集』に見える貫之の姿である。「第三十一」の説話に登場するのは貫之その人ではなく貫之の威光であり、この説話はあたかも歌論書のようにその権威を強調している。一方で「第四十三」と「第四十六」の説話では、貫之はより生身の人間として描かれており、しかも、どちらも作為的な物語の形式をとりながら、貫之をゆかりある人の死を嘆く、いわば「哀悼する歌人」として演出している。貫之が同じく『今昔物語集』に登場する業平などの有名歌人と比肩する存在感を放っていたと思われることも重要だが、貫之の人間性に一定の方向性を与えるような編集がなされていることにも注目すべきであろう。

『宇治拾遺物語』

十三世紀の前半に編纂されたと考えられている『宇治拾遺物語』は、『今昔物語集』と並んで説話文学を代表する傑作と評価されている。ただし後発のテクストである以上、宿命とも言うべきことだが、先行する説話集から取材されたとおぼしい物語も多く、『古事談』『十訓抄』『打聞集』などに類話が見られるほか、『今昔物語集』とはとくに重複が多い。

例えば巻第十二に入っている「十三　貫之歌の事」も、前項で取り上げた「第四十三」の説話の内容を圧縮したようなものになっている。紀貫之という歌人が、土佐守となった任地で七歳か八歳の子を病で亡くし、京へ帰る際に亡児への想いを館の柱に書きつける、という内容は完全に同じである。むろん歌も、「都へと」の一首である。差異といえば、子供の性別が『宇治拾遺物語』では明記されておらず、『土佐日記』同様に娘であったと見ることもできる点くらいのものであろう。

一方、その直後にある「十四　東人、歌詠む事」の説話は、貫之が登場するもう一つの説話であるが、ここでの貫之の扱いは『今昔物語集』の場合とやや異なっていておもしろい。非常に短いものなので、全文を掲げる。

今は昔、東人の、歌いみじう好み詠みけるが、蛍を見て、

あなてりや虫のしや尻に火のつきて小人玉とも見えわたるかな

東人のやうに詠まんとて、まことは貫之が詠みたりけるとぞ。

当時の京から見れば辺境の地であった関東に、歌の好きな人物がおり、《ああ虫の尻に火がついてよく光っている、小さな人魂のようだ》という歌を詠んだが、実はそれは貫之が東人の詠みぶりを真似て詠んだそうである、というのがこの説話の全体である。

歌には「あなてりや」「しや尻」など、京の言葉とは異なる発音や卑語を盛り込むことで、田舎らしさが演出されていると思われる。つまり、ここで強調されているのは貫之という歌人の器用さであり、自由自在に言葉を操ることのできたその才能であろう。

以上のように『宇治拾遺物語』では、『今昔物語集』が提出した子供の死を嘆く歌人の像を継承しながらも、そこに実力と遊び心を併せ持った歌人の姿が付け加えられている。

三、能――「蟻通」

貫之にまつわるあらゆる挿話で最も有名なものは、おそらく蟻通明神のそれだろう。この挿話については、すでに『貫之集』八〇六の歌を取り上げた際に論じている。それは旅中、貫之の馬が苦しみだし、いまにも死にそうになってしまったのだが、その場にひっそりと祀られている神に敬意を払ったところ、馬が元気を取り戻した、というものであった。

これが能として演じられたものが「蟻通」であるが、作品に目を向ける前に、先行するいくつかのテクストで蟻通明神の挿話がどのように取り上げられてきたかを確認しておこう。
例えば、この挿話は『枕草子』にも登場し、より多くの読者の知るところとなったと考えられる。

蟻通の明神、貫之が馬のわづらひけるに、この明神の病ませたまふとて、歌詠みたてまつりけむ、いとをかし。

（二二九段）

『枕草子』は以上のように貫之の物語を簡潔に紹介した上で、蟻通明神という社そのものの来歴を解説している。

それによれば、ある中将が、四十歳以上の者は殺すという帝の恐ろしいお触れから両親を守るために、土中に空間を作って両親を住まわせた。一方その頃、日本に勢力を拡大しようとしていた唐の皇帝が、様々な無理難題を押しつけてきていた。今回は、七曲がりに曲がった複雑な玉に穴を開けたものを送りつけ、その穴に糸を通せという。誰も妙案を思いつかずにいると、中将の両親が、蟻に糸を結びつけ、穴の口に蜜を塗ればよいと言う。その通りにするとたちまち糸が通った。これにより、唐の皇帝は日本に敬意を払うようになり、侵略が回避された。そして中将の両親も堂々と都に住めるようになったが、死後には神となって蟻通し明神に祀られるようになった。

以上が『枕草子』の伝える内容のあらましである。一方、『俊頼髄脳』に伝わる挿話では、蟻通明神の神と貫之との関係に焦点が当てられており、内容は『貫之集』のものと近い。該当部分を掲げる。

貫之が馬にのりて、和泉の国におはしますなる、蟻通の明神の御まへを、暗きに、え知らで通りければ、馬にはかにたふれて死にけり。いかなることにかと驚き思ひて、火のほかげに見れば、神の鳥居の見えければ、「いかなる神のおはしますぞ」と尋ねければ、「これは、ありありどほしの明神と申して、物とがめいみじくせさ給ふ神なり。もし、乗りながらや通り給へる」と人の言ひければ、「いかにも、くらさに、神おはしますとも知らで、過ぎ侍りにけり。いかがすべき」と、社の禰宜を呼びて問へば、その祢宜、ただにはあらぬさまなり。「汝、我が前を馬に乗りながら通る。すべからくは、知らざれば許しつかはすべきなり。しかはあれど、和歌の道をきはめたる人なり。その道をあらはして過ぎば、馬、さだめて起つことを得むか。これ、明神の御託宣なり」といへり。貫之、たちまち水を浴みて、この歌を詠みて、紙に書きて、御社の柱におしつけて、拝入りて、とばかりある程に、馬起きて身ぶるひをして、いなきて立てり。禰宜、「許し給ふ」とて、覚めにけりとぞ。

あま雲のたちかさなれる夜半なれば神ありとほし思ふべきかは

『貫之集』との異同を挙げてみると、『貫之集』ではこの場所に社があることを教えるのは禰宜ではなく通りすがりの人々であった。また、『貫之集』では馬はぐったりと動かなくなるだけであるが、『俊頼髄脳』ではいったん死んだ馬が蘇生するという、よりドラマチックな内容になっている。

このように物語の細部が異なることに加えて、何よりも貫之の詠む和歌が変化していることも無視できな

い。『貫之集』の歌は、

かきくもりあやめも知らぬ大空にありとほしをば思ふべしやは

であった。『俊頼髄脳』のものと大意は同じだが、『貫之集』では「大空」の語によって「星」の掛詞が生まれていた。一方、『俊頼髄脳』では「神ありとほし」を「神有り、遠し」と読み変えることができるものの、「星」の掛詞は見えにくくなっている。

いずれにせよ、『俊頼髄脳』のこの挿話は、本章で先に紹介した能因法師の雨乞いの挿話の直前に位置しており、俊頼が和歌の神秘的な潜在能力を強調するための手段として、前時代を代表する歌人である貫之の挿話を利用した意図が窺える。そして能の「蟻通」も、どちらかと言えば『貫之集』のものよりも『俊頼髄脳』のものを下敷きにして、さらに膨らませた内容になっているのである。

世阿弥によって完成された「蟻通」は、いわゆる「四番目物」と呼ばれる能である。ワキは紀貫之、ワキツレには二人の従者がおり、シテは宮守である。まずは全体のあらすじを見てみよう。

貫之は従者を伴い、和歌の神を祀る玉津島明神に参詣する途中で、大雨に見舞われる。すると馬も動かなくなり、すっかり困り果てる。そこへ傘と松明を持った老人が通りかかり、これは蟻通明神のそばを、馬も降りずに通ったことへのお咎めであろうと言う。貫之は反省し、老人の勧めに従って和歌を詠む。老人は和歌を褒め、しばし和歌についての談義が行われる。すると馬が起き上がり、旅が続けられるようになる。喜んだ貫之の頼みに応じ、老人は祝詞をあげ、神楽を舞う。そして自分こそ蟻通明神であると告げ、消え失せる。貫之は感動を抱きながら、再び旅路に就く。

以上の筋書きからもわかるように、この能は夢幻能に近い形式をとっているが、神の化身が自らの本性を明かすところで終わっているので、夢幻能の前場を一曲にしたものと言ったほうが正確である。

主題が和歌の霊的な力であることも、『俊頼髄脳』の挿話との親和性を感じさせるが、それ以上に、能の中で貫之が詠む歌も、やはり『俊頼髄脳』と同じ「雨雲の」の歌である。しかし能である以上、世阿弥の「蟻通」はさらに立体的であり、これまでの例には見られない場面や特徴もある。

例えば「蟻通」の冒頭、貫之は自ら名乗り、旅の目的を明かす。

ワキ　これは紀の貫之にて候。われ和歌の道に交はるといへども、いまだ玉津島に参らず候ふほどに、ただいま思ひ立ち紀の路の旅にと心ざし候。

歌人紀貫之は、歌道に携わる人間として、和歌の神の加護を求めて玉津島明神へ向かっているのである。貫之がこのように一人称で堂々と語るのは、能という創作ならではのことであろう。

やがて馬に異変が起こり、貫之が困っていると、宮守が来て貫之が蟻通明神の怒りを買ったことを教える。貫之が名乗ると、宮守の言い分はこうである。

シテ　貫之にてましまさば、歌を詠うで神慮をすずしめ御申し候へ。

つまり、貫之の名声はすでにこの土地にも轟いており、貫之ほどの歌人であれば、神の怒りを鎮めることができるはずだという前提がここにはある。まさに「目に見えぬ鬼神をもあはれと思はせ」という仮名序の理想である。そうして貫之が「雨雲の」の歌を奉じると、宮守はそれを大いに評価する。

シテ　面白し面白し、われらかなはぬ耳にだに、面白しと思ふこの歌を、などか納受なかるべき。

こうして貫之は容易く目的を達するのだが、「蟻通」はここでは終わらない。これを機に地謡が始まり、和歌の性質が議論されるのである。その最初は、

地謡　およそ歌には六義あり。これ六道の、巷に定め置いて、六つの色を見するなり。

であり、この箇所にも『古今集』序が影響を与えていることは明らかである。ただし新たに追加された「六道」とは、迷いある者が輪廻する六つの世界を示す仏教概念であり、「蟻通」が当時の世界観を反映させながら『古今集』を引用していることがわかる。

地謡は、ここからさらに和歌の歴史や性質を議論するが、そこでは貫之の業績も重要なものとして位置づけられている。

地謡　されば和歌のことわざは、神代よりも始まり、今人倫にあまねし、誰かこれを褒めざらん。なか

にも貫之は、御書所を承りて、古今までの、歌の品を撰びて、喜びを述べし君が代の、直なる道をあらはせり。

つまり貫之は、蟻通明神が司るところの和歌の世界の立役者の一人であり、だからこそ、その歌により神をも喜ばせることができるのである。現に舞台上では歌の効能によって、いまにも命を落とすかに見えた馬が息を吹き返す。その光景を表現するのに利用されるのは、当然と言ってよいだろうが、貫之の歌である。

シテ　かかる奇特に逢坂の、

地謡　関の清水に影見ゆる、月毛のこの駒を引き立て見れば不思議やな、もとのごとくに歩み行く。

この歌が貫之の代表作の一つに数えられる、

相坂の関の清水に影見えて今や引くらん望月の駒

（拾遺、秋、一七〇）

に拠っていることは言うまでもない。

こうして問題が解決すると、貫之は宮守に頼んで祝詞をあげてもらうが、その内容もやはり和歌の素晴らしさを言祝ぐものである。そして宮守は一瞬、蟻通明神としての本性を現すと、すぐに消えてしまう。貫之は喜びに浸りながら、再び旅を続けるのである。

こうして筋書きをたどってみると、「蟻通」が和歌を礼賛すると同時に、あるいはそれ以上に、貫之という歌人を礼賛するものであることは疑いを容れない。貫之は作中で歌道の重要人物として遇され、神の心を和らげる和歌を詠んでいるが、地謡に登場するのも貫之によって書かれた仮名序であり、貫之によって詠まれた和歌である。要するに能「蟻通」において貫之は、他ならぬ貫之自身が作り上げた世界に、登場人物の一人として包み込まれるという、いわば二重写しの存在として現前している。能という幻想的なテクストの中で、貫之は物語の内と外に偏在する、それこそ蟻通明神を思わせるような神秘性を獲得しているのである。(5)

なお、貫之が登場する能には、ほかにも例えば「草子洗」がある。作者不詳のこの三番目物の能は、歌合で小野小町が詠んだ歌に対して大友黒主が言いがかりをつけるという内容である(小山一九八九)。貫之は主ツレの役所で、中心的な登場人物とは言い難いが、この能には、ほかに壬生忠岑や凡河内躬恒も登場するところから、ここでも貫之が和歌の世界を代表する一人物として捉えられていることが窺える。

四、近世小説

『しりうごと』

近世に貫之を取り上げるテクストの中で目を惹くのは、それまでには見られなかった小説的なものである。芸術の形式はもちろん、その背後にある思想も多様化した近世においては、和歌とその延長線上にある形式や、日本独自の自然観や仏教の延長線上にある思想以外のものに規定されるテクストも当然ながら急増した。

だが、近世のテクストに登場する内容が目新しいものばかりだったということではない。むしろそこには過去のテクストの蓄積が十全に活かされている。そこに貫之の姿を見出すことができるのも、それだけ貫之が過去の一時代を代表する人物として江戸の知識人の間に浸透していたからに他ならない。

一八三二年（天保三）に成立したと思われる『しりうごと』は随想にも分類されるが、その内容は奇想天外であり、かなり小説的と言うことができる。漢文によるものと仮名によるものからなる二種類の序に加え、中心的な作者である小説家主人《こごとやのあるじ》による自序が付されるなど、構造も独特である。小説家主人の正体は明らかではないが、よく指摘されるのは川崎重恭（一七九八―一八三二）である。川崎は近世を代表する国学者である平田篤胤（一七七六―一八四三）の門人であった。したがって「しりうごと」も主題は国学であり、あたかも和歌集のようなテクストの構成も、貫之のような有名歌人が登場することも、国学者としての小説家主人の主張を際立たせるための道具立てに過ぎない。

さて、貫之が登場するのは第三冊にある「第五　紀貫之、岸本由豆流を嘲る」と題された小文である。題名が示す通り、ここでの貫之の役割は国学者であり歌人でもあった岸本由豆流《きしもとゆずる》（一七八九―一八四六）を笑いものにすることである。

『古今集』の増注作業に取りかかろうとする岸本由豆流のもとに、しのぶ摺の雁衣に立烏帽子という姿の紀貫之がやって来る。由豆流は、本居宣長の『古今集遠鏡』の世俗的な部分に辟易し、新たに増注しようと奮起しているところに貫之が助っ人に現れたものと有難がるが、それは由豆流の思い込みであった。貫之は時空を超えて由豆流を訪れた理由を次のように述べる。

いや、まろはその注のことにて来りしにあらず。世中の学者どもが、其方がことを議論するが気の毒さに、先年まろが書きたる『土佐日記』を考証したるよしみもある故、いひ聞かすべき事ありて来りしなり。

つまり貫之は由豆流を励ますためというよりも、掣肘を加えにやって来たわけである。ここから貫之による、ほとんど一方的とも言える批判が始まる。批判の対象となるのは、主に由豆流が著した『土佐日記考証』である。

例えば貫之は、由豆流の使う「そもそも」という語の用法に疑問を感じるという。ところが糺された由豆流は、貫之を相手に怯むどころか、それは漢文にも例のある用法だと突き返し、むしろ貫之の無知を指摘する。

すると貫之は怒りを露わにし、

だまれ由豆流。まろも御書の所の預りなり。さばかりの事を弁へずに居るべきや。

と、相手を制してから、『土佐日記』の一月七日の記事にある「そもそもいかがよんだる」の箇所などを根拠に由豆流を論破する(6)。

ほかにも、一月十三日の記事で、男女の性器を貽鮨や鮨鮑に見立てた諧謔に由豆流が気づいていないのは愚かであるなど、攻勢は緩まない。初めこそ反抗心を見せた由豆流だが、もはや発言の機会さえ与えられる

ことなく、ただ黙って耐えるのみである。そして最終的には、

　まろが撰みし『古今集』に、なまじひなる増注をせんよりは、自家の学問をみがくがよし。

と、『土佐日記』の注釈も満足にできないのだから、『古今集』の注釈などを試みても無駄である、と言い捨てて、貫之は姿を消してしまう。由豆流がほっと一息つくと、あとには一首の歌が残っている。

　岸もとにさける栬《やまぶき》うべしこそ実の一つだになき学びなれ

《岸は岸でも岸本由豆流のもとに咲いている山吹には一つも実がならない。同様に岸本由豆流の学問も、なるほど一つも実がないことだ》と、かなり手厳しい批判であり、貫之の挙げる問題点が本質よりも枝葉末節の言葉尻に集中していることを考え合わせると、むしろ誹謗中傷であると言ってもよい。

ところで、これは『しりうごと』所収のいずれの物語にも言えることである。『しりうごと』に登場するその他の古人と、彼らに批判される現代の国学者とを列挙してみると、聖徳太子と平田篤胤、本居宣長と海《うん》野《の》幸典《ゆきのり》、祐天大僧正と小山田与清《おやまだともきよ》、大田南畝《おおたなんぼ》と石川雅望《いしかわまさもち》、そして弘法大師と屋代輪池《やしろりんち》という組み合わせである。

聖徳太子は、あらゆる分野について書き散らし驕りたかぶる平田篤胤を戒める。平田篤胤は『しりうごと』の著者と目される川崎重恭の師であるので、この部分を書いたのは別人という説もあるが、いずれにせよ糾

弾するのが聖徳太子という不世出の政治家であることは、それだけ篤胤の存在感が大きなものであったことを示唆してもいるだろう。

海野幸典（一七九四―一八四八）と小山田与清（一七八三―一八四七）は川崎重恭とまったくの同時代人である。石川雅望（一七五四―一八三〇）は狂歌師、戯作者としても知られるが、石川のもとを訪れるのは実際にその師であった大田南畝（一七四九―一八二三）であり、このような生々しい組み合わせは『しりうごと』の中で唯一である。最後の輪池こと屋代弘賢（一七五八―一八四一）に掣肘を加えるのは真言宗の開祖、空海であるが、これは屋代が空海と同じく能書家で通っていたからである。

このように『しりうごと』では、現代の国学者が研究や評価の面で繋がりを持つ先達と対峙し、いずれの場合にも、先学に到底及ばない者としてやり込められている。学問を主題としながらも明らかに滑稽な読物として編まれた『しりうごと』に貫之が登場することは、単に貫之の知名度を証明するのみならず、貫之が和歌ならびに言葉の偉大な専門家として、当時の知識層の一郭をなした国学者の間に認知されていたことを物語っている。

『春雨物語』

近世の小説的なテクストに貫之が登場するもう一つの例は、上田秋成の『春雨物語』所収の「海賊」である。

上田秋成（一七三四―一八〇九）は自ら国学者を以て任じていたが、当人にとっては余技に過ぎなかった文芸作品、とくに『雨月物語』によって不動の名声を得ている。その秋成の最晩年の作である『春雨物語』（一八〇九年）は、現代で言うところの歴史小説に近いものであるが、そのうちの「海賊」と題された短篇に貫之が登場する。

この物語は『土佐日記』の語り直しという構造を与えられている。本家の『土佐日記』にも、海賊が跋扈するという噂に一行が不安を覚える描写があるが、『春雨物語』における貫之の焦燥はその比ではなく、一行は風景に目もくれず京への海路を急ぐ。娘を喪った悲しみを抱いてこそいるものの、着任時に往路で目にした思い出深い土地土地に対しては「さる国の名おぼえず」と注意を払う余裕もなく、貫之はひたすら和泉国を目指すのである。

原作への茶化しに満ちたこの物語の設定が、すでに当時の貫之ならびに『土佐日記』受容の一端を示していて興味深い。つまり秋成が想定した読者にとって、『土佐日記』の主人公が貫之その人であるという仮定には何らの留保も必要ないのである。『今昔物語集』の場合と同じように、貫之は子を亡くし悲嘆にくれる人物として記憶されている。しかも、風景描写や土地の名が想起する思い出ならびに感情を素通りするということが諧謔的に強調されていることは、取りも直さず『土佐日記』がそのような作業を執拗に行うテクストとして認識されていたことを意味するだろう。これは、本書が主張する『土佐日記』の歌論書としての側面の力強さを裏づけるものである。

さて海賊は、和泉国に着いてほっと安堵する貫之の不意を突き、前触れもなく現れる。しかし海賊は、貫之に危害を加えようとはしない。代わりに、貫之の船に飛び移り、滔々と自説を開陳するのである。その自説とは基本的に、貫之の業績に関する疑問に根ざしている。しかも海賊の指摘は、いずれもかなり牽強付会と言わざるを得ない。

例えば、海賊がまず問題にするのは『古今集』であるが、海賊が言及するのは真名序にのみ登場する『続万葉集』という題のほうである。海賊が言うには、この「葉」の用法が腑に落ちない。後漢の劉熙は、「歌は柯也」と言った。これは草木に枝葉があるように、人に声があるということである。一方、許慎の説文には、「歌は詠也」とある。これらは筋が通っているが、『古今集』の仮名序では「やまとうたは人の心を種として、万の言の葉とぞなれりける」と説明されている。「言」が言、語、詞、辞のいずれであるにしても、「言葉」や「言の葉」という言い方はないのではないか。

むろん、この指摘には問題が多い。まず『続万葉集』という題は真名序にある通り歌集の編纂段階で不採用となっているから、これを論難の糸口とするのは無理がある。そして「言葉」あるいは「言の葉」は、すでに第二章でも述べた通り、和歌を漢詩から分離させ、日本独自の文芸として位置づける上で重要な概念であるから、それを漢籍によって説明できないことを責めるのは見当違いである(7)。

貫之がこの指摘にどのように反論するのか、興味深い点ではあるが、残念ながら読者はそれを知ることができない。というのも海賊は貫之に反論の機会を与えることなく、ひたすら批判を続けるからである。

次に槍玉に上がるのは六義の説である。海賊はこう述べる。

又、『歌に六義あり』と云ふは、唐土にても偽妄の説ぞ。三義三体といはばゆるすべし。それも数の定有るべきにあらず。喜怒哀楽の情のあまたに別れては、幾らならん。かぞふるもいたづら事也。

三義三体とは、六義のうち風・雅・頌を詩の性質による分類、賦・比・興を表現法の分類とする解釈のことである。それならばわからないこともないが、喜怒哀楽を六つに分類するのはさすがに無茶である、というのが海賊の意見である。なるほどこのような見方は、すでに『古今集』仮名序の古注にもあるもので、理解できないものではない。しかし、先ほどは大陸の文脈からの逸脱を理由に「葉」の用法を指弾していた舌の根も乾かぬうちに、今度は大陸においても六義は偽妄である、というのも乱暴な理屈ではある。

次いで海賊は、ついに和歌の本質を否定する旨の発言をする。

又、大宝の令に、もろこしの定めに習ひて、法を立てられし後は、人の道に良媒なきは、犬猫のいどみ争ふものぞ、必ず乱るまじく事立てられしを、歌よしとて、教にたがへるを集め、人のめに心をよせてはしのびあひ、見とがめられたりとて出でゆく別の袖の泪川、聞きにくきをまでえらびて奉りしは、政令にたがふ也。

つまり軟弱で好色な恋の歌を勅撰集に入れることが、すでに問題であると海賊は言うのである。その恋の歌が『古今集』には五巻もあるが、海賊に言わせればこれは「いたづら事のつつしみなき也」ということになる。

この指摘もまた扱いにくいものだが、以下の海賊の補足を見ると理解がしやすくなるだろう。

淫奔の事、神代のむかしは、兄妹相思ひても、情のまことぞとて、其の罪にあらざりし。人の代となりて、儒教さかんに成りんたりしかば、『夫婦別あり』、又、『同姓を娶らず』と云ふは、外国のさかしきをまでえらび給ひしならはせ也。

要するに和歌に描かれるような場面が好色に映るのは、儒教の価値観のためであって、本来の日本の価値観においてはその限りではないというのである。しかし、儒教の価値観に寄り添って和歌を好色と断じているのは当の海賊なのだから、理屈が通っているとは言いがたい。

この海賊の主張に見える矛盾はしかし、近世の国学者の著作にしばしば表れるものと言うことができる。例えば「もののあはれ」をつぶさに論じた本居宣長の『石上私淑言』には、次のような箇所がある。

されば恋の歌には。道ならぬみだりがはしき事の常におほかるぞ。もとよりさるべきことはりなりける。とまれかくまれ歌は物のあはれとおもふにしたがひて。よき事もあしき事も。只その心のままによみいづるわざにて。これは道ならぬ事。それはあるまじき事と。心にえりととのふるは本意にあらず。

ここで宣長は、道に外れた恋を歌に詠むことを、「もののあはれ」の作用として黙認することを勧めている。しかしあくまで黙認であり、奨励ではない。同書で宣長は、「歌はひたすらに物はかなくあだあだしう聞えて。ただ女童部のもてあそびなどにこそしつべけれ。まことしういみじき物とは見えぬにや」という問いに対して、「実にさる事也」と答えている。儒教を批判し、神代以来の伝統として和歌を論じる『石上私淑言』においても、宣長は和歌に詠まれる恋までをも日本的な価値観で受容することはしない。

さて、貫之と和歌を散々に責める海賊ではあるが、対案を提出するわけではない。というのも、海賊本人は漢詩を作る人間であって、そもそも和歌にはあまり関心を持たないのである。

我は詩つくり歌よまざれど、文よむ事を好みて、人にほこりにくまれ、遂酒のみだれに罪かうぶり、追ひやらはれし後は、海にうかびわたらひす。

海賊は漢詩を作る読書人であったが、その実力のためにかえって周囲に憎まれ、酒席での不始末を理由に職を追われ、海賊に身を落としたというのである。海賊の論調が基本的に貫之の漢籍に対する理解不足を追求するようなものであることも、海賊のこの経歴を考えれば一応の納得はできる。

言いたいだけのことを言うと、海賊は貫之に酒をくれとせがむ。貫之が肯うと海賊は大いに飲みかつ食い、現れたときと同じように忽然と去ってしまう。

しかし貫之と海賊の出会いには後日談がある。都へ戻った貫之のもとに、海賊から手紙が届くのである。手紙の前半は、菅原道真の礼賛であった。この部分は漢文で書かれている。ところがそのあとに仮名文の添え書きがあり、先日述べ忘れたことがある、といって次のような文句が書かれている。

汝が名、以一貫之と云ふ語をとりたる者とはしらる。さらば、つらぬきとよむべけれ。之は助音、之には意ある事無し。之の字、ゆきとよむ事、詩三百篇の所々にあれど、それは文の意につきて訓む也。汝歌よめど、文多くよまねば、目いたくこそあれ。名は父のえらびて付くるためしなれば、汝しらずば、歌の名をおとしべし。歌暫しやめて、窓のともし火かかげ、文よめかし。ある博士の、以貫と付けしは、つらぬきとこそよみためれ。あたら男よ。

こうして海賊は、とうとう『論語』に由来する貫之の名前までが奇妙であると難癖をつけるのである。貫之では「つらゆき」とは読めない。「つらぬき」と読むべきである。それは名をつけた父親の無知ゆえであるから貫之に罪はないが、せめてお前は漢文の勉強をしっかりせよ。というような、もはや取りつく島もない批判を最後に、その手紙は終わっている。

貫之がこの海賊の正体について友人に尋ねたところ、それは文室秋津《ふんやのあきつ》ではないかという答えが返ってきた。該博な知識人であったが宮廷を追われ、海賊となって乱暴を働いているのだという。

以上が「海賊」のあらましである。海賊の正体とされる文室秋津（七八七—八四三）は実在するが、左遷の憂き目には遭っているものの、海賊になったという部分は当然ながら創作であろう。ただし『続日本後紀』には、立派な人物であるのに酒を飲むと泣き上戸になった旨が記録されており、このあたりの事情が「海賊」の主人公に抜擢された所以かもしれない。いずれにせよ、貫之とは生きた時代が重なっておらず、二人の邂逅はどのような形でも不可能であった。

『春雨物語』と『しりうごと』にある貫之の物語の最大の違いは、前者が貫之の権威を借りての岸本由豆流批判であるのに対して、後者が文室秋津とおぼしい海賊の姿を借りての貫之批判である、という点に尽きるだろう。『春雨物語』の著者である上田秋成は下冷泉家に歌学を学んだ経験がある。そこから国学へと転身した秋成が、返す刀で歌学において神聖視される貫之を批判せずにいられなかったことは頷けることである。飯倉洋一の言葉を借りれば、「古今集の美学を払拭し乗り越えることが、秋成流の和歌観の自立であった」

ということになる（二〇一〇、三八頁）。私たちはここに、自らの俳句観の樹立のために貫之を排斥した正岡子規を先取りする存在として、秋成を見出すことができる。

一方、「海賊」と「紀貫之、岸本由豆流を嘲る」は、構造の面ではきわめてよく似ていると言ってよい。小説的なテクストであることを存分に利用して、前者では『土佐日記』の書き換えが行われ、後者では貫之の時空の超越が描かれる。しかも、これらのテクストに登場する貫之は、実在の貫之というよりも虚構の中に息づいている貫之である。貫之は本来『土佐日記』の登場人物ではないし、貫之が岸本由豆流のような後世の研究者が自作に加えた注釈を読むはずもない。したがって、読者の前に現れるのは、貫之によるテクストと、それらを継承する歌学の体系の中で受け継がれてきた、いわばイデアとしての貫之である。このことは取りも直さず、貫之という歌人に結びついたイメージが、近世においても具体的な人物像を結び得るほどの精度で受容されていたことを裏書きしている。

五、生み出される係累

本章ではここまで、歌論をはじめ、説話、能、読本と、様々な分野のテクストに登場する貫之の像を追ってきた。注目すべきは、そのかなりの部分で、貫之像の形成に大きく寄与していたのが『土佐日記』であるという事実である。序章でも述べたように、今日においても貫之の作品として最も広く認知されているのは『土佐日記』であると思われるが、その遠因は、すでに平安から近世に至る貫之受容のうちに示されているのである。

本書では『土佐日記』を歌論書として意識することに注意を払い、そこに貫之の和歌観が色濃く反映されていることを論じた。これに対し、一般的に『土佐日記』の主要なテーマとされる「亡児追悼」については、積極的に注目することはしなかった。もちろん、貫之が実際に娘を亡くし、その悲しみが『土佐日記』執筆のきっかけになったことは、証拠を欠くとはいえ、充分に考えられることではある。しかしこの主題は、ときに必要以上と感じられるほどに、『土佐日記』の評価を左右していると思われる。

例えば近世の国学者、富士《ふじ》谷御杖《たにみつえ》（一七六八―一八二四）は「言霊」や「てにをは」の研究などでも知られ、言語に造詣の深い思想家であったが、「新撰和歌序」を枕頭の書としていたことからもわかるように、貫之に傾倒した人物でもあった。(8)その御杖が著した『土左日記燈』は、土佐日記注釈史上最大とも言われる大部のものである。

御杖によれば、『土佐日記』の書き出し（ここでは「をのこもすなる日記といふものを女もして見むとてするなり」と表記されている）は、日記に表出する土佐での任への不満を、侍女の発言と見せかけるための処置である。つまり、貫之本人が不満を吐露することは公人としてよろしくないので、女の立場で書くことで批判を切り抜けているというわけである。

そして貫之に『土佐日記』を書かしめたのは、この公務への不満に加えて、子供を亡くした悲しみであった。例えば二月十日の記事には、「さはることありてのぼらず」とだけあり、なぜ一行が休息を選んだかについて説明はないが、これも御杖に言わせると次のような理由による。

察するに紀氏または室の昨日の亡児のなげきよりまた病おこりてみな人その看病にあづかれるゆゑにや

とおぼし。

つまり亡くした子のことを思い出し、悲しみのあまり病に臥せってしまったので船出ができなかった、というわけである。

むろん、この解釈を的外れなものと断じることはできない。しかし御杖のこのような解釈の背景に、他ならぬ御杖自身の経験が反映されていることは、無視できない事実でろう。というのも、御杖は『土佐日記』の行程とも縁のある浪速の地で、自身の六歳になる息子を喪っているのである。このことから御杖が『土佐日記』に、さらに言えば貫之その人になおさらの親近感を抱き、その感情が研究にある種の方向づけを与えたとしても驚くには当たらないだろう。

ところで興味深いことに、明治時代に入って初めて英訳された『土佐日記』の成立事情の背後にも、御杖の『土佐日記』に対する態度と相通ずるものが見られるのである。

メソジスト派の宣教師であったメリマン・ハリスの妻フロラ（一八五〇―一九〇九）は、一八九一年に英訳『土佐日記』をアメリカで出版しているが、この訳業の動機もまた、ハリス夫妻の娘フローレンスの死であった（新谷一九七三）。フローレンスは太平洋を航行中の船上で病死したのだが、それはまさに、海を漂いながら任地での娘の死を嘆くという『土佐日記』の一行の姿に重なっている。

『土佐日記』が後世においても熱心に研究され、また早い時期に翻訳もされていることは、このテクストが貫之の代表作と見なされる今日の状況とも矛盾しない。しかしそのような評価に結びついたものが、得てして子供の死という主題の訴求力であったと思われることは重要である。貫之の受容の有様を物語る多くのテクストで、貫之は子を喪った失意の父親として描かれている。すでに繰り返し述べてきたように、『土佐日記』は言うまでもなく虚構であり、そこに描かれているのが貫之自身の体験である証拠は何もない。しかし、『土佐日記』と貫之自身の受容の過程において、貫之が現実に土佐で子供を亡くしたというイメージが、かなり堅牢に定着してしまっていることは疑いを容れないのである。

このことをさらに証拠立てているのが、いくつかの文献に登場する「貫之女」なる人物である。この女性が実在した根拠はなく、あたかも亡くなった子供の魂が宿った、架空の存在であるかのような印象を与える。例えば鎌倉時代の歌人、蓮阿《れんあ》は、若い頃に師事した西行の歌論を紹介するという体裁の歌論書『西行上人談抄』の中で、この貫之女が詠んだ歌を挙げている。

鶯よなどさは鳴くぞちやほしきこなべやほしき母や恋しき

この歌については、

此歌は貫之が女の九にてよめるなり。俊頼朝臣は此歌詠じて落涙しけり。

と説明がついている。貫之女についての具体的な説明はないが、歌の中で母を恋しがる様子が、『土佐日記』に登場する死んだ娘の姿と重なるからなのか、源俊頼はこの歌を口にしただけで涙したという。

俊頼の名を追って『俊頼髄脳』に再び目を向けてみると、確かにそこでもこの歌が紹介されている。

これは、幼きちごの、父が、継母につけておきたりけるほどに、土して、小さき鍋のかたを作りたりけるを、継母が子にとらせて、この継子にはとらせざりけるを、欲しとは思ひけれど、え乞はぬ事にてありけるに、鶯の鳴きければ、詠める歌なり。乳なども欲しかりける程にや。幼き人も稚児どももも、むかしは歌を詠みけるとみゆるためしなり。

しかし右にあるように、それは幼い子供が詠んだ優れた歌の例として挙げられているのみであって、それが貫之女の作であるとの言及はなく、俊頼が落涙している様子もない。

また、藤原清輔の『袋草子』（一一五九年頃）の中にも、

これは、まま母のもとに在りけるに、ちひさきつちなべの有りけるを、わがはらの子にはとらせて、このまま子にはとらせざりければ、鶯の鳴くを聞きてよめる歌なり。

と、ほぼ同趣旨の一文と共に、この歌が紹介されている。つまりこの歌は、どちらかと言えば、継母による継子いじめの歌として認識されていたらしい。この主題は少なからぬ読者の興味を惹いたらしく、例えば奈良絵本の中にも、この歌を登場させているものがある。奈良絵本は、室町時代後半から江戸時代にかけて、主に御伽草子を題材に量産された一連の書物であるが、その中の一作『小式部』がそれである。『小式部』は、紫式部、和泉式部、小式部を親子として描いた空想的な物語で、そこでは右の歌は、幼い和泉式部が石山観

音に参詣に行った紫式部を恋しがって詠んだものとして登場する。

このように「鶯よ」の歌を貫之女という歌人に紐づけた例は、実は少数派である。それでも、歌を詠む才能のある幼子という歌人に紐づけた例は、同じく童の歌を複数登場させている『土佐日記』において亡くなったとされる土佐守の娘のイメージと重ねられ、その幼子があたかも貫之その人の娘であったと認識されるようになったとしても、とくに驚くには当たらないだろう。

また貫之女については、鎌倉時代中期の教訓説話集である『十訓抄』にも、次のような短い挿話が紹介されている（七ノ十五）。

かの貫之が娘の宿に、匂ひことなる紅梅のありけるを、内裏より召しけるに、鶯の巣をつくりたりけるを、さながら奉るとて、

勅なればいともかしこし鶯の宿はと問はばいかがこたへむ

といふ歌をつけたりけるふるごとと、思い出でられて、かたがたいとやさし。

大意は次の通りである。貫之の娘の家の梅を帝が所望されたが、その素晴らしい匂いのする梅の樹には鶯が巣を作っていたので、娘は巣をつけたままその樹を献上し、《もし鶯が我が家はどこかと尋ねたらどう答えればよいのでしょうか》という歌を添えた。

だがこの歌は『拾遺集』では「よみ人しらず」であり（雑下、五三一）、そこではただ「女」とあるだけである。歌にある「鶯」というモチーフが、先の「鶯よ」の歌を連想させ、作者の「改訂」が行われた可能性も低くはないと思われる。

とはいえこの挿話は『大鏡』からの引き写しであり、「勅なれば」の歌はその時点ですでに貫之女に結びつけられている。いわゆる「鶯宿梅」のエピソードとして知られるのはこちらのほうである。内容は『十訓抄』のものと大差ない。清涼殿の御前の梅が枯れたので、村上天皇は代わりの樹を求めた。そこで白羽の矢が立った見事な梅を使いの者が掘り取ろうとすると、その家の主人が、枝に結びつけて内裏へ持ってゆくように、と言づけたのが、女の筆跡で書かれた先ほどの歌であった。不思議に思った天皇が調べさせると、それが「貫之のぬしの御女」の家であったことが判明し、さすがの天皇も「遺恨のわざをもしたりけるかな」と恥じ入るのである。

なお、このエピソードの語り部である夏山重木は、同輩の大宅世継にも引けを取らない、百六十歳の長寿を誇る翁であるが、同じ「大臣列伝」の道長篇では、かつて蟻通明神で、貫之が歌を詠んだ場にも居合わせた、とさえ宣言するのである。このように『大鏡』も、「歴史物語」というまさに歴史と物語のあわいを漂うテクストに、貫之にまつわる複数の逸話を掲載することで、その人物像の形成に一役買ったものと思われる。

以上のように『土佐日記』の「亡児」は、ともすると貫之の実際の息子であり、『後撰集』の撰者であった時文よりも大きな存在感を放っていると感じられることさえある。そして貫之の係累のうちで、歌論などでその存在を匂わせているのは娘ばかりではない。『古今和歌六帖』を編集したのが貫之の母である可能性が指摘されていることは、第六章でも述べた通りである。また、貫之妹なる人物も、『古今集』の花園左府御本を残したということが『袋草紙』などに記録されている。いずれも論証すべき仮定的な事実というよりも、貫之という歌人の存在感の大きさが、その周囲に半ば伝説的な係累を次々と生み出した結果と見るべきであろう。

六、パロディ

パロディ作品は、元のテクストと批評的な距離を保ちながら、模倣を通して新たなテクストを作り上げる。このような作品からは、その時代の人々が元のテクストをどのように捉えていたかということに加え、人々が自らの生きる時代についてどのような思いを抱いていたか、あるいは元のテクストが作られた時代についてどのような考えを持っていたのか、などを窺い知るためのヒントが得られるのである[9]。

近世を通じての古典文学のパロディの膨大さは、江戸の人々がいかに過去を身近に感じ、かつその時代に作られたテクストから、いかに現代を生きるための価値観を抽出していたかを物語っているが、その中には和歌を対象としたもの、貫之を対象としたものも少なくない。すでに紹介した『しりうごと』や『春雨物語』に見られたものも、明らかに貫之の権威を逆手にとったパロディ的な作品であったが、より直接的なものとしては和歌のパロディである狂歌が挙げられるだろう。

まず、大田南畝の作品を取り上げてみよう。幕臣でありながら狂歌師としても名声を得た大田南畝は、『古今集』の和歌を多くパロディ化している。例えばすでに何度も取り上げた業平の歌、

　世の中に絶えて桜のなかりせば春の心はのどけからまし

は、南畝の手にかかると次のように姿を変える。

　世の中にたえて女のなかりせばをとこの心はのどけからまし

元の歌にもすでに仄見えている恋への言及がここでは前面に出ていると共に、絶えて／絶えでの二重性や反実仮想も、そのままに活かされている。[10]

　また南畝は、百人一首をすべてパロディ化した『狂歌百人一首』も著しているが[11]、そこでは貫之の、

　人はいさ心も知らずふるさとは花ぞ昔の香ににほひける

が、次のように改められている。

　人はいざどこともしらず貫之がつらつらつらとよみし故郷は

業平の歌の場合とは違い、ここでは貫之その人が問題となっているのだが、そこには貫之の歌をただそれ

だけの理由で有難く考えるような傾向への皮肉も見られる。しかし同時に、貫之の名前を利用した「つらつら」という言葉遊びには、貫之への愛着も感じられるのである。

こがれゆく妹がり船のをき炬燵栄耀に餅のかは千鳥かな

次に、これは大田南畝と同時代に活躍した算木有正による貫之歌のパロディである。元となっているのは、

思ひかね妹がり行けば冬の夜の川風寒み千鳥鳴くなり

（貫之、拾遺、冬、二二四）

で、《恋しく思う人を訪ねてゆくと、冬の冷たい川風に千鳥も侘しそうに鳴いている》というほどの歌意であるが、パロディのほうでは冬の隅田川に浮かべた船に置炬燵をしつらえて、吉原にいる遊女に会いにゆく情景に書き換えられている。「漕がれ」ているのは船であるが、「焦がれ」ているのは詠者であり、「川千鳥」には餅の「皮」が合わされている。「栄耀に餅の皮をむく」とは、餅の皮をむいて中身の餡だけを食べるところから贅沢を尽くすことを意味する諺であり、この歌が詠者にとって最高の贅沢を描いたものであることがわかる。

むろん、貫之の歌そのものではなく、貫之という人物がパロディ化されることもある。例えば和歌ではなく、俳句のパロディである川柳の母体となった前句付けに、次のようなものがある。

貫之は猫を追ひ追ひ荷をほどき

これは宝暦年間（一七五一―一七六三）後期に作られた、「うし込玉よ」という人物によるもので、「はたらきにけりはたらきにけり」という前句に付けられたものである。猫を追う必要があったのは、土佐からの荷物に名物の鰹節が入っていたから、という趣向で、土佐に滞在した歌人としての貫之のイメージが活かされている。

ところで歌人のイメージといえば、そもそも貫之という名前そのものが、歌の名手というイメージの染み付いた名前であることも指摘しておくべきだろう。古くには藤原清輔が、歌論書『奥儀抄』に「前和歌得業生柿下躬貫」と署名している（池田一九四四）。「和歌得業生」とは、本来は紀伝道のエリート養成課程の学生を指す「文章得業生」のもじりであり、歌道を代表する名人である柿本人麿、紀貫之、凡河内躬恒の名前を寄り合わせたものを自分のかりそめの雅号とすることで、先達にあやかろうという戯れであろう。同様の例はほかにもあり、藤原公任も、『金玉和歌集』に「和歌得業生柿下末成」と名を記しているのである（藤田一九四二）。このような名前を利用したパロディは当然ながら近世にも見られ、評定所の役人であった井上作左衛門も、狂歌を作る際には「紀躬鹿《きのみじか》」と名乗っている。貫之と躬恒の才能にあやかりたいと願う、短気な狂歌師というほどの意味であろう。

むろんこのようなパロディ精神は、明治の到来と共に雲散したわけではない。むしろいわゆる「言文一致」の問題に代表されるように、新時代にふさわしい新しい言葉と新しい文学とを模索していた人々にとっても、古典は出発点を与えてくれるものであり続けた。

例えば、一八八五年（明治十八）に尾崎紅葉（一八六八―一九〇三）や山田美妙（一八六八―一九一〇）らによって発足した文学結社である硯友社の「社則」は、あからさまな『古今集』仮名序のパロディである。

本社は広く本朝文学の発達を計るの存意に有之候得ば恋の心を種として艶なる言の葉とぞなれる都々一見る物聞くものにつけて言出せる狂句の下品を嫌はず天地をゆさぶり鬼神を涙ぐませるなどの不風雅は不致ともせめては猛き無骨もののかどまろめ男女の中をも和らぐ事を主意と仕候。

このように貫之という歌人とその手になるテクストは、ほとんど千年の間、その鮮度を失うことなく、そのときどきに新たな意味を獲得しながら、受容されてきた。言ってみれば、貫之のテクストは「散種」され、あらゆる場面で芽を吹き続けたのである。(12) ただし、それはもはや一歌人という範疇には到底納まるものではなく、すでに日本の言葉や文化の根本と結びつき、いわば底流をなすに至っていた。

なお、この硯友社の社則を掲載した『我楽多文庫』が発行されたのは一八八八年（明治二十一）、正岡子規が「歌よみに与ふる書」の筆をとる十一年前のことである。

注

（1）社会と空間と自然の関係から日本文化を論じたオギュスタン・ベルクは、次のように述べている。

以後の文学史・美術史は、平安時代から継承した図式をわずかとはいえ修正しながら、全体としてそれらを社会のあらゆる層へ普及させようとする傾向をたどった。この数世紀にわたる変化は、教養人の文化から次第に周辺の文化に達し、やがて日常のレヴェルでは自動的な連想作用、風土のさまざまな形象の間の首尾一貫した隠喩（メタファー）と換喩（メトニミー）の体系を生むに至った。植物が基調となる体系である。（一九九二、一二八頁）

（2）権威や権力は、言うまでもなくミシェル・フーコーにとって大きなテーマであった。例えば『言葉と物』（一九七四）で扱われているのは、変わり続ける知のモデルにおいて秩序を構築する権威の諸相である。

（3）奇妙な歌であり、定家の説明にも腑に落ちない部分が多いが、「曲」と「異化」との関係を考えると興味深い。

（4）源融は、河原院の初代の住人であった。その死後、邸宅は息子の昇に相続されたが、昇はこれを宇多上皇に献上している。なお、この事実を元に、融の霊が宇多上皇と鉢合わせする説話も、『今昔物語集』には入っている（巻第二十七、第二）。

（5）この貫之の姿を、自らが作り上げた『神曲』の世界で旅人役を演じたダンテのそれに重ね合わせることもできるだろう。

（6）この貫之の台詞は、貫之の漢文の知識を疑う後世の研究者に対してもよい警告となるだろう。

（7）なお、この海賊の指摘は、実は上田秋成の自説を反映したものである。これについては、木越秀子（二〇一三）を参照。

（8）貫之に傾倒していながら、御杖がよりによって漢文で書かれた『新撰和歌序』を高く評価していたことは、江戸と平安とがすでに大きく隔たっていたことを端的に示すのみならず、漢字と仮名の関係、あるいは仮名の意義と言ったものが、この時代にはすでに見えにくくなっていたことを証拠立てているようにも思われる。

（9）パロディの問題への理論的なアプローチについては、例えばローズ（Rose 1993）およびハッチオン（一九九三）を、またこれらの理論の日本文化への応用の可能性については、クリステワ（編、二〇一四）を参照。

（10）むろん、南畝が業平の歌をそのように読み解いていたと主張するつもりはない。ただ、最低限の変更だけを施したパロディであるために、元歌の読みの可能性もそのまま引き継がれることになったわけである。

（11）ただし『狂歌百人一首』の出版は南畝の死後、一八四三年であり、南畝の作である可能性は低いとの見方もある（浜田［編］一九八五）。

（12）この「散種」は、デリダの思想における重要な概念である。その内容についてはデリダ（二〇一三）を参照。貫之が探求した「やまとことば」も、あるいは貫之その人の像も、新たな意味を獲得しながら時代を超えて存在し続けているのである。

参考文献

Ⅰ　紀貫之を主として扱う単行本

大岡信（一九七一）『紀貫之』（筑摩書房、後にちくま文庫所収）
尾上柴舟（一九三八）『歴代歌人研究 紀貫之』（厚生閣）
神田龍身（二〇〇九）『紀貫之』（ミネルヴァ書房）
菊地靖彦（一九八〇）『「古今集」以後における貫之』（桜楓社）
田中登（二〇一一）『紀貫之』（笠間書院）
萩谷朴［校注］（一九六九）『新訂 土佐日記』（朝日新聞社）
長谷川政春（一九八四）『紀貫之論』（有精堂）
藤岡忠美（一九八五）『紀貫之』（集英社、後に講談社学術文庫所収）
村瀬敏夫（一九八一）『紀貫之伝の研究』（桜楓社）
――（一九八七）『宮廷歌人 紀貫之』（新典社）
目崎徳衛（一九八五）『新装版 人物叢書 紀貫之』（吉川弘文館）

Ⅱ　古典の本文および注釈

阿部秋生、秋山虔、今井源衛、鈴木日出男［校注・訳］（一九九五）『源氏物語（3）』（新編日本古典文学全集22、小学館）
大久保正［編］（一九六八）『本居宣長全集』第二巻（筑摩書房）
小沢正夫、松田成穂［校註・訳］（一九九四）『古今和歌集』（新編日本古典文学全集11、小学館）
片桐洋一（一九九八ａ）『古今和歌集全評釈（上）』（講談社）

――――（一九九八b）『古今和歌集全評釈（中）』（講談社）
――――（一九九八c）『古今和歌集全評釈（下）』（講談社）
片桐洋一［校注］（一九九〇）『後撰和歌集』（新日本古典文学大系6、岩波書店）
片桐洋一、高橋正治、福井貞助、清水好子［校註・訳］（一九九四）『竹取物語 伊勢物語 大和物語 平中物語』（新編日本古典文学全集12、小学館）
片野達郎、松野陽一［校注］（一九九三）『千載和歌集』（新日本古典文学大系10、岩波書店）
川村晃生、柏木由夫、工藤重矩［校注］（一九八九）『金葉和歌集 詞花和歌集』（新日本古典文学大系9、岩波書店）
菊地靖彦、木村正中、伊牟田経久［校註・訳］（一九九五）『土佐日記 蜻蛉日記』（新編日本古典文学全集13、小学館）
木村正中［校注］（一九八八）『土佐日記 貫之集』（新潮日本古典集成、新潮社）
宮内庁書陵部［校注］（一九六七）『図書寮叢刊 古今和歌六帖』上巻（養徳社）
――――（一九六九）『図書寮叢刊 古今和歌六帖』下巻（養徳社）
久保田淳、平田喜信［校注］（一九九四）『後拾遺和歌集』（新日本古典文学大系8、岩波書店）
古今和歌六帖輪読会（二〇一二）『古今和歌六帖全注釈 第一帖』（お茶の水女子大学附属図書館）
小島憲之、新井栄蔵［校注］（一九八九）『古今和歌集』（新日本古典文学大系5、岩波書店）
小林保治、増古和子［校註・訳］（一九九六）『宇治拾遺物語』（新編日本古典文学全集50、小学館）
小町谷照彦［校注］（一九九〇）『拾遺和歌集』（新日本古典文学大系7、岩波書店）
小山弘志、佐藤健一郎［校註・訳］（一九九七）『謡曲集（1）』（新編日本古典文学全集58、小学館）
小山弘志、佐藤喜久雄、佐藤健一郎［校註・訳］（一九九八）『謡曲集（2）』（新編日本古典文学全集59、小学館）
品川和子（一九八三）『土佐日記 全注釈』（講談社学術文庫）
鈴木淳、小高道子［校註・訳］（二〇〇〇）『近世随想集』（新編日本古典文学全集82、小学館）
鈴木知太郎、川口久雄、遠藤嘉基、西下経一［校注］（一九五七）『土左日記　かげろふ日記　和泉式部日記　更級日記』（日本古典文学大系20、岩波書店）
橘健二、加藤静子［校註・訳］（一九九六）『大鏡』（新編日本古典文学全集34、小学館）
田中喜美春、田中恭子（一九九七）『貫之集全釈』（風間書房）

田中喜美春、平沢竜介、菊地靖彦（一九九七）『貫之集・躬恒集・友則集・忠岑集』（和歌文学大系19、明治書院）
田中裕、赤瀬信吾［校注］（一九九二）『新古今和歌集』（新日本古典文学大系11、岩波書店）
棚橋正博、宇田敏彦、鈴木勝忠［校註・訳］（一九九九）『黄表紙 川柳 狂歌』（新編日本古典文学全集79、小学館）
中村幸彦、高田衛、中村博保［校註・訳］（一九九五）『英草紙　西山物語　雨月物語　春雨物語』（新編日本古典文学全集78、小学館）
野上豊一郎、西尾実［校訂］（一九五八）『風姿花伝』（岩波文庫）
萩谷朴（一九六七）『土佐日記全注釈』（角川書店）
橋本不美男、有吉保、藤平晴男［校註・訳］（二〇〇二）『歌論集』（新編日本古典文学全集87、小学館）
長谷川政春、今西祐一郎、伊藤博、吉岡廣（校注）（一九八九）『土佐日記　蜻蛉日記　紫式部日記　更級日記』（新日本古典文学大系24、岩波書店）
浜田義一郎［編］（一九八五）『大田南畝全集』第一巻（岩波書店）
東原伸明／ウォーラー、ローレン［編］（二〇一三）『新編 土左日記』（おうふう）
樋口芳麻呂、久保木哲夫［校註・訳］（一九九九）『松浦宮物語 無名草子』（新編日本古典文学全集40、小学館）
松尾聰、永井和子［校註・訳］（一九九七）『枕草子』（新編日本古典文学全集18、小学館）
馬淵和夫、国東文麿、稲垣泰一［校註・訳］（一九九九）『今昔物語集（1）』（新編日本古典文学全集35、小学館）
――――（二〇〇〇）『今昔物語集（2）』（新編日本古典文学全集36、小学館）
――――（二〇〇一）『今昔物語集（3）』（新編日本古典文学全集37、小学館）
――――（二〇〇二）『今昔物語集（4）』（新編日本古典文学全集38、小学館）
峯村文人［校註・訳］（一九九五）『新古今和歌集』（新編日本古典文学全集43、小学館）
武笠三（校訂）（一九二六）『大田南畝集』（有朋堂）

＊

『新編 国歌大観』CD―ROM版（角川書店、一九九六）
『増補新訂 平安朝歌合大成』萩谷朴［編］（同朋舎、一九九五―一九九六）
『日本歌学大系』佐佐木信綱、久曽神昇他［編］（風間書房、一九五八―一九九七）

III　その他の文献

青木亮人（二〇〇八）「俳諧を知らざる新聞記者――同時代の俳人子規像」（『同志社国文学』第六八号、二四―三五頁）
秋山虔、山中裕［編］（一九六七）『日本文学の歴史 第3巻　宮廷サロンと才女』（角川書店）
浅岡雅子（二〇〇九）「「けふ来ずは」をめぐる一考察――定家の業平受容の一側面」（『北星学園大学文学部北星論集』第四六号、一〇四―一一六頁）
新谷武四郎（一九七三）『ハリス夫人訳 土佐日記』（個人出版）
アリストテレース、ホラーティウス（一九九七）『詩学・詩論』（松本仁助、岡道男訳、岩波文庫）
アリストテレス（一九九二）『弁論術』（戸塚七郎訳、岩波文庫）
飯倉洋一（二〇一〇）「秋成における古今集仮名序の引用――『ぬば玉の巻』から『春雨物語』「海賊」まで」（『国文学解釈と鑑賞』二〇一〇年八月号、ぎょうせい、三八―四五頁）
イーザー・W（一九八二）『行為としての読書』（轡田収訳、岩波現代選書）
池田亀鑑（一九四一）『古典の批判的処置に関する研究』全三部（岩波書店）
――（一九四四）『平安時代文学概説』（八雲書店）
石井裕啓（二〇〇六）「古今集仮名序の六義」（『和歌文学研究』第九二号、一三―二四頁）
石川九楊（二〇〇六）「ひらがなの謎を解く」（『芸術新潮』二〇〇六年二月号）
――（二〇一一）『万葉仮名でよむ「万葉集」』（岩波書店）
泉紀子（一九九五）「歌合の成立」（『和歌文学論集』編集委員会［編］『屏風歌と歌合』和歌文学論集5、風間書房）
稲田利徳（一九九一）「新古今集の「古」と「今」――「むすぼほる」世界」（『和歌文学論集』編集委員会［編］『新古今集とその時代』和歌文学論集8、風間書房）
岩崎禮太郎（一九八七）「新勅撰和歌集恋部の終末部の構成――原私家集からの改変とその意図」（『日本文学研究』第二三号、一二三―一三二頁）
岩田光子［編］（一九八五）『我楽多文庫〈活版公売版〉』（ゆまに書房）

ヴァレリー、ポール（二〇〇五）『ヴァレリー・セレクション（下）』（東宏治、松田浩則訳、平凡社ライブラリー）
宇治谷孟［訳］（一九八八ａ）『日本書紀（上）』（講談社学術文庫）
――（一九八八ｂ）『日本書紀（下）』（講談社学術文庫）
臼田甚五郎（一九三八）『学生の為めの土佐日記の観賞』（萩原星文館）
エーコ、ウンベルト（一九八〇ａ）『記号論Ⅰ』（池上嘉彦訳、岩波現代選書）
――（一九八〇ｂ）『記号論Ⅱ』（池上嘉彦訳、岩波現代選書）
――（二〇〇二）『開かれた作品』（篠原資明、和田忠彦訳、青土社）
――（二〇〇三）『物語における読者』（篠原資明訳、青土社）
大隈和雄（一九九八）「歴史物語と平安文化」（歴史物語講座刊行委員会［編］『歴史物語講座　第七巻　時代と文化』風間書房）
大坪利絹（一九九五）「徒然草大全――翻刻と解説（一）」（『神戸親和女子大学研究論叢』第二八号、一―九頁）
大野晋（二〇〇二）『日本語はいかにして成立したか』（中公文庫）
大野ロベルト（二〇一一）「女のしわざ――『無名草子』の批評空間」（『アジア文化研究』第三七号、一二一―一三九頁）
――（二〇一二）「イストワールからディスクールへ――平安期の歴史物語における語りの変容」（『アジア文化研究』第三八号、二〇一―二二一頁）
――（二〇一三）「『古今和歌集』仮名序の真価を探る――「六義」と「歌のさま」の問題を中心に」（『アジア文化研究』第三九号、一八三―二〇一頁）
――（二〇一五）「歌ことば「霞」についての一考察――自然と言葉」（『アジア文化研究別冊』第二〇号、八三―九六頁）
――（二〇一六）「「もののあはれ」再考――思想と文学を往還しながら」（『アジア文化研究』第四二号、二五―四四頁）
岡田喜久男（一九七三）「歌経標式序考」（『国文学研究』第九号、梅光女学院大学国語国文学会、一―一〇頁）
小川剛生（二〇一六）『武士はなぜ歌を詠むか』（角川選書）
小川靖彦（二〇一〇）『万葉集 隠された歴史のメッセージ』（角川選書）
奥村悦三（二〇〇六）「貫之の綴りかた」（『叙説』第三三号、三六―五一頁）

音楽之友社［編］（一九九五）『ストラヴィンスキー』（作曲家別名曲解説ライブラリー25）
片桐洋一（一九九九）『歌枕歌ことば辞典　増訂版』（笠間書院）
金井利浩（二〇〇七）「「をむな」のために――土佐日記の表象と論理」（『中央大学国文』第五〇号、二六―三四頁）
川勝守（二〇〇八）『日本国家の形成と東アジア世界』（吉川弘文館）
川勝守、吉田光男、浜口允子（二〇〇二）『地域文化研究II――東アジア歴史像の構成』（放送大学教育振興会）
川田順造（二〇〇三）「声と文字」（『ユリイカ』二〇〇三年四月臨時増刊号）
川田靖子（一九九〇）『17世紀フランスのサロン』（大修館書店）
川本皓嗣（一九九一）『日本詩歌の伝統――七と五の詩学』（岩波書店）
――（二〇〇七）「二重像の詩学――比喩と対句と掛詞」（『大手前大学論集』第八号、一―二二頁）
キーン、ドナルド（一九九四）『日本文学の歴史』第2巻（土屋政雄訳、中央公論社）
――（二〇一一）『ドナルド・キーン著作集』第一巻（新潮社）
――（二〇一二）『ドナルド・キーン著作集』第四巻（新潮社）
菊地靖彦（一九六八）「土左日記論――古今集巻九羇旅部との関連において」（『文芸研究』第五九集、一八―二六頁）
――（一九九四）『『古今和歌集』の部類と構成』（『和歌文学論集』編集委員会［編］『古今集とその前後』和歌文学論集2、風間書房）
――（一九九八）「『万葉集』と紀貫之」（佐藤武義［編］『萬葉集の世界とその展開』白帝社）
木越秀子（二〇一三）「こと・ことのは・ことは――「春雨物語」「海賊」の議論をめぐって」（『金沢大学国語国文』第三八号、四二―五三頁）
北井佑実子（二〇〇八）「『貫之集』解釈上の問題点――素寂本を手がかりに」（『国文学』第九二号、関西大学、四五―五六頁）
工藤重矩（一九九四）「後撰和歌集――和歌における褻・晴とは何か」（『古今集とその前後』風間書房）
久野昭（一九八五）『鏡の研究』（南窓社）
クリステヴァ、ジュリア（一九八三）『セメイオチケ1　記号の解体学』（原田邦夫訳、せりか書房）
クリステワ、ツベタナ（二〇〇一）『涙の詩学――王朝文化の詩的言語』（名古屋大学出版会）
――（二〇一一）『心づくしの日本語――和歌でよむ古代の思想』（ちくま新書）

クリステワ、ツベタナ［編］（二〇一四）『パロディと日本文化』（笠間書院）
小池清治（二〇〇三）「古今和歌集の二つの謎――仮名序の隠し文字と巻十九雑体冒頭部」（『宇都宮大学国際学部研究論集』第一五号、一五―二二頁）
――――（二〇〇五）「ナショナリズムがエクリチュールを生んだのか?・」（『宇都宮大学国際学部研究論集』第一九号、一四七―一五三頁）
胡潔（二〇〇六）「「やまとうた」と「からうた」――古今和歌集の序文から見る」（『言語文化研究叢書』第五号、九―二六頁）
小林祥次郎（二〇〇九）『日本古典博物事典 動物篇』（勉誠出版）
小林宏晨（二〇一三）「ギュンター・グラス『言わなければならない事』を巡る諸問題」（『政経研究』第四九号、三二九―三九三頁）
小町谷照彦（一九九四）「〈歌人論〉紀貫之を例として」（『国文学 解釈と教材の研究』第三九巻一三号、一二―一九頁）
小松英雄（一九九八）『日本語書記史原論』（笠間書院）
――――（二〇〇六）『古典再入門「土左日記」を入りぐちにして』（笠間書院）
小山弘志［編］（一九八九）『岩波講座 能・狂言Ⅵ 能鑑賞案内』（岩波書店）
コリーニ、ステファン［編］（二〇一三）『エーコの読みと深読み』（柳谷啓子、具島靖訳、岩波人文書セレクション）
近藤信義（一九九二）「萬葉集東歌の枕詞二題――「天の原富士」と「霞ゐる富士」をめぐって」（『立正大学文学部論叢』第九五号、二三―四五頁）
サイード、エドワード・W（一九九三）『オリエンタリズム』上巻（今沢紀子訳、平凡社ライブラリー）
笹沼智史（二〇〇五）「『土佐日記』の和歌観――女性仮託を破綻させたもの」（『埼玉大学国語教育論叢』第八号、一一―一八頁）
佐藤省三（二〇〇七）『「土佐日記」を推理する』（新人物往来社）
佐藤美弥子（二〇〇一）「『土佐日記』における「パロディー」」（『物語研究』第一号、二二―三二頁）
シクロフスキー、ヴィクトル（一九七一）『散文の理論』（水野忠夫訳、せりか書房）
実川恵子（二〇〇二）「『後拾遺集』の新風をめぐる一考察――僧侶歌人詠が担ったもの」（『研究紀要』文教大学女子短期大学部、第四五号、一三―二〇頁）

ジュネット、ジェラール（二〇〇一）『スイユ――テクストから書物へ』（和泉涼一訳、水声社）
シラネ、ハルオ／兼築信行／田渕句美子／陣野英則［編］（二〇一二）『世界へひらく和歌――言語・共同体・ジェンダー』（勉誠出版）
シラネ、ハルオ／鈴木登美［編］（一九九九）『創造された古典――カノン形成・国民国家・日本文学』（新曜社）
隋源遠（二〇一〇）「紀貫之「袖ひちてむすびし水」の解釈」（『日本語と日本文学』第五〇号、筑波大学、二一―三〇頁）
鈴木佐内（一九七一）「和漢朗詠集における部立「白」について」（『智山學報』第一九号、四〇一―四一二頁）
鈴木日出男（二〇〇四）「古今集の比喩」（『古今和歌集研究集成』第2巻、風間書房）
鈴木宏子（二〇〇〇）『古今和歌集表現論』（笠間書院）
――（二〇一一）「〈型〉を創る力――紀貫之における歌集編纂と作歌」（『日本文学』第六〇号、一五―二五頁）
スピヴァク、ガヤトリ・C（二〇〇五）『デリダ論』（田尻芳樹訳、平凡社ライブラリー）
妹尾昌典（二〇一一）『『土佐日記』解釈の諸問題』（『成城国文学』第二七号、一三―三三頁）
高木市之助、竹内理三［編］（一九六七）『日本文学の歴史　第2巻　万葉びとの世界』（角川書店）
武田元治（一九九〇）「「幽玄」用例注釈（一）――俊成の用例について」（『大妻女子大学文学部紀要』第二二号、五七―七六頁）
田坂憲二（二〇〇八）「『古今和歌六帖』巻二出典考」（『香椎潟』第五四号、二九―八七頁）
立川建二（一九八六）『《力》の批評家ソシュール』（書誌風の薔薇）
立川建二、山田広昭（一九九〇）『ワードマップ 現代言語論』（新曜社）
田中喜美春（一九九四）「万葉から古今へ」（『古今集とその前後』風間書房）
――（一九九五）「歌の配列」（『国文学 解釈と教材の研究』第四〇巻一〇号、四〇―四七頁）
――（一九九六）「貫之の和歌民業論」（『国語と国文学』第七三号、一三―二七頁）
田中大士（一九九八）「散り敷く花の評価――三代集時代を中心に」（鈴木淳、柏木由夫［編］『和歌 解釈のパラダイム』笠間書院）
田中祐介［編］（二〇一七）『日記文化から近代日本を問う――人々はいかに書き、書かされ、書き遺してきたか』（笠間書院）
谷崎潤一郎（一九七四）『普及版 谷崎潤一郎全集』第二十一巻（中央公論社）

土田知則、青柳悦子、伊藤直哉（一九九六）『ワードマップ　現代文学理論』（新曜社）
デリダ、ジャック（二〇一三）『散種』（藤本一勇他訳、法政大学出版局）
ドゥルーズ、ジル（二〇〇七）『差異と反復（上）』（財津理訳、河出文庫）
徳原茂実（二〇〇二）「古今集仮名序「歌のさま六つ」例歌存疑」（『武庫川国文』第五五号、一―八頁）
永田麻詠（二〇一〇）「国語教育におけるクィア概念の導入――エンパワメントとしてのことばの力の育成を目指して」（『国語教育思想研究』第二号、三一―四〇頁）
中西進（二〇〇一）『古代日本人・心の宇宙』（NHKライブラリー）
――（二〇〇八）『ひらがなでよめばわかる日本語』（新潮文庫）
西野入篤男（二〇〇六）「『土佐日記』の海――都志向との関わりについて」（『文化継承学論集』第二号、六九―八〇頁）
――（二〇一一）「『源氏物語』と白居易の文学――「長恨歌」と諷諭詩を中心として」（博士論文、明治大学）
西山秀人（二〇〇五）「凡河内躬恒の表現――亭子院歌合歌と躬恒集B部所載歌との関連」（『上田女子短期大学紀要』第二八号、一七―二八頁）
二宮宏之［編］（一九九五）『結びあうかたち　ソシアビリテ論の射程』（山川出版社）
丹羽博之（二〇一四）『源氏物語』と『白詩文集』――類似表現の検討」（『大手前大学論集』第一四号、一七―三〇頁）
萩谷朴（二〇〇〇）『紫式部の蛇足　貫之の勇み足』（新潮選書）
――（二〇〇三）「『伊勢物語』の作者は紀貫之なるべし」（『日本文学研究』第四二号、二三―三八頁）
――（二〇〇四）「『伊勢物語』作者貫之説補考」（『日本文学研究』第四三号、五〇―五六頁）
橋本達雄（二〇一〇）『万葉集を読みひらく』（笠間書院）
長谷川政春（二〇一〇）「「疾く破りてむ」の思想――『土佐日記』を読む」（『国文学　解釈と観賞』第七五巻三号、八四―九一頁）
バタイユ、ジョルジュ（二〇〇四）『エロティシズム』（酒井健訳、ちくま学芸文庫）
蜂屋邦夫［編注］（二〇〇八）『老子』（岩波文庫）
ハッチオン、リンダ（一九九三）『パロディの理論』（辻麻子訳、未来社）
バルト、ロラン（一九七七）『テクストの快楽』（沢崎浩平訳、みすず書房）

――――（一九七九）『物語の構造分析』（花輪光訳、みすず書房）
――――（一九九六）『表徴の帝国』（宗左近訳、ちくま学芸文庫）
バンヴェニスト、エミール（一九八三）『一般言語学の諸問題』（河村正夫他訳、みすず書房）
東原伸明（二〇〇九）「「波の底なるひさかたの空」貫之的鏡像宇宙と水平他界観」（『高知女子大学紀要』第五八号、一―一四頁）
平井卓郎（一九六四）『古今和歌六帖の研究』（明治書院、後にパルトス社より復刻）
平川祐弘（二〇〇八）『アーサー・ウェイリー「源氏物語」の翻訳者』（白水社）
平沢竜介（二〇〇九）『王朝文学の始発』（笠間書院）
――――（二〇一五）「『古今集』春の部、「梅」の歌群の構造（改稿）」（『国文白百合』第四六号、六―二四頁）
フーコー、ミシェル（一九七四）『言葉と物――人文科学の考古学』（渡辺一民、佐々木明訳、新潮社）
福田智子（二〇一三）「題と本文の間――『古今和歌六帖』諸本の本文異同と『万葉集』」（『同志社国文学』第七八号、一六―二七頁）
福田秀一（二〇〇七）『中世和歌史の研究 続篇』（福田恵美子、岩波出版サービスセンター）
藤井貞和（二〇一三）「歌語り定置――「虚×実」に思いを馳せながら」（『物語研究』第一三号、三九―五三頁）
藤田徳太郎（一九四一）『古典の歴史』（モダン日本社）
プラトン（二〇〇八a）『国家（上）』（藤沢令夫訳、岩波文庫）
――――（二〇〇八b）『国家（下）』（藤沢令夫訳、岩波文庫）
ベルク、オギュスタン（一九九二）『風土の日本』（篠田勝英訳、ちくま学芸文庫）
前田雅之（二〇一一）『古典的思考』（笠間書院）
松岡ひとみ（一九七八）「『幽玄』論の再検討」（『香椎潟』第二四号、三四―四二頁）
正岡子規（一九三〇）『子規全集』第四巻（改造社）
――――（一九八三）『歌よみに与ふる書』（岩波文庫）
三島由紀夫（一九七五）『三島由紀夫全集』第一巻（新潮社）
三宅清［編］（一九八七）『新編 富士谷御杖全集』第八巻（思文閣書房）

『無名草子』輪読会［編］（二〇〇四）『無名草子 注釈と資料』（和泉書院）
村尾誠一（二〇〇六）「和歌における「故郷」のディアレクティク」（『総合文化研究』第九号、二〇―三二頁）
目加田さくを（二〇〇三）『平安朝サロン文芸史論』（風間書房）
モストウ、ジョシュア（二〇〇九）「『女大学宝箱』に見る『源氏物語』の享受」（芳賀徹［監］『源氏物語国際フォーラム集成』源氏物語千年紀委員会）
森朝男（一九九八）「歌ことばの発生」（小町谷照彦、三角洋一［編］『歌ことばの歴史』笠間書院）
森有正（一九七七）『経験と思想』（岩波書店）
森博達（一九九九）『日本書紀の謎を解く――述作者は誰か』（中公新書）
森正人、鈴木元［編］（二〇〇七）『文学史の古今和歌集』（和泉選書）
ヤーコブソン、ロマーン（一九七三）『一般言語学』（川本茂雄他訳、みすず書房）
山下太郎（二〇〇一）「土左日記の人称構造――女と〈私〉と〈私たち〉」（『古代文学研究 第二次』第一〇号、一二三―一三六頁）
山本一（一九九七）「霞とかすみの問題をめぐっての覚え書き」（『金沢大学語学・文学研究』第二六号、二四―三一頁）
尤海燕（二〇〇五）「「風」から「そへ歌」へ――『古今集』仮名序の「そへ歌」を中心に」（『和漢比較文学』第三五号、七七―九三頁）
――（二〇〇八）「「物」と「心」――和歌の発生論」（『古代文学』第四七号、九五―一〇二頁）
ユクスキュル、ヤーコプ・フォン（二〇〇五）『生物から見た世界』（岩波文庫）
レヴィ＝ストロース、クロード（二〇〇一）『悲しき熱帯』Ⅰ巻（川田順造訳、中公クラシックス）
ロトマン、ユーリー（一九七九）『文学と文化記号論』（岩波現代選書）
和歌文学会［編］（一九七〇）『王朝の歌人』（和歌文学講座6、桜楓社）
『和歌文学論集』編集委員会［編］（一九九五）『屏風歌と歌合』（和歌文学論集5、風間書房）
渡辺久寿（一九九一）「土佐日記の諧謔表現――その内在的意義について」（『日本文芸論集』第二三・二四号、五三―六八頁）
――（二〇〇八）「児を亡くした親の「こころ」――『土佐日記』」（『国文学 解釈と観賞』第七三巻三号、五三―六〇頁）
渡辺秀夫（一九九五）『詩歌の森――日本語のイメージ』（大修館書店）

渡邉守章、渡辺保、浅田彰（二〇〇二）『表象文化研究――文化と芸術表象』（放送大学教育振興会）
渡部泰明（二〇〇九）『和歌とは何か』（岩波新書）
Brower, Robert H.; Miner, Earl (1961) *Japanese Court Poetry*. Stanford, CA: Stanford University Press.
Derrida, Jacques (1997) *Of Grammatology*, corrected edition, trans. Gayatri Chakravorty Spivak. Baltimore, MD: The Johns Hopkins University Press.
Murray, Penelope ed. (1996) *Plato on Poetry*. Cambridge: Cambridge University Press.
Okada, Richard H. (1991) *Figures of Resistance: Language, Poetry and Narrating in The Tale of Genji and Other Mid-Heian Texts*. Durham and London: Duke University Press.
Rose, Margaret A. (1993) *Parody: Ancient. Modern, and Post-Modern*. Cambridge: Cambridge Univeristy Press.
Waley, Arthur (1921) The No Plays of Japan. London: George Allen & Unwin.

貫之の略年譜——および貫之をめぐる言説の年表

年号	事項
八七一年（貞観十三）	この頃、誕生か。父は紀望行（茂行とも）。
八九三年（寛平五）	この頃、是貞親王家歌合、寛平御時后宮歌合に参加。
九〇一年（延喜元）	この頃、紀師匠曲水宴を主催か。
九〇五年（延喜五）	中心的な撰者を務め、仮名序を草した『古今和歌集』を奏上。当時の役職は御書所預。
九〇六年（延喜六）	越前権少掾となる。
九〇七年（延喜七）	内膳典膳となる。 宇多法皇の大堰川行幸に参加、「大堰川行幸和歌」に序を付す。
九一〇年（延喜十）	小内記となる。
九一三年（延喜十三）	大内記となる。 亭子院歌合に参加。
九一七年（延喜十七）	従五位下、加賀介となる。
九一八年（延喜十八）	美濃介となる。
九二三年（延長元）	大監物となる。
九二九年（延長七）	右京亮となる。
九三〇年（延長八）	土佐守となり、土佐へ赴任。 赴任中、土佐にて『新撰和歌』を撰びはじめる。
九三四年（承平四）	この年の暮れ、土佐を出航。

九三五年（承平五）	京へ帰還。『土佐日記』に着手か。
九四〇年（天慶三）	玄蕃頭となる。
九四三年（天慶六）	従五位上となる。
九四五年（天慶八）	木工権頭となる。
九四六年（天慶九）	この年に歿か。そうであれば享年七十六となる。
九五三年（天暦七）	『後撰和歌集』、この頃に成立。最多入集歌人は貫之。次点は伊勢。『貫之集』も、この頃には成立していたか。
九九六年（長徳二）	清少納言『枕草子』、これ以降に成立か。貫之の「蟻通」の挿話を伝える。
一〇〇四年（寛弘元）	紫式部『源氏物語』、これ以降に成立か。作中に登場する巻子本などの作者として（桐壷、絵合）、あるいは歌道の先達として（賢木、総角）、貫之の名は都合四度見える。
一〇〇六年（寛弘三）	『拾遺和歌集』、この頃に成立。最多入集歌人は貫之。次点は人麿。この集の前段階とも言える『拾遺抄』を撰んだ藤原公任は、歌論書『新撰随脳』で貫之を「上手」と評す。『古今和歌六帖』、この時点ですでに成立していたものと思われる。最多入集歌人は貫之。
一〇一七年（寛仁元）	『和漢朗詠集』、この頃に成立。貫之、最も多くの和歌を詠む。漢詩の最多入集は白居易。
一〇二八年（長元元）	歴史物語の嚆矢である『栄花物語』、これ以降に成立か。『古今集』を讃え、「貫之このかたの上手にて、古を引き今を思ひ、行く末をかねておもしろく作りたるに、今はさやうのことに堪へたる人なくて、口惜しく思しめしけり」と慨嘆する。
一一一四年（永久二）	この頃までに源俊頼『俊頼髄脳』成立。証歌として貫之の歌を多く挙げ、「蟻通」の挿話も紹介する。
一一一五年（永久三）	『大鏡』、この年以降に成立。『古今集』を撰ぶ貫之の姿に加え、「魚袋」や「鶯宿梅」、「蟻通」の逸話を伝える。

一一二〇年（保安元）	『今昔物語集』、早ければこの頃に成立か。巻第二十四「延喜御屏風伊勢御息所読和歌語第三十一」、「土佐守紀貫之子死読和歌語第四十三」、「於河原院歌読共来読和歌語第四十六」に貫之への言及が見られる。
一一四四年（天養元）	藤原清輔、この頃までに『奥義抄』を著す。貫之の歌を多く論ずる。
一二〇九年（承元三）	藤原定家『近代秀歌』成立。貫之を「歌の心巧みに、たけ及び難く、詞強く」歌を作る一方で、「姿おもしろきさまを好みて、余情妖艶の躰を」詠まない歌人、と評す。
一二二一年（承久三）	『宇治拾遺物語』、この頃までに成立か。巻第十二「十三　貫之歌の事」「十四　東人、歌詠む事」に貫之への言及がある。
一二二九年（寛喜元）	蓮阿『西行上人談抄』、この頃までに成立か。「貫之女」の歌を紹介する。
一二三四年（文暦元）	順徳天皇『八雲御抄』、この頃までに成立か。貫之ら『古今集』撰者を「此道のひじり」とし、また「貫之さしもなしなどいふ事少々きこゆ。歌の魔の第一也」と、後世の者が現在の価値観で過去の先達を軽々しく評することを戒める。
一二三六年（嘉禎二）	『色葉和難集』、これ以降に成立か。「貫之ひがごとかき侍らじ」。
一二五二年（建長四）	『十訓抄』、この頃成立か。「七ノ十五」で「貫之が娘」に言及。
一二六五年（文永三）	藤原信実歿。「三十六歌仙絵巻」の絵を描いたと推測される。佐竹本の貫之像は耕三寺博物館蔵、上畳本の貫之像は五島美術館蔵で、共に重要文化財。
一二九二年（正応五）	晩年の源承、『和歌口伝』を著し、定家を貫之になぞらえる。
一三八七年（元中四）	二条良基、『近来風体』で貫之が「歌一首を二十日ばかりによみ出しける」と言い伝えられていることを記す。
一四三〇年（永享二）	観世七郎元能、『申楽談義』を著す。父世阿弥の改作になる能「蟻通」に言及。

一六一五年（元和元）	絵師の岩佐又兵衛、松平忠直の庇護を受け福井（北ノ庄）に移住。そこで過ごした期間に双幅「人麿・貫之図」を制作したものと思われる。水墨画の技法を用い、人麿は裸足の好々爺、貫之は磊落かつ柔和な表情に描かれており、いわゆる「歌仙絵」の中で異彩を放つ。現在はMOA美術館（熱海）蔵、重要文化財。
一六四四年（正保元）	この頃、松永貞徳『戴恩記』成立。貫之を定家の「師匠」と位置づける。また「人丸・貫之・定家卿を、和歌之三尊とあがめ奉る」とも。
一六六一年（万治四）	人見卜幽『土佐日記附注』。北村季吟『土佐日記抄』も同時期の成立か。
一六九五年（元禄八）	柳沢吉保、将軍徳川綱吉より与えられた駒込の下屋敷に、庭園「六義園」を造営。園名は『古今集』序による。
一六九八年（元禄十一）	戸田茂睡、『梨本集』で定家は人麿や業平、貫之らの名人には及ばないとする。
一七六三年（宝暦十三）	本居宣長『石上私淑言』、この頃成立か。貫之の存在、またその歌論を意識しながら「もののあはれ」を論ずる。
一七八一年（天明元）	奈河亀輔、奈河十輔らの合作になる歌舞伎「敵討天下茶屋聚」、大坂で初演。早瀬伊織と源次郎の兄弟が、父の仇である東間三郎右衛門の行方と、奪われた貫之の色紙を尋ねて諸国を流浪する。
一八〇九年（文化六）	上田秋成『春雨物語』。貫之が登場する「海賊」収録。
一八一五年（文化十二）	岸本由豆流『土佐日記考証』成立か。
一八一六年（文化十三）	富士谷御杖『土佐日記燈』。近世を代表する大部の『土佐日記』研究である。
一八一八年（文政元）	菊池容斎、略伝付肖像画集『前賢故実』の刊行を開始（明治元年まで）。貫之および貫之女の略伝・肖像を含む。
一八一九年（文政二）	橘守部『文章撰格』。古代の口語的な言葉の運びを重視。『土佐日記』の雅趣は認めつつ、肩肘の張った『古今集』や「大堰川行幸和歌序」は「劣れる事多かり」と評する。
一八二三年（文政六）	香川景樹『土佐日記創見』。
一八三二年（天保三）	小説家主人『しりうごと』成立か。「第五　紀貫之、岸本由豆流を嘲る」収録。

一八三五年（天保六）	田中芳樹『古風三体考』。「貫之大人は、当時抜群の英雄なり」。
一八四〇年（天保十一）	大江東平『歌体緊要考』。歌学は「人麿赤人の歌聖たちよりやはじまれる、貫之躬恒の上手たちよりやおこれる」。
一八八八年（明治二十一）	尾崎紅葉、山田美妙ら、文学結社硯友社の社則を「我楽多文庫」に発表。『古今集』仮名序のパロディ。
一八九〇年（明治二十三）	芳賀矢一、立花銑三郎『国文学読本』（富山房）。貫之は「我国文学中興の祖といはんも溢詞にあらざるべし」。
一八九一年（明治二十四）	メソジスト派の宣教師メリマン・ハリスの妻フロラ（Flora Best Harris）、『土佐日記』の英訳 *Log of a Japanese Journey from the Province of Tosa to the Capital* を Flood &Vincent 社から出版。 岡吉胤『土佐日記略解説』（三重日報社）。 小田清雄『校正傍註　土佐日記』（国文館）。
一八九二年（明治二十五）	佐々木信綱『校註　土佐日記』（東京堂書房）。
一八九三年（明治二十六）	『土佐日記講解』（赤心社）。 大和田建樹『日本文人伝』（博文館）。漢文が廃れたにもかかわらず、なかなか仮名の散文が隆盛しないことに業を煮やした貫之が、『土佐日記』の書き出しによって「無気力の模擬的男児を冷罵しつつ。仮に名を女に託して。女の所業と卑しめられ居る和文の筆」を執ったとする。
一八九六年（明治二十九）	逸見仲三郎、神崎一作『文法詳解　土佐日記要義』（桜園書院）。
一八九九年（明治三十二）	正岡子規、『日本』紙上に「歌よみに与ふる書」を連載。「貫之は下手な歌よみにて『古今集』はくだらぬ集に有之候」と宣言する。
一九〇四年（明治三十七）	歿後一千年を記念して贈位、従二位となる。
一九〇五年（明治三十八）	藤岡作太郎『国文学全史』（東京開成館）。真名序および仮名序は「その文学的真価においては、未だ許すべからざるものあり」。「徒らに言語の上の諧謔を弄する」ものである『土佐日記』は、『伊勢物語』などの「敵にあらず」。貫之はついに「大文章」を遺すことがなかった。

一九〇八年（明治四十一）	佐々木信綱『歌学論叢』（博文館）。「しかもなほ吾人は、不幸にして彼が歌才の、平安朝の諸歌人中、さばかり勝れたるものあるを見るを得ず」。
一九一三年（大正二）	ストラヴィンスキー、「三つの日本の抒情詩」を完成。貫之らの和歌に曲をつけたもの。
一九二四年（大正十三）	三浦圭三『新らしい解釈の土佐日記とその口訳』（岡田文祥堂）。
一九二五年（大正十四）	窪田空穂『紀貫之歌集』（紅玉堂）。
一九三〇年（昭和五）	折口信夫「歌の話」『歌・俳句・諺』（アルス日本児童文庫）。古今歌風そのものを否定。「古今集を撰んだ人は四人あるが、そのうちもっとも名高いのは、あの紀貫之といふ人ひとであります。この人は、さういふ歌を詠むことが上手だつたけれども、本式の文学らしいものを作ることは、ほとんど出來ませんでした。さうして見ると、やはり下手といふより為方がありません」。
一九三三年（昭和八）	半田良平『紀貫之』（改造社）。
一九三四年（昭和九）	日仏会館に研究員として勤務していたジョルジュ・ボノー、論文「俚謡と民謡」および「古今集紀貫之の序」で京都大学より博士号。フランス人としては初（『朝日新聞』一九三四年八月五日朝刊）。
一九三八年（昭和十三）	尾上柴舟『歴代歌人研究　紀貫之』（厚生閣）。 西下経一『日記文学』日本文学大系第十八巻（河出書房）。大らかな時代の作とはいえ、人情を欠き、諧謔に走りがちな『土佐日記』は、読者に「此の日記の性質とか価値とかに対して疑問と失望を抱」かせるだろう、と評する。
一九四一年（昭和十六）	池田亀鑑『古典の批判的処置に関する研究』（岩波書店）。『土佐日記』を素材に本文批判の方法論を確立した研究として、後続の『土佐日記』研究はもちろん、古典文学研究の全体に大きな影響を与える。
一九四二年（昭和十七）	金子薫園『皇国百人一首』（文明社）。恋の歌の多い百人一首を時宜にかなうものに撰び直すという趣旨のもと、貫之の歌では「桜花咲きにけらしなあしひきの山の峡より見ゆる白雲」が採用される。

一九四三年（昭和十八）	小宮豊隆『人と作品』（小山書店）。「『土佐日記』の筆者」と題した文章を、「日本の最古の日記が、かういふ複雑な心理から出発して、かういふ複雑な形態を採つてゐるといふ点で、『土佐日記』を、注目すべき作品たらしめる」と締めくくる。
一九四八年（昭和二十三）	徳富蘇峰『国文随想　平安朝の巻』（宝雲舎）。貫之を「人麿に亞ぐの歌聖」と評し、「彼が和歌に就ての貢献は、固より少なくないが、然し彼の最も大なる功績は、彼に依って国文の境地が、開拓せられた事である」。
一九五〇年（昭和二十五）	西下経一『紀貫之』（河出書房）。
一九六一年（昭和三十六）	目崎徳衛『紀貫之』（吉川弘文館）。
一九六九年（昭和四十四）	萩谷朴『新訂　土佐日記』（朝日新聞社）。
一九七一年（昭和四十六）	大岡信『紀貫之』（筑摩書房）。
一九八〇年（昭和五十五）	菊地靖彦『「古今集」以後における貫之』（桜楓社）。
一九八一年（昭和五十六）	村瀬敏夫『紀貫之伝の研究』（桜楓社）。
一九八四年（昭和五十九）	長谷川政春『紀貫之論』（有精堂）。 『土佐日記』青谿書屋本の親本である為家本が発見される。
一九八五年（昭和六十）	藤岡忠美『紀貫之』（集英社）。
一九八七年（昭和六十二）	村瀬敏夫『宮廷歌人　紀貫之』（新典社）。
二〇〇九年（平成二十一）	神田龍身『紀貫之』（ミネルヴァ書房）。 NHK「Jブンガク」放送開始（～二〇一二年、出演ロバート・キャンベル他）。同番組をもとにしたJR東日本の車内放送用「トレインチャンネルver.」では、『土佐日記』を取り上げた際、貫之を厚化粧をまとった姿でアニメ化した。
二〇一〇年（平成二十二）	杉田圭による百人一首を題材とした短篇漫画「超訳百人一首　うた恋い。」（メディアファクトリー）が発表開始。貫之は少年のような姿で描かれ、複数回にわたり登場する。
二〇一一年（平成二十三）	田中登『紀貫之』（笠間書院、コレクション日本歌人選）。

二〇一七年（平成二十九）	貫之、株式会社ジークレストより発売されたスマートフォン用ゲーム「茜さすセカイでキミと詠う」のキャラクターとして登場。人物設定には「プライベートでは常に女装」で「オネエ言葉」を話し、「女性的な和歌を作ることができる男」とある。（公式ホームページより、http://www.akaseka.com/character/miyabi/miyabi3_tsurayuki.html〔二〇一七年七月十日取得〕）

あとがき

本書は二〇一四年四月に国際基督教大学に提出した博士論文「紀貫之の影――日本文学と文化の根本を探る」に基づくものである。出版までに五年という、短くない歳月を要したが、その間に加えた彫琢が少しでも本書の価値を高めていればと思う。

学部・大学院を通じて指導教授であったツベタナ・クリステワ先生に出会わなければ、そもそも研究者になるという選択には思いも及ばなかっただろう。二子玉川のインターナショナル・スクールを卒業後、ヴァージニア州の片田舎にある大学に進学した当初は、同級生の多くがそうしていたように経済学を修め、卒業後は証券会社にでも勤めることになるものと思っていたが、すでに文学への関心は抑えがたく、結局早々に退学して帰国すると、国際基督教大学に再入学したのであった。

そして、ツベタナ先生の「古代日本文学」を受講したのである。文学といっても主に近代のものばかり読んでいた私は、それまで古典には一切触れたことがなかった。文部省（当時）の要領に沿った国語教育を受けたことがなかったので、古文を読んだことがない以前に、何が古典であるかも知らない始末である。にもかかわらず（あるいはそのおかげで）、私はすぐに先生のきわめて知的で自由闊達な講義の虜となり、その魅力にのめり込んだ。授業の主題であった『枕草子』は、そのまま卒業論文の題目になった。

卒業後はこれといった目的もなしに渡英し、ロンドンに部屋を借りて、英語を教えたり翻訳をしたりしながら、なんとか糊口をしのいでいたのだが、とうとう進学することを決めたのも、やはり先生のもとで勝手気ままな研究をしていた日々が懐かしくなったからだろう。『枕草子』の構造をプルーストの『失われた時を求めて』と比較する、というような卒業論文を高く評価してくれる古典研究者など、それほど多くはあるまい。私にとって進学するとは、再び先生の門を叩くということと同義であった。

しかし大学院、それも博士後期課程まで進んでしまったからには、気ままではあっても、筋の通った研究をしないことにはどん詰まりである。『無名草子』や一連の歴史物語にも関心はあったが、やはり博士論文をまとめるには誰か一人、その人物については何百枚書いても足りない、というような対象を見つけるのが上策である。そしてあるとき、紀貫之だ、と閃いた。

貫之の歌は知的かつ技巧的で、どこか心の内を簡単には見せまいとするようなところがある。それでいて、和歌にかける情熱と完璧主義は人一倍で、『古今集』だけを見ても、中心的な編者となっただけでは飽き足らず、自ら最多入集歌人となり、そこに序文までつけるという徹底ぶり。歌人としての鬼気迫るほどの自負はさらに、仮名による散文の可能性を切り拓くという事業にまで発展してゆく。これほど包括的な態度で文学に臨んだ者は、日本はおろか世界にもほとんど例がないのではないか。ところが、現代の貫之への評価と来ては、しばし間を置いて「……ああ、『土佐日記』の」という応答のあるのがせいぜいである。これなら自分にも何か言えることがあるのではないか。

さっそく先生に報告すると、Tsurayuki is your man! とこれ以上ない後押しをいただいた。だが、貫之という主題にこそ自力でたどり着いたものの、研究の方法、とくに和歌に対する理論的なアプローチは、先生から学んだことをひたすら反芻したものに過ぎない。自分らしくあれ、という先生のご期待にどこまで応えられているのか、甚だ覚束ないのが正直なところだが、わずかにでも自分なりの視点が萌していることを願うばかりである。

博士論文の審査には、さらにお二人の先生に加わっていただいた。

大西直樹先生は、学部入学当初のアドヴァイザーであり、そもそも「おもしろい先生がいるから」とツベタナ先生をご紹介くださった張本人でもある。大学院に進学後も、公私ともにお目をかけていただき、ティーチング・アシスタントに起用してくださったのみならず、翻訳のお手伝いをさせていただくなど、研究に集中できるよう、様々なご配慮をいただいたことは感謝に堪えない。

小島康敬先生にも、大学院の入試で初めてお目にかかって以来、一方ならぬお世話になっている。思想史がご専門の先生は、文学研究がともすると蔑ろにしがちな歴史学的見地の重要性を常に思い起こさせてくださり、また近世という、あらゆる日本研究が注目すべき時代について蒙を啓いてくださった。教室の外でも、勉強会や学会など、数えきれぬ程の（酒）席にお供し、現在進行形で多くを学んでいる。

博士論文の執筆中、またその後、本書が出版されるまでの過程においては、当然ながら、さらに多くの方々に激励やお力添えを賜った。お名前を記せばかえってご迷惑ともなりかねない。別の形で、何らかのご恩返しができればと思う。また、これまでに関わった学生たちにも感謝を捧げたい。本務校である日本社会事業大学と、非常勤講師を務めた鶴見大学ならびに国際基督教大学の学生たちを相手に講義をすることは、自分の研究を客観的に振り返る最良の機会であった。もとより大学生にその魅力が伝わらないとすれば、おそらく大した研究ではないだろう。

ところで、私は自身の研究対象を「古典文学」と言い切ってしまうことに躊躇いを感ぜざるを得ない。古典とは、言うまでもなく近代人によって押し付けられた概念であり、たとえ古典主義を標榜していた一派であろうとも、平安歌人たちは当時の前衛である。紀貫之という、千百年余りの昔を生きた日本の文学者に惹かれ、先達の膨大な蓄積に寄りかかりながら、また現代の思想や文学をめぐる野心的な思索に寄り添いながら、貫之が文学に見た世界を、当時の文学の有様を、何とか現代に再現しようと試みたのが本書である。

したがって、「本書は紀貫之の記号論的伝記である」と息巻くこともできるのかもしれない。だが、記号論という概念を含む文学理論そのものが、日本の文学研究においてしばしば陥穽となってしまっている感は否めないのである。文学理論そのものの研究は盛んであり、高度に発展もしているが、実地への応用となると本国に倣ってプルーストなどに依存することも多く、海外文学に関心のない人間には借り物のように映ることもあろう。また、当初それらの理論を積極的に吸収したのは、後にニュー・アカデミズムやカルチュラル・スタディーズと呼ばれることになる領域であったが、そのような動向に対する反発もあり、文学理論の全体が、何やら小難しい理屈をこねくりまわすだけの、中身のないひけらかしのように見られてきた傾向があることも明らかである。さらに言えば、誤解や疎外が蔓延するなかで、論者それぞれの恣意的な解釈によって、理論がしばしば歪められてしまっていることにも不安を感じる。二十世紀の文学研究の成果を、私たちはいまこそ再検討すべきではないだろうか。

古典、わけても和歌の隆盛と散文への展開という目を瞠るべき激動に恵まれた平安時代の文学的環境は、誤解を懼れずに言えば、きわめて単純であった。読者が平然と作者を兼ね、文学に参加する者の大多数があらゆるテクストを共有していたのである。それはまさに、文学理論の試金石としてもってこいの時代であろう。恩師が口を酸っぱくして言っているように、理論とは文学研究者のための「共通言語」であり、それ以上でもそれ以下でもない。ひとたび日本（語）という国（言語）を出て、日本文学を可能なかぎり科学的に論じようと思えば、理論に関する知識は当然の教養として必要になる。

そして、その教養の射程に、古典文学も含めるべきだと思うのである。古典の世界を知っているのといないのとでは、その後の時代について見えてくるものがまったく違うはずだ。ところが、日本文学や日本語を多角的に論じ、日本文化の一側面を洗い出そうとする意欲的な研究の多くが、古典からの視座をまったくと言ってよいほど欠いていることは残念でならない。もっともそれは、古典という大金脈が、まだまだ手付かずの部分を多く残しているということでもある。だからこそ本書が、あらゆる時代の文学に、思想に、歴史に、文化に関心のある読者の注意を少しでも惹けば、それ以上の幸福はない。

本書の編集にあたっては東京堂出版の小代渉氏のお手を煩わせた。記して感謝する。

二〇一九年六月

大野ロベルト

や行

ら行

わ行

な行

は行

ま行

た行

さ行

事項索引

ま行

や行

ら行

わ行

た行

な行

は行

さ行

人名索引

ま行

や行

わ行

さ行

た行

な行

か行

初句索引

＊印は貫之歌、†印は伝貫之歌。詠者が同じ場合、出典ごとの細かな異同については別項を設けない。

あ行

【著者略歴】

大野ロベルト（おおの・ろべると）

1983年生まれ。日本社会事業大学専任講師。専攻は日本文学。
国際基督教大学教養学部卒業、同大学院アーツ・サイエンス研究科修了。博士（学術）。
共著に『日記文化から近代日本を問う――人々はいかに書き、書かされ、書き遺してきたか』（笠間書院、2017）、論文に“À la Maison de Shibusawa: The Draconian Aspects of Hijikata's Butoh”（*The Routledge Companion to Butoh Performance*, Routledge, 2018）、「「もののあはれ」再考――思想と文学を往還しながら」（『アジア文化研究』第42号、2016）、訳書にM・ウィリアム・スティール『明治維新と近代日本の新しい見方』（東京堂出版、2019）、ピーター・ノスコ『徳川日本の個性を考える』（東京堂出版、2018）などがある。

紀貫之《きのつらゆき》——文学《ぶんがく》と文化《ぶんか》の底流《ていりゅう》を求《もと》めて

2019年７月30日　初版印刷
2019年８月10日　初版発行

著　者　　大野ロベルト
発行者　　金田　功
発行所　　株式会社 東京堂出版
〒101-0051　東京都千代田区神田神保町1-17
電話　03-3233-3741
http://www.tokyodoshuppan.com/

装　丁　　鈴木正道（Suzuki Design）
組　版　　有限会社一企画
印刷・製本　　中央精版印刷株式会社

ISBN978-4-490-21015-6　C3091